Hilfestellungen zur Urteilsbildung

Welche unterschiedlichen Perspektiven gibt es?	
individuelle Perspektive	Sie bezeichnet den subjektiven Blick eines Individuums bzw. der sozialen Gruppe, der es angehört, auf eine politische Streitfrage. Die individuelle Perspektive ist die eigene persönliche Wahrnehmung und Einschätzung eines Problems.
öffentliche Perspektive	Sie bezeichnet die Interessen und Werte anderer Akteure. Um einen politischen Konflikt zu verstehen, müssen wir auch die Interessen und Einschätzungen anderer in unsere Analyse und Bewertung einbeziehen. Andere Perspektiven können im Einklang oder auch im Widerspruch zu unseren eigenen Interessen stehen.
systemische Perspektive	Sie ist sehr abstrakt und beschäftigt sich mit der Frage, wie eine politische Entscheidung sich auf ein ganzes System auswirkt. Man betrachtet nicht mehr einzelne Interessen oder Blickwinkel, sondern untersucht, wie ein großer Teilbereich durch eine Entscheidung verändert wird.

Urteilskriterien im Überblick			
Effektivität			Ist die Problemlösung geeignet, um das angestrebte Ziel zu erreichen?
Effizienz			Rechtfertigt das Ziel die angewandten Mittel? Stehen die Kosten in einem vertretbaren Verhältnis zum angestrebten Nutzen?
Legalität			Ist der Lösungsvorschlag mit den bestehenden Gesetzen und den Normen der Verfassung zu vereinbaren?
Nachhaltigkeit			Ist der Lösungsvorschlag geeignet, das Problem dauerhaft zu lösen?
Legitimität	Menschenwürde		Inwiefern werden Menschenwürde und -rechte berücksichtigt?
	Freiheit		Inwieweit finden individuelle und öffentliche Freiheit Berücksichtigung?
	Partizipation (Teilhabe)		Findet Partizipation statt? Wird Partizipation berücksichtigt?
	Solidarität		Wird Solidarität berücksichtig/gefährdet?
	Frieden		Inwieweit wird Frieden umgesetzt/gefährdet?
	Gerechtigkeit	Bedarfsgerechtigkeit	Werden die unterschiedlichen Bedürfnisse der Akteure berücksichtigt?
		Gleichheitsgrundsatz	Werden alle Akteure gleich behandelt?
		Leistungsgerechtigkeit	Wird die individuelle Leistung berücksichtigt?
		Chancengerechtigkeit	Haben alle Akteure die gleichen Chancen?
		Generationengerechtigkeit	Werden die Interessen und Bedürfnisse zukünftiger Generationen berücksichtigt?
	Verursacherprinzip		Kommen die Verursacher für die Schäden auf?

Politik & Co. 8–10

Gemeinschaftskunde
Gesamtband

Herausgegeben von
Erik Müller

Bearbeitet von
Franziska Deuschle
Dörthe Hecht
Gerfried Kübler
Jennifer Mock
Erik Müller
Tina Rehm
Petra Reiter-Mayer

UpdateCodes
Aktualisierung von Grafiken, Statistiken und Tabellen

Mit digitalen Aufgabenkästen
Digitale Hilfen für Operatoren und Methoden, Zusatzmaterialien, interaktive Anwendungen (Quizze, Rankings, Abstimmungen, ...)

Erklärfilm
73000-521

Gymnasium
Baden-Württemberg

C.C.BUCHNER

Politik & Co. – Baden-Württemberg

Gemeinschaftskunde für das Gymnasium – Gesamtband
Herausgegeben von Erik Müller

Bearbeitet von Franziska Deuschle, Dörthe Hecht, Gerfried Kübler, Jennifer Mock, Erik Müller, Tina Rehm und Petra Reiter-Mayer

Zu diesem Lehrwerk sind erhältlich:
- Digitales Lehrermaterial **click & teach** Einzellizenz, Bestell-Nr. 711041
- Digitales Lehrermaterial **click & teach Box** (Karte mit Freischaltcode), ISBN 978-3-661-71104-1

Weitere Lizenzformen (Einzellizenz flex, Kollegiumslizenz) und Materialien unter www.ccbuchner.de.

Dieser Titel ist auch als digitale Ausgabe **click & study** unter www.ccbuchner.de erhältlich.

1. Auflage, 1. Druck 2023

Dieses Werk folgt der reformierten Rechtschreibung und Zeichensetzung. Ausnahmen bilden Texte, bei denen künstlerische, philologische oder lizenzrechtliche Gründe einer Änderung entgegenstehen.

Die Mediencodes enthalten ausschließlich optionale Unterrichtsmaterialien. Auf verschiedenen Seiten dieses Buches finden sich Verweise (Links) auf Internetadressen. Haftungshinweis: Trotz sorgfältiger inhaltlicher Kontrolle wird die Haftung für die Inhalte externer Seiten ausgeschlossen.

Redaktion: Daniel Adler
Layout: Wildner Designer GmbH, Fürth
Satz: tiff.any GmbH & Co. KG, Berlin
Druck und Bindung: Mohn Media Mohndruck GmbH, Gütersloh

www.ccbuchner.de

ISBN 978-3-661-**71103**-4

Inhaltsverzeichnis

ANHANG

METHODEN für das Fach Gemeinschaftskunde

OPERATOREN-TRAINING

URTEILSBILDUNG

Zur Arbeit mit dem Buch

Politik & Co. Baden-Württemberg wurde für den neuen Bildungsplan 2016 für den Gemeinschaftskundeunterricht in Baden-Württemberg der Jahrgangsstufen 8 bis 10 neu konzipiert.

Es ermöglicht euch, liebe Schülerinnen und Schüler, die zentralen Inhalte und Kompetenzen des Faches anhand vieler Beispiele aus eurem Leben und eurer Umgebung zu erwerben. Für eure Lehrerinnen und Lehrer ist das Buch eine Hilfe, einen modernen und binnendifferenzierten Unterricht zu verwirklichen.

1 Kapitelauftaktseiten

Jedes Kapitel beginnt mit einer Auftaktdoppelseite. Eine Materialseite und offene Aufgaben ermöglichen euch eine erste Annäherung an die Inhalte des neuen Kapitels. Dabei könnt ihr auch zeigen, was ihr schon über das Thema wisst. Außerdem hilft euch ein kleiner Einführungstext, einen Überblick zu erhalten. Schließlich erfahrt ihr hier, über welches Können ihr am Ende des Kapitels verfügen solltet.

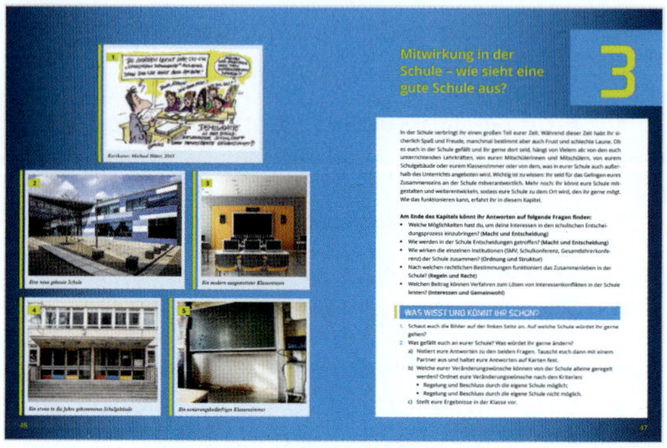

2 Einführung in die Unterkapitel

Jedes Unterkapitel beginnt mit einer knappen Einführung. In der Rubrik „**Zum Thema**" werdet ihr an das jeweilige Thema herangeführt. Hier erfahrt ihr bereits, was das zu behandelnde Problem auf den nachfolgenden Seiten ist und mit welchen Fragestellungen es bearbeitet werden kann. Im Anschluss an die thematische Hinführung beginnt jedes Unterkapitel mit einem Einstiegsmaterial und entsprechenden Einstiegsaufgaben. Hier wird in der Regel ein Problem, das ihr aus dem Alltag oder aus den Medien kennt, anhand unterschiedlicher Fallbeispiele dargestellt.

48 3 Mitwirkung in der Schule – wie sieht eine gute Schule aus?

3.1 Mitwirkung und Entscheidungen in der Schule

3.1.1 Können wir unsere Interessen ausreichend einbringen?

Zum Thema: „Die Jugend ist in den Schulen zu freien und verantwortungsfreudigen Bürgern zu erziehen und an der Gestaltung des Schullebens zu beteiligen." So steht es in Artikel 21 Absatz 1 der Landesverfassung Baden-Württemberg – der nach dem Grundgesetz wichtigsten Rechtsquelle des Bundeslandes. Doch wie genau soll das funktionieren? In diesem Kapitel erfahrt ihr, welche Rechte und Pflichten euch helfen können, eure Schule nach eurer Vorstellung mitzugestalten.

M1 Welche Mitwirkungs- und Gestaltungsmöglichkeiten gibt es an meiner Schule?

	Nutzung an der Schule		Sollte es meiner Meinung nach geben	
	ja	nein	ja	nein
Klassensprecher/-in	○	○	○	○
Klassenrat	○	○	○	○
Schulsprecher/-in	○	○	○	○
Vollversammlung	○	○	○	○
Arbeitskreise	○	○	○	○
Streitschlichtung	○	○	○	○
Schulzeitung	○	○	○	○
Feedback zum Unterricht	○	○	○	○
Online-Beteiligung	○	○	○	○
Schülerhaushalt	○	○	○	○
	○	○	○	○

Gloe, Markus: Teilhabe und Gestaltungsmöglichkeiten an der Schule. In: Politik & Unterricht Nr. 2/3-2018, S. 19

EINSTIEGSAUFGABE

Lest euch die unterschiedlichen Mitbestimmungsmöglichkeiten durch und kreuzt „ja" oder „nein" an. Wenn es an eurer Schule noch weitere Möglichkeiten gibt, könnt ihr sie in der freien Zeile eintragen

3 Aufbau der Unterkapitel

Durch die Arbeit mit dem Materialienteil und den speziell ausgewiesenen Methodenkarten schult ihr eure Sach-, Methoden-, Handlungs- und Urteilskompetenzen. Die sorgfältig ausgewählten Quellen (Sachinformationstexte, Zeitungsartikel, Bilder, Karikaturen, Grafiken etc.) zeigen unterschiedlichste Perspektiven und vertiefen die zentralen Themenaspekte. Am Ende jedes Unterkapitels findet ihr den **Aufgabenblock**. Die Aufgaben zeigen euch, wie ihr das Thema mittels der Materialien erarbeiten könnt, wobei jede Aufgabe eine konkrete Handlungsanweisung (Operator) enthält.

4 Kapitelabschluss

Die Kapitel schließen jeweils mit der Rubrik „WAS WIR KÖNNEN“ ab. Hier findet ihr Angebote, um die zu Kapitelbeginn formulierten Kompetenzen anzuwenden. Dies geschieht durch handlungsorientierte Aufgaben, die das gesamte Wissen und Können des Kapitels einfordern.

5 Urteilsbildung

Die Rubrik „Urteilsbildung“ ermöglicht es euch, politische, wirtschaftliche und gesellschaftliche Sach-, Konflikt- und Problemlagen zu analysieren und eigene Positionen zu entwickeln. Ihr erlernt dabei, wie ihr zu einem Urteil gelangt und werdet euch der Interessengebundenheit eures Standpunktes bewusst.

6 UpdateCodes

Zahlreiche Grafiken, Schaubilder und Tabellen mit dem Icon werden regelmäßig aktualisiert und stehen mit Hilfe eines QR- und Mediencodes neben der jeweiligen Grafiküberschrift kostenfrei zum Download zur Verfügung. Die Grafiken sind wie folgt konzipiert:

- Unter der Grafiküberschrift findet sich der jeweilige Stand der Grafik-Aktualisierung, z. B. „Stand: 2023“. Dieser Stand zeigt immer die letzte Datenüberprüfung an.
- Die Quellenangabe unter der Grafik informiert über den jeweiligen Datenerhebungszeitpunkt.

Lesebeispiel zur nebenstehenden Grafik: Die Daten von ***M3*** *stammen vom Statistischen Bundesamt aus dem Jahr 2022. Die letzte Datenüberprüfung, ob es neuere Daten gibt, fand im Jahr 2023 statt.*

Weitere Informationen zu den UpdateCodes finden sich im nebenstehenden QR- und Mediencode.

73000-519

Letzte Überprüfung, ob es neuere Daten gibt

73000-294

M3 Entwicklung des BIP seit 1950

Bruttoinlandsprodukt (BIP) in Deutschland von 1952 bis 2022
(in Milliarden Euro, Stand: 2023)

73000-294

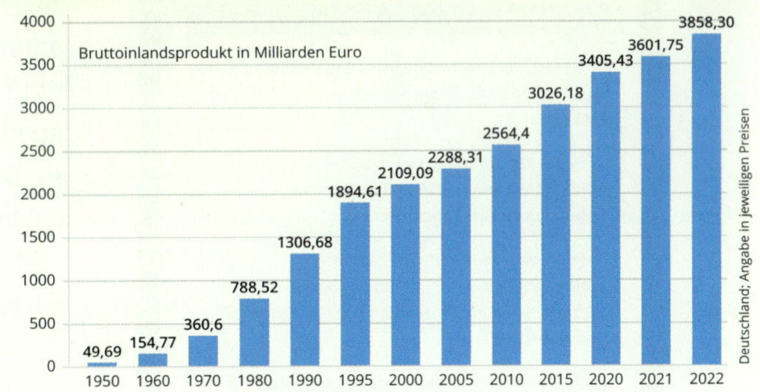

©C.C. Buchner, aktuelle Daten nach DESTATIS, 2022

Datenerhebungszeitraum

7 Hilfestellungen und Forderaufgaben

H Hilfen zu den Aufgaben: Solltet ihr Unterstützung bei der Bearbeitung der Aufgaben benötigen, findet ihr regelmäßig neben den Aufgabenblöcken Verlinkungen zu der Rubrik „Hilfen zu den Aufgaben“ am Ende des Schulbuches auf den Seiten 390–395.

F Forderaufgaben: Solltet ihr manchmal schneller arbeiten oder zusätzliche Herausforderungen suchen, findet ihr regelmäßig neben den Aufgabenblöcken sogenannte Forderaufgaben.

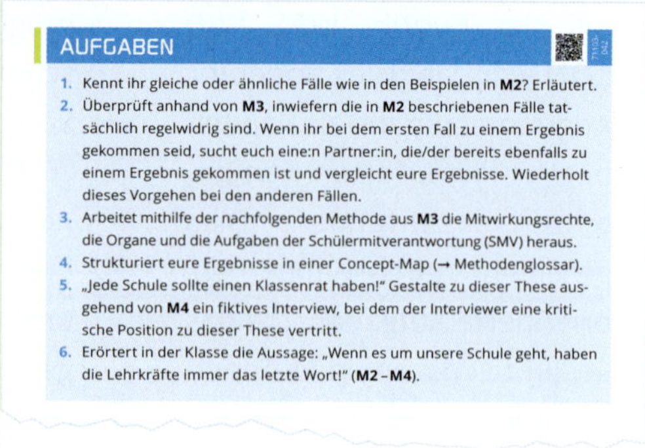

AUFGABEN

71103-042

1. Kennt ihr gleiche oder ähnliche Fälle wie in den Beispielen in **M2**? Erläutert.
2. Überprüft anhand von **M3**, inwiefern die in **M2** beschriebenen Fälle tatsächlich regelwidrig sind. Wenn ihr bei dem ersten Fall zu einem Ergebnis gekommen seid, sucht euch eine:n Partner:in, die/der bereits ebenfalls zu einem Ergebnis gekommen ist und vergleicht eure Ergebnisse. Wiederholt dieses Vorgehen bei den anderen Fällen.
3. Arbeitet mithilfe der nachfolgenden Methode aus **M3** die Mitwirkungsrechte, die Organe und die Aufgaben der Schülermitverantwortung (SMV) heraus.
4. Strukturiert eure Ergebnisse in einer Concept-Map (→ Methodenglossar).
5. „Jede Schule sollte einen Klassenrat haben!“ Gestalte zu dieser These ausgehend von **M4** ein fiktives Interview, bei dem der Interviewer eine kritische Position zu dieser These vertritt.
6. Erörtert in der Klasse die Aussage: „Wenn es um unsere Schule geht, haben die Lehrkräfte immer das letzte Wort!“ (**M2**–**M4**).

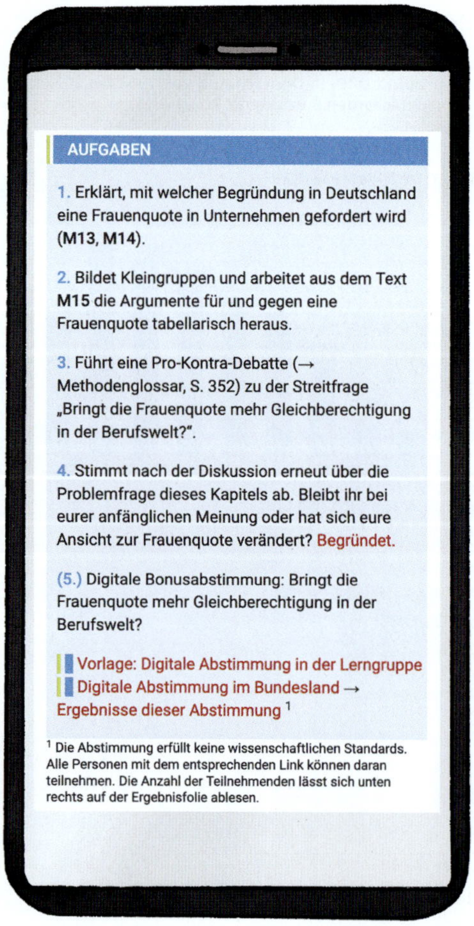

AUFGABEN

1. Erklärt, mit welcher Begründung in Deutschland eine Frauenquote in Unternehmen gefordert wird (**M13, M14**).
2. Bildet Kleingruppen und arbeitet aus dem Text **M15** die Argumente für und gegen eine Frauenquote tabellarisch heraus.
3. Führt eine Pro-Kontra-Debatte (→ Methodenglossar, S. 352) zu der Streitfrage „Bringt die Frauenquote mehr Gleichberechtigung in der Berufswelt?“.
4. Stimmt nach der Diskussion erneut über die Problemfrage dieses Kapitels ab. Bleibt ihr bei eurer anfänglichen Meinung oder hat sich eure Ansicht zur Frauenquote verändert? Begründet.

(5.) Digitale Bonusabstimmung: Bringt die Frauenquote mehr Gleichberechtigung in der Berufswelt?

Vorlage: Digitale Abstimmung in der Lerngruppe
Digitale Abstimmung im Bundesland → Ergebnisse dieser Abstimmung [1]

[1] Die Abstimmung erfüllt keine wissenschaftlichen Standards. Alle Personen mit dem entsprechenden Link können daran teilnehmen. Die Anzahl der Teilnehmenden lässt sich unten rechts auf der Ergebnisfolie ablesen.

8 Digitale Aufgabenkästen

Politik & Co. gibt Aufgabenkästen einen „digitalen Zwilling“. Mit Hilfe der QR- und Mediencodes in den Kopfzeilen der Aufgabenkästen können alle Aufgaben digital abgerufen werden. Diese digitalen Aufgaben sind identisch mit den jeweiligen Aufgaben im Schulbuch, bieten aber folgenden Mehrwert:

- **Digitale interaktive Anwendungen zu den Aufgaben:** Aufgaben aus dem Schulbuch werden um digitale, interaktive Anwendungen (z. B. Abstimmungen, Wortwolken, Rankings, ...) erweitert. Diese digitalen Anwendungen sind sowohl im Klassenraum (z. B. moderiert durch die Lehrkraft) als auch im ganzen Bundesland Baden-Württemberg (moderiert durch den Verlag) möglich. Mit anderen Worten: Die digitalen interaktiven Anwendungen ermöglichen einen anonymen Vergleich in der Klasse – und im Bundesland.
- **Operatoren- und Methodenkarten** werden zu den jeweils passenden Operatoren und Methoden verlinkt. Mit Hilfe von digitalen Endgeräten können somit wichtige Verständnis-, Strukturierungs- und Formulierungshilfen für einzelne Operatoren oder Methoden angeschaut und direkt an der Aufgabe, ohne Blättern zu müssen, genutzt werden.

9 OPERATOREN-TRAINING

Politik & Co. trainiert mit Hilfe eines eigens für Baden-Württemberg entwickelten Trainings den fachlich richtigen Umgang mit Operatoren. Hierbei kommen vor allem drei Lernaspekte zum Tragen:

1. Einfache verbale und passende grafische Erklärungen des jeweiligen Operators,
2. Hilfen zur Strukturierung und Formulierung bei der Bearbeitung des Operators,
3. konkrete Formulierungsbeispiele als Starthilfe zur Aufgabenlösung, vermittelt via QR- und Mediencode.

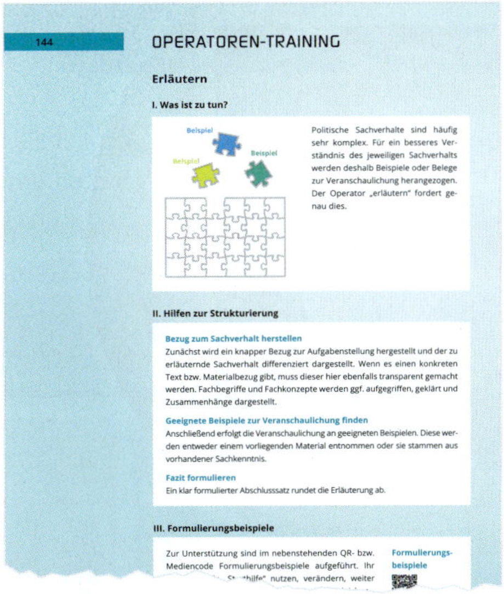
144 OPERATOREN-TRAINING

Erläutern

I. Was ist zu tun?

Politische Sachverhalte sind häufig sehr komplex. Für ein besseres Verständnis des jeweiligen Sachverhalts werden deshalb Beispiele oder Belege zur Veranschaulichung herangezogen. Der Operator „erläutern“ fordert genau dies.

II. Hilfen zur Strukturierung

Bezug zum Sachverhalt herstellen
Zunächst wird ein knapper Bezug zur Aufgabenstellung hergestellt und der zu erläuternde Sachverhalt differenziert dargestellt. Wenn es einen konkreten Text bzw. Materialbezug gibt, muss dieser hier ebenfalls transparent gemacht werden. Fachbegriffe und Fachkonzepte werden ggf. aufgegriffen, geklärt und Zusammenhänge dargestellt.

Geeignete Beispiele zur Veranschaulichung finden
Anschließend erfolgt die Veranschaulichung an geeigneten Beispielen. Diese werden entweder einem vorliegenden Material entnommen oder sie stammen aus vorhandener Sachkenntnis.

Fazit formulieren
Ein klar formulierter Abschlusssatz rundet die Erläuterung ab.

III. Formulierungsbeispiele

Zur Unterstützung sind im nebenstehenden QR- bzw. Mediencode Formulierungsbeispiele aufgeführt. Ihr … nutzen, verändern, weiter

Formulierungsbeispiele

10 Allgemeine Hinweise

- Das **Methodenglossar** am Ende des Buches bietet euch wichtige Methoden, um die Aufgaben besser bearbeiten zu können.
- Ein **Politiklexikon** zum Nachschlagen wichtiger Grundbegriffe aus den jeweiligen Kapiteln und ein **Register** zum Auffinden von Querverweisen können euch wichtige Hilfsmittel sein und das selbstständige Arbeiten mit dem Buch erleichtern.
- Eigens für das Lehrbuch erstellte **Zusatzmaterialien oder Erklärfilme** (drei bis fünf Minuten) könnt ihr auf der Verlagshomepage (www.ccbuchner.de) kosten- und werbefrei jederzeit abrufen. Mithilfe von Mediencodes könnt ihr sie entweder direkt (Quick-Response-Code ↔ Smartphone/Tablet) oder über die Eingabe des jeweiligen Mediencodes in das Suchfeld der Verlagshomepage beziehen.
- **Geschlechtergerechte Sprache:** Die Reihe **Politik & Co.** lebt Vielfalt und Gleichheit unabhängig von Alter, Herkunft, Handicap, sexueller Orientierung, Geschlecht und individueller Identität. Daher wurde auch eine geschlechtergerechte Sprache verwendet. Ausnahmen sind u. a. Quellen, die in ihrer original-sprachlichen Form belassen wurden. Diese und andere Beiträge beziehen aber selbstverständlich immer alle Menschen mit ein.
- Materialien ohne Quellenangaben sind von den Bearbeiterinnen und Bearbeitern verfasst.
- Sofern bei Materialien aus dem Internet kein Verfasserdatum ermittelt werden konnte, wird das „Abrufdatum“ genannt.
- Die URL/vollständigen Internetadressen aller verwendeten Materialien aus dem Internet könnt ihr über den nebenstehenden QR- und Mediencode einsehen.

QR- und Mediencodes in Politik & Co.

71103-003

URL aller verwendeten Materialien aus dem Internet

71103-004

1

Abgeordnete des Deutschen Bundestages stimmen über ein Gesetz ab.

2 „Politik heißt, sich in die eigenen Angelegenheiten einzumischen."

Max Frisch (Schriftsteller)

3

Demonstration gegen hohe Mieten in Berlin

4 „Politik ist Problemlösen. Politik beschäftigt sich mit Problemen, die viele Menschen betreffen, und für die eine einheitliche Regelung gefunden werden muss."

Maxi Schulte, Studentin der Politikwissenschaft in Heidelberg, 21 Jahre

5 „Politik heißt Macht und Konflikt. Jeder versucht seine eigenen Interessen durchzusetzen."

Philipp Dresner, Politologe in Stuttgart, 59 Jahre

6

Der Ministerpräsident von Baden-Württemberg, Winfried Kretschmann, auf einem Wahlplakat im Wahlkampf 2021.

7 „Politik ist das gemeinsame Streben nach einer gerechten Lösung."

Sophia Finkel, Schülerin aus Freiburg, 16 Jahre

1 Was ist Politik?

Politik gilt oft als langweilig und als etwas, das nur für Erwachsene relevant ist. Doch wenn man sich umsieht, wird deutlich, dass die allermeisten Situationen innerhalb und außerhalb der Schule beeinflussbar und veränderbar sind. Hierfür ist es wichtig zu wissen, wie dies geschehen kann.
Um dies zu erreichen, müssen jedoch zunächst die eigenen Interessen formuliert und Farbe bekannt werden. Es ist wichtig, sich mit anderen zusammenzutun und sich mit ihnen auseinanderzusetzen. Nur so können wünschenswerte Ziele verwirklicht oder zumindest Veränderungen erreicht werden.
Mit Engagement und der nötigen Entschlossenheit können alle von uns dazu beitragen, die Welt um sich herum ein Stück besser zu machen.

Am Ende des Kapitels könnt ihr Antworten auf folgende Fragen finden:

- Was ist Politik?
- Mit welchen grundsätzlichen Fragen beschäftigt sich Politik?
- Aus welchen Perspektiven kann man Politik betrachten?

WAS WISST UND KÖNNT IHR SCHON?

1. Sucht euch ein Bild oder ein Zitat aus, das ihr mit Politik verbindet.
2. Setzt euch in Vierergruppen zusammen und erläutert euch gegenseitig, warum ihr das Bild bzw. das Zitat ausgesucht habt.
3. Entwerft eine gemeinsame Definition von Politik, indem ihr den Satz „Politik ist …“ vervollständigt.

1.1 Das Problem: Was ist los im Lautertal? Der Streit ums Motorradfahren

Zum Thema: Das Große Lautertal ist ein Naturparadies, das viele Menschen anzieht. Die einen suchen Ruhe, die anderen kurvige Straßen. Und immer dort, wo Menschen unterschiedliche Interessen haben, ist der Streit nicht weit ...

M1 Das Lautertal – eine Idylle?

Südwestrundfunk: Landesschau Baden-Württemberg – Motorradterror im Lautertal

71103-005

Plakat an einer Straße im Lautertal

EINSTIEGSAUFGABE

Viele Anwohnerinnen und Anwohner des Lautertals protestieren gegen Motorräder. Warum? Diskutiert, welche Probleme der Motorradverkehr mit sich bringen kann. Seid ihr ebenfalls von dem Problem in eurer Gemeinde betroffen?

M2 Motorräder – im Lautertal ein Ärgernis

An sonnigen Sommertagen zieht das Tal den Verkehr regelrecht an: Bis zu 1.800 Motorradfahrer schlängeln sich pro Tag zwischen den Hängen hindurch, genießen die Ausfahrt entlang der Lauter. An insgesamt 21 Standorten hat das Landratsamt im vergangenen Jahr die Belastung untersucht und eigens neu entwickelte Messgeräte angeschafft, die sowohl die Geschwindigkeit als auch die Lautstärke der Fahrzeuge messen können. Außerdem reagieren die Geräte auf auffällige Motorradfahrer mit speziellen Displays und geben eine Rückmeldung zum jeweiligen Fahrverhalten. Als Problemstrecke haben sich die acht Kilometer von Buttenhausen nach Indelhausen erwiesen. Klagen über zu laute Motorräder gibt es im ganzen Land. Am Lochenpass bei Balingen wird die Straße an Wochenenden deshalb einseitig gesperrt. Rund um Freiburg setzt die Polizei auf verstärkte Kontrollen.

Keck, Christine: Im Lautertal werden Motorräder ausgebremst. In: www.stuttgarter-zeitung.de, 23.05.2018

M3 Unterschiedliche Perspektiven auf das Problem: Wie nehmen die Menschen die Situation war?

1 Jessica Manz, Anwohnerin

Meine Familie wohnt seit Generationen im Lautertal. Eigentlich ist das hier ein wunderbarer Flecken Erde, aber an den Wochenenden verwandelt es sich in eine Hölle. Unseren Garten können wir nicht mehr nutzen, denn die Motorräder sind einfach zu laut. Wir haben uns ernsthaft überlegt, ob wir nicht wegziehen sollen, aber wer kauft schon eine Immobilie an einer Raserstrecke?

2 Gerold Haas, Gastronom

An Wochenenden kommen sehr viele Motorradfahrer zu mir in die Wirtschaft zum Mittagessen. Mir ist wichtig, dass diese Kunden nicht durch Verbote vertrieben werden, denn dies wäre für unseren Betrieb sehr schlecht. Erst Corona, dann Verbote – das stehen wir nicht durch.

3 Elif Deniz-Schmidt, Kanuverleiherin

Die Lauter gehört zu den schönsten Flüssen in Baden-Württemberg. Die Lauter mäandert durch das liebliche Tal und man genießt herrliche Ausblicke auf Wälder, Wiesen und Burgen. Ich lebe vom Verleih von Kanus. Viele Familien kommen und wollen in der schönen Natur einen ruhigen Tag verbringen. Aber es gibt immer mehr Beschwerden über den Lärm, der die Idylle stört. Ich habe Sorge, dass Kunden fern bleiben und mein Geschäft stagnieren könnte.

4 Jakob Hoffmann, Motorradfahrer

Motorradfahren gibt mir ein Gefühl der Freiheit. Mit dem Motorrad durch das Lautertal zu cruisen, ist wunderschön. Ich halte mich an alle Regeln und an die Tempolimits. In den Dörfern fahre ich extra langsam. Natürlich sehe ich auch Motorradfahrer, die mich in den Dörfern überholen und durch das Tal rasen. Aber wieso muss man wegen weniger schwarzer Schafe alle Motorradfahrer vertreiben?

Bearbeiter

AUFGABEN

71103-006

1. Stellt die unterschiedlichen Positionen und die verwendeten Argumente in einer Übersicht dar (**M3**).
2. Wendet eure Definition von Politik (vgl. Auftaktseite) auf die Situation im Lautertal an (**M2**, **M3**).
3. Entwickelt Vorschläge, wie die Situation im Lautertal gelöst werden kann.

Wie man politische Konflikte analysieren kann

I. Worum geht es?

Dort, wo viele Menschen zusammenleben, kommt es immer wieder zu Konflikten. Die Menschen, die in einer Gesellschaft leben, haben unterschiedliche Interessen und Wertvorstellungen und dies führt zu politischem Streit. Natürlich ist nicht jeder Konflikt ein politischer Konflikt. Wenn sich zwei Nachbar:innen um einen Gartenzaun streiten, dann ist dies nicht von öffentlichem Interesse. Ein politischer Konflikt betrifft die Allgemeinheit viel stärker, z. B., wenn darüber entschieden werden muss, wofür die Gemeinde ihr Geld ausgeben soll, oder man streitet sich, ob eine Straße gebaut werden soll oder nicht. Aufgabe der Politik ist es nicht, eine Gesellschaft ohne Konflikte zu schaffen – das würde auch niemals funktionieren –, sondern dafür zu sorgen, dass diese Konflikte gelöst werden. Es ist wichtig, dass dabei keine Gewalt angewendet wird und die Lösung des Konflikts offen und in geordneten Bahnen abläuft.

II. Geht dabei so vor:

Was ist ein Modell?

71103-007

1. Schritt: Was ist Politik?

- Erstellt ein Modell, das verdeutlicht, wie Politik funktioniert.
- Wählt dazu die wichtigsten Begriffe aus dem Begriffsspinnennetz aus und begründet eure Entscheidung.

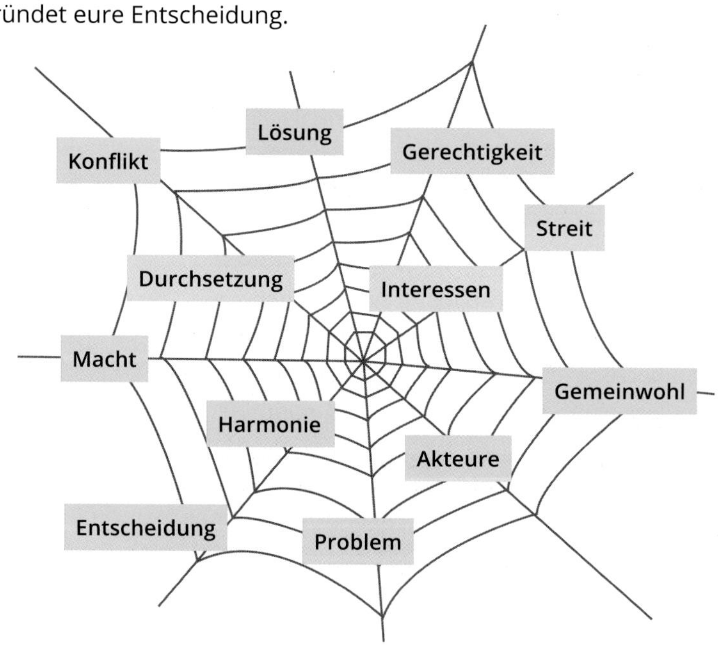

2. Schritt: Ergebnisse präsentieren

- Präsentiert eure Modelle in einem Galeriespaziergang (→ Methodeglossar).

Bearbeiter

1.2 Wie kann der Konflikt im Lautertal gelöst werden?

Zum Thema: Die Lärmbelastung für die Menschen im Lautertal wird nicht geringer – ganz im Gegenteil. Deswegen wurden Schilder aufgestellt, die an die Motorradfahrerinnen und Motorradfahrer appellieren, sich rücksichtsvoll zu verhalten.

M1 Apelle als Lösung?

EINSTIEGSAUFGABEN

71103-008

1. Erläutert, welche Absicht mit dem Verkehrsschild verfolgt wird.
2. Diskutiert, inwieweit solche Kampagnen erfolgreich sein können.
3. Überlegt euch, welche anderen Lösungen denkbar wären, um die Situation der Anwohnerinnen und Anwohner zu verbessern.

Ein Schild an einem Ortsausgang im Lautertal appelliert an Motorradfahrer, langsam zu fahren, um Lärmbelästigungen zu verringern.

M2 Interview mit dem Münsinger Bürgermeister Mike Münzing

Herr Münzing, wie erleben Sie als Bürgermeister die aktuelle Situation im Lautertal?

[Wir] mussten [...] in den letzten Jahren feststellen, dass das Lautertal stärker als in den vergangenen Jahren durch Motorradfahrerinnen und -fahrer besucht oder belastet wird. Vor allem aber der Umstand, dass die dB(A)-Richtlinien für Motorräder in Europa gegenüber den ursprünglichen Werten in der Bundesrepublik Deutschland erhöht wurden, trägt zur Verschärfung der Problematik der Lärmemissionen durch Motorräder bei. [...] [Auch] die einmalige und hochattraktive Tallage des Großen Lautertals mit der mäandernden Lauter führten dazu, dass [...] die Konzentration der Motorräder deutlich gestiegen ist. Das enge Tal und die beidseitig hoch aufsteigenden Felsen und Hänge tragen noch mehr zur Schallverstärkung bei. Über Jahre hinweg versuchte der Landkreis Reutlingen zusammen mit den Städten und Gemeinden das Problem damit zu lösen, dass auf die Rücksichtnahme der Motorradfahrerinnen und -fahrer appelliert wurde. Zuletzt wurde durch das Landratsamt Reutlingen an neuralgischen Punkten, an denen die Emissionsmessungen deutliche Überschreitungen erbrachten, Geschwindigkeitsreduzierungen für Motorräder angeordnet. Alles in allem haben diese Maßnahmen sicherlich dazu beigetragen, die Belastung deutlich zu reduzieren, jedoch helfen sie immer noch nicht, vor allem an Spitzentagen, an denen auch die Bewohnerinnen und Bewohner das Lautertal gerne genießen wollten, die Lärmemissionen so zu senken, dass die Lebensqualität nicht weiter eingeschränkt ist. Die Stimmungslagen der Einwohnerinnen und Einwohner des Lautertals gehen von

Mike Münzing ist seit 1997 Bürgermeister von Münsingen. Buttenhausen im Lautertal ist eine Teilgemeinde von Münsingen.

dB(A)-Richtlinien für Motorräder
Ab dem 01.01.2016 neu zugelassene Motorräder müssen beim Fahrgeräusch den Grenzwert von 77 dB(A) einhalten (db(A) = Maßeinheit des Geräuschpegels).

„unerträglich" bis „stört mich nicht" oder von „sperrt das Lautertal für Motorradfahrer" bis zu „wir profitieren von diesen".

Im Lautertal sind viele Schilder aufgestellt worden, die an die Motoradfahrer appellieren, Rücksicht auf die Anwohner zu nehmen. Wie schätzen Sie den Erfolg von Appellen ein?

[...] Aus meiner persönlichen Wahrnehmung, aber vor allem auch aus den Messungen der vergangenen Jahre kann deutlich festgestellt werden, dass nicht ein Generalverdacht gegen alle Motorradfahrerinnen und -fahrer ausgesprochen werden kann. Der größte Teil verhält sich ordnungsgemäß und bemüht sich auch, so zu fahren, dass nicht unnötige Emissionen daraus hervorgehen. Andererseits gibt es selbstverständlich auch andere, die an ihren Fahrzeugen manipulieren oder rücksichtslos, die einen zu schnell und die anderen zu laut, durch das Lautertal fahren.

Was kann die Politik, außer an die Motorradfahrer zu appellieren, noch tun?

Der Landkreis Reutlingen [...] hat Geschwindigkeitsreduzierungen an den Stellen angeordnet, die entweder eine erhöhte Unfallrelevanz aufweisen oder eben deutliche Emissionsüberschreitungen. Aus meiner Sicht spräche nichts dagegen, außerhalb der geschlossenen Ortschaften generell ein Tempo 70 für alle anzuordnen. Dies lässt sich jedoch aus der aktuellen Straßenverkehrsordnung nicht ableiten.

Könnten Fahrverbote für Motorräder das Problem lösen?

Diese Frage kann ich ganz einfach beantworten und zwar mit einem klaren Ja. [...] Andererseits muss die Frage gestellt werden, ob dies rechtlich überhaupt umsetz- und durchsetzbar wäre. In Steigen, an denen keine Bewohnerinnen und Bewohner leben, die möglicherweise mit ihrem Motorrad zur Arbeit, zur Schule oder auch ihren Hobbies nachgehen wollen, können solche Fahrverbote sehr wohl ausgesprochen werden. Üblicherweise wird dies auch an solchen Steigen getan, an denen überdurchschnittliche Unfallgefahren für Motorräder bestehen. Aber kann dieses auch in einem Tal angeordnet werden, in dem Menschen leben, die möglicherweise auf dieses Verkehrsmittel angewiesen sind? Und genau auch solche Stimmen gibt es im Lautertal, dass sich die Bewohnerinnen und Bewohner nicht vorstellen können, künftig ihre Motorräder auf den Anhängern aus dem Lautertal heraus zu transportieren, um dann außerhalb des Tales auf das Motorrad wieder umzusteigen.

Interview des Bearbeiters mit Mike Münzing am 28.06.2022 (gekürzt)

Auszeichnung für das Große Lautertal
2019 hat der Dachverband der Nationalparks, Biosphärenreservate und Naturparks in Deutschland EUROPARC Deutschland e.V. und die Heinz-Sielmann-Stiftung das Große Lautertal zum schönsten Bach- und Flusstal Deutschlands erklärt. Das Biosphärengebiet Schwäbische Alb insgesamt wurde letztendlich auch dank des Großen Lautertals zur nachhaltigsten Tourismusdestination der Bundesrepublik Deutschland prämiert.

Vollständiges Interview mit Bürgermeister Mike Münzing zum Nachlesen
71103-009

AUFGABEN

71103-100

1. Können Appelle helfen, die Situation zu entspannen? Vergleicht eure Einschätzung mit den Ausführungen des Bürgermeisters Mike Münzing in **M2**.
2. Erläutert, welche Folgen ein Fahrverbot für die Bewohner:innen des Lautertals hätte.
3. Erörtert, ob ein Fahrverbot im Lautertal eingeführt werden soll.

Politik aus unterschiedlichen Perspektiven betrachten

I. Worum geht es?

Um ein differenziertes Urteil zu fällen, muss man den politischen Konflikt oder die politische Streitfrage aus unterschiedlichen Perspektiven betrachten. Eine Perspektive bezeichnet einen Blickwinkel auf ein politisches Problem oder die Wahrnehmung einer Streitfrage aufgrund ganz unterschiedlicher Interessen der betroffenen Menschen. Ein Beispiel: Soll eine Umgehungsstraße gebaut werden, dann sind Anwohnende, die von der neuen Straße betroffen sind, meist dagegen, während die Anwohnende, die bisher unter dem Durchgangsverkehr gelitten haben, meist dafür sind. Sie haben unterschiedliche Interessen und damit unterschiedliche Perspektiven auf das politische Problem.

II. Geht dabei so vor:

1. Schritt: Welche Perspektiven werden unterschieden?

Individuelle Perspektive
Sie bezeichnet den subjektiven Blick eines Individuums bzw. der sozialen Gruppe, der es angehört, auf eine politische Streitfrage. Die individuelle Perspektive ist die eigene persönliche Wahrnehmung und Einschätzung eines Problems.

Öffentliche Perspektive
Sie bezeichnet die Interessen und Werte anderer Akteure. Um einen politischen Konflikt zu verstehen, müssen wir auch die Interessen und Einschätzungen anderer in unsere Analyse und Bewertung einbeziehen. Andere Perspektiven können im Einklang oder auch im Widerspruch zu unseren eigenen Interessen stehen.

Systemische Perspektive
Sie ist sehr abstrakt und beschäftigt sich mit der Frage, wie eine politische Entscheidung sich auf ein ganzes System auswirkt. Man betrachtet nicht mehr einzelne Interessen oder Blickwinkel, sondern untersucht, wie ein großer Teilbereich durch eine Entscheidung verändert wird.

2. Schritt: Perspektiven auf den Konflikt im Lautertal anwenden

- **Individuelle Perspektive:** Wie nehmt ihr persönlich das Problem wahr? Wie schätzt ihr die Lage im Lautertal ein? Seid ihr selbst von Lärm betroffen?
- **Öffentliche Perspektive:** Wie nehmen die betroffenen Menschen das Problem wahr? Welche Interessen haben sie?
- **Systemische Perspektive:** Wie wirkt sich der Konflikt auf das Zusammenleben im Lautertal aus?

1 *Jessica Manz, Anwohnerin*
2 *Gerold Haas, Gastronom*
3 *Elif Deniz-Schmidt, Kanuverleiherin*
4 *Jakob Hoffmann, Motorradfahrer*

1

2

3

4

Bearbeiter

WAS WIR KÖNNEN

Basiskonzepte – mit welchen Fragen und Problemen beschäftigt sich Politik?

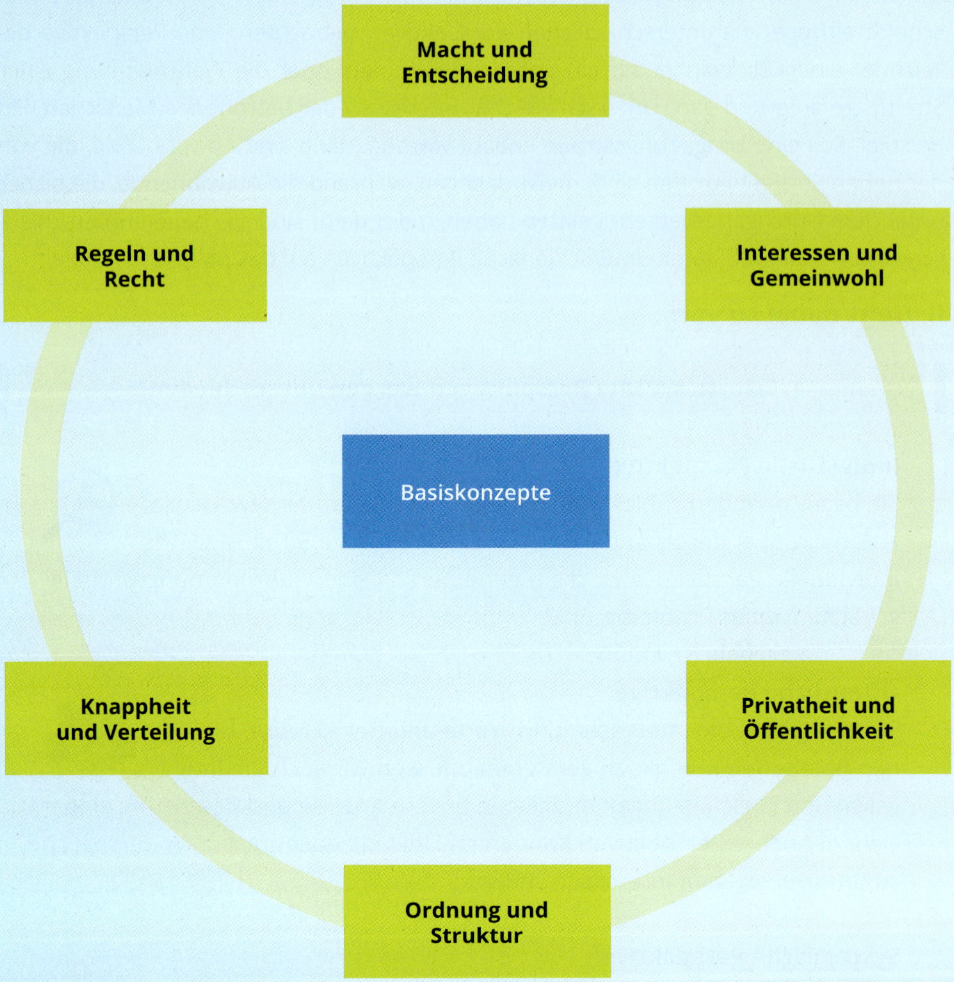

Macht und Entscheidung

- Welche Instanzen entscheiden mit welchen Verfahren?
- Wer kann mit welcher Legitimation Entscheidungen treffen?
- Welche Möglichkeiten haben die Bürgerinnen und Bürger, auf den politischen Willensbildungsprozess und den politischen Entscheidungsprozess Einfluss zu nehmen?

Regeln und Recht

- Welche rechtlichen Regelungen bestimmen den politischen und ökonomischen Handlungsrahmen?
- Wie werden Regelverstöße geahndet und gesellschaftliche Konflikte gelöst?
- Wie wird über Regeln Verhalten gesteuert?

WAS WIR KÖNNEN

Knappheit und Verteilung

- Wie kann und soll der Umgang mit knappen Gütern gestaltet und politisch geregelt werden?
- Wie kann in einer Welt der Knappheit die Versorgung der Menschen effizient organisiert und gerecht gestaltet werden?

Interessen und Gemeinwohl

- Was ist „gute" Politik?
- Nach welchen Werten und Interessen soll unsere Gesellschaft gestaltet werden?
- Worin besteht das Gemeinwohl und wie kann man es messen?
- Welche Bedeutung haben demokratische Konfliktlösungsverfahren für die Gesellschaft?

Privatheit und Öffentlichkeit

- Welche Bereiche des Lebens muss der Staat regulieren und welche nicht?
- Welche Formen des privaten Zusammenlebens werden besonders gefördert?
- Was unterscheidet Handeln im privaten Raum von Handeln im öffentlichen Raum?
- Wie kann Privatheit im Zeitalter der Digitalisierung geschützt werden?
- Welche Bedeutung haben Medien für den öffentlichen Diskurs?

Ordnung und Struktur

- Nach welchen Strukturprinzipien kann man politische Systeme gestalten?
- Wie wirken politische Institutionen zusammen?
- Welche unterschiedlichen Wirtschafts- und Gesellschaftsordnungen gibt es?

Bearbeiter

AUFGABEN

71103-180

Basiskonzepte verdeutlichen die Bereiche, mit denen sich Politik beschäftigt. Nicht alle Basiskonzepte passen zu einem Konflikt.

1. Arbeitet die Basiskonzepte und die passenden Fragen heraus, mit denen man den Konflikt im Lautertal beschreiben/analysieren kann. Beantwortet mindestens drei Fragen, auf die ihr euch einigen konntet.
2. Diskutiert, ob die Basiskonzepte uns dabei helfen, Politik zu verstehen.

Übung zur Unterstützung

71103-011

Sylvia (alleinerziehend, 32) mit Sohn Daniel und ihrem Hund zu Besuch bei ihrer Großmutter

Gemeinsamer Familienausflug im Schwarzwald

Was ist Familie für euch?

Lukas und Kiano sind seit vier Jahren ein Paar.

Gemeinsames Mittagessen

Familie und Gesellschaft – im Wandel?

2

Wegen ihrer gesamtgesellschaftlichen Bedeutung wird die Familie im Grundgesetz unter besonderen Schutz des Staates gestellt. Das Zusammenleben in der Familie ist also nicht nur reine Privatsache, sondern hat auch politische Relevanz. Wie sich Familienformen entwickeln und gewandelt haben, welchen Herausforderungen sich die Familien, aber auch die Politik stellen mussten und müssen, wird im ersten Teil dieses Kapitels erläutert.
Im Grundgesetz ist verankert, dass Frauen und Männer in Deutschland gleichberechtigt sind und der Staat Nachteile ausgleichen muss. Ausgehend von der Aufgabenverteilung in der Familie wird untersucht, wo Ungleichheiten zwischen den Geschlechtern zu finden sind. Viele davon sind noch auf „alte Rollenbilder" zurückzuführen. Im zweiten Teil des Kapitels geht es darum, welche Chancen es gibt, sich von diesen „alten Rollenbildern" zu lösen und wie die Politik sowohl Frauen als auch Männer dabei unterstützt und unterstützen könnte, um mehr Gleichberechtigung zu erreichen.

Am Ende des Kapitels könnt ihr Antworten auf folgende Fragen finden:

- Welche Formen des Zusammenlebens gibt es in Deutschland? **(Ordnung und Struktur)**
- Warum und wie fördert der Staat Familien? **(Privatheit und Öffentlichkeit)**
- Welche Faktoren befördern eine ungleiche Verteilung von Aufgaben in der Familie und wozu führt diese Ungleichheit? **(Interessen und Gemeinwohl)**
- Welche rechtlichen Bestimmungen verfolgen das Ziel, Benachteiligungen zwischen den Geschlechtern zu überwinden? **(Regeln und Recht)**

WAS WISST UND KÖNNT IHR SCHON?

71103-012

1. Gestaltet ein Bild eurer Wunschfamilie. Wer gehört dazu? Welche Rollen und Aufgaben haben die einzelnen Mitglieder? Was bedeutet Familie für euch?
2. Vergleicht eure Vorstellungen von Familie mit den Ideen eurer Mitschülerinnen und Mitschüler und den Bildern auf der gegenüberliegenden Seite. Welche Gemeinsamkeiten und Unterschiede gibt es?

2.1 Formen des Zusammenlebens – Ist die (Kern-)Familie am Ende?

2.1.1. Freunde als Familie – geht das?

Zum Thema: Vor über 70 Jahren haben die Verfasser:innen des Grundgesetzes der Bundesrepublik der Ehe und Familie einen besonderen Schutz zugeschrieben. Verstehen wir heute noch das gleiche unter „Familie"? Gibt es andere Gemeinschaften, die an Bedeutung gewonnen haben? All das und welche Rolle eure Freunde spielen können, erfahrt ihr in diesem Kapitel.

M1 Familie oder Freunde – was ist wichtiger?

Comedian Harmonists: Ein Freund, ein guter Freund

71103-013

Der wahre Freund allein
Ist doch das höchste Gut auf Erden
Ein Freund, ein guter Freund
Das ist das Beste, was es gibt auf der Welt
Ein Freund bleibt immer Freund
Und wenn die ganze Welt zusammenfällt
Drum sei auch nie betrübt
Wenn dein Schatz dich nicht mehr liebt
Ein Freund, ein guter Freund
Das ist der größte Schatz, den's gibt

Comedian Harmonists: Ein Freund, ein guter Freund. Text: Robert Gilbert

EINSTIEGSAUFGABEN 71103-014

1. Beschreibt, wie die Comedian Harmonists in ihrem Lied „Ein Freund, ein guter Freund" zu Familie und Freunde stehen.
2. Führt eine Abstimmung in der Klasse durch und begründet, was für euch wichtiger ist – Familie oder Freunde?

M2 Was ist überhaupt eine Familie und welche Funktionen hat sie in unserer Gesellschaft?

*Lena Hipp ist Professorin für Soziologie an der Universität Potsdam […]. Planet Wissen hat mit ihr über **Familie** gesprochen, über Idealbilder und darüber, wie sich Familie ständig verändert.*

Planet Wissen: Frau Hipp, was verstehen wir heute unter Familie?

Lena Hipp: Familie ist, wenn mehrere Generationen, mindestens aber zwei, zusammenleben. Wenn die Familie intakt ist, unterstützen sich die Mitglieder nicht nur emotional, sondern auch ökonomisch und sozial. Eine Familie hat also mehrere Funktionen: Sie dient der Reproduktion und Sozialisation ihrer Mitglieder und sichert ihre wirtschaftliche Existenz.

Planet Wissen: Wie wichtig sind Familien für unsere Gesellschaft?

Lena Hipp: Sie sind der Kern einer Gesellschaft. Kinder werden in eine Familie geboren, sie werden da großgezogen, erzogen und sozialisiert. Der Mensch braucht ein enges Netz, das ihm die Familie geben kann. Es ist nicht nur ökonomisch wichtig, sondern auch emotional und psychologisch.

Planet Wissen: „Vater, Mutter, Kind" – ist das noch heute das Ideal von Familie?

Lena Hipp: Es ist tatsächlich ein sehr mächtiges Bild, das unser Verständnis von Familie prägt: Die bürgerliche Kleinfamilie, „Vater, Mutter, Kind", ist meist die erste Konstellation, an die wir denken, wenn wir Familie hören. Das Bild stammt aus den 1950er- und 1960er-Jahren, darum ist es so erstaunlich, dass wir es jetzt immer noch haben. Vater, Mutter, verheiratet, ein oder mehrere leibliche Kinder. Er sorgt sich um das materielle Einkommen, sie bleibt zu Hause und kümmert sich um das Kind. Diese Vorstellung prägt uns heute noch, spiegelt aber längst nicht mehr die Realität.

Planet Wissen: Wie sieht die Realität aus?

Lena Hipp: Es gibt immer mehr Patchwork-Familien und auch der Anteil von Familien mit alleinerziehendem Elternteil wird immer größer. Jemand hat vielleicht ein Kind mit einem Partner und ist nicht verheiratet. Man trennt sich wieder und es gibt eine Fortsetzungsfamilie. Es kommt ein neues Kind dazu oder das Paar nimmt ein Pflegekind auf. Mittlerweile gibt es – auch wenn der Anteil noch klein ist – immer mehr Familien mit gleichgeschlechtlichen Eltern, auch Regenbogenfamilien genannt. Das alles ist auch Familie.

Rios, Ana: „Familien sind der Kern einer Gesellschaft". Lena Hipp im Interview mit Planet Wissen. In: www.planet-wissen.de, 13.08.2019

Sozialisieren
Eine Person zu sozialisieren bedeutet, diese in eine Gemeinschaft einzubinden und sie zum Leben in der Gesellschaft zu befähigen.

Aufgaben der Familie und die Maslowsche Bedürfnispyramide

71103-015

Vertiefung zur Entwicklung der verschiedenen Lebensformen

71103-016

M3 Wie entwickelt sich die Haushaltsgröße in Deutschland?

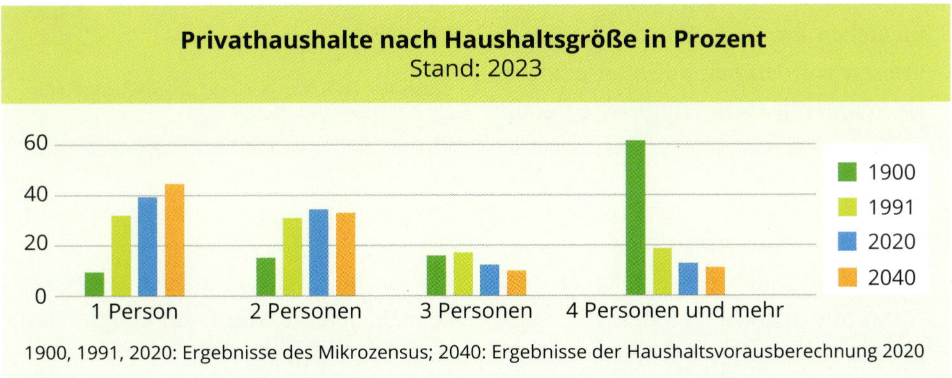

Nach: Statistisches Bundesamt (Destatis), 2023

M4 Kontrovers diskutiert: Sind Freunde ein Ersatz für die Familie?

A Ja, schon!

Der Holzboden des Festzelts bebt, der Bass dröhnt, die Menge tanzt. Csaba, Anfang 20, lacht, singt, feiert mit seinen Arbeitskollegen. Vor etwas über einem Jahr ist er aus Ungarn ins Rheinland gekommen. Ob er sich hier allein fühlt? „Edo ist doch mein Bruder", sagt er und deutet auf einen türkischen Kollegen, den er seit ein paar Monaten kennt. Der zapft zwei Pils aus dem Fass, für das alle am Tisch zusammengelegt haben. „Komm, wir trinken, Bruder." Wenn man jemanden als Familienmitglied anspreche, gehe es auch um die eigene Identität, sagt Bernd Meyer, Professor für Interkulturelle Kommunikation an der Johannes Gutenberg-Universität Mainz. „Der Ausdruck brothers and sisters, der ursprünglich von Schwarzen in den USA benutzt wurde, ist ein Zeichen besonderer Nähe." [...]

Mit dem Stichwort „Familie" sei der Wunsch nach etwas Dauerhaftem und Verlässlichem verknüpft, sagt Kerstin Jürgens, Professorin für Mikrosoziologie an der Uni Kassel. Man hoffe auf „Solidarität, Liebe, Geborgenheit", die in Familien auf langjährigem Zusammenleben basieren. Klar, in Freundeskreisen würden keine Kinder erzogen, sie könnten aber durchaus wie Familien empfunden werden. Die Soziologin Jürgens sieht auch in unsicheren Beschäftigungsverhältnissen einen Grund für die Sehnsucht nach quasi familiärer Geborgenheit im Alltag. „Zukunftssorgen sind weit verbreitet. Das führt dazu, dass viele Menschen verstärkt nach Sicherheit in der Familie und auch bei Freunden suchen." Heute müsse man aber flexibel und mobil sein, und notfalls auch an einem anderen Ort seine Existenz neu aufbauen. Keine guten Bedingungen für die Familienbeziehung, oder auch, um eine neue Familie zu gründen.

Können [...] Freundschaften als Familienersatz herhalten? „Um in Freundschaften eine solche Solidarität aufzubauen, braucht es viel Zeit, drei gemeinsame Erfahrungen und vor allem Vertrauen. Über virtuelle Netzwerke lässt sich das nur bedingt bewerkstelligen, dafür ist Präsenz nötig", so Jürgens. „Aber falls wir keine eigene Familie haben, zum Beispiel, wenn wir älter sind, kommen wir dazu, uns Wahlgemeinschaften zu suchen, bei denen wir Geborgenheit finden und auf die wir auch im Notfall zählen können."

Gaisbauer, Sabrina: Was geht ab, Bro?, In: Fluter Nr. 49/2013–2014, S. 13

Gemeinschaft
Eine Gemeinschaft bezeichnet eine Gruppe, die etwas miteinander teilt oder deren Mitglieder in bestimmten Eigenschaften, Verhaltensweisen oder Interessen übereinstimmen. So kann z. B. das Team deiner Handballmannschaft als Gemeinschaft bezeichnen werden.

B Nein, eher nicht!

„Ich würde mich schrecklich freuen, wenn du kämest, Liebelein", sagte [meine Großmutter] am Telefon. „Aber morgen müssen die Eia und ich bei der Berta Fenster putzen, Mittwoch besuche ich die Mimi, am Donnerstag kommt die Fine." [...]

Die Berta, die Eia, die Fine, die Trude, die Guste. Meine Großmutter hatte einen unerschöpflichen Schatz an Schwestern. Wenn wir bei unserer Großmutter in den Ferien waren, saßen sie auf den Biedermeier-Sesseln im Damenzimmer und tranken Tee mit Rum und erzählten sich Familiengeschichten, vom Verlieben und Sichtrennen, von Reichtum, Armut und Skandalen. Alle hatten sie geheiratet und fast alle eine unüberschaubare Anzahl an Kindern und Enkeln bekommen. Das Leben meiner Großmutter mütterlicherseits spielte sich fast ausschließlich in ihrer – meist weiblichen – Großfamilie ab. [...] Meine Großmutter fuhr nicht in den Urlaub, sie fuhr zu Nichten oder Cousinen. Dass wir als Kernfamilie abends in ein Restaurant essen gingen, erheiterte sie. Was für eine verrückte Idee! Man könnte doch auch Verwandte besuchen. [...] Meine beiden Schwestern und ich wuchsen anders auf. Wir waren eine Familie unserer Zeit, eine Kernfamilie: Vater, Mutter, drei Kinder. Wir konzentrierten uns auf uns. Unsere Tanten und Onkel lebten in anderen Städten, ihr Leben schien uns fern. Wenn neue Menschen in unser Leben kamen, dann waren es Freunde, die wir fanden, oder Kollegen, die wir bei der Arbeit kennenlernten. Sie alle hatten wir uns selbst ausgesucht. Lange Zeit lebten wir gut mit unserem Familienmodell. Irgendwann aber brauchten meine Eltern im Alter Hilfe. Unsere Tochter kam auf die Welt und wir waren als Eltern auf Unterstützung angewiesen. In dieser Zeit machte ich zum ersten Mal eine interessante Erfahrung. Nicht meine Freunde, nicht meine Kollegen waren diejenigen, auf die ich mich am meisten verlassen konnte. Es waren Mitglieder meiner erweiterten Familie, die halfen. Das Netzwerk, das meine Großmutter einst aufgebaut hatte, blieb intakt, auch in der nächsten Generation. Und uns, als Teil davon, kam es zugute.

Luig, Judith: Familienmodelle: Das Ende der Kernfamilie, In: www.zeit.de, 06.03.2020

Institutionalisierte und gefühlte Familie
Die institutionalisierte Familie meint die Form der Familie wie sie allgemein in der Gesellschaft anerkannt ist. Sie definiert den Begriff Familie über die Form des Zusammenlebens als Eltern und Kind in allen möglichen Formen. Die gefühlte Familie definiert Familie über die emotionale Bindung zwischen den Menschen. So können auch nicht verwandte Freunde eine Familie bilden, weil sie sich gegenseitig Halt und emotionale Stabilität bieten.

AUFGABEN

71103-017

1. a) Beschreibt, was eine Familie ausmacht (**M2**).
   b) Stellt die in **M2** genannten verschiedenen Formen von Familie graphisch dar. Vielleicht kennt ihr noch weitere? Ergänzt diese.
2. a) Nennt mithilfe des Interviews mit Lena Hipp (**M2**) die gesellschaftlichen Aufgaben der Familie.
   b) Erläutert anhand selbstgewählter Beispiele, wie Familien diese Aufgaben erfüllen.
3. Analysiert die Statistik **M3** in Bezug auf die Entwicklung von Familien.
4. Überprüft, ob alle Formen von Familie die gesellschaftlichen Aufgaben einer Familie erfüllen können (**M2**).
5. Erörtert ausgehend von **M4** **A** und **B**, ob Freunde auch die gesellschaftlichen Aufgaben einer Familie übernehmen können.

H zu Aufgabe 1b
→ S. 390

F zu Aufgabe 1–4
Der ehemalige Direktor des Bundesinstituts für Bevölkerungsforschung Nobert F. Schneider über die Familie: „Vielfalt ist mithin kein Indikator für die Auflösung [...], sie ist vielmehr eine notwendige Voraussetzung für die Überlebensfähigkeit der Familie."
Schneider, Nobert F.: Vielfalt der Familie. In: www.bpb.de, 28.05.2015

Erörtert diese Aussage.

2.1.2 Kinder sind unsere Zukunft – (Wie) soll der Staat Familien fördern?

Zum Thema: Das Wort „Kindersegen“ beschreibt das Vorhandensein von zahlreichen Kindern in einer Familie. Auch das geflügelte Wort „Kinder sind unsere Zukunft“ hat wohl jeder schon einmal gehört. Doch in Deutschland werden seit Jahrzehnten immer weniger Kinder geboren. Woran das liegt und was der Staat unternimmt, um Familien zu unterstützen, erfährst du in diesem Kapitel.

M5 Kindersegen?

Bearbeiterin

Kinder leiten für die werdenden Eltern eine neue Lebensphase ein. Denn nun ist man nicht mehr nur für sich selbst verantwortlich, sondern auch für ein kleines Kind, das für einige Zeit Hilfe und Unterstützung brauchen wird, bevor es dem Leben alleine gewachsen ist. Die vielfältigen Bedürfnisse von Heranwachsenden werden im Leben der Eltern Platz brauchen – dieser muss jedoch erst geschaffen werden. Dafür müssen Entscheidungen im Leben der Eltern getroffen werden.

EINSTIEGSAUFGABEN 71103-018

1. Erläutert, welche Probleme sich für die Mutter und den Vater auf der Darstellung ergeben.
2. Entwickelt Vorschläge, wie der Staat bei den dargestellten Herausforderungen unterstützen könnte.

M6 Warum betreibt der Staat Familienpolitik und was sind ihre Ziele?

Der Staat ist durch das Grundgesetz verpflichtet, Familien zu unterstützen (→ Artikel 6 Grundgesetz). Grundsätzlich macht der Staat Familienpolitik, um die Gestaltung von Familie zu beeinflussen und Familien wegen ihrer Funktion der Nachwuchssicherung zu fördern. Wie genau diese Förderung aussieht, hängt stark von der Kultur und den Einstellungen einer Gesellschaft ab. Vor allem der historische Wandel der Familienstrukturen hat die Ziele der Familienpolitik in Deutschland in den letzten Jahrzehnten beeinflusst. So war in der zweiten Hälfte des 20. Jahrhunderts die Stärkung der Ehe ein wichtiges Ziel, da fast alle Kinder in Ehen zur Welt kamen und das Einverdienermodell dominierte, bei dem der Mann für das Geldverdienen und die Frau für den Haushalt sowie das Aufziehen der Kinder zuständig war. Heute ist die Vielfalt der Erscheinungsformen von Familien ausgeprägter. So wird zum Beispiel weniger geheiratet und auch die Zahl der Alleinerziehenden hat zugenommen. Dennoch bleibt die Kernfamilie aus Vater, Mutter, Kind(er) die häufigste Form. Das Zweiverdienermodell ist dabei jedoch inzwischen prägend, wonach sich Eltern jeweils die Arbeit und die Fürsorge der Kinder teilen wollen. Das hat mehrere Gründe. Einerseits können sich viele Familien das Leben mit einem Gehalt nicht mehr leisten. Andererseits möchten vor allem gut qualifizierte Frauen nach der Geburt schnell wieder ihre berufliche Tätigkeit aufnehmen. Zudem wollen auch Väter mehr Zeit mit ihren Kindern verbringen. Diese neuen Leitbilder junger Mütter und Väter erfordern eine stärkere Orientierung an Zielen wie Gleichstellung und Vereinbarkeit von Beruf und Familie. Die Familienpolitik unterstützt also in der Regel Familien in ihren verschiedenen Formen und Lebensphasen. Dabei geht es auch um Förderung der Chancengleichheit von Kindern. Insofern wirkt Familienpolitik in andere Politikfelder hinein, wie z. B. der Gleichstellungs-, Sozial- oder auch Arbeitsmarktpolitik.

Bearbeiter

Art. 6 Grundgesetz

(1) Ehe und Familie stehen unter dem besonderen Schutze der staatlichen Ordnung.

(2) Pflege und Erziehung der Kinder sind das natürliche Recht der Eltern und die zuvörderst ihnen obliegende Pflicht. Über ihre Betätigung wacht die staatliche Gemeinschaft.

(3) Gegen den Willen der Erziehungsberechtigten dürfen Kinder nur auf Grund eines Gesetzes von der Familie getrennt werden, wenn die Erziehungsberechtigten versagen oder wenn die Kinder aus anderen Gründen zu verwahrlosen drohen.

(4) Jede Mutter hat Anspruch auf den Schutz und die Fürsorge der Gemeinschaft.

(5) Den unehelichen Kindern sind durch die Gesetzgebung die gleichen Bedingungen für ihre leibliche und seelische Entwicklung und ihre Stellung in der Gesellschaft zu schaffen wie den ehelichen Kindern

M7 Familienpolitische Maßnahmen

	Was ist das?	Welche Leistungen umfasst das? (Stand 2022)
Kindergeld	Eine finanzielle Unterstützung für Eltern von Kindern bis zum 18. Lebensjahr. Für junge Erwachsene erhalten die Eltern bis zum 25. Lebensjahr Kindergeld, wenn diese noch in der Ausbildung sind.	Die finanzielle Unterstützung ist ab dem 01.01.2023 einheitlich geregelt. Für jedes Kind erhalten Eltern 250 Euro monatlich. Die davor geltende Staffelung des Betrages nach Zahl der Kinder entfällt.
Kindertagesbetreuung	Seit August 2013 gibt es einen Rechtsanspruch auf einen Betreuungsplatz für Kinder ab Vollendung des ersten Lebensjahres. Auch schon davor kann unter Umständen ein Anspruch bestehen, wenn beispielsweise beide Elternteile arbeiten.	Kindertagesbetreuung ist grundsätzlich gebührenpflichtig. Je nach Art und Dauer der Betreuung unterscheiden sich die Kosten stark. Sie reichen von 150 bis 1.000 Euro im Monat. Die Beiträge sind meist sozial gestaffelt. Wer sich die Gebühren nicht leisten kann, kann eine Unterstützungsleistung vom Staat beantragen.
Förderung einkommensschwacher Familien	Für Familien mit geringem Einkommen werden mehrere spezielle Geldleistungen wie Kinderzuschlag, Kinderwohngeld sowie Leistungen für Unterkunft und Heizung für Kinder von Arbeitslosengeld-II-Empfängern angeboten. Außerdem gibt es Leistungen für Bildung und Teilhabe.	Der Kinderzuschlag beträgt monatlich bis zu 250 Euro je Kind. Er wird an Eltern für das in ihrem Haushalt lebende Kind gezahlt, wenn sie mit ihrem Einkommen zwar den eigenen Bedarf decken können, aber nicht den ihrer Kinder. Des Weiteren wird gezahlt für: Kita- und Schulausflüge, den persönlichen Schulbedarf (maximal 174 Euro jährlich), Beförderungskosten, Lernförderung und Teilnahme am sozialen und kulturellen Leben in der Gemeinschaft (15 Euro/Monat).
Mutterschutz und Elternzeit	Der Mutterschutz stellt eine besondere Behandlung von schwangeren und stillenden Frauen in einem Beschäftigungsverhältnis sicher. So werden Mutter und Kind geschützt. Die Elternzeit ermöglicht Eltern ihre Kinder selbst zu betreuen und zu erziehen. Dafür können sie sich von ihrem Arbeitgeber für bis zu 3 Jahre pro Kind ohne Lohnzahlung freistellen lassen.	Während des Mutterschutzes muss der Arbeitgeber besondere Schutzmaßnahmen für Frauen am Arbeitsplatz ergreifen und kann sie nur in wenigen Ausnahmefällen kündigen. Sechs Wochen vor der Entbindung dürfen werdende Mütter nur mit Einwilligung beschäftigt werden. Acht Wochen nach der Geburt des Kindes gibt es ein Beschäftigungsverbot. In dieser Zeit erhält die Mutter Leistungen zur Sicherung des Einkommens. In der Elternzeit haben beide Elternteile einen besonderen Kündigungsschutz. Durch das Elterngeld können zeitweise Teile des wegfallenden Einkommens ersetzt werden.

Bearbeiter

AUFGABEN

71103-019

1. Arbeitet aus **M6** die Ziele von Familienpolitik heraus.
2. a) Ordnet die familienpolitischen Maßnahmen aus **M7** den Zielen von Familienpolitik und den verschiedenen Absätzen von Artikel 6 GG zu.
   b) Vergleicht die bereits vorhandenen familienpolitischen Maßnahmen mit euren Ideen aus dem Einstieg.
3. Gestaltet einen Brief an euren Bundestagsabgeordneten, in dem ihr zu den Maßnahmen Stellung nehmt, die der Staat zur Unterstützung von Familien ergreift. Seid ihr mit dem Angebot zufrieden? Begründet eure Einschätzung. Habt ihr Vorschläge für weitere Maßnahmen? Entwickelt diese auf Basis der Hilfestellung in der Randspalte.

H zu Aufgabe 3
→ S. 391

2.2 Gleichberechtigung der Geschlechter – Haben wir genug erreicht?

2.2.1 Typisch Frau, typisch Mann – Ist die Gleichberechtigung in der Familie verwirklicht?

Zum Thema: „Männer und Frauen sind gleichberechtigt" – so wurde es schon 1949 in das Grundgesetz der Bundesrepublik geschrieben. Doch lange Zeit entsprach das nicht der Realität. Männer gingen arbeiten und Frauen waren für die Kinder und den Haushalt zuständig. Wie die Aufgabenverteilung heute aussieht, ist Gegenstand dieses Kapitels.

M1 Typisch Frau!? Typisch Mann!?

EINSTIEGSAUFGABEN 71103-020

1. Beschreibt, welche Aufgabenverteilung in der Familie auf dem Bild dargestellt wird.
2. Diskutiert, ob sich bis heute etwas an dieser Aufgabenverteilung geändert hat.

Das Bild zeigt einen Ausschnitt aus einer Werbung für Hengstenberg Sauerkraut aus den 1960er Jahren.

M2 Aufgabenverteilung in der Familie

a) Rechtliche Stellung der Frau in Deutschland

Die Aufgabenverteilung in der Familie ist eine sehr praktische und auch individuelle Frage. Trotzdem gab und gibt es in diesem Bereich rechtliche Rahmenbedingungen, nach denen im Streitfall Recht gesprochen wird. Hier kann nachvollzogen werden, wie sich dieser Rahmen im Wandel der Zeit entwickelt hat.

Ob ihr mit den Jahreszahlen richtig liegt, könnt ihr hier überprüfen:

71103-021

1 Bürgerliches Gesetzbuch aus dem Jahr ...

§1354 *fällt weg*

§1356 Die Frau führt den Haushalt in eigener Verantwortung. Sie ist berechtigt, erwerbstätig zu sein, soweit dies mit ihren Pflichten in Ehe und Familie vereinbar ist. [...]

§1358 *fällt weg*

§1363 Die Ehegatten leben im Güterstand der Zugewinngemeinschaft, wenn sie nicht durch Ehevertrag etwas anderes vereinbaren. [...]

Bundesgesetzblatt: Gesetz über die Gleichberechtigung von Mann und Frau auf dem Gebiete des bürgerlichen Rechts. In: https://www.bgbl.de, 21.06.XXXX

2 Bürgerliches Gesetzbuch aus dem Jahr ...

§1354 Dem Manne steht die Entscheidung in allen das gemeinschaftliche eheliche Leben betreffenden Angelegenheiten zu; er bestimmt insbesondere Wohnort und Wohnung. [...]

§1356 Die Frau ist, unbeschadet der Vorschriften des §1354, berechtigt und verpflichtet, das gemeinschaftliche Hauswesen zu leiten. [...]

§1358 Hat sich die Frau einem Dritten gegenüber zu einer von ihr in Person zu bewirkenden Leistung verpflichtet, so kann der Mann das Rechtsverhältniß ohne Einhaltung einer Kündigungsfrist kündigen, wenn er auf seinen Antrag von dem Vormundschaftsgerichte dazu ermächtigt worden ist. Das Vormundschaftsgericht hat die Ermächtigung zu ertheilen, wenn sich ergiebt, daß die Thätigkeit der Frau die ehelichen Interessen beeinträchtigt. [...]

§1363 Das Vermögen der Frau wird durch die Eheschließung der Verwaltung und Nutznießung des Mannes unterworfen (eingebrachtes Gut). Zum eingebrachten Gute gehört auch das Vermögen, das die Frau während der Ehe erwirbt.

Bürgerliches Gesetzbuch: Viertes Buch. Familienrecht

3 Bürgerliches Gesetzbuch aus dem Jahr ...

§1356 (1) Die Ehegatten regeln die Haushaltführung im gegenseitigen Einvernehmen. Ist die Haushaltsführung einem der Ehegatten überlassen, so leitet dieser den Haushalt in eigener Verantwortung. (2) Beide Ehegatten sind berechtigt, erwerbstätig zu sein. Bei der Wahl und Ausübung einer Erwerbstätigkeit haben sie auf die Belange des anderen Ehegatten und der Familie die gebotene Rücksicht zu nehmen.

§1363 *(bleibt bestehen)*

Bundesgesetzblatt: Erstes Gesetz zur Reform des Ehe- und Familienrechts (1. EheRG). In: www.bgbl.de, 15.06.XXXX

b) Und die Realität heute?

1 Entwicklung der Aufgabenverteilung in der Familie (in Prozent) (Stand: 2019)

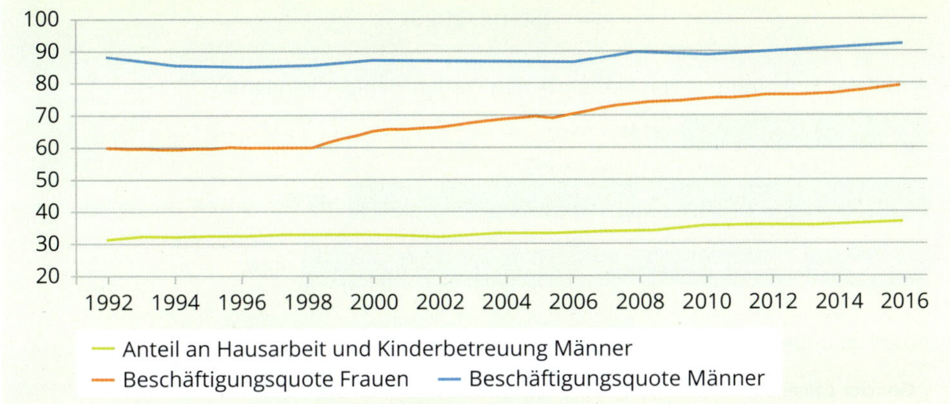

Nach: DIW Berlin, 2019. In: DIW Wochenbericht 86 (2019), 10, S. 141

2 Erwerbstätigenquoten von Müttern und Vätern nach Alter des jüngsten Kindes in Prozent (Stand: 2019)

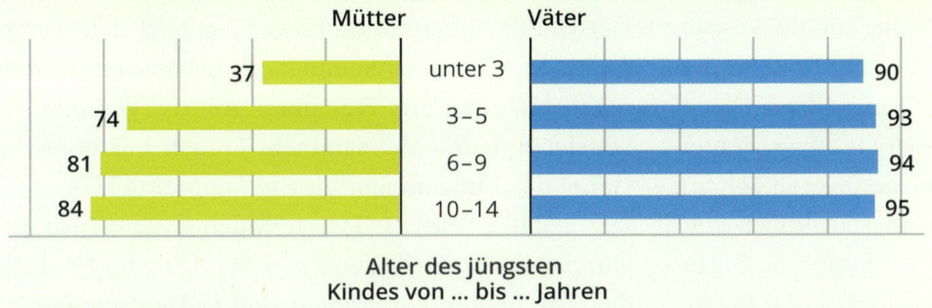

Elternteile im erwerbsfähigen Alter mit realisierter Erwerbstätigkeit (das heißt Erwerbstätige ohne Personen in Mutterschutz und Elternzeit) und jüngstem Kind unter 15 Jahren.

Nach: Statistisches Bundesamt (Destatis), 2021; Datenquelle: Mikrozensus

3 Paarfamilien mit Eltern nach Vollzeit-/Teilzeittätigkeit der Partner in Prozent (Stand: 2019)

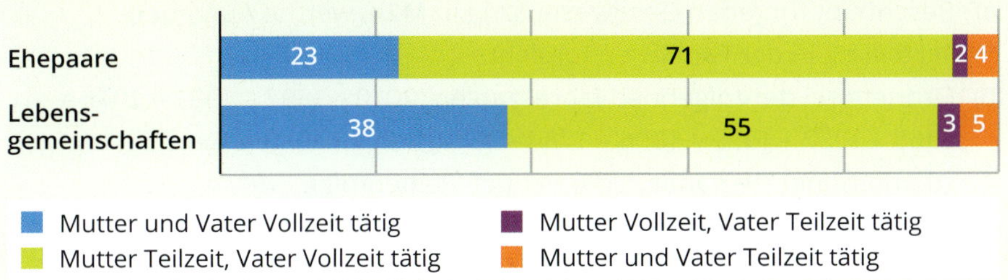

Gemischtgeschlechtliche Paare mit zwei Partnern im erwerbsfähigen Alter mit realisierter Erwerbstätigkeit (das heißt Erwerbstätige ohne Personen in Mutterschutz und Elternzeit) und jüngstem Kind unter 15 Jahren. Differenz zu 100 % rundungsbedingt.

Nach: Statistisches Bundesamt (Destatis), 2021; Datenquelle: Mikrozensus

Zusatzmaterial: Eine Umfrage zur Aufgabenverteilung in der Familie durchführen

71103-022

Gender Care Gap
Kindererziehung, Pflege von Angehörigen, Hausarbeit, Ehrenamt: Frauen wenden pro Tag im Durchschnitt 52,4 Prozent mehr Zeit für [oben genannte] unbezahlte Sorgearbeiten auf als Männer. Dieser Unterschied wird als „Gender Care Gap" bezeichnet.
Nach: Bundesministerium für Familie, Senioren, Frauen und Jugend: Gender Care Gap – ein Indikator für die Gleichstellung. In: www.bmfsfj.de, 27.08.2019

M3 Was sind die langfristigen Auswirkungen der Aufgabenverteilung?

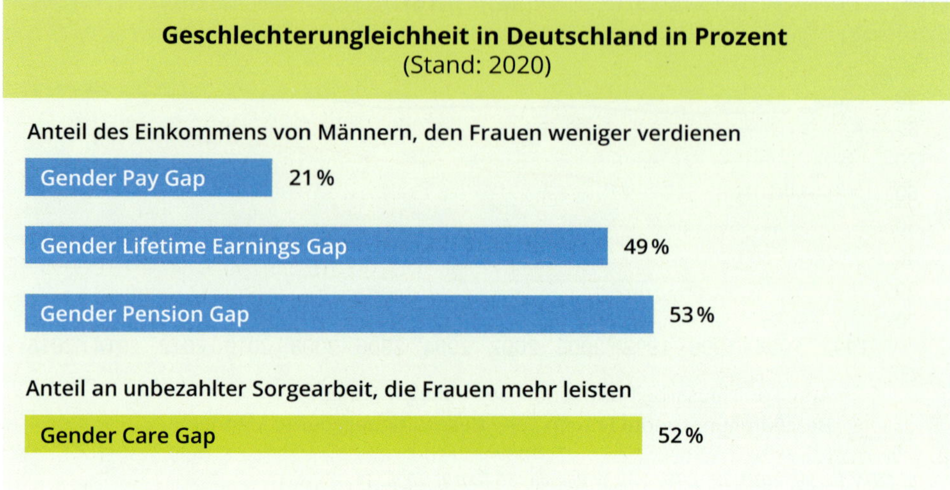

Nach: Statista, 2020; Datenquelle: Oxfam, Bundesregierung

Gender Pay Gap – Hinweise und Erklärungen zur Grafik M3

Der Gender Pay Gap beschreibt die Lohnlücke zwischen Männern und Frauen. Im Durchschnitt verdienen Frauen 21 % weniger als Männer. Zwei Drittel dieser Differenz ergeben sich daraus, dass Frauen häufiger in Teilzeit und in Jobs mit geringeren Löhnen arbeiten sowie seltener in Führungspositionen sind als Männer. Das andere Drittel ist darauf zurückzuführen, dass Frauen nicht den gleichen Lohn für die gleiche Arbeit erhalten wie Männer.

Der Gender Lifetime Earnings Gap zeigt den Unterschied im Gesamteinkommen im Lebensverlauf zwischen Männern und Frauen an. Auf das gesamte Arbeitsleben betrachtet sammeln Frauen nur etwa die Hälfte des Einkommens an wie Männer (49 %).

Der Gender Pension Gap stellt den Unterschied der Durchschnittsrenten zwischen Männern und Frauen dar. Die Renten von Frauen sind in Deutschland im Schnitt 53% niedriger als die der Männer.

Bearbeiter, basierend auf: Oxfam Deutschland e. V.: Im Schatten der Profite. Berlin: Oxfam Deutschland e. V. 2020, S. 10

AUFGABEN

71103-023

1. a) Beschreibt für jeden Gesetzesauszug in **M2a**, welche Aufgabenverteilung in der Familie er vorsieht.
   b) Ordnet drei der folgenden Jahreszahlen (2010 – 1997 – 1983 – 1976 – 1965 – 1957 – 1929 – 1896 – 1784 – 1510) den einzelnen Gesetzestexten zu und bringt sie damit in die richtige Reihenfolge.
   c) Stellt dar, wie sich die rechtliche Rolle der Frau bis heute entwickelt hat.
2. Analysiert die Statistiken (→ Methodenglossar) in **M2b** in Bezug auf die Aufgabenverteilung in der Familie heute.
3. Erklärt mithilfe des Diagramms in **M3** die langfristigen Auswirkungen der Aufgabenverteilung in der Familie.

Coronapandemie und Gleichstellung: Unterschiedliche Folgen für Lohnlücke, Arbeitszeit und Sorgearbeit

Eine neue Studie der Hans-Böckler-Stiftung macht in der Coronapandemie ambivalente Trends bei den Folgen für Männer und Frauen aus. Unterm Strich bleibt jedoch die Erkenntnis, dass sich Ungleichheitsstrukturen wohl verschärfen.

Die unterschiedlichen Folgen der Coronapandemie für Frauen und Männer sind laut einer Studie des Wirtschafts- und Sozialwissenschaftlichen Instituts (WSI) der Hans-Böckler-Stiftung möglicherweise etwas weniger eindeutig als angenommen. Die WSI-Expertinnen bilanzierten unter anderem: „Scheinbare kurzfristige Fortschritte beim Gender Pay Gap treffen auf möglicherweise dauerhafte Verschlechterungen der Arbeitszeit-Situation von erwerbstätigen Frauen. In einigen Familien verfestigt sich die traditionelle Verteilung der unbezahlten Kinderbetreuung, in anderen eröffnen sich aber auch neue Chancen für eine fairere Aufteilung." So gibt es der repräsentativen Studie zufolge erste Indizien dafür, dass der Verdienstabstand zwischen Männern und Frauen durch die Krise etwas kleiner geworden sein könnte. Grund dafür seien jedoch nicht steigende Fraueneinkommen. Vielmehr seien in der ersten Welle der Pandemie mehr Männer als Frauen arbeitslos geworden oder in Kurzarbeit gerutscht, so dass deren Einkommen sich verringert hätten. [...]

Zudem stellten die WSI-Expertinnen fest, dass der Rückstand von Frauen bei der durchschnittlichen Erwerbsarbeitszeit pandemiebedingt zugenommen habe, weil vor allem Mütter ihre Arbeitszeit im Job reduziert hätten, um bei geschlossenen Schulen und Kitas Kinder zu betreuen. Ein Teil dieser Arbeitszeitreduzierungen könne nach Ende der Krise möglicherweise nicht zurückgenommen werden, warnten sie. Während sich bei rund 75 Prozent der Familien an der Übernahme der Kinderbetreuung durch die Mütter nichts veränderte oder sich diese traditionelle Arbeitsteilung zeitweise vertiefte, gab es aber auch Potenzial in die andere Richtung: Zahlreiche Väter verbrachten im vergangenen Jahr durch kürzere Arbeitszeiten oder Homeoffice auch mehr Zeit mit Sorgearbeit.

Trotz dieser Differenzierungen betonte die wissenschaftliche Direktorin des WSI, Bettina Kohlrausch: „In der Gesamtschau spricht vieles dafür, dass sich die bereits vor der Pandemie existierenden Ungleichheitsstrukturen in der Krise verschärfen und damit auch langfristig zu einer wachsenden Ungleichheit zwischen den Geschlechtern führen könnten, wenn nicht rechtzeitig gegengesteuert wird."

Gewerkschaft Erziehung und Wissenschaft: Unterschiedliche Folgen für Lohnlücke, Arbeitszeit und Sorgearbeit. In; www.gew.de, 10.03.2021

AUFGABEN

71103-025

1. Arbeitet heraus, was sich durch die Corona-Pandemie bei der Gleichstellung von Frauen und Männern verändert hat.
2. Bewertet die Aufgabenverteilung in der Familie. Bezieht euer Wissen aus dem letzten Kapitel mit ein.

H zu Aufgabe 2
Anleitung zur Urteilsbildung mit Hilfestellungen

71103-024

2.2.2 Das Elterngeld – Förderung von Gleichberechtigung oder Rückfall in alte Rollenklischees?

Zum Thema: Das vorangegangene Kapitel hat gezeigt, dass wir uns noch nicht vollständig von Rollenklischees gelöst haben: In vielen Familien geht weiterhin der Mann hauptsächlich arbeiten und die Frau übernimmt den Großteil der Carearbeit. Der Staat hat sich im Grundgesetz zur Aufgabe gemacht, dass er „die tatsächliche Durchsetzung der Gleichberechtigung von Frauen und Männern [fördert] und […] auf die Beseitigung bestehender Nachteile hin[wirkt]." In diesem Kapitel geht es darum, inwiefern die „alten Rollenbilder" diesem Ziel im Wege stehen.

M4 Kinderbetreuung – wer ist zuständig?

EINSTIEGSAUFGABEN

71103-026

Analysiert die zwei Fallbeispiele. Welche Erwartungen werden an die Personen gestellt?

1 Lisa und Paul bekommen ein Kind. Nach einem halben Jahr möchte Lisa wieder arbeiten gehen und Paul soll auf das Kind aufpassen. Lisas Eltern sind entsetzt und sagen: „Das könnt ihr doch nicht machen! Ein Kind braucht doch seine Mutter!"

2 Simon ist an einem Mittwochvormittag mit seinem 2-jährigen Sohn auf dem Spielplatz. Zwei Mütter sind auch mit ihren Kindern dort. Eine Mutter fragt Simon: „Ach schön, haben Sie Urlaub?" Als Simon die Frage verneint, hört er Frau murmeln: „Ohje, der Arme, der ist bestimmt arbeitslos."

M5 Details zum Elterngeld

a) Wie funktioniert das Elterngeld?

Das Elterngeld soll Eltern ermöglichen, ihre Kinder nach der Geburt selbst zu betreuen, indem es den Gehaltsausfall dafür abfedert. Auch wenn Eltern vor der Geburt kein Einkommen hatten, kann für die eigene Betreuung in den ersten Monaten Elterngeld beantragt werden. In der Regel erhält das betreuende Elternteil für den Wegfall seines Gehalts im ersten Lebensjahr des Kindes zwischen 300 und 1.800 Euro Elterngeld abhängig vom Einkommen vor der Geburt. Bei der Einführung des Elterngelds 2007 wurde von der Politik zum ersten Mal aktiv daraufhin gewirkt, dass beide Elternteile sich um die Betreuung kümmern. Dazu wurden die sogenannten Partnermonate eingeführt. Wenn sich die Eltern die Betreuung teilen und beide Elternteile mindestens zwei Monate Elterngeld beantragen, kann das Elterngeld insgesamt 14 Monate lang bezogen werden. 2015 reformierte der Staat das Elterngeld, um einen weiteren Anreiz die Betreuung zu teilen. Wenn beide Eltern gleichzeitig Elterngeld beantragen und in dieser Zeit Teilzeit arbeiten, können nochmal bis zu vier weitere Monate Elterngeld gewährt werden.

Bearbeiterin

b) Wer beantragt Elterngeld?

Im Jahr 2020 machten 43,5 Prozent der Väter von der Möglichkeit Elterngeld für die Betreuung ihrer Kinder zu beantragen Gebrauch. Die durchschnittliche Bezugsdauer von Vätern liegt allerdings nur bei 3,4 Monaten. 75 Prozent der Väter, die Elterngeld beantragt haben, nahmen lediglich die Mindestdauer von zwei Monaten in Anspruch. Väter, die kein Elterngeld und damit auch keine Elternzeit genommen haben, führen unterschiedliche Gründe dafür an. 51 Prozent machen finanzielle Gründe geltend, 27 Prozent haben grundsätzliche Vorbehalte gegen das Elterngeld und die Elternzeit und 8 Prozent befürchten berufliche Nachteile.

Bearbeiter, basierend auf: Bundesministerium für Familie, Senioren, Frauen und Jugend (BMFSFJ): Väterreport. Update 2021. Berlin 2021; BMFSFJ: Elterngeld wird 10 Jahre alt. In: www.bmfsfj.de, 30.12.2016; BMFSFJ – Familienportal: Was Sie zum Elterngeld wissen müssen. In: www.bmfsfj.de, Abruf am 07.11.2022

Umfrage unter Eltern: Ideale und tatsächliche Aufteilung der Kinderbetreuung

- 45 % der Eltern wünschen sich eine hälftige Aufteilung der Kinderbetreuung in der Partnerschaft
- 17 % übernehmen gleiche Teile bei der Kinderbetreuung.

Bearbeiter; Datenquelle: Allensbacher Archiv, IfD-Umfrage 8251 (2021)

M6 Aus Rollen ausbrechen

Frauen managen die Familie, Männer verdienen das Geld – immer noch wirkt auch diese kulturelle Konstruktion sowohl in den Vorstellungen, wie auch in der Realität: Obwohl das Gesetz Elternzeit für beide Partner zu gleichen Teilen ermöglicht, sind es vor allem die Frauen, die das Angebot wahrnehmen.

Damit auch Väter in ihre Rolle hineinwachsen können, brauchen sie Zeit, sagt der Sozialarbeiter Heiner Fischer. Er teilt sich mit seiner Partnerin die Erwerbsarbeit und die Care-Arbeit. Und zeigt als „Vätercoach" anderen Männern, wie das gehen kann: „Väterlichkeit entwickelt sich dann am besten, wenn Zeit zu Hause verbracht wird. Nach drei Monaten stellen wir fest, dass Väter Fürsorgekompetenzen entwickeln und diese ausbauen wollen."

Die heutige Vätergeneration sei mit traditionellen Vaterbildern aufgewachsen – und trage diese erlernten Rollenvorbilder [...] mit sich herum. Aber nicht nur eigene biografische Erlebnisse, sondern auch kulturell vererbte Vaterbilder würden eine wichtige Rolle spielen. „Ich bin mit Pippi Langstrumpf groß geworden, einer starken Frau. Gleichzeitig wird der Vater als Trottel dargestellt, der immer abwesend ist und der keine Ahnung über die Entwicklung seiner Kinder hat", sagt Heiner Fischer. „Wenn Väter dargestellt werden, sind sie entweder Trottel oder Superhelden. Wenn sie Helden sind, dann ist meistens keine Frau dabei – die Frau ist gestorben oder verreist. Der Mann entwickelt sich zu einem Superhelden und wird als Supervater überstilisiert – er entwickelt die Rolle nicht aus sich heraus, sondern aufgrund äußerer Einflüsse."

Manche Entwicklungen scheinen in Zeitlupe zu verlaufen: Schon in den 1980er-Jahren tauchte in den Medien der Hausmann und der Softie auf – zwei Männertypen, die mehr belächelt, als ernst genommen wurden. Damit aktive Väter nicht länger Supermänner sein müssen, sondern einfach ganz normal sein können, müssten sowohl im Job, wie in den Köpfen die traditionellen Rollenmuster wohl gründlich überholt werden.

Seibel, Patric: Mutterrollen – Väterrollen: Moderne Eltern und ihre Zwänge. In: www.ndr.de, 28.09.2021

Vertiefung: Veränderung von Rollenbildern

71103-027

Perspektivwechsel: „Feministisch sein heißt, Vätern vertrauen"

71103-028

Soziale Rolle

Wir nehmen ständig unterschiedliche Rollen an, je nachdem in welcher Situation wir uns befinden, und verhalten uns entsprechend unterschiedlich: als Schüler:in, als Kind, als Freund:in. Der Begriff soziale Rolle bezeichnet die Erwartungen an uns in einer bestimmten Rolle. Die entsprechenden Erwartungen erlernen wir durch Sozialisation in der Gesellschaft und der Familie.

M7 Muss der Staat nachhelfen? – Reform des Elterngelds

Zwei Monate? Im Ernst? Danach wissen Väter vielleicht, welche Windelgröße das Baby hat und dass dunkle Wintertage auf dem Kinderzimmerboden wirklich sehr lange dunkle Wintertage sein können. Die ungleiche Aufteilung der Sorge- und Erwerbsarbeit verändert das jedoch kaum. Daher braucht es jetzt dringend eine Reform des Elterngelds. […]

Und zwar eine echte: Der Höchstbetrag sollte nur noch ausgezahlt werden, wenn sich Mutter und Vater die Elternzeit ernsthaft teilen. Also paritätisch, sieben Monate für jeden. Das wäre gerecht. Und sinnvoll. […]

Natürlich, man kann jetzt leicht den Standpunkt einnehmen, dass es den Staat nichts angeht, wie sich ein Paar privat organisiert („Sie verdient weniger, also liegt es auf der Hand, dass sie länger aussetzt"/„Er ist zu unordentlich, um den Haushalt zu führen"/„Sie möchte möglichst lange stillen"/„Er würde in seiner Kanzlei für eine Babypause gemobbt"). Man kann es aber auch umgekehrt sehen: Es geht den Staat eine Menge an. Zum Beispiel, weil er laut Grundgesetz die „tatsächliche Durchsetzung der Gleichberechtigung von Frauen und Männern" fördern und auf die Beseitigung bestehender Nachteile hinwirken soll. […]

Laut Koalitionsvertrag sollen die Partnermonate von Vätern von zwei auf drei erweitert werden. Vätern wird ein einziger weiterer Monat Auszeit zugemutet. Das ist nach 15 Jahren einigermaßen schlapp. Warum so wenig? […]

Es ist doch nicht so, dass eine gerechtere Aufteilung der Partnermonate irgendjemanden zu irgendetwas zwingen würde. Vom Elterngeld profitieren die Bezieher höherer Gehälter am stärksten. Kein Paar wäre verpflichtet, künftig zu gleichen Teilen in Elternzeit zu gehen. Alle können so lange pausieren, wie sie möchten. Im Zweifel gibt es dafür eben nur weniger finanziellen Ausgleich. Es herrscht ja keine Pflicht für Paare, Elterngeld in voller Höhe zu beziehen. Aber eine Pflicht für die Politik, einen attraktiven Anreiz zu schaffen, Ungerechtigkeiten zu beseitigen: Die gibt es schon.

Parnack, Charlotte: Elterngeld. Im Ernst?, In: www.zeit.de, 06.01.2022

Rollenklischees
Als Rollenklischees bezeichnet man in der Gesellschaft festgefahrene Rollenerwartungen, die nicht zwangsläufig der Realität entsprechen. So gibt es auch Rollenklischees über Frauen und Männer: Frauen kümmerten sich gerne um andere, seien einfühlsam und interessierten sich hauptsächlich für ihr äußeres Erscheinungsbild. Wohingegen Männer immer stark sein müssten, Fußball schauten und gelassen seien.

Vertiefung: Weitere Infos, wie diese Rollenklischees in der Werbung weitertransportiert und schon kleinen Kindern antrainiert werden, findet ihr hier.

71103-029

AUFGABEN

71103-031

1. Arbeitet aus **M5** heraus, wie der Staat versucht mit dem Elterngeld für mehr Gleichberechtigung bei der Kinderbetreuung zu sorgen.
2. Erklärt mithilfe von **M5** und **M6** sowie eurem Wissen aus den vorherigen Kapiteln, warum nur 43,5 % der Väter Elterngeld beantragen und davon 75 % nur für die Mindestdauer von 2 Monaten.
3. Erörtert, ob das Elterngeld zur Förderung von Gleichberechtigung beiträgt oder alte Rollenklischees befördert (**M5–M7**).
4. Bewertet, ob der Staat, wie Charlotte Parnack in **M7** vorgeschlagen hat, das volle Elterngeld für 14 Monate nur noch bei gleichberechtigter Betreuungszeit ausbezahlen soll.

H zu Aufgabe 2
→ S. 391

H zu Aufgabe 4
Anleitung zur Urteilsbildung mit Hilfestellungen

71103-030

2.2.3 Bringt die Frauenquote in der Politik mehr Gleichberechtigung?

Zum Thema: Die Hälfte unserer Gesellschaft besteht aus Frauen. Sollten wir dann nicht auch zur Hälfte von Frauen regiert werden? Dieser Frage und, ob das eine Lösung für mehr Gleichberechtigung ist, werden in diesem Kapitel diskutiert.

M8 Wie erleben Frauen die Welt der Politik?

1 „Ich werde als Abgeordnete im Bundestag manchmal für die Praktikantin gehalten." (Gyde Jensen, 31, FDP, ist Bundestagsabgeordnete aus Schleswig-Holstein.)

2 „Wenn ich mit Kollegen sprach, wurden meine Argumente manchmal übergangen. Wies ich darauf hin, dass ein männlicher Abgeordneter dasselbe glaube, wurde plötzlich doch diskutiert." (Bela Bach, 30, SPD, über ihre Arbeit im Bundestag)

Bley, Hannah u.a.: Sexismus in der Politik: Jung, weiblich, unerwünscht. In: www.zeit.de, 06.07.2021.

3 „„Man sieht ja deutlich, dass diese junge Dame, die unsere Außenministerin ist, sich nicht besonders wohl fühlt […]."

(Christoph von Marschall, Korrespondent des Tagesspiegels, über ein Foto von Außenministerin Annalena Baerbock an der Frontlinie in der Ostukraine im Februar 2022)

ZDF Morgenmagazin: Presse mit Christoph von Marschall. In: www.zdf.de, 09.02.2022

EINSTIEGSAUFGABEN 71103-032

Arbeitet aus den Zitaten heraus, wie diese Politikerinnen wahrgenommen und bezeichnet werden.

M9 Frauen in der Politik

a) Frauenquote in der Politik – worum geht es?

Politik ist in Deutschland immer noch vorwiegend Männersache und das obwohl schon seit 40 Jahren kontrovers darüber diskutiert wird, wie der Frauenanteil erhöht werden kann, damit Frauen in der Politik besser repräsentiert sind. Die Grünen haben sich 1979 auf eine innerparteiliche 50:50-Quote für alle Parteiämter und Wahllisten geeinigt. Auch die SPD hat seit den [1990er]-Jahren eine Geschlechterquote, die besagt, dass jeweils mindestens 40 % aller Parteifunktionen und Wahllistenplätze sowohl an Frauen als auch an Männer vergeben werden müssen. Die Partei die Linke hat sich selbst verpflichtet eine gleiche Verteilung anzustreben. Das zeigt Wirkung. Wo die Quote gilt, sind mehr Frauen in der Politik.

Gegner eines Paritätsgesetzes, welches die Parteien verpflichten würde, ihre Wahllisten gleichmäßig mit Männern und Frauen zu besetzen, führen unter anderem an, dass sich kompetente Frauen auch ohne Quote durchsetzen würden. Zudem würden viele Frauen zugunsten von ihrer Familie auf Führungspositionen verzichten. Fakt ist, dass Frauen seltener für politische Ämter kandidieren. Einer Umfrage zufolge liegt das aber weder daran, dass sie sich nicht kompetent genug fühlen, noch daran, dass sie sich lieber um die Familie kümmern. Vielmehr bemängeln sie die Strukturen in der Politik: Grabenkämpfe, Profilierungssucht und Vetternwirtschaft von Männern. Dies ist ein Teufelskreis, wenn keine Frauen in der Politik arbeiten, ändern sich die Strukturen nicht, was weitere Frauen von einem Engagement abhält. Kann eine Frauenquote dafür eine Lösung sein?

Basierend auf: Maurer, Andrea: Frauenquote in der Politik. In: www.zdf.de, 30.12.2020; Faerber-Husemann, Renate: Vor 30 Jahren: Wie die Frauenquote der SPD das Land veränderte. In: www.vorwaerts.de, 30.08.2018; Die Linke: Bundessatzung der Partei DIE LINKE – § 10 Geschlechterdemokratie. In: www.die-linke.de, Abruf am 07.11.2022

Zur Vertiefung: Meinungsbeitrag: Frauen haben es schwerer in der Politik als Männer – Beispiel: Kanzlerkandidatur von Annalena Baerbock

71103-033

b) Wie hoch ist der Anteil von Frauen in der Politik?

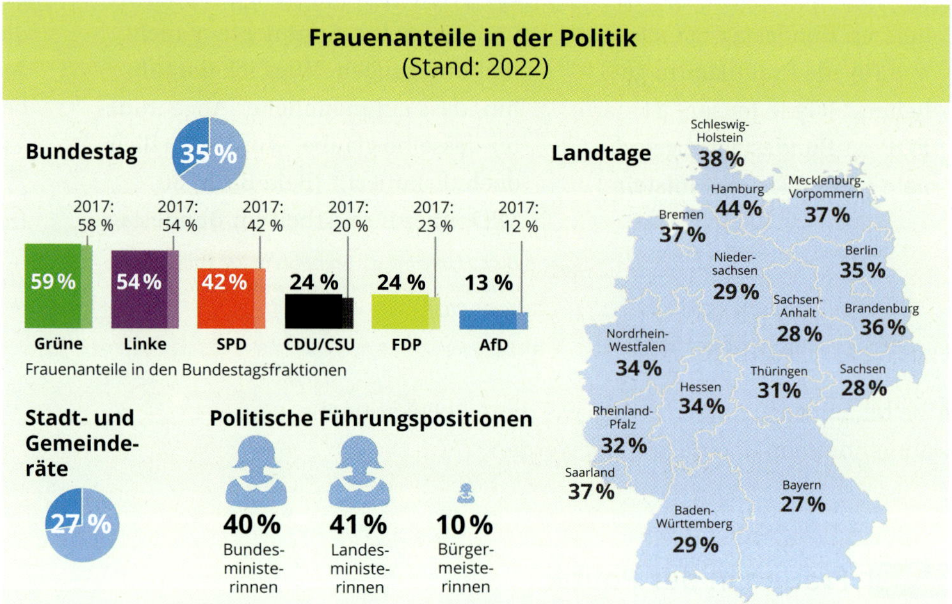

Nach: EAF Berlin/Helene Weber Kolleg, Stand: Juni 2022; Design: I like Berlin | Lizenz: CC BY ND

M10 Kontrovers diskutiert: Soll eine Frauenquote in der Politik eingeführt werden?

a) Daniel (23): Gegen Männerbünde vorgehen

Die Hälfte der Bevölkerung besteht aus Frauen. Ist es dann nicht auch fair, wenn sie die Hälfte der wichtigen Posten bekommen? Das diskutierte der Deutsche Bundestag 2014. Das Parlament beschloss das „Gesetz für die gleichberechtigte Teilhabe von Frauen und Männern an Führungspositionen". Von nun an sollten Frauen etwa bei an der Börse notierten Unternehmen gefördert werden, damit sie Leitungsposten erhalten – also sehr, sehr rare und unvorstellbar hoch bezahlte Stellen. […]

Die durch das Gesetz geforderten 30 Prozent an Frauen in Vorstandspositionen konnten bisher nicht erreicht werden. In den 160 deutschen Unter-

nehmen, die an der Börse notiert sind, gibt es lediglich einen Frauenanteil von 13 Prozent. Dabei zeigen Studien, dass Frauen in Führungspositionen in einem direkten Zusammenhang zu mehr Gewinn stehen.
Wie kann es also sein, dass so wenige Frauen auf Vorstandsposten sitzen? Wohl kaum, weil es nicht genug qualifizierte Frauen gibt. Knapp jede dritte Frau zwischen 30 und 34 hat einen Hochschulabschluss – damit haben sie die Männer überholt. Warum übersetzt sich dieser Erfolg nicht auf den Arbeitsmarkt oder die Parlamente? […]
Leider gibt es in Wirtschaft und Politik männerdominierte Strukturen. Es sind Männer, die beim Rauchen draußen oder in exklusiven Männerclubs Entscheidungen treffen. Dort finden wir, was sich „homosoziales Verhalten" nennt. Das heißt, dass Männer lieber mit Männern abhängen und Geschäfte machen. Frauen haben strukturell weder Zugang zu diesen Kreisen, noch werden sie von Männern gefördert. Es sind Männer, die sich andere Männer aussuchen, um sie zu unterstützen und auf lukrative Posten zu heben.
Daher brauchen wir Gesetze, die alle, die aus diesen Männerbünden ausgeschlossen werden, auf dem Arbeitsmarkt und in der Politik fördern. […]
Am Ende des Tages sind es auch überwiegend Männer, die politisch in den Parlamenten über Frauen entscheiden. Wenn wir nicht mehr Frauen in unseren Parlamenten haben, werden Frauenthemen zu wenig angesprochen oder überhaupt mitgedacht.
Das Frau-Sein verleiht einem zwar nicht per se das Recht und die Kompetenz, kollektive Interessen im Sinne aller Frauen zu vertreten. Aber mehr Frauen in entsprechenden Positionen stellten ein Gegengewicht zum Status quo dar. Daher ist es notwendig, mit staatlich kontrollierten Mechanismen wie der Geschlechterquote zu arbeiten. In den Parlamenten und überall sonst.

Zusatzmaterial: Eine Diskussionsübung zur Frauenquote in der Politik

71103-034

Zur Vertiefung: Frauenquote per Gesetz: Müssen Männer Macht abgeben?

71103-035

Erklärfilm Frauenquote

71103-036

b) Laura (19): Es gibt bessere Mittel

In unserer Demokratie entscheiden die Bürgerinnen und Bürger in freier, geheimer, allgemeiner, unmittelbarer und gleicher Wahl, wer Teil der Parlamente wird – sei es im Bundestag oder in einem der Landtage.
Das ist kein Garant dafür, dass jeder Mensch in allen seinen Eigenschaften von jemandem vertreten wird, der genauso ist wie er. So sind Menschen mit Migrationshintergrund, junge Menschen, bestimmte Berufsgruppen und eben auch Frauen unterrepräsentiert. […]
Eine Quote kann aber keine Lösung für dieses Problem sein, denn der Bundestag ist eine Volksvertretung, die das gesamte Volk vertreten soll, und er sollte keinesfalls mit Hilfe künstlicher Quoten zustande kommen.
Bei der Bundestagswahl sollten alle Kandidatinnen und Kandidaten die gleichen Chancen haben, gewählt zu werden. Eine Frauenquote könnte die Chancengleichheit – ein wichtiger Grundpfeiler unserer Gesellschaft – allerdings verfälschen. […]

Zudem würde eine Quoten-Regelung dem Demokratie-Prinzip widersprechen. Dieses besagt, dass die Macht beim Volk liegt und dieses als Souverän nach dem Mehrheitsprinzip entscheidet. Und wenn die Mehrheit sich für mehr Männer im Parlament entscheidet, dann müssen wir das akzeptieren.

Übrigens würde man auch den Parteien die Freiheit nehmen, zu entscheiden, wen sie aufstellen wollen. Die Entscheidung, Frauen für ein Mandat aufzustellen, ist nämlich auch eine programmatische und sagt etwas darüber aus, wie die jeweilige Partei Politik macht und mit Frauen umgeht. […]

Dass der Frauen-Anteil im Bundestag aktuell [2020] nur 31 Prozent beträgt, ist ein Problem. Es lässt sich aber nicht von oben lösen. Vielmehr müssen junge Frauen ermutigt werden, politisch aktiv zu werden und sich für ein Bundestagsmandat aufstellen zu lassen. Es braucht mehr „female empowerment" statt rechtlicher Vorgaben. Dann würden auch mehr Frauen das Selbstbewusstsein besitzen, sich innerhalb einer Partei durchzusetzen und gegen die – so sagt es zumindest das Klischee – älteren, erfahreneren und natürlich männlichen Kollegen zu gewinnen.

Die Frauen, die im Bundestag sind, haben das, zumindest wenn sie in einer Partei ohne Frauenquote sind, meist aus eigener Kraft geschafft. Ihre persönliche Leistung führte diese Frauen zum Erfolg. […]

Eine Gefahr besteht auch darin, dass es nicht mehr um Inhalte oder die Eigenschaften einer Person geht, sondern nur noch rein um die Quote. Sogenannte Quotenfrauen wären dann keine Seltenheit mehr. Männer schaffen es auch durch ihre Leistung, unterstützt von ihrem Geschlecht, aufzufallen. Frauen diesen Aufstieg aus eigener Kraft zu verwehren, wäre falsch. […]

Wie können wir das Problem also angehen, wenn nicht über eine Quote? Indem wir Frauen bestärken, politische Ämter anzunehmen. Indem wir die Gesellschaft für das Ungleichgewicht im Bundestag sensibilisieren. Und indem wir die Gleichberechtigung bei der Kindererziehung, bei der Bezahlung von Mitarbeitern und bei der Darstellung der Geschlechter in der Werbung ernstnehmen. Es gibt bessere und effektivere Mittel als eine Frauenquote für den Bundestag, um Gleichberechtigung zu erreichen.

mitmischen.de: Brauchen wir eine Frauen-Quote?. In: www.mitmischen.de, 27.02.2020

Frauenanteil im Bundestag nach der Bundestagswahl 2021
Nach der Bundestagswahl 2021 stieg der Frauenanteil im Parlament auf 35 Prozent.

AUFGABEN

71103-037

1. Erklärt das Prinzip und die mögliche Wirkungsweise einer Frauenquote (**M9a**).
2. Beschreibt den Frauenanteil der Politik in Deutschland (**M9b**).
3. Erörtert, ob die Frauenquote eine geeignete Maßnahme ist, um die Benachteiligung der Frauen in der Politik zu beseitigen (**M10**).

M1 Lebensformen

Der Jurist Prof. Dr. Martin Löhnig hat 2015 einen Aufsatz mit folgendem Titel geschrieben: „Früher hatten Eltern viele Kinder – heute haben Kinder viele Eltern".

Martin Löhnig ist Professor für Bürgerliches Recht, Deutsche und Europäische Rechtsgeschichte an der Universität Regensburg. Zudem ist er wissenschaftlicher Leiter des Instituts für Ostrecht.

M2 Karriereleiter

Artikel 3 Absatz 2 Grundgesetz
Männer und Frauen sind gleichberechtigt. Der Staat fördert die tatsächliche Durchsetzung der Gleichberechtigung von Frauen und Männern und wirkt auf die Beseitigung bestehender Nachteile hin.

AUFGABEN

71103-038

1. Erläutert, was Martin Löhnig mit der Überschrift seines Aufsatzes meint (**M1**).
2. Charakterisiert mindestens drei Formen des Zusammenlebens.
3. Beschreibt die Darstellung in **M2** und arbeitet ihre Aussage heraus.
4. Begründet, auf Basis des Wissens aus dem Kapitel, ob die Aussage der Darstellung zutrifft.
5. Ihr habt im Kapitel verschiedene staatliche und gesellschaftliche Maßnahmen kennengelernt, die das Ziel haben, die Teilhabe von Frauen und Männern an Familie und Beruf von Müttern und Vätern zu ermöglichen. Wählt eine Maßnahme aus und bewertet sie.

Karikatur: Michael Hüter, 2013

Eine neu gebaute Schule

Ein modern ausgestatteter Klassenraum

Ein etwas in die Jahre gekommenes Schulgebäude

Ein sanierungsbedürftiges Klassenzimmer

3

Mitwirkung in der Schule – wie sieht eine gute Schule aus?

In der Schule verbringt ihr einen großen Teil eurer Zeit. Während dieser Zeit habt ihr sicherlich Spaß und Freude, manchmal bestimmt aber auch Frust und schlechte Laune. Ob es euch in der Schule gefällt und ihr gerne dort seid, hängt von Vielem ab: von den euch unterrichtenden Lehrkräften, von euren Mitschülerinnen und Mitschülern, von eurem Schulgebäude oder eurem Klassenzimmer oder von dem, was in eurer Schule auch außerhalb des Unterrichts angeboten wird. Wichtig ist zu wissen: Ihr seid für das Gelingen eures Zusammenseins an der Schule mitverantwortlich. Mehr noch: Ihr könnt eure Schule mitgestalten und weiterentwickeln, sodass eure Schule zu dem Ort wird, den ihr gerne mögt. Wie das funktionieren kann, erfahrt ihr in diesem Kapitel.

Am Ende des Kapitels könnt ihr Antworten auf folgende Fragen finden:

- Welche Möglichkeiten hast du, um deine Interessen in den schulischen Entscheidungsprozess einzubringen? (**Macht und Entscheidung**)
- Wie werden in der Schule Entscheidungen getroffen? (**Macht und Entscheidung**)
- Wie wirken die einzelnen Institutionen (SMV, Schulkonferenz, Gesamtlehrerkonferenz) der Schule zusammen? (**Ordnung und Struktur**)
- Nach welchen rechtlichen Bestimmungen funktioniert das Zusammenleben in der Schule? (**Regeln und Recht**)
- Welchen Beitrag können Verfahren zum Lösen von Interessenkonflikten in der Schule leisten? (**Interessen und Gemeinwohl**)

WAS WISST UND KÖNNT IHR SCHON?

1. Schaut euch die Bilder auf der linken Seite an. Auf welche Schule würdet ihr gerne gehen?
2. Was gefällt euch an eurer Schule? Was würdet ihr gerne ändern?
   a) Notiert eure Antworten zu den beiden Fragen. Tauscht euch dann mit einem Partner aus und haltet eure Antworten auf Karten fest.
   b) Welche eurer Veränderungswünsche können von der Schule alleine geregelt werden? Ordnet eure Veränderungswünsche nach den Kriterien:
      - Regelung und Beschluss durch die eigene Schule möglich;
      - Regelung und Beschluss durch die eigene Schule nicht möglich.
   c) Stellt eure Ergebnisse in der Klasse vor.

3.1 Mitwirkung und Entscheidungen in der Schule

3.1.1 Können wir unsere Interessen ausreichend einbringen?

Zum Thema: „Die Jugend ist in den Schulen zu freien und verantwortungsfreudigen Bürgern zu erziehen und an der Gestaltung des Schullebens zu beteiligen." So steht es in Artikel 21 Absatz 1 der Landesverfassung Baden-Württemberg – der nach dem Grundgesetz wichtigsten Rechtsquelle des Bundeslandes. Doch wie genau soll das funktionieren? In diesem Kapitel erfahrt ihr, welche Rechte und Pflichten euch helfen können, eure Schule nach eurer Vorstellung mitzugestalten.

M1 Welche Mitwirkungs- und Gestaltungsmöglichkeiten gibt es an meiner Schule?

	Nutzung an der Schule		Sollte es meiner Meinung nach geben	
	ja	nein	ja	nein
Klassensprecher/-in	○	○	○	○
Klassenrat	○	○	○	○
Schulsprecher/-in	○	○	○	○
Vollversammlung	○	○	○	○
Arbeitskreise	○	○	○	○
Streitschlichtung	○	○	○	○
Schulzeitung	○	○	○	○
Feedback zum Unterricht	○	○	○	○
Online-Beteiligung	○	○	○	○
Schülerhaushalt	○	○	○	○
	○	○	○	○

Gloe, Markus: Teilhabe und Gestaltungsmöglichkeiten an der Schule. In: Politik & Unterricht Nr. 2/3-2018, S. 19

EINSTIEGSAUFGABE 71103-039

Lest euch die unterschiedlichen Mitbestimmungsmöglichkeiten durch und kreuzt „ja" oder „nein" an. Wenn es an eurer Schule noch weitere Möglichkeiten gibt, könnt ihr sie in der freien Zeile eintragen

M2 Fallbeispiel aus der Schule – werden Schülerinteressen verletzt?

1 Die Mitglieder des Schülerrats wollen sich in der Schule treffen, um über das geplante Sommerfest und den „Charity-Walk" zu sprechen. Sie fragen den Hausmeister, ob er ihnen am Nachmittag nach dem Unterricht einen Raum zur Verfügung stellen kann. Dieser lehnt ab.

2 Pia, die Klassensprecherin der 9b, will in einer Verfügungsstunde über eine wichtige Sitzung des Schülerrats berichten. Frau Müller, ihre Biologie- und Klassenlehrerin, möchte aber lieber mit dem Unterricht weitermachen, da in letzter Zeit so viel Unterricht ausgefallen ist.

3 Der Schülerrat bereitet eine Podiumsdiskussion zum Thema „Jugendkriminalität" vor. Eingeladen sind Vertreter der regierenden Parteien. Den Einwand, man müsse auch Vertreter der Opposition einladen, lehnt die Mehrheit ab.

4 Marius hat sich als Klassensprecher lange Zeit im Schülerrat engagiert und dabei auch immer wieder gegen seinen Klassenlehrer durchgesetzt. In letzter Zeit wird Marius von ihm auffallend häufig abgefragt.

Bearbeiter

M3 Grundlagen der Schülermitverantwortung

a) Auszüge aus dem Schulgesetz (SchG)

B. Schülermitverantwortung (§§ 62–70)

§ 63 Klassenschülerversammlung, Schülervertreter

(1) Die Schüler wirken in der Schule mit durch
1. die Klassenschülerversammlung;
2. die Schülervertreter.

Schülervertreter sind die Klassensprecher, der Schülerrat und der Schülersprecher. [...]

§ 66 Schülerrat

(1) Dem Schülerrat gehören an
1. der Schülersprecher und seine Stellvertreter,
2. die Klassensprecher und ihre Stellvertreter, abweichend hiervon an beruflichen Schulen die Klassensprecher.

(2) Der Schülerrat ist für alle Fragen der Schülermitverantwortung zuständig, welche die Schule in ihrer Gesamtheit angehen. Der Schulleiter unterrichtet den Schülerrat über Angelegenheiten, die für die Schülermitverantwortung von allgemeiner Bedeutung sind.

(3) Der Schülerrat erlässt Regelungen, in denen insbesondere das Nähere über die Arbeitsweise der Schülermitverantwortung an der Schule und das Verfahren für die Wahl ihrer Schülervertreter festgelegt werden (SMV-Satzung).

Schulgesetz von Baden-Württemberg (SchG) in der Fassung vom 1.August 1983, letzte berücksichtigte Änderung vom 22.11.2022

Vollständiger Rechtstext der §§ 63 und 66 Schulgesetz

71103-040

Vollständiger Rechtstext der SMV-Verordnung

71103-041

b) Verordnung des Kultusministeriums über die Einrichtung und Aufgaben der Schülermitverantwortung (SMV-Verordnung)

§ 1 Grundsätze [...]

(5) Schüler dürfen wegen ihrer Tätigkeit in der SMV weder bevorzugt noch benachteiligt werden. [...]

§ 3 Organe

(1) Organe der Schülermitverantwortung sind die Schülervertreter (Klassensprecher, Kurssprecher, Jahrgangsstufensprecher, Schülerrat und Schülersprecher) sowie die Klassenschülerversammlung [...].

§ 7 Aufgaben der SMV [...]

(2) Die Schülermitverantwortung und ihre Organe stellen sich ihre Aufgaben selbst, soweit sie nicht durch das Schulgesetz oder sonstige Rechtsvorschriften festgelegt sind. Dazu gehören insbesondere: 1. Gemeinschaftsaufgaben der Schüler. Insbesondere soll die Schülermitverantwortung die fachlichen, sportlichen, kulturellen, sozialen und politischen Interessen der Schüler fördern. Sie kann dafür eigene Veranstaltungen durchführen. Diese müssen allen zugänglich sein und dürfen nicht einseitig den Zielsetzungen bestimmter politischer, konfessioneller oder weltanschaulicher Gruppen dienen; 2. die Aufgabe der Organe der Schülermitverantwortung, sich aus dem Schulleben ergebende Interessen der Schüler zu vertreten.

(3) Der SMV ist Gelegenheit zu geben, in allen dafür geeigneten Aufgabenbereichen der Schule mitzuarbeiten. Dies schließt die Vertretung der Schüler in der Schulkonferenz ein. [...] (4) Im Rahmen der SMV haben die Schülervertreter [...] das Anhörungs- und Vorschlagsrecht (§ 10 Absatz 1), das Beschwerderecht (§ 10 Absatz 1), [...] das Informationsrecht (§ 11 Absatz 2).

§ 8 Klassenschülerversammlung

(1) Die Schülermitverantwortung baut auf der Arbeit in den einzelnen Klassen auf. Dazu gehört es auch, dass die einzelnen Schüler ihre Anregungen, Vorschläge und Wünsche, die das Schulleben und den Unterricht betreffen, und ihre Einwände, wenn sie sich ungerecht beurteilt fühlen, mit den einzelnen Lehrern besprechen. [...] (3) Die Klasse, die eine Besprechung über schulische und unterrichtliche Fragen wünscht, erhält auf Antrag des Klassensprechers beim Klassenlehrer anstelle einer Unterrichtsstunde eine Verfügungsstunde, die im allgemeinen in Anwesenheit des Klassenlehrers oder eines anderen Lehrers stattfindet. Im Antrag ist das Beratungsthema anzugeben und zu begründen. [...]

§ 11 Unterstützung der SMV

(1) Der Schulleiter sorgt im Rahmen des Möglichen dafür, dass für die Veranstaltungen der Schülermitverantwortung geeignete Räume und dass für ihre Arbeit die erforderliche Zeit zur Verfügung stehen. Der Stundenplan der Schule ist, wenn es stundenplantechnisch nicht unmöglich ist, so zu gestalten, dass zur Durchführung von SMV-Veranstaltungen regelmäßig eine Stunde von Unterrichtsveranstaltungen freigehalten wird. [...] (3) Schulleiter, Verbindungslehrer und Schülersprecher sprechen untereinander Zeitpunkt und Ablauf der regelmäßigen Informationsgespräche gemäß § 67 Abs. 2 des Schulgesetzes ab, die im Allgemeinen monatlich stattfinden sollen. Eine Tagesordnung hierfür ist nicht erforderlich.

Verordnung des Kultusministeriums über Einrichtung und Aufgabe der Schülermitverantwortung (SMV-Verordnung) vom 08.06.1976, zuletzt geändert am 25.06.2019

M4 Der Klassenrat – erster Ort für Mitbestimmung und Konfliktbeilegung?

Der Klassenrat ist eine fest verankerte Einrichtung, die euch die Möglichkeit bietet, in eigener Verantwortung und Organisation Ideen und Projekte zu besprechen und Lösungen zu entwickeln. Im Gegensatz zum Unterricht wird der Klassenrat nicht von den Lehrkräften sondern von euch gestaltet und geleitet. Er gibt euch damit die Möglichkeit, euren Schulalltag selbstorganisiert und verantwortlich mitzubestimmen.

Fest in eurem Schulalltag ist der Klassenrat dadurch verankert, dass ihre regelmäßig (wöchentlich) zu einem festgelegten Zeitpunkt im Klassenrat tagt. Insgesamt bietet euch der Klassenrat die Möglichkeit in eigener Organisation Verantwortung zu übernehmen, die Schule und das Lernen mitzugestalten und ganz nebenbei lernt ihr, wie demokratische Prozesse funktionieren. Aus diesem Grund berät ein Klassenrat in einer Runde. Wenn ihr alle in einem Stuhlkreis sitzt, könnt ihr euch beim Reden, Diskutieren und Beschlüsse fassen anschauen. Dabei hat jeder von euch eine Rolle und ihr übernehmt Verantwortung für bestimmte Aufgaben, die immer wieder gewechselt werden.

Bearbeiter

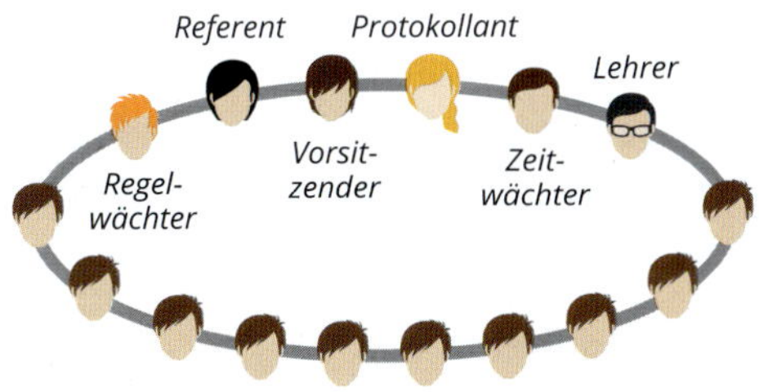

- **Zeitwächter:in** achtet auf die Zeit, damit alles besprochen weren kann.
- **Regelwächter:in** passt auf, dass sich jeder an die Regeln hält.
- **Vorsitzende:r** führt die Diskussion, damit man zu Ergebnissen kommt.
- **Protokollant:in** schreibt Anliegen und Beschlüsse auf, damit man sich später daran erinnern kann.
- **Referent:in** berichtet zu einem speziellen Thema, da er über Fachwissen verfügt bzw. dazu recherchiert hat.

Regeln und Vorgaben für den Klassenrat

Für die Organisation des Klassenrats und für die Durchführung der Sitzungen gelten Regeln, die ihr zum Teil auch selbst erarbeiten und beschließen sollt.

So sollen zum Beispiel die Gesprächs- und Verhaltensregeln für die Sitzungen von euch gemeinsam erarbeitet und beschlossen werden. Darüber hinaus gelten für den Klassenrat aber auch bestimmte Vorgaben. So haben bei der Entscheidung alle Teilnehmer:innen im Klassenrat eine Stimme. Dies gilt auch für eure Lehrkraft, die mit euch gleichberechtigt an der Sitzung teilnimmt. Das heißt, dass sie genauso wie jede oder jeder von euch nur eine Stimme hat. Außerdem ist für den Klassenrat vorgegeben, dass alle Teilnehmer:innen verschiedene Ämter und Verantwortungen für bestimmte Aufgaben übernehmen, die immer wieder gewechselt werden. So gibt es neben der/dem Diskussionsleiter:in immer eine:n Regelbeobachter:in, Zeitnehmer:in und natürlich eine:n Protokollant:in.

AUFGABEN

71103-042

1. Kennt ihr gleiche oder ähnliche Fälle wie in den Beispielen in **M2**? Erläutert.
2. Überprüft anhand von **M3**, inwiefern die in **M2** beschriebenen Fälle tatsächlich regelwidrig sind. Wenn ihr bei dem ersten Fall zu einem Ergebnis gekommen seid, sucht euch eine:n Partner:in, die/der bereits ebenfalls zu einem Ergebnis gekommen ist und vergleicht eure Ergebnisse. Wiederholt dieses Vorgehen bei den anderen Fällen.
3. Arbeitet mithilfe der nachfolgenden Methode aus **M3** die Mitwirkungsrechte, die Organe und die Aufgaben der Schülermitverantwortung (SMV) heraus.
4. Strukturiert eure Ergebnisse in einer Concept-Map (→ Methodenglossar).
5. „Jede Schule sollte einen Klassenrat haben!" Gestalte zu dieser These ausgehend von **M4** ein fiktives Interview, bei dem der Interviewer eine kritische Position zu dieser These vertritt.
6. Erörtert in der Klasse die Aussage: „Wenn es um unsere Schule geht, haben die Lehrkräfte immer das letzte Wort!" (**M2 – M4**).

METHODE

Rechtstexte verstehen

I. Worum geht es?

Gesetze enthalten eine Vielzahl von Regelungen, Bestimmungen und Definitionen. Sie sind deshalb oft in einer sehr technischen und abstrakten Sprache formuliert. Doch so unterschiedlich die Inhalte der einzelnen Gesetze sind, sie folgen einem einheitlichen Aufbau. Um Rechtstexte und Gesetze zu verstehen, hilft es, diese systematisch zu bearbeiten.

II. Gehe dabei so vor:

Hinweise zu Gesetzestexten: Übergeordnete Abschnitte eines Gesetzes nennt man Paragrafen. Sie beginnen mit einem Paragrafenzeichen (§), sind fortlaufend nummeriert und haben eine Überschrift. Die Gliederung innerhalb der einzelnen Paragrafen erfolgt durch Absätze, zu erkennen an den Ziffern in runden Klammern. Manchmal sind auch die einzelnen Sätze innerhalb der Absätze noch nummeriert (hochgestellte Ziffern).

1. Schritt: Gegenstand des Gesetzes analysieren

Die Überschriften der einzelnen Paragrafen geben einen Hinweis darauf, was geregelt wird. Für das Verständnis ist es hilfreich, immer auch die umgebenden Paragrafen zu lesen.

↓ ↓ ↓

2. Schritt: Vorbereitung

Markiert zunächst euch unbekannte Begriffe und versucht, sie mit Hilfe eines Rechtslexikons oder des Gesetzestextes zu klären (Internettipp: www.bpb.de → Wissen → Lexika)

↓ ↓ ↓

3. Schritt: Durchführung

- Unterscheidet die Handelnden und die von einer Handlung Betroffenen.
- Welche Rechte, welche Pflichten werden erwähnt? Diese müssen auseinandergehalten werden.
- Markiert wichtige Aussagen mit einem Textmarker.

Beispiel:

Schulgesetz Baden-Württemberg

§ 66 Schülerrat

(2) [...] Der **Schulleiter** **unterrichtet** **den Schülerrat** **über Angelegenheiten, die für die Schülermitverantwortung von allgemeiner Bedeutung sind.**

Pflicht: Wer? Schulleitung

Wozu? Unterrichtung des Schülerrats über für SMV bedeutsame Angelegenheiten

Recht: Wer? Schülerrat

Bearbeiter

3.1.2 Entscheidungsprozesse in der Schule – welche Regelung zur Handynutzung in der Schule wollen wir haben?

Zum Thema: In Deutschland hat jedes Bundesland eigene Regeln für den Umgang mit Handys an Schulen. Während in Bayern ein vollständiges Handyverbot an Schulen besteht, ist in Baden-Württemberg nach mehrheitlicher Auffassung der Jurist:innen ein generelles Handyverbot in der Schule nicht möglich. Jedoch kann die Schule im Rahmen ihrer Schul- und Hausordnung auch eine Handyordnung erlassen, die Regelungen zum Umgang und Einsatz von Handys beinhaltet. Auf den folgenden Seiten könnt ihr euch damit beschäftigen, welche Aspekte eine Rolle spielen bzw. spielen können bei der Frage: Welche Regelung zur Handynutzung wollen wir haben?

M5 Alles digital?

Karikatur: Michael Hüter, 2013

EINSTIEGSAUFGABEN 71103-043

1. Beschreibt die Situation in der Karikatur.
2. Bildet mithilfe einer Positionslinie (→ Methodenglossar) in der Klasse ein Meinungsbild zur Frage: Sind Handys im Unterricht eher nützlich oder eher störend?". Begründet eure Einordnung auf der Positionslinie.
3. Tauscht eure Erfahrungen mit der Handynutzung an eurer Schule aus.

M6 Handyverbot an Schulen?

- Handys lassen sich zum Schummeln bei Prüfungen nutzen.
- Mit ihren Klingeltönen stören Handys den Unterricht.
- Eine ständige Erreichbarkeit ist während des Unterrichts nicht notwendig.
- Handys bieten eine Plattform für Mobbing. Jede Peinlichkeit oder jeder Fehler im Unterricht von Lehrer:innen und Schüler:innen kann aufgezeichnet oder gefilmt werden und sogar zeitgleich mit großer Reichweite veröffentlicht werden.
- Während der Unterrichtszeit gehen auf dem Handy viele Nachrichten über die sozialen Netzwerke ein (Snapchat, Instagram, WhatsApp, TikTok etc.). Das lenkt vom Unterricht ab. Außerdem ist der Anreiz groß, zu chatten oder zu spielen.
- Handys sind ein Statussymbol, wer sich kein teures Smartphone leisten kann, ist in der Gruppe ein „Loser".
- Das Handy kann im Unterricht genutzt werden, um Informationen zu erhalten oder zu einem Thema zu recherchieren. Damit wird in der Schule auch das gemacht, was von Einigen auch schon im Leben außerhalb der Schule gemacht wird.
- Tests oder Klassenarbeiten müssen anders gestellt werden. Reine Wissensabfragen sind nicht mehr möglich, es muss mehr um die Anwendung von Wissen gehen.
- In Notfällen ist eine schnelle und direkte Erreichbarkeit möglich.
- Mit Handys im Unterricht macht das Lernen mehr Spaß, da es viele Möglichkeiten gibt, auf interessante Weise etwas zu lernen.
- So kann gelernt werden, Handys nicht nur zum Chatten, Spielen etc. zu nutzen.

Bearbeiter

M7 Wer entscheidet in der Schule?

a) Was ist die Schulkonferenz und an welchen Entscheidungen ist sie wie beteiligt?

Schaubild: Zusammensetzung der Schulkonferenz

71103-044

In eurer Schule ist die Schulkonferenz das oberste Gremium. Die Schulkonferenz besteht aus den gewählten Vertretern der Schüler:innen, Lehrer:innen und Eltern. Jede dieser Gruppen stellt ein Drittel der Mitglieder in der Schulkonferenz. Die gleichmäßige Aufteilung fördert die Verständigung zwischen Lehrkräften, Eltern und Schüler:innen bei wichtigen Fragen. So kann sich keine Gruppe alleine durchsetzen und eine gleichberechtigte Mitsprache ist gesichert. Die Gesamtzahl der Mitglieder der Schulkonferenz ist von der Größe der Schule abhängig. Die Sitzungen der Schulkonferenz sind nicht öffentlich, so dass bis auf die beschlossenen Entscheidungen keine weiteren Informationen weitergegeben werden dürfen.

Bearbeiter

b) Welche Aufgaben hat die Schulkonferenz?

Die Schulkonferenz soll nach § 47 des Schulgesetzes das Miteinander von Schulleitung, Lehrkräften, Eltern und Schüler:innen fördern. Sie vermittelt bei Meinungsverschiedenheiten, berät bei Angelegenheiten, die für die Schule von wesentlicher Bedeutung sind, und trifft entsprechend der Regelungen nach § 47 SchG BW zum Teil für alle verbindliche Entscheidungen. Für Schulleiter:innen und Lehrer:innen bindende Entscheidungen kann die Schulkonferenz beispielsweise bei Vereinbarungen über Schulpartnerschaften, bei der Verteilung des Unterrichts auf fünf oder sechs Wochentage oder über den Unterrichtsbeginn treffen. Bei anderen Entscheidungen muss die Schulkonferenz ihr Einverständnis geben. Verweigert die Schulkonferenz ihr Einverständnis und hält die zuständige Lehrerkonferenz nach nochmaliger Beratung an ihrem Beschluss fest, hat der Schulleiter die Entscheidung der Schulaufsichtsbehörde einzuholen. Dies gilt beispielsweise bei dem Erlass der Schul- und Hausordnung, bei Beschlüssen zu Hausaufgaben oder bei den Grundsätzen über die Durchführung von Klassenfahrten und Schullandheimaufenthalten. Nur anzuhören ist die Schulkonferenz beispielsweise zu Beschlüssen der Gesamtlehrerkonferenz zu allgemeinen Fragen der Erziehung und des Unterrichts an der Schule oder bei Entscheidungen über Erziehungs- und Ordnungsmaßnahmen nach Maßgabe von § 90 Abs. 4 SchG BW.

Bearbeiter

c) Auszug aus dem Schulgesetz Baden-Württemberg: §47 Schulkonferenz

(5) Folgende Angelegenheiten werden in der Schulkonferenz beraten und bedürfen ihres Einverständnisses:

1. Erlaß der Schul- und Hausordnung

Schulgesetz von Baden-Württemberg (SchG) in der Fassung vom 1. August 1983, letzte berücksichtigte Änderung vom 22.11.2022

Vollständiger Rechtstext des § 47 SchG

71103-045

AUFGABEN

71103-046

1. Ordnet die Argumente in **M6** in Kleingruppen nach Pro und Kontra „Handyverbot an Schulen". Findet zu den Argumenten geeignete eigene Beispiele und ergänzt weitere mögliche Argumente.
2. Führt mithilfe der Ergebnisse aus Aufgabe 1 in der Klasse ein Pro-Kontra-Streitgespräch (→ Methodenglossar) über ein Handyverbot an Schulen.
3. Beschreibt die Aufgaben einer Schulkonferenz und erklärt deren Bedeutung bei der Regelung des Schulalltags und der Regelung zur Handynutzung (**M7**).
4. Angenommen ihr wollt die Handyordnung eurer Schule verändern. Gestaltet in Kleingruppen mithilfe von **M5** und **M6** einen Flyer (→ Methodenglossar), der über Strategien und Möglichkeiten informiert, dies herbeizuführen.

F Aufgabe
Führt das Entscheidungsverfahren mit der Einbindung der Schulkonferenz zu einer höheren Akzeptanz der getroffenen Entscheidung?

H zu Aufgabe 4
→ S. 391

Schulkonferenz: Ein Rollenspiel zum Thema „Welche Regelung zur Handynutzung wollen wir haben?“

Hilfestellung: Welche Fragen sollten mit einer Handyverordnung an der Schule vor allem geklärt werden?

71103-047

I. Worum geht es?

Bei einem Rollenspiel könnt ihr in einer vorgegebenen Situation in Rollen schlüpfen, die zwar durch Rollenkarten vorgeschrieben sind, aber zusätzlich von euch selbst ausgestaltet werden können. Dabei geht es darum, möglichst rollengerecht zu handeln, wie es in der Rollenbeschreibung vorgesehen ist. Ihr spielt, als ob ihr eine bestimmte Person in einer bestimmten Situation seid. Dabei könnt ihr eigene Einstellungen und Gefühle erkennen und verstehen, aber auch die anderen Interessen und Sichtweisen erfahren.

Hier sind die Rollenkarten eurer Schulkonferenz:

1 Schülervertreter:in

Im Schülerrat habt ihr schon öfters über das Thema Handynutzung an eurer Schule diskutiert und dabei festgestellt, dass die Meinungen der Schülerinnen und Schüler auseinandergehen. Ausgehend von den Informationen aus **M6** formuliert ihr eure Position und Argumente. Dann legt ihr eure Ziele fest und einigt euch auf eine Strategie, mittels derer ihr glaubt, eure Ziele am besten erreichen zu können.

2 Elternvertreter:in

In der Elternbeiratssitzung habt ihr bereits über das Thema Handynutzung an eurer Schule diskutiert und dabei festgestellt, dass die Meinungen der Eltern auseinandergehen. Ausgehend von den Informationen aus **M6** formuliert ihr eure Position und Argumente. Dann legt ihr eure Ziele fest und einigt euch auf eine Strategie, mittels derer ihr glaubt, eure Ziele am besten erreichen zu können.

3 Lehrervertreter:in

In der Gesamtlehrerkonferenz habt ihr bereit über das Thema Handynutzung an eurer Schule diskutiert und dabei festgestellt, dass die Meinungen der Lehrerinnen und Lehrer auseinandergehen. Ausgehend von den Informationen aus **M6** formuliert ihr eure Position und Argumente. Dann legt ihr eure Ziele fest und einigt euch auf eine Strategie, mittels derer ihr glaubt, eure Ziele am besten erreichen zu können.

4 Schulleiter:in

In vielen Vorgesprächen hast du dir eine Meinung zur Handynutzung an eurer Schule gebildet. Während der Schulkonferenz hältst du dich mit deiner Meinung erstmal zurück, denn deine Hauptaufgabe besteht darin, durch die Konferenz zu führen und Lösungswege zu finden, die die Mehrheit in der Schulkonferenz mittragen kann. Außerdem bist du für die korrekte Einhaltung des Abstimmungsverfahrens verantwortlich. Ein Ablauf der Konferenz könnte sein:

- Begrüßung der Anwesenden
- Vorstellung des Ablaufs der Sitzung
- Bestimmung der/des Protokollant:in
- Kurze Zusammenfassung des Themas
- Vorstellung der Position der Vertreter in der Schulkonferenz: Schüler – Lehrer – Eltern
- Diskussion über das Thema (Leitung durch den/die Schulleiter:in)
- Formulierung des Antrags
- Abstimmung

II. Geht dabei so vor:

Folgende Schritte helfen euch bei der Durchführung eines Rollenspiels, die am Beispiel des Rollenspiels zur Schulkonferenz veranschaulicht werden.

1. Schritt: Gruppenbildung und Rollenverteilung

Bildet vier gleichgroße Gruppen in der Klasse. Jede Gruppe übernimmt jeweils eine der oben aufgeführten Rolle auf der Schulkonferenz.

↓ ↓ ↓

2. Schritt: Inhaltliche Vorbereitung auf die einzelnen Rollen

Macht euch mit eurer Rolle vertraut, indem ihr die oben stehenden Rollenkarten durchlest, besprecht und mit eurem Wissen und euren Ideen erweitert.
Bestimmt außerdem die Personen, die für eure Gruppe die Rolle im Rollenspiel übernehmen.
Der Rest eurer Gruppe wird Beobachter. Achtet als Beobachter besonders auf folgende Fragen:

- Wurden die Rollen glaubwürdig vorgestellt?
- Welches waren die überzeugenden Argumente?

Hinweis
Recherchiert ggf. noch im Vorfeld nach weiteren Informationen zu den verschiedenen Rollen. Zum Beispiel: Welche weiteren Argumente gibt es für eure Position? Wie viele Mitglieder hat an eurer Schule die Schulkonferenz und wer ist Mitglied?

↓ ↓ ↓

3. Schritt: Durchführung des Rollenspiels

Stellt in die Mitte eures Klassenzimmers mehrere Tische zu einem großen Konferenztisch zusammen und führt das Rollenspiel durch.

↓ ↓ ↓

4. Schritt: Reflexion

Welche Rolle konnte wie überzeugen? Wie lautet das Ergebnis der Schulkonferenz? Wurde ein Ergebnis gefunden, das alle mittragen können? Welche Besonderheiten sind euch im Allgemeinen aufgefallen?

Bearbeiter

3.2 Mitwirkung und Entscheidungen in der Klasse

3.2.1 Klassensprecherwahl – Demokratie in der Klasse?

Zum Thema: „Ohne Wahlen, keine Demokratie!" Dieser Aussage würde jeder sofort zustimmen, gilt die Wahl an sich doch als wesentliches Merkmal von Demokratien. Doch gilt dies auch im Klassenzimmer? Dieses Kapitel zeigt euch auf, inwieweit die Wahlen zum Klassensprecher die Wahlgrundsätze in Deutschland widerspiegeln.

M1 Die Klassensprecherwahl ...

Reportage: Klassensprecherwahl in China

71103-048

Am ersten Schultag möchte der Klassenlehrer der 8c, Herr Busse, pünktlich den Unterricht beginnen. Doch Silke erinnert ihn an die Klassensprecherwahl. Herr Busse fragt Clara, die Klassenbeste: „Clara, du könntest doch Klassensprecherin werden?!" Nach kurzer Überlegung sagt sie „Ja!". Darauf meldet sich Clarissa: „Ich will aber auch Klassensprecherin werden!" Herr Busse schreibt mit Stirnrunzeln beide Namen an die Tafel. „Jetzt brauchen wir aber noch einen Jungen", meint er dann. Nach einiger Zeit erklärt sich Konrad bereit. „So, jetzt wählen wir mal schnell", sagt Herr Busse. Herr Busse notiert das Ergebnis: Clara 8 Stimmen, Clarissa 10, Konrad 10. Da fällt ihm ein, dass heute Johanna fehlt: „Corinna, du bist doch Johannas beste Freundin, dann zählt halt deine Stimme doppelt!" Herr Busse verändert das Ergebnis an der Tafel: Clarissa 11 Stimmen. „Also, damit ist Clarissa die Klassensprecherin und Konrad ihr Stellvertreter", stellt Herr Busse abschließend fest.

Bearbeiter

EINSTIEGSAUFGABE

Bildet euch ein Urteil über die Klassensprecherwahl in der 8c.

M2 Gesetzliche Bestimmungen zur Klassensprecherwahl

a) Auszüge aus dem Schulgesetz von Baden-Württemberg

Vollständiger Rechtstext der §§ 63 und 65 Schulgesetz

71103-049

§ 63 Klassenschülerversammlung, Schülervertreter

(2) An allen Schulen wählen die Schüler ab Klasse 5 nach den Grundsätzen, die für [...] Wahlen [in Deutschland] gelten, ihre Schülervertreter.

§ 65 Klassensprecher

(1) Von Klasse 5 an wählen die Schüler jeder Klasse aus ihrer Mitte zu Beginn des Schuljahres einen Klassensprecher und seinen Stellvertreter.

(2) Der Klassensprecher vertritt die Interessen der Schüler der Klasse [...].

Schulgesetz von Baden-Württemberg (SchG) in der Fassung vom 1. August 1983, letzte berücksichtigte Änderung vom 22.11.2022

b) Auszüge aus der Verordnung des Kultusministeriums über die Einrichtung und Aufgaben der Schülermitverantwortung (SMV-Verordnung)

§ 3 Organe

(3) Die Wahl des Klassensprechers und seines Stellvertreters gemäß § 65 Absatz 1 SchG soll spätestens bis zum Ablauf der dritten Unterrichtswoche im Schuljahr stattfinden […].

§ 4 Wahl, Wählbarkeit

(1) Schülervertreter, deren Amtszeit abgelaufen ist, versehen ihr Amt bis zur Neuwahl geschäftsführend weiter, wenn sie noch wählbar sind. Die Dauer der geschäftsführenden Tätigkeit kann durch die SMV-Satzung begrenzt werden. (2) Der geschäftsführende Amtsinhaber lädt die Wahlberechtigten zur Neuwahl ein und bereitet die Wahl vor. Ist kein geschäftsführender Amtsinhaber vorhanden oder ist er verhindert, so sorgt dafür sein Stellvertreter. […] (3) Wahlberechtigt und wählbar ist, wer im Zeitpunkt der Wahl die Schule als Schüler besucht. Das Amt eines Schülervertreters erlischt vor Ablauf seiner bis zum Ende des Schuljahres dauernden Amtszeit mit dem Verlust der Wählbarkeit für dieses Amt oder seinem Rücktritt. […]

§ 5 Wahlverfahren, Abwahl

(1) Die Wahl ist geheim. Die Aufstellung und Wahl der Kandidaten bedürfen keiner Bestätigung. (2) Gewählt ist, wer die meisten gültigen Stimmen erhält. Bei Stimmengleichheit ist ein weiterer Wahlgang erforderlich. (3) Ein Schülervertreter kann aus seinem Amt vor Ablauf seiner Amtszeit nur dadurch abberufen werden, dass von der Mehrheit der Wahlberechtigten ein Nachfolger für den Rest der laufenden Amtszeit gewählt wird. Die wahlberechtigten Schüler müssen zur Wahl eines Nachfolgers eingeladen werden, wenn ein Drittel der Wahlberechtigten schriftlich darum nachsucht.

Verordnung des Kultusministeriums über Einrichtung und Aufgabe der Schülermitverantwortung (SMV-Verordnung) vom 08.06.1976, zuletzt geändert am 25.06.2019

M3 Welche Aufgaben haben Klassensprecher:innen?

Die Klassensprecherin oder der Klassensprecher …

- beruft die Klassenschülerversammlung ein, leitet sie und sorgt für die Umsetzung der Ergebnisse.
- nimmt auf Einladung an Elternabenden teil und informiert die Klasse.
- vertritt die Interessen der Klasse
- trägt Beschwerden und Kritik den Lehrern oder dem Schulleiter vor.
- gibt Anregungen, Vorschläge und Wünsche an Lehrer, Schulleiter, Elternvertreter weiter.
- nimmt an SMV-Sitzungen teil.

ZIPP ZAPP – Das Praxisbuch für SMV und Jugendarbeit: Schülermitverantwortung in Baden Württemberg. In: www.smv.bw.schule.de, Abruf am 03.05.2023

Wahlgrundsätze in Demokratien

In den Medien wird oftmals von „demokratischen Wahlen" gesprochen, doch Wahlen sind per se weder demokratisch noch diktatorisch. Wahlen folgen bestimmten Prinzipien, deren Anwendung in Demokratien und Diktaturen unterschiedlich stark zur Geltung kommen.

Art. 28 und 38 des Grundgesetzes beschreiben die für Deutschland gültigen Wahlgrundsätze. Wahlen müssen demnach sein:

Allgemein

Alle Bürger sind wahlberechtigt, wenn sie die Voraussetzung erfüllen (Alter, Nationalität, …). Keine Gruppe darf aus religiösen, sozialen, wirtschaftlichen oder politischen Gründen ausgeschlossen werden.

Frei

Jeder kann ohne staatlichen Zwang selbst entscheiden, ob er wählt und wen er wählt.

Gleich

Jede Stimme zählt gleich, jeder hat gleich viele Stimmen.

Unmittelbar

Die Stimmen werden gewertet. Es gibt keine Zwischeninstanz, wie z. B. Wahlmänner.

Geheim

Es darf nicht feststellbar sein, wie der Einzelne gewählt hat.

M4 Wer ist am besten als Klassensprecher:in geeignet?

Phung ist eine sehr gute, aber auch stille Schülerin. Sie ist selten im Unterricht aktiv und schreibt ausschließlich sehr gute Noten. Sie ist sehr freundlich zu allen und hilfsbereit. Sie lässt auch andere in der Klassenarbeit und von ihren Hausaufgaben abschreiben. Phung kommt mit allen gut aus. Ihre Schwester ist die Schülersprecherin.

Tim ist ein hervorragender Schüler in Sport und Englisch. Seine Mutter ist Amerikanerin und er verbringt seine Ferien oft in den USA. Tim ist sehr großzügig und lädt beispielsweise zu seinem Geburtstag die ganze Klasse zu sich ein. Bei Konflikten versucht Tim sich immer neutral zu verhalten, so kommt er mit allen gut aus.

Phillipp ist ein recht guter Schüler, der sich in allen Fächern stark beteiligt. Vor allem die Lehrkräfte mögen Philipp, weil er sehr zuverlässig ist und den Unterricht trägt. Wenn jemand krank geworden ist, wird Philipp beauftragt, die Hausaufgaben zu übermitteln. Viele Schüler bewundern ihn, weil er im örtlichen Sportverein ein erfolgreicher Fußballspieler ist. Die Schule geht bei Philipp aber trotzdem immer vor.

Lea ist eine mittelmäßige Schülerin, die aber in Diskussionen und bei der Projektarbeit sehr engagiert ist. Sie hat guten Kontakt zu den älteren Schülerinnen und Schülern. In Konfliktfällen setzt sie sich sehr entschlossen für Schwächere ein. Einige Lehrkräfte mögen Lea nicht sehr, weil sie häufig im Unterricht Musik hört oder Zeitung liest. Es wird auch behauptet, dass Lea raucht.

Bearbeiter

AUFGABEN

71103-050

1. „Klassensprecherwahl nach den Wahlgrundsätzen des Grundgesetzes, das ist doch übertrieben!" Erörtert diese Aussage unter Berücksichtigung der Informationen aus der Randspalte zu **M2b**.
2. Überprüft die Klassensprecherwahl in **M1** anhand von **M2a–b**.
3. Wählt aus **M3** drei Aufgaben, die euch besonders wichtig erscheinen und begründet eure Entscheidung.
4. Bearbeitet die folgenden Aufgaben zu **M4** nach dem Placemat-Verfahren.
   a) Entscheidet euch für einen der vier Kandidaten aus **M4**. Begründet eure Wahl, indem ihr in eurem Feld der Placemat Eigenschaften notiert, die euch an dem Kandidaten/der Kandidatin wichtig sind. Notiert weitere Eigenschaften, die ein Klassensprecher haben sollte.
   b) Dreht das Blatt solange in der Gruppe reihum, bis jeder von euch die Notizen der anderen gelesen hat. Einigt euch dann in der Gruppe auf drei Eigenschaften, die ein Klassensprecher haben sollte. Schreibt diese Eigenschaften in die Mitte des Blattes.

Placemat

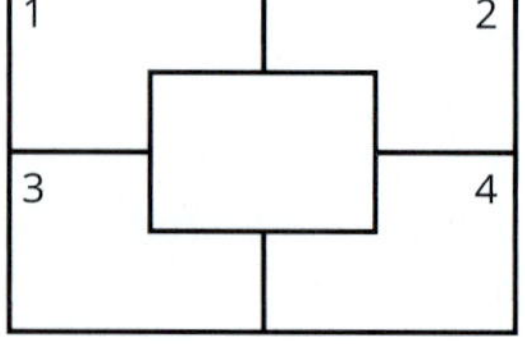

3.2.2 Konflikte in der Klasse: Was tun bei Cybermobbing?

Zum Thema: Mobbing in der Schule geschieht heute in den meisten Fällen nicht mehr nur in der „analogen" Welt, wie zum Beispiel im direkten Kontakt in der Klasse, im Schulhof oder auf dem Schulweg. Vielmehr geschieht Mobbing heute in der „digitalen" Welt, vor allem in den sozialen Medien. Die Praxis zeigt aber auch, dass Cybermobbing („digitales Mobbing") oft der Ausgangspunkt für analoges Mobbing ist. Sicherlich habt ihr auch schon Konflikte in eurer Klasse erlebt und vielleicht auch Cybermobbing. Manche dieser Konflikte scheinen (erstmal) unüberwindbar, mache leicht lösbar, manche können aber auch nicht in der Klasse gelöst werden. Inwiefern ihr in der Klasse mithilfe bestimmter Verfahren Konflikte lösen könnt, ist Gegenstand dieses Kapitels.

Film „Gone too far" zum Thema Cybermobbing

71103-051

M5 Cybermobbing im Klassenchat – wie soll man sich verhalten?

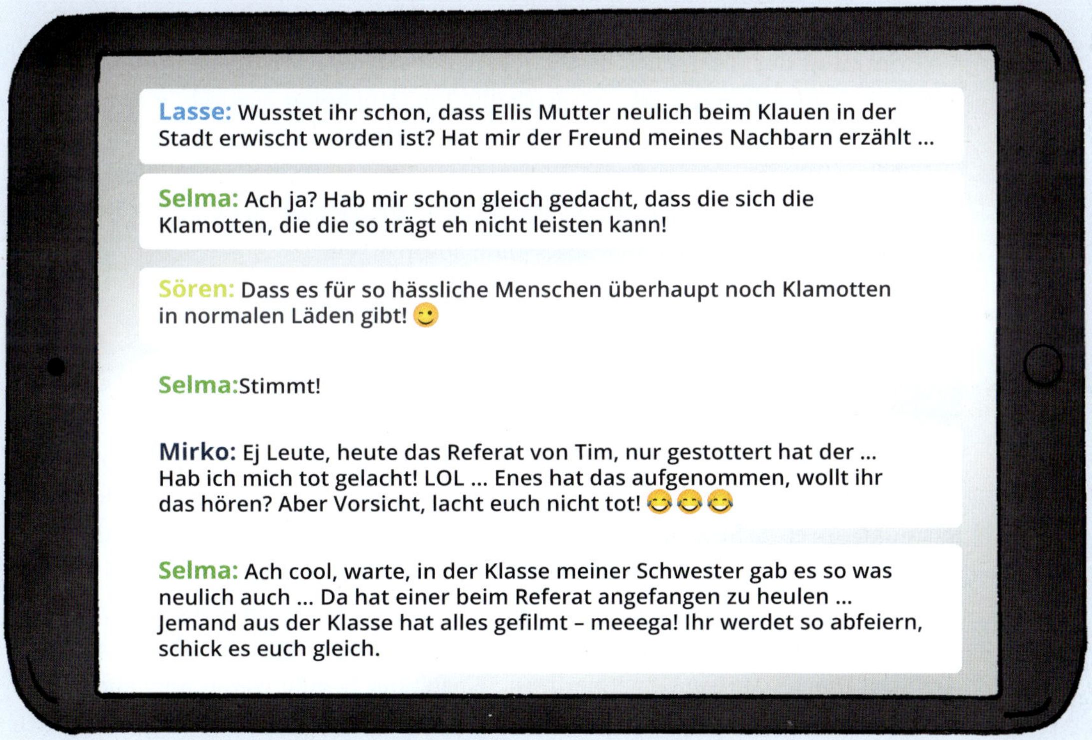

EINSTIEGSAUFGABE 71103-052

Wie soll sich Elli und wie soll sich Tim verhalten? Tauscht euch in der Klasse darüber aus.

M6 Mögliche Rechtsfolgen bei Cybermobbing

Kein eigenständiges Cybermobbing-Gesetz
Ab dem 14. Geburtstag sind Jugendliche strafmündig und können damit bei Straftaten auch vor Gereicht angeklagt und bestraft werden. Wenn es in Deutschland auch kein spezielles „Cybermobbing-Gesetz" gibt, so kann man dennoch in verschieden Gesetzen eine Reihe von Stellen, die es ermöglichen „Cybermobbing" strafrechtlich zu verfolgen.

Beleidigung (§ 185 Strafgesetzbuch)
Wer eine andere Person beschimpft, beleidigt oder anderweitig durch Äußerungen oder Handlungen in ihrer Ehre verletzt oder demütigt, macht sich strafbar.

Üble Nachrede und Verleumdung (§§ 186 & 187 Strafgesetzbuch)
Wer z. B. in Foren, sozialen Netzwerken oder Blogs Unwahrheiten über eine Person verbreitet oder Beleidigungen ausspricht, die dazu dienen, dem Ansehen der Person zu schaden, macht sich strafbar.

Recht am eigenen Bild (§§ 22 & 23 Kunsturheberrechtsgesetz)
Verbreitung kompromittierender Bilder, Video- und Tonaufnahmen: Bilder und Videos dürfen nur verbreitet und veröffentlicht werden, wenn die abgebildete Person eingewilligt hat. Jeder Mensch kann grundsätzlich selbst darüber bestimmen, ob und in welchem Zusammenhang Bilder von ihm/ihr veröffentlicht werden. Wer dagegen verstößt, kann nach § 33 KunstUrhG bestraft werden.

Ausbildungsangebot des Landesmedienzentrum Baden-Württemberg (LMZ) zu Schülermedienmentoren
71103-053

Verletzung der Vertraulichkeit des Wortes (§ 201 Strafgesetzbuch)
Wer von einer anderen Person unerlaubt Tonaufnahmen herstellt, z. B. von einem Vortrag, der nur für einen kleinen Personenkreis – etwa die Klasse – gedacht war, macht sich strafbar. Das gilt umso mehr, wenn diese Aufnahmen weitergegeben und veröffentlicht werden. Schon die Verbreitung von Äußerungen in (nicht-öffentlichen) Online-Chats kann strafbar sein.

Nach: Klicksafe: Cybermobbing rechtzeitig erkennen und richtig handeln. In: www.klicksafe.de, 30.01.2023

M7 Wie können Konflikte gelöst werden?

Ausbildung von Streitschlichter:innen an Schulen
An vielen Schulen gibt es bereits Angebote zur Ausbildung zum Streitschlichter. Informiert euch, ob auch eure Schule dazugehört. Wenn nicht, dann könntet ihr ja versuchen es zu initiieren.

Wenn zwei sich streiten, ist das ein Fall für Annica. Die 15-Jährige ist Konfliktlotsin an ihrer Schule. Ihre Aufgabe: Streit schlichten und Frieden stiften. Manchmal kommt sie zu spät zum Unterricht. Wie andere auch. Nur: Annica darf das. Die 15-jährige Münchnerin ist seit einem halben Jahr eine so genannte Konflikt-Lotsin oder Mediatorin, wie Pädagogen dazu in ihrer Fachsprache sagen. Übersetzt heißt das: Als Michael (Name geändert) aus der siebten Klasse auf dem Schulhof seinen Klassenkameraden als „Scheiß Ausländer" anbrüllte und dazu die Faust reckte, hatte Annica ihren ersten Fall. Sie sollte den Streit schlichten. Die Lehrer schickten die beiden Kontrahenten zu ihr. Annica hatte an diesem Tag im Mai Sprechstunde […]. Die große Pause reichte für Michael und seinen Klassenkameraden nicht. […] Eine weitere Pause und eine Sitzung nach der Schule waren notwendig. Eineinhalb Stunden dauerte das Gespräch insgesamt, bis die beiden Jungs friedlich auseinandergingen – „jeder im Gefühl, gewonnen zu haben", sagt Annica. „Es war ziemlich kompliziert. Wir haben die Lösung dann schriftlich in einem Vertrag festgehalten."

Nach: Eggert, Matthias: Schlicht und Einfach. In: Fluter, Nr. 8/2003, S. 48 f.

M8 Fünf Schritte zur Konfliktlösung

Ausgangssituation		**1. Phase: Einleitung** ▪ Vertraulichkeit zusichern ▪ Regeln erklären ▪ Ziel der Mediation ▪ Verfahren erläutern, Rolle der MediatorInnen erklären ▪ nachfragen, ob alle damit einverstanden sind
Kommunikation über die MediatorIn sichern	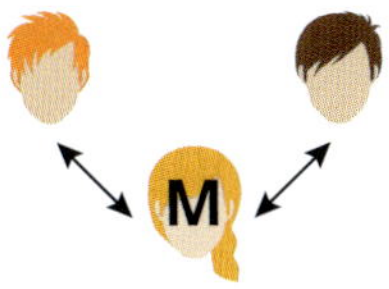	**2. Phase: Sichtweise der einzelnen Konfliktparteien** ▪ Konfliktparteien tragen Standpunkte vor ▪ spiegeln, zusammenfassen, wenn nötig umformulieren ▪ Punkte aufschreiben, Reihenfolge besprechen ▪ abschließend: Zusammenfassung
Schrittweise direkte Kommunikation herstellen	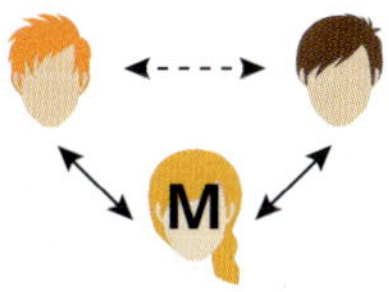	**3. Phase: Konflikterhellung** ▪ nachfragen, klären ▪ Motive und Gefühle herausfinden ▪ abschließend: Wie geht es euch jetzt? Welche Wünsche habt ihr?
Seite an Seite nach Lösungen suchen	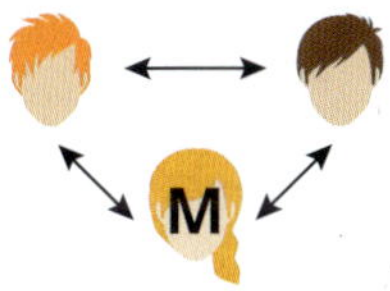	**4. Phase: Problemlösung** ▪ Brainstorming ▪ Lösungen diskutieren und bewerten ▪ nach Konsens suchen
Ohne fremde Hilfe wieder miteinander auskommen	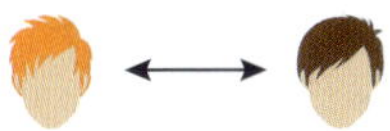	**5. Phase: Vereinbarung** ▪ genau formulieren ▪ Vereinbarung vorlesen ▪ alle unterschreiben

Faller Kurt/Kerntke, Wilfried/Wackmann, Maria: Konflikte selber lösen. Mülheim a. d. Ruhr: Verlag an der Ruhr 1996

AUFGABEN

71103-054

1. Überprüft mithilfe von **M6**, ob in dem Klassenchat in **M5** gegen Gesetze verstoßen wird und wenn ja, gegen welche.
2. Beschreibt die Arbeit eines Streitschlichters (**M7**, **M8**).
3. Sind die Fälle von **M5** für eine Streitschlichtung durch Schüler:innen geeignet? Begründet eure Meinung.
4. Entwickelt in Gruppenarbeit unter Einbeziehung von **M6–M8** Vorschläge wie Fälle von Cybermobbing im Klassenchat gelöst werden könnten. Führt zu Präsentation eurer Lösungsvorschläge einen Galeriespaziergang (→ Methodenglossar) durch und bepunktet die anderen Lösungsvorschläge.
5. „Wenn es im Klassenchat zu Cybermobbing kommt, sollte die Schule den Klassenchat verbieten."
   Bewertet diese Forderung (→ Anleitung zur Urteilsbildung).

3.3 Kontrovers diskutiert: Sollten Schüler:innen in der Schule mehr mitentscheiden dürfen?

Zum Thema: In den vorangegangenen Kapiteln habt ihr die Mitwirkungsrechte für Schülerinnen und Schüler kennengelernt. Mitunter werden mehr Möglichkeiten zur Mitwirkung gefordert. Kontrovers diskutiert wird hierbei die Frage, wie viel Mitbestimmung in der Schule es sein soll.

M1 Demokratie in der Schule – karikiert …

Karikatur: Ulrich Kieser, 2015

EINSTIEGSAUFGABEN

71103-055

1. Analysiert die Karikatur in **M1** (→ Methodenglossar).
2. Ist die Schule für euch ein demokratischer Lernort? Begründet spontan.

M2 Pro: Die Schule sollte „demokratischer" werden

Ein Interview mit dem Demokratiepädagogen Prof. Dr. Matthias Busch (Universität Trier)

Vorab: Warum sollten die Schülerinnen und Schüler in der Schule Demokratie lernen?

Demokratie lebt von Mitbestimmung und gemeinsamen Entscheidungen. In der Schule gibt es Gelegenheit dazu, z. B. in der Schülervertretung, im Klassenrat oder im Unterricht. Schule muss diese Gelegenheiten nutzen, um die Schülerinnen und Schüler darauf vorzubereiten, sich in Beruf und Gesellschaft einzubringen. Wo, wenn nicht in der Schule, können Kinder und Jugendliche lernen, gemeinsam ihre Interessen zu vertreten, Verantwortung zu übernehmen, Konflikte konstruktiv auszutragen oder andere Meinungen und Unsicherheiten auszuhalten?

In der Schule bestimmen doch die Lehrkräfte! Kann dies überhaupt ein demokratischer Lernort sein?

Die Annahme, die Lehrkräfte würden alles bestimmen, ist in doppelter Weise irreführend. Zum einen haben Kinder und Jugendliche das Recht, an allen sie betreffenden Entscheidungen beteiligt zu werden. Das besagt die UN-Kinderrechtskonvention. Schule muss ihnen also Mitsprache ermöglichen. Zum anderen besitzen Lehrende keine uneingeschränkte Entscheidungsgewalt. Was und wie in der Schule gelernt werden soll und welche Rechte und Pflichten Lehrende und Lernende besitzen, beruht auf Gesetzen, die demokratisch zustande gekommen sind. Sie können in einem Rechtsstaat eingeklagt und auch demokratisch wieder verändert werden. Deshalb ist Schule in mehrfacher Weise ein demokratischer Lernort: Einerseits können Kinder und Jugendliche lernen, ihre Interessen zu artikulieren und ihre Lebenswelt mitzugestalten. Hierbei erleben sie nicht nur, wie demokratische Konfliktaustragung und Entscheidungsprozesse funktionieren. Sondern sie lernen beispielsweise auch, dass es mit Eltern, Schulleitung und Lehrenden andere Interessengruppen gibt, die ebenfalls ein Recht auf Beteiligung haben. Andererseits erfahren sie, dass ihre Beteiligung in einem begrenzten Rahmen verläuft, der demokratisch geregelt ist. In einer repräsentativen Demokratie entscheiden die gewählten Vertreterinnen und Vertreter über Aufgaben, Ziele und Inhalte von Schule und Unterricht. Wenn Erwachsene sich darauf einigen, wie Schule funktionieren soll, um Kinder und Jugendliche bestmöglich auf ein eigenständiges Leben vorzubereiten, wird hierin durchaus ein grundlegendes Problem deutlich. Kinder und Jugendliche dürfen die Entscheidung, ob und wie sie lernen, nicht autonom treffen. Erwachsene tragen Verantwortung für Kinder und üben in gewisser Weise Zwang aus, um Kinder und Jugendliche zur Freiheit zu erziehen. Dieses unauflösbare Spannungsverhältnis wahrzunehmen und die daraus resultierenden Unsicherheiten und Schwierigkeiten auszuhalten, ist ein weiterer wichtiger Lernschritt.

Wie kann Schule zum Demokratielernen beitragen?

Schule leistet dann einen Beitrag zum Demokratielernen, wenn es ihr gelingt, dieses Spannungsverhältnis flexibel und transparent zu gestalten. Dabei ist es wichtig, die Beteiligungsformen an den Entwicklungsstand der Schülerinnen und Schüler anzupassen. Einerseits benötigen Kinder und Jugendliche Unterstützung und die Möglichkeit, ihre Partizipationserfahrungen zu reflektieren, beispielsweise im Politikunterricht. Andererseits muss ihnen aber auch eine echte Beteiligungspraxis in Unterricht, Schulleben und Schulverwaltung eröffnet werden. Dadurch verbessern sich der Unterricht und das Lernklima insgesamt. Von einer demokratischen Schule profitieren alle Beteiligten!

Matthias Busch im Interview mit dem Bearbeiter, 06.10.2020

Matthias Busch lehrt an der Universität Trier Demokratiepädagogik. Er meint, dass es Lernenden möglich sein muss, ihre Interessen einzubringen und an bedeutsamen Entscheidungen mitzuwirken. Aber auch Lehrkräfte müssen die Chancen der Beteiligung erkennen und fördern. Wenn Lernende z.B. im Fachunterricht bei Form und Umfang der Hausarbeiten oder der Unterrichtsgestaltung ihre Ideen einbringen können, lernen sie nicht nur, ihre Interessen zu vertreten und Verantwortung für ihren Lernprozess zu übernehmen.

M3 Kontra: Mitbestimmung in der Schule geht zu weit

Wenn es um Bildung geht, wird der Ruf nach Gleichheit laut. Alle sollen die gleichen Chancen haben, gleich gut gefördert werden und am liebsten auch, ungeachtet ungleicher Talente, die gleichen Bildungsabschlüsse erhalten. Weil das trotz stetiger Senkung der Leistungsanforderungen immer noch schwer zu erreichen ist, gilt als beliebtes Mittel zur Ungleichheitsbekämpfung die Partizipation. [...]

Lehrer haben im Idealfall [einen] Erfahrungsvorsprung und könnten den Schülern den Weg weisen – wenn man sie denn ließe und ihre Autorität nicht durch noch mehr Partizipationsbestrebungen untergrübe. [...] Und trotzdem schreitet die Demokratisierung unaufhörlich fort. Wann ist eigentlich ihr Ende erreicht? Wenn die totale Gleichheit herrscht? [...] Längst ist die Partizipation der Schüler nicht nur durch Schülervertretungen fest verankert, sondern Teil des alltäglichen Unterrichts. Zu einer Qualitätssteigerung hat das Begehren nach Demokratisierung [...] sicher nicht geführt. Im Gegenteil: Die Klagen über nachlassende Fertigkeiten der Abiturienten hören nicht auf, die Schulabschlüsse sind entwertet, die Schüler bestimmen zwar mit, aber dafür werden elementare Inhalte nicht mehr gelernt. [...] Es gibt Sozialtatbestände, die sich nicht demokratisieren lassen. Wir kommen nicht als Erwachsene auf die Welt, sondern als Kinder, die noch lernen. Es geht, [so der Politikwissenschaftler Wilhelm Hennis] um „Institutionen, die ihren Ursprung im menschlichen Bedürfnis nach Belehrung haben". Wir müssten anerkennen, dass zwischen einem Lehrenden und einem Lernenden, so wie zwischen einem Arzt und Patienten, „einige in der Sache begründete Kompetenzdifferenzen bestehen". [...] Die Forderung nach mehr Mitbestimmung geht am Sinn der Bildungsinstitutionen vorbei, wenn die Lernenden – weil ihr naturgemäß ungleiches Verhältnis zu den Lehrkräften mit einem Demokratiedefizit verwechselt wird – Lehrenden den Rang streitig machen, indem sie selbst bestimmen, was sie zu lernen und zu leisten haben. Ohne es zu wissen, sind sie am Ende die Leidtragenden, denn für eine sinnvolle Ausgestaltung der Schule, an der sie qua Gesetz beteiligt werden sollen, sind sie auf Erfahrungen angewiesen, die sie noch gar nicht haben können.

Bethke, Hannah: Agonie der Freiheit. In: www.faz.net, 28.07.2020

AUFGABEN

71103-056

1. Fällt zunächst ein Spontanurteil. Was denkt ihr: Sollen Schüler:innen in der Schule mehr mitentscheiden dürfen? Ja oder Nein?
2. Arbeitet aus **M2** und **M3** die Argumente für die jeweilige Position heraus. Ergänzt die Argumente durch eigene.
3. Erörtert die Forderung: Die Schüler:innen müssen in der Schule mehr mitentscheiden dürfen! Führt hierzu eine Pro-Kontra-Debatte durch (→ Methodenglossar).

WAS WIR KÖNNEN

Schülermitverantwortung – Wissen überprüfen, nutzen und weitergeben

M1 Geht das so?

1 Für die nächste Schulkonferenz steht als ein Tagesordnungspunkt die Abstimmung über die neue Handyordnung der Schule an. Da einige Mitglieder des Schülerrats bereits im Vorfeld Stimmung gegen diese neue Handyordnung gemacht haben, beschließt der Schulleiter, die Schülervertreter:innen nicht zu der Konferenz einzuladen.

2 Klasse 10 eures Gymnasiums plant eine Disconacht, die nur für die Schüler:innen aller zehnten Klassen ist. Als die Schülervertreter:innen der zehnten Klassen beim Schulleiter die Genehmigung dieser Veranstaltung beantragen, erteilt dieser keine Genehmigung.

3 Auf der Schulkonferenz wurde über das nicht mehr tragbare Verhalten mehrerer Schüler:innen der 8g gesprochen. Lutz, der Klassensprecher, informiert danach seine Klasse darüber, was welche Lehrkraft über das Verhalten der einzelnen Schüler:innen gesagt hatte.

M2 Die Schülermitverantwortung – wir nutzen unser Wissen und informieren

„Schülermitverantwortung – Was ist das? Darauf kannst du jetzt eine fundierte Antwort geben! Aber konntest du darauf auch schon eine fundierte Antwort geben, als du in der sechsten oder siebten Klasse warst?
Du hast jetzt unter dem politischen Blickwinkel einen Einblick in das Thema bekommen. Wie bei allen politischen Themen, so geht es auch bei diesem Thema, neben dem Fachwissen und den weiteren Kompetenzen, die du jetzt erworben hast, um bestimmte Grundfragen, die du auf den beiden Auftaktseiten zu diesem Kapitel gelesen hast.

AUFGABEN

71103-057

1. Überprüft, ob sich die Personen in den Fällen in **M1** korrekt verhalten haben.
2. Nutzt eure jetzt erworbenen Kompetenzen und entwickelt ein Konzept zur Information der Schüler der Klassen 6 oder 7 über das Thema „Schülermitverantwortung (SMV) – Was ist das? “ an eurer Schule. Bei der Erarbeitung des Konzepts solltet ihr die folgenden drei Fragen beachten:
   a) Welches sind die wesentlichen Inhalte, die wir vermitteln wollen?
   b) Wie wollt ihr das Thema präsentieren und wollt ihr Materialien verteilen?
   c) Welche organisatorischen Rahmenbedingungen müssen wir beachten?
      - Die Information sollte zu Beginn des Schuljahres erfolgen
      - Mit den Klassenlehrer:innen der 6. bzw. 7. Klassen muss rechtzeitig eine Terminabsprache erfolgen, gegebenenfalls auch mit den betroffenen Fachlehrern.

H **zu Aufgabe 2a und b**
→ S. 391

Ein Skaterpark, der kürzlich fertiggestellt wurde

Ein Feuerwehrmann im Einsatz

Die öffentliche Bibliothek bietet eine Vielzahl von Büchern zum Ausleihen.

Ein Arbeiter der städtischen Müllabfuhr

Ein Verkehrsschild macht auf die örtliche Schule aufmerksam.

4 Politik in der Gemeinde – wer hat das Sagen?

Einen großen Teil eures Alltags verbringt ihr sehr häufig in euren Gemeinden. Obwohl jedes Gemeindeleben unterschiedlich ist, funktionieren doch alle Gemeinden nach den gleichen Prinzipien. So werden z. B. in allen Gemeinden Entscheidungen getroffen, die sich auf euren Alltag auswirken. Damit ihr eure Ideen einbringen könnt und das Leben in eurer Gemeinde mitgestalten könnt, ist es wichtig zu wissen, wie eine Gemeinde überhaupt funktioniert.

Am Ende des Kapitels könnt ihr Antworten auf folgende Fragen finden:

- Welche Möglichkeiten habt ihr als Jugendliche, eure Interessen in den Entscheidungsprozess der Gemeinde einzubringen? **(Macht und Entscheidung)**
- Wie können Bürgerinnen und Bürger mithilfe von Wahlen und Bürgerentscheiden Einfluss auf politische Entscheidungen nehmen? **(Macht und Entscheidung)**
- Wie werden in der Gemeinde Entscheidungen getroffen? **(Macht und Entscheidung)**
- Wie kann aus einem Konflikt in der Gemeinde eine Entscheidung werden? **(Macht und Entscheidung)**
- Welche Formen der Demokratie fördern das friedliche Zusammenleben in der Gemeinde? **(Interessen und Gemeinwohl)**

WAS WISST UND KÖNNT IHR SCHON?

71103-058

1. Was haben die Bilder auf der linken Seite mit „Politik in der Gemeinde" zu tun? Tauscht euch darüber aus. Notiert jeweils eure Ergebnisse.
2. Wie könnt ihr eure Interessen in den Entscheidungsprozess eurer Gemeinde einbringen?
   a) Erstellt zu den euch bekannten Möglichkeiten eine Mindmap (→ Methodenglossar).
   b) Was denkt ihr? Mittels welcher Möglichkeiten könnt ihr eure Interessen im Entscheidungsprozess am besten durchsetzen? Erstellt zu euren Ergebnissen in Aufgabe 2a ein Ranking (10 = am meisten Macht, 0 = die geringste Macht).
   c) Begründet euer Ranking.
   d) Vergleicht eure Ergebnisse in der Klasse.

4.1 Partizipation in der Gemeinde

4.1.1 Jugendliche in der Gemeinde – mehr als nur Zuschauer?

Zum Thema: Oft heißt es: „Die Alten entscheiden, die Jugendlichen müssen es ausbaden." Ist das auch in eurer Gemeinde so? In diesem Kapitel erfahrt ihr, inwiefern Jugendliche in Gemeinden ihre Interessen in den Entscheidungsprozess der Gemeinde einbringen können.

M1 Freistadt: Skaterpark oder BüroMAX?

Jonas und Lucie auf dem Weg in den Skaterpark

Vor wenigen Tagen haben Lucie und Jonas erfahren, dass das Bauunternehmen „BüroMAX" in der Innenstadt von Freistadt einen großen Bürokomplex bauen möchte. Der Bürokomplex soll auf dem Gelände gebaut werden, auf dem die Stadt vor fünf Jahren – mithilfe einer Sportartikelfirma – eine Skateranlage errichtet hat. Die Skateranlage wird von den Jugendlichen seit ihrer Errichtung viel und gerne genutzt. Außerdem hat sie dazu beigetragen, dass die davor immer wieder aufgetretenen Streitereien zwischen Skatern und Nutzern bzw. Anwohnern der Fußgängerzone aufhörten. Mit dem von Oberbürgermeister Steinfeld befürworteten Verkauf des Parkgeländes an die Firma „BüroMAX" würde dieser Jugendtreffpunkt verschwinden. Lucie und Jonas wollen dies nicht hinnehmen …

Bearbeiter

EINSTIEGSAUFGABE 71103-060

Beschreibt euch bekannte Möglichkeiten, wie Lucie und Jonas den Verkauf verhindern könnten.

M2 Partizipationsmöglichkeiten in der Gemeinde

a) Gemeinde – Stadt – Landkreis – Was ist der Unterschied?

Hier findet ihr eine Übersicht zu den Städten und Gemeinden in Baden-Württemberg

71103-059

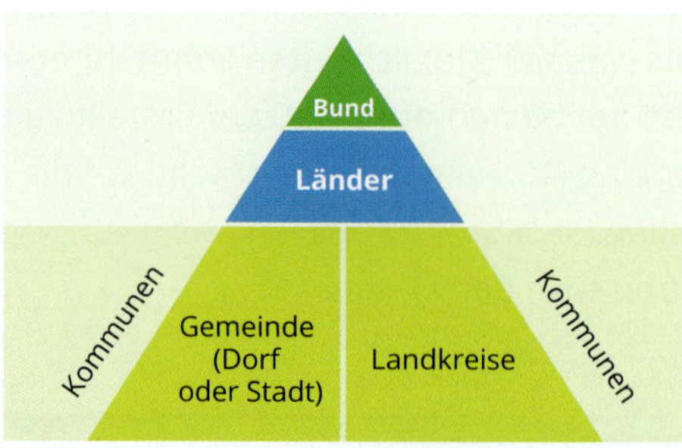

Kommune ist ein Sammelbegriff für die unterste politische Ebene im Staatsaufbau (Bund – Bundesland – Kommune). Zu den Kommunen gehören in Baden-Württemberg 1.101 Gemeinden, wovon 313 als Stadt bezeichnet werden (Stand: 2023). Aber auch die 35 Landkreise gehören in Baden-Württemberg zu den

Kommunen. Eine Gemeinde kann sowohl ein Dorf als auch eine Stadt sein. So ist beispielsweise das Dorf Böllen im Südschwarzwald mit seinen 93 Einwohnern ebenso eine Gemeinde wie die Großstadt Stuttgart mit ihren über 600.000 Einwohnern. Demnach ist jede Stadt auch eine Gemeinde, doch nicht jede Gemeinde eine Stadt.

Bearbeiter

b) Politische Mitwirkungsformen für Jugendliche in der Gemeinde

Zum einen gibt es Beteiligungsformen, die durch die Verfassung, in Deutschland das Grundgesetz (GG), oder Gesetze direkt als solche vorgegeben sind. Dazu zählen u. a. die Teilnahme an Wahlen und Abstimmungen, die Möglichkeit einer Petition sowie die Arbeit in den Parteien. Diese Formen werden auch als „verfasst" (d. h. durch die Verfassung und Gesetze verbindlich verankert) bezeichnet. Bei einzelnen der „verfassten" Mitwirkungsformen gelten unterschiedliche Altersgrenzen.

„Nichtverfasst" sind demgegenüber alle anderen Mitwirkungsformen, die zwar durch die Grundrechte der Meinungs-, der Versammlungs- und der Vereinigungsfreiheit geschützt sind, jedoch nicht verbindlich festgelegt sind. Hierzu zählen beispielsweise Unterschriftenaktionen, Demonstrationen, Bürgerinitiativen, Flugblätter, Internet-Blogs. Die „nichtverfassten" Mitwirkungsmöglichkeiten kennen in der Regel keine Altersgrenze.

Bearbeiter

E-Partizipation
Viele größere Städte haben digitale Beteiligungsplattformen eingerichtet (z. B. Stuttgart https://www.stuttgart-meine-stadt.de). Wenn es in deiner Gemeinde auch digitale Beteiligungsplattformen gibt, solltest du sie mittels Suchbegriffen wie „Beteiligungsportal" oder „E-Partizipation" und dem Namen deiner Gemeinde finden können.

M3 Wie beteiligen sich Jugendliche in ihrer Gemeinde?

a) Beteiligung im Wohnort

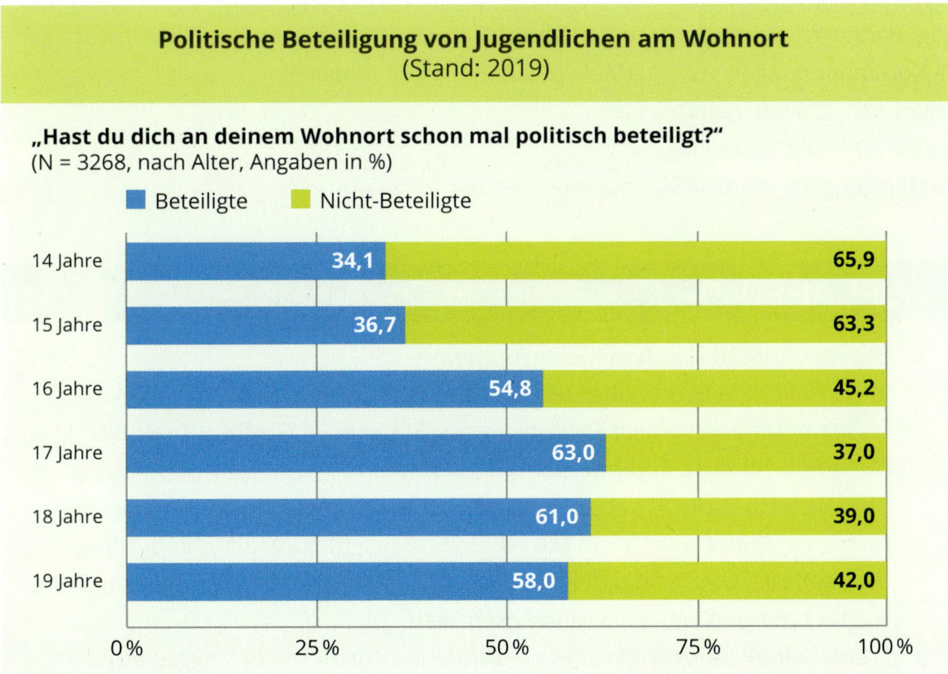

Nach: Landeszentrale für politische Bildung Baden-Württemberg: Jugendstudie Kommunale Jugendbeteiligung in Baden-Württemberg 2019, S. 39

Politische Beteiligung von Jugendlichen am Wohnort nach Schulart

71103-061

b) Wie beeinflusst die Gemeindegröße die Beteiligung?

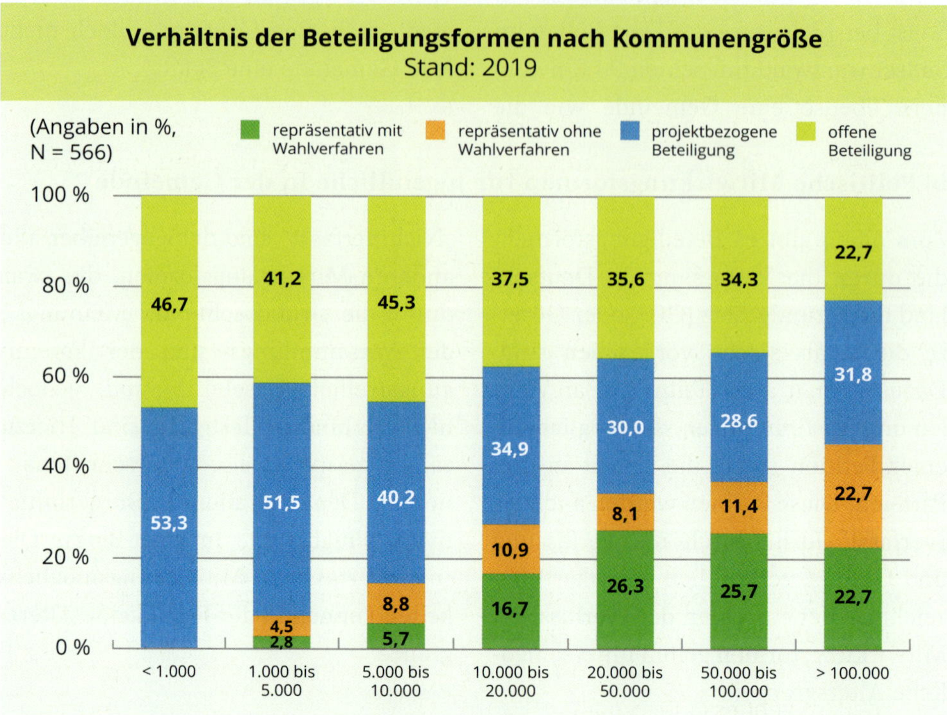

Nach: Landeszentrale für politische Bildung Baden-Württemberg: Jugendstudie Kommunale Jugendbeteiligung in Baden-Württemberg 2019, S. 45

Hinweis zur Grafik in M3b

Die Daten stammen aus einer Erhebung der Landeszentrale für politische Bildung Baden-Württemberg aus dem Jahr 2018. Von 1.068 Kommunen lagen vollständig ausgefüllte Fragenbogen vor. Davon gaben 566 (53 %) Kommunen an, dass sie Jugendliche beteiligen: 340 (39,6 %) mit offenen Beteiligungsformen, 343 (39,6 %) mit projektbezogenen und 176 (20,5 %) mit repräsentativ-parlamentarischen Beteiligungsformen (Mehrfachnennungen möglich).

Bearbeiter, basierend auf: Landeszentrale für politische Bildung Baden-Württemberg: Kommunale Kinder- und Jugendbeteiligung in Baden-Württemberg 2018, Stuttgart 2018, S. 24

AUFGABEN

71103-062

1. Bearbeitet **M2a** und **b** in Kleingruppen.
   a) Erstellt eine Grafik über die Partizipationsformen in **M2b**. Vielleicht könnt ihr auch einige Ergebnisse aus **M1** in eure Grafik aufnehmen.
   b) Vergleicht eure Ergebnisse in der Klasse.
2. Charakterisiert die Schaubilder **M3a** und **b**. Beispiele für die Beteiligungsformen in **M3b** findet ihr in **M6** (→ S. 75). Tauscht euch dann in der Klasse darüber aus, was ihr bei der Beteiligung Jugendlicher in ihrer Gemeinde erwartet habt und was euch überrascht hat.
3. Erstellt einen Steckbrief für eure Gemeinde. Recherchiert hierzu auf der Homepage eurer Gemeinde oder fragt bei der Verwaltung nach.

F zu Aufgabe 2
Ordnet mithilfe des Grundgesetzes den in **M2b** genannten Mitwirkungsformen den passenden Artikel zu.

H zu Aufgabe 3
→ S. 391

Charakterisieren

I. Was ist zu tun?

Sachverhalte mit ihren typischen Merkmalen und in ihren Grundzügen bestimmen.
Der Operator fordert, herauszufinden, worin die charakteristischen Merkmale bestehen und das besonders Auffällige zu beschreiben.
Ihr könnt dabei vorhandenes Wissen zurückgreifen oder ihr charakterisierst anhand von Materialien, beispielsweise Grafiken oder Tabellen.
Im Unterschied zu „analysieren", bedeutet das, dass nicht exakt jedes Detail genannt werden muss. Aber: Es muss deutlich werden, welches die wichtigen Merkmale sind.

II. Hilfen zur Strukturierung und Formulierung

Einleitungssatz formulieren
Zunächst muss ein Basissatz mit entsprechenden Informationen zum Material/zu den Materialien formuliert werden. Diese muss folgende Fragen beantworten:
- Worum geht es (= Merkmal)?
- Wer hat das Material veröffentlicht und wann?
- Um was für eine Grafik handelt es sich (Darstellung)?

Einen (kurzen) Überblick über die einzelnen Materialien geben
Verliert euch nicht in kleinste Details, sondern achtet auf auffällige Zahlen oder Entwicklung(en). Behaltet das Merkmal im Blick. Wenn z. B. konkret zu einem Aspekt gefragt wird, bleibt dabei, auch wenn die Grafik so viel mehr Informationen enthält. Wichtig: Arbeitet immer mit Belegen.

Ein Fazit ziehen
In einem Schlusssatz werden die ausgewerteten Ergebnisse gebündelt, indem das Wesentliche zusammenfasst wird.

III. Formulierungsbeispiele

Für die Bearbeitung der Aufgabe 2 auf S. 72 findet ihr im nebenstehenden QR- bzw. Mediencode Formulierungsbeispiele. Ihr könnt sie als „Starthilfe" eurer Diskussion nutzen, verändern, weiter ausbauen und mit eurer eigenen Lösung vergleichen.

Formulierungs-beispiele

71103-063

Bearbeiter

4.1.2 § 41a der Gemeindeordnung – nur Spielwiese oder echte Mitwirkungsmöglichkeit?

Zum Thema: Seit der Änderung der Gemeindeordnung im Jahr 2015 MÜSSEN Jugendliche bei der Entscheidungsfindung berücksichtigt werden, wenn es um ihre Belange geht. Ist dies der Beginn einer neuen Ära für Beteiligungen von Jugendlichen? Gegenstand dieses Kapitels ist die Frage, ob damit Entscheidungsprozesse in der Gemeinde stärker von Jugendlichen geprägt sein werden.

M4 Kontroverse um die Jugendbeteiligung in der Gemeinde

1 „Kinder und Jugendliche zu beteiligen, heißt Kinder und Jugendliche ernst zu nehmen und ihre Meinungen und Ideen zu respektieren und mit in Entscheidungsfindungen einzubeziehen.

Heike Eigenbrodt, Stadtjugendreferentin von Geislingen

2 Kinder und Jugendliche sollten im Idealfall den Erwachsenen zutrauen dürfen, dass diese durch ihr Wissen und ihre Erfahrung auch für sie die richtigen Entscheidungen treffen können. Dass dem leider nicht mehr selbstverständlich ist, darf nicht zum Umkehrschluss verleiten, Kinder sollten gleich berechtigt mitentscheiden MÜSSEN. Konsequenter Weise müssten sie dann auch für ihre Fehlentscheidungen einstehen und die Verantwortung übernehmen.

Anonym

openPetition gGmbH: Ja zu verbindlicher Kinder- und Jugendbeteiligung in Baden-Württemberg!. In: www.openpetition.de, Abruf am 11.01.2023

EINSTIEGSAUFGABE 71103-065

Welcher Aussage stimmt ihr zu? Begründet eure Meinungen und tauscht eure Ergebnisse in der Klasse aus.

M5 § 41a der Gemeindeordnung Baden-Württemberg (GemO-BW)

Video zu Kinder-und Jugendbeteiligung nach § 41a GemO

71103-064

§ 41a Beteiligung von Kindern und Jugendlichen

(1) Die Gemeinde soll Kinder und muss Jugendliche bei Planungen und Vorhaben, die ihre Interessen berühren, in angemessener Weise beteiligen. Dafür sind von der Gemeinde geeignete Beteiligungsverfahren zu entwickeln. Insbesondere kann die Gemeinde einen Jugendgemeinderat oder eine andere Jugendvertretung einrichten. Die Mitglieder der Jugendvertretung sind ehrenamtlich tätig.

(2) Jugendliche können die Einrichtung einer Jugendvertretung beantragen. Der Antrag muss
in Gemeinden mit bis zu 20.000 Einwohnern → von 20,
in Gemeinden mit bis zu 50.000 Einwohnern → von 50,
in Gemeinden mit bis zu 200.000 Einwohnern → von 150,
in Gemeinden mit über 200.000 Einwohnern → von 250
in der Gemeinde wohnenden Jugendlichen unterzeichnet sein. Der Gemeinderat hat innerhalb von drei Monaten nach Eingang des Antrags über die Einrichtung der Jugendvertretung zu entscheiden; er hat hierbei Vertreter der Jugendlichen zu hören.

(3) In der Geschäftsordnung ist die Beteiligung von Mitgliedern der Jugendvertretung an den Sitzungen des Gemeinderats in Jugendangelegenheiten zu regeln; insbesondere sind ein Rederecht, ein Anhörungsrecht und ein Antragsrecht vorzusehen.

(4) Der Jugendvertretung sind angemessene finanzielle Mittel zur Verfügung zu stellen. Über den Umfang entscheidet der Gemeinderat im Rahmen des Haushaltsplans. Über die Verwendung der Mittel ist ein Nachweis in einfacher Form zu führen.

Gemeindeordnung für Baden-Württemberg (Gemeindeordnung – GemO) in der Fassung vom 24. Juli 2000, letzte berücksichtigte Änderung am 04.04.2023

M6 Mögliche Formen von Kinder- und Jugendbeteiligung nach § 41a GemO-BW

Grundformen der Kinder- und Jugendbeteiligung

Offene Formen

Beteiligung steht allen offen

- Jugendform
- Jugendhearing
- Kinderrathaus
- Kinder- und Jugendsprechstunde
- Umfrage

Projekt- oder anlassbezogene Formen

Beteiligung auf Projekt oder bestimmten Anlass beschränkt

- Mitgestaltung eines Stadtfestes
- Planung eines Skaterparks
- Umbau des Jugendhauses oder Kindergartens
- Kinder- und Jugendsprechstunde
- Kleidertauschaktion

Repräsentativ-parlamentarische Formen

Beteiligung über gewählte oder ernannte Vertretung

- Jugendgemeinderat
- Jugendbeirat
- Kinderbeirat
- Jugendparlament
- Jugendrat
- Jugendvertretung

Nach: 8421medien.de, 2018; aus: Landeszentrale für politische Bildung Baden-Württemberg: Kommunalwahlen in Baden-Württemberg. In: Politik & Unterricht aktuell, Nr. 19/2019, S. 10

Die Gemeinde Gundelfingen hat ca. 11.800 Einwohner und liegt am Fuße des Schwarzwalds an der Grenze zur Stadt Freiburg. Bürgermeister der Gemeinde Gundelfingen ist seit dem 1. Januar 2015 Raphael Walz. Er ist im Alter von 30 Jahren gewählt worden. Nach dem Abitur hat er an der Verwaltungshochschule in Kehl studiert, die von vielen auch als „Bürgermeisterschmiede" bezeichnet wird.

M7 Das Modell der Jugendbeteiligung in der Gemeinde Gundelfingen (ab 2015)

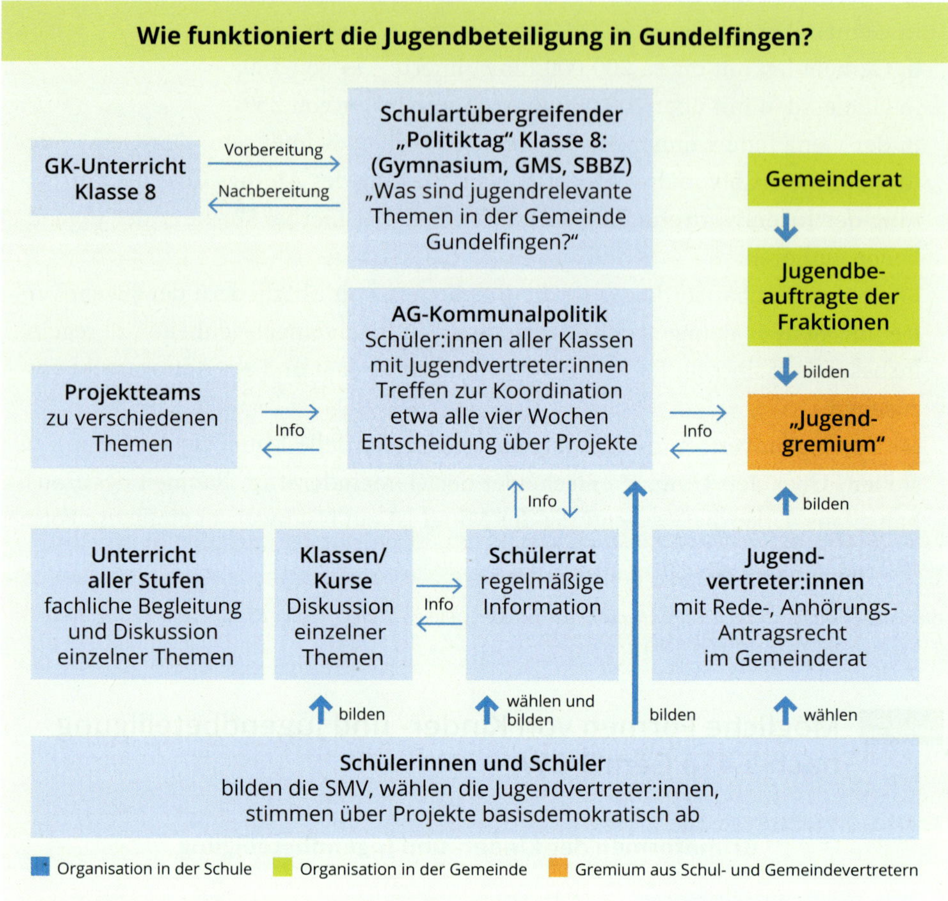

Bearbeitergrafik

M8 Ein Interview mit dem Bürgermeister und Schülern

Seit wann machst du bei der Jugendbeteiligung in Gundelfingen mit?

Annely (10. Klasse)
Ich bin seit der 5. Klasse AG-Mitglied und jetzt das erste Jahr als Jugendvertreterin aktiv dabei.

Chantal Meyer (10. Klasse)
Ich bin aktiv als Jugendvertreterin erst seit einem Jahr dabei. Als Mitglied der AG allerdings nun schon seit vier Jahren.

Dennis Benz (11. Klasse)
Ich bin seit zwei Jahren bei der Jugendbeteiligung in Gundelfingen, als Jugendvertreter an meiner Schule, beteiligt.

Was habt ihr in dieser Zeit erreicht?

Annely (10. Klasse)
Also seit ich dabei bin, haben wir eine Jugend-/Schutzhütte für uns Jugendliche bekommen, dann eine Outdoor Muckibude, wir haben den Stein für einen Kunstrasenplatz ins Rollen gebracht und beim Bahnhof Graffitiwände erkämpft.

Chantal Meyer (10. Klasse)
Die größten Erfolge waren die Outdoor Mucki Bude, legales Sprayen am Bahnhof und die Jugendhütte die vor kurzem endlich fertiggestellt worden ist.

Dennis Benz (11. Klasse)
Durch viele geleistete Unterhaltungen, Diskussionen und Abstimmungen in unseren Sitzungen, der AG- Kommunalpolitik, der Jugendvertreter:innen im gesonderten Rahmen, des Jugendgremiums, aber auch durch schulübergreifende Umfrageergebnisse aller Mitschüler:innen, haben wir einige Projekte wie beispielsweise eine Outdoor-Fitnessanlage, einen Ort zum legalen Graffitisprayen, und einen gemütlichen Platz zum Entspannen und Feiern für Jugendliche geschaffen, wobei es stets weitere laufende Projekte gibt, an denen tüchtig gearbeitet wird.

Was ist für dich das Besondere an der Jugendbeteiligung in Gundelfingen?

Annely (10. Klasse)
Es kann jeder in der Schule mitarbeiten, wir haben aus vielen verschiedenen Schulformen in Gundelfingen verschiedene Meinungen, wir werden innerhalb des Jugendgremium viermal im Jahr direkt vom Bürgermeister angehört und dürfen sogar Anträge im Gemeinderat stellen.

Chantal Meyer (10. Klasse)
Insgesamt gibt mir die Jugendbeteiligung das Gefühl, was erreicht zu haben und es auch in Zukunft noch zu können.

Dennis Benz (11. Klasse)
An der Jugendbeteiligung in Gundelfingen finde ich besonders, dass alle auf Augenhöhe miteinander arbeiten können und jeder seine Meinung, beispielsweise über die Jugendvertreter, zum Vorschein bringen kann, auch wenn man sich vielleicht ansonsten nicht trauen würde, sich in solchen größeren Gremien zu beteiligen.

Wo siehst du die Vor- und Nachteile bei der in Gundelfingen verfolgten Form der Jugendbeteiligung (siehe Grafik in M8)?

Annely (10. Klasse)
Vorteile: Wir können, wie gesagt, direkt mit dem Bürgermeister sprechen und es sind auch Vertreter der verschiedenen Parteien mit im Jugendgremium. Uns wird direkt zugehört.
Nachteile: Soweit ich weiß, sitzen außer zwei Vertretern aus dem Juze nur Vertreter aus den Schulen im Jugendgremium. Ich fänd es schöner, wenn noch mehr Jugendliche aus Gundelfingen mit einbezogen wären.

Hat sich bei dir durch das Engagement in der Jugendbeteiligung verändert, was du über die Gemeinde oder über Politiker denkst? Wenn ja, was?

Annely (10. Klasse)
Ich finde cool, dass wir ein Mitspracherecht haben und dass wir auch tatsächlich aktiv angehört werden. Man bekommt auch die Prozesse hinter den Kulissen mit, das fand ich auch ganz.

Chantal Meyer (10. Klasse)
Ja allerdings. Es gab mir den Einblick in eine Ratssitzung und hat mir gezeigt, dass meine Stimme erhört wird, sobald ich mich getraut hatte, sie zu heben. Man kann etwas in der Gemeinschaft bewirken und das lässt einen gut fühlen.

Dennis Benz (11. Klasse)
Ja, ich weiß jetzt, wie kompliziert der ganze Ablauf von der Projektidee bis zur Durchführung sein kann. Man muss dabei an mehr Dinge denken und über mehr Themen diskutieren, als man sich als Außenstehender vorstellt, aber man kann dennoch mit dem richtigen Willen und einer guten Überzeugungskraft zum Ziel kommen.

Bearbeiter

AUFGABEN

71103-066

1. Erstellt eine Concept-Map (→ Methodenglossar) zur Beteiligung von Jugendlichen nach § 41a der GemO-BW (**M5** und **M6**).
2. Beschreibt das „Gundelfinger Modell" (**M7** und **M8**).
3. Recherchiert in Kleingruppen in eurer Gemeinde nach Projekten zur Beteiligung von Jugendlichen. Präsentiert eure Ergebnisse in einem Kurzvortrag (→ Methodenglossar).
4. Erörtert in der Klasse die Kapitelfrage: Ist §41a GemO-BW nur eine Spielwiese oder eine echte Mitwirkungsmöglichkeit?

Eine Erkundung durchführen

I. Worum geht es?

Bei einer „Erkundung" geht ihr aus der Schule heraus und versucht, etwas an anderen Orten „auszukundschaften". Mithilfe einer Erkundung soll das zuvor theoretisch Erlernte vor Ort durch eigenständige Erkundungserfahrungen überprüft und verknüpft werden. Bei der Erkundung bestimmt ihr selbst den Erkundungsinhalt und die dafür nötige Organisation.

II. Geht dabei so vor:

1. Schritt: Thema der Erkundung festlegen

Am Anfang stehen die Fragen, die durch die Erkundung beantwortet werden sollen. Stellt zunächst eine übergeordnete Frage (z. B.: Bei welchen Projekten können Jugendliche in unserer Gemeinde mitbestimmen?) und entwickelt dann daraus mehrere Teilfragen.

2. Schritt: Vorbereitung

Klärt vorab u. a. folgende Fragen:

1. Welche Erkundungsorte sind geeignet?
2. Wann kann der Ort aufgesucht werden?
3. Wie melden wir unseren Besuch an?
4. Welche Fragen sollen wem gestellt werden? (Interviewleitfaden entwickeln)
5. Was lohnt sich zu dokumentieren? (Interviews, Räume, Schilder, Szenen, Baustellen u. a.)
6. Wie soll dokumentiert werden? (Notizen, Digitalbilder, Tonaufnahmen u. a.)

3. Schritt: Durchführung

Wenn ihr den Erkundungsort aufsucht, ist es wichtig, sich zunächst selbst vorzustellen und das eigene Vorhaben zu beschreiben. Möglicherweise wird ein Repräsentant (z. B. ein Rathausangestellter oder ein Ratsmitglied) euch zunächst einen Überblick geben. Danach könnt ihr eure Fragen stellen und die ausgewählten Stellen aufsuchen.

4. Schritt: Dokumentation

Dokumentiert die Ergebnisse z. B. in Form eines Zeitungsberichts. Wählt eine passende Überschrift, die Interesse weckt. Der Bericht kann auch Teile eines Interviews und Bilder enthalten.

Tipp für eine Erkundung über das Thema: „Bei welchen Projekten können Jugendliche in unserer Gemeinde mitbestimmen?"
Mögliche Erkundungsziele können sein:

- Bürgermeisteramt
- Rathaus
- Gemeinderatssitzung
- Gemeinderatsmitglieder
- Jugendzentrum

Ein digitales Poster kannst du z. B. mit Canva; eine digitalen Pinnwand mit padlet erstellen

Link zu Canva

71103-067

Link zu padlet

71103-068

Bearbeiter

4.1.3 Die Gemeinderatswahlen – zu kompliziert oder wählerfreundlich?

Zum Thema: Kumulieren? Panaschieren? Und dann noch so viele Stimmen! Sind Gemeinderatswahlen kompliziert oder ergeben sich dadurch für die Wähler auch Vorteile? Dieser Frage wird in diesem Kapitel nachgegangen.

M9 Welche Stimmzettel sind gültig/ungültig?

Amtlicher Stimmzettel für die Wahl des Gemeinderats in Bad Wurzenried Sozialdemokratische Partei (SPD)		
101	**Mathiesen-Felber, Erika,** Hauptschullehrerin, Saarstr. 36	3
102	**Holderich, Frank-Thomas,** Verwaltungsjurist, Beethovenweg 37	
103	**Schotz, Franziska,** Studiendirektorin, Am Abblick 7	2
104	**Geisel, Anton,** Angestellter, Münzgasse 9	
107	**Lang, Hilde,** Studentin, Marktplatz 3	
108	**Dold, Sven,** Anwendungsentwickler, Amschweg 20	
109	**Weber, Udo,** Journalist, Albert-Schweitzer-Str. 3	3
110	**Kerber, Inge,** Dipl. Pädagogin, Reußenbachstr. 28	
111	**Waller, Robert,** Grafiker, Obertorstr. 18	1
112	**Junge, Herbert,** Pfarrer, Kastelstr. 53	2
113	**Dr. Berger, Gerhard,** Arzt, Kastelstr. 67	1
114	**Hörsch, Jürgen,** Krankenpfleger, Wiesengrund 102	
	Otto Weber	3
	Sonja Dürr	3

Amtlicher Stimmzettel für die Wahl des Gemeinderats in Bad Wurzenried Christlich Demokratische Union Deutschlands (CDU)		
202	**Dr. Werner, Hans,** Studiendirektor, Buhlstr. 21	1
202	**Maier, Bernd,** Kaufmann, Jordanstr. 2	
203	**Maier-Schotz, Franziska,** Betriebswirtin im Handwerk, Kromerstr. 43	3
204	**Rack, Theo,** Lokomotivbetriebsinsp. A.D., Schmiedsgasse 17	
205	**Stoll, Jutta,** Hausfrau, Johann-Sebastian-Bach-Str. 12	3
206	**Schäufele, Otto,** Richter, Oberriedweg 15	
207	**Maier,Klemens,** Landwirt, Ehrensberg 6	
208	**Wild, Angela,** Diplomverwaltungswirtin (FH), Orffstr. 17	2
209	**Ahrem, Karl,** Gartenbauarchitekt, Mühlenwiesenstr. 9	
210	**Dr. Seeger, Wilfried,** Internist, Schillerstr. 46	
216	**Winzer, Heidi,** Erzieherin, Stadtbauweg 10	2
217	**Woller, Willi** Kriminalbeamter, Lindenstr. 26	
	Scholz, Franziska	3
	Schettler, Franziska	3
	Gehr, Heidi	3

Amtlicher Stimmzettel für die Wahl des Gemeinderats in Bad Wurzenried Unabhängige Wähler Bad Wurzenried (UW)		
301	**Lichtenberger, Reinhold,** Hauptschullehrerin, Saarstr. 36	3
302	~~**Dr. Olsberger, Florian,** Arzt, Kollegergasse 44~~	
303	**Weber, Otto,** Buchhändler, Mittelstr. 26	3
304	~~**Behalfer, Franziska,** Bankangestellte, Pirsweg 10~~	
305	**Zabel, Wilfried,** Gastwirt, Hohe Str. 9	2
306	**Helle, Andreas,** Unternehmensberater, Konrad-Adenauer-Str. 1	1
307	**Dürr, Sonja,** Fotografin, Edith-Sieg-Str. 10	
308	**Fischer, Jochen,** Studienrat, Fuchsbruhl 3	
309	**Fetzer, Holger,** Krankenpfleger, Schaienweg 30	
310	**Faulmüller, Gerhard,** Industriemeister, Ellerbachstr. 15	
311	**Marquardt, Christina,** Hausfrau, Hauptstr. 7	
312	**Herrgoth, Peter,** Malermeister, Ellerbachstr. 15	
318	**Müller, Eleonora,** Sonderschullehrerin, Bismarckweg 13	
407	Eitel, Andreas	3

Amtlicher Stimmzettel für die Wahl des Gemeinderats in Bad Wurzenried Alternative Liste – Die Grünen		
401	**Dr. Gehr, Heidi,** Assistenzärztin, Schwedenschanze 7	3
402	**Wegner, Peter,** Ergotherapeut, Fürstenbergstr. 83	
403	**Mutsch, Louise,** Krankenschwester, Peter-Rosegger-Weg 16	3
404	**Arens, Andreas,** Hausmann, Hahnstr. 21	
405	**Stofte, Marina,** Sonderschullehrerin, Friedhofweg 13	3
406	**Blankenried, Ronald,** Rechtsanwalt, Jahnstr. 25	
407	**Eitel, Andreas,** Bildungsreferent, Schwalbenweg 1	3
408	**Thierger, Thomas,** Reisebürokaufmann, Tulpenweg 21	2
409	**Verdienel, Karin,** Bibliothekarin, Obere Gafusstr. 13	
412	**Krauß, Georg Anton,** Diplom-Pädagoge, Breslauer Str. 4	2
413	**Ost, Franz,** Musiker, Nelkenweg 3	
414	**Mann, Dieter,** Antiquar, Saliner Str. 13	
415	**Petersen, Jutta,** Ergotherapeutin, Henrj-Dunant-Str. 2-1	3

Nach: Landeszentrale für politische Bildung Baden-Württemberg: Das Kommunalwahlrecht – Mitsprache für die Bürger wird „Groß geschrieben". In: Politik & Unterricht aktuell 15. Stuttgart 2009, S. 13

EINSTIEGSAUFGABE 71103-069

Beschreibt die unterschiedlichen Stimmzettel im Hinblick auf: Stimmenhäufung, Stimmensplittung und Stimmenanzahl. Was fällt auf?

M10 Das Wahlsystem in der Gemeinde

a) Gemeinderatswahlen – wie funktionieren sie?

ACHTUNG:
Du bekommst mehrere Stimmzettel und es gibt verschiedene Möglichkeiten, wie du deine Stimmen vergeben kannst; dabei gilt:
- pro Kandidat:in maximal 3 Stimmen
- insgesamt so viele Stimmen wie Sitze in deinem Gemeinderat

WICHTIG:
Nicht mehr Stimmen vergeben als die Anzahl der Gemeinderäte in deiner Gemeinde – sonst ist deine Wahl ungültig!

EU-BÜRGER*INNEN AB 16 JAHREN MIT ERSTWOHNSITZ SEIT 3 MONATEN IN DER JEWEILIGEN GEMEINDE

Nach: Landeszentrale für politische Bildung: Kommunalwahlen in BaWü – wählen gehen am 26. Mai 2019. In: Mach's klar – Politik einfach erklärt, S. 3

Erklärfilm Gemeinderatswahl der Landeszentrale für politische Bildung Baden-Württemberg

71103-070

b) Facts zu Gemeinderatswahlen in Baden-Württemberg

- Gemeinderatswahlen funktionieren nach dem Verhältniswahlrecht.
- Es gibt keine 5 %-Hürde, wie bei Bundestags- oder Landtagswahlen.
- Wählerinnen und Wähler haben mehr als zwei Stimmen.
- Alle Bürgerinnen und Bürger der Gemeinde ab 18 Jahren sind wahlberechtigt.
- Wählerinnen und Wähler haben so viele Stimmen wie der Gemeinderat Mitglieder hat (Gemeinden unter 1.000 Einwohner = 8 Gemeinderäte/Stimmen, Gemeinden über 400.000 Einwohner = 60 Gemeinderäte/Stimmen).
- Bei Wahlen zum Gemeinderat haben nicht nur Deutsche das aktive und

Wahlen zum Bürgermeister
Im Gegensatz zur Gemeinderatswahlen werden die Bürgermeister per Mehrheitswahlrecht gewählt. Es gewinnt derjenige, der die meisten Stimmen auf sich vereinen kann.

Wahlprinzipien/ Wahlgrundsätze
→ S. 59, Randspalte

passive Wahlrecht, sondern auch ausländische EU-Bürger, die seit drei Monaten in Baden-Württemberg leben.

- Stimmzettel werden ca. eine Woche vor der Gemeinderatswahl nach Hause zugeschickt.
- Bei Gemeinderatswahlen gelten die Wahlgrundsätze nach Art. 28 und 38 GG: Die Wahlen müssen gleich, unmittelbar, allgemein, geheim und frei sein.

Bearbeiter

M11 Gemeinderatswahlen – wirklich zu kompliziert?

a) Niedrige Fehlerquote bei Gemeinderatswahlen

Bei keiner anderen Wahl haben die Bürgerinnen und Bürger so viel Gestaltungsspielraum wie bei den Kommunalwahlen. [...] In Großstädten kumulieren und panaschieren teilweise über fünfzig Prozent der Wählerinnen und Wähler. In kleineren Gemeinden steigt der Anteil auf bis zu neunzig Prozent. Und was besonders bemerkenswert ist: Der Anteil der ungültigen Stimmzettel liegt [...] nur etwas höher als bei den Landtags- und Bundestagswahlen [...].

Nach: © Landeszentrale für politische Bildung Baden-Württemberg: Das Kommunalwahlrecht – Mitsprache für die Bürger wird „Groß geschrieben", in: Politik & Unterricht aktuell 15. Stuttgart 2015, S. 13

b) Echte Kandidaten- und keine Parteienwahl

Kommunalwahlen gehorchen ihren eigenen Gesetzen. Sie unterscheiden sich von den anderen Wahlen vor allem darin, dass hier das Persönlichkeitsprinzip in Reinform praktiziert wird. Die Auswahl erfolgt in der Regel kandidaten- und nicht parteiorientiert. [...] Vor allem in kleinen Gemeinden und Städten ist für ein Mandat nach wie vor entscheidend, wie gut ein Politiker persönlich vernetzt ist. Gute Chancen darauf haben ortsansässige Geschäftsleute und die Vorsitzenden großer Vereine. Der „reine" Parteipolitiker ist dagegen weniger gefragt. Dementsprechend fällt auch das Ergebnis der Kommunalwahlen aus: In Baden-Württemberg besteht ein Übergewicht der parteiungebundenen Bewerber und Listen.

© 2017 Landeszentrale für politische Bildung: Kommunalwahlen. In: www.landeskunde-badenwuerttemberg.de, Abruf am 11.01.2023

AUFGABEN

71103-072

1. Bei der Gemeinderatswahl in Bad Wurzenried dürfen insgesamt 18 Stimmen vergeben werden. In **M8** findet ihr die Stimmzettel einiger Wähler.
   a) Überprüft mithilfe von **M10a**, ob die Stimmzettel gültig oder ungültig sind.
   b) Begründet, wenn es sich um einen ungültigen Stimmzettel handelt.
2. Deine Gemeinde will für jugendliche Erstwähler einen Flyer (→ Methodenglossar) erstellen. Gestaltet diesen Flyer mithilfe der Informationen aus **M10**.
3. Recherchiert beim Statistischen Landesamt das Ergebnis der letzten Gemeinderatswahl in eurer Gemeinde/Stadt.
4. Diskutiert in der Klasse die Kapitelfrage: Sind Gemeinderatswahlen eher kompliziert oder wählerfreundlich (**M9–M11**)
5. Schon einmal darüber nachgedacht, warum ihr bei Gemeinderats- und bei Landtagswahlen (seit 2022) ab 16 und bei Bundestagswahlen erst ab 18 Jahren wählen dürft? Begründet eure Überlegungen.

H zu Aufgabe 3
Interaktive Karte und Statistiken zur Gemeinderatswahl 2019 in Baden-Württemberg

71103-071

4.2 Aufgaben, Organe und Entscheidungsprozesse in der Gemeinde

4.2.1 Sind Gemeinden Verwalter oder Gestalter von Politik?

Zum Thema: „Wir müssen das ausbaden, was in Stuttgart, Berlin oder Brüssel verzapft wurde!" beklagen sich vielerorts Bürgermeister/innen hinsichtlich der zunehmenden Aufgaben im kommunalen Alltag. Doch sind Gemeinde-Aufgaben immer nur Last – können Sie nicht auch eine Chance sein? Gegenstand dieses Kapitels ist der Frage, inwiefern Gemeinden eher Verwalter oder Gestalter sind.

M1 Fallbeispiel: Ein Tag im Leben von Felix …

Um 7:00 Uhr klingelt bei Felix der Handywecker. Wie immer hat er jetzt nur noch wenig Zeit: Schnell duschen, hastig etwas essen, Schulsachen packen und dann schnell zum Bus sprinten. Im Bus noch ein paar WhatsApp-Nachrichten schreiben. Das dauert heute wieder an der Baustelle. „Warum bauen die gerade überall in meiner Stadt?", fragt er sich, „und warum muss hier die Polizei den Verkehr regeln, hier wird doch nur der Fahrbahnbelag erneuert. Anstatt dessen sollten die lieber eine S-Bahn bauen, dann müsste ich nicht im Stau stehen", grübelt er weiter.

Als Felix ins Klassenzimmer kommt, hat der Lehrer mit dem Unterricht schon begonnen. Nach den ersten beiden Stunden macht Felix noch schnell seine Klassendienstaufgabe. „Mann, das war heute aber wieder ein Müll" in unserem Klassenzimmer, sagt er zu seinem Freund, als er endlich auf den Pausenhof kommt. Sie verabreden sich noch schnell heute Nachmittag für das Freibad und wollen dann gleich von dort zum Fußballtraining auf den Sportplatz gehen.

Nach dem Unterrichtsende muss Felix jetzt endlich mal noch das Buch in der Stadtbücherei zurückgeben, das es sich für seine letzte GFS ausgeliehen hatte. Zu Hause angekommen, erfährt er im Radio, dass der Sportplatz heute Abend Kulisse für eine Wahlkampfveranstaltung einer Politikerin aus Berlin sein wird. Pech gehabt, geht es nach dem Freibad halt in den Skaterpark …

Bearbeiter

EINSTIEGSAUFGABE 71103-073

Beschreibt die von der Gemeinde bereitgestellten Leistungen, die Felix im Laufe des Tages in Anspruch nimmt. Ergänzt sie durch weitere Beispiele aus eurem Alltag.

Kommunale Selbstverwaltung Art. 28 GG
(2) Den Gemeinden muss das Recht gewährleistet sein, alle Angelegenheiten der örtlichen Gemeinschaft im Rahmen der Gesetze in eigener Verantwortung zu regeln. [...] Die Gewährleistung der Selbstverwaltung umfasst auch die Grundlagen der finanziellen Eigenverantwortung [...].

Erklärfilm zu den kommunalen Aufgaben

71103-074

M2 Aufgaben der Gemeinden

a) Welche (Art von) Aufgaben haben die Gemeinden?

Eigene Aufgaben *Kommunale Selbstverwaltung*		**Übertragene staatliche Aufgaben** *Weisungs- und Auftragsaufgaben*
Freiwillige Aufgaben	**Pflichtaufgaben**	
Kommune entscheidet selbst, **ob und wie die** Aufgaben durchgeführt werden.	Kommune muss die Aufgabe erledigen, entscheidet aber selbst über das **WIE**.	Kommune übernimmt Aufgaben, die ihr von der Landes- oder der Bundesebene **zugewiesen** bzw. **aufgetragen** werden (kein Entscheidungsspielraum)
▪ Freizeit-, Kultur- und Sporteinrichtungen	▪ allgemeinbildende Schulen ▪ Abwasser- und Abfallwirtschaft ▪ Feuerwehr ▪ Friedhof	▪ Pass- und Meldewesen ▪ Standesamt ▪ Durchführung von Wahlen ▪ Sozialleistungen, Ausbildungsförderung ▪ KfZ-Zulassung

Nach: Politik & Unterricht aktuell: Kommunalwahlen in Baden-Württemberg, Nr. 19/2019, S. 5

b) Aufgabenverteilung zwischen Gemeinden, Bund und Ländern

Aufgabenverteilung Bund, Länder und Kommunen		
Gemeinden	**Länder**	**Bund**
▪ Wasser- und Energieversorgung ▪ Müllabfuhr ▪ Kanalisation ▪ Bauland- und Baugenehmigung ▪ Meldewesen ▪ Sozialhilfe ▪ Kindergärten ▪ Schulbau ▪ Grünanlagen ▪ Öffentlicher Nahverkehr ▪ Sportplätze und -hallen ▪ Schwimmbäder	▪ Lehrkräfte an Schulen ▪ Universitäten ▪ Polizei ▪ Rechtspflege ▪ Gesundheitswesen ▪ Kultur ▪ Wohnungsbauförderung ▪ Steuerverwaltung	▪ Soziale Sicherung (Schwerpunkt Renten- und Arbeitslosenversicherung) ▪ Verteidigung ▪ Auswärtige Angelegenheiten ▪ Verkehrswesen ▪ Geldwesen ▪ Forschung

Bearbeiter

Subsidiarität
Die Kommunen haben das Recht, weitgehend unabhängig Aufgaben eigenverantwortlich zu regeln. Eine größere politische Gemeinschaft (das Land, der Bund oder die EU) soll erst dann tätig werden, wenn die kleinere Gemeinschaft eine Aufgabe nicht bewältigen kann. So soll Politik möglichst „vor Ort", möglichst nahe am Bürger gemacht werden.

AUFGABEN

71103-076

1. Erläutert, welche Aufgaben die Gemeinden erledigen sollten (**M2a–b**).
2. a) Ordnet in Teams die Leistungen von Felix' Gemeinde den einzelnen Aufgabenarten zu (**M1**, **M2a**).
   b) Überprüft anhand von **M2b**, welche Aufgaben die Gemeinde, das Land und der Bund in Felix' Gemeinde übernehmen müssen.
   c) Erörtert die Aufgabenverteilung zwischen Bund, Ländern und Kommunen.

H zu Aufgabe 2
Übung: Aufgaben der Gemeinde zuordnen

71103-075

4.2.2 Bürgermeister, Gemeinderat oder Verwaltung – wer hat das Sagen?

Zum Thema: Sprechen zwei Baden-Württemberger über ihr „kleines Herrgöttle", ist der Bürgermeister ihrer Gemeinde gemeint. Doch ist der Gemeinderat nicht viel mächtiger als das „kleine Herrgöttle"? In diesem Kapitel erfahrt ihr, wie einzelne Gemeindeorgane zusammenwirken und wie die Macht in der Gemeinde verteilt ist.

M3 Fallbeispiel: Bürgermeister und Gemeinderat im Konflikt

Seit Jahren herrscht Streit zwischen dem Gemeinderat und dem [Bürgermeister] Heinrich Götz. Nach fünf eigenmächtigen Prozessen hat nun eine Mehrheit des Rates den Spielraum des 57-Jährigen erheblich eingeschränkt. Es hat sich viel Ärger angestaut in den vergangenen Jahren in Haigerloch, diesem schönen Städtchen im Eyachtal im Zollernalbkreis: Zunächst gab es zwischen dem Gemeinderat und dem Bürgermeister Heinrich Götz (CDU) wohl nur wechselweise enttäuschte Hoffnungen – doch dann wurde die Debatte immer ruppiger und die Stimmung immer eigenartiger. Am Dienstag kam es nun zum Showdown: Dem Rathauschef wurden, wie es ein empörter Götz-Unterstützer formulierte, Handschellen angelegt. In der Tat hat die Mehrheit des Rats die Summe, die Götz ohne Rücksprache mit dem Gemeinderat ausgeben darf, um Gutachter oder Anwälte zu beauftragen, drastisch auf 500 Euro herabgesetzt. Den Betrag, über den er zur Anschaffung von Materialien verfügen kann, hat man auf 7.500 Euro halbiert. „Dann stoppen wir halt jetzt jede Baustelle, wenn die 500 Euro verbraucht sind", unkte Götz: „Ich halte die Konsequenzen aus." Haigerloch tut das schon lange nicht mehr. Das Städtchen befindet sich in einem lähmenden Zustand der Zerrissenheit, der rathausinterne Kampf bindet bei allen Beteiligten viel Zeit und Kraft. Dabei war Götz vor zehn Jahren als Hoffnungsträger gekommen, nachdem der Vorgänger wegen eines Untreueverfahrens zurückgetreten war – nach 36 Jahren als Bürgermeister. [...] Haigerloch [...] kommt nicht zur Ruhe, obwohl sich das alle wünschen. [...] Niemand weiß mehr, wie man den gordischen Knoten durchschlagen könnte.

Faltin, Thomas: Haigerloch nimmt Bürgermeister an Kandare. In: www.stuttgarter-zeitung.de, 23.11.2016

Wie ging der Fall in Haigerloch aus?

Im September 2020 beschloss der Gemeinderat den finanziellen Spielraum von Bürgermeister Götz wieder zu erhöhen. So kann der Bürgermeister jetzt bis zu einem Betrag von 20.000 € statt der 7.500 € bei der Anschaffung von Materialien verfügen und bei der Beauftragung von Gutachtern etc. bis zu einem Betrag von 5.000 € statt 500 €. [Im Juni 2022 kündigte Heinrich Götz an, nicht mehr für das Amt des Bürgermeisters zu kandidieren. Seit 01.02.2023 ist Heiko Lebherz neuer Bürgermeister in Haigerloch.]

Nach: Selinka, Wilfried: Wieder mehr Spielraum für Bürgermeister Heinrich Götz. In: www.swp.de, 30.09.2020

EINSTIEGSAUFGABE 71103-077

Wer hat die Macht in Haigerloch? Ermittelt mithilfe eines Ampelspiels (→ Methodenglossar) ein Meinungsbild in der Klasse.

M4 Organe in der Gemeinde: Legitimation und Stellung in der Gemeindeordnung

a) Welche Legitimation und Aufgaben haben Bürgermeister und Gemeinderat?

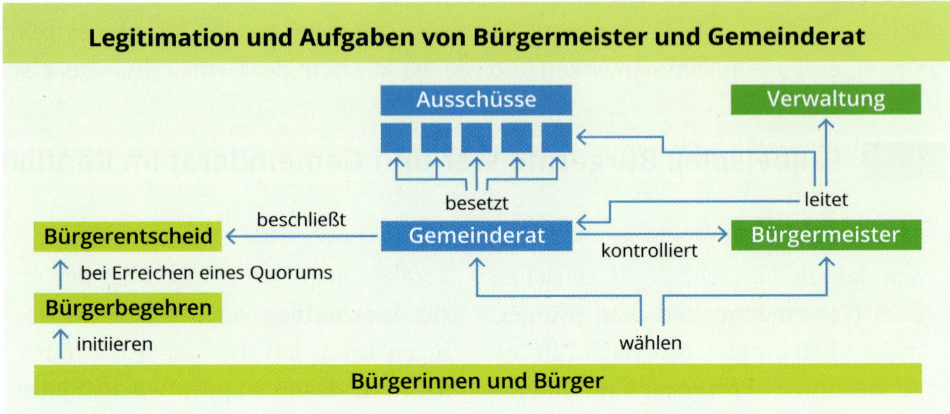

Bearbeitergrafik

b) Stellung von Gemeinderat, Bürgermeister und Verwaltung

(Ober)Bürgermeister
In Städten ab 20.000 Einwohnern, den sogenannten „Großen Kreisstädten", gibt es einen Oberbürgermeister, der hauptamtlich als „Vollzeitpolitiker" tätig ist. Demgegenüber üben die Gemeinderäte ihre Tätigkeit ehrenamtlich als „Teilzeitpolitiker" aus. Für ihren Aufwand erhalten sie jedoch eine monatliche Entschädigung.

Nach der Gemeindeordnung ist der von den Bürgern für fünf Jahre direkt gewählte Gemeinderat das Hauptorgan der Gemeinde. Er ist rechtlich kein Parlament, sondern ein Verwaltungsorgan, das die Verwaltung – auch mit Einzelfallentscheidungen – anleitet. Die wichtigsten Rechte des Gemeinderats sind:

- das Satzungsrecht („Gesetzgebungsrecht");
- die Kontrolle des Bürgermeisters (z.B. durch die Entscheidung über den Haushaltsplan der Gemeinde);
- die Kontrolle der Verwaltung (z.B. über Anfragen zur Umsetzung von Entscheidungen);
- die Personalhoheit (z.B. stellt er im Einvernehmen mit dem Bürgermeister höhere Verwaltungsmitarbeiter ein);
- das Etatrecht (Entscheidung über die von der Gemeinde gestaltbaren Einnahmen wie z.B. die Höhe der Gewerbesteuer oder die Hundesteuer sowie über die Ausgaben der Gemeinde).

Obwohl der Gemeinderat nach der Gemeindeordnung das Hauptorgan in der Gemeinde ist, wird der (Ober)Bürgermeister immer wieder als der mächtigste Akteur in der Gemeinde genannt. Die starke Stellung des (Ober)Bürgermeisters ergibt sich dadurch, dass er gleichzeitig drei Funktionen vereinigt:

- er ist stimmberechtigter Vorsitzender des Gemeinderats und aller seiner Ausschüsse;
- er ist Chef einer auf ihn zugeschnittenen Verwaltung;
- er ist Repräsentant und Rechtsvertreter der Gemeinde.

Eine weitere Stärkung erfährt der (Ober) Bürgermeister dadurch, dass er von den Bürgern direkt auf acht Jahre gewählt wird. Außerdem ist er als einziges Mitglied des Gemeinderats in allen drei Phasen des kommunalen Geschehens entscheidend beteiligt: 1. Entscheidungsvorbereitung, 2. Entscheidung im Gemeinderat, 3. Entscheidungsausführung.

Die Verwaltung der Gemeinde ist dafür verantwortlich, dass die Aufgaben, die die Gemeinde zu erfüllen hat, ausgeführt werden. Außerdem ist sie für die Umsetzung der Beschlüsse des Gemeinderats zuständig. Für die meisten Bürger werden die Entscheidungen des Gemeinderates erst sichtbar, wenn sie durch die Verwaltung umgesetzt wurden. Leiter der Verwaltung ist der (Ober) Bürgermeister. In größeren Gemeinden muss es zur Leitung der vielen Ämter Dezernenten geben. Dezernenten erfüllen ähnliche Aufgaben wie die Bundes- oder die Landesminister. Aufgrund ihres speziellen Fachwissens kann die Verwaltung auch Entscheidungen mit beeinflussen. So wird zum Beispiel der erste Entwurf zum Haushaltsplan von der Verwaltung erstellt, ehe er dann dem Gemeinderat zur Beratung und Entscheidung vorgelegt wird.

Bearbeiter

M5 Wer entscheidet wann in der Gemeinde?

Entscheidungsablauf in einer Gemeinde

Entscheidungsvorschlag vom/von der (Ober-) Bürgermeister/In (also der Verwaltung): „Vorlage“

Entscheidungsvorschlag eines Gemeinderates, einer Gruppe von Gemeinderäten oder einer Fraktion: „Antrag“

Entscheidungsvorschlag der Einwohnerinnen und Einwohner (bestimmte Unterschriftenanzahl nötig): „Bürgerbegehren“

Die Vorlagen und Anträge werden an die Fraktionen gegeben. Dort bilden die Gemeinderätinnen und -räte auf der Fraktionssitzung eine gemeinsame Position.

Die Vorlagen und Anträge werden in den fachlich zuständigen Ausschüssen vorberaten. Hier können Gemeinderätinnen und -räte Änderungsanträge stellen.

Die Beschlussempfehlungen des federführenden Ausschusses wird in der Gemeinderatssitzung debattiert. Findet der Vorschlag (oder ein Änderungsantrag) eine Mehrheit, dann ist er beschlossen.

Nun ist die Gemeindeverwaltung dafür zuständig, die gefassten Beschlüsse umzusetzen. Die Gemeinderäte können durch Anfragen die Umsetzung kontrollieren.

Lehnt der Gemeinderat ein Bürgerbegehren ab, gibt es einen Bürgerentscheid. Alle Wahlberechtigten stimmen über den Vorschlag ab. Findet der Vorschlag eine Mehrheit, dann ist er beschlossen.

In jeder Phase des Eintscheidungsprozesses können Vereine, Initiativen, Interessengruppen, Einwohnerinnen und Einwohner, Unternehmen, Medien – kurz: jede und jeder, der sich für die Entscheidung interessiert, Einfluss nehmen. Dies geschieht über Gespräche mit den Gemeinderäten, durch Briefe und Stellungnahmen, öffentliche Äußerungen, Demonstrationen und Medienberichte.

Nach: Friedrich-Ebert-Stiftung (Hg.): Kommunalpolitik verstehen. Für junges Politikverständnis. 8. Auflage, Bonn 2017, S. 13

M6 Kontrovers diskutiert: Wer hat das Sagen in der Gemeinde – Gemeinderat oder Bürgermeister?

Ein Interview mit Professor Paul Witt von der Kehler Hochschule für öffentliche Verwaltung. Professor Witt beschäftigt sich seit Jahren wissenschaftlich mit Bürgermeisterwahlen und hat bundesweit einmalig Bürgermeisterkandidatenseminare an den Hochschulen Kehl und Ludwigsburg ins Leben gerufen. […]

Herr Witt, ist es prinzipiell für ein Gemeinderatsgremium möglich, den Bürgermeister abzusetzen, wenn eine vertrauensvolle Zusammenarbeit nicht mehr möglich ist?

Witt: Die Gemeindeordnung in Baden-Württemberg sieht keine Abwahlmöglichkeit für Bürgermeister vor, wie das in fast allen Bundesländern der Fall ist. Stattdessen gibt es nur die Möglichkeit des § 128 Gemeindeordnung, wonach die Amtszeit eines Bürgermeisters nur durch die Rechtsaufsichtsbehörde (das Regierungspräsidium) für beendet erklärt werden kann. Die Voraussetzungen sind allerdings sehr eng: Der Bürgermeister muss den Anforderungen seines Amtes nicht gerecht werden. Dadurch müssen so erhebliche Missstände in der Verwaltung eintreten, dass eine Weiterführung des Amtes im öffentlichen Interesse nicht vertretbar ist. […]

Welche Auswirkungen könnte es haben, wenn sich die Rathausspitze und der Gemeinderat gegenseitig blockieren?

Das ist schwierig zu sagen. Sie wissen, dass die Bürgermeister in Baden-Württemberg sehr viel Macht haben. Andererseits ist der Gemeinderat das Hauptorgan der Gemeinde. Ziehen beide – Gemeinderat und Bürgermeister – an einem Strang in die gleiche Richtung, bewegt sich sehr viel in einer Gemeinde. Ziehen sie aber in unterschiedliche – also in entgegengesetzte – Richtungen, gibt es Stillstand.

Paul Witt im Interview mit Matthias Fetterer: Kann ein Gemeinderat den Bürgermeister absetzen?. In: www.verwaltungmodern.de, 31.07.2007

AUFGABEN

71103-078

1. Erstellt in Teams anhand von **M4a** und **b** eine Concept-Map (→ Methodenglossar), die auf die Aufgaben und die Legitimation von Gemeinderat, Bürgermeister und Verwaltung eingeht.
2. Gestaltet anhand von **M5** einen Kurzvortrag (→ Methodenglossar) über den Entscheidungsprozess in der Gemeinde.
3. Führt ein Pro- und Kontra Streitgespräch (→ Methodenglossar) über die Aussage: „Der Bürgermeister bestimmt die Politik in der Gemeinde." Bereitet euch dabei wie folgt vor:
   a) Arbeitet aus **M6** Pro- und Kontra-Argumente heraus.
   b) Ergänzt die Argumente durch eure bereits aus **M3–M5** gewonnenen Erkenntnisse.
   c) Ermittelt abschließend ein Meinungsbild über die Einstiegsfrage: „Wer hat die Macht in der Gemeinde?

H zu Aufgabe 2
→ S. 392

F zu Aufgabe 3 a–b
Leistet das Entscheidungsverfahren in der Gemeinde einen Beitrag zur höheren Akzeptanz der getroffenen Entscheidung? Erörtert diese Frage.

4.3 Demokratie in der Gemeinde

4.3.1 Bürgerentscheide: Führen sie zu einer höheren Akzeptanz der Entscheidungen bei den Bürgerinnen und Bürgern?

Zum Thema: Entscheiden Gemeinderäte nicht im „Sinne des Bürgers" werden schnell Rufe nach dem Bürgerentscheiden laut. Doch führend diese auch zu einer höheren Akzeptanz der getroffenen Entscheidung? Dieser Frage wird hier anhand des Bürgerentscheids über die Ausweisung eines neuen und großen Wohngebiets in Freiburg nachgegangen.

M1 Ein geplantes Wohngebiet wird in Freiburg zum Streitfall

Eine Wohnung [in Freiburg] zu finden ist für die meisten jetzt schon schwer. Deshalb braucht Freiburg mehr Wohnraum. Konkreter: Mehr bezahlbaren Wohnraum. Ein neuer Stadtteil soll her, der Dietenbach heißt. [...] In Dietenbach sollen einmal 15.000 Menschen in 6.500 Wohnungen leben. [...] Eigentlich hat sich der Freiburger Gemeinderat als gewählte Vertretung aller Freiburgerinnen und Freiburger im Juli 2018 mit 43 von 48 Stimmen für Dietenbach entschieden. Damit war der Weg frei, den Stadtteil zu bauen. Doch das Aktionsbündnis „Rettet Dietenbach" – zu dem sich mehr als 15 Initiativen zusammengeschlossen haben – ist gegen das Projekt. Das Bündnis startete ein Bürgerbegehren mit dem Ziel eines Bürgerentscheids. Das ist auf kommunaler Ebene möglich. Ihren Antrag unterzeichneten 17.700 Menschen, damit war das Quorum von sieben Prozent aller wahlberechtigten Bürger erreicht. Am 31. Oktober 2018 stand fest: Der Bürgerentscheid zu Dietenbach kommt.

Maldacker, Anika/Kutkat, Gina: Alles, was Du über den Bürgerentscheid Dietenbach wissen musst. In: www. badische-zeitung.de, 15.02.2019

Fakten zur Wohnungsnot in Freiburg

Starker Anstieg der Kauf- und Bodenpreise:
- Grundstückspreise für Mehrfamilienhäuser von 566 Euro/m² (2008) auf 747 Euro/m² gestiegen.
- Kaufpreise für neue Eigentumswohnungen von 2.688 Euro/m² (2008) auf 5.334 Euro/m² (2017).
- Kaufpreise für wieder verkaufte Eigentumswohnungen: von 1.731 Euro/m² (2008) auf 3.604 Euro/m² (2017).

Starker Anstieg der Wohnungssuchenden:
- Die Freiburger Stadtbau GmbH hat eine Warteliste von 3.000 Wohnungssuchenden.

Starker Anstieg der Mietpreise:
- Die durchschnittliche Nettokaltmiete ist in den letzten zehn Jahren um 20 % gestiegen (2007: 6,91 Euro/m², 2017: 8,25 Euro/m²).
- Freiburgerinnen und Freiburger müssen im Durchschnitt 38 % ihres Haushaltseinkommens für ihre Miete aufwenden. Freiburg ist somit eine der teuersten Städte Deutschlands.

Es gibt nur sehr wenig Wohnungsleerstand:
- Nur 0,5 % der Wohnungen stehen leer [...].

Freiburg wächst:
- Freiburg wird zwischen 2015 und 2030 um rund 25.000 Menschen wachsen [...].

Nach: Stadt Freiburg im Breisgau (Hg.): Amtsblatt Sonderausgabe: Bürgerentscheid Dietenbach. 01.02.2019, S. 4

Weitere Informationen zum Stadtteil Dietenbach findet ihr hier:

71103-079

EINSTIEGSAUFGABE 71103-080

Soll „Dietenbach" gebaut werden? Begründet eure Meinung.

Bürgerentscheid und Volksentscheid
Neben der Möglichkeit eines Bürgerbegehrens und -entscheids auf Ebene der Gemeinde gibt es auch auf Ebene des Landes Baden-Württemberg für die Bürgerinnen und Bürger die Möglichkeit mittels des Volksbegehrens direkt Entscheidungen bei Sachfragen zu treffen. Auf Bundesebene sind Volksentscheide bis auf Art. 29 (Neugliederung des Bundesgebietes) und Art. 146 GG (Verabschiedung einer neuen Verfassung) nicht möglich.

M2 Wie funktionieren Bürgerbegehren und Bürgerentscheid?

Wer erreichen möchte, dass in der eigenen Gemeinde eine bestimmte Angelegenheit über ein Bürgerentscheid abgestimmt wird, kann als wahlberechtigte Bürgerin oder Bürger ein Bürgerbegehren auf den Weg bringen. Wichtige Voraussetzungen für die Einleitung und die Annahme eines Bürgerbegehrens sind u. a.,

- dass es sich um eine Angelegenheit handelt, für die der Gemeinderat zuständig ist (z. B. der Erhalt eines Schwimmbads, die Errichtung eines Kindergartens),
- dass die Frage, die im Bürgerentscheid gestellt werden soll im Bürgerbegehren bereits enthalten ist und
- dass mindestens sieben Prozent aller wahlberechtigten Bürger der Gemeinde (höchstens aber 20.000 Personen) das Bürgerbegehren unterschreiben müssen.

Im Anschluss an ein erfolgreiches Bürgerbegehren oder einen Beschluss des Gemeinderats zur Durchführung eines Bürgerentscheids, wird dann der Bürgerentscheid durchgeführt. Bei diesem muss es eine Mehrheit geben, die die gestellte Frage mit „Ja" oder mit „Nein" beantwortet und zudem müssen mindestens 20 Prozent der Wahlberechtigten für diese Mehrheit gestimmt haben (Quorum). Wenn diese Voraussetzungen erfüllt sind, ist die Entscheidung des Bürgerentscheids für den Gemeinderat bindend. Innerhalb der folgenden drei Jahre ist eine Änderung der Entscheidung nur durch einen neuen Bürgerentscheid möglich.

Bearbeiter

M3 Positionen und Interessen der Akteure in Freiburg

a) Position von Oberbürgermeister (Martin Horn, parteilos) und Verwaltung

Für Oberbürgermeister und Gemeinderat ist der Bau des neuen Stadtteils Dietenbach der wichtigste Baustein gegen Wohnungsnot und steigende Mieten. Freiburg benötigt Dietenbach, um

- bezahlbaren Wohnraum zu schaffen
- den Wohnungsbedarf zu decken
- durch kompakte Bauweise den Verbrauch landwirtschaftlicher Fläche in der Region zu minimieren
- die Verdrängung von Familien und von Personen mit kleinem und mittlerem Einkommen zu stoppen
- den Nachverdichtungsdruck auf die Stadtteile zu lindern und um dort Freiflächen zu erhalten
- die Zahl der Berufspendler nach Freiburg zu senken
- Personal für Krankenhäuser, Pflegeeinrichtungen, Kindertagesstätten zu gewinnen
- ein attraktiver Universitäts- und Institutsstandort zu bleiben
- ein familienfreundliches, soziales, ökologisches und lebenswertes Quartier zu realisieren.

Stadt Freiburg im Breisgau (Hg.): Amtsblatt Sonderausgabe: Bürgerentscheid Dietenbach. 01.02.2019, S. 2

b) Positionen der Gemeinderatsfraktionen

Im Gemeinderat der Stadt Freiburg sind zu Beginn des Jahres 2019 insgesamt sieben Fraktionen vertreten. Sechs davon sind für den Bau des neuen Stadtteils „Dietenbach". Zudem sind 43 der 48 im Gemeinderat sitzenden Stadträtinnen und Stadträte für den Bau. Die Positionen der Gemeinderatsfraktionen sollen am Beispiel der größten Fraktion im Gemeinderat der Stadt Freiburg (Bündnis 90/Die Grünen) und der Fraktion, die sich gegen den Bau ausgesprochen hat (Freiburg Lebenswert. Für Freiburg) aufgezeigt werden.

Position der Fraktion Bündnis 90/Die Grünen: „NEIN zum Bauverbot"

Beim Bürgerentscheid sagen wir NEIN zur Frage „Soll das Dietenbachgebiet unbebaut bleiben?" Warum? [...]

Freiburg gehört zu den teuersten Städten, und bis 2030 fehlen 15.000 Wohnungen. Ohne neuen Stadtteil werden Miet- und Immobilienpreise stark ansteigen. Ein Bauverbot ist unsozial: Sollen sich nur noch Wohlhabende Freiburg leisten können? Für viele Familien, Pflegekräfte, Beschäftigte in Handwerk und Handel, Erzieher*innen und andere sind schon heute die Mieten zu hoch. Deshalb wollen wir 50 % geförderten Mietwohnungsbau, weitere Wohnungen unter dem Mietspiegel und erschwingliches Wohneigentum. Bauen sollen Genossenschaften, Stadtbau und nichtprofitorientierte Bauträger wie Mietshäusersyndikat und Studierendenwerk. Arbeitgeber wie die Uniklinik können für ihre Beschäftigten günstigen Wohnraum schaffen. [...] Bodenspekulation wollen wir durch Grundstücksvergaben in Erbpacht verhindern. [...]

Dietenbach wird klimaneutral, wir wollen einen Energie-Plus-Stadtteil. Der auch Vorbild ist für umweltfreundliche Mobilität: ein Quartier der kurzen Wege mit Vorrang für Bus und Bahn, für Fußgänger und Radler, mit stellplatzfreien Wohnquartieren samt CarSharing, Mieträdern und Elektromobilitätsangebot. [...] Dietenbach wird ein attraktives Zuhause mit hoher Lebensqualität für Familien, für Jung und Alt, für jede Lebensform.

Stadt Freiburg im Breisgau (Hg.): Amtsblatt Sonderausgabe: Bürgerentscheid Dietenbach. 01.02.2019, S. 6

Position der Fraktion Freiburg Lebenswert/ Für Freiburg (FL/FF): Ja beim Bürgerentscheid

Ein neuer Stadtteil wird das Problem der hohen Mieten nicht lösen, sondern es verschärfen. Alle Argumente, die heute für Dietenbach ins Feld geführt werden, hatte man bei der Planung für die Stadtteile Vauban und Rieselfeld schon gehört. In beiden Stadtteilen zogen nach deren Fertigstellung die Preise für Immobilien und Mieten am stärksten in ganz Freiburg an. Beide Stadtteile gehören heute zu den teuersten, und sie haben die Preisentwicklung in der gesamten Stadt weiter in die Höhe getrieben. Das Gleiche wird auch mit Dietenbach geschehen. In den letzten fünf Jahren wurden jährlich rund 1.000 Wohnungen genehmigt. Das sind mehr als alle Freiburger wohnungssuchenden Familien, Paare, Einzelpersonen benötigen. Da ist die hohe Geburtenrate schon berücksichtigt. Wieso hat die Notfallkartei dann immer noch rund 3.000 Wohnungssuchende? [...] Tun wir es den Emmendingern gleich, die 2016 in einem Bürgerentscheid die Bebauung landwirtschaftlicher Flächen mit 1.000 Wohnungen verhindert haben: Stimmen wir mit „Ja" zum Erhalt der Landwirtschaft Dietenbachs!

Stadt Freiburg im Breisgau (Hg.): Amtsblatt Sonderausgabe: Bürgerentscheid Dietenbach. 01.02.2019, S. 7

c) Position des Aktionsbündnisses „Rettet Dietenbach"

Freiburg braucht mehr Wohnungen, vor allem bezahlbaren Wohnraum für mittlere und untere Einkommensschichten. Wie und wo kann er entstehen? Ein Riesenstadtteil auf der grünen Wiese wie in der Dietenbach-Niederung ist der falsche Weg. Er käme für den jetzigen Wohnraummangel viel zu spät. Erste Wohnungen kämen frühestens 2026. Die Planung beruht auf überholten Prognosen und wäre mit unwiederbringlichen Verlusten bei Natur, Landwirtschaft und Böden verbunden. Auch ist mit viel zu hohen Kosten und Mieten zu rechnen.

Argumente des Aktionsbündnisses „Rettet Dietenbach" im Überblick:

- Der neue Stadtteil widerspricht dem dringend notwendigen Natur- und Klimaschutz.
- Der Verlust landwirtschaftlicher Fläche schwächt die regionale Landwirtschaft weiter.
- Es gibt ohne Dietenbach zahlreiche schnellere und günstigere Alternativen.
- Die enormen Kosten des Neubaustadtteils würden den städtischen Haushalt stark belasten und zu Kürzungen in vielen anderen Bereichen führen.
- Hohe Baukosten erbringen keinen günstigen Wohnraum. Der 50 %-Anteil sozialer Mietwohnungsbau für Dietenbach ist ohne Finanzierung beschlossen!
- Teure Neubauwohnungen für den Wohnungsmarkt treiben den Mietspiegel und die Mieten nach oben.
- Prognosen des Statistischen Landesamts ergeben für Freiburg ab 2025 keinen weiteren Anstieg der Bevölkerung – für welchen Bedarf soll hier dann gebaut werden?

Stadt Freiburg im Breisgau (Hg.): Amtsblatt Sonderausgabe: Bürgerentscheid Dietenbach. 01.02.2019, S. 10

M4 Wie ging der Bürgerentscheid zu Dietenbach aus?

a) Amtlicher Stimmzettel für den Bürgerentscheid

Amtlicher Stimmzettel

für den Bürgerentscheid in Freiburg am 24. Februar 2019

- Sie haben **eine** Stimme.
- Bitte nur das Wort „Ja" **oder** das Wort „Nein" durch ein Kreuz im entsprechenden Kreis kennzeichnen.

MUSTER

Frage:
Soll das Dietenbachgebiet unbebaut bleiben?

Ja ◯ Nein ◯

b) Das Ergebnis des Bürgerentscheids zu Dietenbach

Endergebnis des Bürgerentscheids 2019

JA	**39,7 %**
NEIN	**60,3 %**
Wahlbeteiligung:	49,6 %

Die notwendige Mindeststimmenzahl (34.245 Stimmen) wurde erreicht.

Nach: Stadt Freiburg – Amt für Bürgerservice und Informationsmanagement: Ergebnis Bürgerentscheid 2019. In: https://fritz.freiburg.de, Abruf am 12.01.2023

Nach: Stadt Freiburg im Breisgau (Hg.): Amtsblatt Sonderausgabe: Bürgerentscheid Dietenbach. 01.02.2019, S. 16

M5 2022: Drei Jahre nach dem Bürgerentscheid

Das Ergebnis war eindeutig, Freiburg war flächendeckend für den neuen Stadtteil. [...] Die Bagger sind bereits angerückt, die ersten Bäume für den Gewässerausbau sind gefällt, das Zwischenlager für den Erdaushub ist eröffnet, Stadtverwaltung und Sparkasse verhandeln über die Finanzierung: Dietenbach ist angelaufen. [...] Doch Gegnerinnen und Gegner der Bebauung protestieren weiter. Dabei gibt es zwei Gruppen. Die einen lehnen den Stadtteil komplett ab. Den anderen geht es hauptsächlich darum, dass Wald erhalten bleibt.

Dietenbach ganz verhindern

Erst vor kurzem hat der Verwaltungsgerichtshof Baden-Württemberg einen Eilantrag des Freiburger Umweltvereins Plan B abgewiesen [...] Die Schaffung von Wohnraum sei ein wichtiges Anliegen, für die Rodung der Aue-Bäume würden zum Ausgleich mehr neue Bäume gepflanzt.

Und gleich noch eine juristische Auseinandersetzung zu Dietenbach beschäftigt die Gerichte. Der Verwaltungsgerichtshof hatte die Normenkontrollklage dreier Landwirte [...] zurückgewiesen. Diese hatten bezweifelt, dass der neue Stadtteil angesichts des künftigen Wohnungsbedarfs überhaupt nötig sei und den geplanten Hochwasserschutz kritisiert; dieser kollidiere mit Naturschutzrecht. Das sah das Gericht nicht so.

Auch abseits der Gerichte wird protestiert. Die Initiative „Dietenbach ist überall" hat [...] eine Online-Petition [...] gestartet und fordert „Keine Waldrodung zwischen Rieselfeld und Dietenbach, Klima- und Naturschutz statt Kahlschlag" Knapp 76.000 Unterstützerinnen und Unterstützer haben bis jetzt unterschrieben.

Dietenbach Ja – aber Wald erhalten

Aktivistinnen und Aktivisten von „Dieti bleibt" haben im Juni vergangenen Jahres Bäume in einem Teil des Dietenbachwaldes besetzt. Sie betonen: „Wir positionieren uns nicht gegen den Bau des neuen Stadtteils, erkennen den Bürger*innenentscheid an und befürworten die Schaffung sozialen Wohnraums, sehen dies aber nicht in einem Widerspruch zum Erhalt des 4,5 Hektar Wald." [...] Auch der BürgerInnenverein ist nicht gegen den Bau des Stadteils, wohl aber gegen Baumfällungen. Inzwischen hat er sich mit den Besetzerinnen und Besetzern, dem Naturschutzbund, Parents for Future und Einzelpersonen vernetzt. So gab es Demos im benachbarten Stadtteil Rieselfeld, von denen aus Sonntagsspaziergänge zu den Baumbesetzern führten.

Lutz, Simone: Drei Jahre nach dem Bürgerentscheid. In: Badische Zeitung, 24.02.2022, S. 16

Petition
Laut Artikel 17 GG hat jeder das Recht, sich einzeln oder in Gruppen schriftlich (das geht auch online!) mit Bitten oder Beschwerden an die zuständigen Einrichtungen des Staates und an die Volksvertretung (z. B. an den Bundestag) zu wenden. Ein hierfür eingerichteter Ausschuss muss die Beschwerdeführer und Bittsteller anhören und eine Überprüfung und Beweisführung durchführen.

AUFGABEN

71103-081

1. Analysiert den Konflikt anhand von **M1–M5** mithilfe des Politikzyklus (→ Methode auf der nächsten Seite).
2. Erstellt anhand von **M2** ein Fließschema zu den Voraussetzungen und dem Verlauf von Bürgerbegehren und Bürgerentscheid.
3. Leistet das Entscheidungsverfahren einen Beitrag zu höheren Akzeptanz der getroffenen Entscheidung? Erörtert diese Frage.

H zu Aufgabe 2
→ S. 392

Politikzyklus – einen politischen Konflikt analysieren

I. Worum geht es?

Modelle sind wichtige Instrumente, mit denen wir die politische Wirklichkeit vereinfacht abbilden können, um sie besser zu verstehen. Im Modell wird nur das Wichtigste dargestellt. Der Politikzyklus ist ein solches Modell. Am Beginn des Politikzyklus steht ein Problem, mit dem sich die Politik beschäftigen muss. Es wird öffentlich darüber gestritten, was man tun soll. Dabei spielen auch die Medien eine ganz wichtige Rolle. Ist eine Entscheidung getroffen, dann wird diese in der Öffentlichkeit diskutiert und bewertet. Wenn das Problem damit beseitigt werden kann, dann wird der Politikzyklus nur einmal durchlaufen. Verändert sich das Problem oder sind die getroffenen Maßnahmen nicht wirksam, dann beginnt der Zyklus von vorn.

II. Geht dabei so vor:

Problem

- Welches ist das Problem/der Konflikt? Worüber gibt es unterschiedliche Ansichten?

Auseinandersetzung

- Wer ist an der Auseinandersetzung beteiligt?
- Welche Ziele und welche Interessen haben die Beteiligten?
- Wie sind die beteiligten Akteure legitimiert?
- Welche Machtmittel haben die beteiligten Akteure, damit ihre Interessen bei der Entscheidung stärker berücksichtigt werden?

Entscheidung

- Wie wurde entschieden?
- Wer hat sich bei der Entscheidung warum durchgesetzt/teilweise durchgesetzt/nicht durchgesetzt?

Reaktionen auf die Entscheidung

- Wie schätzen die Beteiligten das Ergebnis ein und wie reagieren sie auf die Entscheidung?

Problem gelöst? Problem verändert?

- Ist das Problem gelöst oder ist die Problemlage nur verändert?
- Gibt es Fragen, die trotz der Entscheidung offengeblieben sind?

Bearbeiter

4.3.2 Direkte und indirekte Demokratie – brauchen wir mehr direkte Demokratie in der Gemeinde?

Zum Thema: „Ohne Mitbestimmung – keine Demokratie!" – dieser Aussage würden viele gerade für die Gemeinde zustimmen. Gilt diese Zustimmung auch für das Gegenteil: „Viel Mitbestimmung – viel Demokratie!"? Gegenstand dieses Kapitels ist die Frage, inwieweit die Macht in der Gemeinde verteilt werden soll – eher repräsentativ, eher direkt oder beides?

M6 Formen direkter und indirekter Demokratie

Indirekte Demokratie: Der Mannheimer Gemeinderat kurz vor einer Abstimmung

Direkte Demokratie: Unter freiem Himmel findet eine Volksabstimmung in einem Schweizer Kanton statt.

EINSTIEGSAUFGABE

71103-083

Vergleicht die Bilder. Welche Form der Entscheidungsfindung findet ihr besser? Begründet eure Meinung.

M7 Unterschiede zwischen direkter und indirekter Demokratie

a) Was bedeutet Demokratie?

Der Begriff „Demokratie" kommt aus dem Griechischen und setzt sich aus den Wörtern Demos (Volk) und Kratein (Herrschaft) zusammen. „Demokratie" ist also eine Herrschaftsform und bedeutet „Herrschaft des Volkes" bzw. „Volksherrschaft." Es gibt unterschiedliche Modelle der Volksherrschaft bzw. der Demokratie. Unterschieden werden unter anderem direkte und die indirekte Demokratie.

Bearbeiter

b) Was bedeutet „direkte Demokratie"?

In der direkten Demokratie übt das Volk die Staatsgewalt unmittelbar (das heißt direkt) aus. Es entscheidet in Volksversammlungen und mit Volksabstimmungen (Plebiszite) über alle politisch wichtigen Anliegen, einschließlich der Wahl und Abwahl wichtiger Amtsträger in Staat und Gesellschaft. Grundlegend für die direkte Demokratie ist die Vorstellung, den Volkswillen möglichst unverfälscht in politische Entscheidungen zu übertragen.

Bearbeiter

Erklärfilm direkte/ indirekte Demokratie

71103-082

c) Was bedeutet „indirekte Demokratie"?

Im Gegensatz zur direkten Demokratie wird die Herrschaft in der repräsentativen Demokratie mittelbar (das heißt indirekt) über vom Volk gewählte „Abgeordnete" ausgeübt. Diese sind „Repräsentanten" des Volkes und sollen für dieses in eigener Verantwortung zeitlich befristet handeln, wobei ihr Auftrag sich in regelmäßig stattfindenden Wahlen bewähren muss und erneuert werden kann. Das Parlament hat eine zentrale Bedeutung, da in ihm die gewählten Abgeordneten über alle politisch wichtigen Anliegen abstimmen.

Bearbeiter

M8 Kontroverse: Brauchen wir mehr „direkte Demokratie"?

1 Die Ankündigung eines Bürgerbegehrens reicht schon, um in der Kommune etwas zu verändern. Allein die Möglichkeit der demokratischen Teilhabe verändert schon die politische Kultur.

S. Socher, Sprecherin „Mehr Demokratie e.V., Landesverband Bayern

2 Bürgerinnen und Bürger, die sich einmischen – das macht eine Demokratie stark.

Winfried Kretschmann, Die Grünen, Ministerpräsident Baden-Württembergs

3 Direktdemokratische Verfahren sorgen noch stärker dafür, einen Teil der Bevölkerung auszuschließen.

P. Kurz, SPD, Oberbürgermeister von Mannheim

4 Dass Volksentscheide die Vereinfachung komplizierter Zusammenhänge tendenziell begünstigen, manchmal sogar erzwingen und damit die ideale Plattform für Vereinfacher [gemeint sind Populisten] sind, lässt sich nicht bestreiten.

Norbert Lammert, CDU, Bundestagspräsident von 2005–2017

AUFGABEN

71103-084

1. Wie sollen politische Entscheidungen getroffen werden?
   a) per Losentscheidung,
   b) die gewählten Vertreter entscheiden,
   c) die Experten sollen entscheiden,
   d) alle sollen entscheiden.
   Entscheidet euch für ein Verfahren und begründet eure Wahl.
2. Vergleicht die beiden Modelle der Demokratie anhand geeigneter Kriterien (**M7**).
3. Arbeitet aus **M8** die unterschiedlichen Argumente für und gegen „direkte Demokratie" heraus. Fügt anschließend weitere Argumente hinzu.
4. Bisher habt ihr verschiedene Beteiligungsmöglichkeiten in der Gemeinde kennengelernt. Jetzt seid ihr die Experten. Führt in der Klasse ein Pro-Kontra-Streitgespräch (→ Methodenglossar) über die Frage: „Brauchen wir mehr direkte Demokratie in der Gemeinde?".

H zu Aufgabe 2
→ S. 392

Wie soll die Gemeinde Buckelbach entscheiden? Ein Rollenspiel

Die Gemeinde Buckelbach muss eine Entscheidung treffen. Der Fußballplatz kann kaum noch genutzt werden und auch das Vereinsheim hat schon bessere Tage gesehen. Die Kosten sind beachtlich: 120.000 € müsste die Gemeinde berappen. Gleichzeitig beklagen die örtlichen Handwerksbetriebe, dass sie sich vergrößern wollen, aber keine geeigneten Gewerbeflächen finden. Sie haben bereits viele Gespräche mit dem Bürgermeister geführt und drohen nun offen, ihre Betriebe in eine andere Gemeinde zu verlagern. Auf die Gemeinde kommen für den Fall, dass sie das Gewerbegebiet erweitert, Ausgaben in Höhe von 220.000 € zu. Es stehen aber im Haushaltsjahr nur 250.000 € zur Verfügung und so kann die Gemeinde auf keinen Fall beide Projekte verwirklichen. Sportplatz oder Gewerbegebiet – heute findet die entscheidende Sitzung des Gemeinderates statt, in der über die beiden Projekte abgestimmt werden soll. Anwesend sind der Bürgermeister (Partei des Wohlstands), vier Gemeinderäte der „Partei des Wohlstands" (PW), drei Gemeinderäte der „Partei für Junge Familien" (PJF) sowie Vertreter der örtlichen Tageszeitung.

Bearbeiter

AUFGABEN

71103-090

Gewerbegebiet oder Sportplatz – wie entscheidet sich die Gemeinde Buckelbach? Führt in einem Rollenspiel die entscheidende Sitzung des Gemeinderats durch:

1. a) Macht euch mit der Ausgangssituation vertraut.
   b) Erstellt die „Rollenkarte" für die euch von euch übernommene Rolle (→ **QR-Codes in der Randspalte**).
   c) Führt dann zum Thema „Gewerbegebiet oder Sportplatz" eine Gemeinderatssitzung mit sich anschließender Pressekonferenz durch.
2. Reflexion des Rollenspiels:
   a) Wie hast du dich in deiner Rolle gefühlt (vor allem, wenn es nicht die eigene Meinung war)?
   b) Welche Ziele habt ihr in eurer Gruppe gehabt?
   c) Wie seid ihr vorgegangen, um eure Ziele zu erreichen?
   d) Wurden die Ziele und Interessen von bestimmten Gruppen bei der Entscheidung stärker, weniger stark oder gar nicht berücksichtigt? Warum war das so?
   e) Pressegruppe:
      - Wurde die Rolle glaubwürdig vorgestellt?
      - Welches waren die überzeugenden Argumente?
   f) Was hat das Rollenspiel gebracht?

Informationen für die Rollenkarten

Bürgermeister (Partei des Wohlstands)

71103-085

Jugendvertreter

71103-086

Gemeinderäte der „Partei des Wohlstands"

71103-087

Gemeinderäte der „Partei für junge Familien"

71103-088

Tageszeitung „Buckelbacher Nachrichten"

71103-089

Geflüchtete aus dem heutigen Polen folgen nach dem Zweiten Weltkrieg Eisenbahnschienen in Richtung Berlin

Armando Rodrigues de Sá, der millionste Gastarbeiter, bekam als Geschenk ein Moped und einen Nelkenstrauß

Eine deutschstämmige Familie aus der ehemaligen Sowjetunion im Durchgangslager Friedland, Niedersachsen (1999)

Bosnische Flüchtlinge fliehen vor serbischen Streitkräften im Jahr 1992

Geflüchtete auf dem Münchener Hauptbahnhof 2015

Ukrainische Kinder sitzen in Decken gehüllt am Berliner Hauptbahnhof

Zuwanderung nach Deutschland – Chance oder Risiko für unsere Gesellschaft?

5

Die Zuwanderung nach Deutschland ist ein fester Bestandteil der deutschen Geschichte nach dem Zweiten Weltkrieg. Längst ist Deutschland ein Einwanderungsland, in dem Biografien vieler Menschen durch eine eigene Migrationserfahrung geprägt sind. Das Zusammenleben in dieser multikulturellen Gesellschaft stellt uns alle vor unterschiedliche Herausforderungen: Welche Menschen dürfen zu uns kommen (und bleiben)? Wie können sie in die Gesellschaft integriert werden? Was wird von der deutschen Aufnahmegesellschaft und was von den Zuwander:innen erwartet? Was bringt uns die Zuwanderung und vor welche Herausforderungen stellt sie uns? Diese Fragen bestimmen seit fast einem Jahrzehnt die öffentliche Debatte und wurde nicht zuletzt durch die Aufnahme von hunderttausenden ukrainischen Geflüchteten im Jahr 2022 nochmals aktuell.

Am Ende des Kapitels könnt ihr Antworten auf folgende Fragen finden:

- Wie ist die deutsche Gesellschaft zusammengesetzt? (**Ordnung und Struktur**)
- Welche Bedeutung hat die Zuwanderung für Deutschland? (**Interesse und Gemeinwohl**)
- Wie kann die Integration von Zuwander:innen gelingen? (**Interesse und Gemeinwohl**)
- Wie soll die Zuwanderungspolitik gestaltet werden? (**Interesse und Gemeinwohl**)

WAS WISST UND KÖNNT IHR SCHON?

71103-092

1. Links seht ihr Bilder, die wichtige Ereignisse in der Zuwanderungsgeschichte der Bundesrepublik Deutschland symbolisieren. Ordnet die Bilder sowie die entsprechenden historischen Beschreibungen auf dem Zeitstrahl der Zuwanderungsgeschichte nach Deutschland ein (→ nebenstehender QR-Code).

71103-091

2. Habt ihr selbst oder hat eure Familie eine Migrationserfahrung gemacht?
   a) Positioniert euch im Klassenzimmer auf einer Linie mit den Endpunkten „Ja" und „Nein".
   b) Berichtet euch gegenseitig von euren Migrationserfahrungen. Ordnet eure Berichte – wenn möglich – auf dem Zeitstrahl der deutschen Zuwanderungsgeschichte ein.

5.1 Zuwanderung nach Deutschland

5.1.1 Wer kommt warum zu uns?

Zum Thema: Dass Deutschland ein Einwanderungsland ist, wird in der öffentlichen Diskussion schon lange nicht mehr in Frage gestellt. Jedes Jahr kommen Hunderttausende Menschen ins Land, um hier zu leben. Laut einer Studie der Organisation für wirtschaftliche Zusammenarbeit und Entwicklung (OECD) aus dem Jahr 2018 ist Deutschland hinter den USA das zweitbeliebteste Zuwanderungsland der Welt. Doch warum verlassen so viele Menschen ihre Heimat? Und was zieht sie nach Deutschland? Diese Fragen stehen im Zentrum dieses Kapitels.

M1 Warum verlassen Menschen ihr Herkunftsland?

1

Ein Panzer der syrischen Armee im Kriegseinsatz

2

Eine Auszubildende lernt einen Beruf.

3

Ein ausgetrockneter See

4

Familie und Freunde treffen sich.

EINSTIEGSAUFGABE 71103-093

Nennt ausgehend von den Fotos in **M1** Gründe, warum Menschen nach Deutschland kommen.

M2 Aus aller Welt – die ausländische Bevölkerung Deutschland

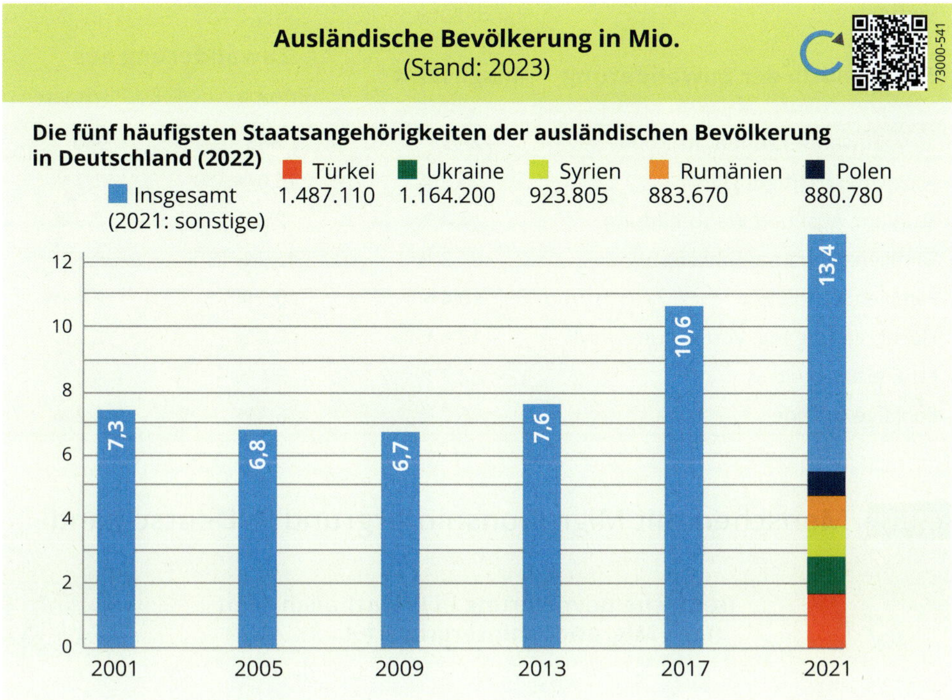

© C.C. Buchner Verlag, aktuelle Daten nach DESTATIS (Datenerhebung: 2023; Grafikerstellung: 2023)

Ausländer:in
Personen, die nicht über inländische Staatsangehörigkeit/Staatsbürgerschaft verfügen

Migration
von lat. „migrare" = wandern, sich bewegen; Oberbegriff für alle Wanderbewegungen von Menschen jeglicher Gruppengröße oder ganzen Völkern.

M3 Mögliche Ursachen für Zuwanderung nach Deutschland

Hinter allen Formen der Migration steht letztlich der Wunsch, die eigene Lebenssituation oder die Lebenssituation der Familie zu verbessern. Dabei reicht die Spannweite der Migrations-Motivation von einem reinen Überlebenswunsch in einer Kriegs- oder Katastrophensituation über den Wunsch, der Armut zu entfliehen, bis hin zum Versuch, den Lebensstandard zu verbessern oder Bildungs- und Arbeitsmöglichkeiten zu nutzen. […] Die klassische ökonomische Migrationsforschung hat zwischen Pull- und Push-Faktoren […] unterschieden. Push-Faktoren (Druck-Faktoren) sind unterschiedlichste Kräfte, die Menschen dazu bewegen, ihr Herkunftsland zu verlassen […] (Armut, Katastrophen, Arbeitslosigkeit, Krieg, Verfolgung, …). Pull-Faktoren (Zieh-Faktoren) hingegen sind Kräfte, die auf Migranten anziehend wirken, ins Einwanderungsland zu ziehen (Frieden, Arbeitsplätze, Sicherheit, Bildungsmöglichkeiten, …). Damit Migration entsteht, müssen sowohl Push- als auch Pull-Faktoren gegeben sein. Menschen wägen ab: Die Vor- und Nachteile der Migration werden den Vor- und Nachteilen des Verbleibens an ihrem Wohnort gegenübergestellt. Für Migrationsentscheidungen sind Push-Faktoren maßgebend. Pull-Faktoren beeinflussen hingegen vor allem die Wahl des Einwanderungslandes.

Jäggi, Christian J.: Migration und Flucht. Wiesbaden: Springer Gabler 2016, S. 49f.

Übung zu Push- und Pull-Faktoren (Link)

71103-094

Begriffsdefinition zur Tabelle M4: Familienzusammenführung, Flucht, Asyl, EU-Freizügigkeit, EU-28-Staaten

71103-095

1 Mit einem Familienmitglied eingereist oder einem Familienmitglied gefolgt
2 Heirat/Partnerschaft mit einer in Deutschland lebenden Person
3 Wunsch nach Niederlassung in Deutschland
Nach: Kuhnke, Claudia: Migrationshintergrund – Die zugewanderte Bevölkerung in Baden-Württemberg. In: Statistisches Landesamt Baden-Württemberg (Hg.): Statistisches Monatsheft Baden-Württemberg, Nr. 6 + 7/2021, S. 7. Datenquelle: Mikrozensus 2019

Personen mit Migrationshintergrund
Das Statistische Bundesamt definiert Migrationshintergrund wie folgt:
- alle Personen, die in das Gebiet der heutigen Bundesrepublik zugewandert sind,
- alle in Deutschland geborenen Ausländer:innen und
- alle in Deutschland als Deutsche Geborene mit zumindest einem nach 1949 zugewanderten oder als Ausländer:in in Deutschland lebenden Elternteil.

H zu Aufgabe 3b
→ S. 392

M4 Warum kommen Zuwanderer nach Baden-Württemberg?

Hauptmotive der Zuwanderung nach Baden-Württemberg
Stand: 2019

Hauptmotiv der Zuwanderung	Insgesamt	Zuwanderung aus	
		Europa	EU-28-Staaten
Zuwander:innen (in 1.000)	**2.339**	**1.685**	**980**
Arbeit/Beschäftigung	21,3 %	26,0 %	31,9 %
Studium, Aus- und Weiterbildung	4,4 %	2,6 %	2,9 %
Familienzusammenführung[1]	41,3 %	42,7 %	39,5 %
Familiengründung[2]	10,4 %	10,9 %	9,0 %
Flucht, Verfolgung, Vertreibung, Asyl	12,6 %	7,8 %	5,6 %
EU-Freizügigkeit[3]	2,7 %	3,1 %	4,3 %
Sonstige Gründe	6,7 %	6,3 %	6,2 %

M5 Menschen mit Migrationshintergrund in Deutschland

Deutsche Bevölkerung in Privathaushalten nach Migrationshintergrund (Stand: 2022)

73000-459

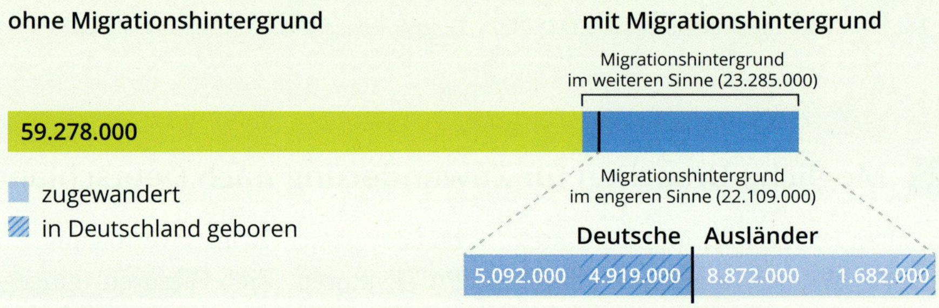

Migrationshintergrund im engeren Sinne: Nur die Informationen über die Eltern, die im gleichen Haushalt leben, werden genutzt.
Migrationshintergrund im weiteren Sinne: Alle Informationen über die Eltern werden genutzt.

© C.C. Buchner Verlag, aktuelle Daten nach DESTATIS, 2022

AUFGABEN

71103-096

1. Analysiert die Zuwanderung nach Deutschland (**M2**). Erläutert mögliche Zuwanderungsgründe der Migrant:innen (**M3**).
2. Erläutert anhand von **M4** die Zuwanderungsmotive der Migrant:innen, die seit 1950 nach Baden-Württemberg gekommen sind.
3. a) Analysiert die Zusammensetzung der Bevölkerung in Deutschland (**M5**).
   b) Der Begriff „Mensch mit Migrationshintergrund" (**Randspalte zu M5**) steht seit langem in der Kritik, da er nicht mehr zeitgemäß sei. Erörtert, ob der Begriff abgeschafft werden sollte.

5.1.2 Ist die Zuwanderung ein geeignetes Mittel gegen den Fachkräftemangel?

Zum Thema: Die deutsche Bevölkerung wird immer älter. Laut einer Berechnung des Statistischen Bundesamtes würden im Jahr 2035 zwischen 41 bis 43 Personen ab 67 Jahren auf 100 Personen im Alter zwischen 20 und 66 Jahren kommen. Im Jahr 2020 betrug dieser sogenannte Altenquotient noch 31. Expert:innen befürchten deshalb einen Fachkräftemangel auf dem deutschen Arbeitsmarkt, der weitreichende Folgen haben könnte. Inwiefern die Zuwanderung den demographischen Wandel und die wirtschaftliche Folge des Fachkräftemangels beeinflussen kann, ist Gegenstand dieses Kapitels.

Fachkräftemangel
Mangelzustand, in einer Volkswirtschaft, bei dem eine hohe Anzahl von bestimmten Arbeitsplätzen nicht mit entsprechend qualifizierten Arbeitskräften besetzt werden kann.

M6 Fachkräftemangel in der Karikatur

Karikatur: Kostas Koufogiorgos, 16.12.2019

EINSTIEGSAUFGABEN

71103-097

1. Analysiert die Karikatur (**M6**). Erläutert dabei die wirtschaftlichen Folgen des Fachkräftemangels.
2. Nennt Beispiele aus eurem Alltag, in dem ihr den Fachkräftemangel erlebt.

M7 Wie entwickelt sich die Bevölkerung in Deutschland?

a) Zu- und Abwanderung in Deutschland

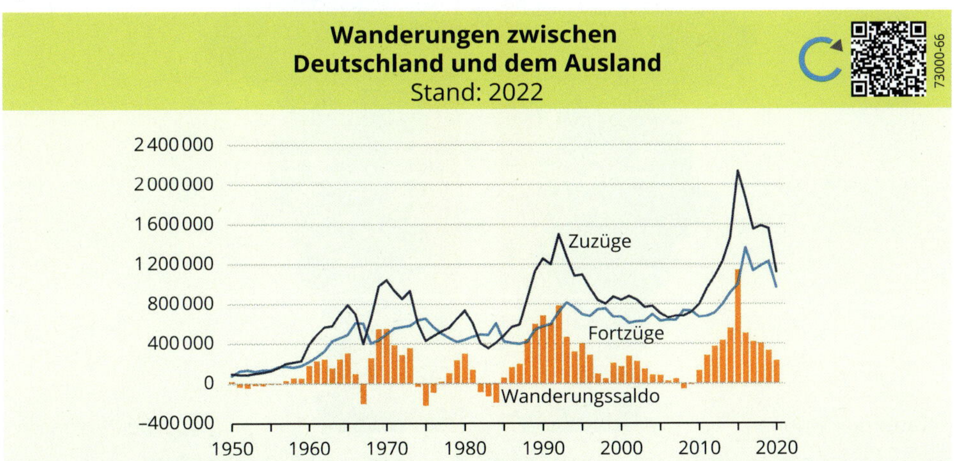

*bis 1990 früheres Bundesgebiet

©C.C. Buchner Verlag, aktuelle Daten nach: DESTATIS, 2021

Wanderungssaldo
Differenz zwischen Zu- und Fortzügen

Nettozuwanderung
Saldo der Zuzüge nach und der Fortzüge aus Deutschland

b) Prognose: Bevölkerungsentwicklung bis 2060

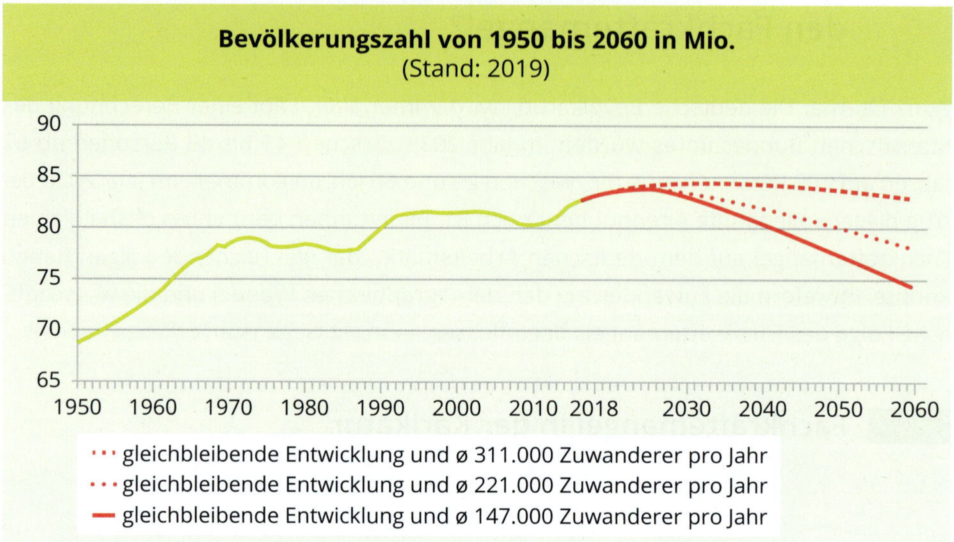

Nach: Statistisches Bundesamt (Hg.): Bevölkerung im Wandel. Annahmen und Ergebnisse der 14. Koordinierten Bevölkerungsvorausberechnung, S. 18

c) Altersstruktur der Bevölkerung in Deutschland

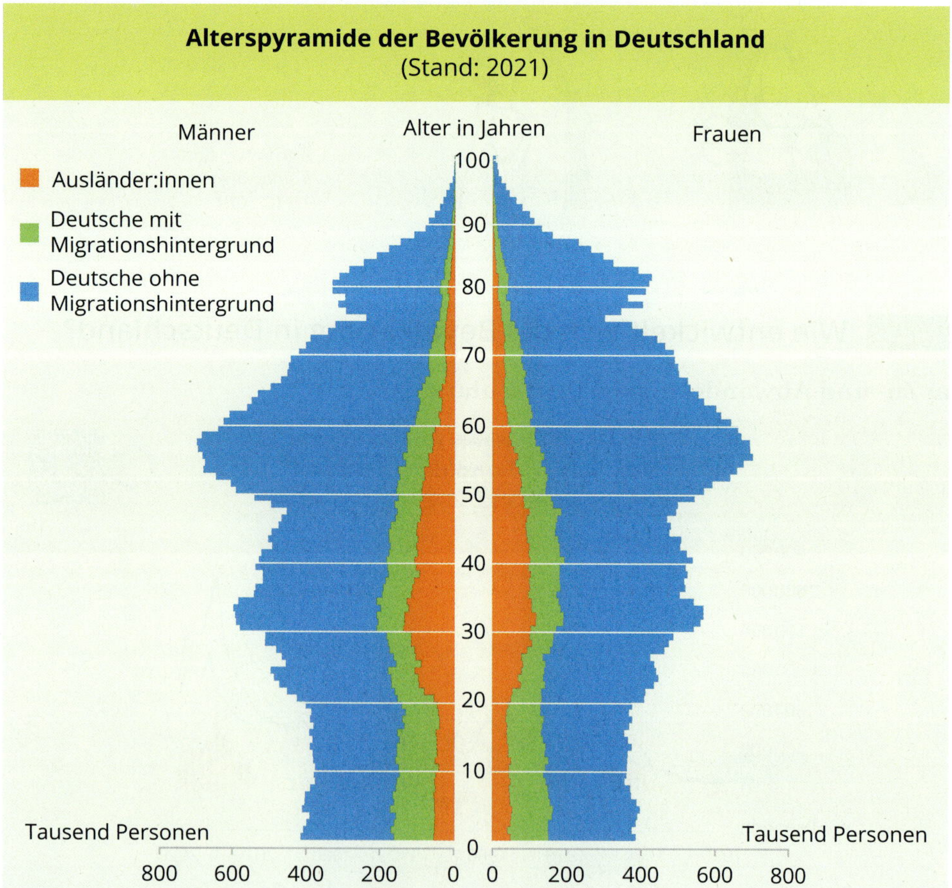

Nach: Statistisches Bundesamt (Hg.): Bevölkerung und Erwerbstätigkeit. Bevölkerung mit Migrationshintergrund – Ergebnisse des Mikrozensus 2021. Fachserie 1 Reihe 2.2, S. 26

M8 Gibt es in Deutschland zu wenig Arbeitskräfte?

a) Wie viele offene Arbeitsstellen gibt es in Deutschland?

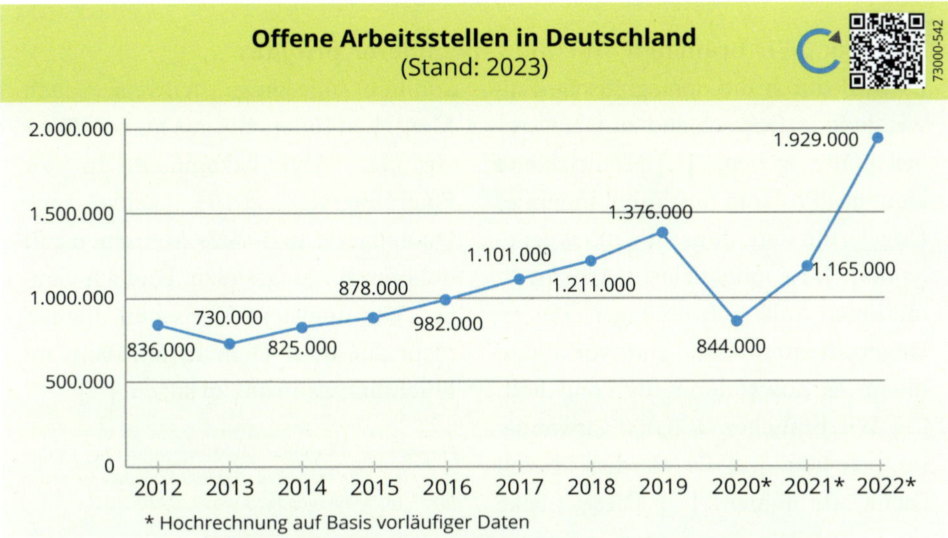

© C.C. Buchner Verlag, aktuelle Daten nach Institut für Arbeitsmarkt- und Berufsforschung (IAB) (Datenerhebung: 2023; Grafikerstellung: 2023)

Unterschiedliche Dringlichkeit der offenen Stellen
Laut der Erhebung des Instituts für Arbeitsmarkt- und Berufsforschung sind 76 % der offenen Stellen sofort zu besetzen. Bei 24 % der offenen Stellen handelt es sich um später zu besetzende Stellen (Daten für das 2. Quartal 2022).

b) Welche Bereiche sind am stärksten von fehlenden Arbeitskräften betroffen?

© C.C. Buchner Verlag, aktuelle Daten nach Bundesagentur für Arbeit

Vakanzzeit
Die Vakanzzeit misst die Dauer von dem Zeitpunkt, zu dem eine gewünschte Stellenbesetzung erfolgen sollte, bis zur tatsächlichen Abmeldung einer Stelle bei der Arbeitsvermittlung.

Lesehilfe zur Grafik M8b
Im Dezember 2022 blieb eine Arbeitsstelle in der Altenpflege nach einem Abgang durchschnittlich 261 Tage lang unbesetzt.

M9 Kontrovers diskutiert: Ist die Zuwanderung ein geeignetes Mittel gegen den Fachkräftemangel?

Detlef Scheele war von 01.04.2017 bis 31.07.2022 Vorstandsvorsitzender der Bundeagentur für Arbeit.

a) Pro: „Wir brauchen 400.000 Zuwanderer pro Jahr"

Es wird durch die demografische Entwicklung in Deutschland zu wenig Arbeitskräfte geben. [...] Deutschland kann das Problem nur lösen, indem es Ungelernte und Menschen mit wegfallenden Jobs qualifiziert, Arbeitnehmerinnen mit unfreiwilliger Teilzeit länger arbeiten lässt – und vor allem, indem es Zuwanderer ins Land holt. [...] Wir brauchen 400.000 Zuwanderer pro Jahr. [...] Es werden überall Fachkräfte fehlen. [...] Diese Lücke könnten allerdings teilweise auch Menschen füllen, die aus humanitären Gründen Asyl bekommen. In der Flüchtlingswelle 2015 [...] kamen auch Qualifizierte und viele Menschen mit höheren Bildungszielen. Und ich glaube: Die meisten Menschen fliehen nicht aus ihrer Heimat, um dann im Flüchtlingszentrum zu sitzen. [...]

Hagelüken, Alexander: Arbeitsagentur-Chef Detlef Scheele: „Wir brauchen 400.000 Zuwanderer pro Jahr". In: www.sueddeutsche.de, 24.08.2021

Daniel Stelter ist Unternehmensberater und Autor.

b) Kontra: Zuwanderung ist die falsche Strategie

[Immer wieder betonen Expert:innen] den ökonomischen Nutzen der Zuwanderung, da Wirtschaft und Sozialsysteme wegen der demographischen Entwicklung auf Zuwanderung angewiesen seien. [...] Die Sache hat nur einen Haken: Auch Zuwanderer werden älter. Irgendwann wollen auch die heutigen Zuwanderer in Rente gehen und von den staatlichen Leistungen – die dann wieder eine neue Generation von Jüngeren erwirtschaften muss – profitieren. Obwohl die Geburtenrate bei den Zuwanderern über der deutschen liegt, zeigen die bisherigen Erfahrungen, dass auch diese über Zeit zurückgeht. [...] Wenn also Zuwanderung nur das Problem verschiebt, ohne es zu lösen und die Herausforderung eine globale ist, nicht nur eine deutsche, ist es dann wirklich vernünftig auf Zuwanderung zu setzen? [...] Statt auf einen Ersatz menschlicher Arbeitskraft durch Zuwanderung zu hoffen, sollten wir [...] auf eine deutliche Automatisierung [der Arbeitswelt] setzen.

Stelter, Daniel: Zuwanderung ist die falsche Strategie. In www.manager-magazin.de, 29.08.2016

AUFGABEN

71103-098

1. a) Analysiert mithilfe von **M7a–c** arbeitsteilig in Kleingruppen die Entwicklung und Altersstruktur der deutschen Bevölkerung.
   b) Erläutert mögliche Folgen für den deutschen Arbeitsmarkt.
2. Analysiert **M8a–b** mit Blick auf den Fachkräftemangel in Deutschland.
3. Erörtert mithilfe von **M7–M9**, ob Zuwanderung ein geeignetes Mittel gegen den Fachkräftemangel in Deutschland ist.

F zu Aufgabe 1
Die Alterung der Bevölkerung hat auch Auswirkungen auf die soziale Sicherung. Erläutert mögliche Auswirkungen auf das Rentensystem (→ Kap. 8.2.1, S. 199–200).

Erörtern

I. Was ist zu tun?

Das Fach Gemeinschaftskunde lebt von der Diskussion. In jeder Unterrichtsstunde setzt ihr euch argumentativ mit einem Thema, einer Problemfrage oder einem politischen Lösungsvorschlag auseinander. Dieses Abwägen von Pro- und Kontra-Argumenten nennt man eine Erörterung. Wie ihr aus dem Fach Deutsch schon wisst, kann man eine solche Pro-Kontra-Erörterung auch schriftlich formulieren.

II. Hilfen zur Strukturierung und Formulierung

Die Pro-Kontra-Erörterung, auch dialektische Erörterung genannt, besteht aus **drei Abschnitten**:

1. Einleitung

Die Einleitung sollte möglichst kreativ und einfallsreich (z. B. mit einem Zitat, einer Statistik, einem Fallbeispiel) zum Thema hinführen und das Leser:inneninteresse wecken.

2. Hauptteil

Der Hauptteil strukturiert Argumente (je bestehend aus Behauptung, Begründung und Beispiel), die für und gegen die These sprechen.

3. Schluss

Im Schlussteil werden die Argumente aus dem Hauptteil abgewogen und das eigene, begründete Urteil zum Ausdruck gebracht. Am Ende kann auch ein Lösungsvorschlag formuliert werden.

Hinweise zur Strukturierung des Hauptteils

Der **Hauptteil** kann auf verschiedene Weisen strukturiert werden. Empfehlenswert ist folgende Vorgehensweise nach dem sogenannten **Sanduhr-Schema**: Um der Synthese im Schlussteil mehr Wirkung zu verschaffen, beginnt ihr im Hauptteil mit der Darlegung des Standpunktes, den ihr **nicht** vertretet. Dazu führt ihr die entsprechenden Argumente für der Gegenposition an. Dabei beginnt ihr mit dem stärksten Gegenargument und endet mit dem schwächsten Gegenargument **(fallende Anordnung)**.

Nach einer Überleitung folgt die Argumentation, die eurer eigenen Meinung entspricht. Hier beginnt ihr mit dem schwächsten Argument und endet mit dem stärksten Argument **(steigernde Anordnung)**.

Alternativ kann die Anordnung der Argumente im Hauptteil auch nach dem **Ping-Pong-Schema** erfolgen: Hier werden Argumente der Gegenposition durch Argumente der eigenen Position entkräftet. Dabei ist es wichtig (und gleichzeitig auch die Kunst!), dass die Argumente der eigenen Position inhaltlich mit Argumenten der Gegenposition zusammenpassen – damit die Entkräftung der Gegenseite auch gelingt.

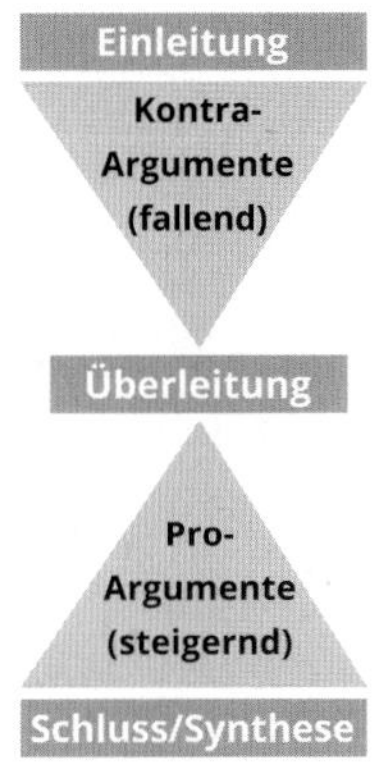

Hilfestellung: Struktur einer Erörterung (Arbeitsblatt zum Ausfüllen)

71103-099

Bearbeiterin

5.1.3 Welche politischen, wirtschaftlichen und gesellschaftlichen Folgen hat die Zuwanderung in Deutschland?

Zum Thema: „Migration verändert immer unsere Gesellschaft", davon ist der Konfliktforscher Professor Andreas Zick von der Universität Bielefeld überzeugt. Doch welchen Einfluss hat die Zuwanderung auf die Politik, die Wirtschaft und die Gesellschaft? Die Antwort auf diese Frage ist sehr komplex. Daher bietet dieses Kapitel ein Blitzlicht auf die Folgen der Zuwanderung.

M10 Stimmen zur Zuwanderung

1 „Wir sind ein vielfältiges Einwanderungsland."

Bundesinnenministerin Nancy Faeser (SPD) am 06.06.2022

2 „Nach wie vor wandert jedes Jahr eine Großstadt neu in unser Land ein und direkt in unsere Sozialsysteme. [...] Für uns ist klar: Damit muss endlich Schluss sein!"

AfD-Vorsitzende Alice Weidel am 07.09.2021

3 „Deutschland [braucht] die Zuwanderung [...], um seinen wirtschaftlichen Wohlstand und seine Wettbewerbsfähigkeit zu wahren."

Ökonom Marcel Fratzscher am 03.08.2018

4 „Wir sehen in größerer gesellschaftlicher Vielfalt keine Gefahr, sondern eine Chance für mehr Fortschritt [...] und Wohlstand."

FDP-Vorsitzender Christian Lindner (FDP) zusammen mit dem FDP-Politiker Joachim Stamp am 08.10.2018

5 „[B]ei jeder Zuwanderung ist am Ende entscheidend, wie viele Menschen neu nach Deutschland kommen. Jede Gesellschaft kann nur eine bestimmte Anzahl von Zuwanderern integrieren."

Bayerischer Ministerpräsident Markus Söder am 07.09.2017 (zu diesem Zeitpunkt: Bayerischer Staatsminister der Finanzen, Landesentwicklung und Heimat)

EINSTIEGSAUFGABEN 71103-100

1. Arbeitet aus **M10** heraus, welche Reaktionen die Zuwanderung in Deutschland hervorruft.
2. Begründet, welchen Zitaten ihr zustimmen könnt.

M11 Welche Einflüsse hat Zuwanderung auf Politik, Wirtschaft und Gesellschaft?

a) Parteibindung von Zuwander:innen

Etwa die Hälfte der Menschen mit eigener oder familiärer Einwanderungsgeschichte in Deutschland steht Parteien des Bundestags dauerhaft distanziert gegenüber. Ihre Bindung an Parteien liegt signifikant niedriger als in der restlichen Bevölkerung und schlägt sich auch in einer deutlich niedrigeren Wahlbeteiligung nieder. Rund die Hälfte gibt aktuell an ungebunden zu sein. Das ist diskussionswürdig, denn eine schwache Identifikation mit Parteien weist auch auf eine mangelnde politische Inklusion in einem zentralen Bereich der politischen Willensbildung hin. [...] Allerdings sind die Parteiidentifikationen von Menschen mit Einwanderungsgeschichte keineswegs homogen, sondern spiegeln durchaus die innen- und außenpolitische Verortung der Parteien wider. Für eine gelungene Integration von Einwander:innen und ihren Kindern ist somit entscheidend, dass Parteien ihre vielfältigen Interessen in die Partei- und Wahlprogramme einbinden.

Jacobsen, Jannes / Kroh, Martin: Eingewanderte bauen nur schrittweise Bindungen an Parteien in Deutschland auf. DIW Wochenbericht 28/2021, S. 498

politische Inklusion
gleichberechtigte Teilhabe aller Bürger:innen bei der politischen Willensbildung (z. B. bei Abstimmungen und Wahlen, als Mitglied in einer Partei)

b) Migrantische Ökonomien in Deutschland

Im deutschsprachigen Kontext wird u. a. eine Definition verwendet, die migrantische Ökonomien als selbstständige Erwerbstätigkeit von Personen mit Migrationshintergrund sowie als abhängige Beschäftigung in Betrieben, die von solchen Personen geführt werden oder einem spezifischen migrantischen Milieu verbunden sind, bestimmt. Diese Definition beinhaltet die (informelle) Vernetzung und Beratung zwischen migrantischen Unternehmer:innen, die (koethnische) Zugehörigkeit der Kundschaft oder die Nutzung herkunftsspezifischen Wissens (über bestimmte Produkte, Handwerkstechniken, Zulieferbeziehungen etc.) [...]. Die Bedeutung migrantischer Ökonomien für die deutsche Wirtschaft nimmt stetig zu. Die Zahl Selbstständiger mit Migrationshintergrund hat sich seit den 1990er Jahren nahezu verdreifacht und belief sich 2020 auf 822.000. 2019 erfolgte jede vierte Existenzgründung durch Eingewanderte und ihre Nachkommen, absolut ca. 160.000 von insgesamt 605.000 Gründungen bundesweit. Migrantische Ökonomien boten 2017 mindestens 3,4 Mio. Personen eine Beschäftigung.

Räuchle, Charlotte: Migrantische Ökonomien in Deutschland. In: www.bpb.de, 13.12.2021

c) Der Einfluss von Zugewanderten auf den Arbeitsmarkt

Aufgrund der Zuwanderung nimmt das Arbeitskräfteangebot in Deutschland zu, was (isoliert betrachtet) zu mehr Beschäftigung, aber auch zu einer höheren Arbeitslosigkeit führen kann. Die Höhe der Arbeitslosigkeit hängt davon ab, wie schnell die zugewanderten Menschen eine Beschäftigung finden und wie hoch das Arbeitslosigkeitsrisiko in den aufgenommenen Jobs ist. [...] Darüber hinaus ist zu berücksichtigen, dass die Integration der Zuwanderungsgruppen in den Arbeitsmarkt unterschiedlich gut gelingt. Vor allem die Arbeitsmarktintegration von Flüchtlingen wird nach den Erfahrungen der Vergangenheit [aufgrund fehlender Sprachkenntnisse und formaler Qualifikationen] mehrere Jahre brauchen.

Bundesagentur für Arbeit (Hg.): Blickpunkt Arbeitsmarkt – Der Arbeitsmarkt in Deutschland 2020. In: https://statistik.arbeitsagentur.de, S. 49

d) Einstellungen in der Gesellschaft

Eine internationale Bevölkerungsumfrage des Exzellenzclusters „Religion und Politik" der Uni Münster weist erstmals empirisch eine identitätspolitische Spaltung europäischer Gesellschaften in zwei verfestigte Lager von substantieller Größe nach. „Wir sehen zwei ausgeprägte Gruppen mit entgegengesetzten Positionen, die wir ‚Verteidiger' und ‚Entdecker' nennen", sagt der Psychologe Prof. Dr. Mitja Back, Sprecher des interdisziplinären Forscherteams [...]. [...]

Die beiden Lager stellen in allen Ländern zusammen einen nennenswerten Bevölkerungsanteil dar, in Deutschland sind es mehr als ein Drittel [...] Das verteilt sich in liberal-demokratischen Staaten wie Deutschland auf 20 % „Verteidiger" und 14 % „Entdecker" [...]. [...]

Die Gruppe der „Verteidiger" vertritt danach mehrheitlich folgende Haltungen: Sie steht in allen Ländern für ein enges Konzept der Zugehörigkeit zum eigenen Land, wonach nur dazugehört, wer im Land geboren wurde, Vorfahren der ethnisch-nationalen Mehrheit hat und/oder der dominanten Religion angehört. Sie verteidigt somit traditionelle Kriterien wie ethnische und religiöse Homogenität. Zugleich fühlen sich „Verteidiger" durch Fremde wie Muslime und Geflüchtete bedroht sowie selbst benachteiligt. Sie sind unzufriedener mit der Demokratie und misstrauischer gegenüber politischen Institutionen.

Die Gruppe der „Entdecker" hingegen lehnt ein enges Konzept von Zugehörigkeit nach ethnisch-religiösen Kriterien ab. Mitglieder dieser Gruppe fühlen sich nicht durch Fremde bedroht. Vielmehr entdecken sie Zuwanderung und wachsende Vielfalt als Chance und plädieren für eine Gesellschaft mit vielen gleichberechtigten Lebenskonzepten. Sie sehen sich gut repräsentiert, sind zufriedener mit der Demokratie und vertrauen eher den politischen Institutionen. [...]

In allen Ländern sind „Verteidiger" weit heimatverbundener und religiöser als „Entdecker". Erstere zeigen zudem eine stärkere Präferenz für gesellschaftliche Hierarchien und weniger Vertrauen in andere Menschen, Letztere umgekehrt. Auch sind „Entdecker" eher recht jung, hoch gebildet, sie wohnen eher in der Stadt [...]. ‚Verteidiger' finden sich eher als ‚Entdecker' unter den Älteren und niedrig Gebildeten [...]. Sie wohnen eher ländlich [...].

Westfälische Wilhelms-Universität Münster – Exzellenzcluster „Religion & Politik" (Hg.): Internationale Erhebung zu Identitätskonflikten in Europa. Pressemitteilung. In: www.uni-muenster.de, 17.06.2021

AUFGABEN

71103-101

1. Erläutert mithilfe von **M11a–d** die systemischen Folgen der Zuwanderung für die Demokratie, die Gesellschaft, die Wirtschaft und den Arbeitsmarkt.
2. Gestaltet ausgehend von euren Ergebnissen aus Aufgabe 1 einen Podcast (→ Methodenglossar), in dem ihr euch mit den Folgen der Zuwanderung nach Deutschland aus den unterschiedlichen Perspektiven (→ Methode auf S. 21) auseinandersetzt.

H zu Aufgabe 2
→ S. 393

5.2 Integration von Zugewanderten – ein wechselseitiger Prozess

5.2.1 Wie wollen wir Integration gestalten?

Zum Thema: In Deutschland hat inzwischen mehr als jede:r Vierte einen Migrationshintergrund. Längst leben wir in einer multikulturellen Gesellschaft. Doch wie sollen sich die Zugewanderten anpassen und was sind in diesem Prozess die Erwartungen an die deutsche Aufnahmegesellschaft? Eine Antwort bieten verschiedene Idealtypen des Zusammenlebens, die im folgenden Kapitel vorgestellt werden.

M1 Wann fühle ich mich in einer Gesellschaft integriert?

Ich fühle mich in einer Gesellschaft integriert, wenn...	Ich stimme zu.	Ich stimme nicht zu.
(1) ... ich die Sprache des Landes beherrsche, in dem ich lebe.		
(2) ... ich wählen darf.		
(3) ... ich die für mich wichtigen Feiertage begehen darf.		
(4) ... alle die gleichen Grundwerte teilen.		
(5) ... ich mich in der Öffentlichkeit so kleiden darf, wie ich mag.		
(6) ... ich einheimische Freunde habe.		
(7) ... ich in einem Wohnviertel wohne, in dem vor allem Einheimische leben.		
(8) ... ich zu Hause die Sprache des Landes spreche, in dem ich lebe.		
(9) ... meine Sprache auch Amtssprache ist.		
(10) ... ich den Pass des Landes besitze, in dem ich lebe.		

Bearbeiterin

Amtssprache
Eine Amtssprache ist die offizielle Sprache eines Staates für Gesetzgebung, Verwaltung, Gerichte und Schulen.

Zandonella, Bruno: Pocket Europa. EU-Begriffe und Länderdaten. 2. Auflage. Bonn: Bundeszentrale für politische Bildung 2006, S. 8

EINSTIEGSAUFGABEN

71103-102

1. Führt in der Klasse eine Abstimmung zur Frage durch, ab wann ihr euch in einem Land integriert fühlt. Füllt dafür die Tabelle aus (auf einem Zettel, z. B. 1A, 2B ...) oder nutzt die Mentimeter-Umfrage.
2. Diskutiert anschließend das Klassenergebnis und vergleicht es mit dem landesweiten Abstimmungsergebnis.

Integration
Das Wort „Integration" kommt aus dem Lateinischen und bedeutet so viel wie „erneuern, ergänzen, vervollständigen". Im deutschen Sprachgebrauch kann es auch als „Eingliederung" verstanden werden. Mit dem Begriff wird hierzulande in erster Linie die soziale Eingliederung von Zugewanderten verstanden. Integration gibt es aber auch in anderen Bereichen, z. B. von Arbeitslosen in den Arbeitsmarkt oder von ehemaligen Strafgefangenen in den Alltag. Es setzt sich zunehmend die Erkenntnis durch, dass die Integration ein wechselseitiger Prozess zwischen der Bevölkerungsmehrheit und den verschiedenen Minderheiten ist.
Bearbeiterin

M2 Was ist Integration?

Ziel von Integration ist es, alle Menschen, die dauerhaft und rechtmäßig in unserem Land leben, in die Gesellschaft einzubeziehen. Dabei betrifft Integration uns alle – Alteingesessene ebenso wie Zugewanderte. Unser Zusammenleben soll von Respekt, gegenseitigem Vertrauen, von Zusammengehörigkeitsgefühl und gemeinsamer Verantwortung geprägt sein. Die Integration von Zugewanderten soll Chancengleichheit und die tatsächliche Teilhabe in allen Bereichen ermöglichen, insbesondere am gesellschaftlichen, wirtschaftlichen und kulturellen Leben. [...]
Voraussetzung dafür ist, dass die Menschen, die mit einer dauerhaften Bleibeperspektive zu uns kommen, die deutsche Sprache lernen und sich um Grundkenntnisse unserer Geschichte und unseres Staatsaufbaus bemühen. [...] Das Grundgesetz als die deutsche Verfassung gilt für alle: Als Grundlage für das Zusammenleben der Menschen in Deutschland muss es gelebt werden. Auch Zugewanderte müssen sich genauso wie die hier lebenden Menschen an die deutschen Gesetze halten und die geltenden Werte und Gepflogenheiten respektieren.
Gelungene Integration bedeutet, sich einer Gemeinschaft zugehörig zu fühlen. [...] Zuwanderung kann deshalb nur als wechselseitiger Prozess gelingen. Sie setzt die Aufnahmebereitschaft der Mehrheitsgesellschaft voraus – wie auch die Bereitschaft der Zugewanderten, die Regeln des Aufnahmelands zu respektieren und sich um die eigene Integration zu bemühen.

Bundesministerium des Innern und für Heimat: Warum Integration so wichtig ist.
In: www.bmi.bund.de, Abruf am 12.01.2023

M3 Idealtypen des Zusammenlebens

[Es] lassen sich vier Idealtypen des Zusammenlebens unterscheiden:

1. Kulturelle Anpassung der Migranten: Die Zugewanderten bewegen sich auf die Mehrheitsbevölkerung zu und passen ihre kulturellen Gepflogenheiten und Traditionen an. Sie arbeiten die kulturellen Muster der Mehrheitsbevölkerung in ihr alltägliches Leben ein, praktizieren diese aktiv und gleichen sich so an die Mehrheitsbevölkerung an.

2. Kulturelles Zusammenwachsen: Beide Seiten – Menschen mit und ohne Migrationsgeschichte – bewegen sich aufeinander zu und lernen unterschiedliche Kulturen und Traditionen kennen. Die Kultur der Eingewanderten wird als Teil der Mehrheitskultur anerkannt. Unterschiedliche Kulturen treffen aufeinander, verbinden sich und entwickeln sich im Austausch weiter.

3. Kulturelle Eigenständigkeit: Weder der Eingewanderte noch die Mehrheitsbevölkerung bewegen sich aufeinander zu. Die jeweils eigene, herkunftstypische Kultur und die damit zusammenhängenden Traditionen werden beibehalten. Jede Gruppe ist eigenständig und es besteht nur wenig Verlangen nach einem Austausch mit anderen Kulturen. Das führt zu einem kulturellen Nebeneinander.

4. Kulturelle Anpassung der Mehrheitsbevölkerung: Die Mitglieder der Mehrheitsbevölkerung bewegen sich auf die Eingewanderten zu und passen ihre kulturellen Gepflogenheiten und Traditionen an deren Kultur an. Kulturelle Muster der Migranten finden sich im Alltagsleben der Mehrheitsbevölkerung wieder, werden aktiv praktiziert, wodurch sich diese den Migranten angleichen.

Benoit, Verena / El-Menouar, Yasemin / Helbling, Marc: Zusammenleben in kultureller Vielfalt. Gütersloh: Bertelsmann Stiftung, S. 19

M4 Die Jungen wollen kulturelle Vielfalt

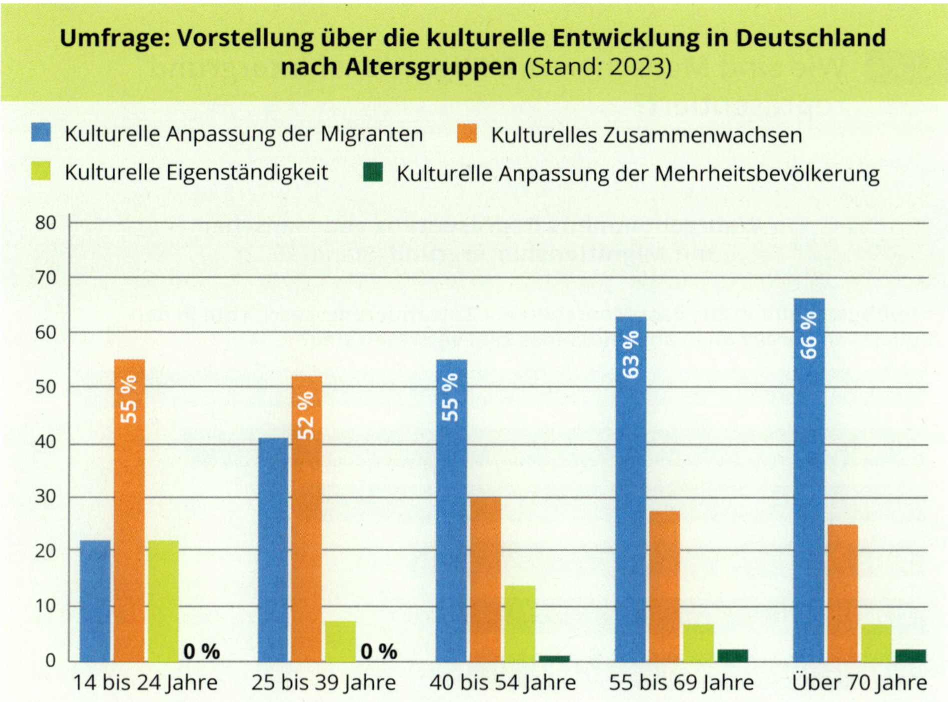

Nach: Statista, 2018; Daten: Bertelsmann Stiftung

AUFGABEN

71103-103

1. Erläutert in Kleingruppen, was Integration bedeutet (**M2**).
2. a) Erstellt für jeden Idealtyp des Zusammenlebens (**M3**) ein Schaubild.
   b) Ordnet den Idealtypen des Zusammenlebens (**M3**) – wenn möglich – zwei Zielbeschreibungen aus **M1** zu.
3. Analysiert **M4** mit Blick auf die Vorstellungen von Integration in unserer Gesellschaft.
4. Begründet, für welchen Idealtyp des Zusammenlebens (**M3**) ihr euch entscheiden würdet.

5.2.2 Wie sind die Zuwander:innen in Deutschland integriert?

Zum Thema: Bereits 2005 wurde im Zuwanderungsgesetz die Förderung der Integration als staatliche Aufgabe festgeschrieben. Seither wurden verschiedene integrationspolitische Maßnahmen, wie etwa die Einführung von Integrationskursen, beschlossen, um die Teilhabechancen der Zugewanderten zu verbessern. In diesem Kapitel wird überprüft, ob dieses Ziel erreicht worden ist. Außerdem stellt sich die Frage, welche weiteren Integrationsmaßnahmen helfen und was die Zugewanderten selbst tun können oder sollen.

M5 Wie sind Menschen mit Migrationshintergrund repräsentiert?

Nach: Bertelsmann Stiftung; Quelle: Kantar Public

EINSTIEGSAUFGABEN 71103-104

1. Analysiert **M5** mit Blick auf die wahrgenommene Repräsentanz von Menschen mit Migrationshintergrund in unserer Gesellschaft.
2. Welche Einschätzungen aus der Umfrage teilt ihr? Begründet.

M6 Teilhabechancen von Menschen mit und ohne Migrationshintergrund in zentralen gesellschaftlichen Bereichen

a) Teilhabe an schulischer Bildung

Schulabschlüsse der 15- bis unter 20-Jährigen mit und ohne Migrationshintergrund 2007, 2012 und 2017 (Stand: 2021)

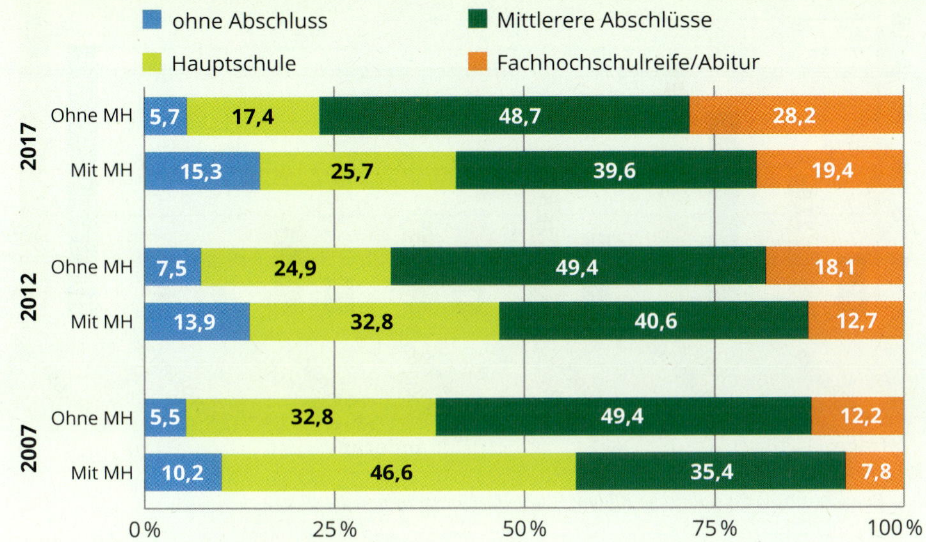

*MH = Migrationshintergrund

*15- bis unter 20-Jährige, die sich noch in schulischer Ausbildung befinden oder die keine Angaben zum Schulabschluss gemacht haben, wurden nicht berücksichtigt

Nach: Bundeszentrale für politische Bildung, 2021, Lizenz: cc by-nc-nd/4.0/de/

b) Teilhabe an beruflicher Bildung

Verteilung beruflicher Abschlüsse in der Bevölkerung mit und ohne Migrationshintergrund 2020 (Stand: 2021)

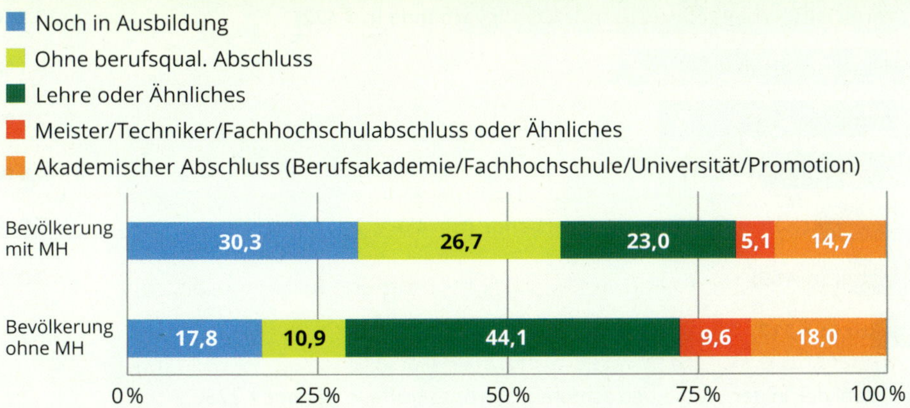

Nach: Bundeszentrale für politische Bildung, 2021, Lizenz: cc by-nc-nd/4.0/de/

c) Armutsrisiko für Menschen mit und ohne Migrationshintergrund

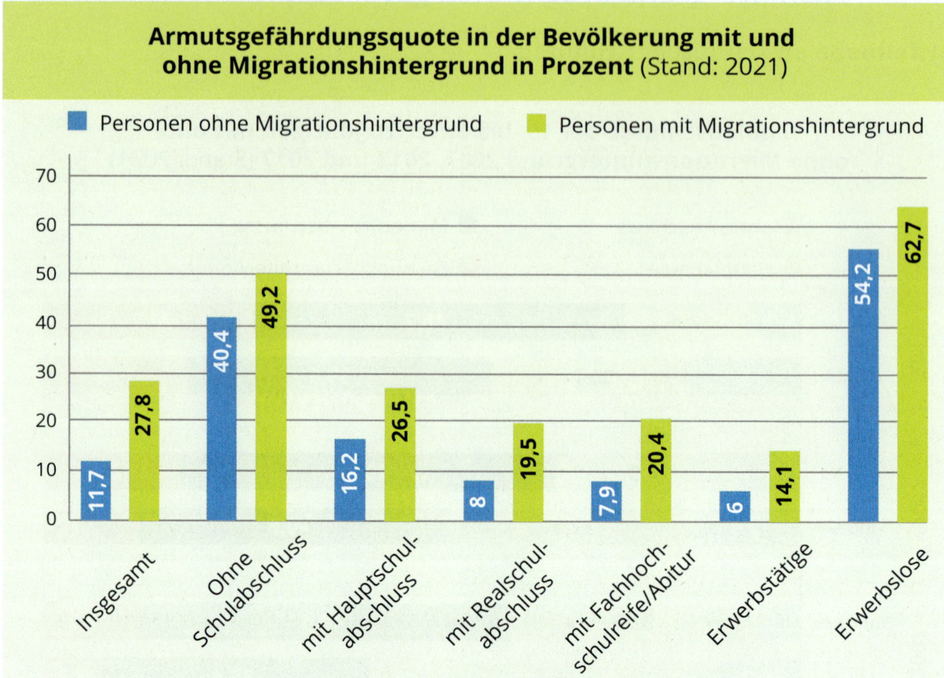

Nach: Bundeszentrale für politische Bildung, 2021, Lizenz: cc by-nc-nd/4.0/de/

d) Karrierechancen für Menschen mit Migrationshintergrund in verschiedenen gesellschaftlichen Bereichen

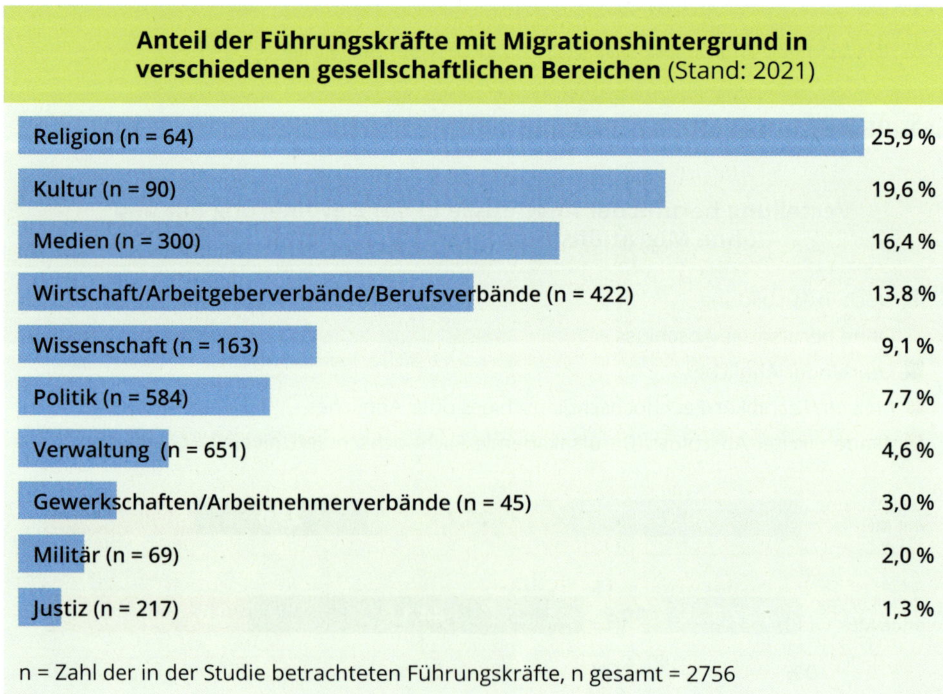

Nach: Bundeszentrale für politische Bildung, 2021, Lizenz: cc by-nc-nd/4.0/de/

M7 Wie Integration gelingen kann – das Beispiel von Muhterem Aras

Vom anatolischen Bauerndorf an die Spitze des Stuttgarter Landtags: Die Biographie von Muhterem Aras [...] zeigt, wie Integration geht. [...] Sie wurde 1966 geboren, ist Mitglied der Grünen. In ihrem Wahlkreis Stuttgart I war sie bereits bei der Landtagswahl 2011 grüne Stimmenkönigin, 2016 erreichte sie dort mit 42,4 Prozent das beste Ergebnis aller Abgeordneten im baden-württembergischen Landtag. Im Mai 2016 wurde Frau Aras zur Präsidentin des Landtags von Baden-Württemberg gewählt. Sie ist die erste Frau und Migrantin, die dieses Amt bekleidet.

Muhterem Aras, geboren 1966 in der Türkei, ist eine deutsche Politikerin von Bündnis 90/Die Grünen. Sie ist seit Mai 2011 Abgeordnete im Landtag von Baden-Württemberg für den Wahlkreis Stuttgart I und seit Mai 2016 Landtagspräsidentin.

Frau Aras, was ist für Sie Heimat?
Heimat ist für mich dort, wo ich meine Familie und meinen Lebensmittelpunkt habe. Das ist eindeutig Deutschland.

Ihre Herkunft ist woanders. Sie sind 1978 mit zwölf Jahren aus Anatolien nach Deutschland gekommen.
Ich stamme aus einem kurdischen Gebiet in Ostanatolien. Mein Vater war Gastarbeiter. Er kam erst allein, hat dann später meine Mutter und uns fünf Kinder nach Filderstadt-Sielmingen bei Stuttgart nachgeholt. Das war für mich ein Sprung ins kalte Wasser. [...]

Sie kamen, ohne ein Wort Deutsch zu sprechen?
So ist es. [...] [Meine Mutter] hat darauf gepocht, dass wir rasch die deutsche Sprache lernen, alle studieren. Sie hat vor allem insistiert, dass wir zwei Mädchen auf eigenen Füßen stehen. [...]

In der Familie wurde Türkisch gesprochen?
Mein Vater hat ganz gut Deutsch gelernt. Aber untereinander haben die Eltern nur türkisch gesprochen. Der Vater hat unsere Schulnoten belohnt: für eine Eins gab es fünf D-Mark, für eine Zwei gab es zwei D-Mark. Für schlechtere Noten gab es nichts. Ich war das erste kurdische Mädchen unserer Schule, das am Schwimmunterricht teilgenommen hat. Auch in die Tanzschule wurden wir geschickt, wo ich Foxtrott und andere Standardtänze gelernt habe. [...]

Deutsche Kinder lernen spielerisch zu Hause, sich an die hier geltenden Werte und die „Leitkultur" anzupassen. Wie haben Sie das gelernt?
Wir hatten mehrere Anker. Ganz wichtig war für uns eine Bauernfamilie im Ort. Da sind wir Kinder ein- und ausgegangen. Ein Kind, die Christel, ist quasi zu unserer Schwester geworden. Wir waren fast jeden Tag bei ihr, haben viel ferngesehen und Pucki-Bücher gelesen, was sehr hilfreich war. Sonntags haben diese Bauern uns mitgenommen zu Ausflügen. Sie sind sogar mit uns in die neue Stuttgarter Staatsgalerie gegangen. [...] Sie gingen auch ins Restaurant mit uns. Oder ins Schwimmbad. Und meine Freundin Sabine hat mich in die evangelische Jungschar mitgenommen. [...]

[Sie] sind kein Beispiel für Multikulti, sondern für die Anpassung an die hiesige Wertegemeinschaft.
Ich habe diese Werte gerne übernommen, dazu stehe ich: Freiheit, Gleichberechtigung, Religionsfreiheit, Aufstieg durch Bildung. [...] Das gehört dazu, wenn Deutschland meine Heimat ist. [...] Aber das Kurdisch-Türkische ist deswegen doch nicht weg.

Hank, Rainer: Muhterem Aras im Gespräch: „Frauen am Steuer, das war mir neu." In: www.faz.net, 17.02.2018

M8 Welche Bereiche der Integration gibt es?

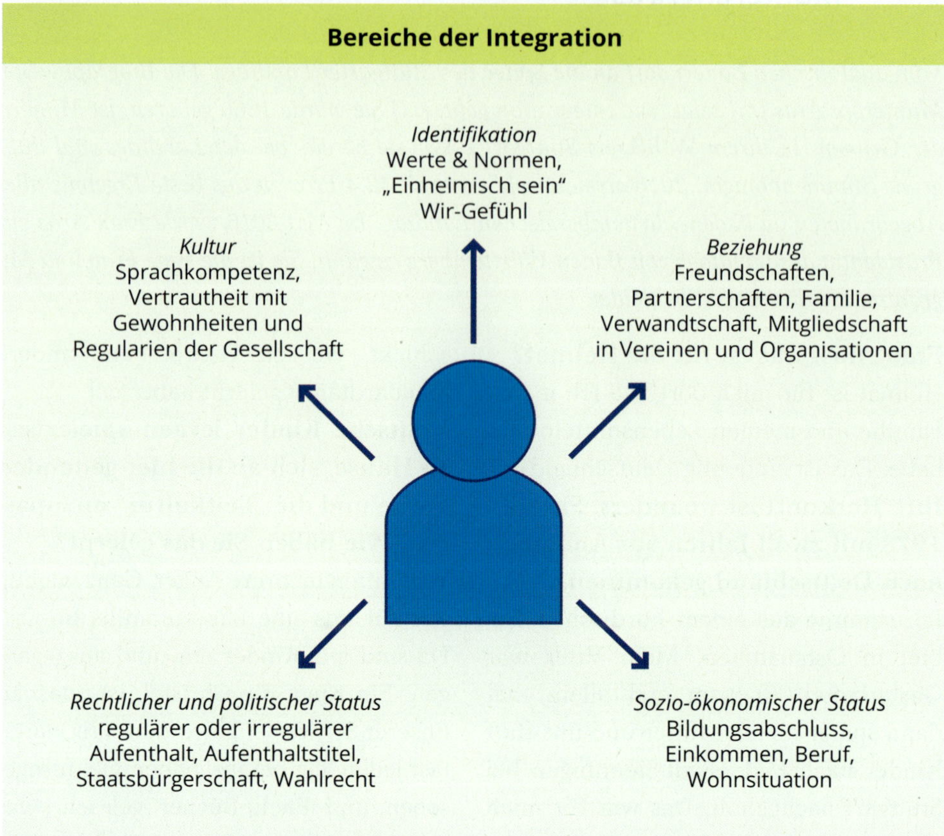

Nach: Treibel, Annette: Integriert Euch! Plädoyer für ein selbstbewusstes Einwanderungsland. Frankfurt/New York: Campus Verlag 2015. S. 40

AUFGABEN

71103-105

1. Analysiert **M6a–d** in Kleingruppen und arbeitsteilig. Stellt euch die Ergebnisse gegenseitig vor und formuliert ein gemeinsames Fazit.
2. a) Erläutert mithilfe von **M7** jene Kriterien, die für eine gelungene Integration beispielgebend sind.
   b) Ordnet die Kriterien für eine gelungene Integration den Idealtypen aus **M3** (→ S. 112) zu.
3. Gestaltet mithilfe von **M8** arbeitsteilig einen Flyer (→ Methodenglossar) mit Handlungsanweisungen für Zugewanderte bzw. Aufnehmende, um in eurer Gemeinde/Stadt einen erfolgreichen Integrationsprozess zu fördern.

5.2.3 Ist die Diskriminierung von Menschen mit Migrationshintergrund ein (zunehmendes) Problem in unserer Gesellschaft?

Zum Thema: Das Diskriminierungsverbot in Art. 3 Abs. 3 Grundgesetz ist eine wichtige Norm in unserem Staat. Trotzdem steigt die Zahl der registrierten Diskriminierungserfahrungen, die bei der Antidiskriminierungsstelle des Bundes gemeldet werden. Auch Menschen mit Migrationshintergrund sind davon stark betroffen. In welchen Lebensbereichen sie Diskriminierung erleben und was man konkret dagegen unternehmen kann, darum geht es in diesem Kapitel.

M9 Diskriminierung und das Allgemeine Gleichbehandlungsgesetz (AGG)?

a) Was ist Diskriminierung?

Wenn einzelne Menschen oder Gruppen benachteiligt werden, weil sie zum Beispiel eine andere Hautfarbe oder eine andere Religion haben, so werden sie diskriminiert. Die Gründe dafür können sehr unterschiedlich sein. Oft spielen Vorurteile eine Rolle.

Schneider, Gerd/ Toyka-Seid, Christiane: Das junge Politik-Lexikon von www.hanisauland.de, Abruf am 12.01.2023

b) Auszug aus dem Allgemeinen Gleichbehandlungsgesetz (AGG)

§1 Ziel des Gesetzes
Ziel des Gesetzes ist, Benachteiligungen aus Gründen der Rasse oder wegen der ethnischen Herkunft, des Geschlechts, der Religion oder Weltanschauung, einer Behinderung, des Alters oder der sexuellen Identität zu verhindern oder zu beseitigen. [...]

§3 Begriffsbestimmungen
(2) Eine unmittelbare Benachteiligung liegt vor, wenn eine Person wegen eines in § 1 genannten Grundes eine weniger günstige Behandlung erfährt, als eine andere Person in einer vergleichbaren Situation erfährt, erfahren hat oder erfahren würde.

Allgemeines Gleichbehandlungsgesetz vom 14. August 2006, zuletzt geändert am 19.12.2022. In: www.gesetze-im-internet.de, Abruf. 12.01.23

Art. 3 (3) GG
Niemand darf wegen seines Geschlechtes, seiner Abstammung, seiner Rasse, seiner Sprache, seiner Heimat und Herkunft, seines Glaubens, seiner religiösen oder politischen Anschauungen benachteiligt oder bevorzugt werden. Niemand darf wegen seiner Behinderung benachteiligt werden.

Wo gilt das AGG?
Das AGG gibt es seit 2006. Es gilt im Arbeitsleben genauso wie bei sog. Alltagsgeschäften (Einkäufen, Vertragsabschlüssen, Restaurantbesuchen usw.).

EINSTIEGSAUFGABEN

71103-106

1. Erläutert, was laut AGG eine Diskriminierung ist (**M9a–b**).
2. Ist euch im Alltag schon einmal eine Form von Diskriminierung begegnet? Nennt konkrete Beispiele aus dem eigenen Erleben oder aus den Medien.

M10 Diskriminierungsfälle in Deutschland

Diskriminierung aufgrund einer Behinderung im Jahr 2020
Der außergewöhnliche Anstieg der Beratungsfälle hängt zu einem wesentlichen Teil (aber nicht ausschließlich) mit der Corona-Krise zusammen: 1.904 (rund 30 Prozent) der Beratungsfälle hatten einen Zusammenhang mit der Pandemie. Dabei ging es beispielsweise um Dienstleistungen, die mit Verweis auf die asiatische Herkunft einer Person verweigert wurden, oder Beschäftigte, denen trotz chronischen Krankheiten oder höherem Alter die Arbeit im Homeoffice verboten wurde. Mit 1.496 bezog sich der Großteil dieser Anfragen jedoch auf Benachteiligungen im Zusammenhang mit der sogenannten Maskenpflicht. […] Inwiefern hier eine Diskriminierung im rechtlichen Sinne vorliegt, hängt vom jeweiligen Einzelfall ab.

Antidiskriminierungsstelle des Bundes (Hg..): Jahresbericht 2021, In: www.antidiskriminierungsstelle.de, Abruf am 12.01.2023, S. 44

Entwicklung der Beratungsanfragen nach Diskriminierungsmerkmalen
(Stand: 2022)

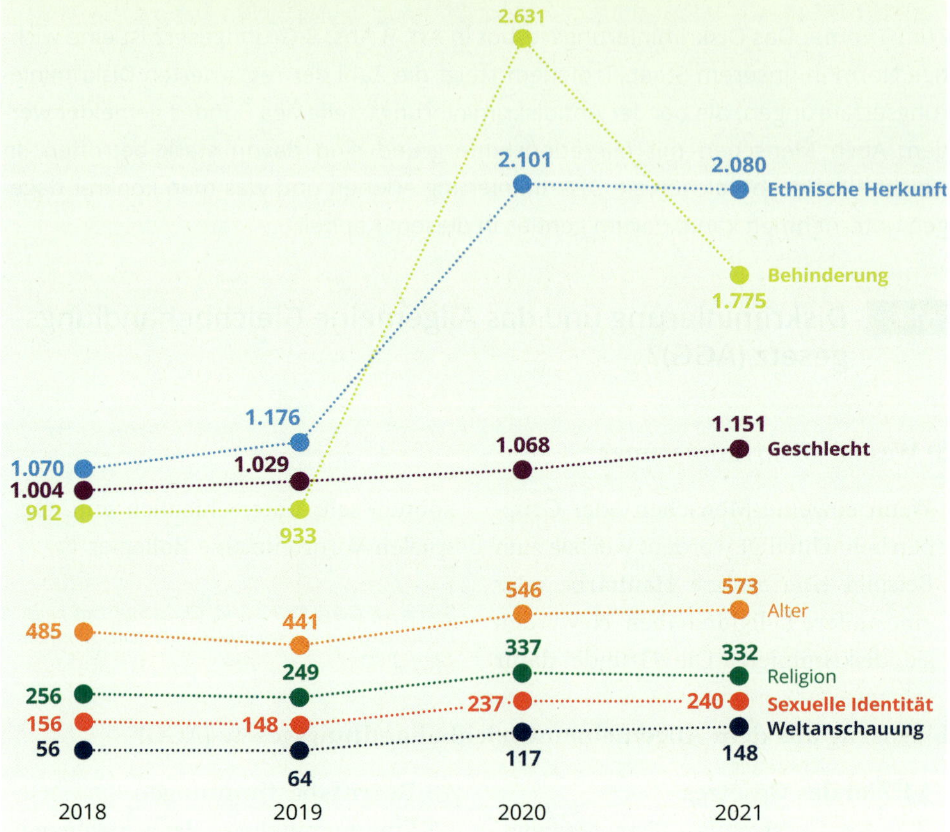

*Mehrfachnennungen bei mehrdimensionaler Diskriminierung enthalten

Nach: Antidiskriminierungsstelle des Bundes (Hg.): Jahresbericht 2021. In: www.antidiskriminierungsstelle.de, Abruf am 12.01.2023, S. 45

M11 Wie werden Menschen mit Migrationshintergrund diskriminiert?

a) Mohammad A.

Mohammad A. sucht schon lange eine Wohnung in Berlin. Nachdem er eine Anzeige im Internet gefunden hat, ruft er die Vermieterin an. Diese zögert am Telefon kurz und fragt ihn dann noch einmal nach seinem Namen. Nachdem Mohammad A. ihr geantwortet hat, sagt sie, dass die Wohnung leider schon vergeben ist. 15 Minuten später ruft Mohammads Freund Klaus M. dort an und bekommt direkt einen Besichtigungstermin angeboten.

Antidiskriminierungsstelle des Bundes: „Sie heißen Mohammad? Tut mir leid, die Wohnung ist vergeben…". In: www.antidiskriminierungsstelle.de, Abruf am 12.01.2023

b) **Die Instagram-Userin „mxriam.zrg"**

In [einem Instagram-] Video berichtet die 16-[j]ährige [Userin „mxriam.zrg"] von einer Diskriminierungserfahrung, die sich in einer Hamburger Filiale des deutschen Lebensmittelkonzerns Edeka zugetragen haben soll. Mit ihren zwei Freundinnen wollte sich die 16-jährige Schülerin bei der Supermarktkette bewerben, um, wie sie selbst sagt, über die bevorstehenden Sommerferien „unser Taschengeld aufzubessern". Nach einem persönlichen Besuch in der Hamburger Filiale werden die drei Schülerinnen [...] zu einem Probetag eingeladen und darum gebeten, ihre Bewerbungsunterlagen mitzunehmen. Am Probetag selbst wird den drei Schülerinnen der Geschäftsführer der Filiale von einer Kassiererin vorgestellt, der sich [...] vor die betroffene Schülerin gestellt, „mit seinem Finger an mir hoch- und runtergezeigt" und daraufhin gesagt haben soll: „Du setzt dein Kopftuch ab oder du kannst hier nicht arbeiten."

Barišic, Marija: Filialleiter lehnt 16-jährige Bewerberin wegen Kopftuch ab. In: www.sueddeutsche.de, 19.06.2022

Instagram-Video von mxriam.zrg

71103-107

Ihr wollt diskriminierenden Aussagen argumentativ entgegentreten können?

Dann trainiert eure Schlagfertigkeit in der App „KonterBUNT" der Landeszentrale für politische Bildung in Niedersachsen.

71103-108

c) **Herr E.**

Herr E. freut sich schon auf das Weihnachtsfest. Gemeinsam mit seiner Frau und seiner kleinen Tochter fährt er von Berlin mit der Bahn zu seiner Familie nach München. Zwischen Nürnberg und Bamberg betreten Beamt:innen der Bundespolizei das volle Abteil des Zuges. Die Beamt:innen gehen gezielt auf die Familie E. zu und fordern die Familie auf Englisch auf, sich auszuweisen. Als der deutsche Staatsbürger Herr E. nach dem Grund fragt, wird ihm keine Auskunft gegeben. Der Polizist fordert ihn vielmehr auch noch auf, seine Taschen zu leeren und sein Gepäck zu öffnen. Herr E., seine Frau und deren Tochter sind die einzigen schwarzen Personen im Zugabteil. Familie E. erlebt dies zum wiederholten Mal.

Antidiskriminierungsstelle des Bundes: „Ausweiskontrolle! Rein zufällig nur bei Ihnen." In: www.antidiskriminierungstelle.de, Abruf am 12.01.2023

AUFGABEN

71103-110

1. Analysiert **M10** mit Blick auf die Frage, ob die Diskriminierung von Menschen mit Migrationshintergrund ein (zunehmendes) Problem ist.
2. Erläutert, inwiefern es sich in **M11a–c** jeweils um einen Fall von Diskriminierung von Menschen mit Migrationshintergrund handelt.
3. Stellt euch vor, ihr hättet das Gespräch der drei Bewerberinnen mit dem Geschäftsführer des Supermarktes mitgehört (**M11b**). Erörtert in Kleingruppen Möglichkeiten, auf die diskriminierende Aussage des Geschäftsführers zu reagieren.
4. Schaut euch das Video „Rassismus in der Schule" von ARD alpha an. Gestaltet einen kurzen Videoclip für Offenheit und Toleranz an eurer Schule.

H **zu Aufgabe 3**
→ S. 393

H **zu Aufgabe 4**
→ S. 393 f.

Video „Rassismus in der Schule" von ARD alpha

71103-109

5.2.4 Soll die doppelte Staatsbürgerschaft (künftig) generell akzeptiert werden?

Zum Thema: Bisher mussten Nicht-EU-Bürger:innen ihre Staatsangehörigkeit oft aufgeben, wenn sie in Deutschland eingebürgert werden wollten. Mit einer Reform des Staatsangehörigkeitsrechts, die die Ampel-Koalition im Jahr 2022 angestoßen hat, soll mehr Menschen die doppelte Staatsangehörigkeit ermöglicht werden. Welche Argumente für und gegen den sogenannten „Doppelpass" sprechen, steht im Zentrum dieses Kapitels.

M12 Wer hat 2022 eine doppelte Staatsbürgerschaft erhalten?

Wie viele Menschen in Deutschland haben welche Staatsangehörigkeit? Zahlen und Fakten von ARD alpha

71103-111

Einbürgerungen in Deutschland mit und ohne Doppelpass (Auswahl) (Stand: 2023)

73000-635

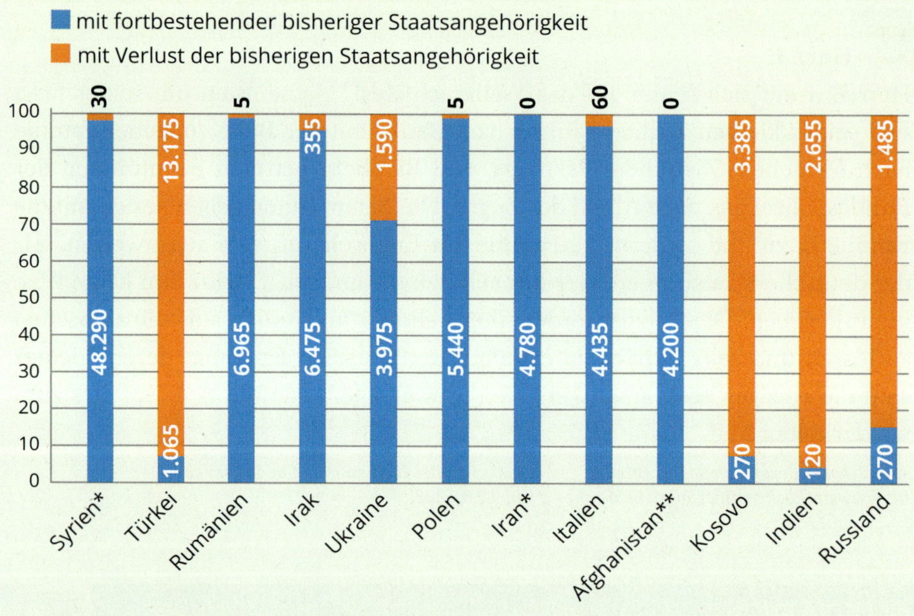

* *Bei den Ergebnissen handelt es sich um vorläufige Ergebnisse. Die Daten der Einbürgerungsbehörden in Rheinland-Pfalz liegen noch nicht vor.*
** *Zahlenwert bei Verlust der bisherigen Staatsangehörigkeit unbekannt oder geheim zu halten.*

EINSTIEGSAUFGABE 71103-112

a) Analysiert **M12**.
b) Sollen alle Zugewanderte in Deutschland bei der Einbürgerung ihre bisherige Staatsangehörigkeit behalten dürfen? Führt dazu eine spontane Abstimmung durch. Begründet eure Position.

M13 Wie wird man Deutsche:r?

1 Abstammungsprinzip

Wenn ein Kind mindestens ein deutsches Elternteil hat, erhält es mit der Geburt die deutsche Staatsangehörigkeit.

2 Geburtsortprinzip

Ein Kind, das nach dem 01.01.2000 geboren wird, bekommt automatisch die deutsche Staatsangehörigkeit – egal, welche Staatsangehörigkeit die Eltern haben. Allerdings muss dafür mindestens ein Elternteil

- seit mind. acht Jahren seinen Lebensmittelpunkt rechtmäßig in Deutschland haben,
- ein unbefristetes Aufenthaltsrecht oder eine Aufenthaltserlaubnis besitzen.

Zusätzlich erhält das Kind meist die Staatsangehörigkeit der Eltern (doppelte Staatsangehörigkeit).

3 Einbürgerung

Die deutsche Staatsangehörigkeit kann auch nachträglich auf Antrag erworben werden. Dabei müssen die Antragsteller:innen in der Regel u. a. folgende Voraussetzungen erfüllen:

- Sie leben seit acht Jahren dauerhaft und rechtmäßig in Deutschland. Diese Frist kann verkürzt werden (siehe Randspalte).
- Sie können ihre Identität nachweisen.
- Sie besitzen ein unbefristetes Aufenthaltsrecht, eine Blaue Karte EU (→ siehe jeweils Randspalte) oder eine auf Dauer angelegte Aufenthaltserlaubnis.
- Sie können ihren Lebensunterhalt und den ihrer Familie finanzieren.
- Sie haben ausreichende Deutschkenntnisse.
- Sie haben ausreichende Kenntnisse über die Rechts- und Gesellschaftsordnung sowie die Lebensverhältnisse in Deutschland (abgeprüft in einem Einbürgerungstest).
- Sie bekennen sich (schriftlich und mündlich vor Erhalt der Einbürgerungsurkunde) zu den demokratischen Grundwerten des Landes.
- Sie sind nicht wegen einer Straftat verurteilt.

Zusatzmaterial: Reform des Einbürgerungsrechts durch die Bundesregierung

71103-113

Bearbeiterin, basierend auf Mediendienst Integration: Staatsangehörigkeit und Einbürgerung. In: https://mediendienst-integration.de, Abruf am 12.01.2023

Aufenthaltsrecht
Für die Einreise und den Aufenthalt brauchen Ausländer:innen in Deutschland einen Aufenthaltstitel. Dieser kann zeitlich befristet sein (z. B. Aufenthaltserlaubnis) oder unbefristet (z. B. Niederlassungserlaubnis) sein. Ein Aufenthaltstitel berechtigt die Ausländer:innen dazu, in Deutschland zu arbeiten.

Blaue Karte EU
Die Blaue Karte EU ist ein Aufenthaltstitel für Hochschulabsolventinnen und -absolventen, mit dem die dauerhafte Zuwanderung von Hochqualifizierten aus dem Nicht-EU-Ausland nach Deutschland erleichtert und gefördert werden soll.

Bundesamt für Migration und Flüchtlinge: Die Blaue Karte EU. In: www.bamf.de, 29.12.2022

Verkürzung der Aufenthaltszeit vor einer Einbürgerung
Bei erfolgreicher Teilnahme an einem Integrationskurs verkürzt sich die Frist auf sieben Jahre. Bei besonderen Integrationsleistungen kann die Frist auf sechs Jahre verkürzt werden. Dazu zählen z. B. besonders gute Deutschkenntnisse, besondere schulische oder berufliche Leistungen oder auch ein längeres ehrenamtliches Engagement.

M14 Kontrovers diskutiert: Soll die doppelte Staatsbürgerschaft (künftig) generell akzeptiert werden?

Nancy Faeser (SPD) ist Bundesministerin des Innern und für Heimat.

a) Pro: „Auf der Höhe der Zeit ankommen"

Von den mehr als 83 Millionen Menschen, die in Deutschland leben, haben mehr als 10 Millionen keine deutsche Staatsangehörigkeit; das sind fast 13 Prozent. Mehr als die Hälfte von diesen Menschen lebt aber bereits seit mehr als zehn Jahren hier bei uns in Deutschland. Sie arbeiten hier. Sie zahlen Steuern. Ihre Kinder gehen in die Kita oder zur Schule. Sie engagieren sich im Sportverein, haben einen Kleingarten, machen Wochenendausflüge. Kurzum: Sie sind hier zu Hause. Und doch können sie ihr Zuhause, ihre Heimat nicht demokratisch mitgestalten. [...] [Wer] nicht mitbestimmen darf, verliert irgendwann auch das Interesse daran, mitzumachen. Unsere Demokratie lebt aber davon, dass alle mitmachen. Unsere Demokratie braucht Menschen, die sich für sie einsetzen und für ihre Werte kämpfen [...]. Fakt ist, dass sich derzeit nur ein Bruchteil der Einbürgerungsberechtigten tatsächlich einbürgern lässt. Im europäischen Vergleich liegen wir dabei deutlich hinter unseren Nachbarländern: Während im EU-Schnitt die Einbürgerungsrate bei 2 Prozent liegt, liegt sie in Deutschland nur bei 1,3 Prozent. Woran liegt das? Im Gegensatz zu vielen anderen Ländern verlangen wir von den Menschen, sich für eine Staatsangehörigkeit zu entscheiden. Diese Entscheidung ist aber gar nicht so einfach, wenn man seine Wurzeln in einem anderen Land hat und gleichzeitig eine neue Heimat in Deutschland gefunden hat. Es ist deshalb höchste Zeit [...] dass Deutschland auf der Höhe der Zeit ankommt und Mehrstaatigkeit akzeptiert, wie die überwiegende Zahl der anderen EU-Mitgliedstaaten übrigens auch.

Bundesministerin des Innern und für Heimat Nancy Faeser. In: Deutscher Bundestag (Hg.): Plenarprotokoll 20/106, S. 12843 f.

Gülistan Yüksel (SPD) ist seit 2013 Mitglied des Bundestags.

b) Pro: „Gerechtigkeit schaffen"

Mit [der] Reform des Staatsangehörigkeitsrechts [...] tragen [wir] dazu bei, dass sich Menschen hier willkommen fühlen. Wir ermöglichen eine gleichberechtigte Teilhabe, und wir stärken den Zusammenhalt in unserem Land. [...] [W]ir sorgen nun endlich dafür, dass die vielen Menschen, die seit Jahren hier ihre Heimat gefunden haben, auch endlich Teil dieser Gesellschaft werden. [...] Die Mehrstaatigkeit ist in Deutschland bei bestimmten Herkunftsländern schon Normalfall [...]; aber eben längst nicht bei allen. So schaffen wir Gerechtigkeit und zwingen niemanden mehr, seinen Pass und einen Teil seiner Identität aufzugeben. [...]

Bundestagsabgeordnete Gülistan Yüksel (SPD). In: Deutscher Bundestag (Hg.): Plenarprotokoll 20/106, S. 12858 f.

c) Kontra: „Gefahr eines Loyalitätskonfliktes"

Dieser deutsche Pass ist nicht nur irgendein Dokument [...]. Ich finde, das wird am deutlichsten daran, dass man staatsbürgerliche Loyalitäten nicht einfach aufteilen kann zwischen zwei [...] Ländern. [...]

[Die] doppelte Staatsbürgerschaft [...] bedeutet eben auch doppeltes Wahlrecht. Die Probleme, die damit einhergehen, haben wir ja erst vor wenigen Tagen ganz auffällig bei den Wahlen in der Türkei beobachten können: [...] Eine große Mehrheit der hier lebenden Türkinnen und Türken, darunter viele Doppelstaatler, hat ihre Stimme für den türkischen Präsidenten Erdogan abgegeben. [...] Das sind Menschen, die hier sämtliche Freiheitsrechte unseres Grundgesetzes genießen und gleichzeitig mit ihrem türkischen Pass für ein Regime stimmen, das all diese Werte mit Füßen tritt. Das ist das Gegenteil von gelungener Integration und zeigt deutlich, dass Ihr Konzept des Doppelpasses bereits jetzt gescheitert ist.

Bundestagsabgeordneter Stefan Heck (CDU). In: Deutscher Bundestag (Hg.): Plenarprotokoll 20/106, S. 12858

Stefan Heck (CDU) war von 2013 bis 2017 und ist seit 2021 Mitglied des Bundestags.

d) Kontra: „Der generelle Doppelpass ist nicht mehr modern"

Die Ampel[-Koalition] will auch den Doppelpass generell zulassen, [...] und das lehnen wir als Union ab. [...] In einer Welt, in der weniger als die Hälfte der Weltbevölkerung in Demokratien lebt, ist der generelle Doppelpass nicht modern. Wirklich modern wäre es, mit Staaten, die unsere grundlegenden Werte teilen, gegenseitig die Akzeptanz der doppelten Staatsangehörigkeit zu vereinbaren."

Bundestagsabgeordnete Andrea Lindholz (CSU). In: Deutscher Bundestag (Hg.): Plenarprotokoll 20/106, S. 12846

Andrea Lindholz (CSU) ist seit 2013 Mitglied des Bundestages.

AUFGABEN

71103-114

1. Überprüft mithilfe von **M13**, ob die folgenden Menschen die deutsche Staatsangehörigkeit besitzen (können):
   a) Bartek ist 2004 in Deutschland geboren, seine Eltern haben die polnische Staatsbürgerschaft.
   b) Jenny ist die Tochter eines Neuseeländers und einer Deutschen.
   c) Tarek kam als syrischer Flüchtling nach Deutschland. Er spricht fließend Deutsch, hat einen Bachelor-Abschluss und arbeitet bei einem baden-württembergischen Traditionsunternehmen.
2. Erläutert die Bedeutung von Einbürgerungen für die Integration (**M13**).
3. Erörtert mithilfe von **M14**, ob die doppelte Staatsbürgerschaft in Deutschland generell akzeptiert werden soll.

5.3 Zuwanderungspolitik

5.3.1 Kann Deutschland mit der Chancenkarte im internationalen Wettbewerb um Fachkräfte punkten?

Zum Thema: Angesichts des Fachkräftemangels (→ Kapitel 5.1.2, S. 103–106) sollen Menschen aus Ländern jenseits der Europäischen Union künftig nach einem Punktesystem in Deutschland zuwandern dürfen. Andere Länder – wie zum Beispiel Kanada – vergeben schon lange Punkte für bestimmte Eigenschaften potentieller Zuwander:innen. Nur wer genug Punkte auf der sogenannten Chancenkarte erreicht, bekommt eine Chance. Doch kann Deutschland mit der Chancenkarte im internationalen Wettbewerb um Fachkräfte punkten? Diese Frage steht im Zentrum dieses Kapitels.

M1 Punkte sammeln...

Karikatur: Kostas Kouforgiorgos, 03.03.2015

EINSTIEGSAUFGABEN 71103-115

1. Analysiert die Karikatur **M1**.
2. Ist ein Punktesystem für die Steuerung der Zuwanderung eine überzeugende Lösung? Bildet mithilfe einer Positionslinie (→ Methodenglossar) ein Meinungsbild in der Klasse oder stimmt auf Mentimeter ab. Begündet eure Meinung.

M2 Deutschlands Zuwanderungspolitik

Da innerhalb der Europäischen Union Freizügigkeit herrscht und somit EU-Bürger:innen ihren Aufenthaltsort frei wählen können, konzentriert sich die deutsche Zuwanderungspolitik im Wesentlichen auf zwei Arten der Migration: die Arbeitsmigration und die Fluchtmigration aus Nicht-EU-Staaten (sogennanten Drittstaaten).

a) Im Bereich der Arbeitsmigration soll die Zuwanderung (hoch)qualifizierter Fachkräfte erleichtert werden, während die Einwanderungsmöglichkeiten für gering qualifizierte Personen beschränkt werden:

- Nicht-EU-Bürger:innen können seit 2012 die sogenannte Blaue Karte EU erhalten, wenn sie einen deutschen oder einem mit dem deutschen Hochschulabschluss vergleichbaren ausländischen Hochschulabschluss sowie ein Arbeitsplatzangebot in Deutschland haben. Die Blaue Karte EU wird maximal für vier Jahre ausgestellt. Danach können die Karten-Inhaber:innen eine Niederlassungserlaubnis erhalten, wenn sie bestimmte Voraussetzungen (z. B. Deutschkenntnisse) erfüllen.
- Die ICT-Karte (intra-corporate transfer) ermöglicht es international tätigen Unternehmen seit 2017, ihr ausländisches Personal (Führungskräfte, Spezialist:innen und Trainees) [für die Dauer von maximal drei Jahren] an Unternehmensstandorte innerhalb der EU zu entsenden. [...]
- Seit 2013 können Fachkräfte mit beruflicher, nicht-akademischer Ausbildung zu Arbeitszwecken leichter nach Deutschland einwandern, wenn ihnen ein konkretes Jobangebot in Deutschland vorliegt. [...]
- Außerdem gibt es die Möglichkeit für Zuwander:innen, für eine Aus- und Weiterbildung nach Deutschland zu kommen und im Anschluss zum Arbeiten im Land zu verbleiben.
- Für unqualifizierte und niedrigqualifizierte Nicht-EU-Bürger:innen ist die sogenannte Westbalkanregelung die beste Option. Danach dürfen Menschen aus Albanien, Bosnien und Herzegowina, Kosovo, Nordmazedonien, Montenegro und Serbien zum Arbeiten nach Deutschland kommen, wenn sie einen gültigen Arbeitsvertrag vorweisen können, die Bundesagentur für Arbeit ihre Beschäftigung in Deutschland bewilligt und sie in den zwei Jahren zuvor nicht als Asylbewerber:innen Leistungen in Deutschland bekommen haben. [Diese] Beschäftigen [...] arbeiten meistens auf dem Bau, in der Gastronomie, im Gesundheits- und Sozialwesen.

b) Gleichzeitig regelt die deutsche Zuwanderungspolitik auch die Fluchtmigration. Zuwanderung nach Deutschland kann auch durch folgende Artikel/Verträge und Gesetze legal stattfinden:

- Art. 16 (1) GG: „Politisch Verfolgte genießen Asylrecht." – Kann eine Person nachweisen, dass sie aus politischen Gründen in ihrem Herkunftsland vom Staat verfolgt wird, erhält sie Asyl.
- Genfer Flüchtlingskonvention (GFK): Verfolgte können sich auch auf den sog. Flüchtlingsschutz nach der GFK berufen, wenn sie ihr Land aus Furcht vor (z. B. religiöser) Verfolgung verlassen mussten. Anders als beim Asyl gilt hier nicht-staatliche Verfolgung auch als Fluchtgrund.
- Subsidiärer Schutz: Personen, die weder ein Recht auf Asyl haben, noch den Status eines Flüchtlings nach der GFK bekommen, erhalten subsidiären Schutz in Deutschland, wenn ihnen in ihrem Herkunftsland ernsthafter Schaden droht (z. B. Todesstrafe, Folter, Bedrohung des Lebens in Folge eines bewaffneten Konfliktes).

Niederlassungserlaubnis
Aufenthaltstitel, der einen unbefristeten Aufenthalt in Deutschland ermöglicht

Aufenthaltserlaubnis
Aufenthaltstitel, der zu einem bestimmten Zwecke befristet für den Aufenthalt in Deutschland erteilt wird

Bundesministerium des Innern und für Heimat: Häufig gestellte Fragen zum Thema: Aufenthaltsrecht. In: www.bmi.bund.de, Abruf am 04.05.2023

Fachkräfte
Fachkräfte sind Personen mit einem Hochschulabschluss oder einer qualifizierten Berufsausbildung. Dabei muss die Ausbildungsdauer mindestens zwei Jahren betragen haben. Wurde der Abschluss im Ausland erworben, muss eine Anerkennung der in Deutschland zuständigen Stelle vorliegen oder der ausländische Hochschulabschluss muss mit dem Deutschen vergleichbar sein.

Bundesministerium des Innern und für Heimat: Arbeitsmigration. In: www.bmi.bund.de, Abruf am 12.01.2023

Für Geflüchtete ist der Zugang zum deutschen Arbeitsmarkt im Jahr 2020 massiv erleichtert worden: Wird ihnen ein Aufenthaltstitel zugesprochen, haben sie unbechränkten Zugang zum Arbeitsmarkt. Asylsuchende und Geduldete brauchen für eine Beschäftigung immer die Erlaubnis der Ausländerbehörde. Sie kann frühestens nach einem dreimonatigen Aufenthalt in Deutschland erteilt werden.

Daneben gibt es noch die Möglichkeit des **Familiennachzugs** für Nicht-EU-Bürger:innen: Sie können ihre Familie (Ehegatt:innen, minderjährige Kinder oder Eltern minderjähriger Kinder) i. d. R. dann nachholen, wenn sie einen gesicherten Aufenthaltsstatus haben, über ausreichend Wohnraum verfügen und den Lebensunterhalt für sich und ihre Angehörigen sichern können. Bei nachziehenden Ehegatt:innen sind [unter bestimmten Umständen] grundlegende Deutschkenntnisse verpflichtend.

Nach: Hanewinkel, Vera: „Make it in Germany": Grundzüge der deutschen (Arbeits-)Migrationspolitik. In: www.bpb.de, 08.12.2021

M3 Die Chancenkarte

Die Ampel-Koalition [hat im Juni 2023] zusätzlich zu den bestehenden Möglichkeiten der Arbeitsmarkt-Einwanderung eine Einwanderung zur Job-Suche für Personen aus Nicht-EU-Staaten [eingeführt], mit der sogenannten Chancenkarte. Voraussetzung ist, dass die Person in dieser Zeit ihren Lebensunterhalt selbst sichern kann. Per Verordnung kann ein Kontingent für eine bestimmte Anzahl an Chancenkarten festgelegt werden.

Die Chancenkarte gilt zunächst für ein Jahr und kann um weitere zwei Jahre verlängert werden, falls die Person einen Arbeitsvertrag oder ein Angebot in einer qualifizierten Beschäftigung hat. Wer einen in Deutschland anerkannten Abschluss vorweisen kann, erfüllt sofort die Bedingungen für eine Chancenkarte. Wer eine zweijährige Berufsausbildung oder einen Hochschulabschluss hat, die im Heimatland staatlich anerkannt sind, kann ebenfalls eine Chancenkarte beantragen. Bewerber:innen müssen einfache deutsche Sprachkenntnisse (A1) vorweisen, sowie sechs Punkte nach einem bestimmten System erwerben. Anerkennt werden Sprachkenntnisse, Berufserfahrung, Alter und „Deutschlandbezug":

- Vier Punkte gibt es für einen ausländischen Berufsabschluss, der nach deutschen Standards anerkannt wird, auch wenn eventuell noch eine Nachqualifizierung erforderlich ist.
- Drei Punkte gibt es für mindestens fünfjährige Berufserfahrung oder für „gute deutsche Sprachkenntnisse" [auf B2-Niveau].
- Zwei Punkte gibt es für „ausreichende deutsche Sprachkenntnisse" auf B1-Level, für [eine] zweijährige Berufserfahrung, sowie für Personen, die nicht älter als 35 Jahre sind.
- Einen Punkt gibt es bei einem vorangegangenen Aufenthalt in Deutschland (mindestens sechs Monate in den vergangenen fünf Jahren), bei einem Alter zwischen 35 und 40 Jahren, bei Englisch-Kenntnissen auf C1-Niveau, [...] sowie wenn der/die Partner*in Kriterien für die Chancenkarte erfüllt.

Eubel, Cordula: Wer bekommt die Chancenkarte? In: Mediendienst Integration. 22.06.2023

M4 Kontrovers diskutiert: Kann Deutschland mit der Chancenkarte Fachkräfte anwerben?

a) Pro: „Chancenkarte als Einladung"

Mit [der Chancenkarte] [...] kann Deutschland mithalten mit glänzenden Wettbewerbern um IT-Fachleute oder Ärzte wie Kanada und Australien. Die Ampelkoalition lässt die Menschen ohne langwierige Berufsanerkennungsverfahren ins Land, ein Punktesystem öffnet die Türen für Leute, die Fähigkeiten mitbringen, aber vielleicht noch keinen Arbeitsvertrag oder gute Deutschkenntnisse. Allein das wird viele Interessenten hellhörig machen.

Preuß, Roland: Vielleicht doch lieber nach Neuseeland. In: www.sueddeutsche.de. 23.06.2023

b) Pro: „Klare Kriterien"

Klar ist: Wir benötigen eine transparente und effektive Ergänzung des Einwanderungsgesetzes. [...] Ein Punktesystem legt für die Interessenten und Bewerber klare und verständliche Kriterien fest; die Erfolgschancen lassen sich schon vorab einfach testen. Die Beantragung soll primär digital erfolgen. So werden Steuerzahler und Verwaltung entlastet.

Hinweis: Die Autorin ist migrationspolitische Sprecherin der FDP-Bundestagsfraktion.
Jurisch, Ann-Veruschka: Mit einem Punktesystem gegen den Arbeitskräftemangel. In: www.welt.de. 05.07.2022

c) Kontra: „Große Hürden bleiben"

Deutschland hat nach Einschätzung von Expertinnen und Experten eines der kompliziertesten Systeme für Erwerbszuwanderung auf der Welt. [...] Wozu dann noch einen weiteren Weg – nämlich die Chancenkarte [...] – einführen? [...] [Die] deutsche Sprache erweist sich [außerdem] immer wieder als große Hürde. In den meisten Berufen muss für die Arbeitsaufnahme ein bestimmtes Sprachniveau nachgewiesen werden, dafür sind oft viele Monate Deutschkurs in einer Sprachschule nötig. Zwar unterstützen deutsche Arbeitgeber zunehmend, trotzdem ist das Erlernen der Sprache für viele Fachkräfte abschreckend. Warum erst Deutsch lernen, wenn man mit Englisch anderswo gleich einen Job anfangen kann? [...]
Bleibt noch die [...] größte Hürde: das gesellschaftliche Klima. [...] Zahlreiche Studien [...] zei-gen, dass die Mehrheit der Deutschen mittlerweile glaubt, Zuwanderung habe eher Nachteile. Doch eine Willkommenskultur lässt sich nicht gesetzlich verordnen.

Groll, Tina: Jetzt fehlt nur noch die Willkommenskultur. In: www.zeit.de. 23.06.2023

AUFGABEN

71103-116

1. Partnerpuzzle:
   a) Erstellt arbeitsteilig je eine Mindmap (→ Methodenglossar) zu den wesentlichen Bestimmungen der deutschen Zuwanderungspolitik in den Bereichen Arbeitsmigration (**M3a**) und Fluchtmigration (**M3b**).
   b) Stellt euch euer Ergebnis aus Aufgabe 2a gegenseitig vor. Ergänzt eure Mindmaps um die jeweils neuen Aspekte.
2. Erstellt ausgehend von **M3** ein Schaubild, das das deutsche Punktesystem für Zuwander:innen veranschaulicht.
3. Erörtert, ob Deutschland mit der Chancenkarte im internationalen Wettbewerb um Fachkräfte punkten kann (**M4a–c**).

H zu Aufgabe 1a–b
→ S. 394

5.3.2 Die Flüchtlingspolitik der EU: Löst die Asylrechtsreform die Probleme des Dublin-Verfahrens?

Zum Thema: Jedes Jahr suchen hunderttausende Geflüchtete aus Kriegs- und Armutsgebieten Schutz in den Ländern der Europäischen Union (EU). Damit stellt sich für der EU die zentrale Herausforderung, die Verteilung der Geflüchteten in den einzelnen Mitgliedsstaaten zu regeln. Da das bisherige Verteilungsprinzip vor allem die Staaten an den Außengrenzen der Union belastet, soll das europäische Asylsystem reformiert werden. Ob die Reform die bestehenden Probleme lösen kann, ist die zentrale Frage dieses Kapitels.

M5 Die EU-Flüchtlingspolitik karikiert

Karikatur: Kostas Koufogiorgos, 18.07.2019

EINSTIEGSAUFGABEN 71103-117

1. Analysiert die Karikatur **M5**.
2. Stimmt ihr dem Karikaturisten in seiner Position zur EU-Flüchtlingspolitik zu? Begründet eure Meinung.

M6 In der EU angekommen – und dann?

Mit der Dublin-Verordnung regelt [die EU] die Aufnahme von Flüchtlingen. Aber wie funktioniert das System? […]

Die Dublin-Verordnung regelt, welcher Staat für die Bearbeitung eines Asylantrags innerhalb der EU zuständig ist. So soll sichergestellt werden, dass ein Antrag innerhalb der EU nur einmal geprüft werden muss. Ein Flüchtling muss in dem Staat um Asyl bitten, in dem er den EU-Raum erstmals betreten hat. Dies geschieht besonders häufig an den EU-Außengrenzen, etwa in Italien, Griechenland oder Ungarn. Tut er dies nicht und stellt den Antrag beispielsweise in

Deutschland, kann er in den Staat der ersten Einreise zurückgeschickt werden – auch zwangsweise.

Wie verläuft das Prozedere?

In einem persönlichen Gespräch ermitteln die Behörden als erstes, wo ein Asylbewerber die EU betreten hat. Behilflich sind dabei auch EU-weite Datenbanken, die etwa Fingerabdrücke von Flüchtlingen gespeichert haben. Wenn beispielsweise ein Flüchtling in Italien ankommt, dann aber nach Deutschland weiterreist und erst dort einen Asylantrag stellt, können deutsche Behörden die Übernahme des Flüchtlings durch Italien ersuchen. [...] Flüchtlinge haben allerdings das Recht, dagegen kurzfristig Widerspruch einzulegen. Kann die sogenannte Rückführung nicht innerhalb von sechs Monaten erfolgen, muss der Staat, der die Übernahme ersucht, das Asylverfahren durchführen. Diese Frist kann sich aber aus unterschiedlichen Gründen verlängern. Dublin ermöglicht es den Staaten, ein Asylverfahren einzuleiten, auch wenn sie eigentlich nicht zuständig sind (sogenanntes Selbsteintrittsrecht). Das gilt etwa, wenn dem Flüchtling bei der Abschiebung besondere Härten drohen.

Cieschinger, Almut: In Europa angekommen – und dann? In: www.spiegel.de, 22.04.2015

M7 Zuwanderung von Asylsuchenden in der EU

a) Asylsuchende in der EU

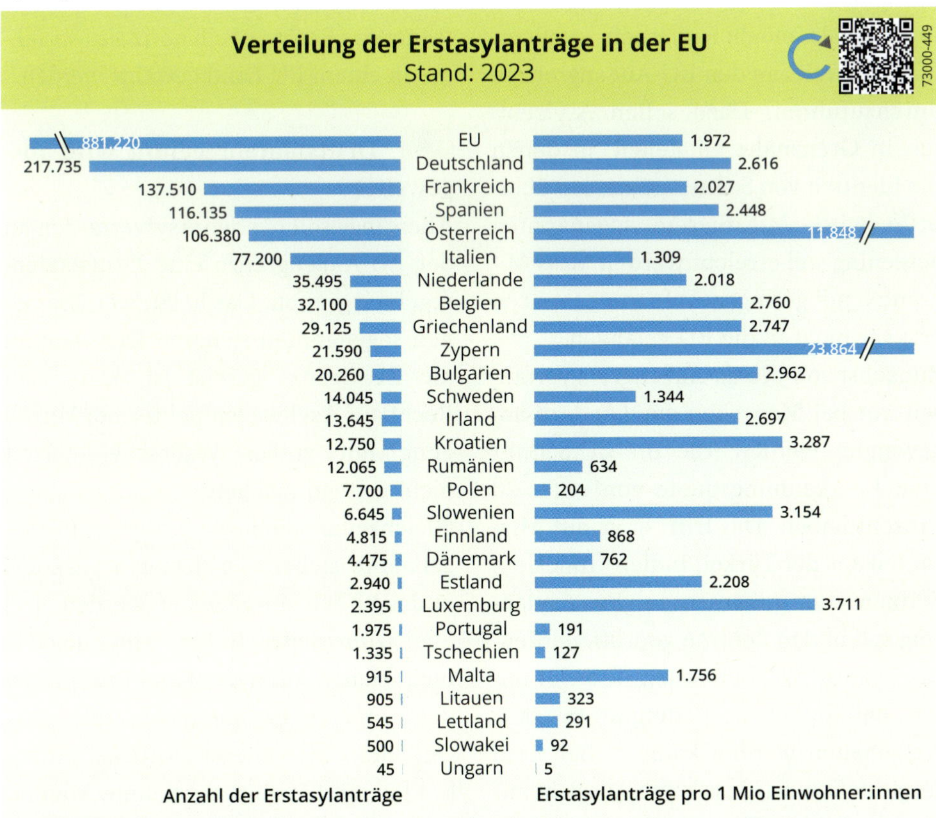

©C.C. Buchner Verlag, aktuelle Daten nach: Eurostat (Datenerhebung: 2022; Grafikerstellung: 2023)

Zusatzmaterial: Wo leben die meisten Flüchtlinge in der EU (Karte)?

71103-118

b) Asylantragszahlen in Deutschland weisen auf Lücken im EU-System hin

Die Mehrheit der Asylbewerber reist offenbar unerkannt über die EU-Außengrenzen ein. Dies zeigt eine Auswertung der Eurodac-Registrierungen aller Antragsteller des Bundesamtes für Migration und Flüchtlinge [...]. Demnach hatten unter allen 151.277 Erstantragstellern ab 14 Jahren, die im Jahr 2022 in Deutschland ankamen, „etwa zwei Drittel (ca. 101.000) keinen Eurodac-Treffer", schreibt das Bundesamt. Die europäische Datenbank enthält die Fingerabdrücke von Asylbewerbern – durch einen Abgleich soll verhindert werden, dass diese in mehreren Ländern Anträge stellen. Eigentlich müsste eine große Mehrheit der hierzulande ankommenden Asylbewerber eine solche Registrierung durch die Staaten an der EU-Außengrenze haben. Denn nur ein kleiner Teil der Antragsteller in Deutschland reist ohne vorherigen Aufenthalt in anderen europäischen Staaten direkt in die Bundesrepublik.

KNA/dpa/ZDF: Mehrheit wird an der EU-Grenze nicht erfasst. In: www.zdf.de. 12.02.2023

M8 Wie die EU die Aufnahme von Geflüchteten regeln will

1 Asylzentren in Grenznähe

Durch die Reform des Gemeinsamen Europäischen Asylsystems (GEAS) soll es erstmals möglich werden, Asylverfahren bereits an den EU-Außengrenzen durchzuführen. Dazu sollen Asylzentren in Grenznähe entstehen, in denen die Identität von Schutzsuchenden überprüft wird. Mit diesem sogenannten Screening soll erreicht werden, dass Migranten mit geringen Aufnahmechancen erst gar nicht in die EU gelangen.

Zunächst soll dieses Außengrenzverfahren nur bei Menschen aus Ländern angewendet werden, die im EU-Schnitt eine Anerkennungsquote von unter 20 Prozent haben. Das trifft etwa auf Migranten aus der Türkei, Indien, Tunesien, Serbien oder Albanien zu. Ihr Asylantrag soll in den Zentren geprüft werden. Bis zu zwölf Wochen sollen sie dafür unter haftähnlichen Bedingungen dort festgehalten werden können. Bei wem festgestellt wird, dass keine Aussicht auf Asyl besteht, soll umgehend zurückgeschickt werden.

Der Mehrheit der Flüchtlinge, die versuchen nach Europa zu gelangen, etwa aus Syrien, Afghanistan oder dem Sudan, soll weiter das Recht auf ein normales Verfahren in einem EU-Land gewährt werden.

2 Drittstaatenregelung wird ausgeweitet

Allerdings soll bei den Asylverfahren an der EU-Außengrenze eine Drittstaatenregelung greifen. Das heißt, wer über einen sogenannten sicheren Drittstaat an die EU-Grenze gereist ist, kann sein Recht auf Asyl wegen politischer Verfolgung mit großer Wahrscheinlichkeit nicht geltend machen.

Gleichzeitig sollen die Kriterien für sogenannte sichere Drittstaaten geändert und deutlich ausgeweitet werden. [...] Sind [zum Beispiel] Teile eines Landes nicht sicher, kann das Land [nun] trotzdem – mit Ausnahme des betreffenden Gebietes – als sicherer Drittstaat gelten. [...] [Damit können] abgelehnte Migranten und Migrantinnen künftig grundsätzlich auch in [...] Länder wie etwa Tu-

nesien oder Albanien [abgeschoben werden]. [...]
Einzige Voraussetzung für eine Abschiebung in sogenannte sichere Drittstaaten soll sein, dass die Menschen eine Verbindung zu diesem Land haben. Wie diese aussehen muss, soll im Ermessen der EU-Mitgliedstaaten liegen, die für das jeweilige Asylverfahren zuständig sind.

3 Freiwillige, aber verbindliche Aufnahme von Flüchtlingen

Ein weiterer Punkt der Reform ist die Verteilung von Geflüchteten innerhalb der EU. Die EU-Binnenländer sollen künftig freiwillig, aber verbindlich, im Rahmen eines „Solidaritätsmechanismus" die Aufnahme von Migranten zusagen. Anhand einer Quote soll eine bestimmte Zahl von Schutzsuchenden festgelegt werden. Staaten, die keine oder weniger geflüchtete Menschen aufnehmen, sollen entweder Sachleistungen erbringen – etwa Hilfe im Verfahren – oder Geld zahlen. [Pro nicht aufgenommener geflüchteter Person soll ein Staat 20.000 Euro zahlen.] Einen verpflichtenden Mechanismus zur Verteilung von Geflüchteten soll es nur im Krisenfall geben [...].

Born, Carolin/Geuter, Gundula/Heckmann, Dirk-Oliver: So soll das europäische Asylverfahren verschärft werden. In: www.deutschlandfunk.de. 10.06.2023

M9 Kontrovers diskutiert: Kann der Solidaritätsmechanismus die Probleme des Dublin-Verfahrens lösen?

a) Flexible Solidarität

Länder, die viele Arbeitskräfte brauchen, können leichter Flüchtlinge in den Arbeitsmarkt integrieren als Länder mit hoher Arbeitslosigkeit. Länder mit wenigen Asylanträgen können eher Fachkräfte abstellen, um die Erstankunftsländer bei Grenzsicherung, Aufnahme von Asylsuchenden und Asylverfahren zu unterstützen. Mitgliedstaaten mit viel Erfahrung bei der sozialen Integration von Immigranten können leichter schutzbedürftige Flüchtlinge aus überlasteten Drittstaaten aufnehmen [...].
Alle Mitgliedstaaten können schließlich entsprechend ihrer wirtschaftlichen Leistungsfähigkeit höhere EU-Haushaltsmittel aufbringen für [...] die Sicherung der Außengrenzen, das Migrationsmanagement sowie die Aufnahme und Integration von Flüchtlingen. Mehr Unterstützung aus dem EU-Haushalt kann diejenigen Mitgliedstaaten wesentlich entlasten, die wegen ihrer geographischen Lage oder aus humanitärer Verpflichtung besonders viele Aufgaben übernehmen. [...]
Viele EU-Mitgliedstaaten finanzieren das UNHCR und schützen so weltweit Flüchtlinge – ohne dazu formal verpflichtet zu sein. Flexible Solidarität ist eine gute Grundlage für die künftige EU-Asylpolitik mit ihren vielfältigen Aufgaben und Anforderungen, die die Mitgliedstaaten am besten entsprechend ihren Ressourcen und Kompetenzen wahrnehmen.

Lücke, Matthias: Flexible Solidarität statt Quote. In: www.zeit.de, 28.12.2017

UNHCR - United Nations High Commissioner for Refugees
Der Hohe Flüchtlingskommissar der Vereinten Nationen [United Nations High Commissioner for Refugees] ist eine 1950 von den Vereinten Nationen gegründete Einrichtung, die sich für den Schutz von Flüchtlingen auf politischer Ebene einsetzt sowie humanitäre Hilfe in Krisengebieten leistet. In zahlreichen Regionen [...] versorgt das UNHCR [auch UN-Flüchtlingshilfswerk genannt] mit seinen Hilfsprogrammen Flüchtlinge mit Nahrung, Wasser und Unterkunft sowie medizinisch [...].
Schubert, Klaus/ Klein, Martina: Das Politiklexikon. 7. Auflage. Bonn: Dietz 2020. Lizenzausgabe Bonn: Bundeszentrale für politische Bildung.

Frontex

Frontex ist eine von den Staaten der EU gegründete, gemeinsame Grenzschutzagentur (Sitz: Warschau), die 2005 ihre Arbeit aufnahm. Aufgabe von Frontex ist die eigenständige Analyse (Risikoeinschätzung der Gefährdungslage an den Grenzen), die Koordination (der Zusammenarbeit zum Schutz der EU-Außengrenzen) und die […] Unterstützung von EU-Staaten bei der Sicherung der Grenzen.

Schubert, Klaus/Klein, Martina: Das Politiklexikon. 7. Auflage. Bonn: Dietz 2020. Lizenzausgabe Bonn: Bundeszentrale für politische Bildung

b)

Menschenfeindlich und ineffektiv

Haftlager an den EU-Außengrenzen, Geflüchtete, die in nur vermeintlich sichere Drittstaaten zurückgebracht werden: Aus menschenrechtlicher Sicht ist das, worauf sich die EU-Innenminister:innen […] verständig haben, eine Katastrophe. Das Elend der Flüchtlinge dürfte sich noch vergrößern.

Aber selbst wenn man die menschenrechtlichen Bedenken beiseitewischt […], bleibt die Einigung […] ein schlechtes Ergebnis. Denn das, was Europas Flüchtlingspolitik so dringend fehlt – auch aus unterkühlt funktionaler Sicht –, stand […] nicht einmal zur Debatte: ein umfassender und verbindlicher Mechanismus zur Verteilung von Geflüchteten auf alle EU-Staaten, der die überforderten Länder an den Außengrenzen wirklich entlastet. Stattdessen einigten sich die EU-Innenminister:innen auf einen Solidaritätsmechanismus, bei dem die Aufnahme weiter freiwillig bleibt. Das funktioniert bisher nicht und wird auch in Zukunft nicht funktionieren.

Dass Staaten, die keine Flüchtlinge aufnehmen, künftig 20.000 Euro pro Nicht-Aufnahme zahlen sollen oder sich am Außengrenzschutz beteiligen sollen, ändert kaum etwas. Zum einen ist unklar, ob solche Staaten die Zahlung nicht einfach verweigern. Polens Europaminister Szymon Szynkowski sagte am Freitag schon mal: „Wir werden nicht akzeptieren, dass uns absurde Ideen aufgezwungen werden." Weil Polen aber ohnehin schon Beamt:innen für Frontex stellt, könnte es diese Leistungen wohl auch einfach umdeklarieren und argumentieren, seinen Beitrag zu leisten.

Die Probleme der Außengrenzenstaaten aber wohl auch dann weiter bestehen, wenn Nichtaufnahmestaaten künftig tatsächlich etwas Geld abdrücken. Schon in der Vergangenheit nahm Griechenland ihm zustehende EU-Gelder für die Flüchtlingsaufnahme vielfach gar nicht in Anspruch. Und auch die neuen Regelungen für beschleunigte Grenzverfahren sind nicht mal ein zynischer Ersatz für einen Verteilmechanismus. Sie sollen ja nur wenige Flüchtlinge aus „sicheren Herkunftsstaaten" und Ländern mit niedrigen Schutzquoten betreffen. Dass die neue Drittstaatenregelung in ihrer Menschenfeindlichkeit für Entlastung sorgt, ist ebenfalls unwahrscheinlich. […] Ohne verbindlichen Verteilmechanismus bleibt die Einigung der EU-Innenminister:innen wertlos.

Eikmanns, Frederik: Nicht historisch, sondern wertlos. In: www.taz.de. 09.06.2023

AUFGABEN

71103-119

1. Arbeitet aus **M6** heraus, was die Dublin-III-Verordnung wie regelt.
2. Analysiert **M7a** mithilfe von **M6** und **M7b**.
3. Erörtert, ob die EU-Asylrechtsreform (**M8**) die Probleme des Dublin-Verfahrens löst (**M9a–b**).

H **zu Aufgabe 2**
→ S. 394

Eine Polit-Talkshow zum Thema „Zuwanderung nach Deutschland – Chance oder Risiko?“ führen

Detlef Scheele (SPD), ehemaliger Vorstandsvorsitzender der Bundesagentur für Arbeit
Dem Fachkräftemangel müsse vor allem mit einer gesteuerten Zuwanderung begegnet werden. Nur so könne das Wirtschaftswachstum in Deutschland gesichert werden.

Basierend auf: Hagelüken, Alexander: „Wir brauchen 400 000 Zuwanderer pro Jahr“. In: www.sueddeutsche.de, 24.08.2021

Herbert Brücker, Migrationsexperte
Deutschland brauche Zuwanderung für seine Sozialsysteme. Diese Zuwanderung mache die Gesellschaft vielfältiger.

Basierend auf: Kaniewski, Dmytro: Jeder Dritte wird Migrationshintergrund haben. In: www.dw.com, 07.11.2019

Markus Söder (CSU), bayrischer Ministerpräsident
Zugewanderte müssen sich an die Werte, Sitten und Bräuche in Deutschland halten. Sonst besteht die Gefahr, dass Parallelgesellschaften entstehen.

Basierend auf: Fischer, Sebastian/Kuzmany, Stefan: „Glockenläuten, Bratwurst, Lebkuchen“. In: www.spiegel.de, 07.09.2017

Naika Foroutan, Sozialwissenschaftlerin
Deutschland drohe die Spaltung der Gesellschaft: Ein Teil der Deutschen sei für Europa, Vielfalt und die Hilfe für Flüchtlinge, ein anderer sei entschieden dagegen. Rechtspopulisten konnten zuletzt Teile der Unentschiedenen mobilisieren.

Basierend auf: Braun, Stefan: „Deutschland steht unter erheblicher Spannung“. In: www.sueddeutsche.de, 24.01.2018

Jens Marco Scherf (Bündnis 90/Die Grünen), Landrat im bayrischen Landkreis Miltenberg
Die deutschen Kommunen seien mit der Versorgung von Geflüchteten überfordert. Es mangele an Notunterkünften und die Schulen sowie Kitas erreichen die Kapazitätsgrenzen.

Basierend auf: Stifter, Michael: Grüner Landrat: „Es gibt nur eine Lösung, auch wenn das hart klingt: Zuwanderung begrenzen“. In: www.augsburger-allgemeine.de, 07.02.2023

Aladin El-Mafaalani, Soziologe
Die Integration von Zugewanderten habe dazu geführt, dass Deutschland heute so liberal und demokratisch sei wie noch nie.

Basierend auf: Becker, Tobias: „Integration? Gelingt in Deutschland besser als je zuvor“. In: www.spiegel.de, 27.07.2018

Materialien für die Rollen

71103-120

AUFGABEN

1. Bildet sechs arbeitsteilige Gruppen. Arbeitet aus den angegebenen Materialien (**QR-Code in der Randspalte**) Argumente für eure Position heraus.
2. Bestimmt im Anschluss daran, wer aus eurer Gruppe die jeweilige Rolle in der Talkshow und wer die Rolle der Moderator:in übernimmt.
3. Führt dann die Talkshow zum oben genannten Thema durch.
4. Formuliert am Schluss ein eigenes Fazit zur Frage, ob Zuwanderung nach Deutschland eine Chance oder ein Risiko darstellt.

Zuwanderung – Gewinn oder Verlust? Reportage aus der Reihe RESPEKT aus dem Jahr 2018 von ARD alpha

71103-121

Spielt das Spiel

Hinweise zum Spiel

Vorbereitung

1. Bildet Gruppen von 4–5 Schülerinnen und Schülern.

Durchführung des Spiels (in der Kleingruppe)

2. Spielt und beschreibt eure Vorgehensweise.
3. Stellt dar, ob bzw. weshalb es (keine) Probleme im Spielablauf gab.
4. Erläutert die Berührungspunkte zwischen eurer Spielsituation und der Rechtsordnung eines Staates.

Abschluß (im Plenum)

5. Präsentiert eure Ergebnisse.
6. Diskutiert Gemeinsamkeiten und Unterschiede.

Rechtsordnung – sollen Jugendliche anders als Erwachsene behandelt werden?

6

Kinder und Jugendliche werden in der Bundesrepublik Deutschland vor dem Rechtssystem grundsätzlich anders behandelt als Erwachsene: Sie genießen eine besondere Stellung. Bei strafrechtlichen Vergehen von Minderjährigen werden daher nicht automatisch die gleichen Sanktionen angewendet wie bei Erwachsenen.
Unser Staat kann sich als Rechtsstaat bezeichnen, da er durch eine verfassungsmäßig verankerte Rechtsordnung geprägt ist. Dies bedeutet, dass staatliche Maßnahmen an Recht und Gesetz gebunden sind und die Grundrechte der Bürgerinnen und Bürger geschützt werden. Jeder Bürgerin und jeder Bürger hat das Recht auf ein faires Gerichtsverfahren, und die Unschuldsvermutung gilt als zentrales Element des Rechtsstaats. Dies bildet die Grundlage für ein gerechtes und demokratisches Gemeinwesen, in dem Recht und Ordnung gleichermaßen geschützt und geachtet werden.

Am Ende des Kapitels könnt ihr Antworten auf folgende Fragen finden:

- Weshalb werden jugendliche Straftäter anders bestraft als Erwachsene? (**Regeln und Recht**)
- Wie schützt der Staat Kinder und Jugendliche in der Öffentlichkeit? (**Privatheit und Öffentlichkeit**)
- Wie wird das friedliche Zusammenleben in unserer Gesellschaft bei Verstößen durch rechtliche Regelungen gewährleistet und geschützt? (**Interessen und Gemeinwohl**)
- Welche Grundsätze muss ein Rechtstaat erfüllen? (**Regeln und Recht**)

WAS WISST UND KÖNNT IHR SCHON?

Spielt das Spiel auf der linken Seite. Für das Spiel benötigt ihr:
fünf unterschiedliche Spielsteine (z. B. Münzen, kleine Steinchen, Radiergummi etc.).
Plant für das Spiel ca. 20 – 30 Minuten Zeit ein.

6.1 (Leben im) Rechtsstaat Deutschland

6.1.1 (Inwiefern) Bestimmt der Rechtsstaat unseren Alltag?

Zum Thema: Rechtsstaat – das klingt nach verstaubten Paragraphen. Doch richtig ist: Wir kommen täglich mit dem Rechtsstaat in Berührung. Inwieweit die Grundsätze und Funktionen eines Rechtsstaates unser reales – und virtuelles – Leben prägen, erfahrt ihr in diesem Kapitel.

M1 Sind diese Situationen in Deutschland möglich?

1 Verdächtiger wurde tagelang von der Polizei festgehalten.

3 Die Verurteilung stand eigentlich schon früh fest, die Meinung der Regierung war ja bekannt.

2 Angeklagter hatte keine Möglichkeit, sich zu den Anschuldigungen zu äußern.

4 In sozialen Netzwerken werden Hetzkampagnen gegen Politiker, Polizisten, Lehrer und Schüler häufiger.

5 Auf den Demonstrationen werden immer öfter FakeNews verbreitet und die Teilnehmenden zu Aktionen gegen die Regierenden aufgefordert.

Bearbeiterin

EINSTIEGSAUFGABEN 71103-122

Sind die Situationen 1–5 jeweils so wie beschrieben in Deutschland möglich? Begründet jeweils eure Entscheidung knapp.

M2 Das Rechtssystem in unserer Gesellschaft

a) Was genau ist eigentlich ein Rechtsstaat?

[Rechtsstaat ist die Bezeichnung für einen Staat, in dem Regierung und Verwaltung nur im Rahmen der bestehenden Gesetze handeln dürfen. Die Grundrechte der Bürgerinnen und Bürger müssen garantiert sein, staatliche Entscheidungen müssen von unabhängigen Gerichten überprüft werden können. Das Rechtsstaatsgebot gehört zu den grundlegenden Prinzipien unseres Staates.]

Die Bundesrepublik Deutschland ist ein republikanischer, demokratischer und sozialer Rechtsstaat. So steht es im Grundgesetz [Art. 28 (1) GG]. Zu allererst bedeutet dies: Alles, was staatliche Behörden in Deutschland tun, ist an Recht und Gesetz gebunden. Staatliche Willkür ist ausgeschlossen [Art. 20 (3) GG].

Ein wesentliches Kennzeichen des Rechtsstaates ist die Gewaltenteilung, insbesondere die Unabhängigkeit der Gerichte.

Für die staatliche Verwaltung, also z. B. für eine staatliche Schule [...] gilt: Sie muss gesetzmäßig sein, darf also nicht ohne gesetzliche Grundlage handeln oder gar mit ihrem Handeln gegen Verfassung und Gesetze verstoßen (Grundsatz der Gesetzmäßigkeit). Insbesondere muss sie auch die Grundrechte achten, die den Bürgerinnen und Bürger in der Verfassung garantiert sind. Alles staatliche Handeln muss ferner der Situation angemessen sein. [...] Ein Falschparker darf von der Polizei nicht gleich eingesperrt werden (Grundsatz der Verhältnismäßigkeit). Bürgerinnen und Bürger, die sich von staatlichem Handeln verletzt fühlen, können in unserem Rechtsstaat unabhängige Gerichte zu ihrem Schutz anrufen [Art. 19(4), Art. 93(4a) GG].

Zum Rechtsstaat gehört ferner die Rechtssicherheit. Der Einzelne muss sich auf die bestehenden Gesetze verlassen können, er muss vorhersehen können, welche rechtlichen Folgen sein Handeln hat.

Im Rechtsstaat gibt es ferner umfangreiche Garantien bei einem Freiheitsentzug: Wer von der Polizei vorläufig festgenommen wird, muss unverzüglich, spätestens am folgenden Tage, einem Richter vorgeführt werden, und nur der darf eine weitere Freiheitsentziehung (= Haft) anordnen. Wer im Gefängnis sitzt, darf weder körperlich noch seelisch misshandelt werden [Art. 104 GG].

Kommt es zur Gerichtsverhandlung, so hat der Angeklagte Anspruch auf ein faires Verfahren und muss sich angemessen verteidigen können. Sondergerichte sind unzulässig [Art. 101, 103 GG].

Thurich, Eckart: pocket politik. Demokratie in Deutschland. Bonn: Bundeszentrale für politische Bildung 2011, S. 104

b) Welche Funktionen hat das Recht für die Gesellschaft?

1 Friedensfunktion

Die wichtigste Funktion des Rechts ist [...] die Sicherung des inneren Friedens. [...] Das Recht sorgt dafür, dass [Konflikte] auf friedliche Weise in einem geregelten Verfahren ausgetragen werden. Die Rechtsordnung verbietet, privat Vergeltung zu üben oder das Recht auf eigene Faust durchzusetzen. Das Opfer einer Straftat darf an dem Täter keine Rache nehmen. [...] Der Bürger muss sich an die Gerichte wenden und sein Recht mithilfe der Staatsgewalt durchsetzen. Bei Straftaten steht die Strafgewalt allein dem Staat zu, [...]. Der Gesetzgeber muss beim Erlass der Gesetze die unterschiedlichen Interessen und möglichen Konflikte vorwegnehmen. Das Recht dient so der Vorbeugung von Konflikten. [...] Kommt es dennoch zum Streit, muss ein gerichtliches Verfahren eine Lösung des Konflikts herbeiführen. Sie soll möglichst von allen Beteiligten als gerecht empfunden werden. In jedem Fall setzt sie dem Konflikt ein Ende und stellt den Rechtsfrieden wieder her.

Pötzsch, Horst: Die Deutsche Demokratie. 5. Auflage, Bonn: Bundeszentrale für politische Bildung 2009, S. 131–133

2 Ordnungsfunktion

Das Recht schützt nicht nur den Frieden in unserer Gesellschaft. Vielmehr stellt das Recht ein System von rechtlichen Regeln bereit, durch welches der Einzelne seine Rechtsbeziehungen in eigener Verantwortung (autonom) gestalten kann. Allerdings schränkt das Recht in seiner ordnenden Funktion die Freiheit des Einzelnen zugleich auf ganz unterschiedliche Weise ein, denn die individuelle Freiheit endet genau dort, wo das Recht des anderen beginnt. Erst dadurch ist es überhaupt möglich, dass viele Menschen zusammenleben können. Das Recht ermöglicht also ein geordnetes Zusammenleben der Menschen und gewährt durch seine ordnende Funktion die Freiheit des Einzelnen durch Einschränkung der Freiheit des Einzelnen auf der Grundlage von Gesetzen. Zur Durchsetzung dieser verbindlich formulierten rechtlichen Regeln gibt es die Rechtsprechung, die Regelverstöße entsprechend ahnden kann.

Bearbeiterin

3 Gerechtigkeitsfunktion

Aufgabe der Rechtsprechung ist es, Regelverstöße zu ahnden und bei Streitigkeiten von Bürgern (gerechte) Lösungen auf der Grundlage verbindlich formulierter Regeln zu finden. Hier kommt der Rechtsprechung eine große Verantwortung zu, denn es liegt an ihr, wie die Gesetze im Einzelfall angewendet und ob die Urteile von den Betroffenen letztlich als gerecht empfunden werden. Recht und Gerechtigkeit sind also nicht dasselbe, denn Gerechtigkeit bezieht sich auf einen Bewertungsmaßstab für das individuelle Verhalten von Menschen, Recht hingegen auf das verbindlich formulierte Regelsystem.

Recht ist allerdings zweifelsfrei insofern gerecht, als in Deutschland unbedingte Rechtsgleichheit herrscht (vgl. Grundgesetz Artikel 3 (1)) und jeder Betroffene mit den gleichen Verfahrensregeln einer unabhängigen Justiz konfrontiert wird.

Bearbeiterin

4 Schutz- und Gestaltungsfunktion

Der […] Rechtsstaat greift darüber hinaus aktiv in alle Bereiche des persönlichen, sozialen und wirtschaftlichen Lebens ein. Gesetzliche Regelungen schützen die Schwächeren und sorgen für den Ausgleich sozialer Gegensätze. Das Arbeitsrecht beispielsweise enthält zahlreiche Regelungen zum Schutz der Arbeitnehmer: Kündigungsschutz, Arbeitszeitbegrenzung, Lohnfortzahlung […], Mutter- und Jugendschutz, Mitbestimmung.

Das Kartellrecht sichert den wirtschaftlichen Wettbewerb. Es verbietet beispielsweise Preisabsprachen von Unternehmern […].

Der rasche gesellschaftliche Wandel, die begrenzten natürlichen Lebensgrundlagen, die Entwicklung neuer Technologien zwingen den Staat, steuernd und gestaltend in immer neue Lebensverhältnisse einzugreifen. Auch hier bedient sich der Staat vor allem des Rechts. Dem Schutz der Umwelt beispielsweise dienen das Immissionsschutzgesetz, das Atomgesetz, das Chemikaliengesetz und andere mehr.

Pötzsch, Horst: Funktionen des Rechts. In: www.bpb.de, 05.05.2017

AUFGABEN

71103-124

1. Überprüft mithilfe von **M2a**, inwiefern ihr die Situationen 1 – 5 (**M1**) richtig eingeschätzt habt.
2. Charakterisiert den deutschen Rechtsstaat (**M2a**).
3. a) Stellt die Funktionen des Rechts (**M2b**) dar. (Tipp: Arbeitet im Gruppenpuzzle, → Methodenglossar).
   b) Erläutert die Funktionen des Rechts (**M2b**) ausgehend von der Spielsituation aus dem Einstieg.

Zur Vertiefung: Podcast zum Zustand des Rechtsstaates in Deutschland

71103-123

6.1.2 Fallbeispiel Soziale Netzwerke: Kann der Rechtsstaat seiner Schutzfunktion gerecht werden?

Zum Thema: Soziale Netzwerke sind aus dem Leben der meisten von uns nicht mehr wegzudenken. Wir bewegen uns auf den Plattformen der unterschiedlichsten Anbieter wie selbstverständlich. Und irgendwie ist auch jedem von uns klar, dass im Netz die gleichen Regeln wie im analogen Leben gelten sollten. Wie aber verhält es sich tatsächlich v. a. mit der Durchsetzbarkeit der Regeln. Dieses Kapitel zeigt Ursachen dafür auf, weshalb wir uns überhaupt mit dieser Frage beschäftigen müssen.

M3 Hate Speech: ein Alltagsphänomen

„Ich bin dafür, dass wir die Gaskammern wieder öffnen und die ganze Brut da reinstecken."

„Dieses Pack gehört gesteinigt und an die Wand gestellt. Allen voran diese erbärmliche Drecksau von OB Jung, dieser Voll-Assi."

Bundeszentrale für politische Bildung: Strategien gegen Hate Speech. IN: www.bpb.de, 12.07.2017

EINSTIEGSAUFGABEN 71103-125

Kennt ihr solche oder ähnliche Beiträge? Beschreibt das in **M3** abgebildete Problem und wie ihr mit diesen Situationen umgegangen seid.

M4 Wie oft kommen Jugendliche im Internet in Kontakt mit Desinformation und Beleidigungen?

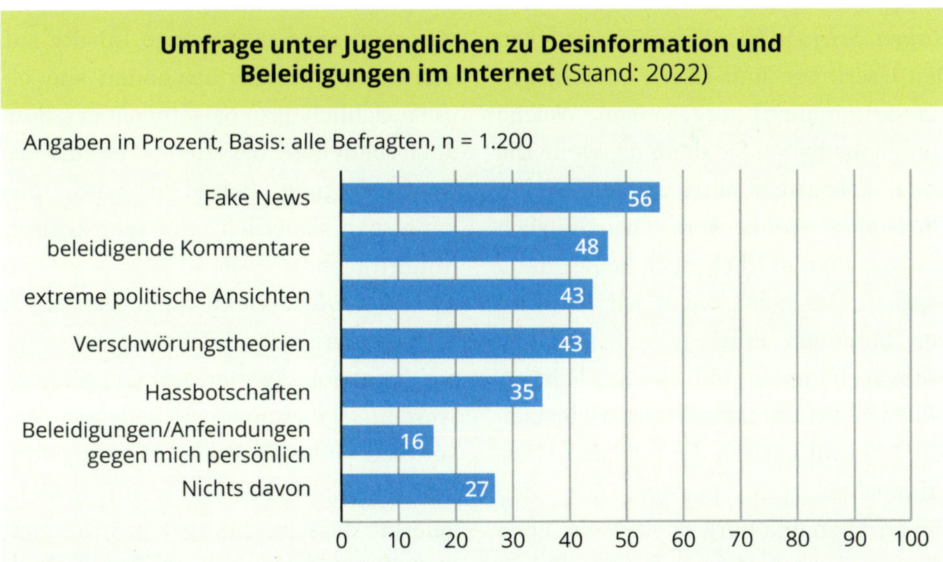

Nach: Medienpädagogischer Forschungsverbund Südwest (Hg.): JIM-Studie 2022. Jugend. Information. Medien. Stuttgart: Medienpädagogischer Forschungsverbund Südwest 2021, S. 54

M5 Herausforderung „digitaler" Rechtsstaat

Auszüge aus einem Interview von Moderatorin Rabea Schloz mit Dr. Christoph Hebbecker, der bei der Kölner Staatsanwaltschaft für die ZAC (Zentrale Ansprechstellen Cybercrime der Polizeien) zuständig ist.

Rabea Schloz: Herr Hebbecker, vielleicht wollen Sie sich noch mal ganz kurz vorstellen. Ich habe eben schon gesagt, Sie sind Staatsanwalt, aber da gibt's bestimmt noch ein paar mehr Informationen, oder?

Christoph Hebbecker: Genau, wobei es das aber im Kern eigentlich schon ganz gut beschreibt. Um es ein bisschen konkreter zu machen: Ich bin Staatsanwalt bei der Zentral- und Ansprechstelle Cybercrime in Nordrhein-Westfalen, die ist angesiedelt bei der Staatsanwaltschaft in Köln. Das heißt, formal sind wir eine Hauptabteilung der Staatsanwaltschaft Köln und wir sind [...] eine justizielle Cybercrime-Einheit. Das heißt, wir kümmern uns im Wesentlichen um sogenannte herausgehobene Verfahren im Bereich der Cyberkriminalität und haben da mittlerweile ein ganz breites Themenfeld, das wir abdecken [...]

Rabea Schloz: Nicht immer wird von den Userinnen und Usern auch [gegen Hasskriminalität] vorgegangen. Welche Handhabe haben Sie denn da, wenn die Opfer selbst nicht aktiv werden?

Christoph Hebbecker: Grundsätzlich können wir natürlich auch selber aktiv werden. Das heißt, wenn wir Kenntnis von Straftaten erhalten, auf welchem Wege auch immer, sind wir natürlich verpflichtet, Ermittlungsverfahren einzuleiten. [...] [Im] Bereich der digitalen Hasskriminalität [...] mangelt [es den Bürgerinnen und Bürgern] teilweise eben noch an der entsprechenden Sensibilität für Straftaten, die in diesem Deliktsbereich begangen werden. [...] Wir müssen ganz klar machen, dass online wie offline die gleichen Regeln gelten und wir als Strafverfolger eben auch den Anspruch haben, diese Regeln in gleich effektivem Maße online wie offline durchzusetzen. Zur Wahrheit gehört aber eben auch, dass wir in der digitalen Welt noch enormes Ausbaupotenzial haben. Wir sind weit davon entfernt, jedes strafrechtlich relevante Posting zu verfolgen. Wir sind weit davon entfernt, jedes angezeigte Posting auch tatsächlich auf eine reale Person, also auf einen identifizierten Beschuldigten, zurückführen zu können. [...]

Rabea Schloz: [...] [Lässt] sich denn einschätzen, wie das NetzDG [Netzwerkdurchsetzungsgesetz] Ihre Arbeit verändert oder vielleicht auch erleichtert hat?

Christoph Hebbecker: [...] Man wird [...] mit einiger Berechtigung sagen können, dass das Netzwerkdurchsetzungsgesetz schon dazu beigetragen hat, dass wir weni-ger rechtswidrige Inhalte auf den sozialen Plattformen finden, aber ob es tatsächlich dazu beigetragen hat, dass auch schnellere, bessere und effektivere Strafverfolgung betrieben wird, das kann man sicherlich sehr, sehr kritisch hinterfragen.

Rabea Schloz: Wenn dann tatsächlich Kommentare oder solche Hasspostings auf Facebook, Twitter und Co. gelöscht werden, ist da schnell die Rede von Zensur, von eingeschränkter Meinungsfreiheit. [...] Also haben wir irgendwie nicht gelernt, dass im Internet [...] die gleichen Regeln gelten wie auch außerhalb des Internets?

ZAC
Im Bundeskriminalamt (BKA) sowie in den Landeskriminalämtern (LKÄ) wurden speziell für Unternehmen sowie öffentliche und nichtöffentliche Institutionen die sogenannten „Zentralen Ansprechstellen Cybercrime" (ZAC) eingerichtet.

Rechtsdurchsetzung im Internet durch das „Netzwerkdurchsetzungsgesetz"
Im Juni 2017 wird das „Netzwerkdurchsetzungsgesetz" auf den Weg gebracht (vollständiger Titel: Gesetz zur Verbesserung der Rechtsdurchsetzung in sozialen Netzwerken). Es zielt darauf ab, Prinzipien des Rechtsstaats auch im Internet anzuwenden. Das Gesetz will Internetkonzerne und Soziale Medien (Facebook, Twitter, etc.) verpflichten, offensichtlich strafbare Inhalte wie Hasskommentare oder Falschmeldungen – z. B. Verleumdung oder Volksverhetzung – schnell (innerhalb von 24 Stunden) zu löschen oder zu sperren. Die jeweiligen Anbieter müssen dazu ein Verfahren einrichten, mit dem Nutzerinnen und Nutzer Beschwerden über mögliche strafbare Inhalte melden können. Bei Verstößen gegen das Gesetz sind Bußgelder von bis zu fünf Millionen Euro möglich.

Christoph Hebbecker: […] Das ist eben einer der Punkte, die wir immer hören […]: […] Es wird behauptet, wir seien die Totengräber der Meinungsfreiheit. All das ist schlicht und einfach unzutreffend aus unserer Sicht. Wir verstehen unser Projekt so, dass es einen Beitrag zur Gewährleistung der Meinungsfreiheit im Internet darstellt Wir sind der festen Überzeugung, dass eine effektive Strafverfolgung auch im Bereich der Hasskriminalität dazu beiträgt, dass Meinungsfreiheit im Internet überhaupt möglich ist. […] [Wenn] wir strafrechtlich relevantes Verhalten konsequent sanktionieren und so möglicherweise auch dafür sorgen, dass Personen, die sich derzeit aus der Diskussion im Netz zurückgezogen haben, weil sie sich nicht mehr beteiligen möchten, weil der Ton zu rau ist, vielleicht wieder zurückkommen und diese Meinungsräume wieder für sich entdecken – dann ist das doch ein Beitrag für die Gewährleistung der Meinungsfreiheit und die konsequente Sanktionierung eben nur ein Schritt, eben diese Meinungsfreiheit oder die Ausübung dieser Meinungsfreiheit auch zu gewährleisten. […]

Rabea Schloz: Wir haben schon viel über die Herausforderungen und auch über die Probleme bei der Strafverfolgung gesprochen. Das wird vielleicht noch mal […] brisanter, wenn man sich anschaut, wie Ihre Aufklärungsquote ist. […] Ist das Internet tatsächlich kein rechtsfreier Raum? […]

Christoph Hebbecker: […] Ich finde ganz klar: Das Internet ist kein rechtsfreier Raum. Es gelten die gleichen Regeln online wie offline. Was man aber tatsächlich sagen muss: Wir haben nach wie vor Probleme bei der Durchsetzung der geltenden Regeln. […] [Ich] glaube, dass die grundsätzliche Entwicklung – mit der Entwicklung von eigenen Hate-Speech-Staatsanwälten, mit zivilgesellschaftlichen Organisationen, die sich mehr und mehr mit der Thematik auseinandersetzen, mit Politikern, eben auch Spitzenpolitikern, die regelmäßig auf die Probleme in diesem Bereich hinwirken, hinweisen –, […], dass das der richtige Weg ist […].

Bundesministerium der Justiz: Recht so?! – Der Rechtsstaat-Podcast. Folge 2: Hasskriminalität im Internet. In: www.bmj.de, Abruf am 06.02.2023

AUFGABEN

71103-126

1. Vergleicht eure eigenen Erfahrungen (→ Einstiegsaufgabe) mit den Ergebnissen der JIM-Umfrage (**M4**).
2. Stellt ausgehend von **M3** und **M4** sowie mithilfe von **M5** die besonde-ren Herausforderungen dar, die sich für den „digitalen Rechtsstaat" mit Blick auf die Durchsetzung rechtsstaatlicher Prinzipien ergeben.
3. Erläutert, ob bzw. inwiefern der deutsche Rechtsstaat aus der Perspektive von Christoph Hebbecker (**M5**) seiner Schutzfunktion gegenwärtig auch im Internet nachkommt.

OPERATOREN-TRAINING

Erläutern

I. Was ist zu tun?

Politische Sachverhalte sind häufig sehr komplex. Für ein besseres Verständnis des jeweiligen Sachverhalts werden deshalb Beispiele oder Belege zur Veranschaulichung herangezogen. Der Operator „erläutern" fordert genau dies.

II. Hilfen zur Strukturierung

Bezug zum Sachverhalt herstellen

Zunächst wird ein knapper Bezug zur Aufgabenstellung hergestellt und der zu erläuternde Sachverhalt differenziert dargestellt. Wenn es einen konkreten Text bzw. Materialbezug gibt, muss dieser hier ebenfalls transparent gemacht werden. Fachbegriffe und Fachkonzepte werden ggf. aufgegriffen, geklärt und Zusammenhänge dargestellt.

Geeignete Beispiele zur Veranschaulichung finden

Anschließend erfolgt die Veranschaulichung an geeigneten Beispielen. Diese werden entweder einem vorliegenden Material entnommen oder sie stammen aus vorhandener Sachkenntnis.

Fazit formulieren

Ein klar formulierter Abschlusssatz rundet die Erläuterung ab.

III. Formulierungsbeispiele

Zur Unterstützung sind im nebenstehenden QR- bzw. Mediencode Formulierungsbeispiele aufgeführt. Ihr könnt sie als „Starthilfe" nutzen, verändern, weiter ausbauen und mit eurer eigenen Lösung vergleichen.

Formulierungsbeispiele

71103-127

Bearbeiterin

6.1.3 Öffentliches Recht vs. Zivilrecht

Zum Thema: Im vorherigen Kapitel habt ihr gesehen, dass unser Alltag sehr stark vom Rechtsstaat geprägt wird. In diesem Kapitel geht es um die Frage, wie unser Rechtssystem die vielen unterschiedlichen Rechtsfälle und -bereiche strukturiert und unterscheidet.

M6 Darf Karl das?

Karl hat Sabrina ein Auto verkauft. Allerdings bemerkt er wenig später, dass Sabrina ihm deutlich weniger als die Hälfte des ausgemachten Kaufbetrags übergeben hat. Er fordert daraufhin den vollständigen Betrag. Als Sabrina darauf nicht reagiert, beschließt er, sich das Fahrzeug zurückzuholen. Er bricht bei ihr ein und nimmt das Fahrzeug wieder zu sich.

Bearbeiter

EINSTIEGSAUFGABEN 71103-128

Muss Karl mit rechtlichen Konsequenzen rechnen? Begründet eure Antwort.

M7 Unterscheidung von Öffentlichem Recht und Zivilrecht (Privatrecht)

Das deutsche Rechtssystem unterscheidet zwei große Rechtsbereiche, das Öffentliche und das Zivilrecht:

a) Öffentliches Recht

Im Öffentlichen Recht stehen sich als Streitpartner Staat oder Behörden auf der einen Seite und Bürger auf der anderen Seite gegenüber. Das Öffentliche Recht regelt also die Rechtsbeziehungen der Bürger zum Staat, wobei der Staat der Hoheitsträger, der Bürger der Rechtsunterworfene ist. Es herrscht also ein Über-Unterordnungsverhältnis, bei dem die Strafgewalt allein dem Staat zusteht. Ein wichtiger Bestandteil des Öffentlichen Rechts ist das Strafrecht. Der Staat droht im Strafgesetzbuch (StGB) jedem Straftäter eine Strafe an, der sich an Leben, Gesundheit oder Besitz anderer vergeht. Anklage erhebt der Staatsanwalt.

Das Kernstück des Strafprozesses ist die Hauptverhandlung. Deren Ziel ist es, den Sachverhalt endgültig aufzuklären: Anders als im Zivilprozess wird hier über Schuld oder Unschuld des Angeklagten befunden und in einem Urteil Art und Höhe der Strafe festgesetzt.

Bearbeiterin

b) Zivilrecht

Zivilrecht und Privatrecht
Zivil- und Privatrecht werden als Synonyme verwendet.

Im Gegensatz dazu hält sich der Staat im Privat- oder Zivilrecht aus Streitfragen zwischen Bürgerinnen und Bürgern inhaltlich heraus. Es gilt der Grundsatz „Wo kein Kläger, da kein Richter". Das Zivilrecht soll Bürgerinnen und Bürger in ihrem normalen Handeln schützen. So sind viele Bereiche Bestandteil des Zivilrechts, z. B. das Kündigungsrecht, das Arbeitsrecht, das Erbrecht, das Familienrecht oder auch das Jugendrecht. Es handelt sich beim Zivilrecht also um Konflikte zwischen Personen oder zwischen Vertrags- und Handelspartnern. Zwingende Voraussetzung für einen Zivilprozess ist die Klageeinreichung. Der Bürger muss sich an die Gerichte wenden, um sein Recht mithilfe der Staatsgewalt durchzusetzen. Anders als beim Strafprozess ist die Beweisaufnahme nicht Teil der mündlichen Verhandlung.
Das Gericht prüft nur, was die Streitparteien vorbringen. Der Staat bietet durch das Bürgerliche Gesetzbuch (BGB) den gesetzlichen Rahmen. Ziel ist es, den Rechtsfrieden wiederherzustellen. In einem Zivilprozess sind die Streitparteien gleichberechtigt. Die Streitenden können sich einen Rechtsanwalt nehmen, der sie berät und mit ihnen vor Gericht geht.

Bearbeiterin

M8 Ablauf eines Zivilprozesses

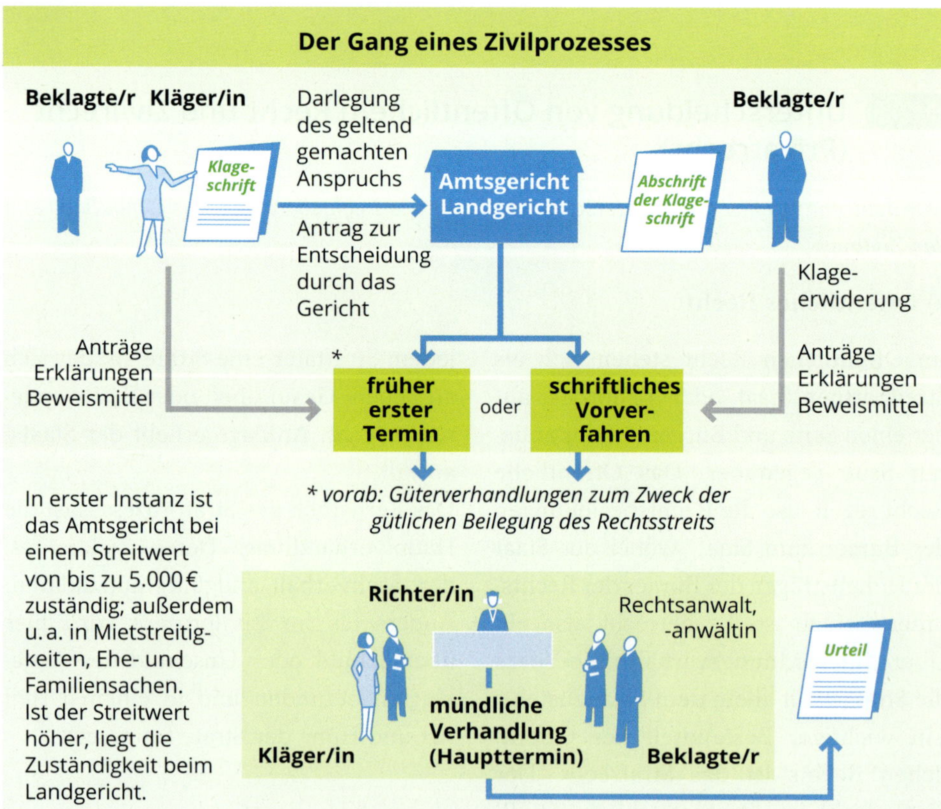

Nach: Bergmoser + Höller Verlag AG, Zahlenbilder 129 610

M9 Ablauf eines Strafverfahrens

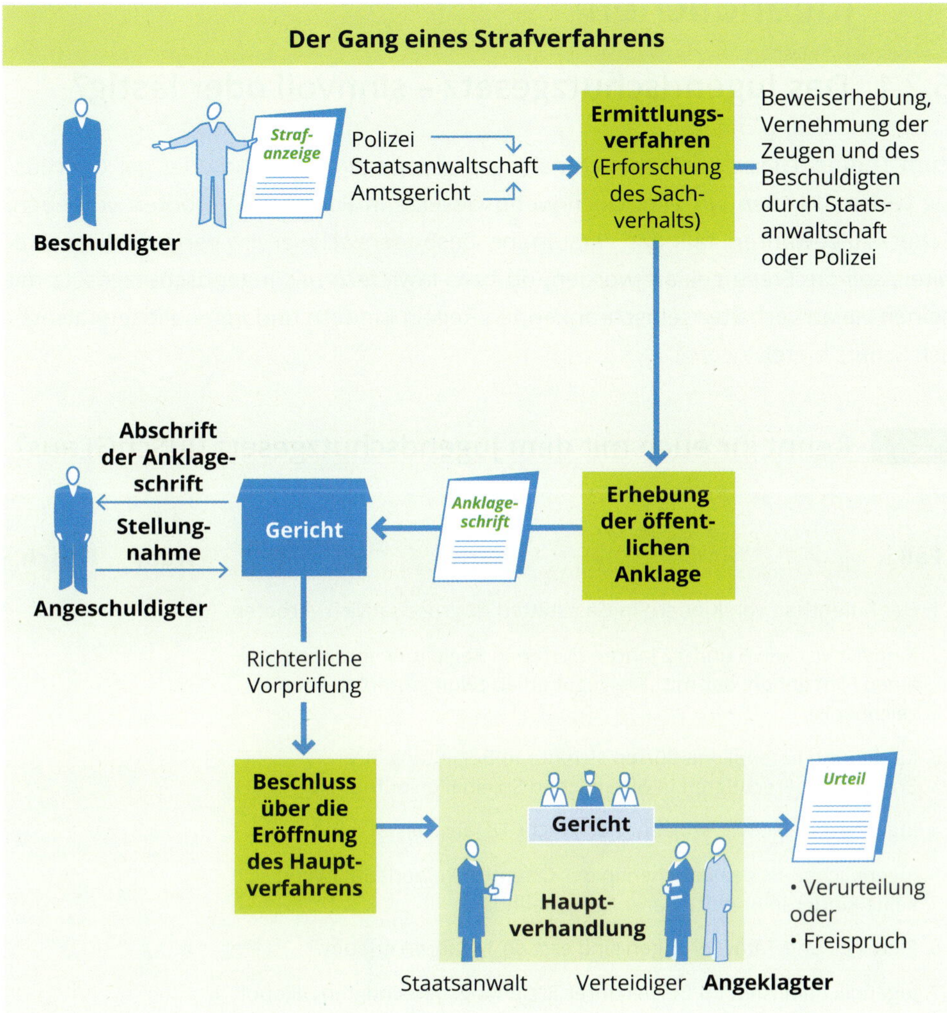

Nach: Bergmoser + Höller Verlag AG, Zahlenbilder 129 520

AUFGABEN

71103-129

1. Charakterisiert jeweils das Öffentliche Recht (**M7a** und **M8**) und das Zivilrecht (**M7b** und **M9**).
2. Arbeitet in Kleingruppen: Stellt die Unterschiede zwischen Öffentlichem Recht und Privatrecht in einem Bild dar (**M7–M9**).
3. Muss Karl mit rechtlichen Konsequenzen rechnen? Überprüft eure Antwort aus der Einstiegsaufgabe (**M6** mithilfe von **M7a–b**).

6.2 Die besondere Rechtsstellung von Jugendlichen

6.2.1 Das Jugendschutzgesetz – sinnvoll oder lästig?

Zum Thema: Gesetze, die manchmal lästig, gelegentlich störend oder gar überflüssig wirken, kennen wir alle. Doch wenn Gesetze in Form von Verboten vorgeben, Schutz zu gewähren, fällt das Verständnis besonders schwer. Im Verlaufe dieses Kapitels soll die Frage geklärt werden, ob bzw. inwiefern das Jugendschutzgesetz mit seinen vielen verhaltenseinschränkenden Regeln Kindern und Jugendlichen tatsächlich Schutz bietet.

M1 Kennt ihr euch mit dem Jugendschutzgesetz (JuSchG) aus?

EINSTIEGSAUFGABEN

71103-131

Kennt ihr euch im Jugendschutzgesetz aus?

a) Entscheidet für die Fälle 1– 8 (**M1**), ob die Aussage jeweils zutrifft bzw. nicht zutrifft.
b) Überprüft die Richtigkeit eurer Antworten mithilfe der Auszüge aus dem Jugendschutzgesetz (**M2**) oder mithilfe des QR-Codes in der Randspalte.

Fall	Wahr	Falsch
1. Der Aufenthalt von Kindern in Gaststätten ist grundsätzlich verboten.		
2. Kinder zwischen 6 und 12 Jahren dürfen in Begleitung ihrer Eltern in einen Film gehen, der mit „Freigegeben ab zwölf Jahren" gekennzeichnet ist.		
3. Kinder und Jugendliche dürfen sich nur in Begleitung ihrer Erziehungsberechtigten in öffentlichen Spielhallen aufhalten		
4. Jugendlicher ist, wer 14, aber noch nicht 18 Jahre alt ist.		
5. Jugendlichen ist das Rauchen in der Öffentlichkeit erlaubt, wenn sich keine Kinder in unmittelbarer Nähe befinden.		
6. Piercings und Tätowierungen sind erst ab 14 Jahren erlaubt.		
7. Jugendliche dürfen im Beisein ihrer Erziehungsberechtigten Alkohol trinken.		
8. Gewerbetreibende dürfen Jugendlichen ab 16 Jahren Bier verkaufen.		

Bearbeiterin

M2 Auszüge aus dem Jugendschutzgesetz

Jugendschutzgesetz (JuSchG) (Link)

71103-130

§ 1 Begriffsbestimmungen

(1) Im Sinne dieses Gesetzes 1. sind Kinder Personen, die noch nicht 14 Jahre alt sind, 2. sind Jugendliche Personen, die 14, aber noch nicht 18 Jahre alt sind, 3. ist personensorgeberechtigte Person, wem allein oder gemeinsam mit einer anderen Person [...] die Personensorge zusteht, 4. ist erziehungsbeauftragte Person, jede Person über 18 Jahren, soweit sie auf Dauer oder zeitweise aufgrund einer Vereinbarung mit der personensorgeberechtigten Person Erziehungsaufgaben wahrnimmt [...]

§ 4 Gaststätten
(1) Der Aufenthalt in Gaststätten darf Kindern und Jugendlichen unter 16 Jahren nur gestattet werden, wenn eine personensorgeberechtigte oder erziehungsbeauftragte Person sie begleitet oder wenn sie in der Zeit zwischen 5 Uhr und 23 Uhr eine Mahlzeit oder ein Getränk einnehmen. [...]

§ 6 Spielhallen, Glücksspiele
(1) Die Anwesenheit in öffentlichen Spielhallen [...] darf Kindern und Jugendlichen nicht gestattet werden. [...]

§ 9 Alkoholische Getränke
(1) In Gaststätten, Verkaufsstellen oder sonst in der Öffentlichkeit dürfen
1. Bier, Wein, weinähnliche Getränke oder Schaumwein oder Mischungen von Bier, Wein, weinähnlichen Getränken oder Schaumwein mit nichtalkoholischen Getränken an Kinder und Jugendliche unter 16 Jahren,
2. andere alkoholische Getränke oder Lebensmittel, die andere alkoholische Getränke in nicht nur geringfügiger Menge enthalten, an Kinder und Jugendliche weder abgegeben noch darf ihnen der Verzehr gestattet werden.
(2) Absatz 1 Nummer 1 gilt nicht, wenn Jugendliche von einer personensorgeberechtigten Person begleitet werden. [...]

§ 5 Tanzveranstaltungen
(1) Die Anwesenheit bei öffentlichen Tanzveranstaltungen ohne Begleitung einer personensorgeberechtigten oder erziehungsbeauftragten Person darf Kindern und Jugendlichen unter 16 Jahren nicht und Jugendlichen ab 16 Jahren längstens bis 24 Uhr gestattet werden.

§ 10 Rauchen in der Öffentlichkeit, Tabakwaren
(1) In Gaststätten, Verkaufsstellen oder sonst in der Öffentlichkeit dürfen Tabakwaren an Kinder oder Jugendliche weder abgegeben noch darf ihnen das Rauchen gestattet werden. [...]

§ 11 Filmveranstaltungen
(1) Die Anwesenheit bei öffentlichen Filmveranstaltungen darf Kindern und Jugendlichen nur gestattet werden, wenn die Filme [...] zur Vorführung vor ihnen freigegeben worden sind. [...]
(2) Abweichend von Absatz 1 darf die Anwesenheit bei öffentlichen Filmveranstaltungen mit Filmen, die für Kinder und Jugendliche ab zwölf Jahren freigegeben [...] sind, auch Kindern ab sechs Jahren gestattet werden, wenn sie von einer personensorgeberechtigten Person begleitet sind.

Jugendschutzgesetz vom 23.07.2002 (BGBl. I S. 2730), zuletzt durch Artikel 1 des Gesetzes vom 9. April 2021 (BGBl. I S. 742) geändert

M3 Jugendschutz – wozu eigentlich?

Der Schutz von Kindern und Jugendlichen ist im Grundgesetz verankert Art.1, (1); Art. 2, (1). Daraus folgt, dass der Staat nicht nur das Recht hat, Kinder und Jugendliche vor Gefährdungen zu schützen. Ihm obliegt auch die Pflicht, Schutzmaßnahmen zu ergreifen.

Das Jugendschutzgesetz soll Kinder und Jugendliche stärken und schützen, indem es den Zugang zu gesundheitsgefährdenden Produkten, zu Kinofilmen und Medien sowie Aufenthalte an bestimmten Orten in der Öffentlichkeit an bestimmte Altersstufen bindet. Dadurch unterstützt das Gesetz Eltern bei der verantwortungsbewussten Wahrnehmung der Erziehung ihrer Kinder. Im Bereich der Medien bezweckt es neben dem Schutz vor entwicklungsbeeinträchtigenden und jugendgefährdenden Inhalten auch den Schutz vor Risiken, die sich aus der Mediennutzung für die Integrität von Kindern und Jugendli-

Art. 1 GG
(1) Die Würde des Menschen ist unantastbar.

Art. 2 GG
(1) Jeder hat das Recht auf die freie Entfaltung seiner Persönlichkeit, soweit er nicht die Rechte anderer verletzt und nicht gegen die verfassungsmäßige Ordnung oder das Sittengesetz verstößt.

chen ergeben. Zudem soll die Orientierung von Kindern, Jugendlichen, Eltern und pädagogischen Fachkräften im Rahmen der Medienerziehung und -kompetenz gefördert werden. […]
Das Jugendschutzgesetz hat drei Schwerpunkte:

Jugendschutz in der Öffentlichkeit
Das Jugendschutzgesetz gilt in der Öffentlichkeit, also an Orten, die der Allgemeinheit zugänglich sind; zum Beispiel Geschäfte, Gaststätten, Kinos, Diskotheken, Spielhallen, Straßen und öffentliche Plätze. Als öffentlich gelten auch Räume und Orte, wenn dort Eintrittsgeld zu zahlen ist oder wenn vorher nicht klar ist, wer dabei sein wird. Für nicht-öffentliche, private Veranstaltungen oder Vereinsfeiern gilt das Gesetz nicht.

Jugendschutz im Hinblick auf Tabak und Alkohol
Weil der Konsum von Tabakwaren und alkoholhaltigen Getränken und Lebensmitteln gesundheitsgefährdend ist, enthält das Jugendschutzgesetz Regelungen zur Altersfreigabe dieser Waren. Inzwischen erfasst es unter bestimmten Voraussetzungen auch E-Zigaretten und E-Shishas ohne nikotinhaltige Inhaltsstoffe.

Jugendschutz im Bereich der Medien
Das Jugendschutzgesetz legt fest, ab welchem Alter Jugendliche Zugang zu bestimmten Medien erhalten dürfen. Das betrifft Kinofilme, darüber hinaus auch Filme und Spiele auf Bildträgern (CD, DVD, Blueray) und Bildschirmspielgeräten. Besondere Vorschriften sind für die Kennzeichnung von Online-Angeboten auf Film- und Spielplattformen enthalten. Das Gesetz unterscheidet zwischen Medien, die die Entwicklung von Kindern und Jugendlichen beeinträchtigen, und solchen, die ihre Entwicklung gefährden können.

Bundesarbeitsgemeinschaft Kinder- und Jugendschutz e.V. (BAJ): Was bedeutet Jugendschutz. In: www.jugendschutz-aktiv.de, Abruf am 06.02.2023

M4 Wie viel Alkohol trinken Jugendliche wöchentlich?

Hinweis zur Grafik M4
Wöchentlicher Alkoholkonsum wird definiert als der Konsum von mindestens einem alkoholischen Getränk pro Woche in den letzten 12 Monaten.
Lesehilfe: 10,6 Prozent der männlichen Jugendlichen haben im Jahr 2021 mindestens ein alkoholisches Getränk pro Woche in den letzten 12 Monaten konsumiert.

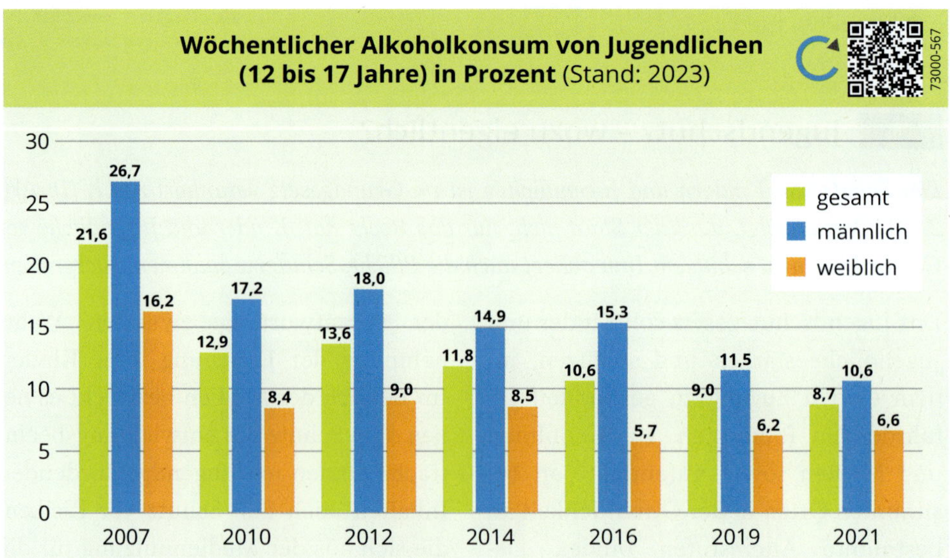

© C.C.Buchner Verlag, aktuelle Daten nach Bundesagentur für gesundheitliche Aufklärung

M5 Kontrovers diskutiert: Update Jugendschutz: Bier und Wein zukünftig erst ab 18?

A Bier und Wein ab 18? – Eine gute Idee

Im Vergleich zu vielen anderen Ländern pflegt Deutschland eine eher weiche Politik, wenn es um die Ausgabe von Alkohol an junge Bürgerinnen und Bürger geht. Der Drogen-Beauftragte der Bundesregierung, Burkhard Blienert, plädiert nun für eine Neuregelung. „Für mich sprechen viele medizinische Argumente dafür, das Erwerbsalter für Bier, Wein und Schaumwein auf 18 Jahre zu erhöhen", sagte der SPD-Politiker [...]. „Was politisch möglich ist, werden wir sehen. Was jedenfalls so gar nicht geht, ist das sogenannte begleitete Trinken." Laut Jugendschutzgesetz dürfen Jugendliche ab 14 Jahren im Beisein einer sorgeberechtigten Person Bier, Wein oder Schaumwein trinken. [...] „Die Verfügbarkeit ist zu niederschwellig", so Blienert.

jok/dpa: Drogenbeauftragter will Abgabe von Bier an 16-Jährige stoppen. In: www.spiegel.de, 11.02.2022

B Bier und Wein ab 18? – Keine gute Idee!

Der Vorschlag, den Erwerb von Bier und Wein erst ab 18 zu erlauben, klingt nach einer erfrischend einfachen Lösung. [...]
Das ernste Problem des Alkoholkonsums von jungen Menschen dürfte mit einem Verbot kaum aus der Welt zu schaffen sein. [...] Wir diskutieren darüber, jungen Menschen mit 16 das Wahlrecht zu geben sowie eine Pkw-Fahrerlaubnis zu erteilen. Beides kann ihnen offenbar eher zugetraut werden als der Umgang mit Alkohol. All dies steht auch im krassen Gegensatz zu unserem eigenen Umgang mit Alkohol. [...] Zu selten wird vorgelebt, was verantwortungsvoll ist. [...] Deswegen jungen Menschen jede Chance zu nehmen, einen guten Umgang mit dem uralten Kulturgut zu lernen, ist trügerisch. Und verkennt die Urteilsfähigkeit der Jugend.

Schröder, Lothar: Bier und Wein ab 18 Jahren – keine gute Idee. In: https://rp-online.de, 11.02.2022

AUFGABEN

71103-132

1. Piercings und Tätowierungen werden nicht im Jugendschutzgesetz abgehandelt. Erläutert mögliche Gründe.
2. Analysiert die Grafik **M4**.
3. Im Jahr 2021 wurde das Jugendschutzgesetz im Hinblick auf die Mediennutzung durch Kinder und Jugendliche reformiert, nun strebt der Bundesdrogenbeauftragte ein Abgabeverbot für Bier und Wein für unter 18-Jährige an (**M5 A**).
   a) Stellt Argumente Pro und Kontra Bier-/Weinabgabeverbot für unter 18-Jährige einander gegenüber.
   b) Erläutert, ob bzw. inwiefern Kinder und Jugendliche durch ein solches Bier-/Weinabgabeverbot besser geschützt wären.
4. Erörtere mithilfe der Methode Good Angel/Bad Angel auf der Grundlage von **M4** und **M5 A – B**, ob Jugendschutz sinnvoll (Good Angel) oder einfach nur lästig (Bad Angel) ist.

Abwägen von Pro/Kontra-Argumenten mit „Good Angel" und „Bad Angel"

I. Worum geht es?

Häufig muss man sich mit Problemen auseinandersetzen, bei denen man nicht so recht weiß, ob man eher dafür oder eher dagegen ist. Eine Möglichkeit, sich einer Antwort anzunähern und dennoch nicht den Überblick zu verlieren, ist, sich möglichst frei von Gefühlen Vor- und Nachteile eines Sachverhalts gegenüberzustellen. Bei der Methode „Good Angel – Bad Angel" werden die Argumente von zwei Personen einem neutralen Zuhörer vorgetragen, der sich ein Urteil bilden soll.

II. Geht dabei so vor:

1. Schritt: Gruppen bilden

Bildet Gruppen von jeweils drei Schülern und setzt euch entsprechend der Abbildung zusammen.

2. Schritt: Rollen verteilen

In jeder Dreiergruppe übernimmt einer von euch die Rolle des „Good Angel", einer die Rolle des „Bad Angel" und einer ist der Zuhörer.

3. Schritt: Rollen erarbeiten

„Good Angel" bzw. „Bad Angel" arbeiten die Argumente heraus, ergänzen diese und überlegen, wie sie diese möglichst überzeugend vortragen können. Der Zuhörer kann sich bei Bedarf zu beiden Positionen informieren. (ca. 10 Min.)

4. Schritt: Argumente vortragen

Im Wechsel tragen „Good Angel" und „Bad Angel" ihre Argumente vor. Der Zuhörer hört sich die Argumente an. Er darf nicht nachfragen oder kommentieren, kann sich aber Stichpunkte machen.

5. Schritt: Argumente gewichtend gegenüberstellen

Die/Der Zuhörende wägt die in der 3er Gruppe angeführten Argumente ab und gewichtet diese aus ihrer/seiner Perspektive, z. B. 40 (PRO) : 60 (KONTRA), 50 : 50, etc.

6. Schritt: Ergebnisse aus den 3er-Gruppen präsentieren

Die/Der Zuhörende stellt im Plenum ihre/seine Gewichtung vor, nennt und begründet ggf. die jeweils ausschlaggebenden Argumente und visualisiert diese an der Tafel/am Whiteboard.

7. Schritt: Abschließendes individuellen Ergebnis formulieren

JEDER/JEDE wägt die gehörten Argumente ab und formuliert eine individuelle Antwort auf die diskutierte Problemfrage.

6.2.2 Sind Jugendliche haft- bzw. strafbar?

Zum Thema: Dass Kinder die Folgen ihrer Tat nicht immer in vollem Umfang einschätzen können, wird niemand bezweifeln. Aber ab welchem Alter wird dies erwartet? In diesem Kapitel erfahrt ihr, inwiefern sich die unterschiedlichen Reifegrade von Kindern und Jugendlichen in unseren Gesetzen widerspiegeln.

M6 Vandalismus in der Schule ...

Heiko (15) und Steve (13) haben schlechte Noten im Zeugnis, daher wollen sie es ihrer Schule mal so richtig „zeigen". Da Steve auf seinen Bruder Charlie (6) aufpassen muss, beschließt er, diesen einfach mit zunehmen. Gegen 22:00 Uhr ziehen sie los. Da sie es nicht schaffen, in die Schule einzudringen, werfen sie aus Frust sechs Fensterscheiben ein und besprühen die Eingangstür mit Graffiti. Dabei werden sie von Passanten beobachtet, die umgehend die Polizei alarmieren. Der Schaden beläuft sich auf circa 5.000 €.

Bearbeiterin

EINSTIEGSAUFGABEN 71103-133

1. Nennt für jede der an der Tat beteiligten Personen mögliche Rechtsfolgen.
2. Begründet jeweils eure Entscheidung.

M7 Straf- und Haftbarkeit von Jugendlichen

Strafgesetzbuch (StGB)

§ 303 *Sachbeschädigung*

(1) Wer rechtswidrig eine fremde Sache beschädigt oder zerstört, wird mit Freiheitsstrafe bis zu zwei Jahren oder mit Geldstrafe bestraft.

Bürgerliches Gesetzbuch (BGB)

§ 823 *Schadensersatzpflicht*

(1) Wer vorsätzlich oder fahrlässig das Leben, den Körper, die Gesundheit, die Freiheit, das Eigentum oder ein sonstiges Recht eines anderen widerrechtlich verletzt, ist dem anderen zum Ersatz des daraus entstehenden Schadens verpflichtet.

§ 828 *Minderjährige*

(1) Wer nicht das siebente Lebensjahr vollendet hat, ist für einen Schaden, den er einem anderen zufügt, nicht verantwortlich. (2) Wer das siebente, aber nicht das zehnte Lebensjahr vollendet hat, ist für den Schaden, den er bei einem Unfall mit einem Kraftfahrzeug, einer Schienenbahn oder einer Schwebebahn einem anderen zufügt, nicht verantwortlich. Dies gilt nicht, wenn er die Verletzung vorsätzlich herbeigeführt hat.

(3) Wer das 18. Lebensjahr noch nicht vollendet hat, ist, sofern seine Verantwortlichkeit nicht nach Absatz 1 oder 2

ausgeschlossen ist, für den Schaden, den er einem anderen zufügt, nicht verantwortlich, wenn er bei der Begehung der schädigenden Handlung nicht die zur Erkenntnis der Verantwortlichkeit erforderliche Einsicht hat.

Jugendgerichtsgesetz (JGG)
§ 1 *Persönlicher und sachlicher Anwendungsbereich*
(1) Dieses Gesetz gilt, wenn ein Jugendlicher oder ein Heranwachsender eine Verfehlung begeht, die nach den allgemeinen Vorschriften mit Strafe bedroht ist. (2) Jugendlicher ist, wer zur Zeit der Tat vierzehn, aber noch nicht achtzehn, Heranwachsender, wer zur Zeit der Tat achtzehn, aber noch nicht einundzwanzig Jahre alt ist.

§ 3 *Verantwortlichkeit*
Ein Jugendlicher ist strafrechtlich verantwortlich, wenn er zur Zeit der Tat nach seiner sittlichen und geistigen Entwicklung reif genug ist, das Unrecht der Tat einzusehen und nach dieser Einsicht zu handeln. […]

Zivilrecht
Die Auseinandersetzung über Schadensersatz findet in einem Zivilprozess zwischen dem Geschädigten und dem Beschuldigten statt, Rechtsgrundlage ist das BGB.

Strafrecht
Wenn eine strafbare Handlung vorliegt, erhebt der Staat Anklage und es folgt ein Strafprozess, Rechtsgrundlage ist das StGB.

M8 Straf- und Haftbarkeit von Jugendlichen

a) Stufen der Deliktsfähigkeit und Strafmündigkeit von Jugendlichen

Stufen der Deliktsfähigkeit und der Strafmündigkeit

Deliktsfähigkeit			Strafmündigkeit		
Deliktsfähigkeit ist die Fähigkeit einer Person, wegen einer unerlaubten Handlung, bei der ein Schaden entstanden ist, haftbar (Pflicht zum Schadensersatz) gemacht werden zu können.			Die alters- und geistesbedingte Fähigkeit, für das Unrecht einer strafbaren Handlung einzustehen.		
Deliktsunfähig	**Beschränkt deliktsfähig**	**Voll deliktsfähig**	**Strafunmündig**	**Strafmündig nach Jugendgerichtsgesetz (JGG)**	**Voll strafmündig**
Minderjährige unter sieben Jahren und Personen, deren freie Willensbetätigung krankheitsbedingt ausgeschlossen ist.	Minderjährige zwischen 7 und 18 Jahren (Spezialfall zwischen 7 und 10: Minderjährigenhaftung bei vorsätzlich verursachtem Verkehrsunfall).	Volljährige (ab 18 Jahren)	Personen unter 14 Jahren sind strafrechtlich nicht verantwortlich.	Personen mit Vollendung des 14. Lebensjahres sind bedingt verantwortlich, nämlich falls die „Strafreife“ vorhanden ist, also „die Fähigkeit, das Unrecht der Tat einzusehen und nach dieser Einsicht zu handeln“ (§ 3 JGG).	Erwachsene sind voll strafmündig, doch wird bei Heranwachsenden (18-21 Jahre) in der Regel das Jugendstrafrecht angewendet. Ab dem 21. Geburtstag muss das Erwachsenenstrafrecht angewendet werden.

Bearbeiterin

b) Altersgrenzen der Deliktsfähigkeit und Strafmündigkeit

Mit zunehmendem Alter dürfen Kinder und Jugendliche mehr Rechte wahrnehmen, müssen sich aber gleichzeitig auch stärker für ihr Handeln verantworten. Sowohl das Bürgerliche Gesetzbuch (BGB) als auch das Strafgesetzbuch (StGB) unterscheiden verschiedene Stufen der Deliktsfähigkeit bzw. der Strafmündigkeit. Die volle Deliktsfähigkeit ist erst mit Vollendung des 18. Lebensjahres erreicht. Man geht davon aus, dass in diesem Alter die Einsicht, dass man selbst für einen Schaden zur Verantwortung gezogen werden kann, vorhanden ist. Die uneingeschränkte Strafmündigkeit beginnt ebenfalls mit Vollendung des 18. Lebensjahres. Bis zur Vollendung des 21. Lebensjahres kann aber noch das Jugendstrafrecht (JGG) angewendet werden. Die Altersgrenze von 14 Jahren zur Strafmündigkeit ist vom Gesetzgeber festgelegt. In anderen Ländern wie zum Beispiel Großbritannien sind Kinder bereits mit zehn Jahren strafmündig und in Portugal hingegen erst mit 16 Jahren. Entsprechend der Empfehlung der Vereinten Nationen soll das Mindestalter für die Strafmündigkeit nicht unterhalb des vollendeten 12. Lebensjahres festgelegt werden.

Bearbeiterin

Verfahren gegen Jugendliche sind in der Regel nicht öffentlich.

Straffällige Jugendliche werden nicht in reguläre Gefängnisse gebracht.

AUFGABEN

71103-134

1. Beschreibt mithilfe von **M7** und **M8** zivilrechtliche und strafrechtliche Folgen für alle an der Tat (**M6**) beteiligten Personen.
2. Stellt dar, weshalb eine Tat (**M6**) unter Umständen zivil- und strafrechtliche Folgen haben kann.
3. Erläutert mögliche Gründe, die zu einer unterschiedlichen Behandlung von Verdächtigen in Abhängigkeit von deren Alter führen (**M8**).

6.3 Jugendliche vor Gericht

6.3.1 (Wie) Lässt sich Jugendkriminalität erklären?

Zum Thema: Immer wieder lesen und hören wir in den Medien von jugendlichen Straftätern. Doch warum Jugendliche zu Straftätern werden, bleibt häufig unerwähnt. In diesem Kapitel werden Formen von Jugendkriminalität beschrieben und deren möglichen Ursachen erklärt.

M1 Raub als Zeitvertreib?

EINSTIEGSAUFGABEN

71103-135

Nennt mögliche Gründe, aus denen die mutmaßlich 16-Jährigen den 15-Jährigen angegriffen und verletzt haben.

TÜBINGEN. Am Freitagabend ist ein 15-Jähriger im alten botanischen Garten von zwei bislang unbekannten Personen angegriffen und leicht verletzt worden. Das teilt die Polizei mit. Der Jugendliche wurde demnach […] aus einer Personengruppe heraus auf Geld angesprochen und anschließend von einem der beiden ins Gesicht geschlagen. Der Geschädigte flüchtete und wandte sich an eine Polizeistreife.

Eine Fahndung nach den zwei Tatverdächtigen, die als circa 16 Jahre alt, etwa 1,80 Meter groß […] beschrieben wurden, verlief negativ. […] Die Kriminalpolizei hat die Ermittlungen aufgenommen und bittet […] um Zeugenhinweise.

Reutlinger General-Anzeiger: Versuchter Raub im Bota in Tübingen: 15-Jähriger wird ins Gesicht geschlagen. In: www.gea.de, 21.08.2021

M2 Ursachen für Jugendkriminalität

Unterscheidung zwischen Diebstahl und Raub
Der Hauptunterschied zwischen Diebstahl und Raub liegt darin, dass beim Raub zusätzlich zur Aneignung von fremden Sachen Gewalt angedroht oder eingesetzt wird.

Peer Group
hier: Freundesgruppe mit großem Einfluss

a) Perspektive eines Jugendrichters

Ludwig Kretzschmar ist Leiter des Jugendgerichts am Amtsgericht München […]. Worin sieht [er] die Gründe für kriminelles Verhalten? […] „Schwierig wird es schon mal zum Beispiel, wenn die Leute in einer schwierigen Familie aufwachsen, sogenannten ‚broken homes', wenn zu Hause Gewalt erfahren wird, wenn sie in eine Peer Group kommen, wo immer wieder Straftaten begangen werden, wenn sie Drogenmissbrauch haben", sagt Ludwig Kretzschmar. „Das sind alles sogenannte kriminogene Faktoren, das heißt also landläufig, dass, wenn die verstärkt auftreten, die Wahrscheinlichkeit größer ist, dass sie auch Straftaten begehen. […] Wobei man auch sagen muss, es können alle Faktoren zusammenkommen und jemand führt ein wunderbares, straffreies Leben. […] Allerdings wird die Mehrzahl der Jugendlichen und Heranwachsenden nur ein oder zweimal polizeilich auffällig. […] „Um die fünf Prozent unserer Angeklagten werden sogenannte Intensivtäter sein, die einfach innerhalb eines kurzen Zeitraums viele Straftaten begehen, […].

Gruber, Georg: Das Ende der Unschuld. In: www.deutschlandfunkkultur.de, 14.01.2021

b) Wissenschaftliche Perspektive

Mithilfe theoretischer Erklärungsansätze versuchen Experten die Ursachen von Jugendkriminalität genauer zu erklären. Laut Entwicklungstheorie sind Regelverletzungen bei Jugendlichen weit verbreitet, da Normen und Regeln erst erlernt werden müssen. Sozialisationstheorien erklären (Jugend-)Kriminalität als eine Folge misslungener Sozialisation von den ersten Kindheitsjahren an, denn in dieser Zeit wird die Entwicklung des Menschen maßgeblich bestimmt. Fehlentwicklungen sind hier häufig angelegt, wenn in der Kindheit eine dauerhafte Bezugsperson fehlte und kein Urvertrauen hergestellt worden ist. Allerdings kann die Verinnerlichung von Recht und Unrecht auch bei Inkonsequenz, bei falschen Erziehungsmethoden, bei Hartherzigkeit der Erziehungspersonen oder auch bei überzogener Verwöhnung behindert werden.

Bearbeiterin

M3 Welche Straftaten sind unter Jugendlichen am häufigsten?

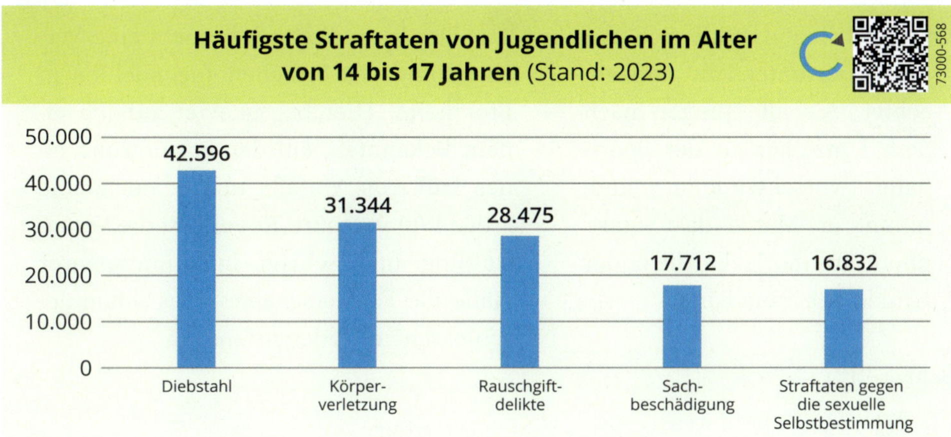

© C.C. Buchner Verlag, aktuelle Daten nach Polizeiliche Kriminalstatistik (PKS)

AUFGABEN

71103-137

1. Arbeitet aus **M2** heraus, wie Ludwig Kretzschmar, Leiter des Jugendgerichts am Amtsgericht München (**M2a**) und Wissenschaftler (**M2b**) Jugendkriminalität zu erklären versuchen.
2. Vergleicht eure Ergebnisse aus der Einstiegsaufgabe (**M1**) mit den Erklärungsansätzen aus **M2**.
3. Analysiert die Grafik in **M3**.
4. Gestaltet euren eigenen Podcast (→ Methodenglossar) zur Fragestellung: Lässt sich Jugendkriminalität erklären?

F zu Aufgabe 1
Erläutert, wozu das Wissen um die Ursachen von Jugendkriminalität hilfreich sein könnte.

Beispiel für einen Podcast

71103-136

6.3.2 Jugendliche Täter – muss Strafe sein?

Zum Thema: Jeder kennt Situationen, in denen er bestraft wird, weil er z. B. im Bus keine gültige Fahrkarte gelöst hat. Doch welchen Zweck diese Strafe hat, bleibt meist im Unklaren. In diesem Kapitel geht es um die Frage, inwieweit Strafe einen Zweck erfüllen soll oder kann.

M4 Fallbeispiele: Ist Strafe hier sinnvoll?

1 Sabine fährt mit ihrem Mofa am frühen Morgen in die Schule. An diesem Tag ist es extrem glatt. Die Kinder auf der Straße bemerkt sie zu spät. Sie bremst stark ab, kommt ins Schleudern und verletzt sich und eines der Kinder stark.

2 Ferdinand fühlt sich vor dem Sportunterricht unbeobachtet. Als alle Jungen nach dem Umziehen in der Sporthalle verschwunden sind, nimmt er Marco das Smartphone aus der Jacke, die in der Umkleidekabine hängt.

3 Herr K. ist schon sehr lange wütend auf seine Ehefrau. Die ständigen Streitereien hält er kaum noch aus. Als sie wieder miteinander streiten, erwürgt er sie.

4 Der Jugendliche S. besucht eine Veranstaltung des örtlichen Jugendclubs in Pforzheim. Hier begegnet er zufällig einem Bekannten, auf den er aufgrund eines früheren Vorfalls immer noch eine große Wut verspürt. Er verlässt die Veranstaltung und schlägt in unmittelbarer Nähe die Fensterscheibe eines schon geschlossenen Kindergartens ein.

Bearbeiterin

EINSTIEGSAUFGABEN

71103-138

Entscheidet für die Fälle 1–4, ob ihr jeweils Strafen verhängen würdet. Begründet jeweils eure Entscheidung.

M5 Prinzipien des deutschen Strafrechts: Vergeltung und/oder Prävention

Wer Leben, Freiheit, Gesundheit, Ehre, Eigentum oder Vermögen angreift, gefährdet unsere rechtsstaatliche Ordnung. Strafe soll Abhilfe schaffen. Ihr Zweck ist ein Mix aus Vergeltung, Prävention und Resozialisierung von Tätern.

Vergeltungstheorien

Die Vergeltungstheorie – man spricht auch von der *absoluten Straftheorie* – verlangt den Ausgleich von Schuld und Sühne; sie lässt einen Verbrecher Verbrecher sein, soziale Aspekte spielen keine Rolle. Der Philosoph Immanuel Kant (1724–1804) war ein glühender Verfechter des Vergeltungsimperativs. Selbst wenn ein Inselvolk seine Heimat verlassen und sich in alle Winde zerstreuen würde, meinte Kant, müsste zuvor noch der letzte Mörder exekutiert werden – erst dann wäre der Gerechtigkeit Genüge getan. Liberalen Strafrechtsgelehrten war die Vergeltungstheorie ein Dorn im Auge. Sie stellten die reaktive Repression in Frage, weil sie darin keinen Nutzen für die Weiterentwicklung der Gemeinschaft sahen. [...]

Präventionstheorien

Die *Generalprävention* sieht die allgemeine Abschreckung als Strafzweck vor. Sie verhindert zwar nicht, dass Straftaten begangen werden, trägt aber dazu bei, sie in Grenzen zu halten.

Bei der *Spezialprävention* geht es darum, einen Täter zwar zu bestrafen, ihn aber vor allem davon abzuhalten, künftig Untaten zu begehen. Auch soll versucht werden, ihn im Rahmen der Resozialisierung zu bessern und wieder in die Gesellschaft einzugliedern. Dazu zählt unter anderem die therapeutische Betreuung von Straftätern während der Zeit des Freiheitsentzugs. [...]

Heute betrachten Juristen und Rechtsphilosophen die Strafe als sinnvoll, wenn sowohl der Vergeltung als der Prävention ausreichend Raum gegeben wird und die Resozialisierung ebenfalls nicht zu kurz kommt.

Eklkofer, Volker: Prinzipien des deutschen Strafrechts. In:www.br.de, 10.10.2014

M6 Eine besondere Strafe: Der Täter-Opfer-Ausgleich (TOA)

Wenn das Opfer oder der Täter einer Straftat es wollen, können sie die Möglichkeit eines Täter-Opfer-Ausgleichs (TOA) wahrnehmen. Oft regen Polizei oder Staatsanwaltschaft einen TOA an. Beim TOA nehmen Täter und Opfer einen neutralen Vermittler in Anspruch. Dieser unterstützt die beiden Konfliktparteien bei der Aufarbeitung der Tat, bei der Befriedung des Konflikts und bei der Aushandlung der Wiedergutmachung. Das Ergebnis wird der Justiz mitgeteilt. Letztlich aber ist es Sache der Staatsanwaltschaft oder des Gerichts, wie sie das so ausgehandelte Ergebnis bewertet.

Eine Einstellung des Verfahrens ist bei ganz schweren Straftaten nicht möglich, bei leichteren Fällen schon. Manchmal fällt das Strafmaß aufgrund eines gelungenen TOA geringer aus. Ein TOA findet statt, wenn folgende Bedingungen erfüllt sind:

- Die Teilnahme muss freiwillig sein.
- Der TOA muss am sozialen Konflikt, vor allem zukunftsorientiert sein.
- Die Parteien müssen sich persönlich begegnen. Die Begegnung wird durch einen Vermittler moderiert.
- Die Parteien müssen selbstbestimmt eine einvernehmliche Regelung, wie sie mit dem Konflikt umgehen, und eine Wiedergutmachung vereinbaren.

Bearbeiterin

Gesetzliche Regelungen für den TOA

Die Paragraphen § 45 und § 47 Jugendgerichtsgesetz (JGG) ermöglichen dem Staatsanwalt oder Richter eine Verfahrenseinstellung, wenn der Jugendliche sich um einen Ausgleich mit dem Rechtsverletzten bemüht.

Nach § 10 JGG besteht darüber hinaus die Möglichkeit für den Richter, einen Täter-Opfer-Ausgleich per Urteil dem Jugendlichen als Weisung aufzuerlegen.

AUFGABEN

71103-139

1. Beschreibt die Prinzipien des deutschen Strafrechts (**M5**).
2. Begründet mithilfe von **M5** für die Fälle 1–4 (**M4**), welcher Strafzweck jeweils im Vordergrund stehen sollte.
3. Überprüft eure Entscheidungen aus der Einstiegsaufgabe mithilfe von **M5**.
4. Begründet, in welchen der Fälle aus **M4** ein Täter-Opfer-Ausgleich (**M6**) sinnvoll wäre.

6.3.3 Soll das Jugendstrafrecht erziehen oder bestrafen?

Zum Thema: In vielen Bereichen unseres Lebens haben Kinder und Jugendliche andere Rechte und Pflichten als Erwachsene. Gilt dies auch für das Strafrecht? Dieses Kapitel stellt dar, inwiefern Strafe für Jugendliche und Heranwachsende in Deutschland Erziehung und Wiedereingliederung in die Gesellschaft bedeuten kann.

M7 (Wie) Sollen die Tatverdächtigen bestraft werden?

TÜBINGEN/ROTTENBURG. Einen Ermittlungserfolg in der Bekämpfung der Gewaltkriminalität verzeichnet das Kriminalkommissariat Tübingen. Einer […] Ermittlungsgruppe gelang es, vier Tatverdächtige zu identifizieren. Einem 18-Jährigen sowie zwei 17-jährigen und einem 16-jährigen Jugendlichen […] werden mehrere Straftaten zur Last gelegt, die in den vergangenen Monaten insbesondere im Bereich des „Alten Botanischen Gartens" (Bota) verzeichnet worden waren. […] Die […] aggressiv und einschüchternd auftretenden Verdächtigen sprachen jeweils die Personen an und forderten Bargeld oder andere Gegenstände. Verweigerten die Personen die Herausgabe, wurden sie körperlich angegriffen, geschlagen und teilweise auch getreten. Vereinzelt nahmen die Unbekannten dann Geld oder andere Habseligkeiten aus dem Besitz ihrer Opfer gewaltsam an sich.

Reutlinger General-Anzeiger: Gewalt in Tübingen: Polizei ermittelt vier Jugendliche aus Rottenburg. In: www.gea.de, 05.11.2021

EINSTIEGSAUFGABEN 71103-140

Beschreibt, wie die vier Jugendlichen bestraft werden sollen.

M8 Das Jugendstrafrecht in Deutschland

Anwendung des Jugendstrafrechts
- **auf Jugendliche** (14 – 17 J.)
- **auf Heranwachsende** (18 – 20 J.) mit noch nicht voll ausgereifter Persönlichkeit und bei typischen Jugendverfehlungen

a) Welche Sanktionen sieht das Jugendgerichtsgesetz (JGG) vor?

Sanktionen nach dem Jugendstrafrecht

Erziehungsmaßregeln
- **Heimerziehung**
- **Erziehungsbeistandschaft**
- **Weisungen** z. B. Arbeitsleistung, Aufnahme einer Ausbildung, soziales Training, Verkehrsunterricht, Meiden bestimmter Orte oder Personen

Zuchtmittel
- **Verwarnung**
- **Auflagen** z. B. Geldbuße, Arbeitsauflagen, Wiedergutmachung des Schadens
- **Jugendarrest** Freizeit-, Kurzarrest, Dauerarrest bis zu 4 Wochen – auch neben einer Bewährungsstrafe („Warnschussarrest")

Jugendstrafe
- **Freiheitsentzug** In einer Jugendstrafanstalt (mind. 6 Mon., höchstens 10 Jahre; bei Mord durch Heranwachsende: bis zu 15 Jahre)

Nach: © Bergmoser + Höller Verlag AG, Zahlenbilder 131311

b) Für wen gilt das Jugendstrafrecht?

Das Jugendgerichtsgesetz (JGG), umgangssprachlich auch Jugendstrafrecht genannt, gilt für Jugendliche und Heranwachsende. Kinder können für Taten, die sowohl im Jugend- als auch im Erwachsenenstrafrecht unter Strafe stehen, grundsätzlich nicht belangt werden. Jugendliche zwischen 14–17 Jahren werden als „beschränkt straffmündig" bezeichnet, weil sie aufgrund ihres Alters häufig noch nicht die volle Einsicht haben können, eine Straftat begangen zu haben. Im Jugendstrafrecht steht der Erziehungsgedanke im Vordergrund. Man geht davon aus, dass die Straftaten junger Menschen meist entwicklungsbedingt und auf altersbedingte Konfliktsituationen zurückzuführen sind.

Bergmoser + Höller Verlag AG, Jugendstrafrecht, Zahlenbilder 131311

Jugendstrafrecht für Heranwachsende
Auch Heranwachsende zwischen 18 und 20 Jahren können noch nach dem Jugendstrafrecht behandelt werden. In diesem Fall muss ein Gutachter zuvor bestätigen, dass ein Angeklagter aufgrund seiner Entwicklung noch nicht wie ein Erwachsener behandelt werden kann.

M9 Strafvollzug mal anders: „Das Seehaus Leonberg"

Can war […] wegen Diebstahls, Sachbeschädigung und schwerer Körperverletzung vom Jugendgericht Tübingen zu drei Jahren und fünf Monaten Haftstrafe verurteilt worden, mit 17 Jahren. Würde es das Seehaus Leonberg nicht geben, wäre er 2017 im geschlossenen Vollzug in Baden-Württemberg geblieben. […]
Das Seehaus Leonberg ist ein Gefängnis ohne Mauern. Seit 15 Jahren verbüßen hier männliche Jugendstraftäter in der Nähe von Stuttgart ihre Haftstrafen, betreut von Gasteltern. […] Im Seehaus gibt es keine Gitter und keine verschlossenen Türen. Die inhaftierten Jugendlichen sind zwischen 14 und 23 Jahren alt und leben in Wohngemeinschaften zusammen. […]. Der Tagesablauf hier folgt festen Regeln. […] Alle Gefangenen, die hier vergleichsweise große Freiheit und großes Vertrauen genießen, die jederzeit weglaufen könnten, wenn es ihnen persönlich sinnvoll erschiene, haben wirklich einiges auf dem Kerbholz, nicht nur gemessen an ihren jungen Jahren. […]
Die meisten der Seehaus-Bewohner kamen wegen Körperverletzung oder Drogen ins Gefängnis. Ausgeschlossen sind nur Jugendstraftäter, die wegen Mordes oder eines Sexualdelikts einsitzen, und solche, bei denen Fluchtgefahr besteht. […] Smartphones sind verboten und die Computer dürfen nur zu schulischen Zwecken verwendet werden. […]
Von Montag bis Mittwoch arbeitet Can auf dem Bau, Donnerstag und Freitag ist Berufsschule. Im Seehaus absolvieren alle Jungen das erste Jahr einer Ausbildung. […] Can bekommt für seine Arbeit auf dem Bau 210 Euro pro Monat, frei verfügen kann er darüber nicht. […] Trotz der vergleichsweise freien Haftbedingungen ist das Seehaus eine Strafanstalt. Und für manche Menschen wäre es sogar der schlimmere Ort als ein klassisches Gefängnis, weil hier alle arbeiten, sich unterordnen, sich bewerten und erziehen lassen müssen. […] Der Mensch im Seehaus ist ein Frühaufsteher, der vor der Arbeit durch den Wald läuft, liest und verantwortungsvoll handelt. Jemand, der sich auf der Arbeit nicht beschwert, sondern seinen Kollegen hilft und in der Freizeit den Wortgottesdienst vorbereitet. […] Nach dem Abendessen, das natürlich gemeinsam eingenommen wird, sind im Seehaus die Heute-Nachrichten im ZDF dran.

Fiedler, Lena: Offener Vollzug: Strafe allein reicht nicht aus. In: www.zeit.de, 18.05.2019

Seehaus Leonberg (Link)
71103-141

Tagesplan im „Seehaus Leonberg"

Jugendliche und Heranwachsende zwischen 14 und 23 Jahren, die bereit sind, an sich zu arbeiten, können sich vom Jugendstrafvollzug aus für das Seehaus bewerben. Dort erwartet sie ein durchstrukturierter Arbeitsalltag.

Zeit	Donnerstag
5:40	Aufstehen
5:45	Frühsport
6:35	Zeit der Stille
6:50	Frühstück
7:15	Aufräumen/Putzen
7:45	Pause
8:00	Impuls für den Tag
8:15	siehe Stundenplan
12:45	Mittagessen
13:45	Pause

Zeit	Donnerstag
14:00	Seehausrunde
15:30	siehe Stundenplan
18:00	Hilfen
	gemeinsamer Abend/Essen
15 min.	Pause flexibel
22:00	Bettruhe
22:15	Licht aus

© Seehaus e.V. 2023: Jugendstrafvollzug in freier Form im Seehaus Leonberg und Seehaus Leipzig. In: https://seehaus-ev.de, Abruf am 05.05.2023

M10 Kontrovers diskutiert: Macht eine Gefängnisstrafe überhaupt Sinn?

a) Pro: Gefängnis kann gut sein

Ich kann diese Mär „Böse Buben werden durch Arrest nur noch böser" nicht mehr hören! Wenn jemand vier Mal in kürzester Zeit vor einem Jugendrichter steht, muss man doch mal fragen, ob Sozialarbeit wirklich das Allheilmittel ist. Ein Richter hat die Möglichkeit, vier Wochen Jugendarrest zu verhängen. Davon kann er auch mal Gebrauch machen. Nur mit Sozialarbeit und Arbeitsauflagen alles wieder hinkriegen zu wollen oder zu denken, das Problem wächst sich raus, ist falsch. Da lachen sich manche Jugendliche tot! Arrest ist eine gesetzlich gegebene Möglichkeit zu erziehen. Im Gegensatz zur Jugendhaft taucht Jugendarrest noch nicht mal im Führungszeugnis auf. Ich persönlich würde gerne einigen Jugendlichen ermöglichen, sechs oder acht Wochen in diesen Freiheitsentzug zu gehen.

Pieper, Kira: Interview mit Jugendrichter Andreas Müller, www.weser-kurier.de, 01.03.2014

Justizvollzugsanstalt Adelsheim

Die JVA Adelsheim ist die zweitgrößte Jugendstrafvollzugsanstalt Deutschland. Sie verfügt über 417 Haftplätze für straffällige Jugendliche.

b) Kontra: Gefängnisse machen alles schlimmer

Amin sitzt […] im Polizeiwagen vor dem großen, grauen Tor zur Justizvollzugsanstalt. Er ist wieder da. […]. Freiheit – damit kann Amin wenig anfangen. Mit seinen 17 Jahren ist er bereits mehrfach in Haft gewesen. Kleine Gewaltdelikte; Diebstähle und Beleidigungen füllen vor allem seine Akte. In Wirklichkeit heißt Amin anders. Um ihn zu schützen, wurde sein Name in diesem Text geändert. Amins Geschichte veranschaulicht auch das Problem, das Kriminologen als „Intervention nur am Individuum" bezeichnen. Der Vollzug kommt am Ende einer Reihe von Interventionen. […]

Nichts half. Und nun soll es der Vollzug richten. Damit kämpft der Strafvollzug gegen die ganze Lebensgeschichte eines jungen Mannes. Teil dieser Aufgabe sind in Adelsheim insbesondere der Sozialdienst und der psychologische Dienst, Lehrerinnen und Lehrer und die Frauen und Männer des Vollzugsdienstes und des Werkdienstes. Insbesondere Hafthaus und Arbeitsbetrieb versuchen aufzufangen, was Eltern und Gesellschaft nicht schaffen. Sie gehen dazwischen, wenn geprügelt wird. Sie hören zu, ermahnen, streiten, helfen, erziehen, geben Rat. […] Sie sind da, täglich, Stunde um Stunde. Und dieses Da-Sein, wenn Respekt und Menschlichkeit hinzukommen, ist vielleicht die größte Chance des Vollzugs. Aber zu dieser Lebensgeschichte eines Straftäters gehört eben auch sein soziales Umfeld. Und diese Welt berührt der Vollzug nicht, kann sie nicht berühren. […] Der Vollzug kann mit dem jeweiligen Jugendstrafgefangenen arbeiten, aber innerhalb der Mauern seiner künstlichen Welt liegen auch seine Grenzen. […] Egal ob geschlossener, gelockerter oder gar freier Vollzug, jeweils die Hälfte der Gefangenen kehrt zurück ins Gefängnis. Was aber ist der Sinn daran, dass Amin in Haft sitzt? Manche werden sagen: die Sicherheit der Allgemeinheit. Eine vorübergehende, trügerische Sicherheit, die einen jungen Menschen zu oft entlässt, wie sie ihn aufgenommen hat, wenn nicht in schlimmerem Zustand – und in der Freiheit steht er wieder allein vor seinen Problemen.

Roser, Max: Amin ist wieder da. In: www.taz.de, 26.12.2020.

Max Roser arbeitete als Abteilungsleiter in der Justizvollzugsanstalt (JVA) Adelsheim. Immer wieder begegnete ihm dort Amin.

Informationsflyer der JVA Adelsheim (Link)

71103-142

AUFGABEN

71103-144

1. Die Jugendlichen aus **M7** erwartet ein Verfahren nach dem Jugendstrafrecht.
   a) Arbeitet die zentralen Aspekte des Jugendstrafrechts heraus.
   b) Überprüft eure Entscheidungen aus der Einstiegsaufgabe mithilfe von **M5a** und **M5b**.
   c) Nennt mögliche Strafzwecke.
2. Stellt dar, aus welchen Gründen der Strafvollzug im Seehaus Leonberg (**M9**)„anders“ im Vergleich zu gewöhnlichen Jugendvollzugsanstalten ist.
3. Erörtert ausgehend von **M7** und mithilfe der unterschiedlichen Positionen (**M10a–b**), ob eine Gefängnisstrafe für Jugendlichen Sinn macht. Führt dazu zunächst „Good Angel/Bad Angel“ entsprechend des Leitfadens durch (→ S. 152).
4. Erläutert ausgehend von dem Rap „Mama“, den ein jugendlicher Inhaftierter für seine Mutter verfasst hat, ob bzw. inwiefern eine Gefängnisstrafe Sinn macht
5. Bewertet abschließend die Aussage „Jugendliche sollen vor Gericht anders als Erwachsene behandelt werden.“

„PODKNAST wie es wirklich ist – Rap Mama“

71103-143

H zu Aufgabe 5
→ S. 394

METHODE

Eine Gerichtsverhandlung beobachten

I. Worum geht es?

Eine Gerichtsverhandlung zu beobachten, bedeutet zunächst einmal Spannung pur. Viel wichtiger aber ist die Möglichkeit, Informationen über den Ablauf einer Gerichtsverhandlung zu sammeln und zu erfahren, was es heißt, einen Urteilsspruch mitzuerleben, der möglicherweise das Leben eines Angeklagten nachhaltig beeinflussen wird. Bereitet euch unbedingt gut auf euren Besuch bei Gericht vor.

II. Geht dabei so vor:

1. Schritt: Vor der Gerichtsverhandlung – Vorbereitung

1. Bildet Kleingruppen und notiert Fragen, die ihr bei eurem Gerichtsbesuch unbedingt klären möchtet.
2. Überlegt, ob ihr die Fragen nur durch Beobachtung klären könnt oder ob ihr jemanden dazu befragen möchtet. Wenn ja, notiert, wenn ihr befragen möchtet. Organisiert – möglicherweise im Vorfeld eures Gerichtsbesuchs – einen Gesprächstermin. Bittet ggf. eure Lehrer:in, euch zu helfen.

2. Schritt: Während der Gerichtsverhandlung – Verhalten und Aufgaben

1. Verhaltet euch ruhig und respektvoll allen Prozessbeteiligten gegenüber. Das gilt insbesondere auch für die / den Angeklagte(n), egal weswegen der / die Betreffende vor Gericht erscheint. Denkt daran, dass jeder das Recht auf einen fairen Prozess hat.
2. Notiert den wesentlichen Ablauf der Gerichtsverhandlung.

3. Schritt: Nach der Gerichtsverhandlung: Wie analysiere ich das Ergebnis?

1. Beantwortet die Fragen, die ihr euch vor dem Besuch der Gerichtsverhandlung gestellt hattet.
2. Beschreibt, welche Aspekte euch besonders überrascht/erstaunt/irritiert haben. Begründet.
3. Vergleicht anschließend eure Wahrnehmungen.

Bearbeiterin

AUFGABEN

71103-146

1. Bereitet den Besuch einer Gerichtsverhandlung entsprechend der Schritte 1–3 gründlich vor.
2. Besucht eine Gerichtsverhandlung. Wertet anschließend eure Erfahrungen aus.

Beobachtungsbogen für einen Gerichtsbesuch

71103-145

Aus dem Urteil eines Jugendstrafprozesses

Landgericht Aurich 1. Große Jugendkammer, Urteil vom 12.02.2021

§ 21 StGB

[...]

Die Angeklagte L. Z. ist schuldig

- des unerlaubten Handeltreibens mit Betäubungsmitteln in 9 Fällen jeweils in Tateinheit mit unerlaubtem Erwerb von Betäubungsmitteln,
- des bewaffneten Handeltreibens mit Betäubungsmitteln in 9 Fällen jeweils in Tateinheit mit unerlaubtem Erwerb von Betäubungsmitteln,

Sie wird zu einer Jugendstrafe von 1 Jahr und 6 Monaten verurteilt, deren Vollstreckung zur Bewährung ausgesetzt wird.

I. Zu den Personen

Die Angeklagte L. Z. ist 2000 in H. geboren. [...] Dort betreibt der Vater der Angeklagten ein Kieswerk und ihre Mutter einen Second-Hand-Laden. Sie hat eine jüngere Schwester. Bei der Angeklagten ist im Kindesalter ADHS diagnostiziert worden. [...] Mit ca. 14 Jahren begann die Angeklagte, sich selbst mit Marihuana anstelle von Ritalin zu therapieren, [...] Sie besuchte die Hauptschule E. [...] und schloss diese nach der 10. Klasse mit dem Hauptschulabschluss im Jahre 2017 ab. Im Anschluss zog sie am 01.07.2017 aufgrund des angespannten Verhältnisses zu ihrer Mutter nach N. [...]. Zum 15.07.2017 begann die Angeklagte ihre Ausbildung als Köchin im Restaurant „R. M." in N. [...]

V. Strafen

Die Taten der Angeklagten Z. sind nach Jugendrecht zu ahnden. [...] Die Angeklagte war zum Tatzeitpunkt Heranwachsende. Aufgrund ihres bisherigen Werdeganges [...] besteht kein Zweifel daran, dass es sich bei der Angeklagten Z. um eine damals noch in der Entwicklung befindliche, prägbare Person gehandelt hat, bei der erhebliche Reife- und Entwicklungsrückstände bestanden und die nach ihrer sittlichen und geistigen Entwicklung noch einer Jugendlichen gleichstand. [...] Jugendtümliche Züge wie Mangel an Besonnenheit und Hemmungsvermögen sowie Leben im Augenblick sind unübersehbar. Bei der Angeklagten Z. war insoweit prägend, dass die Angeklagte nach der Schule zu früh das Elternhaus verlassen hat. [...] Unter Abwägung aller für und gegen die Angeklagte sprechenden Umstände, insbesondere ihrer Persönlichkeit und ihrer charakterlichen Haltung sowie der von ihr erstellten Sozialprognose hält die Kammer eine

Einheitsjugendstrafe von 1 Jahr und 6 Monaten

für erforderlich, um zu ihrem Wohl in dem gebotenen Maße erzieherisch auf die Angeklagten Z. einzuwirken. [...]. [...] Die Vollstreckung der Jugendstrafe konnte gemäß § 21 JGG zur Bewährung ausgesetzt werden. Die Kammer hat die Erwartung, dass das Strafverfahren ihr deutlich vor Augen geführt hat, dass sie sich von solchen Handlungen distanzieren und zukünftig straffrei leben muss.

Niedersächsisches Landesjustizportal: LG Aurich, Urteil vom 12.02.2021. In: www.rechtsprechung.niedersachsen.de, Abruf am 29.07.2022

AUFGABEN

71103-147

1. Beschreibt den grundsätzlichen Strafzweck, der im Jugendstrafrecht im Vordergrund steht.
2. Überprüft ausgehend vom Jugendstrafrecht, inwiefern sich in dem hier vorliegenden Auszug aus einem Urteil eines Jugendstrafprozesses die besondere Stellung von Jugendlichen in unserer Rechtsordnung deutlich wird.

6

?

„Jeder sollte das Recht haben …“

Grundrechte – zentraler Baustein für ein friedliches Zusammenleben?

7

Das Grundgesetz ist das fundamentale Gerüst unserer Rechtsordnung in Deutschland. Es stellt sicher, dass die Grundrechte jedes Einzelnen gewahrt werden. Diese Grundrechte sind von ihrem Wesen her unveränderlich und bilden die Basis für ein gerechtes und freies Zusammenleben in der Gesellschaft.
Die Einhaltung der Gesetze und des Grundgesetzes ist eine grundlegende Verantwortung jedes Bürgers. Durch die Anerkennung und Befolgung dieser Regeln schaffen wir eine stabile und geordnete Gesellschaft. Die Gesetze dienen dazu, das Verhalten der Menschen zu lenken, Konflikte zu lösen und den Schutz der individuellen Rechte zu gewährleisten.
Das Grundgesetz und die darin verankerten Grundrechte schützen die Würde und die Freiheit jedes Einzelnen. Sie sind Ausdruck unserer demokratischen Werte und garantieren Gleichbehandlung, Meinungsfreiheit, Religionsfreiheit und viele weitere grundlegende Rechte.
Indem wir uns an die Gesetze und das Grundgesetz halten, tragen wir zur Stabilität und zum Zusammenhalt unserer Gesellschaft bei. Die Einhaltung der Regeln ist eine gemeinsame Verantwortung, die jeder von uns trägt, um ein harmonisches Zusammenleben in unserer Gesellschaft zu ermöglichen.

Am Ende des Kapitels könnt ihr Antworten auf folgende Fragen finden

- Welche Bedeutung haben die Grundrechte sowohl für das Zusammenleben der Menschen in Deutschland als auch für den Einzelnen in unserer Gesellschaft? (**Interessen und Gemeinwohl**)
- Welche Rechte und Regeln gibt es zum Schutz der Grundrechte? (**Regeln und Recht**)

WAS WISST UND KÖNNT IHR SCHON?

71103-148

1. Ergänzt für die abgebildeten Situationen 1–5 jeweils das Satzende.
2. Stellt euch vor, es soll ein weiteres Foto ergänzt werden. Wie würde es aussehen?
   a) Beschreibt das Foto.
   b) Formuliert eine entsprechende Forderung.
3. Vergleicht eure Ergebnisse mit denen eines Partners/einer Partnerin.

7.1 Grundrechte in Deutschland

7.1.1 (Inwiefern) Regeln Grundrechte unseren Alltag?

Zum Thema: „Was wäre das Leben ohne Regeln?" – die Antwort fällt kurz aus: Chaos überall. Zu den wichtigsten Regeln unseres Zusammenlebens gehören die Grundrechte. Welche Bedeutung sie in unserem Alltag haben, ist Gegenstand dieses Kapitels.

M1 Konflikte in der Klasse: Ist das Meinungsfreiheit?

In der letzten Zeit nehmen in der Klasse 9c Konflikte zu: Peinliche Fotos Einzelner werden in ein soziales Netzwerk gestellt und mit beleidigenden Kommentaren versehen. Aber bei uns herrscht ja Meinungsfreiheit, heißt es bei denen, die die Bilder und Kommentare ins Netz gestellt haben …

Bearbeiterin

EINSTIEGSAUFGABEN 71103-149

Was meint ihr: Fällt die beschriebene Situation in der 9c unter Meinungsfreiheit?

M2 Grundrechte als Fundament unserer Verfassung

Art. 1 GG
(1) Die Würde des Menschen ist unantastbar. Sie zu achten und zu schützen ist Verpflichtung aller staatlichen Gewalt.

Art. 2 GG
(1) Jeder hat das Recht auf die freie Entfaltung seiner Persönlichkeit, soweit er nicht die Rechte anderer verletzt […].

Art. 3 GG
(1) Alle Menschen sind vor dem Gesetz gleich.

a) Die Grundrechte im Grundgesetz

Grundrechte im Grundgesetz

		1	Schutz der Menschenwürde
Freiheit der Person	2	3	Gleichheit vor dem Gesetz
Glaubens- und Gewissensfreiheit	4	5	Freie Meinungsäußerung
Schutz von Ehe und Familie	6	7	Elternrechte, staatliche Schulaufsicht
Versammlungsfreiheit	8	9	Vereinigungsfreiheit
Brief- und Telefongeheimnis	10	11	Recht der Freizügigkeit
Freie Berufswahl	12	12a	Wehrdienst / Zivildienst
Unverletzlichkeit der Wohnung	13	14	Eigentumsgarantie
Überführung in Gemeineigentum	15	16	Staatsangehörigkeit, Auslieferung
Asylrecht	16a	17	Petitionsrecht
Aberkennung von Grundrechten	18	19	Rechtsweggarantie

Bearbeiterin

b) Arten und Wesensgehalt von Grundrechten

Den wichtigsten Rahmen unserer Rechtsordnung stellt das Grundgesetz für die Bundesrepublik Deutschland (GG) dar. Die Grundrechte als Fundament unserer Verfassung finden sich in den Artikeln 1–19. Sie dürfen in ihrem Wesen

nicht verändert (Wesensgehaltsgarantie) oder gar entfernt (Ewigkeitsgarantie) werden. Dies spiegelt die besondere Bedeutung der Grundrechte wider.
In Artikel 1 Abs. 1 GG findet sich das wohl bedeutendste Grundrecht: die Menschenwürde. Artikel 1 Abs. 3 GG verpflichtet alle staatliche Gewalt, d. h. die Gesetzgebung, die vollziehende Gewalt und die Rechtsprechung, die Grundrechte unmittelbar einzuhalten und zu schützen (Bindungswirkung).
Die Grundrechte sollen also zum einen die Freiheit des Einzelnen vor staatlichen Eingriffen sichern. Damit werden sogenannte Abwehrrechte der Bürgerinnen und Bürger gegen den Staat angesprochen. Zum anderen gewährleisten die Grundrechte, dass alle Bürgerinnen und Bürger der Bundesrepublik gleichbehandelt werden müssen (Gleichheitsrechte, v. a. Artikel 3 GG). Zudem finden sich in den Grundrechten die sogenannten Anspruchsrechte der Bürgerinnen und Bürger gegenüber dem Staat, d. h. der Anspruch auf staatliche Vorkehrungen zum Schutz der grundrechtlich geschützten Freiheit.
Manchmal können Grundrechte in Konflikt zueinander stehen. Dann muss für den Einzelfall abgewogen werden, welches Recht schwerer wiegt.

Bearbeiterin

M3 Entscheidungsspiel: Sind Grundrechte berührt?

1 Vor einem Einkaufsmarkt in Stuttgart sitzen zwei Frauen mit Kopftuch und unterhalten sich. Zwei Jugendliche kommen hinzu und fordern die beiden auf, die Bank zu räumen, denn mit Kopftüchern hätten sie hier in der Öffentlichkeit nichts zu suchen.

2 Malina (16) hat sich für einen Aushilfsjob in einer Druckerei beworben. Im Bewerbungsgespräch teilt ihr der Chef mit, dass man für diese Aushilfstätigkeit viel technisches Verständnis mitbringen müsse und er an eine männliche Aushilfe gedacht hatte.

3 Jannis ist begeistert von der Fridays for Future-Bewegung. Er sammelt Geld und lässt Fridays for Future-Sticker produzieren. Jannis beklebt mit den Stickern neben Schaufensterscheiben in der Innenstadt v. a. Fensterscheiben in seiner Schule. Er findet, dass endlich alle auf diese Bewegung aufmerksam werden sollen. Die Schulleiterin bestellt ihn zu sich ein und verlangt von ihm, dass er die Sticker entfernt. Mehrere Ladenbesitzer erstatten Anzeige gegen Jannis.

Bearbeiterin

AUFGABEN

71103-150

1. Ordnet die Grundrechte (**M2a**) jeweils den Freiheits-, Gleichheits- bzw. den Abwehrrechten (**M2b**) zu.
2. Überprüft mithilfe von **M2b** für die Fälle 1–3 (**M3**), ob so, wie beschrieben, verfahren werden darf.
3. Erläutert die Bedeutung Grundrechte für unser Zusammenleben.

7.1.2 Grundrechte als Fundament unserer Verfassung: auch für den Minderheitenschutz ausreichend?

Zum Thema: Jeder von uns kennt Personen, die sogenannten Minderheiten angehören, auch wenn es tatsächlich häufig gar nicht so einfach ist, zu sagen, wer genau dazu gehört. In diesem Kapitel geht es um diese Frage, aber auch darum, ob Minderheiten besonders geschützt werden müssen bzw. ob sie durch die Grundrechte als Fundament unserer Verfassung ausreichend geschützt sind.

M4 Vielfalt in Deutschland

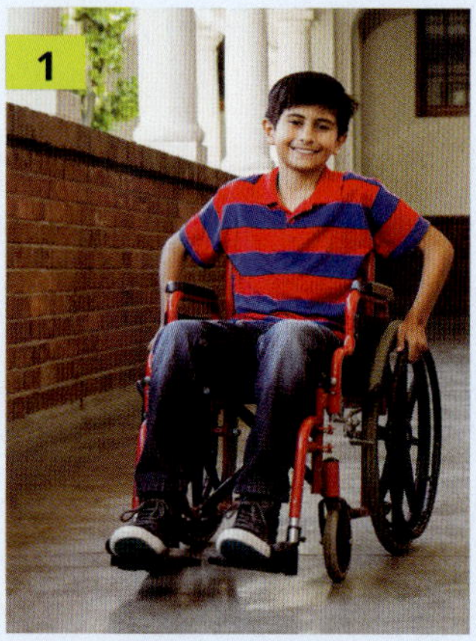

Tim, 10 Jahre, auf dem Weg zu seiner Klasse

Simon und Pascal, 35 + 36 Jahre, sind seit acht Jahren ein Paar. Simon hat nun ein Kind adopiert.

Punks treffen sich in der Stadt.

Sibel, 9 Jahre, und Eda, 14 Jahre, auf dem Weg zur Schule

EINSTIEGSAUFGABEN 71103-151

1. Beendet folgenden Satz: Unter „Minderheiten verstehe ich …".
2. Begründet vor dem Hintergrund eurer Definition, ob auf den Fotos 1–4 jeweils „Minderheiten" abgebildet sind.
3. Sollen bzw. müssen „Minderheiten" zusätzlich zu den Grundrechten besonders geschützt werden?

M5 Minderheiten in Deutschland

a) Was sind Minderheiten?

Minderheit bezeichnet eine Bevölkerungsgruppe, die sich von der übrigen Bevölkerung aufgrund bestimmter sozialer bzw. ökonomischer Unterschiede, politischer oder religiöser Überzeugung, ethnischer Zugehörigkeit etc. abgrenzt oder die abgegrenzt wird.

Schubert, Klaus / Klein, Martina: Minderheit. In: Schubert, Klaus / Klein, Martina: Das Politiklexikon. 7. Auflage. Bonn: Dietz 2020. Lizenzausgabe Bonn: Bundeszentrale für politische Bildung

b) Nationale Minderheiten in Deutschland

In Deutschland leben vier anerkannte nationale Minderheiten: die dänische Minderheit, die friesische Volksgruppe, die deutschen Sinti und Roma sowie das sorbische Volk. Sie erhalten in Deutschland durch Bund und Länder einen besonderen Schutz und eine spezifische Förderung. Die Bundesregierung sieht als nationale Minderheiten jene Gruppen der Bevölkerung an, die folgenden Kriterien entsprechen:

- ihre Angehörigen sind deutsche Staatsangehörige,
- sie unterscheiden sich vom Mehrheitsvolk durch eine eigene Sprache, Kultur und Geschichte (eigene Identität),
- sie wollen diese Identität bewahren,
- sie sind traditionell (also in der Regel seit Jahrhunderten) in Deutschland heimisch,
- sie leben innerhalb Deutschlands in angestammten Siedlungsgebieten.

Während die dänische Minderheit, die friesische Volksgruppe und das sorbische Volk traditionell in bestimmten, geografisch fest umrissenen Regionen Deutschlands siedeln, leben die deutschen Sinti und Roma - meist in kleinerer Zahl - nahezu in ganz Deutschland. Das Merkmal der traditionellen Ansiedlung auf dem Gebiet der Bundesrepublik Deutschland unterscheidet die nationalen Minderheiten von Zuwanderergruppen, die nicht traditionell in Deutschland gelebt haben.

Bundesministerium des Innern, für Bau und Heimat: Nationale Minderheiten, Minderheitensprachen und die Regionalsprache Niederdeutsch in Deutschland. In: www.bmi.bund.de, November 2020

c) Wer genau sind Sinti und Roma?

„Zigeuner" ist eine von Klischees überlagerte Fremdbezeichnung der Mehrheitsgesellschaft, die von den meisten Angehörigen der Minderheit als diskriminierend abgelehnt wird - so haben sich die Sinti und Roma nämlich niemals selbst genannt. [...] „Sinti" bezeichnet die in Mitteleuropa seit dem ausgehenden Mittelalter beheimateten Angehörigen der Minderheit, „Roma" jene ost- bzw. süd-osteuropäischer Herkunft. [...] Außerhalb des deutschen Sprachkreises wird „Roma" - oder einfach „Rom" (das bedeutet „Mensch") - auch als Sammelname für die gesamte Minderheit verwendet. In Deutschland bilden Sinti seit jeher die größte Gruppe, daher wird hier die Bezeichnung „Sinti und Roma" bevorzugt.

Zentralrat Deutscher Sinti & Roma: Erläuterungen zum Begriff „Zigeuner". In: https://zentralrat.sintiundroma.de, 09.10.2015

M6 Minderheitenschutz im Grundgesetz

Im Grundgesetz ist der Minderheitenschutz nicht ausdrücklich geregelt. Die „Väter und Mütter der Verfassung" wollten diesen vielmehr mit der strikten Gleichbehandlung, die in Artikel 3 GG festgeschrieben ist, zum Ausdruck bringen. Minderheiten benötigen aber häufig nicht nur Gleichstellung, sondern auch zusätzliche Rechte. Das Grundgesetz gewährt diese in Form von Freiheitsrechten, wie z. B. Religionsfreiheit, Meinungsfreiheit, freie Persönlichkeits-

Art. 3 GG
(1) Alle Menschen sind vor dem Gesetz gleich.
(2) Männer und Frauen sind gleichberechtigt. [...]
(3) Niemand darf wegen seines Geschlechtes, seiner Abstammung, seiner Rasse, seiner Sprache, seiner Heimat und Herkunft, seines Glaubens, seiner religiösen oder politischen Anschauungen benachteiligt oder bevorzugt werden. Niemand darf wegen seiner Behinderung benachteiligt werden.

entfaltung, Erziehungsrecht der Eltern, die aber nicht nur für Minderheiten, sondern für alle gelten und nur durch die anderen Grundrechte beschränkt werden. Zusätzlich zu den im Grundgesetz verbrieften Grundrechten, die den Minderheitenschutz eindeutig einfordern, haben einige Bundesländer (Schleswig-Holstein, Brandenburg und Sachsen) den Schutz nationaler Minderheiten in ihre Landesverfassungen aufgenommen. Auf europäischer Ebene werden die Rechte nationaler Minderheiten insbesondere durch das Rahmenübereinkommen des Europarats zum Schutz nationaler Minderheiten und durch die Europäische Charta der Regional- oder Minderheitensprachen geregelt.

Bearbeiterin

M7 (Diskriminierungs-)Szene aus dem Alltag: Unfassbarer antiziganistischer Rassismus

Romani Rose ist Vorsitzender des Zentralrats Deutscher Sinti und Roma.

Antiziganismus
spezifische Form von Rassismus, die sich gegen Sinti und Roma richtet

Romani Rose [, Vorsitzender des Zentralrats Deutscher Sinti und Roma,] fordert nach skandalösem Antiziganismus in der Sendung RTL „Punkt 12" von RTL-Chefredakteur Michael Wulf eine öffentliche Entschuldigung in der Sendung sowie personelle Konsequenzen für die Moderatorin Katja Burkhard. In einem Brief an den Chefredakteur von RTL, Michael Wulf, schrieb Romani Rose [...]: „Wenn eine erfahrene Moderatorin wie Katja Burkhard, ein Medienprofi, solche hetzerischen, beleidigenden und antiziganistischen Aussagen unwidersprochen in Ihrem Sender tätigen kann, dann unterstelle ich eine Absicht und verlange Konsequenzen. [...]"

In der Sendung RTL Punkt 12 [...] hat die Moderatorin [...] gesagt: „Solange die Kinder noch klein sind, nicht in die Schule gehen, da geht das ja glaube ich noch, oder? Wenn die dann älter sind, so wie unsere Roberta, dann ist nix mehr mit Zigeunerleben." [...]

Den von Katja Burkhard als „Zigeuner" diffamierten Menschen, [...] wird durch ihre Aussage unterstellt, sie hätten keine Verpflichtungen, würden nicht arbeiten gehen und hätten daher Zeit umherzureisen, während dies dem deutschen Durchschnittsbürger nicht möglich sei. Dieser gehe einer geregelten Arbeit nach, seine Kinder müssten in die Schule, während dies bei den „Zigeunern" offensichtlich nicht der Fall sei. Die bösartige Verbreitung solcher über Jahrhunderte tradierten antiziganistischen Diffamierungen sind der Grund, warum Angehörigen der Minderheit der Sinti und Roma in unserer Gesellschaft noch heute große Ablehnung entgegenschlägt und sie noch immer als Fremde wahrgenommen werden." Diese Einschätzung bestätigt auch der Abschlussbericht der vom Bundestag eingesetzten Unabhängigen Expertenkommission Antiziganismus [...].

Zentralrat Deutscher Sinti & Roma: Unfassbarer antiziganistischer Rassismus bei RTL „Punkt 12". In: https://zentralrat.sintiundroma.de, 08.07.2021

M8 Auszüge aus der Romnokher-Studie 2021: Diskriminierungserfahrung in der Schule

Die Romnokher-Studie ist eine Studie zur Lage der Sinti und Roma in Deutschland, die auf allen Ebenen von der Konzeption bis zur Bewertung maßgeblich von Sinti und Roma gestaltet wurde mit dem Anspruch, die Lage der eigenen Minderheit differenziert zu erforschen, darzulegen und auf Veränderungen zu drängen. Im Jahr 2011 wurde die erste Romnokher-Studie präsentiert. Die aktuelle Studie stammt aus dem Jahr 2021.

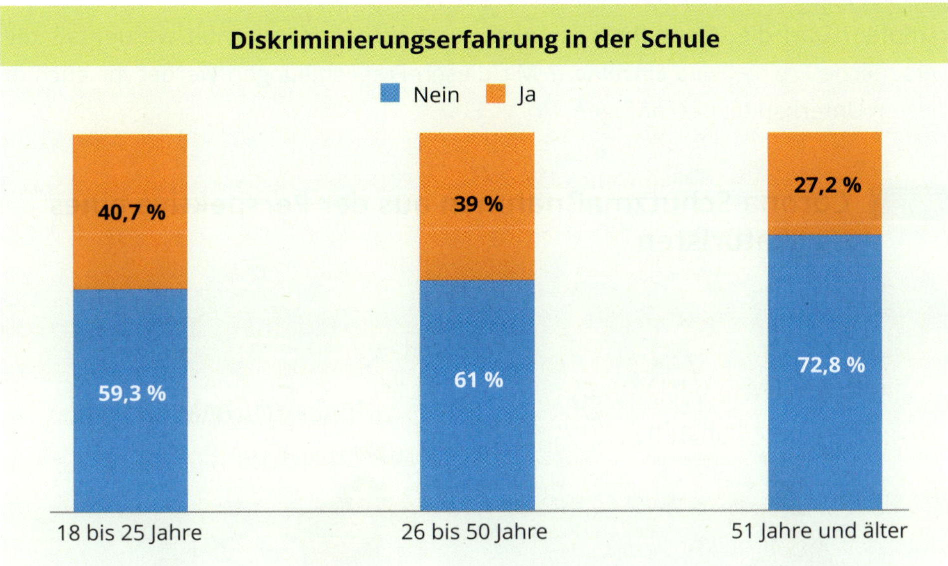

© C.C. Buchner Verlag, Daten nach: Strauß, Daniel (Hg.): Rhomnokher-Studie 2021. Ungleiche Teilhabe. Zur Lage der Sinti und Roma in Deutschland. Mannheim: RhomoKher 2021, S. 84

AUFGABEN

71103-152

1. a) Vergleicht eure Definitionsversuche aus der Einstiegsaufgabe mit der Definition in **M5a**.
   b) Beschreibt eine Situation aus eurem Alltag, in der euch bereits Diskriminierung von Minderheiten begegnet ist.
2. Charakterisiert Sinti und Roma als nationale Minderheit (**M5b** und **c**)
3. Erläutert, inwiefern das Grundgesetz dem Anspruch des Minderheitenschutzes gerecht wird (**M6**).
4. Beschreibt das in **M7** und **M8** dargestellte Problem.
5. a) Beschreibt, wie ein Staatsvertrag zwischen dem Land Baden-Württemberg und den Sinti und Roma eine Änderung im täglichen Umgang miteinander bewirken kann.
   b) Entwickelt weitere Lösungsvorschläge, wie der Staat Minderheiten schützen kann.

Staatsvertrag zwischen dem Land Baden-Württemberg und den deutschen Sinti und Roma
Ministerpräsident Winfried Kretschmann und Daniel Strauß, Vorsitzender des Landesverbands Deutscher Sinti und Roma Baden-Württemberg haben am 28.11.2013 einen Staatsvertrag unterschrieben. Mit diesem erkennt das Land die Sinti und Roma offiziell als Minderheit an und er legt eine verbindliche Förderung der Minderheit fest.

7.2 (Wie) Lassen sich Grundrechtskonflikte lösen?

7.2.1 Sind die Grundrechtseinschränkungen zur Pandemiebekämpfung grundgesetzkonform?

Zum Thema: Grundrechte regeln das Zusammenleben in unserer Gesellschaft. Aber darf der Staat Grundrechte einschränken, um z. B. eine Pandemie wie Corona zu bekämpfen? Darf die Gesundheit der Allgemeinheit höher gewichtet werden als die persönliche Freiheit des Einzelnen? Mit diesen Fragestellungen werdet ihr euch in diesem Unterkapitel beschäftigen.

M1 Corona-Schutzmaßnahmen aus der Perspektive eines Karikaturisten

Karikatur: Gerhard Mester

EINSTIEGSAUFGABEN 71103-153

1. Beschreibt das in der Karikatur **M1** dargestellte Problem.
2. Nennt Grundrechte, die zur Pandemiebekämpfung eingeschränkt wurden.
3. Was meint ihr: Sollen persönliche Freiheitsrechte zugunsten der Gesundheit der Allgemeinheit eigeschränkt werden dürfen? Bildet dazu eine Positionslinie (→ Methodenglossar).

M2 Hintergrund: Ausrufung einer epidemischen Lage

a) Welche Voraussetzungen sind für die Ausrufung der epidemischen Lage nötig?

Corona brachte nie dagewesene Grundrechtseinschränkungen: Grundlage dieser Eingriffe ist u. a. die Ausrufung einer „epidemischen Lage von nationaler Tragweite". [...] Geregelt ist die Ausrufung einer epidemischen Lage von nationaler Tragweite in § 5 IfSG. [...] [Die] Feststellung einer epidemischen Lage von nationaler Tragweite [setzt] voraus, dass

- eine ernsthafte Gefahr für die öffentliche Gesundheit in der gesamten Bundesrepublik Deutschland besteht,
- weil die WHO eine gesundheitliche Notlage von internationaler Tragweite ausgerufen hat oder
- eine dynamische Ausbreitung einer bedrohlichen übertragbaren Krankheit über mehrere Länder in der Bundesrepublik Deutschland droht oder stattfindet.

IfSG
Infektionsschutzgesetz

WHO
World Health Organization = Weltgesundheitsorganisation

Haufe Online Redaktion: Sind die Corona-Einschränkungen noch GG-konform? In: www.haufe.de, 09.06.2021

b) Welche Maßnahmen ermöglicht das Infektionsschutzgesetz im Falle einer epidemischen Lage?

§ 1

(1) Zweck des Gesetzes ist es, übertragbaren Krankheiten beim Menschen vorzubeugen, Infektionen frühzeitig zu erkennen und ihre Weiterverbreitung zu verhindern. [...]

§ 28a

(1) Notwendige Schutzmaßnahmen im Sinne des § 28 Absatz 1 Satz 1 und 2 zur Verhinderung der Verbreitung der Coronavirus-Krankheit-2019 (COVID-19) können für die Dauer der Feststellung einer epidemischen Lage von nationaler Tragweite nach § 5 Absatz 1 Satz 1 durch den Deutschen Bundestag insbesondere sein

1. Anordnung eines Abstandsgebots im öffentlichen Raum,
2. Verpflichtung zum Tragen einer Mund-Nasen-Bedeckung (Maskenpflicht),
3. Ausgangs- oder Kontaktbeschränkungen im privaten sowie im öffentlichen Raum,
4. Verpflichtung zur Erstellung und Anwendung von Hygienekonzepten für Betriebe, Einrichtungen oder Angebote mit Publikumsverkehr,
5. Untersagung oder Beschränkung von Freizeitveranstaltungen und ähnlichen Veranstaltungen,
6. Untersagung oder Beschränkung des Betriebs von Einrichtungen, die der Freizeitgestaltung zuzurechnen sind,
7. Untersagung oder Beschränkung von Kulturveranstaltungen oder des Betriebs von Kultureinrichtungen,
8. Untersagung oder Beschränkung von Sportveranstaltungen und der Sportausübung,
9. umfassendes oder auf bestimmte Zeiten beschränktes Verbot der Alkoholabgabe oder des Alkoholkonsums auf bestimmten öffentlichen Plätzen oder in bestimmten öffentlich zugänglichen Einrichtungen,
10. Untersagung von oder Erteilung von Auflagen für das Abhalten von Veranstaltungen, Ansammlungen, Aufzügen, Versammlungen sowie religiösen oder weltanschaulichen Zusammenkünften [...].

Quelle: www.gesetze-im-internet.de, Abruf am 31.05.2023

M3 Kontrovers diskutiert: Steht die individuelle Versammlungsfreiheit vor dem Schutz der Gesundheit der Allgemeinheit?

A Pro: Individuelle Versammlungsfreiheit muss über dem Gesundheitsschutz der Allgemeinheit stehen!

Im vergangenen Jahr [2020] haben die Gerichte [...] die Grenzen zulässiger Eingriffe in das vom Grundgesetz geschützte Versammlungsrecht aufgezeigt. So durften in Hamburg statt der ursprünglich von den Behörden erlaubten 2.000 Teilnehmer 10.000 Teilnehmer an einer von „Fridays-for-Future" [...] veranstalteten Demonstration zum Klimaschutz teilnehmen [...]. Auch eine von einem NPD-Mitglied angemeldete Versammlung in Worms durfte wegen der überragenden Bedeutung der durch Art. 8 GG geschützten Versammlungsfreiheit stattfinden.

Haufe Online Redaktion: Sind die Corona-Einschränkungen noch GG-konform? In: www.haufe.de, 09.06.2021

B Kontra: Der Schutz der Bevölkerung vor Gesundheitsgefahren steht über der Versammlungsfreiheit!

Das BVerfG bewertet allerdings gelegentlich den Schutz der Bevölkerung vor Gesundheitsgefahren höher als die Versammlungsfreiheit. So hat das BVerfG im vergangenen Jahr eine Entscheidung des OVG [= Oberverwaltungsgericht] Bremen bestätigt, in der dieses den Antrag einer Bremer Querdenkerorganisation gegen das Verbot einer Versammlung mit einer Teilnehmerzahl von erwarteten ca. 20.000 Personen ablehnte. Der durch das Verbot angestrebte Zweck, die Verbreitung übertragbarer Krankheiten zu verhindern und das Recht der Allgemeinheit auf Leben und körperliche Unversehrtheit gemäß Art. 2 Abs. 2 GG zu schützen, überwiege das grundsätzlich ebenfalls schützenswerte Interesse des Antragstellers auf Schutz der verfassungsrechtlich gewährten Versammlungsfreiheit gemäß Art. 8 Abs. 1 GG (BVerfG, Beschluss v. 5.12.2020,1 BvQ 145/20; ähnlich: BVerfG, Beschluss v. 21.11.2020, 1 BvQ 135/20).

Haufe Online Redaktion: Sind die Corona-Einschränkungen noch GG-konform? In: www.haufe.de, 09.06.2021

AUFGABEN

71103-154

1. Begründet, ob der Staat in Pandemiezeiten Grundrechte zum Schutz der Bevölkerung durch entsprechende Maßnahmen (**M1**) einschränken soll.
2. Nennt konkrete Grundrechtseinschränkungen, die euch während der Corona-Pandemie betroffen haben.
3. Stellt mithilfe von **M2** dar, unter welchen Bedingungen der Staat Grundrechte einschränken darf.
4. Eine besonders umstrittene Grundrechtseinschränkung im Zusammenhang mit einer Pandemie stellt die Einschränkung der Versammlungsfreiheit dar. Erörtert ausgehend von **M3** diese Grundrechtseinschränkung.
5. Bewertet ausgehend von der Karikatur **M1** die Ansicht, Grundrechteeinschränkungen seien als vorübergehende Maßnahme zum Schutz der Allgemeinheit vor einer weiteren Ausbreitung einer Pandemie notwendig gewesen und stellen insofern keine Gefahr für die im Grundgesetz verbrieften Grundrechte dar.

7.2.2 Grundrechte im Konflikt: Darf der Staat Folter androhen, um Leben zu retten?

Zum Thema: Wie sich am Beispiel der Grundrechtseinschränkungen während der Corona-Pandemie gezeigt hat, können Grundrechte unter bestimmten Bedingungen auch in unserem Rechtsstaat eingeschränkt werden. Aber wie verhält es sich mit der Abwägung von Grundrechten eines mutmaßlichen Straftäters und seines Opfers? Dieses Spannungsverhältnis zwischen der Menschenwürde des Opfers und Menschenwürde des Täters ist Gegenstand dieses Unterkapitels.

M4 Hintergrund: Der Fall Daschner

Der Entführer ist ein Bekannter der Familie: Der Jurastudent Magnus Gäfgen lockt am 27. September 2002 den elfjährigen Bankierssohn Jakob von Metzler in seine Wohnung in Frankfurt am Main – und erstickt ihn. Anschließend erpresst der 27-Jährige eine Million Euro Lösegeld von den Eltern. Als die Polizei ihn bei der Übergabe am 30. September fasst, behauptet Gäfgen, der Junge lebe noch. Dessen Aufenthaltsort verschweigt er aber. Nach stundenlanger Befragung sind die Beamten keinen Schritt weiter. Sie gehen davon aus, dass das Kind noch am Leben ist. „Die Gefahr für Jakob wurde größer und das Zeitfenster für uns wurde immer kleiner", sagt der Polizeibeamte Ortwin Ennigkeit später. Er erhält am 1. Oktober von Frankfurts Polizei-Vizepräsident Wolfgang Daschner die Anweisung, Gäfgen mit Gewalt zu drohen. „Ich hab ihm ganz klipp und klar gesagt, was Herr Daschner vorhat", erinnert sich Ennigkeit. „Wenn er jetzt nicht sagt, wo der Junge ist, dass jemand kommen wird, der ihm Schmerzen zufügen wird."

Reinle, Dominik: Stichtag: 20. Dezember 2004 – Urteil im Fall Daschner. In: www.1.wdr.de, 20.12.2014

Magnus Gäfgen entführte und ermordete Jakob von Metzler im Jahr 2002.

ZDF-Fernsehfilm: Der Fall Jakob von Metzler

71103-155

EINSTIEGSAUFGABEN 71103-156

Wie würdet ihr entscheiden? Stimmt in der Klasse ab und tauscht euch über eure Begründungen für die jeweiligen Entscheidungen aus.

M5 Der Fall Daschner und seine Folgen ....

Daschner schreibt [...] einen internen Vermerk über seine Anweisung: „Zur Rettung des Lebens des entführten Kindes habe ich angeordnet, dass Gäfgen nach vorheriger Androhung unter ärztlicher Aufsicht durch Zufügung von Schmerzen erneut zu befragen ist." Die von einem Beamten dagegen „erhobenen moralischen Bedenken seien „in einer weiteren Besprechung" zurückgestellt worden. [...] Daschner informiert auch die Staatsanwaltschaft: „Mir war

Wolfgang Daschner, ehemaliger Vizepräsident der Frankfurter Polizei, musste sich wegen Folterandrohung vor Gericht verantworten.

von Anfang an klar, dass gegen mich ermittelt werden würde." Im Februar 2003 wird Daschners Vermerk öffentlich bekannt und löst eine Debatte aus, ob Folter und ihre Androhung unter bestimmten Umständen legitim sein können. [...] Das Urteil gegen Gäfgen bleibt davon aber unbeeinflusst: Gäfgen wird am 28. Juli 2003 wegen Mordes aus Habgier zu lebenslanger Haft mit anschließender Sicherheitsverwahrung verurteilt. Die Polizisten Daschner und Ennigkeit müssen sich ebenfalls vor Gericht verantworten. Staatsanwalt Wilhelm Möllers ist „der Ansicht, dass die Grenze zwischen erlaubten polizeilichen Vernehmungsmethoden und verbotenen Handlungsweisen überschritten worden ist." Diese Ansicht vertritt auch das Frankfurter Landgericht und spricht Daschner am 20. Dezember 2004 der Verleitung zu schwerer Nötigung schuldig. Die Stresssituation und Daschners Vermerk werten die Richter als strafmildernd. Er wird lediglich zu einer Geldstrafe auf Bewährung verurteilt.

Reinle, Dominik: Stichtag: 20. Dezember 2004 – Urteil im Fall Daschner. In: www.1.wdr.de, 20.12.2014

M6 Kontrovers diskutiert: Ist die Menschenwürde eines Täters verhandelbar?

A Argumente der Staatsanwaltschaft

Die Staatsanwaltschaft forderte für Daschner vor dem Landgericht Frankfurt eine Geldstrafe in Höhe von 27.000 Euro auf Bewährung. Der Grund lautete Anstiftung zur schweren Nötigung. Für Ortwin Ennigkeit beantragte sie eine Geldstrafe in Höhe von 14.400 Euro wegen schwerer Nötigung. Sie blieb somit unter dem gesetzlichen Strafrahmen, der eine Freiheitsstrafe von sechs Monaten bis fünf Jahren vorsieht.

Basierend auf: sueddeutsche.de: Staatsanwaltschaft fordert nur Geldstrafe auf Bewährung. In: www.sueddeutsche.de, 19.05.2010

B Argumente der Verteidigung

Daschners [...] Rechtfertigung – die Güterabwägung zwischen dem Recht des Opfers auf Leben und dem des mutmaßlichen Täters auf körperliche Unversehrtheit – erfuhr durch seinen Verteidiger [...] eine interessante Ergänzung: Es sei eine Rechtsgüterabwägung zu treffen gewesen „zwischen dem Recht des Opfers auf Menschenwürde und Leben und dem Recht des dringend Tatverdächtigen auf Menschenwürde und körperliche Unversehrtheit". Das zeigt, dass der Verteidiger sich der juristischen Problematik vollständig bewusst ist: Für das Grundgesetz ist die Menschenwürde eindeutig ein höherer Wert als selbst das Leben. Die Menschenwürde ist „unantastbar".

Holzhaider, Hans: Polizeiliche Folterandrohung: Und er würde es wieder tun. In: www.sueddeutsche.de, 19.05.2010

AUFGABEN

71103-157

1. Erläutert, welche Grundrechte der damalige Frankfurter Polizeivizepräsident Daschner in Folge der Festnahme des mutmaßlichen Täters Gäfgen gegeneinander abwägen musste (**M4**, **M5**).
2. Bewertet die Ansicht, Grundrechte sind unter keinen Umständen verhandelbar (**M6**).

WAS WIR KÖNNEN

Grundrechte im Konflikt: Wie urteilt ihr?

Die vielfältigen Einschränkungen der Grundrechte während der Corona-Pandemie gingen weit, aber gingen sie zu weit? [Es] geht [...] um eine Güterabwägung: auf der einen Seite das individuelle Recht des Einzelnen auf seine Grundrechte, auf der anderen Seite das Allgemeinwohl, in diesem Fall also die Gesundheit der Bevölkerung. Im November 2021 hat das Bundesverfassungsgericht in Karlsruhe [...] die Schulschließungen vom Frühjahr 2021 und die Ausgangsbeschränkungen, die verhängt worden waren, [für verfassungsmäßig erklärt]. Das alles habe zwar erheblich in unsere Grundrechte eingegriffen, so ein Sprecher des Bundesverfassungsgerichts, aber „in der konkreten Situation der Pandemie waren die Eingriffe zum Schutz vor großen Gefahren für Leben und Gesundheit gerechtfertigt".

Wie schwierig viele dieser Fragen sind, sollen [zwei] Beispiele verdeutlichen:

1 Wird [...] die Einschränkung der Bewegungsfreiheit eines infizierten und damit ansteckenden Menschen aufgewogen durch die Tatsache, dass damit die Ansteckung anderer Menschen verhindert wird? Was hat hier [...] Vorrang: Der Schutz des Lebens und das Grundrecht auf körperliche Unversehrtheit (vgl. Artikel 2 des Grundgesetzes), oder besteht die Möglichkeit, dass es durch die Einschränkung der Bewegungsfreiheit für Betroffene zu noch schwereren Verletzungen anderer Rechte kommt?

2 Wie weit darf staatlicher Zwang gehen angesichts Art. 1 des Grundgesetzes, wonach die Würde des Menschen unantastbar ist? Dieser Artikel 1 ist ein ganz besonderes Grundrecht, weil es keine Ausnahmen zulässt. Aber wird nicht die Würde eines alten Menschen in einem Pflegeheim angetastet, wenn er in unfreiwilliger Isolation sterben muss, ohne von Angehörigen besucht werden zu können?

Landeszentrale für politische Bildung Baden-Württemberg: Grundgesetz & Grundrechte in Zeiten der Corona-Pandemie. In: www.lpb-bw.de, Abruf am 05.05.2023

Artikel 2 Grundgesetz
(1) Jeder hat das Recht auf die freie Entfaltung seiner Persönlichkeit, soweit er nicht die Rechte anderer verletzt und nicht gegen die verfassungsmäßige Ordnung oder das Sittengesetz verstößt.
(2) Jeder hat das Recht auf Leben und körperliche Unversehrtheit. Die Freiheit der Person ist unverletzlich. In diese Rechte darf nur auf Grund eines Gesetzes eingegriffen werden.

AUFGABEN

71103-158

1. Stellt für die Fälle 1 und 2 dar, worin genau jeweils der Grundrechtekonflikt besteht.
2. Begründet, wie ihr in den Fällen 1 und 2 jeweils entscheiden würdet.
3. Grundrechte können miteinander in Konflikt stehen. Das hat nicht nur, aber auch, die Pandemie eindrücklich gezeigt. Erläutert, worin mit Blick auf die Grundrechte die größte Herausforderung für das Zusammenleben in unserer Gesellschaft besteht.

1 „Keine Aufrüstung zu Lasten des Sozialstaates!“

2 „Steigende Preise bringen soziale Hilfsorganisationen in Schwierigkeiten.“

3 „Der Sozialstaat wankt: steigende Kosten und fehlende Einnahmen lassen das System taumeln.“

4 „42 Prozent der Deutschen befürworten die Aktienrente.“

5 „Armut in Deutschland – 1,8 Millionen Kinder in Haushalten mit Grundsicherung“

6 „Gesundheitskosten klettern auf einen Höchststand – Krankenkassen überfordert!“

7 „Arbeitgeber kritisieren Kosten: Die Sozialausgaben steigen stetig an.“

Aufgaben und Probleme des Sozialstaates – ist die soziale Sicherung in Zukunft garantiert?

8

Der Sozialstaat ist in der deutschen Verfassung fest verankert, aber die genaue Gestaltung gibt das Grundgesetz nicht vor. Politische Entscheidungen darüber sind häufig umstritten. Zudem werden aufgrund gesellschaftlicher Entwicklungen zunehmend Diskussionen über die Zukunftsfähigkeit des Sozialstaates geführt. Reformen erfordern dabei sowohl kurzfristige Maßnahmen als auch langfristige Strategien, um den sich ändernden Rahmenbedingungen gerecht zu werden. Im Fokus der politischen Debatten steht oftmals die Balance zwischen sozialer Absicherung und individueller Verantwortung.
Der Sozialstaat muss an die Anforderungen der Zeit angepasst werden, um seine zentrale Aufgabe zu erfüllen: den Schutz und die Unterstützung aller Bürgerinnen und Bürger zu gewährleisten und soziales Gleichgewicht zu schaffen.

Am Ende des Kapitels könnt ihr Antworten auf folgende Fragen finden:

- Wie ist das Sozialstaatsgebot im Grundgesetz formuliert? (**Regeln und Recht**)
- Welche unterschiedlichen Vorstellungen zur Umsetzung des Sozialstaatsgebots gibt es? (**Interessen und Gemeinwohl**)
- Wie ist der Sozialstaat ausgestaltet? (**Ordnung und Struktur**)

WAS WISST UND KÖNNT IHR SCHON?

71103-159

1. Beschreibt zunächst alleine, was euch zu den Schlagzeilen auf der linken Seite einfällt, indem ihr zu einer oder mehreren Schlagzeilen folgende Fragen beantwortet:
   a) Welches Problem wird angesprochen oder verbirgt sich hinter der Aussage?
   b) Welche Akteure sind beteiligt?
   c) Welche Konsequenzen sind für die Beteiligten denkbar?
2. Tauscht eure Überlegungen mit einem Partner oder einer Partnerin aus.
3. Vergleicht eure Ergebnisse in der Klasse.
4. Welche offenen Fragen stellen sich euch? Haltet sie auf Karten fest und ordnet sie z. B. nach „Sachfragen“ (Was ist ...? Wie funktioniert ...?) und „Beurteilungsfragen“ (Sollte ...?). Beantwortet sie am Ende der Unterrichtseinheit.

8.1 Armut im Sozialstaat Deutschland?

8.1.1 Gibt es Armut in Deutschland?

Zum Thema: „Deutschland gehört zu den reichsten Ländern der Welt!“ – dieser Aussage würde jeder zustimmen. Trotzdem hört man auch immer wieder von Armut in Deutschland, besonders die Kinderarmut steht immer wieder im Fokus politischer Debatten. Wann ist man eigentlich arm? Wer ist in Deutschland besonders armutsgefährdet und was kann der Staat tun, um vor Armut zu schützen? In diesem Kapitel erhaltet ihr Antworten auf diese Fragen.

M1 Was bedeutet Armut für dich?

Armut bedeutet für mich ...	trifft zu	trifft nicht zu	unentschlossen
1. ... kein eigenes Kinderzimmer zu haben.			
2. ... an manchen Tagen hungrig ins Bett gehen zu müssen.			
3. ... nicht in den Urlaub fahren zu können.			
4. ... kein eigenes Handy zu besitzen.			
5. ... nur einmal im Monat mit Freunden ins Schwimmbad oder den Zoo zu gehen.			
6. ... kein Geld für Theater- oder Kinobesuche zu haben.			
7. ... nicht in die Schule gehen zu können.			

Ins Heft

Nach: Landeszentrale für politische Bildung Baden-Württemberg: Abgehängt? Armut in Deutschland. In: Politik und Unterricht 2/2017, S. 16

EINSTIEGSAUFGABEN 71103-160

1. Was bedeutet Armut für dich? Entscheide für jedes Beispiel, ob es sich deiner Meinung nach um Armut handelt oder nicht.
2. Begründe deine Entscheidungen gegenüber einem Partner/einer Partnerin.
3. Überlegt euch, welche Formen von Armut es gibt. Inwiefern hängen die verschiedenen Formen von Armut zusammen?
4. Gestaltet zu zweit einen kurzen Lexikoneintrag, in dem ihr „Armut“ definiert.

M2 Armutsmessung – ab wann gilt jemand als arm?

Die Weltbank benutzt die absolute Armutsdefinition. Sie definiert Menschen als extrem arm, wenn sie umgerechnet weniger als 1,90 US-Dollar pro Tag (Stand: 2021) zur Verfügung haben. Nach dieser Definition hat es in den letzten

Jahrzehnten deutliche Erfolge in der weltweiten Armutsbekämpfung gegeben: Der Prozentsatz an extrem armen Menschen ist von 12,4 % im Jahre 2012 auf 8,4 % in 2019 gesunken. Im Zuge der Corona-Pandemie ist ein erneuter Zuwachs auf 9,5 % zu verzeichnen.

Allerdings ist diese Maß für die Situation in den Ländern der nördlichen Hemisphäre nicht besonders aussagekräftig. Deshalb wird in der Europäischen Union ein anderes, *relatives Maß für Armut* verwendet: Danach gilt als armutsgefährdet, wer weniger als 60 % des mittleren Haushaltseinkommens zur Verfügung hat. Das sind in Deutschland 14,7 % (2022).

Bearbeiterin

Mittleres Haushaltseinkommen
Das mittlere Haushaltseinkommen beschreibt das Einkommen, bei dem 50 % der Bevölkerung mehr Geld verdienen und 50 % der Bevölkerung weniger Einkommen beziehen. Es wird auch als das Medianeinkommen bezeichnet.

M3 Wer ist armutsgefährdet in Deutschland?

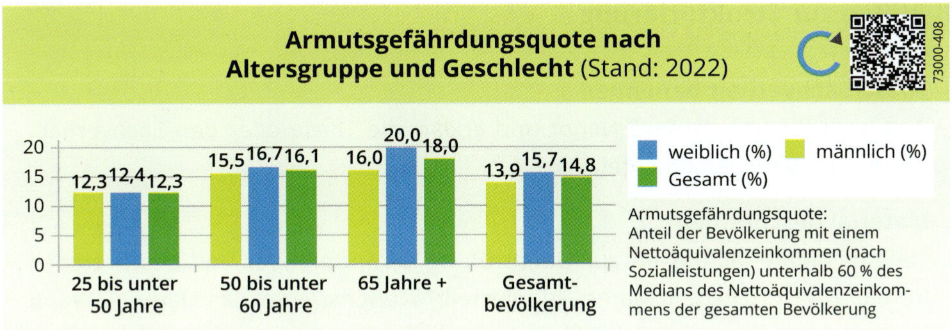

©C.C. Buchner Verlag, aktuelle Daten nach: DESTATIS, 2019

Äquivalenzeinkommen
Mithilfe von Äquivalenzeinkommen – auch Haushaltsäquivalenzeinkommen genannt – kann die Einkommenssituation von Haushalten unterschiedlicher Größe und Zusammensetzung vergleichbar gemacht werden. Dazu werden die Einkommen aller im Haushalt lebenden Personen addiert und mithilfe einer Bedarfsskala passend für die Struktur des Haushalts umgerechnet.
© 2019 Deutsches Institut für Wirtschaftsforschung e. V.

M4 Nach Coronakrise: 13,8 Millionen Menschen armutsgefährdet

Die Zahl der von Armut bedrohten Menschen in Deutschland hat einen neuen Höchststand erreicht. Das zeigt der neue Armutsbericht des Paritätischen Wohlfahrtsverbands. […] Dem Bericht zufolge leben derzeit 13,8 Millionen Menschen unterhalb der Armutsgefährdungsgrenze. Das sind 600.000 mehr als vor der Corona-Pandemie. […] Die aktuell hohe Inflationsrate könne die Lage weiter verschärfen, befürchtet der Verband.

© ARD-aktuell / tagesschau.de: 13,8 Millionen Menschen armutsgefährdet. In: www.tagesschau.de, 29.06.2022

Armutsbericht 2022 (Link)

71103-161

AUFGABEN

71103-162

1. Vergleicht die Konzepte der absoluten und relativen Armut mit euren Definitionen aus der Einstiegsaufgabe 4 (**M2**).
2. Entwickelt Thesen, wer in Deutschland besonders armutsgefährdet sein könnte. Begründet eure Vermutungen.
3. Überprüft eure Thesen mithilfe von **M3** (→ Operatoren-Training auf S. 184).
4. Gestaltet einen Podcast (→ Methodenglossar) zum Thema „Arm im reichen Deutschland“, in dem ihr die Facetten von Armut aufzeigt.

Überprüfen

I. Was ist zu tun?

Wenn es um Politik geht, werden wir mit vielen unterschiedlichen Meinungen, Vorschlägen und Thesen konfrontiert. Oft ist es hier wichtig, erst einmal zu überprüfen, ob diese Thesen zutreffen, ob Vorschläge tatsächlich funktionieren würden und ob Meinungen den Tatsachen entsprechen. Der Operator „überprüfen" verlangt genau das: Ihr sollt – oft anhand von vorgegebenem Material – eine These, Meinung oder einen Sachverhalt überprüfen und in einem Fazit euer Urteil formulieren.

II. Hilfen zur Strukturierung

These/Sachverhalt benennen
Was wollt ihr überprüfen? Nennt und erklärt die These oder den Sachverhalt, den ihr untersuchen möchtet.

Material beschreiben
Stellt das Material, das ihr zur Überprüfung heranzieht, vor und beschreibt es formal: Was wird in dem Material dargestellt? Woher stammt das Material? Wann wurde es veröffentlicht? Falls die Aufgabe kein Material beinhaltet, überspringt diesen Schritt.

Überprüfung durchführen
Nun könnt ihr mit der Überprüfung beginnen. Stellt euch dazu die folgenden Fragen: Inwiefern bestätigt oder widerlegt das Material und/oder mein Wissen die These? Welche Informationen fehlen, um die These vollständig zu überprüfen? Welche Informationen aus dem Material sind evtl. irreführend?

Prüfergebnisse zusammenfassen
Sammelt alle Antworten auf diese Fragen und wertet sie in einem abschließenden Fazit aus.
Konnte die These bestätigt oder widerlegt werden? Welche Informationen aus dem Material, welche Zusammenhänge oder Theorien sprechen dafür/dagegen? Konnte kein abschließendes Ergebnis erzielt werden, da wichtige Informationen fehlen?
Stellt am Ende noch einmal den Bezug zur These her, die ihr überprüfen solltet und formuliert einen klaren abschließenden Satz mit eurem Ergebnis.

III. Checkliste für die Bearbeitung

Checkliste zum Ausfüllen

71103-163

Checkliste
Im nebenstehenden QR- bzw. Mediencode können die einzelnen Schritte im Form einer Checkliste zum Ausfüllen bearbeitet werden.

Bearbeiterin

8.1.2 (Wie) Soll der Staat Armut bekämpfen?

Zum Thema: Die Armutsgefährdung ist in den letzten Jahren im Zuge der Corona-Pandemie wieder gewachsen. Vor allem für Kinder und Jugendliche hat ein Leben in Armut weitreichende Konsequenzen. Welche Folgen hat ein Leben in Armut und wie kann der Staat darauf reagieren? Diese Fragen sollen im Folgenden geklärt werden.

M5 Leben in Armut – ein Fallbeispiel: Aicha, 23 Jahre alt

Eine unbeschwerte Kindheit und Jugend hatte Aicha nicht. Als Älteste von sechs Geschwistern muss die heute 22-Jährige früh Verantwortung übernehmen, weil ihre Eltern krank sind und von Hartz IV [jetzt: Bürgergeld] leben. Erst abends kann sie sich nach der Hausarbeit und der Versorgung ihrer Geschwister um die Schule kümmern. Dabei will Aicha unbedingt eine gute Ausbildung machen, um der Armut zu entkommen.
Aicha absolviert eine Ausbildung zur Bankkauffrau, macht parallel dazu ihr Fachabitur. Doch von ihrem Azubigehalt muss sie einen großen Teil für die Familie abgeben – denn sie ist Teil der sogenannten Hartz-IV-Bedarfsgemeinschaft. Mit 18 zieht sie schließlich nach vielen familiären Konflikten aus, bekommt keine finanzielle Unterstützung. Neben ihrer Ausbildung übernimmt sie mehrere Nebenjobs, um irgendwie über die Runden zu kommen. [...] Sie fühlte sich ständig unter Druck, musste schauen, wie sie über die Runden kommt.[...]. Heute absolviert sie ein Fernstudium zur Betriebswirtin neben ihrer Arbeit in der Bank – und geht damit erneut über ihre Belastungsgrenzen hinaus.

Walter, Christine / Erl, Claudia: Reiches Land, arme Jugend: Die prekäre Lage junger Menschen. In: www.br.de, 09.03.2022

EINSTIEGSAUFGABEN 71103-164

1. Was bedeutet es in Armut leben zu müssen? Erstellt eine Liste mit Dingen, auf die Aicha verzichten oder bei denen sie mit größeren Schwierigkeiten kämpfen muss als Gleichaltrige, die nicht von Armut betroffen sind.
2. Diskutiert zusammen mit einem Partner oder einer Partnerin Möglichkeiten des Staates, Menschen in Armut zu unterstützen.

M6 Welche Ursachen und Folgen hat Armut?

Als wichtigste Ursachen von Armut in Deutschland gelten Arbeitslosigkeit, vor allem Langzeitarbeitslose sind betroffen, geringe Bildung und der Umstand, dass Väter oder Mütter alleinerziehend sind.
[...] Studien haben gezeigt, dass gerade sozial schwächere Schichten der Bevölkerung sich aus politischen und gesellschaftlichen Entscheidungs- und Willensbildungsprozessen wie zum Beispiel Wahlen stärker zurückziehen als einkommensstärkere Gruppen. [...]
Je weniger Menschen sich an der Demokratie beteiligen oder die Möglichkeit dazu haben, umso mehr steht die „Herrschaft des Volkes" in Frage, aber auch grundlegende Themen wie soziale Gleichheit und Gerechtigkeit.

Brandenburgische Landeszentrale für politische Bildung: Armut. In: www.politische-bildung-brandenburg.de, Abruf am 24.02.2023

M7 Welche individuellen, gesellschaftlichen und wirtschaftlichen Folgen hat Armut?

Viele Betroffene von Armut sind in ihrer gesamten Lebensführung eingeschränkt: Sie müssen jeden Einkauf durchrechnen und sich ständig in Verzicht üben: die Kinokarte für den Abend mit der Clique ist zu teuer, die neuen angesagten Sneaker außerhalb des Budgets und auch Lebensmittel des täglichen Gebrauchs dürfen einen bestimmten Preis nicht überschreiten. Einhergehend mit diesem Verzicht sind Einschränkungen der sozialen und gesellschaftlichen Teilhabe. Die Ausfahrt des Sportvereins, Freibad- und Restaurantbesuche etc. – all diese Dinge kosten Geld und ein Verzicht darauf bedeutet, dass man an gemeinschaftlichen Aktivitäten nicht teilnehmen kann. Dies führt häufig zu einem Gefühl der sozialen Ausgrenzung. Fehlende soziale Anerkennung als vollwertiges Mitglied der Gemeinschaft kann schließlich zu einem Verlust des Selbstwertgefühls und zu emotionalem Leid führen. Viele Betroffene von Armut schämen sich und fühlen sich wertlos. Das Vorurteil, dass arm sein mit fehlender Leistung und Faulheit begründet ist, belastet sie schwer. Vor allem Kinder, die in Armut aufwachsen, erleben oft eine Perspektivlosigkeit, die ihren Chancen auf Erfolg im Wege steht. Dies wiederum hat Folgen für die Wirtschaft. Denn Kinder und Jugendliche, die ihr Potenzial nicht ausschöpfen können, fehlen der Gesellschaft als zukünftige Arbeitskräfte. Auch Alleinerziehende und andere von Armut betroffene Gruppen der Gesellschaft können oft aufgrund der Einschränkungen, die sie in ihrem täglichen Leben erleiden, nicht die Leistung bringen, die ihren Fähigkeiten entspricht. Der Wirtschaft geht somit ein großes Maß an Humankapital, also den Fähigkeiten und Kenntnissen, die es in der Arbeitswelt braucht, verloren. Gleichzeitig erhöhen sich mit einer steigenden Anzahl von in Armut lebenden Menschen die Sozialausgaben des Staates. Denn Betroffene von Armut sind oft auf Zuschüsse des Staates angewiesen.

Durch die mangelnden Teilhabechancen, die fehlenden Perspektiven auf Erfolg und die oft empfundene Stigmatisierung fühlen sich in Armut lebende Menschen oft nicht politisch repräsentiert. Eine sinkende Wahlbeteiligung und Unzufriedenheit mit der Regierungsarbeit können eine weitere Folge sein.

Bearbeiterin

Nationale Armutskonferenz
Die Nationale Armutskonferenz (nak) ist ein Bündnis von Organisationen, Verbänden und Initiativen, die sich für eine aktive Politik der Armutsbekämpfung einsetzen. Sie wurde im Herbst 1991 als deutsche Sektion des Europäischen Armutsnetzwerks EAPN (European Anti Poverty Network) gegründet. Neben Bundesverbänden wirken in der nak auch Menschen mit Armutserfahrung bzw. Selbsthilfeorganisationen mit, die ihre Erfahrungen und Perspektiven einbringen und ihre Lösungsansätze im Kampf gegen Armut und soziale Ausgrenzung aufzeigen.

M8 Welche Ziele der Armutsbekämpfung sollte die Bundesregierung verfolgen?

Die Staats- und Regierungschefs der Europäischen Union haben bei ihrem Gipfeltreffen in Lissabon im März 2000 vereinbart, Nationale Aktionspläne zu erarbeiten, um durch einen ständigen Dialog und den Austausch die Bekämpfung von Armut und sozialer Ausgrenzung zu verbessern. Die nationale Armutskonferenz in Deutschland hat die folgende Stellungnahme zu den Zielen der Bundesregierung erlassen:

1 **Erwerbstätigkeit:** Die Bundesregierung strebt an, die der Erwerbsbeteiligung insgesamt, sowie speziell für die Gruppe Frauen, Ältere, Ausländer:innen zu verbessern. Die nak [= Nationale Armutskonferenz] weist darauf hin, dass die angestrebte Beschäftigungsquote [von 78 %] in Deutschland schon fast verwirklicht ist. [...] Auch wenn viele Frauen erwerbstätig sind, so ist dies bei Müttern häufig in Teilzeit, was nicht selten mit einer prekären Perspektive für die eigene Existenzsicherung einhergeht. [...] [Auch] stehen beispielsweise EU-Ausländer:innen und Geflüchtete, die in den letzten Jahren nach Deutschland gekommen sind, vor anderen Herausforderungen beim Zugang zu und Verbleib in Erwerbsarbeit. [...] Neben einem quantitativen Beschäftigungsziel sollte die Bundesregierung unbedingt auch die Qualität der Erwerbstätigkeit in ihren Zielen berücksichtigen. [...] Arbeit kann auskömmlich sein und soziale Teilhabe ermöglichen, wenn sie den Interessen, Möglichkeiten und Fähigkeiten der Arbeitsuchenden entspricht und mehr als Armutslöhne bietet. Sie ist kein Selbstzweck.

prekär
unsicher, vor allem in wirtschaftlicher und finanzieller Hinsicht

2 **Weiterbildung:** Der Zugang zu Weiterbildung muss [...] verbessert werden. [...] Die in Deutschland vorliegenden Statistiken und Erfahrungen zeigen: Weiterbildung nehmen vor allem die Menschen in Anspruch, die schon gebildet sind und bessere Jobs haben. Andere Personenkreise wie Geringqualifizierte haben hohe Fortbildungsnotwendigkeiten, erhalten aber keine passgenauen Angebote oder können diese, z. B. aus finanziellen Gründen, nicht wahrnehmen. [...] Ein nationales Weiterbildungsziel muss klare Zielgruppen, Zugangswege und Qualitätskriterien für die Weiterbildung enthalten, sozial Benachteiligte dabei besonders in den Blick nehmen und anstreben, dass Weiterbildungen kostenfrei bzw. kostengünstig und passgenau angeboten werden.

Nationale Armutskonferenz: Stellungnahme der nationalen Armutskonferenz zur Festlegung nationaler Ziele zur Umsetzung der EU-2030 Ziele. In: www.nationale-armutskonferenz.de, 25.01.2022

AUFGABEN

71103-165

1. Erstellt ausgehend von **M6** und **M7** eine Concept Map (→ Methodenglossar), die die Ursachen sowie die individuellen, gesellschaftlichen und wirtschaftlichen Folgen von Armut übersichtlich darstellt.
2. Entwickelt Maßnahmen zur Bekämpfung von Armut in Deutschland (**M3**, **M7**).
3. Überprüft, ob die Maßnahmen aus **M8** ausreichend sind, um Armut in Deutschland zu bekämpfen (**M3**, **M7**). Bezieht auch eure Überlegungen aus der Einstiegsaufgabe mit ein.
4. Führt ein Expertengespräch zum Thema „(Wie) kann Armut in unserer Gemeinde/in unserem Stadtteil besser bekämpft werden?“.

Ein Experteninterview führen

I. Worum geht es?

Expertenbefragungen öffnen den Unterricht für die außerschulische soziale Welt und ermöglichen eine Form des „realen Handelns". Dabei sollte der Begriff „Experte" nicht zu eng gefasst werden. Nicht nur wissenschaftlich oder beruflich gut ausgebildete Spezialisten, sondern auch engagierte Bürgerinnen und Bürger oder Zeitzeugen (z. B. Mitwirkende in sozialen Einrichtungen, Ehrenamtliche in Vereinen, Mitarbeiterinnen und Mitarbeiter in der Gemeindeverwaltung, ...) verfügen über „Insider-Wissen", das den Unterricht auf interessante Weise bereichern kann.

II. Geht dabei so vor:

1. Schritt: Vorklärungen

- Klärt, was genau ihr wissen wollt und warum. Nur so könnt ihr passgenaue Fragen finden.
- Stellt Überlegungen an, welche Expertinnen und Experten sich am besten für das Thema „Umgang mit Armut" in eurer Gemeinde/eurem Stadtbezirk eignen.
- Plant den zeitlichen, räumlichen und situativen Rahmen eurer Befragung. Wo soll sie durchgeführt werden?

2. Schritt: Inhaltliche Vorbereitung (Erstellen eines Fragenkatalogs)

- Formuliert kurze, aber keine geschlossenen Fragen („Sind Sie der Meinung ... oder nicht?").
- Vermeidet W-Fragen und wählt stattdessen Fragemuster, die einen weiteren Antworthorizont zulassen („Können Sie uns bitte erläutern ...").
- Fragt präzise. Die Expertin oder der Experte sollte sich nicht gegängelt fühlen, aber auch nicht zu Abschweifungen verleitet werden.
- Bringt faktenorientierte Fragen mit kurzen Antwortmöglichkeiten und problemorientierte offene Fragen in ein ausgewogenes Verhältnis.
- Vermeidet Suggestivfragen und Fragen mit versteckter Wertung sowie unfaire Fragen.

3. Schritt: Durchführung

- Sorgt für ein angenehmes Gesprächsklima (Raumatmosphäre, Getränkeauswahl für die Expertin/den Experten, Begrüßung und Vorstellung, Danksagung etc.).
- Bestimmt eine Moderatorin/einen Moderator, die oder der sich auch um die Einhaltung der Gesprächsregeln kümmert.
- Legt fest, wie die Ergebnisse der Befragung festgehalten werden sollen (Beobachtungsbogen).

4. Schritt: Nachbereitung

- Reflektiert den Erfolg der Befragung: Habt ihr herausgefunden, was ihr wissen wolltet?
- Betrachtet die Befragung aus ideologiekritischer Perspektive. War die Darstellung der Expertin/des Experten einseitig bzw. parteiisch? Solltet ihr als Zuhörende argumentativ überwältigt werden?

8.1.3 Bürgergeld statt Hartz IV: Mit dem Bürgergeld zu einer gerechteren Grundsicherung?

Zum Thema: Inwiefern trägt die als Hartz IV bekannte Grundsicherung zur Armutsbekämpfung bei und ist das von der aktuellen Koalition eingeführte Bürgergeld eine bessere Alternative? Diese Fragen sollen im Folgenden beantwortet werden.

M9 Wie viel braucht man zum Leben?

Hans Simon (42), noch Sachbearbeiter in einem mittelständischen Betrieb, ist zum Jahresende betriebsbedingt gekündigt worden. […] Herr Simon hat sich sofort bei der für ihn zuständigen Agentur für Arbeit arbeitslos gemeldet und erfahren, dass er im ersten Jahr seiner Arbeitslosigkeit einen Anspruch auf das Arbeitslosengeld I, also 60 % seines derzeitigen Nettolohns hat, sollte er nicht sofort wieder eine Arbeit finden. Nach einem Jahr vergeblicher Bewerbungen bekommt die Familie Simon nur noch das [Bürgergeld]. Das sind 1.568 € abzüglich des Kindergeldes von 500 €, also 1.068 €. Hinzu kommen noch die Kosten für Unterkunft und Heizung von 743 €, die von der Arbeitsagentur übernommen werden.

Hans Simon überlegt nun mit seiner Frau und seinen beiden Kindern (4, 12), wie das künftige Leben mit dem [Bürgergeld] aussehen könnte. Dazu trägt die Familie erst einmal alle Kosten und Ausgaben zusammen, die im Laufe eines Monats bzw. eines Jahres entstehen, um dann einen Haushaltsplan […] zu erstellen.

Hecht, Dörthe / Müller, Erik: Das Bundesverfassungsgericht. In: Politik betrifft uns 1/2010, S. 4, von Bearbeiterin aktualisiert

Einnahmen	Bisheriges Einkommen	Zukünftiges Einkommen
	3.872 € + 438 € Kindergeld	Bürgergeld: 1.068 € + 743 €
Ausgaben	**Monatliche Ausgaben bisher**	**Monatliche Ausgaben zukünftig**
Miete + Nebenkosten, Strom	800 € + 170 €	800 € + 170 €
Telefon	40 €	
Tageszeitung	35 €	
Benzin	100 €	
Monatsfahrkarte (Tochter)	35 €	
Mitgliedsbeiträge Sportvereine	120 €	
Lebensversicherung	225 €	
Lebensmittel	1.600 €	
Körperpflege/ Medikamente	150 €	
Kultur (Kino, Bücher, ...)	200 €	
Handys	150 €	
	Jährliche Ausgaben bisher	**Jährliche Ausgaben zukünftig**
KFZ-Versicherung	560 €	
KFZ-Steuer	195 €	
Haftpflichtversicherung	50 €	
Hausratversicherung	125 €	
Urlaub	2.150 €	
Klassenfahrten	500 €	
Möbel	2.000 €	
Kleidung/Schuhe	3.000 €	
Monatlich gesamt		

Bürgergeld Regelsätze

71103-166

Haushaltsplan zum Ausfüllen

71103-167

EINSTIEGSAUFGABEN

71103-168

1. Diskutiert mit einem Partner oder einer Partnerin, wo die Familie Simon sparen kann, um mit dem reduzierten Einkommen leben zu können. Füllt dazu den Haushaltsplan (**M9**) aus. Vergleicht eure Vorschläge in der Klasse.
2. Ist Familie Simon nun arm? Diskutiert diese Frage.

M10 Grundsicherung in Deutschland

Leistungen nach dem SGB II erhalten Personen, die
- das 15. Lebensjahr vollendet und die Altersgrenze noch nicht erreicht haben,
- erwerbsfähig sind,
- hilfsbedürftig sind und
- ihren gewöhnlichen Aufenthalt in der Bundesrepublik Deutschland haben.

Auch Kinder, die mit Leistungsberechtigten in einer so genannten Bedarfsgemeinschaft leben, haben einen Anspruch auf Bürgergeld.

Der Begriff Grundsicherung bezieht sich auf die in Deutschland gewährten Sozialleistungen für Bedürftige. Im Sozialgesetzbuch (SGB) besteht eine Unterteilung in Arbeitslosenunterstützung und -förderung (SGB II) sowie Sozialhilfeleistungen nach dem SGB XII.

Die staatliche Unterstützungsleistung für arbeitssuchende Menschen wird auch Arbeitslosengeld II (ALG II) oder umgangssprachlich bzw. seit 1. Januar 2023: Bürgergeld genannt. Sie kann nach einem Jahr erfolgloser Arbeitssuche in Anspruch genommen werden. Wer diese Grundsicherung bekommt, wird in eine sogenannte Regelbedarfsstufe eingruppiert. Der Regelbedarf soll den notwendigen Lebensunterhalt mit Ausnahme der Kosten für Unterkunft und Heizung gewähren. Das bedeutet, dass die Regelleistung die Kosten für Ernährung, Körperpflege, Hausrat und Bedürfnisse des täglichen Lebens pauschal abdeckt. Bei der Einteilung in die Regelbedarfsstufen wird die persönliche Situation berücksichtigt – zum Beispiel, ob eine Person alleinstehend ist oder mit ihrer Familie zusammenlebt und deshalb mehr Unterstützung braucht. Die Leistungen des ALG II bzw. Bürgergelds sind mit einer Bedürftigkeitsprüfung verbunden, bei der geprüft wird, ob die Leistungsempfänger tatsächlich bedürftig sind, d.h. den Lebensunterhalt nicht aus eigenen Mitteln oder auch aus Einkommen der im Haushalt lebenden Personen bestreiten können.

Zusätzlich müssen ALG II bzw. Bürgergeld-Empfänger bereit sein, jede Arbeit aufzunehmen – also auch eine Arbeit, die deutlich unter der beruflichen Qualifikation der Arbeitssuchenden liegt und mit der ein sozialer Abstieg verbunden ist. Wird die Aufnahme einer Tätigkeit oder die Teilnahme an Eingliederungsmaßnahmen abgelehnt, greifen Sanktionen wie z.B. eine Leistungskürzung.

Neben dieser Grundsicherung für Arbeitssuchende nach SGB II gibt es die Grundsicherungsleistungen der Sozialhilfe nach SGB XII, z.B. die Grundsicherung im Alter und bei Erwerbsminderung oder Hilfen zum Lebensunterhalt. Diese Leistungen werden aus Steuermitteln finanziert.

Bearbeiterin

M11 Hintergrundwissen: Hartz IV – wie alles begann

Woher kommt der Begriff Hartz IV?
Der Begriff Hartz IV geht auf die sogenannten Hartz-Reformen zurück. Fachleute erarbeiteten im Jahr 2002 Vorschläge zur Verbesserung der Arbeitsmarktsituation. Der Leiter dieser Arbeitsgruppe war Peter Hartz, nach ihm wurde in der Umgangssprache das Gesetz benannt.

Der Hintergrund für das „Vierte Gesetz für moderne Dienstleistungen am Arbeitsmarkt", kurz: Hartz IV, waren Massenarbeitslosigkeit, wirtschaftlicher Stillstand und horrende Sozialausgaben. Deutschland galt als „kranker Mann" Europas und sollte mit diesem neuen Gesetz […], das am 1. Januar 2005 in Kraft trat, [gesund werden]. Hartz IV war das Herzstück der „Agenda 2010", mit der die damalige rot-grüne Bundesregierung unter Bundeskanzler Gerhard Schröder (SPD) die Wirtschaft des Landes anschieben und die Sozialsysteme umbauen wollte. Unternehmer und wirtschaftsnahe Gruppen begrüßten das Programm. Linke und Gewerkschaften liefen Sturm, weil Hartz IV denjenigen herbe Einschnitte brachte, die ohnehin am unteren Ende der Einkommensskala standen.

Genau das war der Plan: Um vom Staat Geld für den Lebensunterhalt und die Miete (Arbeitslosengeld II) zu erhalten, sollen Arbeitslose Gegenleistungen erbringen und sich ernsthaft um eine Ausbildung oder Arbeit bemühen. Vernachlässigen sie dies, kann das Jobcenter ihre Bezüge seit 2019 um bis zu zehn Prozent kürzen. Anfangs waren noch weit härtere Kürzungen möglich. Als äußerste Maßnahme konnte die Behörde statt Geld nur noch Einkaufsgutscheine ausgeben. Doch seit Inkrafttreten ist Hartz IV immer wieder angepasst und nachgebessert worden. An der grundsätzlichen Devise „Fordern und Fördern" hat sich dabei aber nichts geändert.

Landeszentrale für politische Bildung Baden-Württemberg: Arbeitslosengeld II – Hartz IV – Bürgergeld. In: www.lpb-bw.de, Abruf am 24.02.2023

M12 Wie wirksam war die Reform zu Hartz IV?

Über die Wirksamkeit [von Hartz IV] wird bis heute gestritten. Fakt ist, dass die Massenarbeitslosigkeit verschwunden ist. Von ehemals 11,7 Prozent im Jahr 2005 ist die Arbeitslosenquote kontinuierlich bis ins Jahr 2019 auf rund fünf Prozent gesunken. Erst im Corona-Jahr 2020 gab es laut Statista erstmals wieder einen signifikanten Anstieg auf eine Arbeitslosenquote von 5,9 Prozent. Der jahrelange Rückgang der Arbeitslosigkeit [ist] maßgeblich der belebten Konjunktur [zu verdanken]. Welchen Anteil die Hartz-Reformen am wirtschaftlichen Aufstieg Deutschlands hatten, ist umstritten. Die Zahl der Hilfebedürftigen im Land ist langfristig indessen nicht zurückgegangen, sondern verharrt seit etwa zehn Jahren auf demselben Niveau. Der Grund: Es gibt nach wie vor viele Erwerbstätige, deren Verdienst zum Leben nicht reicht und die mit Hartz-IV-Leistungen aufstocken müssen. Daran hat auch der gesetzliche Mindestlohn nichts geändert, der seit Januar 2015 gilt.

Besonders umstritten bei Hartz IV war die Zusammenlegung von Arbeitslosen- und Sozialhilfe. Viele Menschen fürchten nun den sozialen Abstieg, sollten sie ihren Arbeitsplatz verlieren. Die Zeiten stabiler, auf Dauer angelegter Arbeitsverhältnisse sind vorbei. Inzwischen sind auch jene Arbeitnehmer nicht mehr sicher, die gut ausgebildet sind und Berufserfahrung haben. Allerdings finden sie meist eine neue Stelle, bevor sie nach einem Jahr Arbeitslosigkeit tatsächlich bei Hartz IV, dem Arbeitslosengeld II, landen. Hartz IV trifft eher Menschen, die aufgrund ihrer geringen Qualifikation schon vorher zu kämpfen hatten, weil die Globalisierung den Wettbewerb insgesamt verschärft hat und einfache Jobs wegrationalisiert wurden. [...]

Erwerbslose sind gezwungen, auch kurz befristete Tätigkeiten anzunehmen. Sie landen danach oft bald wieder in Hartz IV. Hartz IV wird so zum Dauerzustand, Phasen von aufstockendem Bezug und Erwerbslosigkeit wechseln sich ab. Ein Job, der die Existenz sichert, kommt aber nicht.

Das Bremer Institut für Arbeitsmarktforschung und Jugendberufshilfe kommt [...] dem Schluss, die Hartz-Gesetze hätten zwar die Arbeitslosigkeit gesenkt, doch zugleich habe die Armut im Land stark zugenommen. Aus kritischer Sicht wirkte Hartz IV demnach doppelt negativ: Die Empfänger von Transferleistungen werden immer ärmer und die Personengruppe, die es trifft, immer größer.

Landeszentrale für politische Bildung Baden-Württemberg: Arbeitslosengeld II – Hartz IV – Bürgergeld. In: www.lpb-bw.de, Abruf am 24.02.2023

Aufstockungsleistungen
Liegt das Einkommen aus der eigenen Arbeit unter der Hartz IV-Bedarfsgrenzen, kann das Einkommen durch Grundsicherungsleistungen des Staates aufgestockt werden, um den Lebensunterhalt oberhalb des Existenzminimums zu sichern. 2022 bezogen in Deutschland 820.000 Menschen Aufstockungsleistungen.

M13 Was ändert sich mit der neuen Bundesregierung? – Bürgergeld statt Hartz IV

Zum 1. Januar 2023 hat [das Bürgergeld] das Arbeitslosengeld II abgelöst.

Was hat sich bei den Regelbedarfen zum 1. Januar 2023 geändert?

Die Bedarfe werden nun nicht mehr rückwirkend, sondern vorausschauend an die Teuerungsraten angepasst. Dazu werden zusätzlich die aktuellsten verfügbaren Daten über die regelbedarfsrelevante Preisentwicklung berücksichtigt. Seit dem 1. Januar 2023 erhält etwa ein alleinstehender Erwachsener 502 Euro – 53 Euro mehr als bisher.

Welche zentralen Neuerungen bringt das Bürgergeld?

Damit die Leistungsberechtigten sich auf die Arbeitsuche konzentrieren können, gilt im ersten Jahr des Bürgergeldbezugs nun eine sogenannte Karenzzeit: Die Kosten für Unterkunft werden in tatsächlicher Höhe, die Heizkosten in angemessener Höhe anerkannt und übernommen.

Wer auf Bürgergeld angewiesen ist, darf in der Karenzzeit das Ersparte behalten. So darf Vermögen erst ab 40.000 Euro angetastet werden, für jede weitere Person in der Bedarfsgemeinschaft ab 15.000 Euro.

Wer zwischen 520 und 1.000 Euro verdient, kann jetzt mehr von seinem Einkommen behalten. Die Freibeträge in diesem Bereich werden auf 30 Prozent angehoben. Zudem erhöhen sich die Freibeträge für Einkommen von Schülerinnen und Schülern sowie Studierenden auf 520 Euro. Auch für Auszubildende gelten höhere Freibeträge für die Ausbildungsvergütung. [...]

Der sogenannte Vermittlungsvorrang in Arbeit wird abgeschafft. Stattdessen werden Geringqualifizierte auf dem Weg zu einer beruflichen Weiterbildung unterstützt, um ihnen den Zugang zum Fachkräftearbeitsmarkt zu öffnen. [...]

Sanktionen erfolgen jetzt nach einem dreistufigen System: Bei der ersten Pflichtverletzung mindert sich das Bürgergeld für einen Monat um zehn Prozent, bei der zweiten für zwei Monate um 20 Prozent und bei der dritten für drei Monate um 30 Prozent. Eine Leistungsminderung darf nicht erfolgen, sollte sie im konkreten Einzelfall zu einer außergewöhnlichen Härte führen.

© 2023 Presse- und Informationsamt der Bundesregierung: Mehr Chancen und mehr Respekt. In: www.bundesregierung.de, 01.01.2023

Vermittlungsvorrang
Jobcenter vermitteln den Leistungsbezieher möglichst schnell in eine Arbeitsstelle. Weiterqualifizierungsmöglichkeiten des Leistungsbeziehers werden dabei als nachrangig betrachtet.

Karenzzeit
Wartezeit, Sperrfrist

AUFGABEN

71103-170

1. Stellt in eigenen Worten dar, was sich hinter dem Begriff Hartz IV verbirgt (**M10**, **M11**).
2. Erläutert die Kritik an Hartz IV (**M12**).
3. Bewertet das Bürgergeld (**M13**) als Alternative zu Hartz IV für mehr Gerechtigkeit. Berücksichtigt hierbei, inwiefern es die Kritikpunkte aus Aufgabe 2 aufgreift und verbessert.

H zu Aufgabe 3
Übung zur Bewertung des Bürgergeldes: Pro- und Kontra-Argumente ordnen

71103-169

8.1.4 Was heißt eigentlich sozial gerecht?

Zum Thema: Im Zusammenhang mit dem Sozialstaat Deutschland wird immer wieder der Begriff „soziale Gerechtigkeit" verwendet. Schaut man in die Wahlprogramme der Parteien, werben alle damit, sich für soziale Gerechtigkeit einzusetzen. Aber was heißt der Begriff eigentlich? Gibt es unterschiedliche Definitionen von sozialer Gerechtigkeit? Auf den folgenden Seiten werdet ihr auf diese Fragen Antworten finden.

M14 Das Verteilungsspiel

Stellt euch vor, ihr habt an einem Schülerwettbewerb teilgenommen und als Trostpreis eine Tüte mit 20 Bonbons gewonnen. Leider seid ihr aber 28 Schülerinnen und Schüler in der Klasse, von denen niemand auf einen Bonbon verzichten möchte. Gemeinsam müsst ihr euch nun darauf einigen, wie die Bonbons in eurer Klasse gerecht verteilt werden sollen.

EINSTIEGSAUFGABEN 71103-171

1. Diskutiert, nach welchen Kriterien ihr die Bonbons verteilen würdet.
2. Vergleicht eure Ideen. Berücksichtigt dabei eure unterschiedlichen Vorstellungen von gerechter Verteilung.

M15 Soziale Gerechtigkeit

a) Was ist Soziale Gerechtigkeit?

Als sozial gerecht wird angesehen, was im persönlichen Vergleich mit anderen Mitmenschen als [fair wahrgenommen wird]. Wer ohne eine für sich selbst überzeugende Begründung Ungleichheit erfährt, sieht sich ungerecht behandelt. [...]

Soziale Gerechtigkeit wird zum einen verwirklicht (oder eben auch verweigert) durch gesellschaftliche Beziehungen, z. B. in Form von Arbeitsentgelten oder der Rollenverteilung in Familien. Als Produzenten und Garanten sozialer Gerechtigkeit fällt zum anderen in traditionellen Wohlfahrtsstaaten wie Deutschland dem Staat eine Schlüsselstellung zu, da dieser für das Arbeits- und Sozialrecht zuständig sowie für die Systeme sozialer Sicherung verantwortlich ist. [...] Die Menschen verbinden mit sozialer Gerechtigkeit insbesondere gute Arbeit und sorgenfreie Lebensbedingungen, gleiche Bildungs- und Ausbildungschancen sowie eine leistungsgerechte Verteilung von Einkommen und Vermögen.

Holtmann, Everhard: Soziale Gerechtigkeit – mehr als eine Frage der Moral. In: www.bpb.de, 05.11.2020

b) Welche Dimensionen von sozialer Gerechtigkeit gibt es?

1 **Gleichheitsprinzip:** Es fordert, jedem gleiche Rechte oder den gleichen Anteil an Gütern und Lasten zuzuweisen. Abgeleitet davon ist das Prinzip der Chancengerechtigkeit, das fordert, jedem – unabhängig von Herkunft und nicht selbst verantworteten Einschränkungen – möglichst gleiche Chancen beim Zugang zu Gütern oder Positionen zu gewähren. Auch die Teilhabegerechtigkeit fällt unter dieses Prinzip. Sie beinhaltet, dass niemand davon ausgeschlossen wird, die Einrichtungen der Gesellschaft wie z. B. Bildungseinrichtungen, Arbeitsstätten und Kulturveranstaltungen zu nutzen.

2 **Leistungsprinzip:** Es verlangt die Belohnung individueller Anstrengungen und Leistungen, durchaus mit dem „Nebengedanken" Leistungsanreize zu schaffen. Denn wer am Markt erfolgreich ist, soll auch belohnt werden.

3 **Bedarfsprinzip:** Das Ziel ist die Sicherung einer minimalen oder „angemessenen" Deckung von Grundbedürfnissen, so dass der individuelle Bedarf eines jeden Gesellschaftsmitgliedes (z. B. nach Essen, Kleidung, Ausstattung, etc.) gedeckt werden kann.

4 **Anrechtsprinzip:** Insbesondere die bundesdeutschen sozialen Sicherungssysteme folgen dem Prinzip der zugeschriebenen oder erworbenen Anrechte. Hier sind es nicht aktuell erbrachte Leistungen, sondern an Status- und Positionsmerkmale gekoppelte Anrechte, die in der Vergangenheit erworben wurden oder aufgrund der Tradition und den darin wirksamen Normen zugeschrieben werden.

Liebig, Stefan / May, Meike: Dimensionen sozialer Gerechtigkeit. In: Aus Politik und Zeitgeschichte, www.bpb.de, 06.11.2009

M16 Was sagen Politiker zum Thema soziale Gerechtigkeit?

„Vor dem Verteilen kommt das Erwirtschaften"

Peter Tauber, CDU:

Peter Tauber war von 2009–2021 Mitglied des Deutschen Bundestages und von 2013–2018 Generalsekretär der CDU.

Sozial gerecht ist, wenn Leistung honoriert wird, wenn Schwache Unterstützung erfahren und wenn es einen fairen Interessenausgleich gibt – dafür steht die soziale Marktwirtschaft. [...] Gerechtigkeit heißt: Vor dem Verteilen kommt das Erwirtschaften. Daher ist soziale Gerechtigkeit nur mit Innovation und Wettbewerbsfähigkeit möglich.

„Die Menschen und ihre Würde in den Mittelpunkt stellen“

Martin Schulz, SPD:

Martin Schulz war von 2017–2021 Mitglied des Deutschen Bundestags. Er ist Vorsitzender der Friedrich-Ebert-Stiftung.

Gerecht ist: Gleiche Chancen für alle, deshalb kostenfreie Bildung von der Kita bis zur Uni. Gerecht ist: Gute Arbeit zu guten Löhnen, gleiche Bezahlung für Männer und Frauen, faire Renten UND bezahlbare Beiträge. Gerecht ist: Menschen mit kleinen und mittleren Einkommen zu entlasten. Gerecht ist: Die Menschen und ihre Würde in den Mittelpunkt des politischen Handelns zu stellen. Wer hart arbeitet, Kinder erzieht oder Angehörige pflegt, verdient den Respekt der Gesellschaft.

„Fleiß und Talentdürfen Unterschiede begründen.“

Christian Lindner, FDP:

Christian Lindner ist seit 2013 Bundesvorsitzender der FDP. Er ist als Bundesfinanzminister Mitglied der Bundesregierung.

Sozial gerecht ist, wenn Menschen einen fairen Zugang zu Bildung, Gesundheit und Arbeit haben. Wenn niemand bei Lebensrisiken im Stich gelassen wird, aber ansonsten Fleiß und Talent Unterschiede begründen dürfen.

„Sozial gerecht ist, wenn niemand in Armut leben muss.“

Katja Kipping und Bernd Riexinger, Die Linke:

Katja Kipping und Bernd Riexinger waren von 2012–2021 Vorsitzende der Partei Die Linke.

Sozial gerecht ist, wenn niemand in Armut leben muss, kein Kind, keine Rentnerin, wenn alle sicher und frei von Existenzängsten leben können, wenn das eigene Leben planbar ist ohne Zukunftsängste, wenn die Mittelschichten besser gestellt sind, wenn Mieten bezahlbar sind und es mehr und besser bezahltes Personal in der Pflege, Gesundheit und Bildung gibt.

„Armut und Ausgrenzung überwinden“

Katrin Göring-Eckardt, Grüne:

Katrin Göring-Eckardt war von 2002–2005 sowie von 2013–2021 Fraktionsvorsitzende von Bündnis 90/Die Grünen im Deutschen Bundestag.

Sozial gerecht ist, was den sozialen Frieden bewahrt. Teilhabe- und Aufstiegschancen sind in Deutschland zusehends an Herkunft und Erbe geknüpft. Wenn Menschen mittleren Einkommens Probleme mit der Miete haben, wenn das Studium ein auskömmliches Leben oberhalb der Armutsgrenze nicht mehr garantiert und unser Konsum dazu beiträgt, dass sich Millionen Klimaflüchtlinge auf den Weg machen, steht für die Gesellschaft viel auf dem Spiel.

Alice Weidel, AfD:

Alice Weidel ist Bundessprecherin der AfD und Vorsitzende der AfD-Bundestagsfraktion (beides zusammen mit Tino Chrupalla).

Die Steuer- und Abgabenbelastung in Deutschland ist zu hoch. Es ist sozial ungerecht, wenn der Staat den Arbeitnehmern von jedem hart erarbeiteten Euro weniger als die Hälfte lässt. Der Steuerzahlergedenktag erinnert uns jährlich daran, wie Leistungsanreize durch zu viel Umverteilung gestört werden.
Sozial gerecht ist, wenn genug Netto vom Brutto am Ende des Monats übrigbleibt und am Ende des Erwerbslebens genug Rente zur Verfügung steht, um einen menschenwürdigen Lebensabend zu verbringen.

Spiegel Online / fdi: Was die Parteien unter sozialer Gerechtigkeit verstehen. In: www.spiegel.de, 31.07.2017
Anmerkung: In der genannte Quelle wird darauf hingewiesen, dass die CSU die gestellte Anfrage unbeantwortet ließ.

M17 Soziale Gerechtigkeit im Grundgesetz

Wie der Begriff „Sozialstaat" findet auch der Begriff „soziale Gerechtigkeit" im Grundgesetz nicht wortwörtlich Erwähnung. […] Wie bei der Auslegung des Sozialstaatspostulats obliegt es dem Bundesverfassungsgericht zu verdeutlichen, was gemäß Verfassung unter sozialer Gerechtigkeit zu verstehen ist. Ein Grundsatzurteil lautet, dass der Staat verpflichtet ist, „für einen Ausgleich der sozialen Gegensätze und damit für eine gerechte Sozialordnung zu sorgen" (BVerfGE 22, S. 180, 204). Das Gebot des sozialen Rechtsstaates sei, so ein anderes Urteil, „in besonderem Maße auf einen Ausgleich sozialer Ungleichheiten zwischen den Menschen ausgerichtet" und diene „zuvörderst der Erhaltung und Sicherheit der menschlichen Würde" (BVerfGE 35, S. 348 und 355 f.). Während insoweit das staatliche Handeln in Gesetzgebung und Verwaltung in die Pflicht genommen wird, macht das Gericht auch Ausführungen zur „Drittwirkung" sozialer Gerechtigkeit. Dem Recht falle die Aufgabe zu, „auch im Verhältnis der Bürger untereinander für Gerechtigkeit und Menschlichkeit zu sorgen" (BVerfGE 5, S. 85 und 206).

Holtmann, Everhard: Soziale Gerechtigkeit – mehr als eine Frage der Moral. In: www.bpb.de, 05.11.2020

AUFGABEN

71103-172

1. Ordnet eure Verteilungsentscheidungen aus dem Einstiegsspiel (**M14**) den Dimensionen sozialer Gerechtigkeit zu (**M15b**).
2. Beschreibt mögliche Verteilungen aus dem Einstiegsspiel nach den übrigen Verteilungsprinzipien (**M15b**).
3. Ordnet die Aussagen aus **M16** begründet einer Form der sozialen Gerechtigkeit zu.
4. Überprüft, welche Dimensionen von Gerechtigkeit sich im Sozialstaatsgebot im Grundgesetz (**M17**) anwenden lassen.

F zu Aufgabe 3
Recherchiert die aktuellen Parteipositionen zum Thema soziale Gerechtigkeit und vergleicht sie (Methode: Parteien mithilfe von Steckbriefen vergleichend analysieren, → Methodenglossar).

8.2 Der Sozialstaat in Deutschland

8.2.1 Welche Aufgaben erfüllt der Sozialstaat?

Zum Thema: Deutschland ist ein Sozialstaat. Soziale Sicherung, das soziale Netz, Sozialversicherungen, ... all diese Begriffe haben mit dem Sozialstaat Deutschland zu tun. Aber was genau verbirgt sich dahinter eigentlich? In diesem Kapitel erfahrt ihr, welche Aufgaben der Sozialstaat erfüllt, wie er grundsätzlich funktioniert und welchen Herausforderungen er gegenüber steht.

M1 Was hat der Sozialstaat mit mir zu tun?

Emma kann seit einigen Wochen abends nicht mehr gut einschlafen. Seit des Corona-Lockdowns hat ihre Mutter keine feste Arbeit mehr. Ihr Job als Kostümdesignerin beim örtlichen Theater wurde ihr im letzten Jahr aufgrund fehlender Aufträge gekündigt. Da Emma mit ihrer Mutter allein lebt, sind sie beide von deren Einkommen abhängig. Emma hat große Angst, dass sie mit dem Arbeitslosengeld nicht über die Runden kommen werden. Bald steht die Klassenfahrt an und Emma fürchtet, dass das Geld nicht reicht und sie zuhause bleiben muss. Auch in Emmas Freundeskreis sind einige Familien von Einkommenseinbußen betroffen. Ihre beste Freundin Julia musste sogar in eine kleinere Wohnung ziehen, weil ihr Vater seinen Job als Koch verloren hat. Er nimmt jetzt regelmäßig an Umschulungsmaßnahmen teil und hofft, bald eine neue Stelle in einem Hotel zu bekommen.

Bearbeiterin

EINSTIEGSAUFGABEN 71103-173

1. Erläutert, welche Verbindung Emma und ihre Freundin Julia zum Sozialstaat haben.
2. Tauscht zu zweit darüber aus, welche Leistungen des Sozialstaats euch darüber hinaus einfallen.

M2 Das System der sozialen Sicherung in Deutschland

Das System der sozialen Sicherung besteht in Deutschland aus drei Säulen:

1 Versorgung

Der Versorgung sind alle Leistungen zuzurechnen, die der Staat an Personen gewährt, die ihm in besonderer Weise gedient haben. Beispiele sind die Beamtenpensionen oder Leistungen für Kriegsversehrte. Versorgungsleistungen werden wie die Fürsorgeleistungen aus Steuermitteln finanziert.

Ein wesentlicher Teil der Versorgung ist das System der Beihilfe in Krankheits-, Pflege- und Geburtsfällen von öffentlichen Bediensteten. Beamte sind von der Versicherungspflicht in der gesetzlichen Krankenversicherung befreit. Im Krankheitsfall erhalten sie von ihrem Dienstherrn Beihilfen zu den Ausgaben für ärztliche Behandlung usw. Die Beihilfe deckt jedoch nur einen Teil der Kosten (meist zwischen 50 und 70 Prozent). Für den Rest müssen die Beamten selbst Vorsorge treffen, also eine private Krankenversicherung abschließen.

2 Fürsorge (Sozialhilfe)

Das System der Fürsorge (Sozialhilfe) gewährt Leistungen an Bürgerinnen und Bürger, die sich in einer Notlage befinden. Maßgeblich ist die Bedürftigkeit. Die Sozialhilfe wird ausschließlich aus Steuermitteln finanziert. Sozialhilfeempfänger sind Mitglieder der gesetzlichen Krankenversicherung.

3 Die Sozialversicherungszweige und das Versicherungsprinzip

Den weitaus größten Teil des sozialen Netzes machen die fünf gesetzlichen Sozialversicherungen aus, von denen drei bereits seit mehr als 100 Jahren bestehen:

- gesetzliche Krankenversicherung (seit 1883),
- gesetzliche Unfallversicherung (seit 1884),
- gesetzliche Rentenversicherung (seit 1889),
- gesetzliche Arbeitslosenversicherung (seit 1927),
- gesetzliche Pflegeversicherung (seit 1995).

Gemeinsames Merkmal der Sozialversicherungszweige ist das Versicherungsprinzip: Die Mitglieder zahlen Beiträge und erwerben dafür Ansprüche auf Leistungen. Diese Ansprüche sind etwas anderes, als die im Rahmen der Versorgung oder der Fürsorge vom Staat gewährten Leistungen.

Gerlinger, Thomas: Das System der sozialen Sicherung in Deutschland. In: www.bpb.de, 22.09.2017

M3 Funktionsweise der Sozialversicherungszweige Krankenversicherung und Rentenversicherung

a) Wie funktioniert die gesetzliche Krankenversicherung?

Die gesetzliche Krankenversicherung (GKV) finanziert sich durch Beiträge und einen jährlichen Bundeszuschuss sowie sonstige Einnahmen. Grundsätzlich werden die Beiträge von den Mitgliedern der Krankenkasse und den Arbeitgebern, Rentenversicherungsträgern oder sonstigen Stellen einkommensabhängig getragen und fließen dem Gesundheitsfonds zu. Der Bundeszuschuss wird aus Steuergeldern ebenfalls an den Gesundheitsfonds gezahlt.

Zurzeit liegt der allgemeine Beitragssatz zur gesetzlichen Krankenversicherung bei 14,6 Prozent. Die Hälfte, das heißt 7,3 Prozent trägt der Arbeitnehmer, die andere Hälfte der Arbeitgeber. Krankenkassen müssen außerdem einen einkommensabhängigen Zusatzbeitrag erheben, wenn die Zuweisungen, die sie aus dem Gesundheitsfonds erhalten, nicht zur Deckung ihrer voraussichtlichen Ausgaben ausreichen.

Seit dem 1. Januar 2019 wird der Zusatzbeitrag zu gleichen Teilen von Arbeitnehmern und Arbeitgebern geleistet.

Sowohl bei pflicht- als auch bei freiwillig versicherten Mitgliedern werden die Einkünfte insgesamt nur bis zur Beitragsbemessungsgrenze (2023: 59.850 Euro jährlich, 4.987,50 Euro monatlich) berücksichtigt.

Bundesministerium für Gesundheit: Finanzierungsgrundlagen der gesetzlichen Krankenversicherung. In: www.bundesgesundheitsministerium.de, Abruf am 24.02.2023

Finanzierung der gesetzlichen Krankenkassen (Stand: 2023)

Von 2015 an beträgt der Beitragssatz in der gesetzlichen Krankenversicherung (GKV) 14,6 %. Er wird jeweils zur Hälfte vom Arbeitgeber und vom Arbeitnehmer getragen. Mögliche Zusatzbeiträge tragen ab 2019 Arbeitgeber und Arbeitnehmer ebenfalls jeweils zur Hälfte.

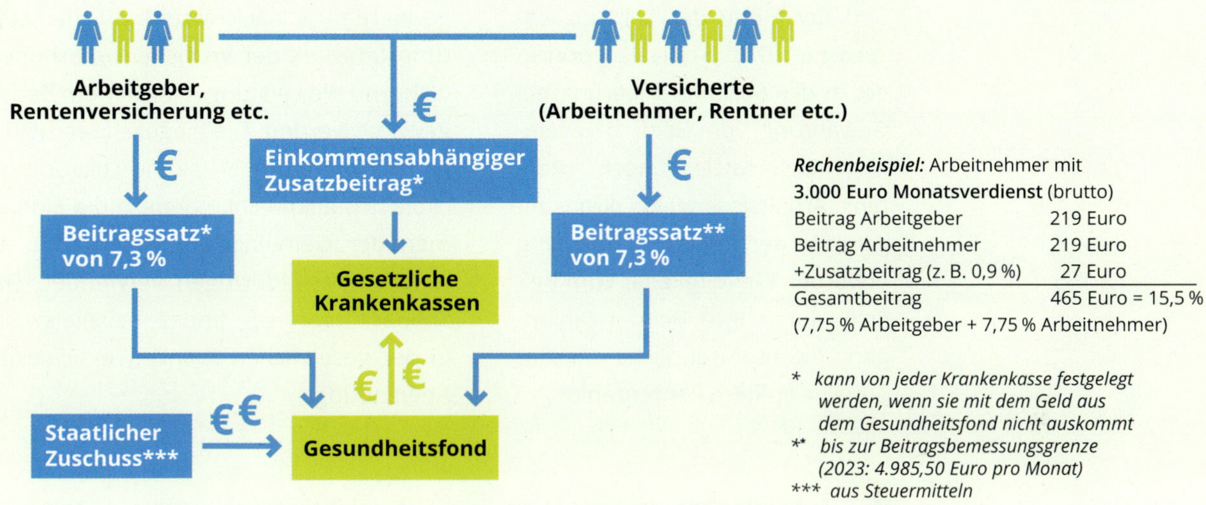

Nach: dpa-infografik, Globus 6727; Quelle: Bundesministerium für Gesundheit, Stand: 2023, von Bearbeiterin aktualisiert

b) Wie funktioniert die gesetzliche Rentenversicherung?

Die gesetzliche Rente in Deutschland ist nach dem sogenannten Umlageverfahren organisiert. Wer einzahlt, bildet also keinen Kapitalstock, auf den er im Alter zurückgreifen kann, sondern er finanziert die derzeitigen Bezüge der aktuellen Rentner. Wer in die gesetzliche Rente einzahlt, erwirbt damit einen Anspruch auf eine solche Rentenzahlung im Alter, für die dann die nachfolgende Generation aufkommen muss. Nach einer gewissen Wartezeit - von derzeit fünf Jahren - ist dieser Anspruch gegeben. Um eine Rentenzahlung zu erhalten, muss außerdem ein bestimmtes Lebensalter (derzeit in der Regel 67 Jahre) erreicht sein.

Wer zahlt in die gesetzliche Rentenversicherung ein?

Arbeitnehmer zahlen in Deutschland verpflichtend in die gesetzliche Rente ein. Arbeitgeber übernehmen dabei die Hälfte der Einzahlungen in die Rentenkasse. Derzeit liegt der Beitragssatz bei 18,6 Prozent, jeweils 9,3 Prozent kommen also von Arbeitnehmern und Arbeitgebern. Auch Selbstständige, Freiberufler oder nicht erwerbstätige Menschen können freiwillige Beiträge leisten. Alle Einzahler erwerben Rentenansprüche, denen eine gewisse Rentenhöhe entspricht. Sie wird durch sogenannten „Entgeltpunkte" bestimmt. Da die Einnahmen durch Beitragszahler die Ausgaben der Rentenkasse schon lange nicht mehr abdecken können, finanziert der Bund die Kasse durch Steuereinnahmen mit. Im Jahr 2020 lagen diese Aufwendungen erstmals über der Marke von 100 Milliarden Euro.

Braun, Andreas: Wie die Rente finanziert wird. In: www.tagesschau.de, 21.06.2021

M4 Die Prinzipien der Sozialversicherungen

1 **Äquivalenzprinzip**: Es besteht eine Entsprechung zwischen der Höhe der gezahlten Beiträge und der Höhe der Leistungsansprüche. Das Äquivalenzprinzip gilt in der Sozialversicherung bei Gewährung von Geld- bzw. Einkommensersatzleistungen (Renten, Arbeitslosengeld, Krankengeld). In der Rentenversicherung erwerben die Mitglieder zum Beispiel durch ihre Beitragszahlungen eigentumsähnliche Rechte auf eine spätere Rentenzahlung.

2 **Solidaritätsprinzip:** Solidarität zwischen den Mitgliedern der Gemeinschaft ist Grundlage dieses Prinzips. Die Beiträge werden je nach wirtschaftlicher Leistungsfähigkeit der Versicherten erhoben, während die Leistungen nach dem Bedarf gewährt werden. Die eingezahlten Beiträge und die dafür erhaltene Leistung decken sich also nicht, sondern die Einnahmen der Gemeinschaft werden für die jeweils Hilfsbedürftigen verwendet. Das Solidaritätsprinzip findet beispielsweise in der gesetzlichen Krankenversicherung Anwendung.

3 **Subsidiaritätsprinzip:** Nach dem Subsidiaritätsprinzip soll der Staat oder eine übergeordnete Organisation (z. B. Kirche, Krankenkasse) nur dann tätig werden, wenn die Bürgerinnen und Bürger (Familie, Gemeinde usw.) sich selbst nicht genügend helfen können.

Mit Blick auf die Sozialversicherungen folgt daraus, dass Unterstützungsleistungen nur dann gewährt werden, wenn diese nicht von anderen Einrichtungen (z. B. Arbeitsagentur) oder von den Versicherten erbracht werden können. So stellt die gesetzliche Krankenkasse zum Beispiel ihren Versicherten Leistungen nur zur Verfügung, „soweit diese Leistungen nicht der Eigenverantwortung der Versicherten zugerechnet werden" können (§ 2, SGB V).

Gerlinger, Thomas: Das System der sozialen Sicherung in Deutschland. In: www.bpb.de, 22.09.2017

AUFGABEN

71103-174

1. Stellt das System der sozialen Sicherung in Deutschland in einer übersichtlichen Grafik dar (**M2**).
2. Vergleicht mithilfe einer Übersichtstabelle die gesetzliche Kranken- und Rentenversicherung anhand der Kriterien: Zielsetzung, Anspruchsberechtigte und Finanzierung (**M3a**, **b**).
3. Erläutert die Prinzipien der Sozialversicherungen (**M4**) und ordnet sie den beiden Versicherungen in **M3** zu.

8.2.2 Soll eine Bürgerversicherung eingeführt werden?

Zum Thema: Reformen des Sozialstaates sind immer wieder Gegenstand der politischen Debatte. Neben der Zukunft der Rentenversicherung steht auch das Krankenversicherungssystem in Deutschland in der Kritik. Schon seit Jahren wird zwischen den politischen Parteien über die Abschaffung des dualen Systems mit gesetzlicher und privater Krankenversicherung und der Einführung einer sogenannten Bürgerversicherung diskutiert. Wie eine solche Reform aussehen könnte, wird im Folgenden geklärt.

M5 Private Versicherung

Karikatur: Frank Speth

EINSTIEGSAUFGABEN 71103-175

1. Analysiert die Karikatur (**M5**).
2. Habt ihr ähnliche Situationen, wie in der Karikatur auch schon erlebt? Tauscht euch mit einem Partner/einer Partnerin darüber aus.

M6 Ist die Krankenversicherung in Deutschland ein Zwei-Klassen-System?

Die gesetzliche Krankenversicherung (GKV) ist ein Solidarsystem. Das bedeutet: Jeder Versicherte bekommt denselben Schutz unabhängig davon, wie viel er oder sie einzahlt. Der Monatsbeitrag richtet sich in der GKV nach dem Einkommen des Versicherten. Wer weniger verdient, zahlt weniger Beitrag, bekommt aber trotzdem dieselben Leistungen wie alle anderen. Wer mehr verdient, zahlt mehr Beitrag, wird deswegen aber nicht besser behandelt. Die meisten medizinischen Leistungen der GKV sind gesetzlich festgelegt und daher bei allen Krankenkassen gleich. Darüber hinaus können gesetzliche Krankenversicherungen bestimmte individuelle Zusatzleistungen anbieten.

Die private Krankenversicherung (PKV) ist dagegen kein Solidarsystem. Jeder Versicherte zahlt seinen Beitrag ausschließlich für seine eigene Absicherung. Deswegen ist der Beitrag in der PKV nicht vom Einkommen abhängig, sondern von Alter, Gesundheitszustand und gewähltem Tarif. Ein PKV-Mitglied kann seinen Versicherungsschutz in gewissem Umfang an den persönlichen Bedarf anpassen und damit auch die Beitragshöhe beeinflussen.

Privat Krankenversicherte erhalten meist bessere medizinische Leistungen, bekommen bei Fachärzten schneller einen Termin und werden im Wartezimmer eher aufgerufen. Des Weiteren müssen sie keine Zuzahlungen im Krankenhaus und für verordnete Medikamente leisten. Da die Beiträge nicht nach dem Einkommen berechnet werden, steigen sie nach einer Gehaltserhöhung auch nicht an. Anders als in der GKV sind die vertraglich vereinbarten Leistungen garantiert und können nicht gekürzt werden.

Es kann sich allerdings nicht jedes Mitglied der Gesellschaft privat versichern. Nur Beamte, Selbstständige, Freiberufler und Studierende sowie Angestellte, deren Jahresgehalt größer die so genannte Jahresarbeitsentgeltgrenze (2023 liegt diese bei 66.600 Euro) ist, dürfen sich privat versichern. Allen anderen bleibt diese Option verwehrt.

Da Arztpraxen und Krankenhäuser für Privatpatienten höhere Beträge bei der Versicherung abrechnen können, werden diese oft bevorzugt. Infolgedessen wird das duale System von gesetzlicher und privater Krankenversicherung in Deutschland oft als Zwei-Klassen-Medizin bezeichnet.

Handelsblatt: PKV oder GKV – Was ist besser? In: www.handelsblatt.com, 12.01.2022

Krankenversicherungsschutz der Bevölkerung (Stand: 2021)

in Prozent und Millionen

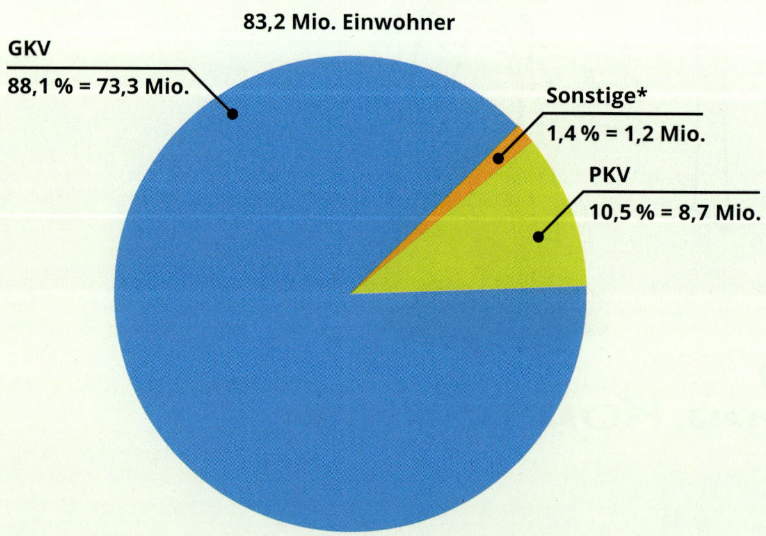

*Sonstige: Anspruch auf Krankenversorgung als Sozialhilfeempfänger, Kriegsschadenrentner, Empfänger von Unterhaltshilfen aus dem Lastenausgleich, freie Heilfürsorger der Polizei und Bundeswehr, nicht krankenversicherte Personen, ohne Angabe zum Vorhandensein einer Krankenversicherung

Nach: Verband der Ersatzkassen e.V. (vdek), 2021; Daten: Berechnungen vdek nach: BMG, StBA, PKV

M7 Die Bürgerversicherung

Unter dem Konzept der Bürgerversicherung versteht man ein einheitliches Versicherungssystem für alle Bürger. Die bisherige Aufteilung in gesetzliche Krankenkasse und private Krankenversicherung würde damit wegfallen. Im Sinne der Bürgerversicherung würden alle Bundesbürger zu gleichen Bedingungen versichert werden. Neben den Einkünften aus abhängiger Arbeit würden im Zuge einer Bürgerversicherung auch andere Einkunftsarten bei der Beitragsbemessung berücksichtigt werden. [Das heißt auch Selbstständige, Beamte und bisher freiwillig Privatversicherte würde in die einheitliche Bürgerversicherung einzahlen.]
Unter den politischen Parteien befürworten die SPD, das Bündnis 90/Die Grünen und Die Linke die Idee einer Bürgerversicherung. Auch der Deutsche Gewerkschaftsbund (DGB) sowie zahlreiche Sozialverbände machen sich für das Konzept eines einheitlichen Versicherungssystems stark. Wie das genau aussehen soll, ist nicht klar. Jedoch gibt es verschiedene Modellansätze für eine Bürgerversicherung.

Claussen, Lara: Was ist die Bürgerversicherung? In: www.transparent-beraten.de, 13.01.2022

Beitragsbemessung bezeichnet die Berechnung der (Kranken-)Versicherungsbeiträge, die auf Grundlage der Höhe des sozialversicherungspflichtigen Einkommens berechnet werden. Die Beitragsbemessungsgrenze gibt bei Arbeitnehmer:innen die maximale Höhe des Arbeitsentgelts an, das zur Berechnung der Kranken- und Pflegeversicherungsbeiträge herangezogen wird. Die aktuelle Beitragsbemessungsgrenze liegt bei 59.850 Euro im Jahr.

M8 Kontrovers diskutiert: Brauchen wir eine Bürgerversicherung?

a) Pro: Mit der Bürgerversicherung lassen sich viele Probleme des heutigen Systems lösen!

[Wenn] mittel- bis langfristig gesehen alle in ein System einzahlen und Anspruch auf die gleichen Leistungen haben, kann sich niemand mehr der solidarischen Finanzierung der Krankheitskosten entziehen.
Zusätzlich verbessert eine Bürgerversicherung die medizinische Versorgung – argumentiert die SPD. Die Bürgerversicherung sei das Ende einer Zweiklassenmedizin. Kassenpatienten müssten nicht mehr zu Gunsten von Privatpatienten auf Termine warten. Und Privatversicherte würden keine unnötigen Untersuchungen und Behandlungen mehr über sich ergehen lassen, die nur veranlasst werden, weil sie für Ärzte lukrativ sind. Außerdem könnte die Bürgerversicherung laut SPD Ärzte aufs Land locken. Denn für Ärztinnen und Ärzte lohnt sich die Behandlung von Privatpatienten häufig mehr. Diese leben jedoch hauptsächlich in Städten, weshalb es in ländlichen Regionen zu einer schlechteren Versorgung mit Arztpraxen kommt. Mit einer einheitlichen Honorarverordnung hätten Ärzte neue Anreize sich auf dem Land niederzulassen.
Mit der Reform kämen zumindest nach und nach junge, gesunde Gutverdiener in die Bürgerversicherung; Menschen, die sich heute eher privat versichern würden. [...] Insgesamt ist somit in einer Bürgerversicherung der Solidaritätsgedanke gesamtgesellschaftlich stärker ausgeprägt. So würden Versicherte mit hohem Einkommen diejenigen mit niedrigem Einkommen unterstützen und die Gesundheitskosten zu größeren Teilen finanzieren.

b)

Kontra: Eine Bürgerversicherung löst die aktuellen Probleme nicht!

Der CSU-Gesundheitspolitiker Georg Nüßlein widerspricht den Argumenten der SPD. Sein bayerischer Wahlkreis sei ländlich strukturiert und relativ wohlhabend, es gebe also reichlich Privatversicherte – aber junge Ärzte ziehe es trotzdem in die Städte. [Eine Verbesserung der ärztlichen Versorgung im ländlichen Raum würde es also nicht geben.]

Andere Kritiker sagen: Die Bürgerversicherung beseitige nicht die Zweiklassenmedizin, sondern erschaffe sie. Ärztepräsident Frank Ulrich Montgomery argumentiert: Mit der Bürgerversicherung entstünde sofort ein riesiger Markt für zusätzliche Gesundheitsleistungen und Versicherungen. Ärzte würden dann zuerst die behandeln, die eine Zusatzleistung kaufen – und aus eigener Tasche bezahlen.

Auch vermuten viele, dass die Beiträge zur Bürgerversicherung nicht sinken, sondern langfristig steigen werden. Dies geschehe zum Beispiel dann, wenn in die Bürgerversicherung massenhaft ältere Privatversicherte wechseln – um dort nicht mehr die hohen Privat-Prämien zahlen zu müssen. Die Bürgerversicherung hätte dann mehr potenziell kränkere Mitglieder als die heutige Gesetzliche Versicherung – und müsste somit die Beiträge erhöhen.

Insgesamt löse die Bürgerversicherung das Problem des demografischen Wandels nicht, argumentieren Kritiker. Denn durch die Einbeziehung der privat Versicherten in die Bürgerversicherung steigen zwar die Einnahmen durch die Beiträge, langfristig aber auch die Ausgaben für die medizinische Versorgung der Versicherungsteilnehmer, da die Bürgerinnen und Bürger immer älter werden und immer mehr Leistungen der Krankenkassen in Anspruch nehmen. Dieses Problem werde auch durch eine Bürgerversicherung nicht gelöst.

Nach: Weitz, Jürgen: Vor- und Nachteile einer Bürgerversicherung. In: www.br.de, 10.01.2018

AUFGABEN

71103-176

1. Beschreibt die Probleme des heutigen dualen Systems der privaten und gesetzlichen Krankenversicherung in Deutschland (**M6**, **M7**).
2. Erläutert, welche Probleme des jetzigen Krankenversicherungssystem mit der Einführung einer Bürgerversicherung beseitigt werden könnten (**M7**).
3. Erörtert, ob eine Bürgerversicherung in Deutschland einführt werden sollte (**M8**). Nutzt dazu die Methode Good Angel / Bad Angel (→ Methode auf S. 152).

Soll die gesetzliche Rentenversicherung durch die Aktienrente ersetzt werden?

M1 Mit der Aktienrente zu einer sichereren Rente?

Zahlreiche Fachleute halten die gesetzliche Rentenversicherung [aufgrund des demografischen Wandels] für nicht mehr tragfähig. […] Ein Vorschlag, die Schieflage des Systems zu beenden, ist die von der FDP im Wahlkampf eingebrachte Aktienrente.

In ihrem Programm hatte die Partei für das sogenannte Schweden-Modell plädiert. In dem skandinavischen Land fließen 2,5 Prozent der gesetzlichen Beiträge in die sogenannte Prämienrente und werden über unabhängig verwaltete Fonds mit geringen Kosten gewinnbringend angelegt. [Die Gewinne werden dann zur Finanzierung der Rente genutzt.] Den Rest zahlen die Arbeitnehmer wie gewohnt in die klassische umlagefinanzierte Versicherung. Ob sich diese kombinierte Sicherung aus umlage- und kapitalgedeckter Vorsorge auf Aktien-Basis auch hierzulande rechnen und damit die Probleme des Systems lösen könnte, hat [Wirtschaftswissenschaftler] Martin Werding im Februar im Auftrag der FDP-Bundestagsfraktion untersucht. […] „Wir konnten zeigen, dass sich das alles so gerade einhalten lässt – trotz Auswirkungen der Corona-Pandemie", [sagt Werding]. Die Kapitaldeckung sei dementsprechend die einzige Alternative zur Umlagefinanzierung. In langfristigem Durchschnitt seien die Verlustrisiken bei breit und international gestreuten […] Investitionen wie etwa in Indexfonds sehr begrenzt und die Rendite höher als bei anderen Anlageformen.

Bücker, Till: Kommt jetzt die Aktienrente? In: www.tagesschau.de, 06.12.2021

Demografische Entwicklung in Deutschland bis 2070 – interaktive Bevölkerungspyramide des Statistischen Bundesamtes (Link)

71103-177

Rendite
Gewinne, die das eingesetzte Kapital einbringt

M2 Sozialverbände kritisieren die Aktienrente

Der Hauptgeschäftsführer des Paritätischen Gesamtverbands, Ulrich Schneider, betonte, im Fall einer [Aktienrente] brauche es „einen sehr eng gefassten Ethikkodex". Die Bürgerinnen und Bürger hätten zurecht hohe ethische Ansprüche an den Staat und an die gesetzliche Rentenversicherung, sagte Schneider […]. „Unternehmen, bei denen man davon ausgehen kann, dass in ihren Produktions- und Lieferketten die Einhaltung von Menschenrechten oder Klimaschutzstandards missachtet werden, fallen [als Investitionsobjekte für Aktien] aus", so Schneider. Dies gelte auch für Investitionen in Konzerne, die gesundheitsgefährdende Erzeugnisse herstellten wie etwa Zigaretten und Alkohol, oder für Firmen, die Rüstungsgüter produzierten.

Peduto Allesandro: Rentenreform – für wen lohnt sich die Aktienrente wirklich? In: www.waz.de, 04.01.2022

AUFGABEN

71103-178

Bewerte die vorgeschlagene Aktienrente (**M1**, **M2**) als Reform der gesetzlichen Rentenversicherung.

H zur Urteilsbildung Kriterien und Leitfragen für die Bewertung der Aktienrente
→ S. 395

WAS WIR KÖNNEN

Wie soll der Sozialstaat der Zukunft aussehen?

I. Worum geht es?

Euer Stadtteil veranstaltet ein Bürgerforum, das sich mit der Zukunft unseres deutschen Sozialstaates auseinandersetzen soll. Ziel ist es, eine möglichst breite Auseinandersetzung mit den Herausforderungen sowie Reformmöglichkeiten des deutschen Sozialsystems zu erhalten.

Ihr nehmt in Gruppen an diesem Bürgerforum teil. Dabei durchlauft ihr mehrere Workshop-Runden.

In Runde 1 beschäftigt ihr euch mit den größten Problemen und Herausforderungen unseres Sozialstaates, in Runde 2 werden diese diskutiert und mögliche Lösungsmöglichkeiten erörtert. In der letzten Runde stellen alle Gruppen die für sie am sinnvollsten erachteten Reformvorschläge vor.

II. Geht dabei so vor:

1. Schritt: Vorbereitung in Einzelarbeit

Lest den Artikel über den Sozialatlas (**M1** auf der nächsten Seite), der neben einer Bestandsaufnahme der aktuellen Probleme auch einige kleinere Verbesserungsvorschläge nennt, um euch auf die Workshops einzustimmen. Macht euch Notizen zu möglichen Problemen und Lösungsvorschlägen.

↓ ↓ ↓

2. Schritt: Workshop-Runden

- **Runde 1 in Stammgruppen:** Sammelt mithilfe der Placemat-Methode (→ Methodenglossar) die dringendsten Probleme und Herausforderungen unseres Sozialstaates. Einigt euch auf 2–4 zentrale Herausforderungen, die ihr durch Reformen bekämpfen wollt. Berücksichtigt hierbei die Erkenntnisse des vorangegangenen Kapitels.
- **Runde 2 in Expertengruppen:** Stellt euch gegenseitig die für euch dringendsten Probleme vor. Diskutiert gemeinsam mögliche Reformvorschläge, die diesen Herausforderungen entgegenwirken. Der Text **M1** kann euch hierfür einige Impulse geben. Bezieht dabei Überlegungen zur Umsetzbarkeit und Effektivität mit ein.
- **Runde 3 in Stammgruppen:** Stellt euch gegenseitig die erarbeiteten Reformvorschläge vor. Einigt euch gemeinsam auf die Reformvorschläge, die eurer Meinung nach am sinnvollsten sind. Bereitet eine Präsentation vor, in der ihr diese vorstellt und begründet, warum sie den Sozialstaat zukunftsfähig machen.

Hilfe für Runde 2

71103-179

M1 Sozialatlas: Der deutsche Sozialstaat braucht ein Update

Der deutsche Sozialstaat biete in vielen Lebenslagen Sicherheit, sagt Ellen Ueberschär der [Deutschen Welle]: Jeder habe Ansprüche auf Sozialleistungen, die das Existenzminimum sichern. Es gebe aber „enormen Erneuerungsbedarf". Die Grundregeln stammen aus den 1950er Jahren. [...]

Der Sozialstaat soll neben der Existenzsicherung für sozialen Ausgleich sorgen, Teilhabe und Zusammenhalt in der Demokratie stärken. In Deutschland werden 40 Prozent der Ungleichheit durch den Sozialstaat ausgeglichen, sagt Ellen Ueberschär, das sei im internationalen Vergleich viel, müsse aber gesichert und verbessert werden. [...]

Deutschland gehört in Europa zu den Ländern mit einer besonders alten Bevölkerung. 100 Menschen zwischen 15 und 64 Jahren stehen laut Statistik knapp 34 Ältere ab 65 Jahren gegenüber – immer weniger Junge müssen die Rente für immer mehr Alte finanzieren.

Der Sozialatlas stellt fest: Die Veränderung der Arbeitswelt mit niedrigeren Löhnen, mehr Unterbrechungen und geringfügiger Beschäftigung hat zu einem Anstieg der relativen Armut bei Rentenempfängern geführt. Immer mehr Menschen, die gesund genug sind, arbeiten weiter, manche engagieren sich in Wohlfahrtsverbänden oder in der Familie, andere sind auf Grundsicherung angewiesen. [...]

Die älter werdende Gesellschaft belaste nicht nur die Rentenkasse, sagt Ellen Ueberschär, sondern führe auch zu einem Arbeitskräftemangel, besonders in der Pflege: „Das ist ein Riesenproblem, weil zwei Züge aufeinander zurasen – auf der einen Seite der erhöhte Pflegebedarf und auf der anderen Seite der Mangel an Pflegekräften."

Auch die Digitalisierung sei eine Herausforderung, weil sie die Arbeitsverhältnisse stark verändere. Ganze Berufsfelder fallen weg, Menschen werden arbeitslos. „Wie kann eine Person heute über ihr Berufsleben hinweg ein existenzsicherndes Einkommen haben?" Davon hängt auch die Alterssicherung ab. [...]

Wichtig sei – neben Umverteilung – Innovation in Stadtquartiere für alle, „in denen alte Menschen wohnen bleiben können und Bildungseinrichtungen für Jüngere sind". Sozialer Zusammenhalt werde nicht gestärkt, wenn „wir Kinder in große Schulen stecken, weit weg vom Wohnort, wenn wir Pflegebedürftige irgendwo im Wald im Heim unterbringen". Nicht nur bei der Pflege und in der Klimafrage: „Wir brauchen Migration, auch um unseren Arbeitskräftebedarf zu decken", sagt Ueberschär. Investiert werden müsse in Bildung, Teilhabe und Inklusion, Sprachkurse und Integrationsangebote. Ohne entsprechende Förderung sei das Armutsrisiko bei Geflüchteten häufig erhöht. [...]

Der Sozialatlas will zur Debatte über eine Reform anregen – eine einfache Lösung gibt es nicht. Wie sieht die Vision für den Sozialstaat in zehn Jahren aus? „Dann haben wir sehr viele Arbeitnehmerinnen und Arbeitnehmer in neuen Klima-Jobs", wünscht sich Ellen Ueberschär, dazu ein Zusammenwirken von Integration, Pflege und Bildung in Stadtquartieren. „Und dann haben wir ein gerechteres Steuersystem und sind gut gerüstet für die Aufgaben der Zukunft."

Grunau, Andrea: Sozialatlas: Der deutsche Sozialstaat braucht ein Update. In: www.dw.com, 02.03.2022

Ellen Ueberschär ist Vorstand der Heinrich-Böll-Stiftung, die zum ersten Mal einen knapp 60-seitigen Sozialatlas herausgegeben hat. Untertitel: „Daten und Fakten über das, was unsere Gesellschaft zusammenhält". Die Böll-Stiftung steht der Partei Bündnis 90/ Die Grünen nahe.

Bürgerinnen und Bürger äußern ihre Meinung im Rahmen einer Demonstration.

Im Plenarsaal des Bundestags finden Debatten statt.

Demokratie bedeutet ...

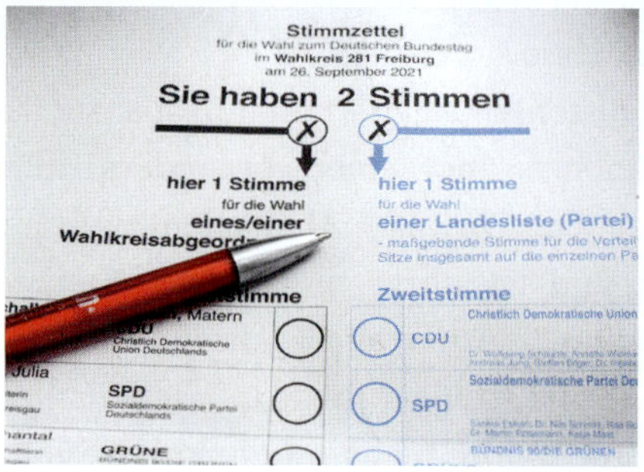

Ein Stimmzettel für die Bundestagswahl

Am 15.11.2019 organisierte der Verein Mehr Demokratie e. V. den Bürgerrat Demokratie, in dem 160 Bürgerinnen und Bürger Vorschläge zur Stärkung der Demokratie entwickelten.

Das Beteiligungsportal Baden-Württemberg ermöglicht die digitale Beteiligung der Bürgerinnen und Bürger und informiert über Beteiligungsprojekte.

Politische Willensbildung im digitalen Zeitalter

9

„Demokratie heißt, sich in seine eigenen Angelegenheiten einzumischen", so umschrieb es der Schriftsteller Max Frisch einst knapp und treffend. Doch wie soll die Demokratie organisiert sein und welche Möglichkeiten der Mitbestimmung bieten sich?
Grundlegend für eine Demokratie sind freie und faire Wahlen, bei denen die Bürgerinnen und Bürger ihre Vertreter wählen. Diese Vertreter sollen im Namen der Bevölkerung handeln und deren Interessen vertreten. Transparente Entscheidungsprozesse und Rechenschaftspflicht sind dabei wichtige Grundprinzipien.
Ein weiterer Aspekt der politischen Willensbildung in der Demokratie ist die aktive Teilnahme der Bürgerinnen und Bürger an politischen Diskussionen und öffentlichen Debatten. Eine lebendige demokratische Kultur ermutigt die Menschen, ihre Stimmen zu erheben und ihre Meinungen auszudrücken. Darüber hinaus kann die Mitbestimmung auch durch den Einsatz moderner Technologien und Online-Plattformen gestärkt werden.

Am Ende des Kapitels könnt ihr Antworten auf folgende Fragen finden:

- Welche Möglichkeiten haben Bürgerinnen und Bürger, ihre Interessen in den politischen Entscheidungsprozess einzubringen? (**Macht und Entscheidung**)
- Wie regelt das Grundgesetz die politische Teilhabe? (**Regeln und Recht**)
- Welchen Beitrag leisten die Beteiligungsverfahren zum demokratischen und gewaltfreien Lösen von Interessenskonflikten? (**Interessen und Gemeinwohl**)
- Wie kann die Demokratie gesichert und geschützt werden? (**Interessen und Gemeinwohl**)
- Welche Bedeutung haben Medien für eine demokratische Gesellschaft? (**Privatheit und Öffentlichkeit**)

WAS WISST UND KÖNNT IHR SCHON?

71103-181

1. Übertragt den Stern in euer Heft und notiert eure Ideen, was für euch Demokratie bedeutet, jeweils an einem Zacken des Sterns.
2. Vergleicht eure Vorstellungen von Demokratie in Gruppen und gestaltet einen gemeinsamen Demokratiestern auf einem Plakat.
3. Hängt die Plakate im Klassenzimmer auf und führt einen Galeriespaziergang (→ Methodenglossar) durch.

9.1 Die Rolle der (neuen) Medien in unserer Demokratie

9.1.1 Politische Willensbildung online: Welchen Beitrag leisten YouTuber:innen zur politischen Willensbildung?

Zum Thema: Neben Zeitungen und den klassischen Nachrichtensendungen nehmen Influencer:innen und YouTuber:innen einen immer größer werdenden Anteil der Mediennutzung von Jugendlichen ein. Welchen Einfluss üben YouTuber:innen auf die Meinungsbildung Jugendlicher aus und können YouTuber:innen politisch sein? Diese Fragen sollen im Folgenden beantwortet werden.

M1 Umfrage zur Mediennutzung als Informationsquelle

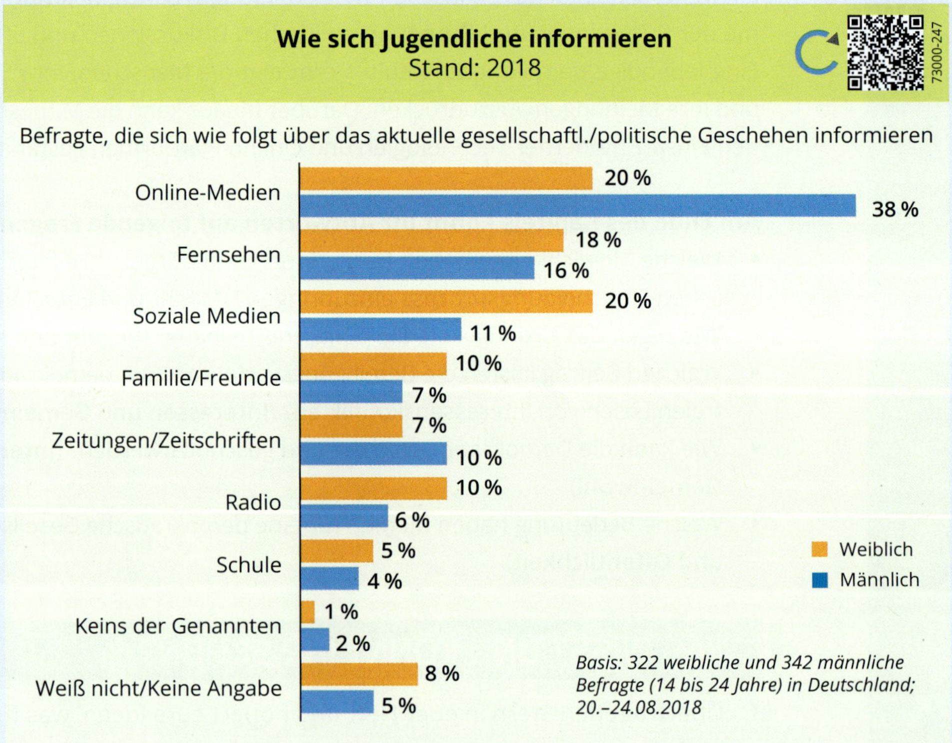

© C.C. Buchner Verlag, aktuelle Daten nach: Statista, Vodafone Stiftung

EINSTIEGSAUFGABE 71103-182

Wie informiert ihr euch über aktuelles politisches Geschehen? Vergleicht eure Mediennutzung mit der Grafik in **M1**.

M2 Tragen YouTuber:innen zur politischen Bildung bei?

„Die Zerstörung der CDU" lautet der Titel des wohl meistgeklickten Videos zur Europawahl 2019 auf YouTube. In der 55 Minuten langen Ansprache trägt der YouTuber Rezo mithilfe zahlreicher Quellen vor, warum man seiner Meinung nach vor allem die CDU/CSU, aber auch andere Parteien wie die SPD nicht wählen sollte. In einem Folgevideo, an dem nach eigenen Angaben mehr als 90 weitere, teilweise sehr bekannte YouTuber:innen beteiligt waren, wird diese Aufforderung noch einmal wiederholt. In Politik und Medien erregte dies enormes Aufsehen. So wurde den Macher:innen der Videos unter anderem eine unsaubere Recherche, einseitige Darstellung und Clickbaiting vorgeworfen.

Rezos Videos sind der bisherige Höhepunkt einer schon länger andauernden Tendenz der Politisierung von YouTube. Bereits nach dem YouTube Interview von LeFloid mit Bundeskanzlerin Angela Merkel im Jahr 2015, spätestens aber nach der Kampagne #DeineWahl, in der vier YouTube-Persönlichkeiten die Spitzenkandidat:innen von CDU und SPD interviewten, werden YouTuber:innen, trotz anhaltender Kritik, von einer breiteren Öffentlichkeit als Vermittler:innen von Politik wahrgenommen. So verglich die Bundesvorsitzende der CDU Annegret Kramp Karrenbauer nach der Europawahl YouTuber:innen mit Zeitungsredaktionen und forderte deren Regulierung, CDU-EU-Kommissar Günther Oettinger gab als Grund für die verlorene Wahl an, seine Partei habe bei YouTube scheinbar falsch reagiert. [...]

Ausgangspunkt [politischer Videos auf Youtube] ist in der Regel das eigene Interesse an politischen Themen, wobei nicht alle YouTuber mit einem politischen Kanal gestartet sind. Einige nehmen selbst eine zunehmende Bedeutung politischer Themen in der Gesellschaft wahr, auf die sie mit ihren Kanälen reagieren. [...] Daneben findet sich das Motiv, den Austausch auf der Plattform aktiv mitzugestalten und hier bspw. den wahrgenommenen Verschwörungstheorien, die sich auf YouTube finden, „etwas entgegenzusetzen". Dabei divergiert das Politikverständnis der Akteure. So betonen einzelne explizit ihr großes Interesse auch an Parteipolitik, andere zeigen weniger Begeisterung.

Wegener, Claudia / Heider, Matthias: Wie politische YouTuber arbeiten. In: TelevIZIon, Nr. 32/2019/1, S. 16f.

Rezo ist ein deutscher YouTuber, der auf seinem Kanal Unterhaltung und Politik verbindet.

Rezo: Die Zerstörung der CDU

71103-183

Faktencheck des Nachrichtenmagazins „Der Spiegel" zu Rezos Video

71103-184

M3 Kommentare als politische Beteiligung?

Durch die Kommentarfunktion haben Zuschauer:innen die Möglichkeit, auf Videos zu reagieren. Dieser Rückkanal wird dabei meist als etwas Positives herausgestellt. [...] Neben einer reflektierten, durchaus auch kritischen Auseinandersetzung finden sich im Feedback aber immer wieder solche Kommentare, die eindeutige Ablehnung, bisweilen auch Hass signalisieren. Diese zeigen sich in Verschwörungstheorien, in drastischen Beschimpfungen, Beleidigungen und mitunter gar [strafbaren] Aussagen. [...] Die Reaktionen erreichen die YouTuber auf zweierlei Weise: Zum einen finden sich Hasskommentare in den Kommentarspalten, zum anderen nehmen die „Kritiker" mit eigenen Videos unmittelbar Stellung. Dabei handelt es sich nach Wahrnehmung der YouTuber oftmals nicht um einzelne Sprecher, sondern um Kollektive, die sich absprechen und Aussagen einhellig negativ bewerten. Die dahinterstehende Absicht formuliert ein Interviewpartner so: „Da ging es eindeutig darum, eine Deutungshoheit zu gewinnen", wobei die Muster der Argumentation standardisiert sind: Es gibt „bestimmte Argumentationen und die werden immer wieder wiederholt von verschiedensten Kommentatoren". Der Umgang mit diesen ist unterschiedlich. Während berechtigte Kritik oft aufgenommen und diskutiert wird, werden Beschimpfungen und Hasskommentare, die gegen von den YouTubern selbst aufgestellte Regeln oder bestehende Gesetze verstoßen, teilweise gelöscht, ignoriert oder aber auch ironisch beantwortet. Auf eine echte Diskussion lassen sich die Befragten dabei selten ein: [...] Einzelne Akteure ziehen daraus für sich die Konsequenz, die Kommentarfunktion mitunter zu deaktivieren oder umstrittene Themen gänzlich auszulassen [...].

Wegener, Claudia / Heider, Matthias: Wie politische YouTuber arbeiten. In: TelevIZIon, Nr. 32/2019/1, S. 17f.

M4 Beeinflussen YouTuber:innen den politischen Diskurs?

Zunächst wird [die demokratische Öffentlichkeit] durch neue, öffentlich kommunizierende Akteur:innen belebt, der politische Diskurs verstärkt. [...] Politische Akteur:innen müssen sich nun auch mit Influencern auseinandersetzen, die öffentlich mitdiskutieren, in den Dialog mit ihnen, aber auch mit der Followerschaft treten und die neuen Kanäle für sich nutzen. Gleichzeitig werden Influencer als neue Instrumente einer professionalisierten Parteienkommunikation genutzt. Die Auseinandersetzung mit den neuen, öffentlichen Akteur:innen gilt auch für Journalist:innen. Sie haben die Chance, sich durch und mit Hilfe ihrer Professionalität zu differenzieren und ihre Funktion für die demokratische Öffentlichkeit durch die Einhaltung journalistischer Qualitätskriterien zu erfüllen. Vorausgesetzt, auch der Journalismus geht auf das neue Mediennutzungsverhalten entsprechend ein. Der Journalismus muss sich der Herausforderung stellen, indem er seine Rolle in der Netzwerköffentlichkeit neu bestimmt und dafür das technische Potenzial des Internets innovativ ausschöpft.

Duckwitz, Amelie: Influencer als digitale Meinungsführer. Bonn: Friedrich-Ebert-Stiftung 2019, S. 5

AUFGABEN

71103-185

1. Erläutert, inwiefern YouTuber:innen zur politischen Bildung beitragen können (**M2–M4**).
2. Erörtert Chancen und Risiken der Kommentarfunktion in sozialen Medien (**M3**).
3. Gestaltet ein kurzes Video (→ Methode auf der nächsten Seite), in dem ihr die Bedeutung von YouTuber:innen für die politische Meinungsbildung von jungen Erwachsenen darstellt.

Ein eigenes Erklärvideo erstellen

I. Worum geht es?

Ein Erklärvideo ist ein 2 – 3 Minuten kurzer Film, der dem Zuschauer – meist mittels animierter Illustrationen, Grafiken oder Icons – ein bestimmtes Thema erklärt. Dabei ist der Vorteil gegenüber anderen Medien die Kombination aus Fakten mit einer für den Film erstellten Story. Genutzt werden solche Erklärfilme für die Vermittlung von Wissen auf, aber auch zur Überprüfung des Lernfortschritts oder zum Lernen selbst. Erklärvideos stellen komplexe Sachverhalte verständlich dar.

II. Geht dabei so vor:

1. Schritt: Ein Thema wählen und Fakten recherchieren

Euer Video braucht ein Thema. In diesem Fall geht es darum, die Bedeutung von YouTuber:innen für die politische Meinungsbildung von jungen Erwachsenen darzustellen. Recherchiert die Fakten zu diesem Thema.

2. Schritt: Eine Geschichte entwickeln

Sammelt Ideen und entwickelt daraus eine Geschichte. Hierfür solltet ihr euch wirklich Zeit nehmen, denn eine gute Story ist das Herzstück eures Videos.

3. Schritt: Das Voice-Over-Skript schreiben

Schreibt das Voice-Over Skript (= Sprechertext). In dem Text erklärt ihr kurz, interessant und aktivierend die Animationen im Film. Nehmt anschließend den Sprechertext – am besten in Etappen – auf. Achtet darauf nicht zu monoton zu sprechen.

4. Schritt: Das Drehbuch erstellen

Haltet alles in einem Drehbuch fest: Teilt die Szenen ein. Ordnet eurem Skript diese zu, sammelt Bildideen und überlegt euch passende Szenenübergänge. Sucht in diesem Schritt auch passende Grafiken zu eurem Thema.

5. Schritt: Das Video zusammensetzen

Baut alles mit der geeigneten Software (z. B. My Simpleshow, Rawshort oder Powerpoint) zusammen. Fügt außerdem Musik und Soundeffekte hinzu.

Erklärfilme zur Videoerstellung

Mithilfe der Videoreihe im untenstehenden QR- bzw. Mediencode könnt ihr in Form von kurzen Erklärfilmen auf gebündelte Informationen zu diesen Themen rund um die Videostellung zurückgreifen:

- **Grundlagen beim Filmen**
- **Drehen mit dem Smartphone**
- **Tricks für spannende Bilder**
- **Tipps für guten Ton**
- **Zubehör fürs Smartphone**
- **Vorbereitungen vor dem Schnitt**
- **Effekte und Blenden beim Schnitt**

Gesamte Videoreihe auf YouTube

71103-186

Weitere allgemeine Praxistipps für das Drehen eigener Filme findet ihr hier:

71103-187

Bearbeiterin

9.1.2 Die Medien als 4. Gewalt in unserer Demokratie?

Zum Thema: Die Medien sind in unserem Alltag allgegenwärtig. Wir nutzen Zeitungen, das Fernsehen, aber auch das Internet und soziale Medien, um uns über aktuelles Geschehen zu informieren. Welche Rolle spielen die Medien in unserer Demokratie? Welche Aufgaben haben sie und wie erfüllen sie diese? Dies soll im Folgenden beantwortet werden.

M5 Karikatur: Die Vierte Gewalt

Karikatur: Schwarwel, 12.12.2018

EINSTIEGSAUFGABEN 71103-188

1. Beschreibt die in der Karikatur dargestellte Rolle der Medien in der Demokratie.
2. Sammelt Beispiele, die diese Rolle der Medien verdeutlichen.

M6 Welche Aufgaben haben Medien in einer Demokratie?

Durch die Medien wird die Öffentlichkeit informiert. Im TV sehen wir die Stellungnahmen der Politiker:innen zu wichtigen politischen Themen, im Radio hört man oft zwischendurch einem kurzen Nachrichtenüberblick zu, in der Zeitung liest man über politische Entscheidungen und im Internet haben wir auf den passenden Seiten sogar die Möglichkeit, all diese Informationen nochmals abzurufen. Klar ist, dass die Medien die Aufgabe haben, die Öffentlichkeit zu informieren [**Informationsfunktion**]. Gleichzeitig soll auch die öffentliche Meinung zu verschiedenen Themen widergespiegelt werden [**Ermöglichung der Teilhabe am politischen Diskurs**]. Die Medien funktionieren somit als eine Art Kontrollinstanz, da so alle Bürger:innen die Möglichkeit haben, politische Mächte zu kontrollieren und auch zu kritisieren [**Kritik- und Kontrollfunktion**]. Beispielsweise decken die Medien oft Fehler in der Politik auf und nehmen bestimmte Parteien ganz genau unter die Lupe oder kritisieren diese öffentlich. Andersrum erfahren aber auch die Politiker:innen von öffentlichen Meinungen, Diskussionen und vor allem von kritischen Stimmen aus dem Volk [**Herstellung von Öffentlichkeit**], was wiederum positive Auswirkungen auf deren politisches Handeln hat.

Artikel 5 des Grundgesetzes legt fest, dass der Staat nicht in Rundfunk und Presse eingreifen darf. Außerdem wird der Medienlandschaft eine sogenannte „öffentliche Aufgabe" zugesprochen. Diese erfüllen Medien dann, wenn sie Nachrichten und Informationen von allgemeiner Relevanz verbreiten, die es dem Volk ermöglicht, sich in der demokratischen Gesellschaft zurechtzufinden. Damit wirken Medien auch an der politischen Meinungsbildung eines jeden Einzelnen mit, je nachdem häufig und intensiv sich jemand über das politische Geschehen informiert [**Agenda-Setting**]. Und an dieser Stelle schließt sich der Kreis: Nur ein informiertes Volk kann auch Entscheidungen treffen – in einer Demokratie geht alle Staatsgewalt vom Volke aus.

Göhner, Romy: Was haben Medien mit Demokratie zu tun? In: www.medienkompass.de, 07.03.2022

Art. 5 Abs. 1 GG
Jeder hat das Recht, seine Meinung in Wort, Schrift und Bild frei zu äußern und zu verbreiten und sich aus allgemein zugänglichen Quellen ungehindert zu unterrichten. Die Pressefreiheit und die Freiheit der Berichterstattung durch Rundfunk und Film werden gewährleistet. Eine Zensur findet nicht statt.

M7 Die Medien als vierte Gewalt

Exekutive	Legislative	Judikative	Medien
Die Verwaltung setzt Gesetze um.	Das Parlament erlässt Gesetze.	Gerichte setzen Gesetze durch.	Medien beobachten, berichten und kontrollieren.
▪ Bundesregierung ▪ Ministerien ▪ Landesregierungen ▪ Bezirksverwaltungen ▪ Gemeinden ▪ Polizei	▪ Bundestag ▪ Bundesrat ▪ Landtage	▪ Bundesverfassungsgericht ▪ Verwaltungsgerichte ▪ Landesgerichte ▪ Amtsgerichte	▪ Freie und unabhängige Medien ▪ Journalisten

Bearbeiterin

AUFGABEN

71103-189

1. Stellt die Aufgaben der Medien als übersichtliches Schaubild dar (**M6**).
2. Erläutert anhand eigener Beispiele, wie die Medien ihre Aufgaben erfüllen.
3. Die Medien werden oft in Analogie zu den drei Gewalten (Exekutive, Legislative und Judikative) als vierte Gewalt im Staat bezeichnet (**M7**). Überprüft, ob diese Bezeichnung eurer Meinung nach für die Medien in Deutschland zutreffend ist.

F Aufgabe
Überprüft anhand der aktuellen Tageszeitung, wie die Medien ihre Aufgaben erfüllen.

9.1.3 Ist die Pressefreiheit in Gefahr?

Zum Thema: Unabhängige Medien erfüllen wichtige Aufgaben in einer Demokratie. Aber wie frei sind die Medien wirklich? Wie gefährdet ist die Pressefreiheit weltweit und in Deutschland? Antworten auf diese Fragen findet ihr hier.

M8 Protestaktion im russischen Fernsehen

Standbild der Protestaktion der Journalistin Marina Owsjannikowa im russischen Fernsehen

EINSTIEGSAUFGABE

71103-190

Diskutiert mit einem Partner oder einer Partnerin, welche Einschränkungen der Pressefreiheit in diesem Beispiel dargestellt werden.

Im März 2022 stürmte die Journalistin Marina Owsjannikowa eine Live-Nachrichtensendung im russischen Staatsfernsehen. Sie wollte mit dem Plakat gegen den russischen Angriffskrieg in der Ukraine protestieren. Der Text auf dem Plakat lautet: „Kein Krieg! Beenden Sie den Krieg. Glauben Sie der Propaganda nicht. Hier werden Sie belogen. Russen gegen den Krieg". Die Sendung wurde daraufhin – etwa fünf Sekunden nach dem Beginn ihrer Protestaktion – durch einen Einspieler unterbrochen.

Bearbeiterin

M9 China: Haftstrafe für Kritik an Kinofilm

China verschärft die ohnehin schon harten Regeln für die Presse im Land weiter. Die Staats- und Parteiführung möchte, dass künftig nur noch Anbieter journalistische Inhalte verbreiten, die sich über staatliches Geld finanzieren. […]

Dass Chinas Führung keine abweichenden Stimmen zulassen will, zeigt sich auch am aktuellen Fall Luo Changping: Der frühere Investigativ-Fernsehjournalist wurde vor einigen Tagen festgenommen, weil er den aktuellen chinesischen Kinofilm „Die Schlacht am Changjin-See" auf seinem persönlichen Social-Media-Account kritisiert hatte. Die 150-Millionen-Euro-Produktion spielt im Koreakrieg und lief Anfang Oktober in der Volksrepublik in den Kinos an – pünktlich zum chinesischen Nationalfeiertag. Nach Ansicht nichtchinesischer Filmkritiker enthält der Film vor allem nationalistische Elemente und eine Menge anti-amerikanische Propaganda. Luo muss nach Berichten ausländischer Medien mit einer mehrmonatigen Haftstrafe rechnen – wegen „Beleidigung des Ansehens und der Ehre chinesischer Märtyrer".

Wurzel, Steffen: Nachrichten nur noch vom Staat, In: www.tagesschau.de, 11.10.2021

M10 Wie steht es um die Pressefreiheit in Deutschland?

Die Lage der Pressefreiheit in Deutschland hat sich 2022 in der Gesamtbewertung von Reporter ohne Grenzen (RSF) leicht verschlechtert. In der aktuellen Rangliste der Pressefreiheit belegt Deutschland Rang 21, nach Rang 16 im Vorjahr. [...] Vor allem das Kriterium „Sicherheit von Medienmitarbeitenden" hat die Position Deutschlands verschlechtert. [...] Insgesamt 103 Angriffe hat Reporter ohne Grenzen im Jahr 2022 dokumentiert (Vorjahr: 80). Mit 87 von 103 Fällen fand die große Mehrheit in verschwörungsideologischen, antisemitischen und extrem rechten Kontexten statt. Gefährlichster Ort waren wie in den Vorjahren Demonstrationen, meist gegen Coronamaßnahmen. [...] Das Ausmaß der Gewalt gegen Medienschaffende dürfte in der Realität noch größer sein, von einer hohen Dunkelziffer ist auszugehen. [...] Bei der Querdenken-Bewegung beobachtete RSF 2022 eine deutlich höhere Gewaltbereitschaft gegenüber der Presse als am Anfang der Pandemie. [...]
Die Medienvielfalt in Deutschland war 2022 anders als in den vergangenen Jahren weniger davon bedroht, dass Tageszeitungen zusammengelegt oder geschlossen worden wären. Massive Auswirkungen hatten aber die Entscheidungen großer Verlagshäuser, Zeitschriften einzustellen, sowie Skandale im öffentlich-rechtlichen Rundfunk (ÖRR). Insbesondere beim Rundfunk Berlin-Brandenburg (rbb) [hatte die Offenlegung von] Verschwendung von Gebührengeldern, Vorteilsnahme und Vetternwirtschaft finanzielle Folgen für Programm und Belegschaft [...]. [...] Insgesamt leidet die Presse unter massiven Kostensteigerungen: Die Papierpreise haben sich verdoppelt, auch Druckfarben und -platten sind massiv teurer geworden.

Reporter ohne Grenzen e. V.: Nahaufnahme Deutschland: Pressefreiheit im Überblick 2023. In: www.reporter-ohne-grenzen.de, Abruf am 08.05.2023

Weltkarte der Pressefreiheit

71103-191

Querdenken-Bewegung
eine in Stuttgart gegründete Initiative, deren bundesweite Protestaktionen sich gegen die staatlichen Schutzmaßnahmen zur COVID-19-Pandemie in Deutschland richten. Die Bewegung wird von den deutschen Verfassungsschutzbehörden als rechtsextrem eingeordnet und beobachtet.

M11 Bedrohen Google und Facebook die Pressefreiheit?

Die wirtschaftliche Macht der amerikanischen Tech-Giganten wie Google und Facebook bedroht die wirtschaftliche Basis der Verlage in Deutschland und damit auch die Pressefreiheit. Darauf hat die Vorsitzende des Aufsichtsrates der Funke Mediengruppe, Julia Becker, hingewiesen. [...] Eine wirklich unabhängige Presse müsse auch wirtschaftlich unabhängig sein, sagte Becker. Wenn sich die wirtschaftlichen Grundlagen weiter verschlechterten, sei „eine freie Presse und damit auch die Pressefreiheit in ihrem Bestand gefährdet".

Julia Becker zielte mit ihrer Bemerkung vor allem auf die digitale Infrastruktur, die sich in den Händen von wenigen US-amerikanischen Mega-Konzernen befinde. […] Über 70 Prozent des digitalen Werbemarktes lägen heute in den Händen von drei US-amerikanischen Technologieplattformen.

Fast ein Drittel der gesamten Werbeausgaben in Deutschland fließe zu Google, Facebook und Amazon. Diese Digitalplattformen entschieden zunehmend darüber, wer Zugang zum Lesermarkt erhalte und wer seine Veröffentlichungen durch Werbung, Vertrieb und Transaktionen finanzieren könne, so die Funke-Aufsichtsratsvorsitzende. […]

Die Medienwissenschaftlerin Alexandra Borchardt sprach die Mechanismen der sozialen Medien an, die in der „Aufmerksamkeitsökonomie" seriöse Informationen verdrängten. „Die Algorithmen belohnen, was besonders krass und radikal ist", sagte Borchardt. Zwar seien nur zehn Prozent der Deutschen empfänglich für die Schlagworte von der „Lügenpresse". Aber diese Minderheit organisiere sich zunehmend, um „Kritiker und Abweichler mundtot zu machen". Der Ex-Journalist und Bundesbeauftragte für die Stasi-Unterlagen, Roland Jahn, nannte als Problem, dass viele Akteure in den Medien keinen Journalismus machten, sondern eine Agenda verfolgten. „Die Vermengung von Meinung und Tatsachenberichterstattung sehe ich als großes Problem", sagte Jahn.

Fahrun, Joachim: Julia Becker: „Google und Facebook bedrohen Pressefreiheit". In: www.morgenpost.de, 03.05.2021

M12 Kontrovers diskutiert: Mit einem höheren Rundfunkbeitrag zu mehr Qualität?

a) Pro: Der Rundfunkbreitag sichert die Rundfunkfreiheit

Der Rundfunkbeitrag steigt vorläufig auf monatlich 18,36 Euro. Das ordnete das Bundesverfassungsgericht in einem Beschluss rückwirkend zum 20. Juli [2021] bis zum Inkrafttreten einer staatsvertraglichen Neuregelung an. Das Land Sachsen-Anhalt hatte die Erhöhung um 86 Cent blockiert, die Karlsruher Richter werteten dies als eine Verletzung der im Grundgesetz festgeschriebenen Rundfunkfreiheit. […]

In Zeiten „vermehrten komplexen Informationsaufkommens einerseits und von einseitigen Darstellungen, Filterblasen, Fake News, Deep Fakes andererseits" wachse die Bedeutung des beitragsfinanzierten öffentlich-rechtlichen Rundfunks, entschied der Erste Senat mit dem nun veröffentlichten Beschluss. Die Sender sollten die Wirklichkeit durch „authentische, sorgfältig recherchierte Informationen, die Fakten und Meinungen auseinanderhalten" unverzerrt darstellen und das Sensationelle nicht in den Vordergrund rücken. Der Gesetzgeber sei verantwortlich, dass auch die finanziellen Voraussetzungen für die Aufgaben gegeben sind. „Erfüllt ein Land seine Mitgewährleistungspflicht nicht und wird dadurch die Erfüllung des grundrechtlichen Finanzierungsanspruchs unmöglich, liegt bereits darin eine Verletzung der Rundfunkfreiheit."

Der ARD-Vorsitzende Tom Buhrow begrüßte die Entscheidung der Verfassungsrichter. […] Er danke dem Gericht für die eindeutige Entscheidung zur Gewährleistung der Rundfunkfreiheit. Die Festsetzung des Rundfunkbeitrags müsse frei von politischen Interessen erfolgen.

© ARD-aktuell / tagesschau.de, 05.08.2021

b) **Kontra: Der Rundfunkbeitrag hat sein Ziel verfehlt**

In den sozialen Medien tun viele Nutzer ihren Unmut über den Rundfunkbeitrag schon seit Jahren kund. Einige verlangen sogar dessen Abschaffung. Im Grunde ist diese Reaktion auch nicht sonderlich überraschend, da der Beitrag an eine Wohnung geknüpft ist. Selbst Bürger, die nicht einmal wissen, wie das ZDF-Logo ausschaut, müssen monatlich [18,36] Euro zahlen [...].

Doch eine komplette Abschaffung wäre so ziemlich die schlimmste mögliche Vorgehensweise. Denn der Rundfunkbeitrag gewährleistet nicht nur die Unabhängigkeit der Presse, sondern trägt auch zur (politischen) Bildung der Bürger bei. Doch leider sind das nicht die einzigen beiden Bereiche, in die das Geld aus dem Rundfunkbeitrag fließt. Ein kurzer Blick in das Programm von ZDF und schon entdeckt man Sendungen wie „Die Küchenschlacht" und „Bares für Rares" – nicht unbedingt die Musterbeispiele für unabhängigen Journalismus. Und auch Skispringen oder Konzerte lassen sich mit der Grundidee des Rundfunkbeitrags nur bedingt vereinbaren. [...]

Eine YouGov-Untersuchung aus dem Jahr 2018 präsentierte ein eindeutiges Bild: 44 Prozent der Befragten empfanden den Beitrag als zu hoch. 30 Prozent sehen sich nicht als Zielgruppe für die Angebote des öffentlich-rechtlichen Rundfunks und 23 Prozent nutzen besagtes Angebot überhaupt nicht. Kein Wunder also, dass 76 Prozent der Befragten darüber abstimmen wollten, ob es den Rundfunkbeitrag in Deutschland weiterhin geben soll. Dabei ist – wie bereits angedeutet – nicht der Beitrag selbst das Problem, sondern die Inhalte der Rundfunkanstalten.

Der Infotainment-Ansatz hat in diesem Fall offensichtlich versagt, doch dafür ist die potenzielle Lösung grundsätzlich recht simpel: Wenn ZDF, ARD und Co. eine Reform durchführen und ihr Programm auf Nachrichten, Dokumentationen, politische Sendungen und Ähnliches beschränken, muss der Rundfunkbeitrag nicht mehr erhöht werden. Stattdessen dürfte er sich sogar spürbar reduzieren – und die Unabhängigkeit der Presse wäre dennoch gewährleistet.

Sandler, Artem: Rundfunkbeitrag: Die abwegigste Lösung ist gar nicht mal so abwegig. In: www.inside-digital.de, 26.12.2020

AUFGABEN

71103-192

1. Arbeitet die Einschränkungen der Pressefreiheit in **M9** heraus.
2. Stellt dar, wodurch die Pressefreiheit in Deutschland gefährdet wird (**M10–M11**).
3. Erläutert, inwiefern die Pressefreiheit eine notwendige Voraussetzung für die Demokratie ist (**M9–M11**).
4. Erörtert, ob ein höherer Rundfunkbeitrag zu mehr journalistischer Unabhängigkeit führen würde (**M12a–b**).

F Aufgabe

Politik betrifft die Öffentlichkeit. Der private Bereich ist davon abgegrenzt und wird vor staatlichen Eingriffen geschützt. Erörtert, ob das Medienangebot den öffentlichen und damit den politisch steuerbaren Bereich betrifft.

9.1.4 Bereichern soziale Medien die Demokratie?

Zum Thema: Die Nutzung von sozialen Medien gehört mittlerweile zum Alltag dazu. Inwiefern beeinflusst das unsere politische Willensbildung und die Ausgestaltung der Demokratie? Diese Frage soll im Folgenden genauer beleuchtet werden.

M13 Wie wirken soziale Medien für die Demokratie?

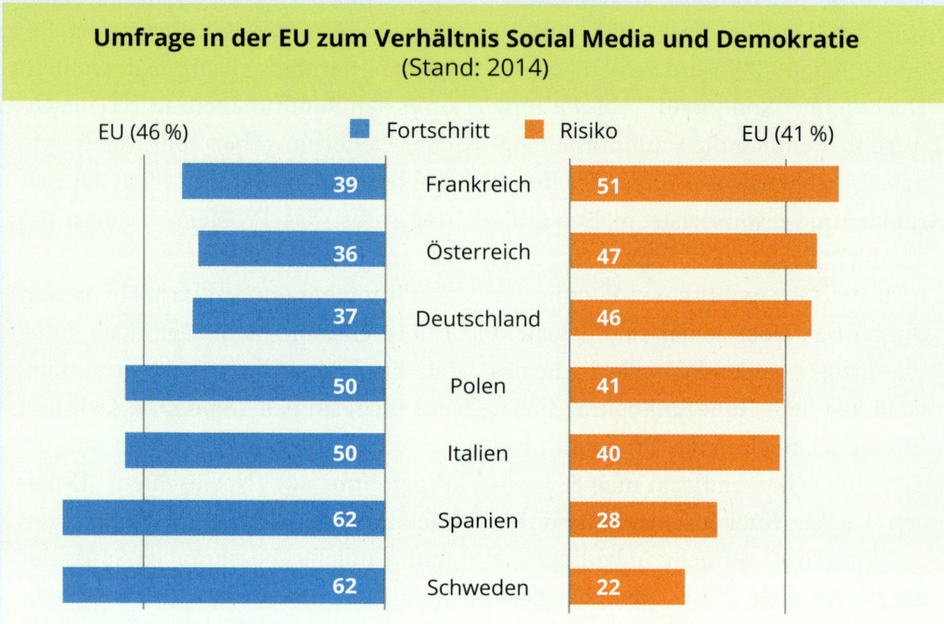

Nach: Statista, 2014, Datenquelle: Europäisches Parlament

EINSTIEGSAUFGABEN 71103-193

1. Analysiert die Statistik.
2. Sind soziale Medien Fortschritt oder Risiko für die Demokratie? Positioniert euch entlang einer Positionslinie (→ Methodenglossar) im Klassenzimmer und begründet eure Meinung.

M14 Auswirkungen des Internets und sozialer Medien auf die Demokratie

Kommunikation und Öffentlichkeit sind unerlässliche Aspekte des politischen Systems in allen Demokratien. Ursprünglich versprach das Internet, die Demokratie zu revolutionieren, indem es eine kostengünstige und unkomplizierte Kommunikation ermöglichte und eine Öffentlichkeit für die Anliegen aller schuf. Dabei wurden soziale Medien als digitale öffentliche Orte konzipiert.

- Sie bieten den Nutzern die Möglichkeit, über Politik zu debattieren, sich über Ereignisse zu informieren oder Proteste zu mobilisieren und koordinieren. Ein Beispiel von vielen ist der Massenprotest in Hongkong 2019, der per Smartphone einberufen, von Hashtags inspiriert und durch soziale Netzwerke koordiniert wurde.

- Digitale Netzwerke sind außerdem fester Bestandteil der politischen Kommunikation. Die Twiplomacy-Studie von 2018 analysierte die Accounts von Regierungs- und Staatschefs auf Twitter. Alleine sie erreichen mit knapp 1.000 Konten über 400 Millionen Follower.

Aktuell entfesseln sich auf digitalen Plattformen Hass und Hetze, Sexismus und Verschwörungstheorien, wodurch die gemeinsamen demokratischen Werte unserer Gesellschaft zu erodieren drohen. Die Gefahr sozialer Medien als Ort der Radikalisierung und Desinformation steigt, insbesondere durch politische Werbung und Diskreditierung der antretenden Kandidierenden vor einer Wahl sowie durch die Verbreitung von Verschwörungstheorien im Netz. So wird das Netz zunehmend zu einem Ort der Desinformation statt der Information, zu einem Ort personalisiert angezeigter Inhalte anstelle eines Austauschs unterschiedlicher Gedanken, an dem wenige (sehr) laut sind und viele (leider) leise.

Landeszentrale für politische Bildung Baden-Württemberg: Herausforderungen der Demokratie in der digitalen Welt.
In: www.lpb-bw.de, Abruf am 21.03.2023

M15 Karikaturen zu sozialen Medien in der Demokratie

Karikatur: Kostas Kouforgiorgos, 15.01.2020

Karikatur: Klaus Stuttmann, 27.08.2015

3

Karikatur: Roger Schmidt, 22.04.2012

4

Karikatur: Oliver Schopf, 20.03.2019

AUFGABEN

71103-194

1. Arbeitet die in **M14** genannten Vor- und Nachteile des Internets und der sozialen Medien heraus.
2. Ordnet die Karikaturen in **M15** jeweils den Vor- und Nachteilen aus Aufgabe 1 zu.
3. Erörtert, ob soziale Medien die Demokratie bereichern.
4. Positioniert euch erneut entlang einer Positionslinie (→ Methodenglossar) zur Leitfrage der Einstiegsaufgabe. Hat sich eure Position verändert? Begründet, warum bzw. warum nicht.

F zu Aufgabe 2
Die Karikaturen beschäftigen sich hauptsächlich mit den negativen Folgen von sozialen Medien. Entwerft eine Karikatur, in der auch die positiven Folgen von sozialen Netzwerken für die Demokratie verdeutlicht werden.

Wie erkenne ich Fake News?

I. Worum geht es?

Jeder kennt mittlerweile die Gefahren, die von im Netz verbreiteten Falschmeldungen ausgehen: Fake News können Bürger:innen einseitig beeinflussen, können radikale Meinungen streuen und in die Gesellschaft tragen, sie können Personen diskreditieren und Verschwörungstheorien verbreiten. Umso wichtiger ist es, Fake News als solche zu erkennen und einordnen zu können.

II. Geht dabei so vor:

1. Schritt: Lest Nachrichten mit gesundem Menschenverstand

Traut nicht jeder Nachricht sofort, sondern überlegt euch, ob die dargestellte Information tatsächlich so richtig sein kann. Stellt euch bei Nachrichten grundsätzlich folgende Fragen: Von wem kommt die Nachricht? Welche Absicht steckt dahinter? Achtet auch auf die Wortwahl, seriöse Quellen verwenden neutrales Vokabular und bleiben sachlich.

↓ ↓ ↓

2. Schritt: Kontrolliert die Quelle

Überprüft, ob eine Quelle angegeben wird. Seriöse Quellen nennen immer eine Quelle. Fake News arbeiten oft mit Verweis auf Bekannte, Experten, die aber nicht namentlich genannt werden oder mit anonymen Quellen. Wird eine Quelle angeben, recherchiert diese. Steht in der Originalquelle das gleiche wie in der Nachricht? Wird die Quelle auch von anderen Informationsquellen zitiert? Gibt es schon Einträge über diese Quelle, die eventuell auf Fake News oder unseriöse Berichterstattung hinweisen?

↓ ↓ ↓

3. Schritt: Überprüft das Bild

Enthält die Nachricht ein Bild, solltet ihr dieses ebenfalls checken: Wer hat das Bild wann und wo aufgenommen? Wer verbreitet das Bild? Die Bilderrückwärtssuche von Google kann euch dabei helfen, ein Bild zu seiner Erstverwendung zurückzuverfolgen. Hierzu klickt ihr einfach auf das Kamerasymbol rechts neben der Suchzeile und ladet das zu überprüfende Foto hoch.
Findet ihr das Bild in anderen Nachrichten, überprüft, ob es sich um das gleiche Bild handelt oder ob Details verändert wurden, das Bild aus einem Kontext herausgenommen oder etwas ergänzt wurde.

↓ ↓ ↓

4. Schritt: Nachbereitung

Prüft mithilfe der folgenden Faktenchecker-Seiten, ob die Nachricht als Fake News erkannt wurde:

- www.mimikama.at
- https://correctiv.org/faktencheck
- www.tagesschau.de/faktenfinder
- www.dpa.com/de/unternehmen/faktencheck#faktencheck-regeln

Bei den Faktenchecker-Webseiten gibt es häufig keine Funktion, um einzelne Nachricht direkt zu überprüfen. Ihr könnt aber bei Google ins Suchfeld den Faktenchecker, dann einen Doppelpunkt und die Schlagwörter aus der Nachricht, die ihr checken möchtet, eintippen

Bearbeiterin

Informationsfilm über Bildmanipulationen (Bundeszentrale für politische Bildung)

71103-195

M1 Fake oder echt?

a) Einsatz gegen ein Flüchtlingsboot?

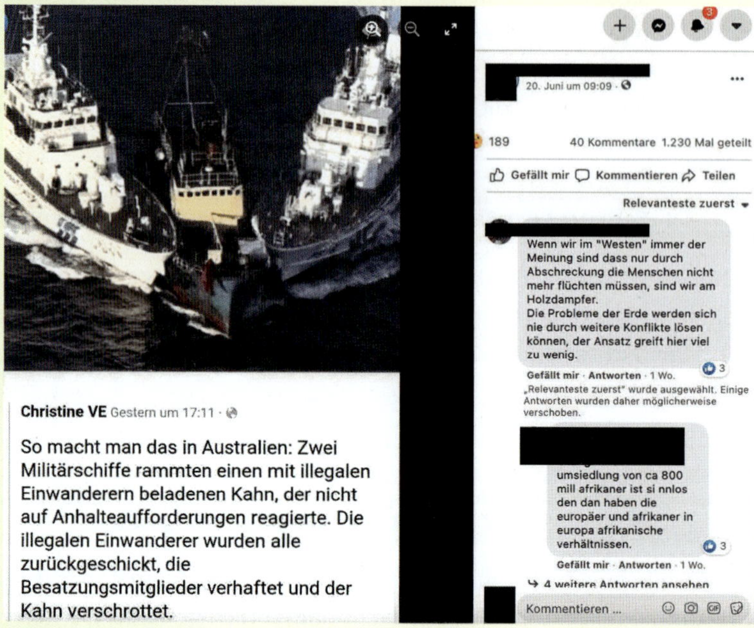

Auf Facebook kursierte dieses Foto mit der Behauptung, zwei australische Militärschiffe würden ein Flüchtlingsboot rammen.

b) Ende der privaten Haustierhaltung?

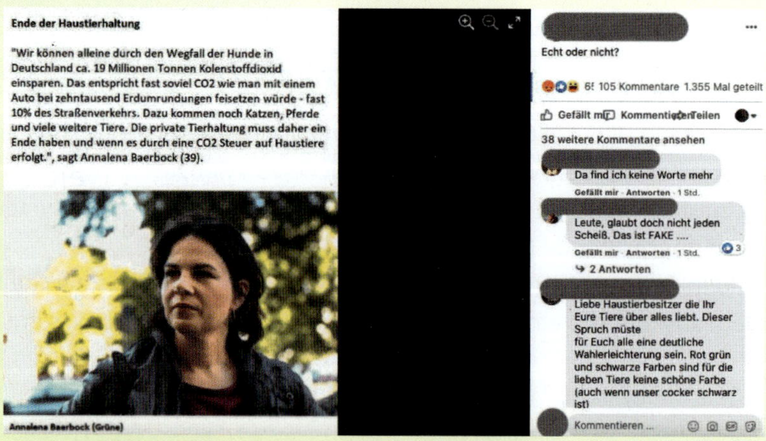

Auf Facebook wurde 2021 die Meldung geteilt, dass die Grünen-Politikerin Annalena Baerbock ein Ende der Haustierhaltung fordere, um Kohlenstoffdioxid-Ausstoß zu verringern.

AUFGABEN

71103-196

Überprüft den Wahrheitsgehalt der Meldungen in **M1** mithilfe der Methodenseite. Diskutiert, welche Schritte euch dabei besonders geholfen haben.

9.2 Politische Partizipation: Wie kann ich mich in Deutschland beteiligen?

9.2.1 Politische Partizipation früher und heute: Ist unsere Generation unpolitisch?

Zum Thema: Die Jugend von heute wird von der älteren Generation oft als unpolitisch angesehen. Stimmt das wirklich? Wie engagieren sich Jugendliche heutzutage, um politisch mitzugestalten? Diese Fragen sollt ihr am Ende des Kapitels beantworten können.

M1 Wie beteiligen sich Jugendliche politisch?

Formen der politischen Partizipation von 16- bis 33-Jährigen (in Prozent)
(Stand: 2019)

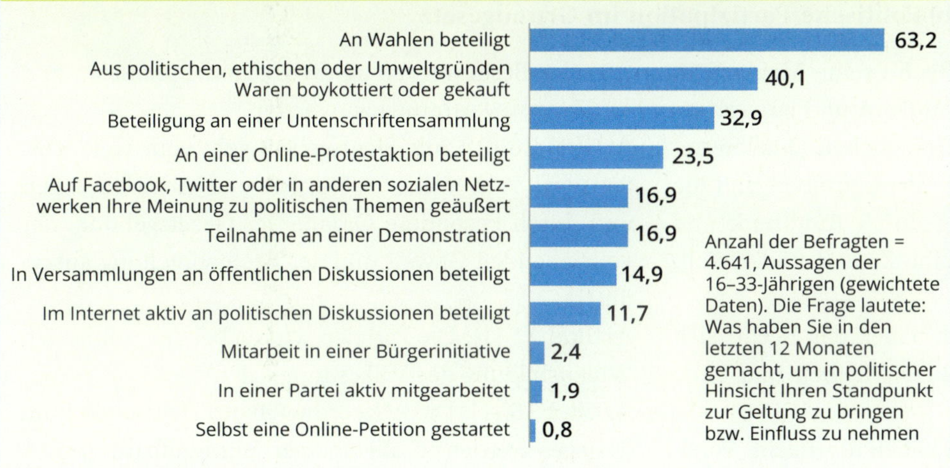

Quelle: DJI AID:A Survey

EINSTIEGSAUFGABE 71103-197

Macht eine Klassenumfrage zum Thema politische Beteiligung und vergleicht sie mit den Ergebnissen in **M1**.

M2 Was versteht man unter Bürgerbeteiligung?

a) Formen der Bürgerbeteiligung

Der Begriff „Bürgerbeteiligung" bezeichnet die freiwillige und unentgeltliche Teilhabe von Bürgerinnen und Bürgern an den politischen Willensbildungs- und Entscheidungsprozessen und die Möglichkeit, auf Sachentscheidungen Einfluss zu nehmen.

Für die Beteiligung von Bürgerinnen und Bürgern unterscheidet die OECD drei Stufen staatlicher Entscheidungsfindung:

OECD
Organisation für wirtschaftliche Zusammenarbeit und Entwicklung

- Information über anstehende Entscheidungen und deren Grundlagen;
- Beratung anstehender Entscheidungen mit Bürgerinnen und Bürgern;
- Mitentscheidung der Bürgerinnen und Bürgern

Drei inhaltliche Bereiche der politischen Beteiligung an der Demokratie lassen sich unterscheiden:

- Mitbestimmung an repräsentativen Strukturen (z. B. Wahlen),
- Mitbestimmung an direkten Sachfragen (z. B. Volksentscheid),
- partizipative Formen der Beteiligung (z. B. Bürgerdialoge).

Darüber hinaus gibt es zwei Formen oder Arten der Beteiligung:

- Formal: Darunter fallen gesetzlich geregelte Verfahren der direkten Demokratie (z. B. Wahlen, Bürgerbegehren und Volksentscheide).
- Informell: Damit sind dialogorientierte, beratende und freiere Verfahren gemeint, bei denen sich Bürgerinnen und Bürger zur Meinungsbildung oder Entscheidungsfindung zusammenfinden.

Landeszentrale für politische Bildung Baden-Württemberg: Bürgerbeteiligung. In: www.lpb-bw.de, Abruf 21.03.2023

b) Politische Partizipation im Grundgesetz

Artikel 5 (1): Jeder hat das Recht, seine Meinung in Wort, Schrift und Bild frei zu äußern und zu verbreiten und sich aus allgemein zugänglichen Quellen ungehindert zu unterrichten. Die Pressefreiheit und die Freiheit der Berichterstattung durch Rundfunk und Film werden gewährleistet. Eine Zensur findet nicht statt.
Artikel 8 (1): Alle Deutschen haben das Recht, sich ohne Anmeldung oder Erlaubnis friedlich und ohne Waffen zu versammeln.
Artikel 9 (1): Alle Deutschen haben das Recht, Vereine und Gesellschaften zu bilden.
Artikel 17: Jedermann hat das Recht, sich einzeln oder in Gemeinschaft mit anderen schriftlich mit Bitten oder Beschwerden an die zuständigen Stellen und an die Volksvertretung zu wenden.
Artikel 20 (2): Alle Staatsgewalt geht vom Volke aus. Sie wird vom Volke in Wahlen und Abstimmungen und durch besondere Organe der Gesetzgebung, der vollziehenden Gewalt und der Rechtsprechung ausgeübt.
Artikel 21 (1): Die Parteien wirken bei der politischen Willensbildung des Volkes mit. [...]
Artikel 38 (1): Die Abgeordneten des Deutschen Bundestages werden in allgemeiner, unmittelbarer, freier, gleicher und geheimer Wahl gewählt. Sie sind Vertreter des ganzen Volkes, an Aufträge und Weisungen nicht gebunden und nur ihrem Gewissen unterworfen.

M3 Wie hat sich die politische Partizipation entwickelt?

a) Jugendliche sind politisch – nur anders!

[Jugendliche] sehen Parteien als „riesige, fremdartige Apparate", in denen sie sowieso keinen Einfluss haben würden, sagt der Jugendforscher Klaus Hurrelmann. Doch zahlreiche Initiativen von Jugendlichen zeigen deren Willen, sich zu beteiligen und die Welt zu verändern. Dank Social Media und eines vernetzten Lebens intensiviert sich die Auseinandersetzung mit der Lebenswelt, und die Rolle als aktive Bürger:in entsteht. Zentrales Beispiel: die „Fridays for Future"-Bewegung [...].

Spiske, Markus: Der junge Aktivismus: So verändern Jugendliche die Welt. In: www.change-magazin.de, 13.08.2019

b) Entwicklungsstufen der politischen Partizipation

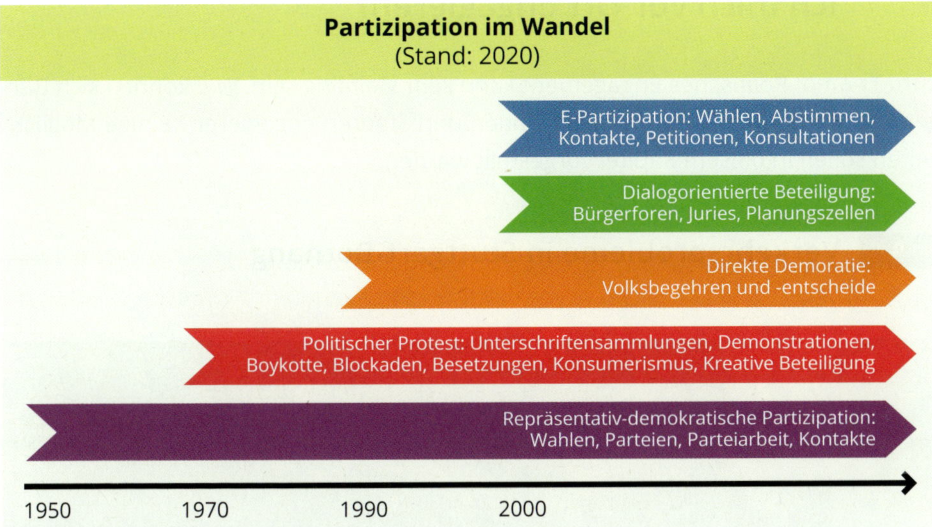

Nach: Bundeszentrale für politische Bildung, 2020, Lizenz: cc by-nc-nd/3.0/de/

M4 Engagieren sich Jugendliche zu oberflächlich?

[Die Ergebnisse einer Studie der Friedrich-Ebert-Stiftung veranschaulichen,] dass nur wenige junge Leute wirklich politisch aktiv werden. Wenn sich auch immerhin 42 % der 14- bis 29-Jährigen in einem gesellschaftlich-politischen Sinne engagieren, so werden doch nur 16 % der Befragten in einem engeren politischen Sinne aktiv.

Es ergibt sich ein Gesamtbild, wonach die Bereitschaft zur Partizipation erheblich höher ist als die tatsächliche Beteiligung. [Zudem beschränkt sich die Beteiligung zu] großen Teilen auf Aktivitäten, die mit einem geringen Aufwand verbunden sind, auch „Low-Cost"-Partizipation genannt. Beispiele dafür sind politisch motivierter Konsum oder die Teilnahme an einer Unterschriftensammlung.

Herrmann, Sophie: Von „Low Cost"-Partizipanten zu politisch Engagierten. In: https://lpb.sachsen-anhalt.de, Abruf am 21.03.2023

AUFGABEN

71103-198

1. Ordnet die folgenden Beteiligungsformen den unterschiedlichen Stufen, Bereichen und Arten der Beteiligung aus **M2a** zu: sich an einer Unterschriftenaktion beteiligen, an einer Demonstration teilnehmen, sich in einer Partei engagieren, an der Bürgersprechstunde eines Abgeordneten teilnehmen, eine Bürgerinitiative durch Online-Kommentare unterstützen.
2. Erläutert die im Grundgesetz verbrieften Beteiligungsmöglichkeiten (**M2b**).
3. Erklärt, inwiefern sich die politische Beteiligung Jugendlicher heute von der klassischen politischen Partizipation unterscheidet (**M3a–b**).
4. Engagieren sich Jugendliche zu oberflächlich? Erörtert diese Frage (**M4**).

9.2.2 Parteien, Verbände, Bürgerinitiativen: Wie kann ich mich vor Ort engagieren?

Zum Thema: Politisches Engagement kann sehr vielfältig sein. Wie können sich Bürger und Bürgerinnen in ihren Gemeinden und Städten engagieren? Einige Möglichkeiten sollen in diesem Kapitel vorgestellt werden.

M5 Verkehrsprobleme in Stuttgart-Botnang

EINSTIEGSAUFGABE

71103-199

Stellt euch vor, ihr wohnt in Stuttgart-Botnang und wollt euch gegen den starken Durchgangsverkehr und für ein neues Verkehrskonzept mit Fahrrad- und Spielstraßen einsetzen. Sammelt gemeinsam mit einem Partner oder einer Partnerin Vorschläge, wie ihr eure Interessen durchsetzen könntet.

Seit Jahrzehnten leiden viele Botnanger unter dem Durchgangsverkehr. Jetzt machen einige von ihnen mobil für ein neues Verkehrskonzept im Stadtteil.

M6 Parteien – Verbände – Bürgerinitiativen

Art. 21 GG
(1) Die Parteien wirken bei der politischen Willensbildung des Volkes mit. Ihre Gründung ist frei. Ihre innere Ordnung muss demokratischen Grundsätzen entsprechen. Sie müssen über die Herkunft und Verwendung ihrer Mittel sowie über ihr Vermögen öffentlich Rechenschaft geben.

In den politischen Debatten mischen unterschiedliche Akteure mit. Man unterscheidet dabei v. a. Parteien, Verbände und Bürgerinitiativen. Am bekanntesten sind die Parteien. Sie treten bei Wahlen an und entsenden Personen in die Parlamente. Dort wollen sie Mehrheiten bilden und Politik inhaltlich gestalten und zwar in allen Politikbereichen. Parteien formulieren Alternativen von der Bildungspolitik über Wirtschaftspolitik bis hin zur Außenpolitik. Ihre besondere Stellung wird auch im Grundgesetz verdeutlicht. Ihr politisches Engagement richtet sich an alle Bürger und ist auf Dauer angelegt. In Verbänden sind Personen, Gruppen, Organisationen, Unternehmen oder auch Institutionen organisiert. Meist betätigen sie sich in einem politischen Bereich und versuchen im Sinne ihrer Mitglieder Einfluss auf die Politik zu nehmen. So setzt sich der Deutsche Mieterbund (DMB) für die Interessen der Mieter ein, während der Bundesverband der Deutschen Industrie (BDI) sich um die Interessen der Industrie kümmert. Verbände sind oft straff organisiert und ihr innerer Aufbau muss im Gegensatz zu den Parteien nicht demokratischen Grundsätzen entsprechen. Verbände versuchen Politik langfristig zu beeinflussen und z. T. bestehen sie seit vielen Jahrzehnten. In Bürgerinitiativen organisieren sich meist Bürger, die für eine einzelne politische Maßnahme kämpfen. Sie wollen zum Beispiel erreichen, dass eine Umgehungsstraße gebaut wird oder die Musikschule in ihrer Stadt weiter bestehen kann. Ihr Engagement endet, wenn ihr Ziel erreicht ist.

Bearbeiterin

M7 Wer will hier was?

1

Radschutzstreifen an der Reutlinger Straße in Sielmingen sollen Zweiradfahrer schützen. Eine Bürgerinitiative bezweifelt allerdings den Nutzen, während die Stadt vom Konzept überzeugt ist.

2

Teurer Schulstart – Die Kosten für die Erstausstattung für die Schule sind auch in diesem Jahr wieder gestiegen. Der Verband für alleinerziehende Mütter und Väter (VAMV) fordert eine finanzielle Unterstützung vom Staat für Geringverdienende.

3

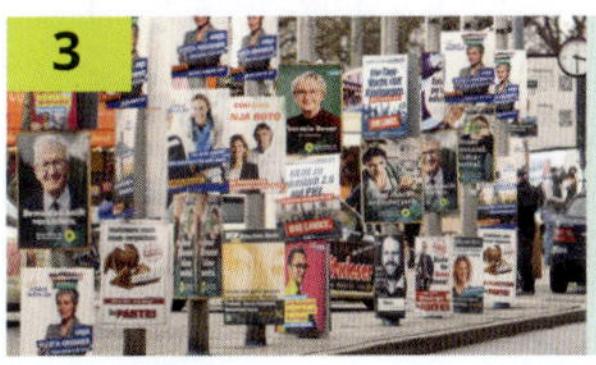

Parteien beschließen Programme zur Landtagswahl. Darin werden Vorschläge zu allen Politikbereichen gemacht.

4

5.000 Unterschriften für den Erhalt des Schlachthofes in Rottenburg. Bürgerinnen und Bürger wenden sich gegen den Beschluss des Gemeinderates den Rottenburger Schlachthof zugunsten einer Sanierung des Schlachthofes in Gärtingen (Kreis Böblingen) zu schließen.

Bearbeiterin

AUFGABEN

71103-200

1. Vergleicht in Form einer Tabelle Parteien, Verbände und Bürgerinitiativen anhand der Kriterien: verfassungsrechtliche Stellung, innerer Aufbau, Zielsetzung, Dauer des politischen Engagements und vertretenes Interessenspektrum mithilfe von **M6**.
2. Ordnet die Ereignisse in **M7** eurer Tabelle zu.
3. Begründet, welche Form des Engagements (Mitarbeit in Parteien, Verbänden oder Bürgerinitiativen) sich für die Interessen der Bürgerinnen und Bürger aus Botnang (**M5**) am besten eignet.

9.2.3 Sind (Volks-)Parteien noch zeitgemäß?

Zum Thema: Dass Parteien bei der politischen Willensbildung mitwirken müssen, ist im Grundgesetz in Art. 21 festgeschrieben. Doch wie sieht diese Mitwirkung aus? Und wozu brauchen wir eigentlich Parteien? Das erfahrt ihr in diesem Kapitel.

M8 Parteien – aussterbende Arten

Karikatur: Jürgen Tomicek

EINSTIEGSAUFGABE 71103-201

Analysiert die Karikatur. Sammelt Gründe, warum der Karikaturist die Parteien als aussterbende Arten darstellt.

M9 Parteien in der Bundesrepublik Deutschland

[Deutschland ist eine Parteiendemokratie. Parteien stellen nicht nur das Personal für öffentliche Ämter und Mandate (**Besetzung politischer Ämter**) und beteiligen sich an Wahlen, sondern übernehmen auch andere Funktionen, von deren Erfüllung das Funktionieren und die Stabilität der deutschen Demokratie wesentlich abhängen.]

Vor allem im Bereich der Politikformulierung und Personalrekrutierung, aber auch bei der Politikkontrolle, werden den einzelnen politischen Parteien bzw. dem gesamten Parteiensystem vielfältige Funktionen zugeschrieben […].

Im Rahmen des politischen Diskussionsprozesses bringen die Parteien die politischen Positionen, Wünsche und Bedürfnisse ihrer Mitglieder und/oder Wähler zum Ausdruck (**Interessenartikulationsfunktion**). Je heterogener ihre Mitglied- bzw. Wählerschaft in ihren Interessen ist, desto stärker müssen die Interessen dabei gebündelt, zusammengefasst und auch gewichtet werden (**Interessensbündelungsfunktion**) und desto schwieriger ist die Bildung einer klaren gemeinsamen politischen Position aus den zum Teil widerstreitenden Ansichten und Vorstellungen.

In der Interessenaggregation unterscheiden sich die Parteien von Verbänden, die in der Regel einheitlichere Interessen bestimmter gesellschaftlicher Gruppen artikulieren. Zudem sind die Parteien durch ihre Verankerung im Regierungssystem dazu in der Lage, Interessen nicht nur gegenüber den politischen Entscheidungsträgern zu äußern, sondern direkt in die politischen Entscheidungsprozesse einzubringen (Einflussnahme auf politische Entwicklung in Parlament und Regierung). Der alle im Bundestag vertretenen Parteien – außer Grüne und AfD – betreffende Mitgliederschwund zeigt, dass es den Parteien immer schwerer fällt, die Bürger für ein parteibezogenes politisches Engagement zu motivieren und sich als wirkungsmächtiges Instrument für die politische Teilhabe der Bürger zu präsentieren (**Partizipationsfunktion**). Zudem wird dadurch auch die Fähigkeit der Parteien beeinträchtigt, durch ihren politischen Vertretungsanspruch gegenüber gesellschaftlichen Gruppen und das Angebot an Mitwirkungsmöglichkeiten diese Gruppen in das politische System einzubinden (**Integrationsfunktion**).

Niedermayer, Oskar: Die Rolle und Funktionen von Parteien in der deutschen Demokratie. In: www.bpb.de, 09.06.2022

M10 Die Entwicklung der Mitgliederzahlen der Parteien

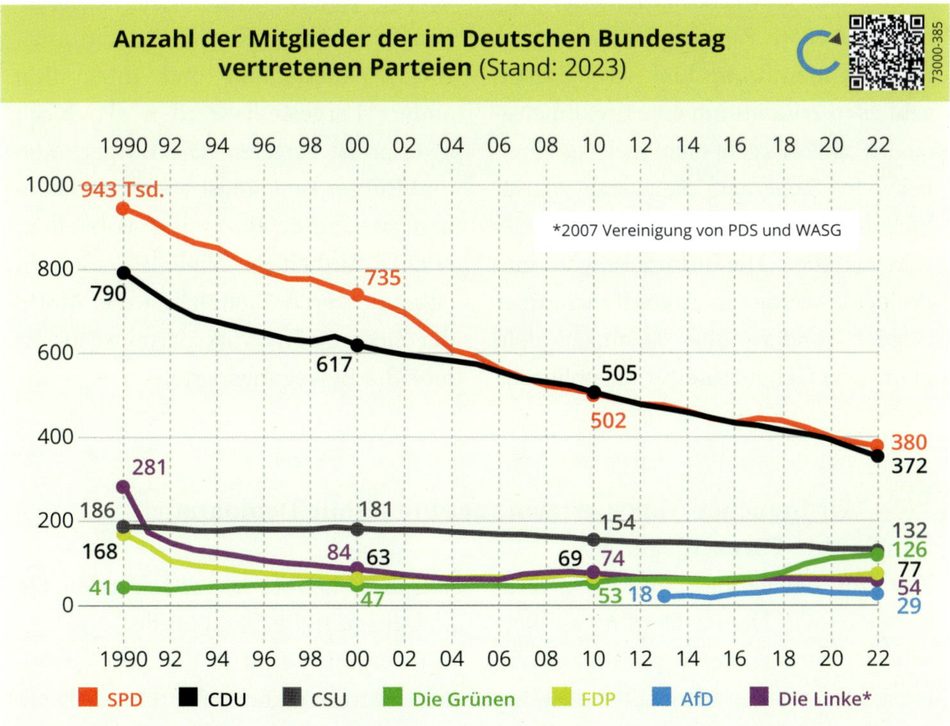

©C.C. Buchner Verlag, aktuelle Daten nach: Niedermayer, Oskar: Parteimitglieder in Deutschland: Version 2020. Arbeitshefte aus dem Otto-Stammer-Zentrum, Nr. 31, FU Berlin 2020, Daten ab 2020: eigene Recherche (Datenerhebung: 2022, Grafikerstellung: 2023)

M11 Kontrovers diskutiert: Brauchen wir noch (Volks-)Parteien?

Daniel Dettling ist Jurist und Politikwissenschaftler. Er berät als Politikexperte u. a. Parteien, Ministerien und Unternehmen.

a) Die Volkspartei ist tot! Es lebe die Bewegungspartei!

Von Daniel Dettling

„Dinosaurier der Demokratie" – so hat der frühere NRW-Ministerpräsident Jürgen Rüttgers schon vor 20 Jahren Volksparteien bezeichnet. Die Polarisierung und Spaltung der Wählergruppen in Wissensarbeiter und Industriearbeiter, Land- und Stadtbevölkerung, Einheimische und Zugewanderte, erfolgreiche Frauen und statusängstliche Männer nimmt in Zukunft zu. Denn die Zeit der großen Konflikte (Arbeit versus Kapital, Kirche versus Staat, Mann versus Frau) ist meiner Meinung nach vorbei. In einer Gesellschaft, die immer säkularer, individueller und moderner wird, schwindet die Bedeutung von ideologischen Großorganisationen wie Gewerkschaften, der Kirche oder eben: Parteien. [...]

Statt des alten Rechts-Links-Gegensatzes geht es in Zukunft um eine dreidimensionale Politik: Es geht nicht mehr um Freiheit oder Sicherheit, Staat oder Markt, Weltoffenheit oder Geschlossenheit. Gesellschaftliche Herausforderungen und Probleme werden in Zukunft nicht über Gegner, sondern über Lösungen definiert. Drei Gebote sind für die politische Auseinandersetzung wichtiger denn je: Gelassenheit, Tonalität und Zuversicht. Politische Gelassenheit meint eine Abrüstung der ideologischen Anfeindungen, die heute die politischen Debatten beherrschen, und eine Haltung, sich nicht irremachen zu lassen. [...]

Die Volksparteien haben nur als Bewegungsparteien eine Zukunft. „Bewegung" heißt: Sie wollen nicht nur mit ihren Mitgliedern, sondern mit möglichst vielen Bürgern Politik unternehmen und eine positive Vision von der Zukunft entwickeln. Davon sind sie im Moment jedoch sehr weit entfernt.

Die Volksparteien altern schneller und sind homogener als der Rest der Bevölkerung. In einer zunehmend heterogenen und vielfältigen Gesellschaft müssen Zusammenhalt und Integration anders hergestellt werden als durch zwei große Parteien. Die Bürgerinnen und Bürger sind längst weiter und können sich bunte Bündnisse vorstellen. Nicht „Einheit in Vielfalt", sondern „Einheit durch Vielfalt" ist das Motto der Zukunft. Die Volkspartei ist tot. Es lebe die Bewegungspartei!

b) Wir brauchen Volksparteien für eine stabile Demokratie!

Von Sophie Pornschlegel

Nur mit Bewegungs- und Netzwerkparteien, wie Daniel Dettling sie vorschlägt, wird es keine politische Willensbildung geben, die mehrheitsfähig ist. Ohne breit mobilisierende Organisationen werden die BürgerInnen nicht besser vertreten, als sie es bisher sind. Wir brauchen starke Volksparteien: Sie stabilisieren die Demokratie.

Volksparteien sind in der Lage, politische Konflikte und Debatten innerhalb ihrer Strukturen zu kanalisieren. Sie haben die Möglichkeit, ihre zahlreichen Mitglieder bei einem Thema zu vereinen und starke innerparteiliche Bündnisse zu schaffen, noch bevor mit anderen Parteien darüber diskutiert wird. In einer zunehmend polarisierten Gesellschaft, in der politische Diskussionen schnell in moralische „Empörungsbattles" umkippen, sind Volksparteien der Schlüssel zu einer sachlichen Fachdebatte.

Sie sind traditionell gut mit der Zivilgesellschaft verbunden gewesen – so beispielsweise die SPD mit den Gewerkschaften. Das hat es ihnen in der Vergangenheit erlaubt, die Interessen und Bedürfnisse von verschiedenen Bevölkerungsgruppen politisch zu vertreten. Und dabei schaffen sie es, ganz unterschiedliche Menschen mit unterschiedlichen Interessen zusammenzubringen.

Volksparteien sind keine „single issue parties", die nur für ein Thema stehen, sondern sind thematisch breit aufgestellt und haben in ihren Reihen zahlreiche ExpertInnen, die sich in ihren Themen gut auskennen. Diese fachliche Expertise aus den Volksparteien ist besonders wichtig, wenn es ums Regieren geht.

Außerdem verankern Volksparteien die Demokratie auf lokaler Ebene. Ohne die Infrastruktur von Volksparteien wäre die politische Teilhabe vieler Bevölkerungsgruppen nicht möglich. Denn sie tragen wesentlich dazu bei, dass auf lokaler, regionaler und nationaler Ebene eine konstruktive Debattenkultur herrschen kann.

Die Volksparteien verlieren momentan an Rückhalt. Man kann ihnen ihre Überalterung vorwerfen. Oder eine Politik, von der manchmal nur ihre Klientel und weniger die Allgemeinheit profitiert, mangelnde Öffnung für jüngere WählerInnen oder ihre wenig fortschrittlichen Programme, die nicht die Zukunft, sondern Besitzstandswahrung im Auge haben. Es sind Schwächen, die die Parteien aber selbst angehen können – und müssen!

Sophie Pornschlegel ist Politikwissenschaftlerin. Sie berät Entscheidungsträger:innen, Bundesministerien und EU-Institutionen und schreibt Bücher zu politischer Macht.

Dettling, Daniel/Pornschlegel, Sophie: Sind Volksparteien noch zeitgemäß? In: www.fluter.de, 04.01.2019

AUFGABEN

71103-202

1. Stellt die im Text **M9** genannten Funktionen der Parteien übersichtlich dar.
2. Erläutert, inwiefern der Mitgliederschwund die Parteien in der Erfüllung ihrer Aufgaben beeinträchtigt (**M9**, **M10**).
3. Brauchen wir noch Parteien? Gestaltet ein Streitgespräch zu dieser Frage.
   a) Arbeitet hierfür zunächst die Argumentation von **M11a** oder **M11b** heraus.
   b) Überlegt euch weitere Argumente und Beispiele, die diese Argumentation stützen könnten.
   c) Sucht euch einen Partner oder eine Partnerin, die den anderen Text bearbeitet hat und führt ein Streitgespräch. Versucht dabei, in eurer Rolle zu bleiben und auf die Argumente eures Gegenübers einzugehen.

Parteien in einem Politikfeld vergleichen

I. Worum geht es?

Steckbriefe von Parteien zu erstellen, bedeutet zunächst, Inhalte zu recherchieren. Hierbei helfen Suchmaschinen im Internet. Sie bieten aber viele Tausend verschiedene Homepages an, um z. B. über Parteien zu recherchieren. Die Recherche im Internet muss daher zunächst strukturiert angegangen werden, um dann im Anschluss wesentliche Informationen für den Steckbrief zu erhalten.

II. Geht dabei so vor:

1. Schritt: Homepages der Parteien im Internet aufrufen

www.spd.de – www.cdu.de – www.csu.de – www.gruene.de – www.fdp.de – www.afd.de – www.die-linke.de

2. Schritt: Steckbrief erstellen, Suche eingrenzen

Erstellt zu jeder Partei einen Steckbrief, indem ihr euch auf folgende Fragen konzentriert:

a) Wann wurde die Partei gegründet?
b) Welche prominenten Mitglieder hat sie?
c) Wann und wo war/ist die Partei an der Regierung beteiligt?
d) Hat die Partei eine Jugendorganisation?

3. Schritt: Parteipositionen recherchieren

Überlegt zunächst, welches Politikfeld (z. B. Bildungspolitik, Umweltpolitik, Sozialpolitik) ihr untersuchen möchtet. Orientiert euch dabei z. B. an einem aktuellen Streitthema oder einem Thema, das euch als Jugendliche besonders betrifft. Recherchiert nun die Parteipositionen zu diesem speziellen Politikfeld. Nachfolgend findet ihr beispielsweise die Positionen der Parteien zur Familienpolitik:

SPD Soziale Politik für Dich.

Wir werden dafür sorgen, dass alle Kinder und Jugendlichen unabhängig von ihrer Herkunft die gleichen Chancen haben, das Bestmögliche aus ihrem Leben zu machen. Wir führen die Kindergrundsicherung ein, in der wir alle bisherigen finanziellen Unterstützungsleistungen bündeln. Diese Leistung wird automatisch berechnet und kommt direkt bei den Kindern an. Das heißt auch, dass Familien, die nicht so viel haben, mehr bekommen.

Sozialdemokratische Partei Deutschlands (SPD): Kinder fördern, Familien stärken. In: www.spd.de, Abruf am 08.05.2023

BÜNDNIS 90 DIE GRÜNEN

Kinder und Jugendliche sind Expert*innen in eigener Sache und sollen mitbestimmen, wie ihre Welt aussehen soll. Wir sorgen dafür, dass jedes Kind mit fairen Chancen aufwächst, egal woher es kommt oder wer die Eltern sind. [...] In einem reichen Land wie Deutschland soll kein Kind in Armut aufwachsen. [...] Deshalb werden wir mit einer Kindergrundsicherung Kinderarmut bekämpfen und Familien stärken.

Bündnis 90/Die Grünen: Wir holen Kinder aus der Armut und fördern Familien. In: www.gruene.de, Abruf am 08.05.2023

Für uns ist Familie überall dort, wo Menschen dauerhaft und verbindlich füreinander Verantwortung übernehmen. Wir Freie Demokraten wollen eine moderne Familienpolitik für Deutschland, in der jede Familie ihre Entscheidungen selbst treffen kann. Wir setzen uns für ein modernes Sorge-, Adoptions-, Reproduktions- und Abtreibungsrecht ein. [...] Wir Freie Demokraten wollen ein Kinderchancengeld. Es besteht aus: Grundbetrag, Flexibetrag und nicht materiellem Chancenpaket.

Freie Demokratische Partei e.V., Bundesgeschäftsstelle: Familie. In: www.fdp.de, Abruf am 08.05.2023

So sehen wir Familie: Wenn Eltern mit ihren Kindern lachen, weinen, lernen und gemeinsam das Leben angehen. Wenn Kinder, Eltern oder Großeltern Verantwortung füreinander übernehmen. Familien sollen so miteinander leben, wie sie es wollen. Doch Beruf und Kinder, Zuneigung und Regeln, Spaß und Sport, digitales Leben und analoges Lernen müssen in Einklang gebracht werden. Der Staat muss Familien unterstützen, sie stärken und fördern – das ist CDU. Konkret: Mehr Zeit füreinander, bessere Vereinbarkeit von Familie und Beruf, Entlastung bei Steuern und Abgaben und Kitas weiter stärken.

Christlich Demokratische Union Deutschlands (CDU): Familie. In: www.cdu.de, Abruf am 08.05.2023

Die dramatische Zunahme der Ehe- und Kinderlosigkeit und das Verschwinden normaler mittelgroßer Familien – von den etablierten Parteien längst als alternativlos hingenommen – sorgen für eine Schrumpfung unserer angestammten Bevölkerung um mehr als 250.000 Personen pro Jahr, mit stark steigender Tendenz. Die AfD stemmt sich gegen diesen Trend zur Selbstabschaffung und will Deutschlands Gesellschaft von Grund auf familien- und kinderfreundlicher gestalten. Wir wollen vor allem Familien mit unterdurchschnittlichem Einkommen finanziell entlasten und Mut zu Kindern machen.

Alternative für Deutschland (AfD): Familie | Bevölkerung. In: www.afd.de, Abruf am 08.05.2023

Wir fordern die Abschaffung des Ehegattensplittings, denn dieses fördert die traditionelle männlich dominierte Alleinverdienerehe und hemmt die Erwerbstätigkeit von Frauen. Andere Familienformen werden dadurch benachteiligt. [...] Die Linke streitet für eine Kindergrundsicherung für alle Kinder und Jugendlichen, die Kinder- und Jugendarmut verhindert, allen Kindern und Jugendlichen gute Teilhabe- und Entfaltungsmöglichkeiten bietet und vor Ausgrenzungen und Diskriminierungen schützt. [...] Bildung muss gebührenfrei sein.

Die Linke: Parteiprogramm. In: www.die-linke.de, Abruf am 08.05.2023

4. Schritt: Analyse der Parteipositionen

Analysiert die Positionen der Parteien zu dem ausgewählten Politikfeld. Geht besonders auf Unterschiede und Gemeinsamkeiten der verschiedenen Parteipositionen ein. Entscheidet euch abschließend, welches Programm euch am wenigsten einleuchtet. Begründet eure Entscheidung.

9.2.4 Wie wird der Deutsche Bundestag gewählt?

Zum Thema: Stehen Bundestagswahlen an, bestimmen sie monatelang die öffentliche Berichterstattung. Zur Wahl stehende Kandidaten lächeln uns von unzähligen Plakaten an. Aber wen wählen wir eigentlich und wie funktioniert das Wahlrecht zum Deutschen Bundestag? Antworten auf diese Fragen findet ihr hier.

M12 Gleiche Stimmabgabe – andere Mehrheiten!

Hinweis zur Grafik:
Um die Auswirkungen des Mehrheitswahlrechts auf die Zusammensetzung des Deutschen Bundestags zu simulieren, wird einfach angenommen, dass lediglich die in den 299 Wahlkreisen nach der relativen Mehrheitswahl direkt gewählten Abgeordneten einen Sitz im Parlament erhalten. Unberücksichtigt bleiben muss, dass auch das Wahlsystem die Wahlentscheidung der Wähler beeinflusst.

Sitzverteilung im Deutschen Bundestag nach (personalisiertem) Verhältnis- und Mehrheitswahlrecht (Stand: 2021)

73000-287

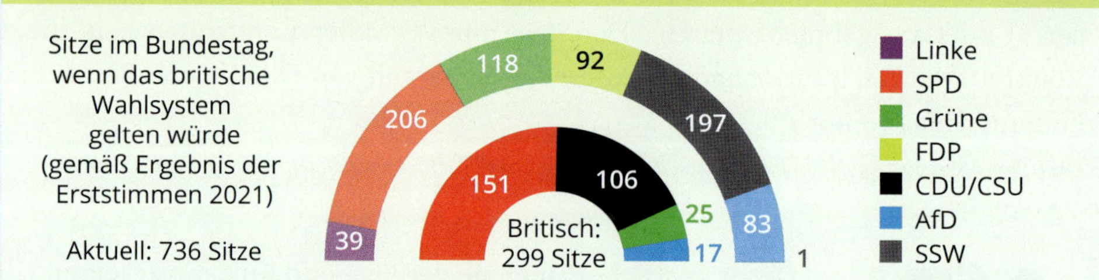

Sitzverteilung: Wenn es rückblickend 2021 nur nach dem britischen Mehrheitswahlrecht gegangen wäre, hätte die SPD 121 Sitze und die Union 143 Sitze, weil sie so viele Wahlkreise gewonnen haben.

Bearbeiter, basierend auf: Bundeswahlleiter, 2021

EINSTIEGSAUFGABE 71103-203

Charakterisiert die unterschiedlichen Wahlergebnisse (Gewinner, Verlierer, wer würde jeweils regieren können?).

M13 Wahlsysteme im Vergleich

Die Stimmen der Wählerinnen und Wähler müssen in Parlamentsmandate umgerechnet werden. Hierfür gibt es unterschiedliche Methoden mit Vor- und Nachteilen. Bei der Entscheidung für ein Verfahren gilt es abzuwägen: Das Wahlergebnis soll den politischen Willen der gesamten Wählerschaft im Parlament möglichst korrekt abbilden – es soll aber gleichzeitig eine regierungsfähige Mehrheit hervorbringen. Hier gibt es einen Zielkonflikt, denn beides ist nicht gleichzeitig in idealer Weise zu erreichen. Die meisten Wahlsysteme streben deshalb einen Kompromiss an.

Mehrheitswahl

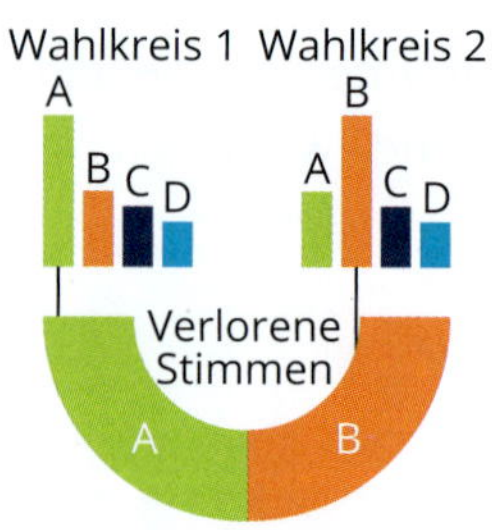

Mehrheitswahl
Zu klaren Mehrheiten führt es meistens, wenn alle Abgeordneten direkt in den Wahlkreisen gewählt werden. Hier spricht man von einem Mehrheitswahlsystem. Wer im Wahlkreis die meisten Stimmen auf sich vereinigen konnte, ist gewählt. Parteilisten gibt es nicht. Die Stimmen für alle nicht gewählten Kandidaten verfallen – sie wirken sich nicht auf die Zusammensetzung des Parlaments aus. Die Mehrheitswahl begünstigt, wie

das Beispiel Großbritannien zeigt, immer die großen Parteien. Kleinere politische Strömungen haben kaum eine Chance, ihre Ideen in die parlamentarische Debatte einzubringen. Die Folge ist, dass sich große Gruppen der Bevölkerung mit ihren Überzeugungen politisch überhaupt nicht vertreten fühlen. Der Vorteil für das politische System: Eine klare absolute Mehrheit für eine Partei ist die Regel. Die Regierungsbildung ist meist kein Problem. Ein Mehrheitswahlsystem bringt auch ganz andere Parteien hervor: Die Parteien sind weniger mächtig, und die Abgeordneten spielen in ihnen eine wichtige Rolle. Diese sind sehr unabhängig und die Parteizentralen können ihnen kaum etwas vorschreiben.

Verhältniswahl

Das Verhältniswahlsystem dagegen kennt überhaupt keine direkt gewählten Wahlkreiskandidaten. Die Stimmberechtigten entscheiden sich für die Kandidatenlisten einer Partei. Jede Partei schickt so viele Abgeordnete ins Parlament, wie es ihrem Anteil an den abgegebenen Wahlstimmen entspricht. Im reinen Verhältniswahlsystem sind deshalb auch sehr kleine Parteien vertreten. Wenn es keine Sperrklausel gibt, entspricht die Zusammensetzung des Parlaments genau der Verteilung der Stimmen auf die Listen, die zur Wahl standen. Ein reines Verhältniswahlsystem führt – wie es die Geschichte der Weimarer Republik gezeigt hat – leicht zur Zersplitterung der Parteienlandschaft. Ein in viele Fraktionen zerfallendes Parlament bringt schwache, wenig stabile Regierungen hervor, die sich auf Mehrparteienkoalitionen stützen müssen. Die Parteiapparate sind in einem solchen System übermächtig, denn die gewählten Abgeordneten sind von ihnen abhängig. Bei der nächsten Wahl wollen sie wieder auf einem aussichtsreichen Listenplatz aufgestellt werden.

Personalisierte Verhältniswahl

Der Bundestag wird auf vier Jahre gewählt, und zwar nach dem Verfahren der sogenannten personalisierten Verhältniswahl. Danach wird die Hälfte der Abgeordneten in einem Wahlkreis direkt gewählt, während die andere Hälfte über die Landeslisten der Parteien in den Bundestag einzieht. Jeder Wähler und jede Wählerin kann zu diesem Zweck zwei Stimmen vergeben. Die Erststimme ist der „personalisierte" Teil des Wahlsystems. Mit ihr wird der oder die Wahlkreisabgeordnete nach dem Prinzip der relativen Mehrheitswahl gewählt. Das bedeutet: Gewählt ist, wer die meisten Stimmen auf sich vereint.

Woyke, Wichard: Bundestagswahlen. Bonn 2002, S. 3 f.

Art. 38 GG

(1) Die Abgeordneten des Deutschen Bundestages werden in allgemeiner, unmittelbarer, freier, gleicher und geheimer Wahl gewählt.

Verhältniswahl

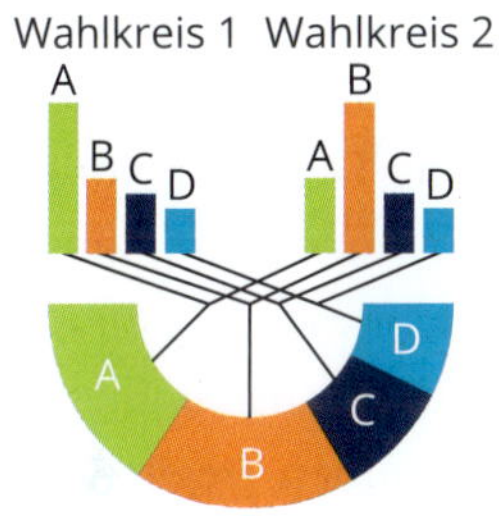

M14 Bundestagswahl – das sind die Regeln

- **Jede/r hat zwei Stimmen:** Bei der Bundestagswahl kann man auf dem Stimmzettel zwei Stimmen abgeben: In der linken Spalte macht man ein Kreuz für die Erststimme, rechts für die Zweitstimme. Mit der Erststimme wird ein Kandidat oder eine Kandidatin aus dem eigenen Wahlkreis direkt gewählt. In Deutschland gibt es 299 Wahlkreise. Mit der Zweitstimme wählt man eine Partei. Die Anzahl der Zweitstimmen entscheidet darüber, wie viele Kandidat:innen eine Partei insgesamt in den Bundestag entsenden darf.

- **Freie Entscheidung:** Bei der Wahl können die Wähler:innen frei entscheiden. So muss zum Beispiel der Direktkandidat, den man wählt, nicht der gleichen Partei angehören, die der Wähler mit der Zweitstimme wählt. Auf jeden Fall darf in beiden Spalten nur ein Kreuz für die Erst- und die Zweitstimme stehen, sonst ist der Stimmzettel ungültig.
- **Verteilung der Stimmen auf die Sitze im Deutschen Bundestag:** Die Anzahl der Abgeordneten, die nach der Wahl für eine Partei im Bundestag sind, wird nach einem festgelegten Verfahren ermittelt. Dabei wird zunächst die Zahl der Sitze der Parteien im Bundestag errechnet. Das ergibt sich, indem die Zweitstimmen ausgezählt werden. Die Zweitstimmen ergeben, wie das Stimmenverhältnis zwischen den verschiedenen Parteien im Parlament aussieht. Das erfolgt nach dem Verhältniswahlrecht.
- **Wer wird Bundestagsabgeordnete/r?:** Wenn man weiß, wie viele Sitze jede Partei bekommt, muss noch geklärt werden, welche Personen in den Bundestag einziehen. Zunächst kommen all diejenigen Abgeordneten in den Bundestag, die in ihren Wahlkreisen durch die Erststimmen die Mehrheit bekommen haben. (Nach dem Grundsatz der Mehrheitswahl). Wenn einer Partei wegen der Zweitstimmen noch weitere Abgeordnetensitze zustehen, kommen die Personen in den Bundestag, die von den Parteien vor der Wahl in den Landeslisten benannt wurden.
- **Sperrklausel:** Die Parteien müssen 5 % der abgegebenen Zweitstimmen oder drei Direktmandate erreichen, um in den Deutschen Bundestag einziehen zu können. Schaffen sie dies nicht, verfallen ihre Stimmen.

Toyka-Seid, Christiane / Schneider, Gerd: Wahlsystem. In: www.hanisauland.de, Abruf am 22.03.2023

Reform des Wahlrechts 2023

Im März 2023 hat der Bundestag mit den Stimmen der Regierungsfraktionen SPD, Grüne sowie FDP die Wahlrechtsreform beschlossen. Die darin vorgesehenen Änderungen sind umstritten. Die Union und die Linkspartei kündigten jeweils Klagen vor dem Bundesverfassungsgericht an. Das neue Wahlrecht soll bereits bei der nächsten Bundestagswahl zur Anwendung kommen (regulär 2025), sofern es nicht durch das Bundesverfassungsgericht gekippt wird. Die Einzelheiten der Wahlrechtsreform sind im nachfolgenden QR- bzw. Mediencode zu finden.

Bearbeiterin

Zusatzmaterial: Die Wahlrechtsreform 2023

71103-204

AUFGABEN

71103-205

1. Erläutert mithilfe von **M13**, wie bei gleicher Stimmabgabe eine andere Sitzverteilung im Parlament entstehen kann (**M12**).
2. a) Stellt die Regeln der Bundestagswahl (**M14**) dar.
   b) Erklärt mithilfe einer grafischen Darstellung das Wahlsystem zum Bundestag.
3. Bewertet die Möglichkeiten der Bürgerinnen und Bürger, ihre Interessen in den politischen Entscheidungsprozess einzubringen. Berücksichtigt hierbei eure Erkenntnisse aus dem gesamten Kapitel.

H **Aufgabe 2b** → S. 395

H **Aufgabe 3** → S. 395

9.3 Extremismus in Deutschland

9.3.1 Extremismus auf dem Vormarsch?

Zum Thema: Die Zahl extremistischer Gewalttaten nimmt zu. Diese oder ähnliche Sätze hören wir immer wieder in den Nachrichten. Doch was ist Extremismus eigentlich und welche Art von Extremismus erleben wir in Deutschland? Dies ist Gegenstand des folgenden Kapitels.

M1 Sind „Querdenker" Extremisten?

Das Foto zeigt eine Protestkundgebung der „Querdenken"-Bewegung auf dem Cannstatter Wasen.

EINSTIEGSAUFGABEN

71103-206

1. Diskutiert mit einem Partner oder einer Partnerin, was ihr unter Extremismus versteht.
2. Überlegt nun, ob ihr die Demonstrant:innen der „Querdenker"-Szene als Extremisten bezeichnen würdet.

M2 Was ist politischer Extremismus?

Der politische Extremismus ist dadurch gekennzeichnet, dass er den demokratischen Verfassungsstaat ablehnt oder ihn einschränken will [...]. Alle Varianten des Extremismus stehen demzufolge im Kern mit der Pluralität der Interessen, der Gewaltenteilung oder/und den Menschenrechten auf Kriegsfuß. Extremismus basiert auf der Identitätstheorie der Demokratie, auf Freund-Feind-Stereotypen, auf einem hohen Maß an ideologischem Dogmatismus und in der Regel auf einem Missionsbewusstsein: Wer vom Glauben an ein objektiv erkennbares und vorgegebenes Gemeinwohl beseelt ist und sich im Besitz vermeintlich objektiver Gesetzmäßigkeiten wähnt, kann die Legitimität unterschiedlicher Meinungen und Interessen schwerlich dulden. Meistens ist auch die Akzeptanz von Verschwörungstheorien für extremistische Bestrebungen charakteristisch: Der eigene Misserfolg wird mit der Manipulation durch finstere Mächte erklärt.

Jesse, Eckhard: Extremismus. In: Andersen, Uwe / Woyke, Wichard (Hg.): Handwörterbuch des politischen Systems der Bundesrepublik Deutschland. 8. Aufl. Heidelberg: Springer VS 2021, S. 279 ff.

Identitätstheorie
geht von einer Identität zwischen Regierten und Regierenden sowie von der Existenz eines einheitlichen, objektiv erkennbaren Gemeinwillens aus. Teilinteressen werden dabei nicht akzeptiert. Repräsentanten (z.B. Parteien) sind nicht vorgesehen.

Dogmatismus
starres, unkritisches Festhalten an Anschauungen oder Meinungen

M3 Welche Dimension hat politischer Extremismus in Deutschland?

a) Fallzahlen politisch motivierter Kriminalität in Deutschland 2021

Die Zahl der politisch motivierten Straftaten ist im Jahr 2021 erneut deutlich um über 23 Prozent auf 55.048 Delikte angestiegen. Damit befindet sich die politisch motivierte Kriminalität auf dem höchsten Stand seit Einführung der Statistik im Jahr 2001. Auch die Zahl der politisch motivierten Gewalttaten ist um 16 Prozent auf 3.889 Delikte angestiegen.

Der Gesamtzuwachs ist vor allem eine Folge der besonders stark gestiegenen Straftaten, die nicht den klassischen Bereichen der politisch rechts oder politisch links motivierten Kriminalität zuzuordnen sind. Mit 21.339 erfassten Fällen machen diese Taten inzwischen fast 40 Prozent der gesamten politisch motivierten Straftaten aus. Das zeigt, dass die Tathintergründe diffuser und vielfältiger geworden sind. Ein wesentlicher Teil dieser Taten ist im Zusammenhang mit der Covid-19-Pandemie erfasst worden (7.142 Straftaten). Zudem wurden im Zusammenhang mit Wahlen, insbesondere der Bundestagswahl 2021, 7.298 Straftaten registriert.

Bundesministerium des Innern und für Heimat: Politisch motivierte Kriminalität erreichte im Jahr 2021 neuen Höchststand: Steigerung um mehr als 23 Prozent. In: www.bmi.bund.de, 10.05.2022

b) Entwicklung der politisch motivierten Straftaten

Entwicklung des Straftatenaufkommens im Phänomenbereichen der Politisch motivierten Kriminalität (PMK) (Stand: 2023)

	2021	2020	in %
PMK -rechts-	21.964	23.604	-6,95 % ▼
PMK -links-	10.113	10.971	-7,82 % ▼
PMK -ausländische Ideologie-	1.153	1.016	+13,48 % ▲
PMK -religiöse Ideologie-	479	477	+0,42 % ▲
PMK -nicht zuzuordnen-	21.339	8.624	+147,44 % ▲
Gesamt	**55.048**	**44.692**	**+23,17 % ▲**

Nach: Bundesministerium des Innern und für Heimat / Bundeskriminalamt: Politisch motivierte Kriminalität im Jahr 2021. In: www.bmi.bund.de, 10.05.2022

M4 „Querdenker" – eine Gefahr für die Demokratie?

Die größte Gefahr [für die Demokratie] bleibt nach Einschätzung der Verfassungsschutzbehörden der Rechtsextremismus. Sorgen bereitet zudem eine neue „Szene", die anstrebe, den Staat zu delegitimieren. Sie sind weder dem Links- noch dem Rechtextremismus zuzuordnen. Aber es gibt Anhaltspunkte dafür, dass sie die Funktionsfähigkeit des Staates beeinträchtigen wollen. Die Rede ist von selbsternannten „Querdenkern", Corona-Leugnern & Co. […].

In [die Kategorie „Verfassungsschutzrelevante Delegitimierung des Staates"] stuft der Inlandsgeheimdienst Personen ein, die demokratische Entscheidungsprozes-

se und Institutionen verächtlich machen und zum Ignorieren behördlicher oder gerichtlicher Anordnungen aufrufen. Diese Szene beschreibt der Verfassungsschutz als heterogen. Wie groß die Zahl der Anhänger ist, dazu gibt es noch keine Einschätzung.
Vor allem im Zusammenhang mit der Corona-Pandemie war die Szene bislang in Erscheinung getreten. Der Verfassungsschutz hält es für „wahrscheinlich, dass bekannte Akteure bisheriger Protestinitiativen neue Themen besetzen, um den demokratischen Staat zu delegitimieren". Dies sei bereits bei der Hochwasserkatastrophe im Sommer 2021 in NRW und Rheinland-Pfalz beobachtet worden.

© WDR 2023: Verfassungsschutz sieht Gefahren für Demokratie – auch bei „Querdenker"-Szene. In: www.wdr.de, 07.06.2022

M5 Die Identitäre Bewegung – eine neue rechtsextreme Bedrohung?

Entstanden ist die „Identitäre Bewegung" in Frankreich. Sie will lokale, regionale und europäische Identitäten bewahren, die sie durch die Migrationsbewegung, insbesondere von Muslimen, bedroht sieht. Hinter dieser Entwicklung steht nach ihrer Auffassung eine Verschwörung von Medien und politischen Eliten. [...] Ziel der IBD ist es, fremden- und islamfeindliche Positionen in der Bevölkerung zu etablieren. Gemäß ihrem Konzept des „Ethnopluralismus" existieren unterschiedliche Völker, die sich nicht vermischen dürfen. Dies steht im Widerspruch zum Grundsatz der Gleichheit aller Menschen vor dem Gesetz und zum staatsbürgerlichen Volksverständnis des Grundgesetzes. Ebenso will sie mit ihren verschwörungstheoretischen Ansätzen das Vertrauen der Bürger in den Staat erschüttern. In ihren Äußerungen finden sich allerdings keine positive Bewertung des historischen Nationalsozialismus oder ultranationalistische Positionen. Auf diese Weise ist sie auch abseits des rechtsextremistischen Spektrums anschlussfähig. [...]
Neben Deutschland existieren auch in anderen europäischen Ländern Gruppierungen, die sich als Teil einer europaweiten „Identitären Bewegung" (IB) verstehen, z. B. in Österreich oder Frankreich. Sie arbeiten beispielsweise bei Kampagnen international zusammen.

Landesamt für Verfassungsschutz Baden-Württemberg: Identitäre Bewegung. In: www.verfassungsschutz-bw.de, Abruf am 24.03.2023

Zahl der Anhänger der Identitären Bewegung Deutschland e. V. (IBD)
Die „Identitäre Bewegung" ist in Deutschland seit 2012 aktiv. Sie spricht vor allem eine jüngere Zielgruppe an. Bundesweit hat die IBD nach Angaben des Landesamtes für Verfassungsschutz Baden-Württemberg etwa 575 Mitglieder (Stand: 2020). Im Bundesland Baden-Württemberg gehören etwa 100 Personen der IBD an (Stand: 2020). Es bestehen zwei Regionalgruppen (IB Baden und IB Schwaben).

AUFGABEN

71103-207

1. Vergleicht eure Definition von Extremismus aus der Einstiegsaufgabe mit den Ausführungen in **M2**.
2. Charakterisiert die Situation des politischen Extremismus mithilfe von **M3a** und **b**.
3. Erläutert, warum die „Querdenker"-Szene (**M4**) als extremistisch eingestuft wird.
4. Vergleicht die „Querdenker"-Szene (**M4**) und die Identitäre Bewegung (**M5**) hinsichtlich ihrer Ziele und der dazu genutzten Mittel.

9.3.2 Mit zivilgesellschaftlichem Engagement gegen Extremismus: Was können wir tun?

Zum Thema: Neben dem politischen Extremismus ist auch der alltägliche Rassismus in der Gesellschaft verbreitet. Es ist Aufgabe der gesamten Gesellschaft sich gegen Rassismus im Alltag zu stellen. Wie dies aussehen kann, erfahrt ihr hier.

M6 Rassismus im Alltag

Der in Israel geborene Rapper Ben Salomo:

Mit 14 fragte mich jemand auf dem Geburtstag einer Freundin, was die jüdische Nationalhymne sei. Ich dachte, er wird ja nicht die israelische meinen, und sagte: „Kenne ich nicht." Daraufhin zückte er ein Feuerzeug und drückte aufs Gas. Seine Freunde haben sich köstlich amüsiert. Ich war traurig und fragte mich, was daran lustig sei. Damals sind sechs Millionen Menschen ermordet worden.

Inana Othman, die vor 18 Jahren aus Syrien nach Deutschland kam:

Gemeinsam mit zwei geflüchteten Syrern war ich im November 2016 in einem Bus unterwegs. Nach uns stieg eine Frau, Ende 20, ein und regte sich auf: „Auch im Bus nehmt ihr uns den Platz weg." Ich ignorierte sie. Zwei Busstationen lang saß sie mir schräg gegenüber und hörte nicht auf, mich laut anzumachen: Perverses, Rassistisches, Schimpfwörter. Den beiden Jungs übersetzte ich das nicht, ich wollte sie raushalten. Bevor wir ausstiegen, stellte ich mich neben die Tür. Daraufhin steuerte die Frau ihren ersehnten Sitzplatz an. Statt hinter mir vorbeizugehen, drängelte sie sich vor mir durch, wo es keinen Platz gab. Mir ganz nah, starrte sie mir drohend in die Augen. Sie sagte: „Mach den Weg frei." Ich hielt kritischen Augenkontakt, machte ihr dann irgendwie Platz. „So soll es sein. Ihr habt uns zu gehorchen", sagte sie. Ich antwortete: „Wie lange willst du mich noch anmachen? Wie weit soll das gehen?" Sie war überrascht. Sie hatte wohl angenommen, dass ich kein Deutsch verstehe. Sie schrie, sammelte Speichel und spuckte mich an. Ich schaute mich im Bus um. Niemand regte sich.

Amnesty International Deutschland e. V.: Alltagsrassismus protokolliert. In: www.amnesty.de, Abruf am 24.03.2023

Unterschied zwischen Rassismus und Extremismus
Rassismus ist eine Art von Diskriminierung. Durch Rassismus werden Menschen zum Beispiel wegen ihrer Herkunft, ihrer Hautfarbe, ihrer Haare, ihres Namens oder ihrer Sprache diskriminiert, ausgegrenzt und abgewertet.
Bundeszentrale für politische Bildung: Sich im Alltag für die eigene Meinung einsetzen. In: www.bpb.de, 27.11.2007

Rechtsextremisten lehnen die freiheitliche demokratische Grundordnung ab und wollen – auch unter Anwendung von Gewalt – ein autoritäres oder gar totalitäres staatliches System errichten, in dem nationalistisches und rassistisches Gedankengut die Grundlage der Gesellschaftsordnung bilden sollen.

Nandlinger, Gabriele: Wann spricht man von Rechtsextremismus, Rechtsradikalismus oder Neonazismus....? In: www.bpb.de, 25.07.2008

EINSTIEGSAUFGABE 71103-208

Habt ihr ähnliche Szenen auch schon einmal beobachtet? Wir würdet ihr euch verhalten? An wen würdet ihr euch wenden? Überlegt gemeinsam mit einem Partner oder einer Partnerin, wie ihr euch in den Fallbeispielen verhalten würdet.

M7 Warum ist zivilgesellschaftliches Engagement wichtig?

Das freiwillige und unentgeltlich geleistete individuelle Engagement ist ein unverzichtbares Kernelement der zivilgesellschaftlichen Organisationen. [...] Das Engagement beschränkt sich dabei nicht nur auf das Wirken in speziellen Organisationen der politischen oder allgemeinen Interessenvertretung, sondern reicht von Sport und Freizeit über Kultur und Soziales bis zu Umwelt und Tierschutz. Als Basis demokratischer Gesellschaften tragen die Aktivitäten in diesen Organisationen zur Interessenbündelung und -artikulation bei. Durch die Herausbildung von demokratischen Normen, sozialen Netzen und Vertrauensverhältnissen fördern sie die Kooperation, halten Reibungsverluste gering und führen letztendlich dazu, dass die Gesellschaft insgesamt besser funktioniert.

Einen besonderen Stellenwert besitzt das zivilgesellschaftliche Engagement bei der Sicherung des gesellschaftlichen Zusammenhalts. Es hilft, die in der sozial zunehmend ausdifferenzierten Gesellschaft geforderten Fähigkeiten zum Kompromiss und zu einem zivilen Umgang herauszubilden. Es trägt dazu bei, die Kommunikationsbereitschaft und -fähigkeit, das wechselseitige Verständnis, die gemeinsame Beratung und den Austausch von Argumenten der Menschen untereinander, aber auch zwischen Bürgerinnen und Bürgern auf der einen und Institutionen auf der anderen Seite einzuüben und zu praktizieren.

Burkhardt, Luise / Priller,. Eckhard / Alscher, Mareike: Zivilgesellschaftliches Engagement. In: Statistisches Bundesamt (Destatis) / Wissenschaftszentrum Berlin für Sozialforschung (WZB) / Bundesinstitut für Bevölkerungsforschung (BiB) (Hg.): Datenreport 2021. Bonn: Bundeszentrale für politische Bildung 2021, S. 402

M8 Vereint gegen Rechtsextremismus – das Demokratiezentrum zur Extremismus-Prävention

[Dem Druck extremistischer Bedrohungen] entgegenzuwirken, hat sich das Demokratiezentrum (DKZ) auf die Fahne geschrieben. Der regionale Ableger der baden-württembergischen Einrichtung ist im Landratsamt Konstanz [...] angesiedelt. [...] „Melden, einfach Bescheid sagen", fordert [Koordinatorin Nina Breimaier] die Menschen auf, rechtsextreme Umtriebe nicht einfach so hinzunehmen. „Die Zivilgesellschaft soll aktiviert werden", benennt sie ein Ziel des Demokratiezentrums. [...]

Das Demokratiezentrum sieht sich als Anlaufstelle bei Verdacht auf Radikalisierung, religiös begründetem Extremismus oder rechtsextremen Vorkommnissen, Vorfälle mit Bedrohungen und Diffamierungen. Breimaier benennt einige Vorkommnisse aus dem Landkreis: ein aufgespießter Schweinekopf auf einem Baugelände für eine Flüchtlingsunterkunft, Anfeindungen von Politikern und Aktionen vom III. Weg und der Identitären Bewegung. [...] Aber auch rechtsextreme Hausschmierereien, Flyer und Aufkleber, die gefunden werden, sollten mitgeteilt werden [...]. Auch Lehrer können sich melden, falls sie etwa den Verdacht auf die Radikalisierung eines Schülers haben. [...]

Neben Vorträgen und Workshops bietet das Demokratiezentrum sogenannte Planspiele an, bei denen Jugendliche [...] den Umgang mit Extremismus [erfahren].

Schutzbach, Nikolaj: Vereint gegen Rechtsextremismus. In: www.suedkurier.de, 27.09.2020

Der dritte Weg (auch Der III. Weg)

„Der dritte Weg" ist eine rechtsextremistische Kleinpartei, die 2013 in Heidelberg gegründet wurde. Ihre Mitgliederzahl beträgt nach Angaben des Bundesamtes für Verfassungsschutz etwa 650 (Stand: 2022). Organisatorisch ist sie vor allem in Rheinland-Pfalz und Bayern vertreten.

Bearbeiterin, basierend auf: Bundeszentrale für politische Bildung: Glossar: Der Dritte Weg. In: www.bpb.de, Abruf am 24.03.2023

M9 Jamel rockt den Förster – mit Rockmusik gegen Rechts

Im Jahre 2007 hieß es „Vorhang auf" für das erste „Jamel rockt den Förster"-Festival auf dem ehemaligen Forsthof in Jamel, Nordwestmecklenburg. Was als kleines, feines Sommerfest für Freund:innen, Verwandte und Kolleg:innen begann, entwickelte sich – beinahe zwangsläufig – zu einem ambitionierten gesellschaftspolitischen Projekt.

Horst und Birgit Lohmeyer – er Musiker, sie Schriftstellerin – übernahmen 2004 den idyllisch am Waldrand gelegenen Forsthof im Wismarer Umland. In den Folgejahren zogen mehrere Familien aus der rechtsradikalen Szene nach Jamel und begannen, das Dorf nach ihrem völkischen Ideal zu prägen, Andersdenkende zu drangsalieren und zu verfolgen. Seither engagieren sich die Lohmeyers aktiv und lautstark für Demokratie und Toleranz, da in ihrem Heimatdorf die bekennenden Nazis nun 95% der Bevölkerung stellen.

Ab 2007 beschlossen die Lohmeyers mit öffentlichen Veranstaltungen gegen die Abschottung ihres Dorfes und dessen Vereinnahmung durch die Rechtsradikalen vorzugehen und öffneten in diesem Jahr zum ersten Mal die Pforten ihres Hofes für die Öffentlichkeit.

Seit 2015 ein Brandanschlag auf dem Gelände der Lohmeyers verübt wurde, bei dem beinahe auch das Wohnhaus der Lohmeyers den Flammen zum Opfer fiel, hat das Festival an Popularität massiv gewonnen. Mittlerweile ist aus dem reinen Musikfestival ein Festival mit gesellschaftspolitischem Informations- und Workshopprogramm, 1.500 Besucher:innen, hoher Medienpräsenz und vielen berühmten Musiker:innen geworden.

Die beiden Lohmeyers werden von vielen ehrenamtlichen Helfer:innen, die im Vorfeld und während des Festivals an der Organisation und dem reibungslosen Ablauf der Veranstaltung mitwirken sowie von Technikern und Lieferanten, die Rabatte gewähren sowie den auftretenden Künstler:innen, die auf ihre gewohnten Gagen verzichten, unterstützt. Das ehrenamtlich organisierte, nichtkommerzielle „Jamel rockt den Förster" ist zu einer bekannten Größe und Institution der wehrhaften Demokratie in der Region und in ganz Deutschland geworden und dokumentiert, für was die Veranstalter:innen einstehen: „Mecklenburg bleibt bunt".

© 2020 Jamel rockt den Förster: Historie. In: www.forstrock.de, Abruf am 24.03.2023

AUFGABEN

71103-209

1. Erläutert die Bedeutung von zivilgesellschaftlichem Engagement für unsere Gesellschaft (**M6**, **M7**).
2. In **M8** und **M9** werden zwei Möglichkeiten zur Bekämpfung von Rechtsextremismus vorgestellt. Stellt dar, wie diese beiden Einrichtungen versuchen, zivilgesellschaftliches Engagement zu stärken.
3. Erarbeitet in Gruppen Strategien, wie ihr als Schülerinnen und Schüler gegen Rassismus und Rechtsextremismus aktiv werden könntet. Vielleicht gibt es ja schon Projekte an eurer Schule, an denen ihr euch beteiligen könnt oder die ihr ausweiten könntet

WAS WIR KÖNNEN

Wie kann ich in Deutschland meine Interessen einbringen?

M1 Meinungen zur politischen Partizipation

1 „Wahlen sind und bleiben das effektivste Mittel der politischen Beteiligung!"

2 „Informelle politische Partizipation wie politische Diskussion auf Onlineforen oder die Teilnahme an Demonstrationen sind heutzutage viel wirksamer, um die eigenen Interessen durchzusetzen als Wahlen oder die Mitarbeit in einer Partei."

3 „Als einzelner Bürger kann man doch sowieso nicht viel bewirken. Letztlich sind alle Beteiligungsformen wirkungslos ohne Macht und Einfluss."

AUFGABEN

71103-210

1. Welcher Meinung stimmt ihr am ehesten zu? Begründet eure Entscheidung.
2. Stellt die verschiedenen Möglichkeiten dar, wie Bürgerinnen und Bürger ihre Interessen in den politischen Entscheidungsprozess einbringen können. Bezieht hierbei auch die Möglichkeiten ein, die das Internet und die sozialen Medien bieten.
3. Gestaltet ein Streitgespräch mit dem Verfasser/der Verfasserin eines der drei Zitate. Greift dabei auf die Inhalte des vergangenen Kapitels zurück.

Die Bundesregierung bei einer Sitzung im Bundeskanzleramt

Das Schloss Bellevue in Berlin ist der Amtssitz des Bundespräsidenten.

Die Richterinnen und Richter des Bundesverfassungsgerichts verkünden ein Urteil.

Der Politikzyklus: Modell zur analytischen Strukturierung des Politikprozesses

Plenarsaal des Bundestages

Der Bundesrat ist die Vertretung der Bundesländer.

Journalistinnen und Journalisten befragen einen Politiker.

Ein Demonstrationsteilnehmer bringt seine Ablehnung der Impfung gegen das Corona-Virus zum Ausdruck.

Über die Einführung einer Impfpflicht wurde während der Corona-Pandemie diskutiert.

Politischer Entscheidungsprozess und Herrschaftskontrolle

10

In den Nachrichten wird über das Parlament und die Regierung ständig berichtet. Dort werden wichtige politische Entscheidungen getroffen und Gesetze verabschiedet. Aber welche Aufgaben haben die beiden politischen Akteure und wie arbeiten sie zusammen? Weshalb werden die Ideen der Regierung von einem Teil des Parlaments gelobt und vom anderen kritisiert? Und wird die Arbeit der Regierung auch kontrolliert? In diesem Kapitel werdet ihr dies mithilfe des Politikzyklus analysieren.

Am Ende des Kapitels könnt ihr Antworten auf folgende Fragen finden:

- Wie ist die Macht des politischen Systems verteilt? (**Macht und Entscheidung**)
- Wie wirken die am Entscheidungsprozess beteiligten Institutionen zusammen? (**Ordnung und Struktur**)
- Welchen Beitrag leisten Verfahren und Institutionen, um ein friedliches Zusammenleben zu sichern? (**Interesse und Gemeinwohl**)
- Wie wird in Deutschland staatliche Macht kontrolliert? (**Macht und Entscheidung**)
- Welchen Einfluss hat das Bundesverfassungsgericht auf die Gesetzgebung? (**Macht und Entscheidung**)
- Wer trifft mit welcher Legitimation Entscheidungen? (**Macht und Entscheidung**)
- Welche Akteure sind betroffen und welche Interessen verfolgen sie? (**Interesse und Gemeinwohl**)

WAS WISST UND KÖNNT IHR SCHON?

71103-211

1. Wenn es darum geht, zu entscheiden und Macht zu kontrollieren, sind viele Akteure beteiligt:
   a) Sammelt alle beteiligten Akteure, die euch einfallen, auf einem Blatt.
   b) Wer ist eurer Meinung nach der wichtigste Akteur? Begründet eure Wahl
2. Ordnet die Bilder mit den Akteuren auf der linken Seite den einzelnen Phasen des Politikzyklus zu. Ergänzt gegebenenfalls die gesammelten Akteure aus Aufgabe 1.
3. Ist solch ein Verfahren zu lang und zu umständlich? Entscheidet euch spontan und begründet eure Entscheidung.

10.1 Soll der Staat eine Impfpflicht für alle beschließen dürfen?

10.1.1 Das Problem: Was ist wichtiger – Eigeninteresse oder Gemeinwohl; Freiheit oder Sicherheit?

Politikzyklus: Phase 1

Zum Thema: Entscheidungsprozesse finden immer in einem Spannungsverhältnis statt. So kann Interesse auf Gemeinwohl, oder Freiheit auf Sicherheit treffen. Die Corona-Impfpflicht greift diese beiden Gegensatzpaare (Kategorien) auf, wenn es darum geht, ob der Staat durch eine gesetzliche Impfpflicht in die Freiheit des Einzelnen zugunsten des Allgemeinwohls eingreifen soll. In diesem Kapitel soll aufgezeigt werden, welche Hintergründe und Probleme sich im Zusammenhang mit der Impfung gegen das Covid-19-Virus stellten.

M1 (M)eine Entscheidung!?

Eine mögliche Einführung einer Impfpflicht gegen das Corona-Virus wurde während der Pandemie überaus kontrovers diskutiert. Dabei wurden neben der medizinischen Perspektive auch Fragen nach der rechtlichen und praktischen Umsetzbarkeit sowie nach den gesellschaftlichen Auswirkungen betrachtet.

EINSTIEGSAUFGABEN 71103-212

1. Positioniert euch zu der Aussage aus dem Bild.
2. Begründet eure Entscheidung.
3. Sammelt eure Begründungen und ordnet diesen Basiskonzepte zu.
4. Was fällt euch auf?

M2 Das Problem – Teil 1: Ist Impfen eine Pflicht oder soll jeder über sich selbst bestimmen?

Unser Grundgesetz garantiert uns in Artikel 2 Abs. 2 neben dem Recht auf Leben und körperliche Unversehrtheit auch die Freiheit. Allerdings kann selbst hier der Staat durch seine Regierung in diese Grundrechte eingreifen.

Dabei wird immer wieder darüber gestritten, wann ein solches Eingreifen legitim ist und wann nicht. Die Corona-Pandemie bringt diesen Gegensatz besonders deutlich zur Geltung: Auf der einen Seite stellt das Impfen an sich einen Eingriff in die körperliche Unversehrtheit dar, auf der anderen Seite jedoch bedrohen eben auch Krankheitserreger unsere körperliche Unversehrtheit. In dieser Grundsatzdebatte um Artikel 2 Abs. 2 unseres Grundgesetzes zeigt sich dieser Gegensatz in folgenden zwei Fragestellungen: Wird die körperliche Unversehrtheit besser durch den Staat geschützt, indem er seinen Bürger:innen die individuelle Selbstbestimmung garantiert und dafür eine mögliche Ausbreitung von potenziell tödlichen Seuchen in Kauf nimmt? Oder lässt sich eine Pflicht zum Impfen daraus legitimieren, dass durch einen staatlichen Eingriff ein Schutz vor einer Erkrankung erzwungen und somit ein Schutz der gesamten Gesellschaft gewährleistet wird?

Es geht um die grundsätzliche Frage, ob Impfen eine Privatangelegenheit ist oder als Handeln für die Solidargemeinschaft angesehen wird.

Bearbeiterin

Artikel 2 Abs. 2 Grundgesetz
Jeder hat das Recht auf Leben und körperliche Unversehrtheit. Die Freiheit der Person ist unverletzlich. In diese Rechte darf nur auf Grund eines Gesetzes eingegriffen werden.

M3 Das Problem – Teil 2: die weltweite Ausbreitung eines Virus

Seit Ende Januar 2020 grassierte auch in Deutschland die weltweite Covid-19-Pandemie. Bis Ende 2022 wurden insgesamt fünf Infektionswellen verzeichnet.

Während der ersten Welle von März bis April 2020 und der zweiten Welle von Oktober 2020 bis Januar 2021 waren die höchsten Altersgruppen weit überproportional von Ansteckungen betroffen, was zu hohen Zahlen von Todesfällen führte. Auch während der dritten und vierten Welle stieg die Zahl der positiven SARS-CoV-2-Nachweise an. Die dritte, vierte und fünfte Infektionswelle betrafen überwiegend die Altersgruppen unter 65 Jahren. Durch die seit Ende Dezember 2020 möglichen Impfungen kam es zu weniger schweren Verläufen und zu wesent-

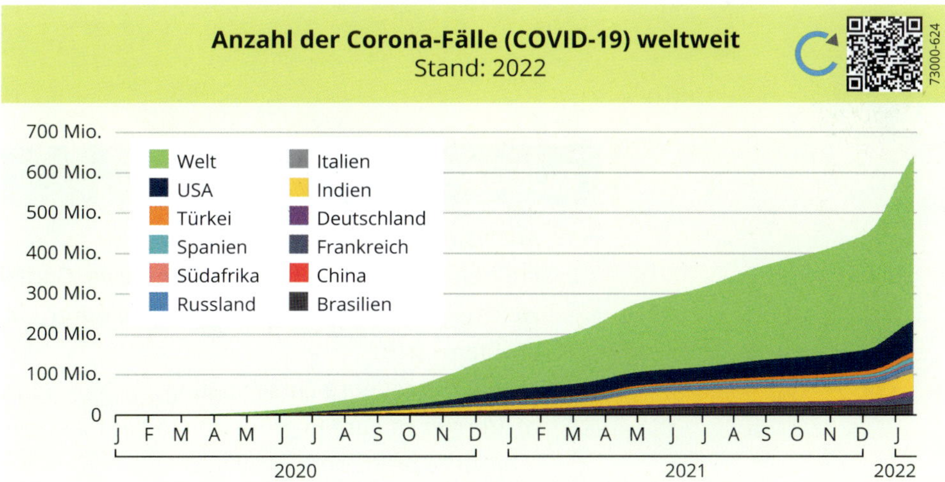

lich weniger Todesopfern als während der zweiten Welle. Im Juni 2022 meldete das Robert Koch-Institut 27.573.585 laborbestätigte SARS-CoV-2-Nachweisfälle, darunter 140.560 Todesfälle.

Um das Virus zu bekämpfen, nutzte die Bundesregierung die Möglichkeit, ein Gesetz zum Schutz der Bevölkerung bei einer epidemischen Lage von nationaler Tragweite (= „Bundesnotbremse") zu verabschieden. Der Bundesnotbremse folgten drei weitere Gesetze, in denen Einschränkungen des öffentlichen Lebens festgelegt wurden. Im April 2022 liefen diese Maßnahmen aus.

Bearbeiterin

Robert Koch-Institut
Bundesinstitut für Krankheitsüberwachung und -vorbeugung sowie zentrale Einrichtung für biomedizinische Forschung

M4 Das Problem – Teil 3: die (zu) große Impflücke

Die Covid-19-Pandemie hat das Gesundheitssystem in Deutschland stark belastet. Seit Januar 2022 erreichten die Infektionszahlen immer wieder neue Rekorde. Zu diesem Zeitpunkt waren die Intensivstationen vor allem durch Nichtgeimpfte so hoch ausgelastet, dass regional eine angemessene medizinische Versorgung nicht mehr gewährleistet werden konnte. Die Abwendung einer drohenden Überlastung des Gesundheitssystems stellte ein Hauptargument der Impfbefürwortenden dar.

Expert:innen und Politik waren sich mehrheitlich einig: Impfen sei der Weg aus der Pandemie, allerdings sei die Impflücke zu groß, weswegen eine Impfpflicht diese schließen und die Pandemie beenden sollte.

Wobei eine Impfpflicht nicht mit einem Impfzwang gleichzusetzen wäre. Wer die Impfpflicht ignoriert, müsste bestimmte Nachteile hinnehmen: Er würde mit einem Bußgeld belegt oder könnte in sensiblen Bereichen nicht mehr arbeiten. Davon zu unterscheiden ist ein Impfzwang: Wer sich nicht impfen lässt, würde unter Anwendung von körperlicher Gewalt geimpft werden.

Bearbeiterin

AUFGABEN

71103-213

1. Analysiert das Problem (**M2–M4**).
2. Freiheit vs. Sicherheit oder Interesse vs. Gemeinwohl? Entscheidet euch, welches der beiden Kategorienpaare eurer Meinung nach den Kern des Problems trifft.
   a) Begründet eure Entscheidung.
   b) Vergleicht eure Begründung in der Klasse. Achtet darauf, was euch jeweils besonders wichtig ist.
3. Soll Impfen eine Plicht sein?
   a) Überprüft eure Positionierung aus der Einstiegsaufgabe.
   b) Inwiefern verändert sich eure Meinung, wenn ihr folgende Parameter für Impfstoffe hinzufügt: Preis, Schutz, Verfügbarkeit. Begründet eure Position.

10.1.2 Die Auseinandersetzung: Soll Impfen eine Pflicht für alle werden?

Politikzyklus: Phase 2

Zum Thema: Quer durch Deutschland wurde über eine Impfpflicht diskutiert – auch immer mehr Bundestagsabgeordnete begannen sich zu positionieren. Im Bundestag wurden mehrere unterschiedliche Entwürfe eingebracht, die den Konflikt um die Impfpflicht widerspiegeln.

M5 Perspektive eines Karikaturisten zur Impfpflicht

Karikatur: Burkhard Mohr, 20.12.2020

EINSTIEGSAUFGABEN 71103-214

1. Analysiert die Karikatur.
2. Sammelt Gründe für Pro- und Kontra-Positionen einer Impfpflicht.

M6 Kontrovers diskutiert: Impfung zwischen Solidarität und Trotz?

a) Keine Drohung, sondern eine gute Aussicht (Jeanne Rubner, Bayerischer Rundfunk)

Ich habe neuerdings einen digitalen Impfpass, und das fühlt sich gut an. Nicht nur, weil die Impfung mich vor einem schweren Verlauf von Covid-19 schützt. Sondern auch, weil ich hoffe, freier leben zu können. Ins Restaurant, ins Kino oder ins Konzert gehen. Einfach so. Es ist richtig, dass Geimpfte und Genesene Freiheiten in Aussicht gestellt bekommen – sofern alle Erwachsenen die Möglichkeit hatten, sich eine Spritze abzuholen. Das ist die Impfpflicht durch die Hintertür? Mag sein, aber es ist vor allem die Solidarität mit einer Gesellschaft, die seit über einem Jahr auf vieles verzichtet und massive Einschränkungen im Alltag in Kauf nimmt: Arbeitnehmer, die ihren Job verlieren, Jugendliche, die monatelang keinen Unterricht haben, Eltern, die unter der Mehrfachbelastung von Beruf und Homeschooling leiden. Ungeimpfte Kinder. Die Impfung hilft ihnen allen. Man darf deshalb auch verlangen, dass überall dort, wo viele Menschen auf engem Raum zusammenkommen, ein Impfpass vorgelegt werden muss.

b) Trotzreaktion zu befürchten (Anja Martini, Norddeutscher Rundfunk)

Natürlich ist es richtig, dass sich möglichst viele Menschen impfen lassen. Aber deshalb die Rechte derer, die sich nicht impfen lassen wollen, aus welchen Gründen auch immer einzuschränken, nein, das geht zu weit. Das wäre eine Impfpflicht durch die Hintertür und damit eben auch ein Eingriff in das Selbstbestimmungsrecht eines jeden Einzelnen – auch das wieder durch die Hintertür. Genau das sollte die Regierung vermeiden.

Jetzt Druck auf Ungeimpfte auszuüben, wäre so, als wenn in einer Diskussion der einen Seite die Argumente ausgehen und sie sagen würde: Basta! Das ist jetzt so! Vermutlich würde es eine Trotzreaktion des Gegenübers geben. Alle Unentschiedenen, Skeptiker und Zweifler würden sich bestärkt fühlen in ihren Sorgen und ihren Ängsten.

Leicht zugängliche Impfangebote wie mobile Impfteams vor dem Stadion, am Einkaufszentrum oder vor dem Club – zusammen mit einer guten Aufklärung – das sind die richtigen Ansatzpunkte, um die Menschen von einer Impfung zu überzeugen [...].

© ARD-aktuell / tagesschau.de

M7 (Wie) Kann der Gegensatz aufgelöst werden?

Im Bundestag wurden am 17.03.2022 mehrere Initiativen zu einer Corona-Impfpflicht diskutiert und am 07.04.2022 zur Abstimmung gestellt. Keine der Initiativen erhielt eine Mehrheit.

a) Allgemeine Impfpflicht ab 60 Jahren

Bei diesem Antrag, der als einziger als Gesetzesentwurf ausformuliert wurde, handelte es sich um einen Kompromiss aus zunächst getrennt eingebrachten Gesetzesentwürfen zweier Gruppen bestehend aus Abgeordneten der SPD, Grünen und FDP. Der gemeinsame Antrag trug den Titel „Entwurf eines Gesetzes zur Pandemievorsorge durch Aufklärung, verpflichtende Impfberatung und Immunisierung der Bevölkerung gegen SARS-CoV-2". Im Mittelpunkt stand die Beratung bisher Ungeimpfter. Gleichzeitig sollten Menschen ab 60 Jahren zu einer Impfung verpflichtet werden, da in dieser Altersgruppe ein hohes Risiko eines schweren Krankheitsverlaufs nach Infektion mit dem Corona-Virus besteht. Die Impfung gilt mit drei Impfdosen als vollständig. Diese hätte ab dem 01.10.2022 nachgewiesen werden müssen, hätte jedoch mit einem Beschluss des Bundestages im Juni 2022 ausgesetzt werden können, falls es infolge der Beratungsgespräche zu einer ausreichenden Steigerung der Impfrate gekommen wäre. Außerdem enthielt der Entwurf die Möglichkeit, dass der Bundestag im Herbst 2022 erneut prüft, ob die Impfpflicht zusätzlich auf die Altersgruppen ab 18 Jahren ausgeweitet werden soll, in Abhängigkeit von den vorliegenden Erkenntnissen und mit Blick auf die Entstehung potenzieller Virusvarianten.

b) **Impfpflicht auf Vorrat**

Der Gesetzesentwurf der CDU/CSU-Bundestagsfraktion („Impfvorsorgegesetz – Ein guter Schutz für unser Land") sah die Einführung eines Impfregisters vor, in dem vermerkt ist, wer geimpft ist und wer nicht. Alle Altersgruppen sollten über die notwendigen Impfungen und Auffrischungen informiert und Ungeimpfte beraten werden. Das Impfregister sollte dabei helfen, Datenerhebung, Auswertung, Information und Aufklärung zu intensivieren. Die so geschaffene Datengrundlage würde zudem Vorhersagen über die zu erwartende Belastung des Gesundheitssystems ermöglichen. Weiterhin sollte u.a. die Impfkampagne fortgesetzt und ausgeweitet werden, z.B. durch Beratungsgespräche für ungeimpfte Bürgerinnen und Bürger. Eine Impfpflicht sollte dagegen erst dann greifen, wenn es die Lage erfordert – gestaffelt nach Alter beziehungsweise Gefährdungslage und zeitlich befristet. Dafür wäre ein weiterer Bundestagsbeschluss nötig.

c) **Aufklärung statt Impfpflicht**

Ein Antrag mit dem Titel „Impfbereitschaft ohne allgemeine Impfpflicht gegen SARS-CoV-2 erhöhen" wurde von einer fraktionsübergreifenden Abgeordnetengruppe um den FDP-Vize Wolfgang Kubicki eingebracht. Neben FDP-Abgeordneten schlossen sich auch einzelne Abgeordnete der Grünen, aus CDU/CSU sowie der Fraktion Die Linke an. Der Antrag erkannte ebenfalls die Notwendigkeit, die Impfquote gegen das Corona-Virus zu erhöhen. Eine Impfpflicht schloss er jedoch aus und setzte stattdessen auf Aufklärung und eine Intensivierung der Impfkampagne, etwa durch mehrsprachige Werbespots und durch die Beteiligung von gesellschaftlich relevanten Akteuren wie Kirchen, muslimische Verbände, Gewerkschaften und Sportvereine. Darüber hinaus sollten alle Bürgerinnen und Bürgern ein individuelles Angebot eines digitalen Informationsgesprächs zur Covid-19-Impfung erhalten.

d) **Ausschluss einer Impfpflicht**

Die AfD-Fraktion sieht eine Impfpflicht grundsätzlich als unverhältnismäßig und mit Verweis auf Art. 2 Abs. 2 GG als verfassungsrechtlich unzulässig an und lehnt diese daher ab. Die AfD-Fraktion begründete dies in ihrem Antrag („Keine gesetzliche Impfpflicht gegen das COVID-19-Virus") damit, dass keiner der zur Verfügung stehenden Impfstoffe zu einer Ausrottung des Covid-19-Virus führe. Die vorhandenen Impfstoffe schützten nur bedingt vor der Weitergabe des Virus an andere Menschen. Dies sei aber aus Sicht der AfD eine notwendige Voraussetzung einer Impfpflicht.

Weiterhin forderte die AfD die Rücknahme der einrichtungsbezogenen Impfpflicht für Gesundheits- und Pflegepersonal, die seit Anfang März 2022 galt (sie lief zum 31.12.2022 automatisch aus).

Bearbeiterin

AUFGABEN

71103-215

1. Vergleicht die beiden Positionen zur Impfpflicht (**M6**).
2. Ordnet die Vorschläge aus **M7** den Positionen in **M6** zu.
3. Welcher Position stimmt ihr zu? Begründet mit dem für euch ausschlaggebenden Kriterium.

Politikzyklus: Phase 3

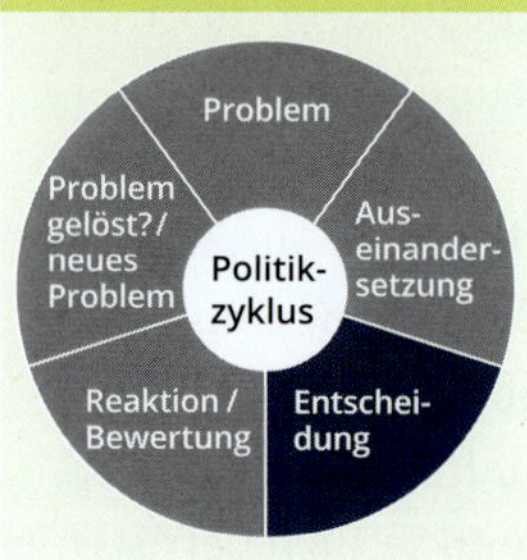

10.1.3 Auseinandersetzung und Entscheidung: Sind zu viele Akteure und Interessen am Gesetzgebungsprozess beteiligt?

Zum Thema: Auch wenn es unglaublich trocken klingt: Gesetze zu verabschieden ist eine der wichtigsten Funktionen eines politischen Systems, denn damit wird es handlungsfähig. In Deutschland benötigt ein Gesetz bis zu seiner Verabschiedung durchschnittlich 225 Tage. Liegt es an (zu) vielen Akteuren und Interessen oder warum dauert der Gesetzgebungsprozess manchmal so lange?

M8 Für mich soll ein Gesetz …

… ordentlich und ausführlich beraten werden.

… schnell zustande kommen.

… und sein Weg bis zur Verabschiedung verständlich sein.

…

EINSTIEGSAUFGABEN 71103-216

1. Positioniert euch zu einer der drei Aussagen oder formuliert für euch eine eigene Aussage.
2. Begründet eure Positionierung.
3. Vergleicht eure Begründungen.

H zu Aufgabe 3 → S. 395

M9 Von der Debatte zum Gesetz

Am 26. Januar 2022 wurde im Bundestag in einer sogenannten Orientierungsdebatte erstmals über eine Impfpflicht gegen Corona debattiert. Bei vielen Abgeordneten herrschte Konsens darüber, dass eine hohe Impfquote die Pandemie beenden kann, allerdings war der Weg dorthin strittig. Die Parteien hatten sich zuvor darauf geeinigt, eine mögliche Entscheidung über eine Impfpflicht zur Gewissensfrage zu erklären. Es gab also keinen Fraktionszwang (→ Kap. 10.2.3, S. 265–266) bei dem Thema. Dies machte den Weg frei für parteiübergreifende, gemeinsame Vorschläge.

Zunächst arbeiteten drei Gruppen an Anträgen. Ein vierter Antrag wurde durch Abgeordnete der CDU/CSU-Fraktion eingebracht.

Aus diesen Anträgen können Gesetzentwürfe hervorgehen, die in einer ersten Lesung im Bundestag beraten werden.

Damit wäre das Gesetzgebungsverfahren initiiert.
Nach der ersten Lesung können sich die Ausschüsse des Bundestages mit den Entwürfen befassen und dabei möglicherweise Änderungsvorschläge oder Empfehlungen aussprechen.
Die zweite und dritte Lesung - und damit die Abstimmung über eine Impfpflicht - wird anschließend im Bundestag stattfinden. Wenn der Bundestag sich für einen der Entwürfe entscheidet, muss anschließend noch der Bundesrat abstimmen. Gibt es im Bundestag keine Mehrheit, passiert gar nichts. Bei einem Beschluss würde das Gesetz nicht sofort in Kraft treten, sondern eine mehrmonatige Übergangsfrist den Bürgerinnen und Bürgern die Möglichkeit geben, eine Impfung nachzuholen.

Bearbeiterin

M10 Wie läuft der Gesetzgebungsprozess ab?

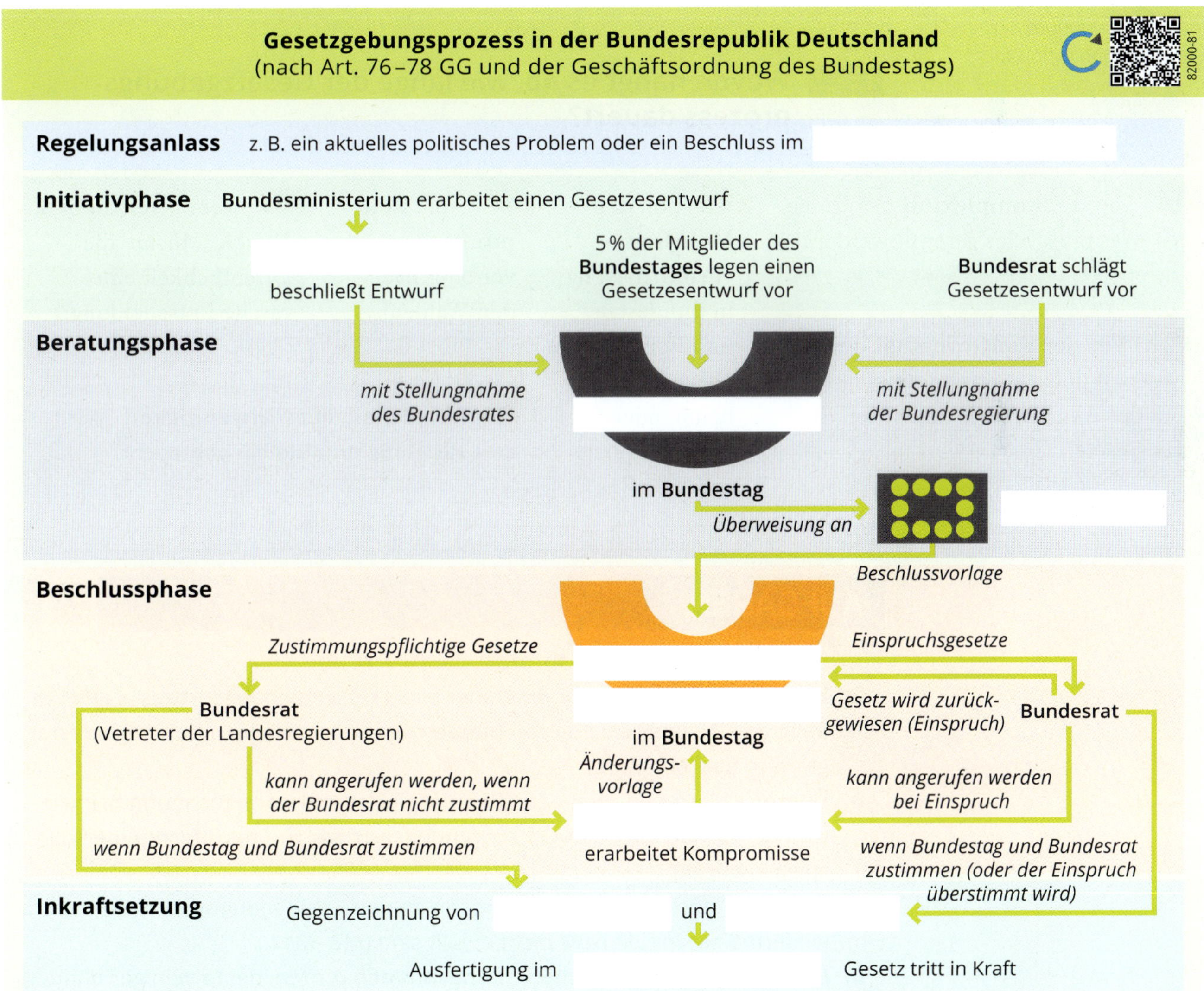

Bearbeiterin

Zustimmungspflichtige Gesetze
Gesetze, die die Verfassung ändern, Auswirkungen auf die Finanzen der Länder haben oder für deren Umsetzung in die Organisations- und Verwaltungshoheit der Länder eingegriffen wird

Art. 50 Grundgesetz
Durch den Bundesrat wirken die Länder bei der Gesetzgebung und Verwaltung des Bundes und in Angelegenheiten der Europäischen Union mit.

M11 Wann und wo mischt der Bundesrat mit?

Gemäß Art. 50 GG sind die Bundesländer über den Bundesrat am Gesetzgebungsprozess beteiligt. Der Bundesrat wirkt entweder initiierend, beratend oder beschlussfassend mit. Gesetzesentwürfe der Bundesregierung werden erst dem Bundesrat zur Stellungnahme zugeleitet. Bei Einwänden und Gegenvorschlägen muss die Bundesregierung diese mit ihrem Gesetzesentwurf dem Bundestag zuleiten.
Je nach Gesetzesbeschluss des Bundestages unterscheidet sich die Mitwirkung des Bundesrates. Alle verfassungsändernden Gesetzesbeschlüsse bedürfen der Zustimmung von 2/3 der Stimmen des Bundesrates (= absolutes Veto). Nichtzustimmungspflichtige Gesetze gelten als Einspruchsgesetze und auf diese besitzt der Bundesrat wenig Einfluss. Lehnt der Bundesrat ein solches Gesetz mittels Einspruch ab, kann dieser Einspruch nach Wiedervorlage im Bundestag durch selbigen überstimmt werden.

Bearbeiterin

M12 Wovon hängt es ab, wie lange der Gesetzgebungsprozess dauert?

1 Von der **Komplexität** des Gesetzes (Was muss alles geregelt werden?)

2 Von der **Kontroversität** des Gesetzes und der Kompromissfähigkeit der Akteure (Wie umstritten ist das Gesetz?)

3 Von den **Mehrheitsverhältnissen** in Bundestag und Bundesrat (gleiche Mehrheiten oder verschiedene)

4 Vom **Zeitpunkt** (kurz vor oder nach den Wahlen)

5 Vom **öffentlichen Druck** (Möchte die Öffentlichkeit eine rasche Entscheidung?)

6 Von der akuten **Notwendigkeit** (Wird eine Regelung unmittelbar gebraucht?)

AUFGABEN

71103-217

1. Stellt den Gesetzgebungsprozess dar (**M9**, **M10**).
2. Erläutert die Faktoren für die Dauer eines Gesetzgebungsprozesses (**M12**).
3. Stellt das Zusammenspiel von Bundesregierung, Bundesrat und Bundestag grafisch dar (**M9–M12**).
4. Überprüft, a) wann es ein Zusammenspiel ist und wann nicht und b) inwieweit der Bundesrat beim Gesetzgebungsprozess zur Impfpflicht eine Rolle spielen würde.
5. Überprüft eure Anfangserwartungen an den Gesetzgebungsprozess, inwiefern diese erfüllt bzw. nicht erfüllt sind (**M8–M12**).
6. Bewertet die These: „Je mehr mitbestimmen dürfen, desto weniger handlungsfähig ist das politische System!“

10.2 Sind Bundesregierung und Bundestag Partner im Entscheidungsprozess?

Politikzyklus: Phase 3

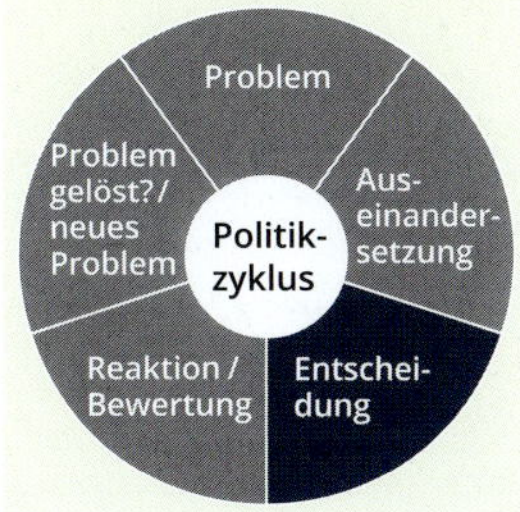

10.2.1 Die Bundesregierung: Was heißt es zu regieren?

Zum Thema: Obwohl der Bundestag als einziges oberstes Staatsorgan direkt von uns Bürger:innen gewählt wird, ist es die Bundesregierung, die in der öffentlichen Wahrnehmung Probleme zu lösen hat. Doch wer ist die Regierung und wie arbeitet sie?

M1 Was heißt regieren?

Klimawandel in Deutschland: Der Rhein führt Niedrigwasser aufgrund geringer Niederschläge.

Energiekrise: Ein Kohlekraftwerk geht wieder in Betrieb, um Erdgas zu sparen.

Mindestlohn: Ein Mann auf einer Demonstration für bessere Löhne und Arbeitsbedingungen.

EINSTIEGSAUFGABEN 71103-218

Wenn Regieren bedeutet Probleme zu lösen, mit welchen Problemen sollte sich eurer Meinung nach unsere Regierung in erster Linie befassen?

1. Sammelt ausgehend von den Bildern in eurer Klasse die dringlichsten Probleme, die es aktuell zu lösen gilt.
2. Erstellt gemeinsam eine Priorisierung der gesammelten Probleme.
3. Begründet eure Wahl und die Priorisierung. Welche Kriterien sind für euch besonders ausschlaggebend gewesen?

M2 Welche Aufgaben hat eine Bundesregierung und wie arbeitet sie?

Die Bundesregierung lenkt und leitet die staatlichen Tätigkeiten und handelt als Impulsgeberin. Dabei hat sie die Steuerungsfunktion, die Durchführungsfunktion und die Funktion des Gesetzesvollzugs. In unserem Grundgesetz finden sich die entsprechenden Artikel dafür: Die Bundesregierung hat demnach unter anderem das Recht, Gesetzesvorlagen in den Bundestag einzubringen (Artikel 76 GG), Rechtsverordnungen zu erlassen (Artikel 80 GG), bei der Rechtsetzung der Europäischen Union mitzuwirken (Artikel 23 GG), den Vermittlungsausschuss bei Zustimmungsgesetzen anzurufen (Artikel 77 Abs. 2 GG) sowie das Recht, Verwaltungsvorschriften zu Bundesgesetzen zu erlassen (Artikel 84ff. GG).

Das ermöglicht der Bundesregierung, weitreichende Entscheidungen vorzubereiten und zu beeinflussen. So kann sie beispielsweise Gesetzesvorschläge über die Erhöhung von Steuern, den Einsatz von Soldaten im Ausland, Kürzungen von Sozialleistungen etc. einbringen. Dazu arbeiten die entsprechenden Ministerien Gesetzesentwürfe aus.

Bearbeiterin

M3 Wie mächtig ist der Bundeskanzler / die Bundeskanzlerin?

Das Grundgesetz legt die Stellung des Bundeskanzlers fest. Diese ist machtvoll und stark, da er einerseits über eine besondere Legitimation verfügt, da er als einziges Regierungsmitglied direkt vom Bundestag heraus gewählt wird und andererseits die Richtlinienkompetenz (Art. 65 GG) ihm Macht zugesteht. Letztere ermöglicht es ihm, die grundsätzlichen Ziele seiner Bundesregierung festzulegen, an die die Bundesministerinnen und Bundesminister gebunden sind. Die Richtlinienkompetenz wirkt jedoch nur innerhalb der Bundesregierung. Gegenüber dem Parlament kann der Bundeskanzler mithilfe der Vertrauensfrage ein Machtmittel einsetzen, das ihm helfen kann, seine politischen Ziele zu erreichen. Verweigert der Bundestag allerdings die Zustimmung, kann der Bundespräsident auf Antrag des Bundeskanzlers das Parlament auflösen und Neuwahlen ausrufen.

Bearbeiterin

Art. 65 GG
Der Bundeskanzler bestimmt die Richtlinien der Politik und trägt dafür die Verantwortung. Innerhalb dieser Richtlinien leitet jeder Bundesminister seinen Geschäftsbereich selbständig und unter eigener Verantwortung.

M4 Welche rechtlichen Möglichkeiten haben Kanzler:in und Minister:innen in der Bundesregierung?

Das Grundgesetz unterscheidet drei wichtige Arbeitsprinzipien für die Bundesregierung: das Kanzlerprinzip, das Kollegialprinzip [auch oft als Kabinettsprinzip bezeichnet] und das Ressortprinzip. Sie regeln die Arbeit im Kabinett. Das Kanzlerprinzip räumt dem Kanzler eine Vormachtstellung gegenüber den Ministerinnen und Ministern ein. Er trägt die Verantwortung und leitet die Geschäfte der Bundesregierung. Nach dem Kollegialprinzip entscheiden Kanzler sowie Ministerinnen und Minister gemeinsam, wenn über Angelegenheiten von allgemeiner politischer Bedeutung diskutiert wird. Bei Meinungsverschiedenheiten ist der Kanzler allerdings Erster unter Gleichen. Kommt es also zu Meinungsverschiedenheiten zwischen den Ministerinnen oder Ministern, schlichtet der Bundeskanzler. Das Kabinett muss schließlich mit Mehrheit entscheiden.

Nach dem Ressortprinzip leitet jede Ministerin und jeder Minister seinen Aufgabenbereich in eigener Verantwortung. So darf der Bundeskanzler nicht ohne weiteres in die Befugnisse seiner Minister „hineinregieren". Zugleich muss jede Ministerin und jeder Minister allerdings darauf achten, Entscheidungen innerhalb des vom Kanzler vorgegebenen politischen Rahmens zu treffen.

Bearbeiterin, basierend auf: Die Bundesregierung: Das Bundeskabinett. In: www.bundesregierung.de, Abruf am 24.03.2023

M5 Wie bedeutsam ist die Richtlinienkompetenz in der politischen Realität?

Beinahe beiläufig hat Angela Merkel ihrem Innenminister deutlich gemacht, wer hier der Chef ist: Es sei eine „Frage der Richtlinienkompetenz", so die Bundeskanzlerin in einer Pressekonferenz, sollte Horst Seehofer im Asylstreit tatsächlich einen Alleingang wagen. [...] Die Brisanz der angedrohten Richtlinienkompetenz steckt gewissermaßen im Subtext: Seehofer hat bisher darauf gepocht, die Zurückweisungen an der deutschen Grenze in eigener Zuständigkeit durchzusetzen. Das ist ihm theoretisch möglich, als Bundesinnenminister ist ihm die Bundespolizei und damit der Grenzschutz unterstellt. [...] Sollte sich Seehofer dennoch über die mögliche Richtlinienkompetenz der Bundeskanzlerin hinwegsetzen [...], könnte es zu einer veritablen Regierungskrise kommen. [...] Entscheidend eingeschränkt wird die Richtlinienkompetenz jedoch [...] durch die Tatsache, dass Kanzler im bundesdeutschen System parlamentarischer Demokratie ihre Macht und ihr Amt allein aus der Unterstützung der sie tragenden Parteien ableiten. Sie müssen daher auf deren Positionen hören.

AFP: Merkel droht mit „Richtlinienkompetenz": Was der Warnschuss für Seehofer bedeutet. In: www.stern.de, 19.06.2018

Video (2:07 Min.) über den Asylstreit: Merkel warnt Seehofer vor Alleingang

71103-219

Koalitionsausschüsse als Entscheidungszentren
In Koalitionsregierungen, wie sie in Deutschland die Regel sind, kommt den Koalitionsausschüssen in der Praxis große Bedeutung zu. Die Machthierarchie zwischen Bundeskanzler:in und Bundesminister:innen tritt hier in den Hintergrund, wenn die Spitzen der Bündnisparteien Kompromisse aushandeln.

M6 Macht und Ohnmacht von Bundeskanzler:innen

Es gibt in der politischen Praxis Rahmenbedingungen, die großen Einfluss auf die tatsächliche Macht des Regierungschefs haben. Bildet der Bundeskanzler z. B. sein Kabinett aus starken und beliebten Persönlichkeiten, wird er darauf achten müssen, diese auch bei strittigen Entscheidungen in der Bundesregierung zu halten. Ferner wird der Bundeskanzler meist von einer Koalition mehrerer Parteien gewählt, sodass er bei der Formulierung von politischen Zielen Rücksicht auf diese Parteien und deren Interessen nehmen muss. Einige Gesetze müssen auch den Bundesrat passieren. Findet ein Gesetz dort keine Zustimmung, ist es in der Regel gescheitert. Ebenfalls großen Einfluss auf die Macht des Kanzlers haben die öffentliche Debatte und die Stimmung in der Gesellschaft. Schließlich will er wiedergewählt werden und dazu braucht er die Zustimmung der Wählerinnen und Wähler. Überzeugen muss er auch die vielen Interessenverbände. Manche von ihnen sind mächtig, gut vernetzt und stellen somit starke Akteure im politischen Prozess dar.

Bearbeiterin

Unterschied zwischen Verfassungsnorm und Verfassungsrealität
Unter „Verfassungsnorm" werden die Normen, die in der Verfassung festgeschrieben sind, verstanden. „Verfassungsrealität" ist die tatsächliche Umsetzung und Verwirklichung einer im Grundgesetz festgeschriebenen Norm.

AUFGABEN

71103-220

1. Erläutert die Aufgaben der Bundesregierung (**M2**).
2. Erklärt mithilfe des Kategorienpaars „Verfassungsnorm" und „Verfassungsrealität" (**Randspalte zu M6**) die besondere Stellung des Bundeskanzlers/der Bundeskanzlerin.
3. Überprüft die Rahmenbedingungen, welche die Macht des Kanzlers/der Kanzlerin stärken und schwächen können (**M3–M6**).

Politikzyklus: Phase 3

10.2.2 Welche Rolle hat der Bundestag?

Zum Thema: Der Bundestag wird gerne als das Herzstück unserer Demokratie bezeichnet. Er besitzt als einzige Institution direkte Legitimation durch die Wahl der Bürgerinnen und Bürger und übernimmt wichtige Aufgaben, damit unser politisches System funktioniert. Immer wieder jedoch steht er in der Kritik.

M7 Watteballchen für die Arbeit im Bundestag?

Hinweis zur Karikatur
Frank-Walter Steinmeier war zu dem Zeitpunkt Abgeordneter und Oppositionsführer der SPD im Bundestag.

Karikatur: Gerold Reichenbach

EINSTIEGSAUFGABEN 71103-221

1. Analysiert die Karikatur.
2. Benennt die These des Karikaturisten.
3. Überprüft die These am Ende des Kapitels erneut.

M8 Welche Aufgaben hat der Bundestag?

Der Bundestag, als einziges Organ direkt durch das Volk gewählt, verfügt über eine entscheidende demokratische Legitimation und übernimmt dementsprechende Aufgaben: Im Sinne der **Wahlfunktion** bestimmt er über die personelle Besetzung aller anderen bundesstaatlichen Organe. So wählt der Bundestag den Bundeskanzler oder die Bundeskanzlerin, wobei der Vorschlag durch den Bundespräsidenten erfolgt.
Der Bundestag übernimmt auch eine **Kontrollfunktion**. Dabei geht es um die Kontrolle des Regierungshandelns. Dafür

stehen dem Bundestag mehrere Möglichkeiten zur Verfügung (→ **M10**, **M11**).
Eine weitere Aufgabe des Bundestages besteht in der **legislativen Funktion**: Abgeordnete und Fraktionen des Bundestages können Gesetzesentwürfe einbringen, die nach einem festen Ablauf den Gesetzgebungsprozess durchlaufen (→ Kapitel 10.1.3). Eine letzte Aufgabe besteht in der **Artikulationsfunktion**: Der Bundestag hat die Funktion, den in der Bevölkerung vorhandenen Meinungen Ausdruck zu geben.

Bearbeiterin

M9 Wie arbeitet der Bundestag?

Der Bundestag ist eine Mischform aus Arbeitsparlament und Redeparlament. Im Plenum finden richtungweisende politische Debatten statt. Und „hinter den Kulissen" arbeiten die Ausschüsse. Die Vollversammlung aller Abgeordneten des Deutschen Bundestags nennt man Plenum. In den Plenarsitzungen finden die öffentlichkeitswirksamen Auseinandersetzungen statt. Diese Parlamentsdebatten dienen vor allem dazu, die Wähler über die verschiedenen Positionen der im Bundestag vertretenen Parteien zu informieren. [...]
Die Dauer einer Debatte wird vom Ältestenrat festgesetzt. Wie viel Redezeit dabei die einzelnen Fraktionen enthalten, wird von deren Größe bestimmt: Je größer eine Fraktion, desto mehr Redeminuten stehen ihr zu. Welche Politiker sprechen dürfen, legen die Fraktionen selbst fest. Der Verlauf folgt dem Prinzip von Rede und Gegenrede: auf eine bestimmte Position soll eine abweichende Meinung folgen. [...] Das Plenum nimmt wichtige Kontrollrechte des Parlaments wahr: In aktuellen Stunden, großen Anfragen, Regierungsbefragungen und Fragestunden befassen sich die Abgeordneten mit aktuellen Themen oder fordern mündliche Stellungnahmen der Bundesregierung ein. [...] In den Ausschüssen können die Abgeordneten in kleinerer Runde die Gesetzesvorlagen diskutieren und den hinzugezogenen externen Sachverständigen zuhören. Die Fraktionen entsenden die Experten unter ihren Abgeordneten in die Ausschüsse. Dieses geschieht entsprechend ihren Kräfteverhältnissen im Parlament. Die Ausschüsse erarbeiten die Vorlagen, die anschließend dem Plenum zur Abstimmung vorgelegt werden. Die anderen Fraktionsmitglieder werden durch ihre Vertreter in den Ausschüssen über die Vorlagen informiert und übernehmen häufig deren Rat.

Hetterich, Martin / Trinius, Stephan: Aufgaben des Bundestags. In: www.bpb.de, 28.08.2013

Bundestagspräsident
Der Bundestagspräsident bekleidet das zweithöchste Amt in unserem Staat. (Das höchste Amt hat der Bundespräsident.)
Wenn ein neuer Bundestag gewählt worden ist, wählen die Abgeordneten in geheimer Wahl ihren Präsidenten oder ihre Präsidentin. Normalerweise gehört er oder sie der stärksten Fraktion im Bundestag an. Der Bundestagspräsident repräsentiert den Deutschen Bundestag nach außen und leitet zusammen mit seinen Stellvertretern und Stellvertreterinnen die Sitzungen des Parlaments.
Schneider Gerd/Toyka-Seid, Christiane: Das junge Politik-Lexikon von www.hanisauland.de, Bonn: Bundeszentrale für politische Bildung 2023

M10 ... und welche Rechte hat er gegenüber der Regierung?

1 **Kleine Anfrage:** Mindestens fünf Prozent der Abgeordneten oder eine Fraktion sind notwendig, um in schriftlicher Form Fragen zu einem bestimmten Thema an die Regierung zu stellen. Kleine Anfragen beantwortet die Regierung ausschließlich in schriftlicher Form.

2 **Große Anfrage:** Große Anfragen werden hingegen auch im Bundestag debattiert. Da es sich bei Großen Anfragen meist um wichtige politische Themen handelt, hat die Opposition so die Möglichkeit, kritische Fragen in öffentlichen Sitzungen zu stellen und ihre Meinung dazu darzulegen.

3 **Regierungsbefragung:** Unmittelbar nach der [...] Sitzung der Bundesregierung – der so genannten Kabinettssitzung – haben die Abgeordneten des Bundestages eine weitere Möglichkeit, Fragen von aktuellem Interesse an die Regierungsmitglieder zu stellen. [...] Sie ist eine besonders kompakte Form der Information über die Ergebnisse der Beratungsgespräche der Regierung und dient der Erstinformation der Abgeordneten.

4 **Schriftliche Fragen und Fragestunde:** Auch einzelne Abgeordnete haben Kontrollrechte. So kann jedes Bundestagsmitglied monatlich bis zu vier Fragen zur schriftlichen Beantwortung an die Regierung richten.

5 **Aktuelle Stunde:** Sie geben den Abgeordneten, die nach einer Fragestunde noch Diskussionsbedarf haben, Gelegenheit zur weiteren Aussprache. Sie können aber auch im Vorfeld verlangt werden, um Themen von allgemeinem aktuellem Interesse zu debattieren.

6 **Untersuchungsausschuss:** Der Untersuchungsausschuss ist ein beliebtes und effektives Mittel vor allem der Opposition, Regierungshandeln darauf zu prüfen, ob es sich im Rahmen des geltenden Rechts bewegt. Hierbei werden in öffentlicher Sitzung vom Ausschuss Beweise zu möglichem Fehlverhalten zusammengetragen.

Nach: Deutscher Bundestag: Instrumente der Kontrolle. In: www.bundestag.de, Abruf am 21.06.2023

M11 Kontrolle und Kritik der Opposition als Kernaufgabe

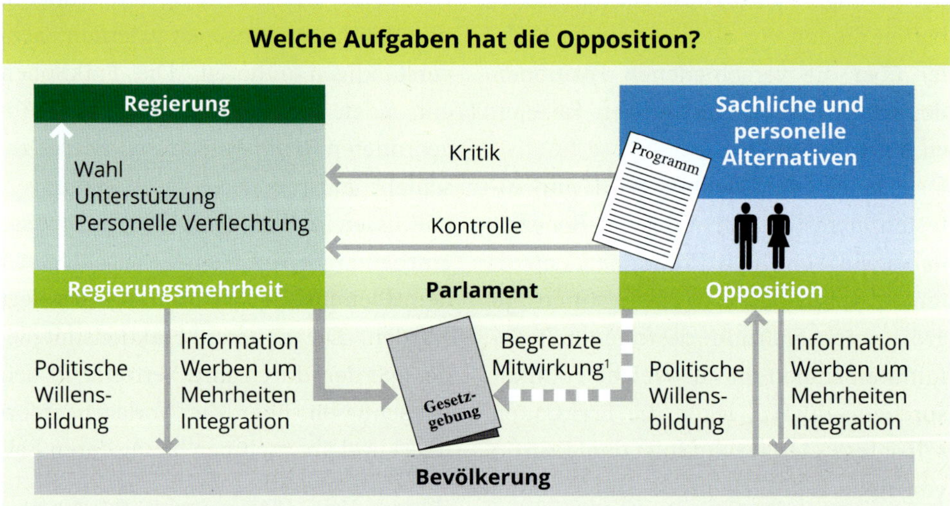

Nach: Bergmoser + Höller Verlag AG, Zahlenbilder 67 260, [1]über Ausschüsse, evtl. Bundesrat

M12 Wer hat mehr Einfluss: Opposition oder die Mehrheitsfraktion?

Im Allgemeinen ergreift die Bundesregierung die Gesetzesinitiative. Ihre Vorlagen haben im Bundestag zudem deutlich höhere Erfolgschancen als solche aus dem Bundestag selbst oder solche des Bundesrates. [...] Unterscheidet man [...] danach, ob Initiativen aus dem Mehrheits- oder von oppositioneller Seite kommen, ergibt sich für die erste Gruppe Folgendes. Ein Teil der parlamentarischen Mehrheitsinitiativen sind in Wirklichkeit solche der Bundesregierung, die sie nur aus Zeitgründen – um den für Regierungsvorlagen vorgeschriebenen Vorlauf beim Bundesrat einzusparen – in die Form parlamentarischer Initiativen kleidet. [...] Regierung und Mehrheitsfraktionen operieren als politische Handlungseinheit. Von den 15,5 Prozent der 2009–2013 verkündeten Gesetze, die vom Bundestag eingebracht wurden, waren 15,1 % von den Regierungsfraktionen eingebracht oder mit eingebracht [...]. Zählt man die erfolgreichen Regierungsvorlagen hinzu, heißt dies, dass 94 Prozent der Gesetze auf Mehrheitsinitiativen beruhten. Die anderen parlamentarischen Gesetzesinitiativen sind solche der Opposition. Ihr Schicksal wirkt für die Opposition frustrierend: Handelt es sich um populäre Vorschläge, so neigt die Mehrheit dazu, sie unauffällig [...] anzuhalten, um attraktive Inhalte durch eigene Initiativen zu übernehmen. Dies bedeutet, dass gestrandete oppositionelle Initiativen in der Sache „indirekt erfolgreich" sein können. Die Show aber ist gestohlen, zum Erfolg der Opposition hat sie nichts beigetragen. [...] Letzten Endes scheitern oppositionelle Initiativen an der Regierungsmehrheit. [...] Noch am ehesten eine Chance haben Oppositionsinitiativen, wenn die Opposition den Bundesrat beherrscht und es um zweitrangige Fragen geht [...]. Aussagekräftig ist es daher nicht, zwischen Regierungs- und Parlamentsinitiativen zu unterscheiden, sondern zwischen Mehrheits- und Oppositionsinitiativen. [...] Es ist die Mehrheit, welche die legislative Funktion des Parlaments ausübt, und dies ist eine dem parlamentarischen Regierungssystem durchaus angemessene Praxis.

Rudzio, Wolfgang: Das politische System der Bundesrepublik Deutschland. 10. Auflage. Wiesbaden: Springer VS 2019, S. 218-221

Abgeordnete arbeiten zu Sachfragen im Ausschuss.

M13 Wozu gibt es Debatten im Plenum?

Von Wissenschaft und Öffentlichkeit wurde zur Genüge das erstarrte Debattenritual kritisiert, das keinen Raum für echte Auseinandersetzung lasse. Dieser Kritik liegen oft Missverständnisse über Rolle und Funktion des Plenums zugrunde, das bis heute immer noch als Forum der argumentativen Auseinandersetzung begriffen wird, an deren Ende ein Abgeordneter, das Für und Wider abwägend, schließlich seine Entscheidung treffe.

Tatsächlich sind parlamentarische Entscheidungen nach einem langwierigen Diskussions- und Abwägungsprozess in den Fraktionen und Arbeitsgruppen sowie in den Ausschüssen, bei öffentlichen Anhörungen und Expertengesprächen, längst getroffen: Im Plenum geht es vor allem darum, die während des Entscheidungsprozesses aufgetretenen Konflikte und ausgetauschten Argumente für die Öffentlichkeitnachvollziehbar darzustellen und die bereits andernorts getroffene Entscheidung notariell zu beglaubigen. Dennoch kommen der Plenardebatte wichtige Willensbildungs- und Artikulationsfunktionen zu: Sie sollen meinungsbildend in die Bevölkerung hineinwirken und sich zugleich mit deren Einstellungen, Anliegen und Forderungen argumentativ auseinandersetzen.

Lemke-Müller, Sabine: Zur Parlamentsreform im Deutschen Bundestag. In: Aus Politik und Zeitgeschichte. B27/96. S. 13

M14 Welche Rolle spielen die Ausschüsse?

Nach der ersten Lesung werden die Gesetzesvorhaben zur weiteren Beratung an die Ausschüsse überwiesen. Dort beschäftigen sich Fachpolitiker:innen der einzelnen Fraktionen mit den Details und erarbeiten eine Beschlussvorlage, über die die Abgeordneten im Plenum entscheiden sollen. In der Regel übernimmt ein Ausschuss die Federführung, weil es im Kern um seinen Aufgabenbereich geht (z. B. Finanzpolitik), andere Ausschüsse können unterstützend und beratend tätig werden, wenn ihre Bereiche betroffen sind.

Die Ausschüsse greifen auf externen Sachverstand – z. B. durch die Anhörung von Wissenschaftler:innen oder Verbänden – zurück, wenn sie es für notwendig erachten. Deren Stellungnahmen fließen in die Meinungsbildung mit ein.

Die Sprecher:innen und Obleute der Fraktionen sind besonders wichtig, weil sie die Interessen und Positionen ihrer Fraktion im Ausschuss formulieren. Die Haltung der Fraktionen hat sich vorher in fraktionsinternen Sitzungen der Arbeitsgruppen gebildet. So wird sichergestellt, dass die Fraktion hinter den Vorschlägen der Sprecher:innen steht.

Die Mehrheitsverhältnisse der Fraktionen im Bundestag findet sich auch in den Ausschüssen wieder. Durch das gemeinsame strategische Interesse und die inhaltliche Übereinstimmung der Regierungsfraktionen haben diese deshalb den größten Einfluss auf die Beschlussvorlage, welche für die Schlussabstimmung im Plenum mehrheitsfähig sein sollte.

Die Fraktionen der Opposition bringen auch Änderungsanträge ein, können aber nur inhaltlich argumentieren und hoffen, dass ihre Vorschläge in den Beratungen aufgegriffen werden. Vorteilhaft ist hierbei, dass Ausschusssitzungen in der Regel nicht öffentlich stattfinden. So gehen die Abgeordneten hinter geschlossenen Türen weniger streitlustig miteinander um als in der Plenardebatte, sondern arbeiten ruhiger und sachorientierter zusammen. Der Ausschluss der Öffentlichkeit führt zu mehr Kompromissbereitschaft, oft über Fraktionsgrenzen hinaus.

Bearbeiterin

AUFGABEN

71103-222

1. Beschreibt
   a) Aufgabe und Arbeitsweise des Bundestags (**M8**, **M9**),
   b) Rechte des Bundestages gegenüber der Bundesregierung (**M10**),
   c) die Stellung, Aufgaben und Möglichkeiten der Opposition (**M11**, **M12**).
2. Vergleicht den Einfluss von Opposition und Mehrheitsfraktion auf den Gesetzgebungsprozess (**M12**).
3. Erläutert, warum der Bundestag als Rede- und Arbeitsparlament bezeichnet wird (**M13**, **M14**).
4. Ordnet die Ausschüsse in den Gesetzgebungsprozess ein (**M14**, → Kapitel 10.1.3).

10.2.3 Wie frei sind eigentlich Bundestagsabgeordnete?

Politikzyklus: Phase 3

Zum Thema: Unser Grundgesetz legt es fest: Die Abgeordneten werden in freien Wahlen bestimmt. Dieser hohen Legitimation durch die Bürger:innen steht im Politikalltag eine Regierung gegenüber, die ihre Gesetzesvorschläge durch die Abgeordneten des Bundstages bestätigt haben will. Deshalb die Frage: Wie frei sind denn nun die Abgeordneten?

M15 Das Problem: Uneinigkeit in der Fraktion – wie damit umgehen?

Karikatur: Erl, 16.04.2012

EINSTIEGSAUFGABEN 71103-223

1. Formuliert das Problem in Form einer These. Tipp: Eine These zu formulieren, bedeutet, eine Behauptung aufzustellen, dass etwas so oder so ist. Eine These ist also nie eine reine Tatsachenbehauptung und muss im Anschluss immer argumentativ begründet werden.
2. Begründet euer spontanes Urteil zu der These.
3. Führt ein Planungsgespräch über die Unterrichtsschritte, die ihr benötigt, um die These bewerten zu können.

M16 Freies Mandat oder Fraktionsdisziplin?

Fraktionsdisziplin bezeichnet das einheitliche Abstimmungsverhalten aller Abgeordneten einer Fraktion in einem Parlament. Abgeordnete verfügen in modernen Demokratien grundsätzlich über ein Mandat, d.h. sie sind als Vertreter des ganzen Volkes nur ihrem Gewissen verpflichtet und an Weisungen und Aufträge Dritter (z.B. ihrer Wähler oder Partei) nicht gebunden, d.h. Frak-

Artikel 38 GG Abs. 1
(1) Die Abgeordneten des Deutschen Bundestages werden in allgemeiner, unmittelbarer, freier, gleicher und geheimer Wahl gewählt. Sie sind Vertreter des ganzen Volkes, an Aufträge und Weisungen nicht gebunden und nur ihrem Gewissen unterworfen.

tionszwang ist grundsätzlich verboten. Die Einhaltung der [Fraktionsdisziplin] ist insofern einerseits die freie Entscheidung des individuellen Abgeordneten, sich einem Mehrheitsbeschluss seiner Fraktion anzuschließen oder ggf. unterzuordnen. Andererseits ist ein geschlossenes Auftreten und Abstimmungsverhalten von Fraktionen im parlamentarischen Prozess notwendig, um a) die eigenen politischen Interessen und Ziele durchzusetzen, b) ggf. die Regierungsmehrheit zu garantieren bzw. c) die Stärke der Opposition zu demonstrieren, d) die Handlungsfähigkeit (Berechenbarkeit, Zuverlässigkeit) der eigenen Fraktion zu erhalten und e) ein klar erkennbares politisches Erscheinungsbild nach außen zu zeigen. Eine zentrale Aufgabe von Fraktionsvorsitzenden ist es daher, für Fraktionsdisziplin zu sorgen. Allerdings wird insbesondere bei ethisch-moralisch schwierigen Fragen (z. B. Abtreibung) oder bei politisch grundsätzlichen Entscheidungen (z. B. Einsatz der Bundeswehr) auch die Abstimmung frei gegeben.

Schubert, Klaus / Martina Klein: Das Politiklexikon. 7. Auflage. Bonn: Dietz 2020. Lizenzausgabe Bonn: Bundeszentrale für politische Bildung

M17 Abgeordnete zwischen Partei, Fraktion und eigenem Gewissen

Artikel 38 Abs. 1 des Grundgesetzes garantiert den Abgeordneten zwar das freie Mandat, jedoch muss beachtet werden, dass es nach der Bundestagswahl 1949 keinem Abgeordneten mehr gelungen ist, unabhängig von einer Partei ein Bundestagsmandat zu erhalten. Abgeordnete werden von Parteien zu den Wahlen aufgestellt und sind entweder durch einen Listenplatz oder über das Direktmandat in den Bundestag eingezogen. Diese Abhängigkeit beeinflusst die Abgeordneten, wenn sie wiedergewählt werden wollen. Wenn sich Abgeordnete bei Entscheidungen zu oft gegen die eigene Fraktion stellen, laufen sie Gefahr, einerseits nicht wieder aufgestellt zu werden und andererseits keine wichtigen Positionen innerhalb der Fraktion zu erhalten.

Völlig frei von diesen genannten Einflüssen stimmen Abgeordnete ab, wenn es um „Gewissensfragen" geht, die nicht der Fraktionsdisziplin unterliegen. Beispiele dafür sind das Gesetz zur Sterbehilfe, zur Transplantationsdiagnostik oder das Gesetz zur Organspenden-Reform.

Bearbeiterin

AUFGABEN

71103-224

1. Erläutert das Spannungsverhältnis zwischen freiem Mandat und Fraktionsdisziplin (**M15–M17**).
2. Wie sollen Abgeordnete abstimmen? Begründet eure Positionierung anhand von Kriterien (Kriterien können z. B. sein: Handlungsfähigkeit, Legitimation, Partizipation).
3. Schaut euch erneut die Karikatur in **M15** an. Begründet, ob es „meine" oder „seine" Meinung heißen soll.

10.2.4 Sollen Bürgerinnen und Bürger doch lieber direkt mitentscheiden?

Politikzyklus: Phase 3

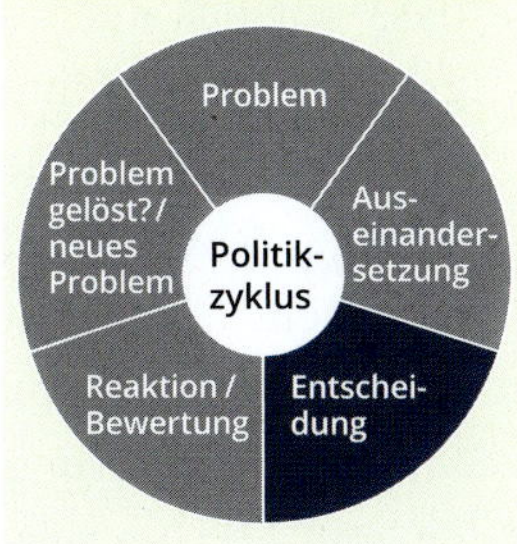

Zum Thema: Es gibt Situationen, in denen wir Bürgerinnen und Bürger unzufrieden mit politischen Entscheidungen sind, weil wir das Gefühl haben, dass diese nicht unserer Meinung entsprechen. Aus diesem Grund wird immer wieder gefordert, Entscheidungen nicht nur den gewählten Politiker:innen zu überlassen, sondern den Bürgerinnen und Bürgern mehr Mitbestimmung zu ermöglichen.

M18 Wollen wir mehr direkte Demokratie?

Karikatur: Klaus Stuttmann, 02.11.2010

Hinweis zur Karikatur
Eine Erklärung zur „Tea Party"-Bewegung könnt ihr hier finden:
71103-225

EINSTIEGSAUFGABEN
71103-226

1. Analysiert die Karikatur.
2. Welche Forderungen, Thesen oder Fragen könnten Demonstrierende in Deutschland haben? Ergänzt die Karikatur.
3. Positioniert euch: Seid ihr für mehr direkte Demokratie? Benennt euer stärkstes Argument.

M19 Kontrovers diskutiert: Wollen wir mehr direkte Demokratie?

A **Ja, aber natürlich, weil, ...**

„Wir sind doch nicht blöd"– Wer meint, wir Bürgerinnen und Bürger wären nicht kompetent genug, um über Inhalte zu entscheiden, liegt falsch. Längst haben wir uns in den Bundesländern gegen Zigarettenqualm und für den Umbau eines Bahnhofes entschieden und damit erfolgreich Schlussstriche unter lange Diskussionen gesetzt. Echte Demokratie eben.

Mag sein, dass das Grundgesetz nicht eingeplant hat, dass wir das auch auf Bundesebene tun. Doch wie groß ist da der Unterschied wirklich? Das Grundgesetz stammt außerdem aus einer Zeit, in der wir viel weniger Möglichkeiten hatten, an Informationen zu kommen. Diese Zeiten sind vorbei. Und zwar nicht nur für die hochgebildete Elite, sondern für den Großteil der Bevölkerung. Tagtäglich lesen, hören, schauen und klicken wir uns durch Argumente – lernen über Pro, Kontra und die Folgen. Und wir diskutieren. Nur entscheiden dürfen wir nicht.

Wir müssen uns auf die Lotterie von Namen und Farben alle vier Jahre beschränken. Am Ende stehen jedes Mal Vertreter, die auch nicht immer auf allen Gebieten Experten sind und auch nicht immer das durchsetzen, was unsere Mehrheit will. Sinkende Wahlbeteiligung und Politikverdrossenheit entstehen so erst. Wer das beklagt, muss den Menschen im Land mehr zutrauen und sie bei wichtigen Fragen miteinbeziehen.

Unsere Demokratie ist erwachsen genug, um echte Mehrheitsentscheidungen zu verkraften. Sie braucht solche gemeinsamen Entscheidungen sogar. Denn Wahlversprechen und Beschlüsse der Vorgängerregierung gehen nach der Wahl schnell über Bord. Nach Volksentscheidung dürfte das schwerer fallen.

Plentinger, Simon / Jenter, Steffen: Brauchen wir mehr direkte Demokratie? In: www.br.de, 16.11.2016

B **Nein, auf gar keinen Fall, weil, ...**

Es gibt tatsächlich zu wenig politische Beteiligung in Deutschland, aber die Einführung von bundesweiten Volksentscheiden wird da nicht helfen. Nach ihnen rufen meist zwei Gruppen: Politiker, die sich vor einer unangenehmen Entscheidung drücken wollen oder Populisten, die darauf hoffen, auf diese Weise platte Lösungen durchzudrücken. Mehr davon wäre im Zeitalter von Trump, Pegida und Facebook-Hetze fatal.

Nein, die Konsensmaschine Parlament ist gut für unser Land. Das mühsame, das zähe Ringen um den Kompromiss – es mag manchmal ermüdend sein, aber wir sind gut damit gefahren. Und die vielbeschworene Beteiligung, sie findet ja statt – über die Parteien, über Mitgliederentscheide, über Bürgerinitiativen, über Ausschüsse, über Expertenanhörungen. Es ist gut, dass unsere Gesellschaft diesen mühsamen Weg geht und wir nicht einfach Ja oder Nein ankreuzen.

Wir brauchen nicht den täglichen Brexit. Demokratie ist nicht die Diktatur der Mehrheit, sondern auch der Schutz der Minderheiten. Wir haben noch immer viel zu wenige Bürger, die wählen gehen und erst recht viel zu wenige, die sich selbst politisch engagieren. Es fehlt an den Jungen, die sich in Parteien engagieren und es fehlt an den Erfahrenen, die bereit sind, ihren gut bezahlten Job in der Wirtschaft aufzugeben und sich für das Gemeinwesen zu engagieren. Nein, wir brauchen keine bundesweiten Volksentscheide, wir brauchen mehr Menschen, die sich für die Politik entscheiden.

Plentinger, Simon / Jenter, Steffen: Brauchen wir mehr direkte Demokratie? In: www.br.de, 16.11.2016

AUFGABE

71103-227

Vergleicht die Positionen der beiden Autoren zur direkten Demokratie (**M19** **A** und **B**). Beachtet dabei die einzelnen Schritte des Operators „vergleichen" (→ Operatenkarte auf der nächsten Seite).

Vergleichen

I. Was ist zu tun?

Für einen Vergleich (z. B. von zwei unterschiedlichen Texten) legt ihr Vergleichskriterien fest, stellt Gemeinsamkeiten und Unterschiede gewichtend einander gegenüber und formuliert ein Ergebnis. Ihr müsst zunächst herausfinden, worum es in den jeweiligen Texten geht. Dabei ist es wichtig, beim Festlegen der Vergleichskriterien diese zu benennen und anschließend die Gemeinsamkeiten und Unterschiede herauszuarbeiten.

II. Hilfen zur Strukturierung

Einleitung
In einem Basissatz werden Titel, Autor, Erscheinungsort/-jahr und Thema genannt. Dies sollte jedoch nicht als reine Wiedergabe formuliert sein. Es kann ein Basissatz verfasst werden, in dem beide Materialien enthalten sind, oder man schreibt für jedes Material einen eigenen Basissatz.

Gemeinsamkeiten
Was haben die beiden Autoren gemeinsam? Worin sind sie sich einig? Achtet darauf, auch das Vergleichskriterium zu benennen. Die Aussagen können mittels indirekter Rede oder Originalzitaten wiedergegeben werden. In beiden Fällen ist eine Zeilenangabe in Klammern unerlässlich.

Tipp zu den Gemeinsamkeiten und Unterschieden
Wenn ihr euch schon sicher fühlt, könnt ihr die beiden Schritte miteinander kombinieren, indem ihr die Positionen und Argumente der beiden Autoren direkt in einem Schritt gegenüberstellt.

Unterschiede
Jetzt werden die Vergleichsaspekte für die Unterschiede benannt. Dabei kann es sein, dass die beiden Autoren nicht immer zu denselben Aspekten ihre Meinung äußern. Konzentriert euch deshalb zuerst auf die Aspekte, bei denen beide Autoren widersprüchlich argumentieren. Auch hier gilt: Beachtet die korrekte Zitierweise.

Fazit mit Gewichtung
Auch hier soll keine reine Wiederholung erfolgen. Richtet den Fokus auf die Schwerpunkte der jeweiligen Autoren und darauf, wo sie sich zusätzlich zu den unterschiedlichen Positionen voneinander abgrenzen. Das entspricht dem „gewichtend" gegenüberstellen in der Operatorenbeschreibung sowie „in ein Ergebnis formulieren".

III. Formulierungsbeispiele

Für die Aufgabe auf S. 268 findet ihr im nebenstehenden QR- bzw. Mediencode Formulierungsbeispiele. Ihr könnt sie als „Starthilfe" nutzen, weiter ausbauen, verändern oder eure eigene Lösung mit den Beispielen vergleichen und prüfen.

Formulierungsbeispiele

71103-228

Bearbeiterin

10.3 Kontrolle politischer Herrschaft: Verhinderung von Machtmissbrauch oder aktives Agenda Setting?

10.3.1 Wird Herrschaftskontrolle durch Medien auch in der Pandemie garantiert?

Politikzyklus: Phase 2

Zum Thema: Über kein anderes Thema wurde im ersten Drittel des Jahres 2020 so intensiv in den Medien berichtet wie über die Corona-Pandemie und ihre Folgen. Garantiert diese Intensität die Herrschaftskontrolle durch ausgewogene Berichterstattung oder laufen Medien Gefahr, eine einseitige Berichterstattung zu machen oder Ängste zu schüren?

M1 Lügenpresse?

Karikatur: Gerhard Mester, 2020

EINSTIEGSAUFGABEN 71103-229

1. Auf welches Problem macht der Karikaturist aufmerksam?
   a) Beschreibt die Karikatur.
   b) Benennt die Aussage der Karikatur.
2. Führt ein Planungsgespräch zu den einzelnen Unterrichtsschritten, die euch bei der Urteilsfindung helfen.

M2 Welche Aufgaben erfüllen Medien?

Den Kern der öffentlichen Aufgabe [der Medien] bildet die Mitwirkung der Medien an der politischen Meinungsbildung. Um dieser Aufgabe willen stellen freie Medien einen unverzichtbaren Bestandteil jeder freiheitlichen Demokratie dar. Das Funktionieren einer Demokratie, in der alle Staatsgewalt vom Volke ausgeht (Art. 20 Abs. 2 GG), setzt voraus, dass dessen Mitglieder über die Informationen verfügen, die sie benötigen, um sich auf rationale Weise eine eigene Meinung zu allen politischen Fragen bilden zu können. Diese Informationen können sie zum größten Teil nur aus den Medien beziehen.

Deren Aufgabe besteht deshalb vor allem darin, die erforderlichen Informationen zu beschaffen, auszuwählen und so zusammenzustellen und ggf. kritisch zu kommentieren, dass ihr Publikum sie versteht und sich seine eigene Meinung bilden kann. Damit stellen die Medien zugleich eine Verbindung zwischen dem Volk und seinen gewählten Vertretern her: Parlamentarier und Regierung erfahren nicht zuletzt aus den Medien, was im Volk gedacht und gewollt wird, und das Volk erfährt, was Parlament und Regierung vorhaben und tun. Schließlich üben die Medien gegenüber den Machthabern eine Kontrollfunktion aus, indem sie auch solche Informationen verbreiten, die jene gern geheim gehalten hätten, und zu diesen Informationen kritisch Stellung nehmen. Auf Grund dieser Kontrollfunktion werden die Medien auch als [...] „vierte Gewalt" bezeichnet.

Branahl, Udo: Wozu benötigen wir Medien? In: Informationen zur politischen Bildung Nr. 309, 2010, S. 6 f.

Art. 5 GG
(1) Jeder hat das Recht, seine Meinung in Wort, Schrift und Bild frei zu äußern und zu verbreiten und sich aus allgemein zugänglichen Quellen ungehindert zu unterrichten. Die Pressefreiheit und die Freiheit der Berichterstattung durch Rundfunk und Film werden gewährleistet. Eine Zensur findet nicht statt.

M3 Haben Medien in der Corona-Pandemie ihre Aufgaben erfüllt?

a) Zu Beginn der Pandemie

[Gerade in der Corona-Pandemie] sind das Sortieren von Informationen und die Interpretation des Geschehens besonders wichtig. [...] Beobachten, was in dieser Krise geschieht, und erklären, warum es geschieht, um dann zu bewerten, ob das Richtige geschieht - das müssen Journalisten jetzt leisten. Denn wie in jeder Krise wächst mit der Verunsicherung der Menschen auch ihr Bedürfnis nach Orientierung und Information. [...]

Auch für Journalisten ist diese Krise anders als jede zuvor. [...]

Für die Journalisten ist ja nicht nur das Erklären oder Bewerten der Regierungspolitik schwieriger geworden - sondern (da fast das ganze Land im Homeoffice ist) auch das bloße Beobachten.

Wenn in Krisenzeiten die politische Opposition hinter der Exekutive verschwindet, reduziert sich die Stimmenvielfalt. Und wenn dann auch noch die journalistische Kritik fehlt und sich Expertenmonopole herausbilden, entsteht eine Harmonie der Wohlmeinenden. Es macht schon einen Unterschied, ob Journalisten die Äußerungen von Politikern darstellen - oder sie nachplappern. [...]

In der ersten Phase der Krise mag es richtig gewesen sein, vor allem auf Virologen zu hören und medizinische Maßnahmen zu diskutieren. Aber nun erleben wir die wohl größte Einschränkung

Zusatzmaterial: Wie ausgewogen haben Medien in der Corona-Pandemie berichtet? – Interview mit dem Medienwissenschaftler Bernhard Pörksen (Link)

71103-230

von Grundrechten in der Geschichte der Republik. [...] Es geht in dieser zweiten Phase jetzt darum, die gesellschaftspolitische Debatte zu öffnen. Es braucht Ökonomen, Soziologen, Psychologen, Philosophen und Juristen – und zwar nicht nur als Hilfswissenschaftler, die sich bekümmert darüber äußern, wie man die Kollateralschäden des Krisenmanagements abzufedern vermag.

Brost, Marc / Pörksen, Bernhard: Angesteckt. In: www.zeit.de, 13.04.2020

b) Zwischenfazit nach einem Jahr

Erstmals im Juni 2020 hatte MDR MEDIEN360G einen kritischen Blick auf die Arbeit der Medien in der Corona-Krise geworfen. Unser Fazit damals: Es gab zu wenig Distanz zur Politik, zu oft die gleichen Experten und Verständnisschwierigkeiten beim Umgang mit der Wissenschaft. Zum Jahrestag der Pandemie schauen wir mitten im zweiten Lockdown noch einmal hin. Und fragen: Haben Medien etwas gelernt? [...]
Das Ergebnis unserer Recherchen und Gespräche: Ja, die Medien haben dazu gelernt. Mit Blick auf wissenschaftliche Grundlagen und Abläufe genauso wie in Sachen Vermittlung, Analyse und Hinterfragen von politischer Krisenkommunikation. [...]
Für taz-Chefredakteurin Barbara Junge, die sich schon im vergangenen Jahr im Interview mit MDR MEDIEN360G auch selbstkritisch äußerte, hat sich klar etwas bewegt. [...] Noch immer werde den Medien teilweise vorgeworfen, dass „wir zu zahm sind", so Junge, also den Auflagen und Anordnungen der Regierung zu wenig kritischen Widerstand entgegensetzen: „Aber die Stimmen sind weniger geworden."
Während sich hier also etwas verändert hat, kommuniziere die Politik – allen voran die Bundesregierung – aber weiter im alten Stil. [...] Dieser Kommunikationsstil und seine Kernaussage lauten, man habe keine andere Wahl, es gäbe keine Alternativen, moniert auch Süddeutsche-Kolumnist Heribert Prantl. „Ich sehe eigentlich einen roten Faden in der ganzen Krisenkommunikation. Der rote Faden heißt Alternativlosigkeit", so Prantl [...] im Interview mit MDR MEDIEN360G. [...]
Dies läge auch daran, dass zumindest einzelne Medien nicht der Versuchung widerstehen konnten, mit den Unsicherheiten und Ängsten durch Zuspitzung in der Berichterstattung Aufmerksamkeit zu bekommen und wirtschaftliche Erfolge zu haben. „Die Lust, große Klickzahlen gerade mit der Pandemie zu erzielen, ist schon groß. Aber die Frage lautet ja nicht: Wie schafft man Klicks? Wie schafft man Reichweite? Wie schafft man Auflage? Die Frage lautet – und die ist auf Dauer die viel wichtigere Frage: Wie schafft man Vertrauen", so Prantl: Wenn es gelingt, in dieser Krise Vertrauen zu schaffen, dann kommt all das, was wir auch brauchen, nämlich Klicks, Reichweite und Auflage von selber." Die Statistik gibt Prantl Recht. Corona hat tatsächlich zu einem gestärkten Vertrauen in die klassischen Medien gesorgt. [...]
Trotz des Vertrauenszuwachses stellt die Berichterstattung über die Pandemie die Medien vor völlig neue Herausforderungen. Alte journalistische Muster greifen nicht oder nur schlecht. In der normalen politischen Berichterstattung ist es beispielsweise üblich, Gegensätze deutlich herauszustellen. Wenn es um poli-

tische oder wirtschaftliche Positionen geht, funktioniert das. Wenn nach diesem Schema aber künstliche Gegenpositionen bei Forschungsergebnissen aufgebaut und Minderheitenpositionen überbetont werden, verzerrt das die Wahrnehmung. Denn bei wissenschaftlichen Ergebnissen geht es um Fakten und nicht um Meinungen. Deshalb droht bei der bei den Medien beliebten Berichterstattungsform des gleich gewichtenden „Pro und Kontra" das Medienphänomen „False Balance" (falsche Gleichgewichtung).

„Im Bestreben, auch Gegenstimmen Gewicht zu geben, werden dann Gegenstimmen, die vielleicht gar nicht so weit verbreitet, aber sehr, sehr lautstark sind, sehr in den Vordergrund getragen", bestätigt die Kommunikationswissenschaftlerin Alexandra Borchardt von der Berliner Universität der Künste (UdK). „Ich denke, man kann sich dadurch leiten lassen, wo wissenschaftliche Erkenntnis eindeutig ist", sagt Prof. Klaus Meier von der Katholischen Universität Eichstätt-Ingolstadt. Der Journalismus-Forscher rät daher, die „sogenannten Corona-Leugner, die [ganzen] Extrempositionen, [...] deshalb nur ganz am Rande zu Wort kommen (zu) lassen. Sonst hätte man diese falsche Ausgewogenheit." [...]

Im Vergleich zu den ersten Monaten der Pandemie sei die Berichterstattung aber deutlich differenzierter geworden [...]. Zum Beispiel sei viel in Datenjournalismus investiert worden. Auch die Wissenschaftsjournalistinnen und -journalisten seien zu Hochform aufgelaufen, und „haben plötzlich in den Redaktionen einen Platz bekommen, den sie vorher - zu Unrecht - nie hatten."

Es gibt aber noch Luft nach oben. Denn Medien fallen immer wieder in alte Muster zurück und haben Schwierigkeiten, die richtige Balance zu finden. Und Heribert Prantl erinnert im Gespräch mit MDR MEDIEN360G daran, dass dem Journalismus noch eine weitere, übergeordnete Aufgabe zukommt: „Demokratie lebt von sozialen Kontakten. Und wenn die sozialen Kontakte schwierig sind und wenn sie als schädlich gelten wie in Pandemiezeiten, da muss der Journalismus dafür sorgen, dass Begegnung, dass Diskussion stattfinden kann. Wir sind der einzige Beruf, für den es ein eigenes Grundrecht gibt, nämlich die Pressefreiheit. Und diese Pressefreiheit ist nicht nur ein Recht. Sie ist auch eine Pflicht. Sie ist eine Pflicht, die Menschen ins Gespräch zu bringen."

Grimberg, Steffen: Corona-Krise: Medien in der Pflicht. In: www.mdr.de, 12.03.2021

AUFGABEN

71103-231

1. Erläutert die Aufgaben von Medien (**M2**).
2. Begründet, welche Aufgabe euch besonders wichtig sind (**M2**).
3. Arbeitet die Ansicht der beiden Autoren Marc Brost und Bernhard Pörksen zum Umgang der Medien mit der Corona-Pandemie heraus (**M3a**).
4. Überprüft anhand der Aufgaben von Medien (**M2**), inwiefern die Medien nach einem Jahr Pandemie diese Aufgaben erfüllt haben (**M3b**). Findet ihr auch die Aufgabe wieder, die euch wichtig war?
5. Bewertet Medien als eine Instanz zur Kontrolle von Herrschaft.

10.3.2 Wie mächtig ist das Bundesverfassungsgericht?

Zum Thema: Das Bundesverfassungsgericht in Karlsruhe wacht über die Einhaltung des Grundgesetzes für die Bundesrepublik Deutschland. Das gilt vor allem für die Durchsetzung der Grundrechte. Zur Beachtung des Grundgesetzes sind alle staatlichen Stellen verpflichtet. Kommt es dabei zum Streit, kann das Bundesverfassungsgericht angerufen werden. Seine Entscheidung ist unanfechtbar. An seine Rechtsprechung sind alle übrigen Staatsorgane gebunden.

M4 Eine mögliche Rolle des Bundesverfassungsgerichts …

Hinweis zur Karikatur
Der Mann in der roten Robe ist ein Richter des Bundesverfassungsgerichts.

EINSTIEGSAUFGABEN 71103-232

1. Beschreibt das in der Karikatur dargestellte Problem.
2. Welche Rolle nimmt das Bundesverfassungsgericht nach Aussage der Karikaturistin ein?
3. Sammelt Hypothesen, weshalb manche Gesetze auf dem Boden landen und andere im Hut eines Verfassungsrichters.

Karikatur: Christiane Pfohlmann, 30.06.2017

M5 Die verfassungsrechtliche Stellung des Bundesverfassungsgerichts und seine Aufgaben

Das Grundgesetz als Rahmen für politisches Handeln
Artikel 1 (3) GG besagt: „Die […] Grundrechte binden Gesetzgebung, vollziehende Gewalt und Rechtsprechung als unmittelbar geltendes Recht."

Mit dem Bundesverfassungsgericht (BVerfG) hat Deutschland eine Institution geschaffen, welche Gesetze und das Handeln anderer staatlicher Institutionen auf ihre Vereinbarkeit mit dem Grundgesetz überprüft. Dieses Rechtsstaatprinzip bindet alles staatliche Handeln an geltendes Recht und schränkt damit den Entscheidungsspielraum ein. Aus diesem Grund wird das Bundesverfassungsgericht auch als Hüter der Verfassung bezeichnet.

Im Zentrum der Arbeit des BVerfG stehen die Grundrechte der Bürgerinnen und Bürger und die Ausformulierung ihrer rechtsverbindlichen Auslegung. Da das Grundgesetz lediglich allgemein formulierte Regeln enthält, bedarf es immer wieder einer solchen Ausformulierung durch das BVerfG.

Das Gericht wird nicht von sich aus tätig, sondern muss zur Entscheidungsfindung aufgerufen werden. Es fällt dann sein Urteil über den entsprechenden

Streit. Dieser kann in den unterschiedlichsten Bereichen ausgetragen werden. So haben Bürgerinnen und Bürger die Möglichkeit, ihre grundrechtlich garantierten Freiheiten gegenüber dem Staat durchzusetzen. Jeder, der sich durch die öffentliche Gewalt in seinen Grundrechten verletzt fühlt, kann eine Verfassungsbeschwerde erheben. Dabei kann man sich gegen die Maßnahme einer Behörde, gegen das Urteil eines Gerichts oder gegen ein Gesetz richten.
Nur das BVerfG darf feststellen, dass ein Gesetz nicht mit dem Grundgesetz vereinbar ist. Wenn ein anderes Gericht ein Gesetz für verfassungswidrig erachtet, und es deshalb nicht anwenden will, muss es zuvor durch eine sogenannte konkrete Normenkontrolle eine Entscheidung des BVerG einholen. Es können aber auch die Bundesregierung, Landesregierung oder ein Drittel der Mitglieder des Bundestages die Verfassungsmäßigkeit durch eine abstrakte Normenkontrolle einer Rechtsnorm überprüfen lassen.
Das BVerfG kann auch angerufen werden, wenn zwischen Verfassungsorganen oder zwischen Bund und Ländern Meinungsverschiedenheiten über die gegenseitigen verfassungsmäßigen Rechte und Pflichten besteht. Bei diesem Organstreit kann es beispielsweise um Fragen des Parteien-, Wahl- oder Parlamentsrecht gehen. Darüber hinaus ist das BVerfG in Parteienverbotsverfahren auch zuständig für die Entscheidung über das Verbot von Parteien und die Verwirkung von Grundrechten.

Bearbeiterin

Legitimation
Der Begriff „Legitimation" steht für die Rechtfertigung, warum eine Institution oder die darin tätigen Menschen politische Entscheidungen treffen können.

M6 Wie ist das Bundesverfassungsgericht aufgebaut?

Nach: © Bergmoser + Höller Verlag AG, Zahlenbilder 129 015

AUFGABEN

71103-233

1. Stellt die verfassungsrechtliche Stellung sowie die Aufgaben des Bundesverfassungsgerichts grafisch dar (**M5**, **M6**).
2. Erläutert die Kontrollfunktion des Bundesverfassungsgerichts (**M5**).
3. Vergleicht die Legitimation des Bundestages mit der des Bundesverfassungsgerichts (**M6**).
4. Wie mächtig ist das Bundesverfassungsgericht? Begründet eure Einschätzung.

Politikzyklus: Phase 1

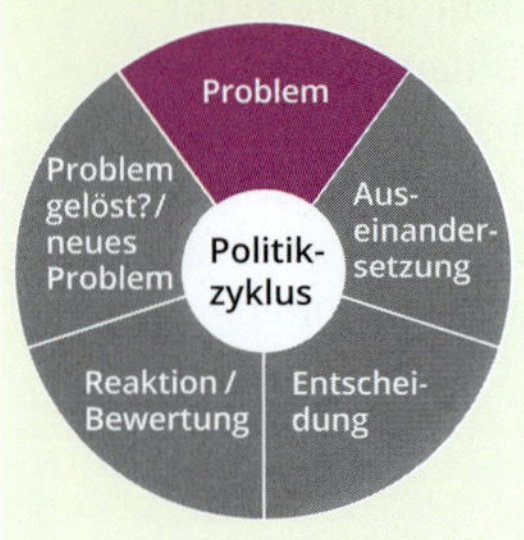

10.3.3 Kontrolliert oder entscheidet das Bundesverfassungsgericht darüber, wie der Bundestag Gesetze verabschiedet?

Zum Thema: In den Urteilen des Bundesverfassungsgerichts werden nicht selten Vorgaben gemacht, wie ein Gesetz (nicht) ausgestaltet werden muss. Das Bundesverfassungsgericht wirkt mit seinen Entscheidungen zwangsläufig in den Bereich der Politik hinein. Bedeutet dies, dass das Bundesverfassungsgericht aktiv an politischen Entscheidungen beteiligt ist oder übt es hier seine Rolle als Kontrolle der Gesetzgebung aus?

M7 Das Bundesverfassungsgericht – eine Schreddermaschine für Gesetze?

Karikatur: Klaus Stuttmann, 16.10.2015

EINSTIEGSAUFGABEN 71103-234

1. Analysiert die Karikatur.
2. Formuliert das Problem als Problemfrage.
3. Ordnet die Problemfrage einem passenden Basiskonzept zu.
4. Was müsst ihr zum Thema wissen, um begründet Stellung zu nehmen? Sammelt mögliche Fragen.

M8 Bundestag und Bundesverfassungsgericht – ein besonderes Spannungsverhältnis

Unser Grundgesetz regelt in Artikel 20 Abs. 3 das Zusammenspiel von Bundestag und Bundesverfassungsgericht. Beide werden als gleichberechtigt aufgeführt, so dass auch die Kompetenzverteilung der beiden Organe klar getrennt zu sein scheint: Der Bundestag übt die gesetzgebende Gewalt aus, indem er im Rahmen der Verfassung Gesetze berät und beschließt, das Bundesverfassungsgericht als Teil der rechtsprechenden Gewalt dagegen entscheidet allein nach Maßgabe des Rechts. Das Bundesverfassungsgericht ergreift auch nie aus eigenem Antrieb die Initiative, sondern wird lediglich auf Antrag aktiv.

Allerdings verfügt das Bundesverfassungsgericht über Rechtsprechungsbefugnisse, welche die politische Tätigkeit des Bundestages betreffen und seine Handlungs- und Gestaltungsfreiheit beeinträchtigen können. Neben dem Organstreit, welcher die parlamentarischen Kontrollrechte des Bundestags gegenüber der Bundesregierung betrifft, sind es besonders die Normenkontrollverfahren und Verfassungsbeschwerden, welche in eine Kontrolle und Verwerfung von Gesetzen durch das BVerfG münden können.

Aus diesem Grund werden Entscheidungen des BVerfG häufig als politische und nicht als rechtliche Entscheidung wahrgenommen. So wird das BVerfG bei den Organstreitverfahren, in denen es um die verfassungsrechtlichen Rechte und Pflichten des Bundestages im Verhältnis zu anderen Verfassungsorganen geht, als Schiedsrichter angesehen. Das Spannungsverhältnis zwischen BVerfG und dem Bundestag wird jedoch besonders stark sichtbar, wenn das BVerfG die Gesetzgebung des Bundestages kontrolliert und somit in unmittelbare Konkurrenz zur Legislative tritt.

Bearbeiterin

Artikel 20 Abs. 3 GG
(3) Die Gesetzgebung ist an die verfassungsmäßige Ordnung, die vollziehende Gewalt und die Rechtsprechung sind an Gesetz und Recht gebunden.

M9 Nimmt das BVerfG (zu) viel Einfluss auf die Gesetzgebung des Bundestags?

Die Kritik am Bundesverfassungsgericht wird schärfer: Hochrangige Abgeordnete von CDU und CSU sind mit vielen Urteilen des höchsten deutschen Gerichts unzufrieden und kritisieren einen angemaßten Gestaltungsanspruch der Richter. Grundtenor der Kritik: Das Verfassungsgericht maßt sich über die reine Überprüfung von Gesetzen an den Maßstäben des Grundgesetzes hinaus Kompetenzen an, die es nicht hat. Genauer: Es reklamiert mit vielen seiner Entscheidungen einen Gestaltungsanspruch, der in die Domäne der Politik und der gewählten Abgeordneten gehört.

Bundestagspräsident Norbert Lammert (CDU) kritisiert einen „deutlich erkennbaren Gestaltungsanspruch" der Karlsruher Richter in „hochpolitischen Fragen". Als Konsequenz plädiert er für eine Grundgesetzänderung, um den Einfluss der Richter einzudämmen. Bei seiner Kritik bezieht sich Lammert vor allem auf Wahlrechtsentscheidungen des Gerichts. Die Entscheidung, die Fünfprozenthürde bei Kommunalwahlen aufzuheben, habe „ruinöse Folgen" für die Entscheidungsfindung auf kommunaler Ebene, sagte Lammert [...]. „Wir haben hier eine der wenigen wirklichen Lü-

Hinweis zur Einordnung der Quelle des Textes in M9
Der Text erschien 2015 im „Bayernkurier", der bis zu seiner Einstellung im Jahr 2019 die Parteizeitung der Christlich-Sozialen Union (CSU) war.

Videodebatte (1:47 Std.) zwischen Norbert Lammert (CDU) und Andreas Voßkuhle (ehemaliger Verfassungsrichter)

71103-235

cken in der Verfassung", so Lammert. Das Grundgesetz schweige „zu den Grundsätzen des Wahlsystems, zur Frage nach Mehrheits- oder Verhältniswahlrecht, nach Sperrklauseln oder dem Ausgleich von Überhangmandaten". Diese Lücke verleite das Gericht dazu, in den Spielraum des Gesetzgebers einzugreifen.

Schon 2013 hatte sich Lammert gegen eine als arrogant und gönnerhaft empfundene Äußerung des [...] Gerichtspräsidenten Andreas Voßkuhle gewandt. Voßkuhle hatte gesagt, das Gericht wolle die Arbeit des Bundestags „fordernd und fördernd" begleiten – ganz so, als wäre Karlsruhe die Erzieherin des Parlaments. Lammerts Antwort lautete damals, das Verfassungsgericht sei eines von fünf Verfassungsorganen, aber nicht das höchste. Dabei ist der Bundestag das einzige Verfassungsorgan, dessen Mitglieder direkt vom Volk gewählt werden, was ihm eine besondere Legitimation verleiht.

Noch eine Spur schärfer fällt die Kritik des Vorsitzenden des Auswärtigen Ausschusses im Europäischen Parlament, Elmar Brok (CDU), aus. Er griff das Gericht wegen der Abschaffung der Dreiprozenthürde bei Europawahlen an. „Mit dem Urteil schwächt Deutschland sich selbst", kritisiert er. Einerseits klage das Verfassungsgericht über zu wenig Demokratie in der Europäischen Union, andererseits hindere es das Parlament daran, „vernünftige demokratische Kontrolle auszuüben". In dem Urteil komme „die Verachtung einiger Richter für Politik zum Ausdruck", sagte Brok.

Die Chefin der CSU-Landesgruppe im Bundestag, Gerda Hasselfeldt, kritisiert: „Das Bundesverfassungsgericht [...] versucht relativ stark in die politische Entscheidungsfreiheit einzugreifen." Zugleich setze das Verfassungsgericht „fast unlösbare Aufgaben" für den Gesetzgeber. Hasselfeldt: „Das sehe ich kritisch." Karlsruhe sei nicht der „bessere Gesetzgeber".

Hasselfeldt nennt [als Beispiel] das Urteil zur Erbschaftsteuer [...]. Bei der Erbschaftsteuer fordere das Verfassungsgericht jetzt eine Bedürfnisprüfung. „Das ist ein Begriff aus dem Sozialrecht, den das Steuerrecht eigentlich nicht kennt." Es mache eine ordnungspolitisch saubere Lösung schwierig, nun plötzlich ein „artfremdes Instrument" in das Erbschaftsteuerrecht einzuführen. „Solche konkreten politischen Vorgaben sind aus meiner Sicht nicht die Aufgabe des Bundesverfassungsgerichts", so Hasselfeldt.

Göll, Wolfram: Richter sind keine Gesetzgeber. In: www.bayernkurier.de, 06.05.2015

AUFGABEN

71103-236

1. Beschreibt das Spannungsverhältnis zwischen Bundestag und Bundesverfassungsgericht (**M8**).
2. Überprüft den Einfluss des Bundesverfassungsgerichts auf die Gesetzgebung des Bundestags (**M9**).
3. Bewertet den Einfluss des Bundesverfassungsgerichts (**M9**).

(M)ein bereits getroffenes Urteil erneut überprüfen

M1 Für mich soll ein Gesetz ...

... ordentlich und ausführlich beraten werden.

... schnell zustande kommen.

... und sein Weg bis zur Verabschiedung verständlich sein.

...

AUFGABEN

71103-237

Überprüft euer Urteil aus Kapitel 10.1.3, **M8** auf S. 254, indem ihr:

a) euch zu einer der drei Aussagen positioniert oder für euch eine eigene Aussage formuliert.
b) eure Position begründet.
c) eure anfangs getroffene Position mit der aktuellen vergleicht.

Beachtet dabei die folgenden Hinweise:

- Achtet bei den Vergleichskriterien auf die Gemeinsamkeiten und Unterschiede.
- Bei unterschiedlicher Positionierung:
  - Was war euch am Anfang wichtig?
  - Was ist euch jetzt wichtig?
- Bei derselben Positionierung: Ist eure Begründung eine andere wie zu Beginn?
  - Wenn ja, was war euch am Anfang wichtig, und was ist es jetzt?
  - Wenn Nein: Weshalb habt ihr euch exakt genauso positioniert? Und was ist euch dabei wichtig (geblieben)?

1

Schweine werden in einem LKW zum Schlachthof transportiert

2

Der zunehmende Aufbau von Monokulturen und die Reduktion von landwirtschaftlichen Flächen vermindert die Vielfalt des Nahrungsangebots für Bienen.

4

Cem Özdemir ist seit 2021 Bundesminister für Ernährung und Landwirtschaft.

3

26,1 Millionen Schweine und 11,6 Millionen Rinder produzieren in Deutschland Urin und Kot. Jährlich verteilen die Bauern auf deutschen Äckern und Wiesen mehr als 200 Millionen Tonnen flüssige Wirtschaftsdünger, davon rund die Hälfte Rindergülle und ein Drittel Biogas-Gärreste.

„Es darf keine Ramschpreise für Lebensmittel mehr geben, sie treiben die Bauernhöfe in den Ruin, verhindern mehr Tierwohl, befördern das Artensterben und belasten das Klima.“

Süddeutsche Zeitung/dpa/Reuters/lala/lot: Özdemir fordert angemessene Preise für Lebensmittel. In: www.sueddeutsche.de, 26.12.2021

6

Wiederkäuer setzen Methan beim Verdauen frei – und rülpsen und furzen es in die Welt hinaus: Spätestens alle drei Minuten entweicht einer Kuh ein Wind – im Jahresdurchschnitt macht das über 100 Kilogramm Methan. In der klimaschädigenden Wirkung entspricht dies einem CO_2-Ausstoß von 18.000 gefahrenen Autokilometern.

5

In Deutschland werden rund 45 Millionen Legehennen gehalten.

Fallstudie: Ist die Landwirtschaft zukunftsfähig?

11

Der Bundeswirtschaftsminister äußert sich nicht ohne Grund besorgt über das bestehende System der Landwirtschaft in Deutschland. Die Landwirte sind seit Jahren einem harten Wettbewerb und einem enormen Preisdruck ausgesetzt, der es für sie immer schwieriger macht, ihre Betriebe profitabel zu führen. Gleichzeitig müssen sie aber auch den wachsenden Anforderungen an den Umweltschutz und das Tierwohl gerecht werden, die von der Gesellschaft immer stärker eingefordert werden. Immer mehr Verbraucherinnen und Verbraucher legen Wert auf Produkte aus ökologischer und tiergerechter Produktion.
Ist die Politik in der Lage ist, das bestehende System der Landwirtschaft zu reformieren und damit die Landwirte angemessen zu entlohnen sowie für mehr Tierwohl zu sorgen? Die Herausforderungen, die sich in diesem Bereich stellen, sind komplex und vielschichtig. Im Folgenden untersucht ihr im Rahmen einer Fallstudie zur Zukunftsfähigkeit der Landwirtschaft die Problemlösefähigkeit des politischen Systems.

Am Ende des Kapitels könnt ihr Antworten auf folgende Fragen finden

- Welche Akteure sind im politischen Konflikt betroffen und welche Interessen verfolgen sie? **(Interessen und Gemeinwohl)**
- Durch welche rechtlichen Regelungen soll das Problem gelöst werden? **(Regeln und Recht)**

WAS WISST UND KÖNNT IHR SCHON?

71103-238

1. Ordnet die Bilder und Texte dem Zitat des Bundeslandwirtschaftsministers zu.
2. Diskutiert die folgenden Fragen:
   a) Was muss eine moderne Landwirtschaft leisten?
   b) Wie können die aufgezeigten Probleme gelöst werden?

Eine Fallstudie durchführen

I. Worum geht es?

Eine Fallstudie ist eine wissenschaftliche Methode, die sich auf einen realen Fall bezieht. Ziel ist es, zu einem politischen Problem Informationen zu sammeln und Lösungsmöglichkeiten zu diskutieren, um am Ende begründet Stellung nehmen und ein politisches Urteil fällen zu können.

II. Geht dabei so vor:

1. Schritt: Situationsanalyse: Was ist?

Zu Beginn der Fallstudie beschäftigt ihr euch mit dem Problem (Konfrontation). Verschafft euch einen Überblick und sammelt die notwendigen Informationen (Information).

Leitfragen:

- Worin besteht das Problem?
- Welche negativen Folgen entstehen?
- Welche Akteure sind betroffen und welche Interessen verfolgen sie?

2. Schritt: Möglichkeitserörterung: Was ist möglich?

In einem zweiten Schritt werden die unterschiedlichen Lösungsmöglichkeiten, die politisch diskutiert werden, betrachtet.
Tauscht euch über die unterschiedlichen Vorschläge aus (Exploration).

Leitfragen:

- Welche unterschiedlichen Lösungsmöglichkeiten werden diskutiert?
- Welche Akteure sind besonders betroffen?
- Welche Folgen hätten die Vorschläge für die unterschiedlichen Akteure, die Gesellschaft und die Wirtschaft?

3. Schritt: Was soll geschehen?

Nun werden die Vorschläge gegenübergestellt und bewertet (Resolution). In einer offenen Diskussion müsst ihr eure Entscheidung, was nun geschehen soll, verteidigen (Disputation). Abschließend vergleicht ihr eure Entscheidung mit der Entscheidung, die politisch getroffen wurde (Kollation).

Leitfragen:

- Welche Vor- und Nachteile haben die jeweiligen Vorschläge?
- Was soll geschehen?
- Wie soll politisch entschieden werden?

Bearbeiter

AUFGABEN

71103-249

1. Bearbeitet die Materialien in Form eines Gruppenpuzzles (→ Methodenglossar). Bildet dazu Expertengruppen und analysiert die unterschiedlichen Dimensionen des Problems (**Kapitel 11.1**). Achtet dabei auf die Leitfragen aus der Fallstudie.

2. Tauscht euch in euren Stammgruppen über die Dimensionen des Problems aus und diskutiert, welche Zusammenhänge zwischen den Bereichen bestehen und welche Wechselwirkungen es gibt.

3. Geht zurück in die Expertengruppen und analysiert die Lösungsvorschläge. Bereitet dazu eine Präsentation oder ein großes Wandplakat vor. Stellt eure Ergebnisse im Plenum dar (**Kapitel 11.2**).

4. Diskutiert in einer offenen Plenumsdiskussion die unterschiedlichen Lösungsmöglichkeiten.

5. Was soll geschehen? Bewertet die Vorschläge und entscheidet euch, welcher Vorschlag euch am meisten einleuchtet.
Achtet dabei auf die Anleitung zur Urteilsbildung (→ vorderer Buchdeckel).

H zu Aufgabe 1
Arbeitsblatt zum Gruppenpuzzle zum Ausfüllen

71103-239

H zu Aufgabe 5
Anleitung zur Urteilsbildung

71103-240

11.1 Situationsanalyse: Was ist?

11.1.1 Massentierhaltung in Deutschland

M1 Definition: Ab wann spricht man von „Massentierhaltung“?

Ein Tierarzt kontrolliert eine Hühnerfarm.

Produktionsfaktoren
Als Produktionsfaktoren bezeichnet man alle Einsatzmengen, die für die Herstellung von Waren und Dienstleistungen erforderlich sind. Produktionsfaktoren sind Arbeit, Boden und Kapital.

Für den Begriff Massentierhaltung (auch industrielle Tierhaltung oder Intensivhaltung) gibt es keine allgemeingültige Definition. Das Forschungsinstitut für biologischen Landbau (FiBL) spricht davon, wenn Nutztiere gleicher Art und Altersgruppe in großen Beständen auf begrenztem Raum gehalten werden und ein geringstmöglicher Einsatz von Arbeitskräften zur Versorgung und Fütterung angestrebt wird [...].
Der Tierschutzverein Provieh spricht von Massentierhaltung, wenn eine Fachkraft so viele Tiere zu betreuen hat, dass die Tiere nicht mehr jeden Tag einzeln und sorgfältig in Augenschein genommen werden können und der Halter seine Tiere als reine „Produktionsfaktoren“ zur Erwirtschaftung eines Deckungsbeitrages sieht, statt als Lebewesen mit arteigenen Bedürfnissen und angeborenen Verhaltensweisen.

Bund Naturschutz in Bayern e.V.: Massentierhaltung in Bayern – Problem für Tier, Mensch und Umwelt. In: www.bund-naturschutz.de, Abruf am 30.03.2023

M2 Massentierhaltung und die Folgen

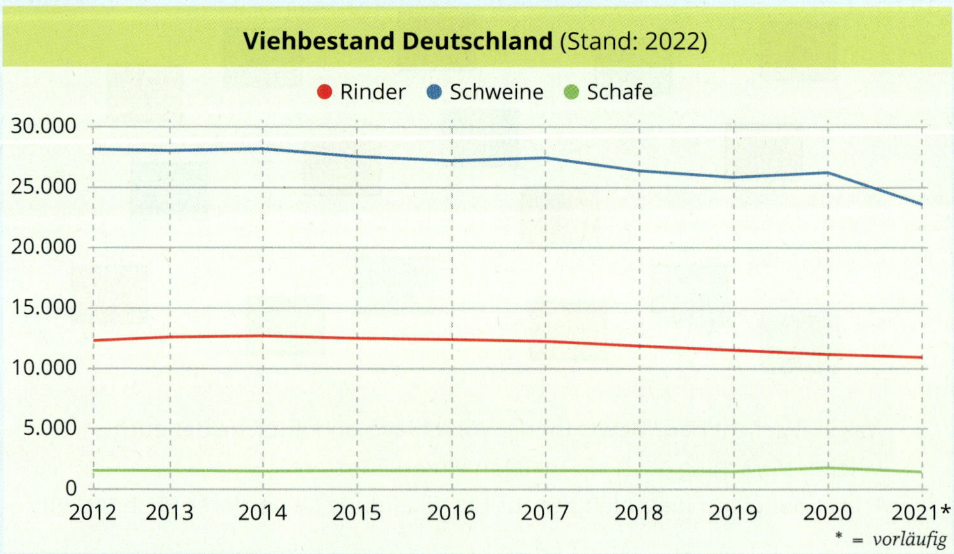

© C.C. Buchner Verlag, Daten nach: Bundesministerium für Ernährung und Landwirtschaft: Statistisches Jahrbuch über Ernährung, Landwirtschaft und Forsten der Bundesrepublik Deutschland, S. 93, Eurostat, Statistisches Bundesamt

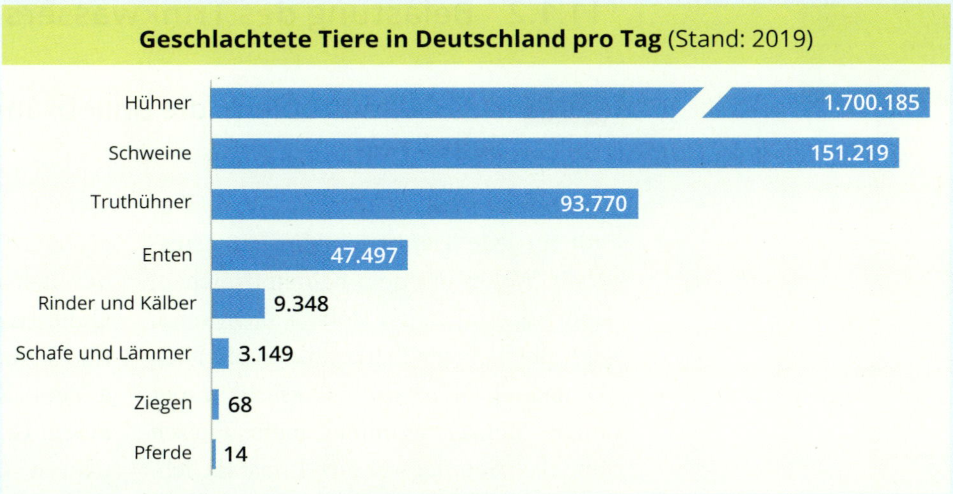

Nach: Statista 2019; Datenquelle: Statistisches Bundesamt

Was genau bedeutet Massentierhaltung für die Tiere?

Je nach Tierart sind die Bedingungen und Folgen der Massentierhaltung unterschiedlich. Jedoch gibt es einige typische Merkmale für sämtliche Tierarten: […]

- **Möglichst schnell ein möglichst hohes Gewicht:** Mastschweine etwa setzen in sechs Monaten 100 Kilogramm Fleisch an. Dabei wenden die Betreiber unnatürliche Methoden an: In Putenställen beispielsweise brennt Tag und Nacht das Licht, weil die Tiere dann auch nachts die Futterstellen aufsuchen und schneller zulegen.
- **Unnatürlich hohe Leistungen:** Hennen legen fast jeden Tag ein Ei, Kühe produzieren viel mehr Milch als früher. 2013 gab eine Kuh 8.200 Liter pro Jahr, mehr als doppelt so viel wie noch 1950.
- **Stress und Frust:** Bei der Massentierhaltung können Tiere ihre natürlichen Bedürfnisse nicht oder kaum ausleben – ihnen fehlen ausreichend Bewegung, Ruhemöglichkeiten, natürliche Futtersuche. Außerdem beeinflusst die Haltung auf engstem Raum das Sozialverhalten. Bei den Tieren führt das zu Stress und Frustrationen.
- **Körperliche Eingriffe:** Damit die Tiere sich in der Folge nicht gegenseitig angreifen, kommt es zu körperlichen Eingriffen: Man kupiert bei Ferkeln die Ringelschwänze und kürzt ihnen die Zähne, schneidet Legehennen und Puten die Schnabelspitzen ab oder entfernt Rindern die Hörner.
- **Häufige Erkrankungen:** Besonders verbreitet sind Herz-Kreislauf-Störungen, Verformungen der Knochen durch schnelle Gewichtszunahme, Geschwüre oder Verhaltensstörungen.

Welche Medikamente kommen zum Einsatz?

Die Haltung in Masse hat schwerwiegende Auswirkungen auf die Gesundheit der Tiere – auf diese reagiert man mit einer Reihe von Arzneimitteln: Aspirin etwa gegen die Schmerzen, wenn Hühnern unter ihrem Mastgewicht die Beine brechen, oder Cortison gegen Stresszustände bei Schweinen. Am problematischsten aber ist der massenhafte Einsatz von Antibiotika. Ein Masthuhn zum Beispiel lebt durchschnittlich 32 Tage und wird in dieser Zeit rein statistisch 2,3 Mal mit Antibiotika behandelt. […]

Welche Folgen hat Massentierhaltung für die Umwelt?

- **Hoher Wasserverbrauch:** Ein Mastschwein verbraucht fast eine Million Liter Trinkwasser. Nicht, weil es so durstig ist, der Großteil wird dazu gebraucht, sein Futter anzubauen. Sollte der Fleischkonsum weiter so rasant wachsen, dann würde sich dem Worldwatch Institut zufolge der Wasserbedarf für Tierfutter bis zur Jahrhundertmitte verdoppeln.
- **Anbauflächen für Futter:** Die Tiere werden meist mit Soja gefüttert, das zum größten Teil aus Südamerika importiert wird. Vor allem wegen des gestiegenen Fleischkonsums hat sich die Sojaproduktion seit 1960 verzehnfacht, drei Viertel davon sind gentechnisch verändert. Die Anbauflächen sind auf das Vierfache angestiegen, nach Angaben der Tropenwaldstiftung Oroverde mussten dafür allein in Brasilien bereits 21 Millionen Hektar Regenwald weichen.

Beckers, Maja / Dietz, Charlotte: Was Sie über Massentierhaltung wissen sollten. In: www.sueddeutsche.de, 03.03.2014

11.1.2 Belastung des Trinkwassers

M3 Das Gülle-Problem: die unliebsamen Effekte des Billig-Schnitzels

Viele Schweine, viel Kot, viel Urin. Das gilt für jede Tierart im Massenmastbetrieb. Wohin mit dem nährstoffreichen, aber arg stinkenden Stoff? Naheliegend: auf die Felder. Tierkot ist schließlich Dünger. [...] Inzwischen essen immer mehr Menschen immer mehr Fleisch und das „Sonntagsschnitzel" fast täglich. Hauptsache billig. Die Discountfleisch-Produktion hat jedoch Folgen und verursacht an vielen Fronten gravierende Umweltschäden und auch solche für die menschliche Gesundheit. [...] Das Dilemma: Einst hielt ein Landwirt nur so viele Tiere, wie er mit Futter von der eigenen Fläche versorgen konnte. Auf der ließ er dann auch die anfallende Gülle „regnen", was umweltverträglich die Pflanzen düngte. Inzwischen ist alles anders: Es existieren Viehbestände an einem Ort, dessen Weiden sie nicht ernähren können. Das fehlende Futter wird importiert, möglichst eiweißreiches wie Sojabohnen und -schrot. In der EU sind das 63 Kilogramm pro Einwohner und Jahr – allein für die Tiermast. Nur 20 Prozent ihres Futterbedarfs kann die EU selbst decken. „Unsere Tierproduktion basiert auf Fernfütterung", sagt der Grünen-Europa-Abgeordnete Martin Häusling, „das ist ein unhaltbarer Zustand." [...] Davon einmal abgesehen, dass der Soja-Import in einer Welt der Mangelernährung und Regenwald-Abholzung zur Schaffung von Soja-Anbauflächen globale Probleme verschärft, entstehen durch die Massentierzucht hohe „Ausscheidungsberge" aus Kot und Harn, die Ökosysteme überfordern. Etwa fünf Liter Gülle entstehen für ein 200-Gramm-Schnitzel. Das ist eigentlich kein Problem, denn die Exkremente enthalten wertvolle Nährstoffe – Stickstoff, Phosphor, Kalium. Doch der ökologisch verträgliche Stoff-

Nitrat im Grundwasser in Deutschland
(Stand: 2020)

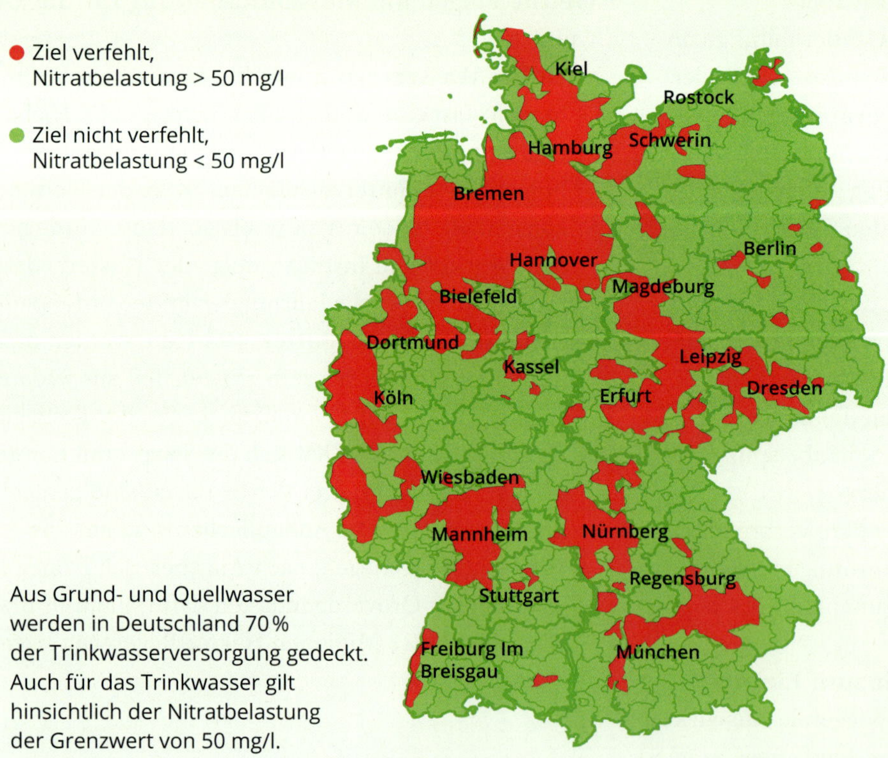

Aus Grund- und Quellwasser werden in Deutschland 70 % der Trinkwasserversorgung gedeckt. Auch für das Trinkwasser gilt hinsichtlich der Nitratbelastung der Grenzwert von 50 mg/l.

Nach: Umweltbundesamt, 2020

kreislauf ist dahin: zu viele Rinder, Hühner, Puten und Schweine hinterlassen zu viele Exkremente. […]

Das sehen die Wasserwerker auch so: Zu viel Gülle ist Gift für das Grundwasser […]. Der Fleischtrend hat den Düngereintrag seit 1950 etwa verzehnfacht. Zwar wurden auch Pflanzen gezüchtet, die Stickstoff effizienter aufnehmen, doch das hat das Grundproblem nicht aus der Welt geschafft.

Aus Stickstoff entsteht im Boden Nitrat. Wird die Erdkrume durch zu viel Gülle überfordert, sickern die Nitrate mit Niederschlägen oder Schneeschmelze ins Grundwasser. Bakterien im und außerhalb des menschlichen Organismus verwandeln Nitrat in Nitrit, und ab hier besteht ein Risiko: zum Beispiel für Säuglinge. Das Nitrit behindert den Sauerstofftransport durch die roten Blutkörperchen. Dies kann zu Sauerstoffmangel im Gewebe führen – bis zur Erstickung (Blausucht). Im erwachsenen Organismus kann Nitrit mit Aminen zu Nitrosaminen reagieren. In Tierversuchen sind Nitrosamine als krebserregend identifiziert. Deshalb hat die EU vor 16 Jahren ihren Mitgliedsstaaten eine Nitrat-Richtlinie vorgegeben: nicht mehr als 50 Milligramm Nitrat pro Liter Wasser. […]

Beispiel Nordrhein-Westfalen: 18 Millionen Menschen, 24 Millionen Hühner, 7,89 Millionen Schweine, 1,5 Millionen Rinder. Doch NRW hat „nur" rund doppelt so viele Nutztiere wie Menschen.

Tierdichte im bundesweiten Vergleich: Schweine (Stand: 2016)

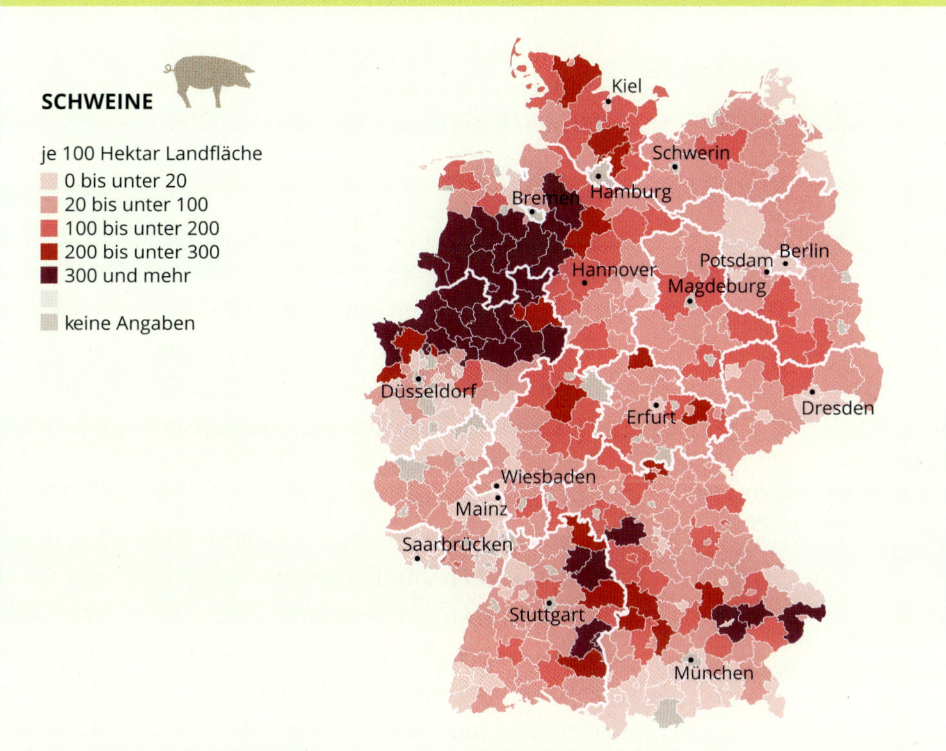

Nach: Heinrich Böll Stiftung: Fleischatlas 2016. Bartz/Stockmar (M), CC BY-SA 3.0

Im Landkreis Cloppenburg, Spitzenreiter Deutschlands in Sachen Viehdichte, sind es 95 Mal so viele. […] Nicht unerwartet liegen die deutschen Grundwasser-Nitrat-Hotspots im Dreieck zwischen Cloppenburg, Oldenburg und Vechta. […] Die Überdüngung einzelner Flächen ist vor diesem Hintergrund geradezu zwangsläufig. Folgen: Böden versauern, die Artenvielfalt schrumpft. Gelangt das Zuviel an Nährstoffen in Oberflächengewässer, etwa Seen und Flüsse, entstehen zuweilen Algenblüten und im nächsten Schritt Sauerstoffnot und Massensterben.

Binder, Janet / Wiedlich, Wolfgang: Die unliebsamen Effekte des Billig-Schnitzels.
In: https://ga.de, 14.08.2017

M4 Ärger um „rote Gebiete"

Virginijus Sinkevicius schickte Ende Juni einen Brief nach Berlin, der für den deutschen Steuerzahler teuer werden könnte. Es ging um die Nitratrichtlinie der Europäischen Union, wieder einmal.

In Deutschland ist das Grundwasser vielerorts zu stark mit Nitrat belastet. Und weil das Land offensichtlich zu wenig dagegen tut, droht EU-Umweltkommissar Sinkevicius damit, ein Zwangsgeld beim Europäischen Gerichtshof (EuGH) zu beantragen. Im Raum stehen 850.000 Euro. Pro Tag. [...]

Nitrat im Grundwasser reichert sich hauptsächlich durch eine Überdüngung der Felder an. So geraten auch zu viel Stickstoff und Phosphor in Oberflächengewässer wie Bäche und Seen.

Der Brief aus Brüssel verspricht erheblichen Ärger. Zum Beispiel mit den Landwirtschaftsverbänden, die zuletzt einige Traktoren-Demonstrationen in Berlin veranstalteten. Viele Bauern fürchten um ihre Erträge, wenn sie weniger düngen müssen. Für Strafzahlungen in Millionenhöhe will aber auch keiner verantwortlich sein.

Dabei ist die Richtlinie 91/676/EWG ein Evergreen der deutschen Politik. Im Dezember 1991 legten die EU-Mitgliedsstaaten fest, dass ein Liter Grundwasser nicht mehr als 50 Milligramm Nitrat enthalten darf. In höheren Konzentrationen belastet der Stoff Flora und Fauna. Nitrat steht zudem im Verdacht, beim Menschen Krebs auslösen zu können. Besonders die zunehmende Industrialisierung der Landwirtschaft in den 2000er Jahren führte zu hohen Werten. Der Eifer, diesen Missstand abzustellen, blieb überschaubar. Aus Nachbarländern wie den Niederlanden oder Belgien kamen sogar Gülle-Importe hinzu. Die EU-Kommission wollte sich diesen dauernden Rechtsbruch nicht bieten lassen und verklagte Deutschland vor dem EuGH. Der urteilte 2018, das Land müsse die Vorgaben endlich umsetzen. Sonst drohten Strafgelder.

Die Bundesregierung versprach Besserung – mit einer neuen Düngeverordnung, die „rote Gebiete" betrifft. Dort müssen Landwirte nun Zusatzvorschriften beachten, zum Beispiel die Düngemenge um 20 Prozent reduzieren und im Herbst und Winter längere Sperrfristen beachten. Alles muss dokumentiert werden, Betriebe klagen über den bürokratischen Aufwand. Und die Landwirtschaft streitet mit der Politik teils erbittert darum, wo die roten Gebiete liegen. Bauernverbände beschweren sich darüber, es werde nicht tief genug gemessen oder an zu wenigen Stellen. Andere halten das für Ablenkungsmanöver. Im vergangenen Jahr wiesen die Bundesländer auf Basis neuer Modellrechnungen die roten Gebiete neu aus. Ergebnis: Sie wurden erheblich kleiner. In Bayern etwa um mehr als die Hälfte.

Kommunale Wasserversorger zweifeln dieses Vorgehen an, denn ihre Nitratmessungen sind immer noch die gleichen. Martin Weyand, Hauptgeschäftsführer im Bundesverband für Energie und Wasserwirtschaft (BDEW), beklagt „ein künstliches Wegrechnen" der tatsächlichen Werte durch die neuen Methoden. „Es ist richtig, dass die EU-Kommission nun interveniert", sagt er.

Hummel, Thomas: „Rote Gebiete": Wie Deutschland sein Gülleproblem umgeht. In: www.sueddeutsche.de, 07.07.2021

EuGH
Europäischer Gerichtshof, höchstes europäisches Gericht

Zusatzmaterial: Mystery: Herr Wang

71103-241

11.1.3 Klimaschutz

M5 Klimawandel: Temperaturanstieg bis 2030

Die Erde könnte sich schon um das Jahr 2030 um 1,5 Grad Celsius erwärmt haben, unabhängig von der weiteren Entwicklung der Emissionen. Das geht aus dem ersten Teil des neuen Sachstandsberichts zum Klimawandel hervor, den der Weltklimarat IPCC am Montag vorgelegt hat. Nur wenn der Treibhausgasausstoß umgehend reduziert werde, könnte eine Begrenzung des Temperaturanstiegs auf 1,5 Grad Celsius in Reichweite bleiben. „Das muss praktisch in diesem Jahrzehnt passieren", sagte der Hamburger Meteorologe Jochem Marotzke, einer der Leitautoren des Berichts. Bis Mitte des Jahrhunderts müssten die globalen CO_2-Emissionen bei netto null sein.

Im Pariser Klimaabkommen hatten sich die Staaten vorgenommen, die Erwärmung im Vergleich zu vorindustriellen Zeiten nach Möglichkeit auf 1,5, höchstens aber auf zwei Grad Celsius zu begrenzen. „Wenn wir die Emissionen auf dem heutigen Niveau halten oder weiter erhöhen, haben wir keine Chance, die Ziele zu erreichen", sagte Marotzke. 234 Autoren waren an dem Bericht beteiligt, sie werteten 14.000 Forschungsarbeiten aus.

Daran, dass die Erwärmung auf den Menschen zurückgeht, lässt der Bericht keinen Zweifel mehr. Hitzewellen seien häufiger geworden, Niederschlagsmuster veränderten sich. Mit zunehmender Erwärmung steige die Wahrscheinlichkeit für Wetterextreme wie Starkregenfälle, Hitzewellen an Land und im Meer sowie besonders heftige tropische Wirbelstürme.

Bauchmüller, Michael / Weiß, Marlene: Der Mensch war's. In: www.sueddeustche.de, 09.08.2021

Erklärfilm Klimawandel

71103-242

Abweichung von der weltweiten Durchschnittstemperatur im 20. Jahrhundert
(Stand: 2023)

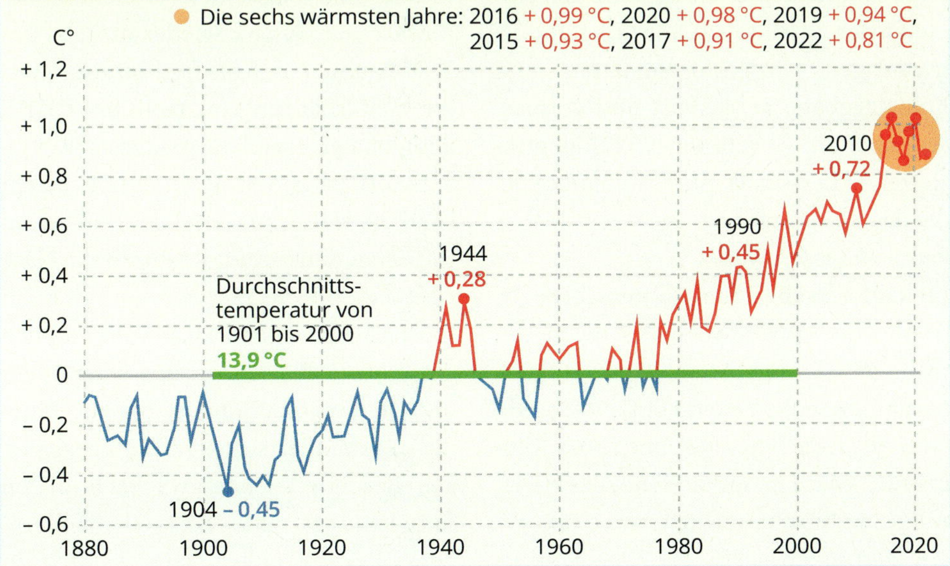

Nach: Globus Grafik 015947; Datenquelle: NOAA (National Oceanic and Atmospheric Administration)

M6 Weniger Schnitzel – weniger Treibhausgase?

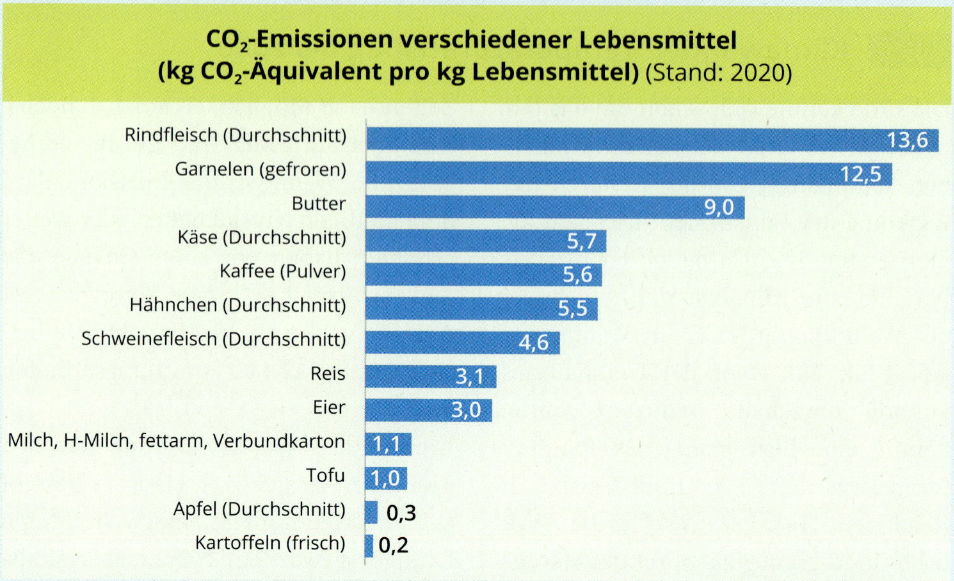

CO_2 ist nicht das einzige Treibhausgas. Um eine Vergleichbarkeit der Auswirkungen unterschiedlicher Treibhausgase zu erreichen und um Treibhausgasemissionen zusammenfassen zu können, wird die Erwärmungswirkung einer bestimmten Menge eines Treibhausgases (z. B. Methan) über einen festgelegten Zeitraum in die gleiche Menge von CO_2 umgerechnet.
© C.C. Buchner Verlag, Daten nach: Reinhardt, Guido / Gärtner, Sven / Wagner, Tobias: Ökologische Fußabdrücke von Lebensmitteln und Gerichten in Deutschland. Heidelberg: Institut für Energie- und Umweltforschung, 2020, S. 8 ff.

Nicht mal ein Rülpser entgeht den Satelliten. In einer Höhe von 500 Kilometern umrunden Iris, Hugo und Claire die Erde, 15 Mal am Tag, immer auf der Suche nach Methanquellen. Dieses potente Treibhausgas haben die Interferometer der Satelliten schon über Industrieanlagen, Erdgasförderstätten und Kohletagebaue aufgespürt und vermessen, aber am 2. Februar [2022] identifizierten sie erstmals eine Methanquelle, die das Klima stark belastet, aber bisher kaum zu fassen war.

Im kalifornischen San-Joaquin-Tal registrierten die Apparate Schwaden von Methan. Sie stammten von einer Rindermastanlage nahe Bakersfield. Pro Stunde wurden zwischen 443 und 668 Kilogramm Methanemissionen detektiert. Aufs Jahr hochgerechnet wäre das genug, um mehr als 15.000 Haushalte zu beheizen.

Verdauen die Rinder das Pflanzenfutter, rülpsen sie Methan aus, und zwar durch die Nase. Ähnlich stark ins Gewicht fallen die Kohlendioxid-Emissionen, die freigesetzt werden, wenn Wälder Weideland und Sojafeldern weichen; der Einsatz von Dünger wiederum setzt das Treibhausgas Lachgas frei. Insgesamt ist die Welternährung für rund ein Drittel des globalen Treibhausgasausstoßes verantwortlich, die Tierproduktion macht rund die Hälfte aus. Und der größte Einzelposten dabei sind die durch die Nase rülpsenden Rinder.

In den vergangenen 20 Jahren hat sich der globale Fleischkonsum verdoppelt, und er dürfte zumindest bis zur Mitte des Jahrhunderts weiter kräftig ansteigen. Besonders schnell wächst er in den Entwicklungs- und Schwellenländern, deren Bevölkerungen stark wachsen. In Zukunft dürfte sich die Klimabilanz also noch verschlechtern. Forscher warnen deshalb immer eindringlicher vor den „desaströsen" Folgen des Fleischkonsums.

Wie groß das Potenzial einer radikalen Ernährungsumstellung ist, haben zwei US-Wissenschaftler kürzlich in einem Gedankenexperiment dargelegt. Im Fachjournal Plos Climate rechnen sie vor, was passieren würde, wenn die Welt innerhalb von 15 Jahren komplett auf pflanzliche Ernährung umsteigen und die zur Haltung verwendeten Flächen renaturieren würden. Das Ergebnis: Mehr als zwei Drittel der CO_2-Emissionen der Welt würden ausgeglichen. Der Verzicht auf Rindfleisch wäre dabei schon die halbe Miete.

Brackel, Benjamin von: Von Menschen und Tieren. In: www.sueddeutsche.de, 20.05.2022

Zusatzmaterial: Wie ernähre ich mich klimafreundlich?

71103-243

Globale Treibhausgasemissionen nach Sektoren (Stand: 2019)

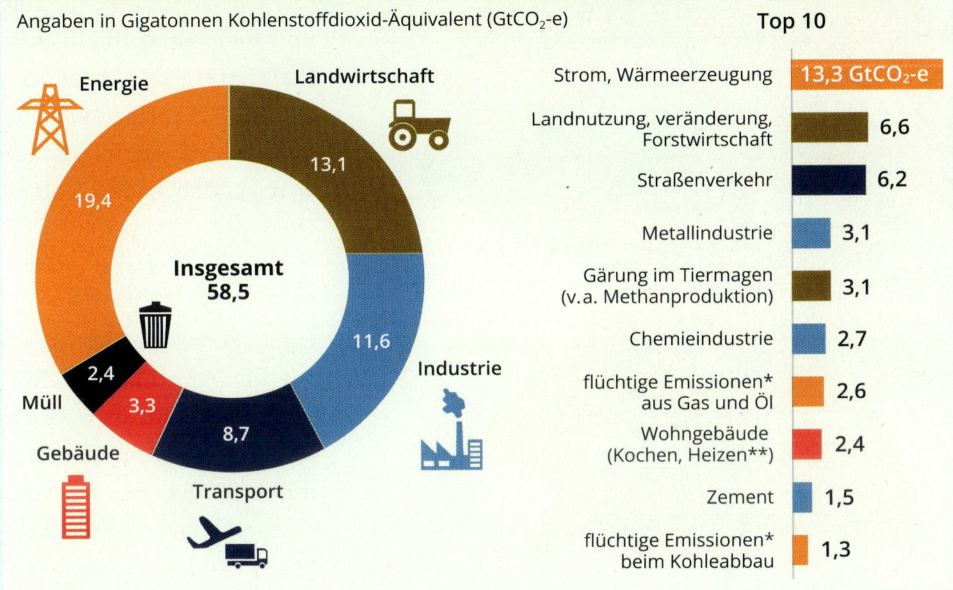

$GtCO_2$-e: Klimaauswirkungen der Treibhausgase umgerechnet in die Auswirkung von Kohlenstoffdioxid
**biologische Kohlenstoffverbindungen, die ab Raumtemperatur verdampfen **ohne Strom*
Nach: Globus-Grafik 015741, Quelle: State of Climate Action 2022, von Bearbeiter angepasst

M7 Ganze Regenwälder im Magen

[Für die Entstehung von Treibhausgasen und somit für die Klimabilanz der Tierhaltung ist es eine wichtige Frage,] womit die Kuh gefüttert wird. Wenn nämlich Soja im Futtertrog landet, verschlechtert sich die Klimabilanz dramatisch: Auf jedes Schnitzel und jedes Glas Milch kommt dann plötzlich eine ganze Menge Kohlendioxid. Denn dem Sojaanbau fallen die Regenwälder zum Opfer. Und die gehören zu den größten CO_2-Speichern der Erde – sowohl in ihrem Pflanzenbewuchs als auch in den reichen Humusschichten ihrer Böden. Die Tierhaltung ist weltweit die größte Triebkraft für die Abholzung der Wälder. Rechnet man diese sogenannte Landnutzungsveränderung dazu, ist die Landwirtschaft für etwa dreißig Prozent der Treibhausgas-Emissionen verantwortlich.

Bayerischer Rundfunk: Rülpser und Pupse setzen Methan frei. In: www.ardalpha.de, 26.08.2022

11.1.4 Ruinöse Arbeitsbedingungen für Landwirte

M8 Das leise Sterben der deutschen Kleinbauern

Rückgang landwirtschaftlicher Betriebe in Deutschland 2018 zu 2010
(Stand: 2019)

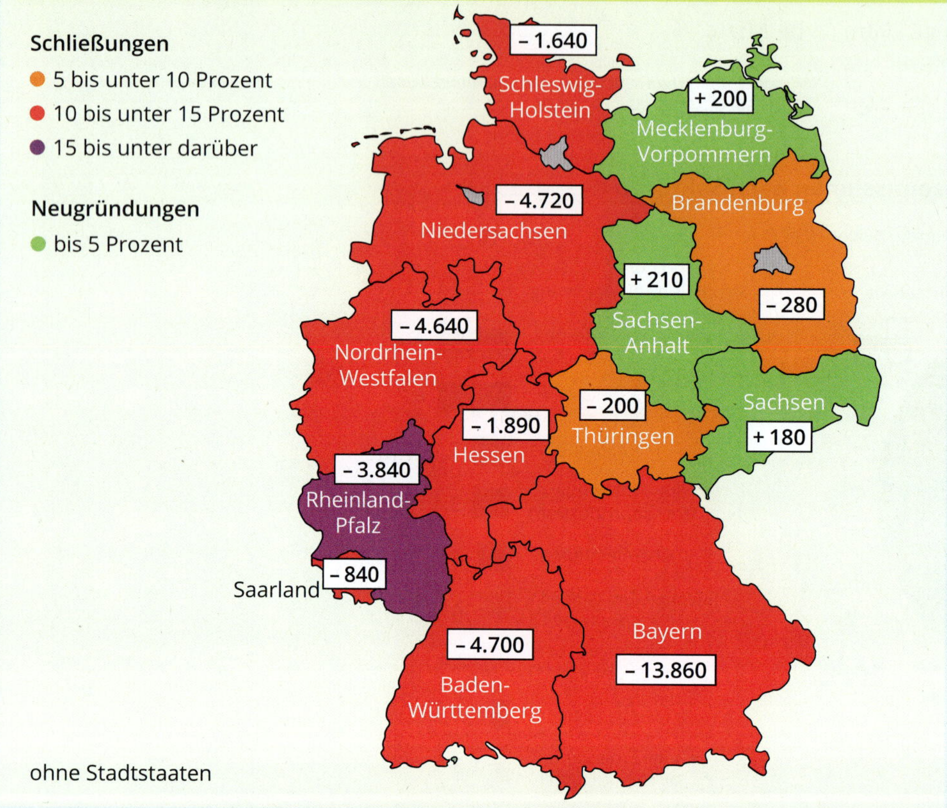

Nach: Agrar-Atlas 2019. Bartz/Stockmar (M), CC BY-SA 4.0; Datenquelle: Statistisches Bundesamt

Umweltschützer halten Brüssel vor, mit Direktzahlungen für Ackerflächen nicht nur die Lebensgrundlage für kleine Bauern zu zerstören, sondern auch die Umwelt. Dennoch hält die EU-Kommission an dem System fest.

Es ist ein leises Sterben, das die deutsche Landwirtschaft erlebt, aber die Verluste sind konstant – und fatal. In Niedersachsen kapitulierten binnen acht Jahren 4.720 Bauernhöfe vor steigenden Bodenpreisen, sinkenden Erträgen, zu viel Bürokratie oder Rückschlägen durch das Klima. In Baden-Württemberg starben im selben Zeitraum 4.700 Höfe, womöglich auch, weil ihre Betreiber keinen Nachfolger fanden. In NRW waren es 4.640, in Bayern haben fast 14.000 Bauern den Stall für immer geschlossen und den Traktor abgestellt. Das Rüben- und Rebenland Rheinland-Pfalz traf es besonders schwer: Es verlor mehr als 15 Prozent seiner Landwirtschaftsbetriebe. Gab es 1990 noch knapp 630.000 Höfe und Betriebe, waren es 2018 gut 57 Prozent weniger (266.000). Der Trend gilt für ganz Europa: Zwischen 2005 und 2016 gaben knapp 30 Prozent aller Betriebe in der EU auf, die meisten davon Kleinbauern.

Dem wollen Umweltverbände, aber auch die SPD oder der Europäische Rechnungshof nun gegensteuern. Sie fordern ein grundlegendes Umdenken bei der EU-Agrarpolitik: Agrarsubventionen sollen stärker als bisher an Ziele oder Leistungen im Umwelt- und Tierschutz gekoppelt werden. Im Gegenzug sollten die von Brüssel seit Jahrzehnten bevorzugten Direktzahlungen für Agrarflächen reduziert werden, nicht zuletzt, weil sie nach Überzeugung des staatlichen Thünen-Instituts in Hamburg die Bodenpreise in die Höhe treiben und damit das Höfe-Sterben noch beschleunigen.

Doch die Signale aus Brüssel sind entmutigend.

Das Problem: Überlebenschancen haben zunehmend nur noch Großbetriebe. Entsprechend sind Zuwächse bei Landwirtschaftsbetrieben nur in Teilen Ostdeutschlands verzeichnet. Dabei handelt es sich zumeist um größere Unternehmen, die dort riesige Flächen aufkaufen und oft mit Monokulturen bewirtschaften. Im Schnitt sind landwirtschaftliche Betriebe im Osten 224 Hektar groß, im Westen nur 47 Hektar. Auch bundesweit geht der Trend zu immer größeren Beständen, vor allem in der Massentierhaltung. Bei Masthühnern wurden 1999 pro Betrieb durchschnittlich 4.147 Tiere gehalten, 2016 waren es schon 28.166. Ähnlich dramatisch ist die Entwicklung bei Schweinen. Heute hält jeder Hof im Schnitt 695 Tiere – das sind drei Mal so viele wie 1999.

Die Verbraucher dürften dabei mögliche Folgen wie eine Verödung der Landschaft im Hinterkopf gehabt haben, die Sorge vor Mono-Kulturen, die Lebensräume für Insekten oder Vögel zerstören, Tierquälerei, belastete Lebensmittel, Nitrat im Wasser oder steigende Bodenpreise, die sich Klein- oder Bio-Bauern nicht mehr leisten können.

Für nichts gibt die EU mehr Geld aus als für die Landwirtschaft. Derzeit sind es rund 60 Milliarden Euro im Jahr, um Europa so weit wie möglich unabhängig zu machen von Importen – aber auch, um die eigenen Bauern zu schützen.

Mit fast 40 Prozent oder 365 Milliarden Euro wird der Agrar-Bereich weiterhin den größten Anteil am Haushalt abbekommen. Doch drei Viertel davon werden schlichtweg auf die Äcker verteilt. Größe ist also entscheidend: Wer mehr Hektar hat, bekommt mehr Geld aus dem Agrar-Fördertopf. Das führt dazu, dass selbst ein Milliardenunternehmen wie die Mannheimer Südzucker AG. Fördermittel erhält, wenn auch nur von rund 1,8 Millionen Euro, während viele kleinere Bauern kaum etwas von dem Brüsseler Geldsegen sehen.

Crolly, Hannelore: Das leise Sterben der deutschen Kleinbauern. In: www.welt.de, 14.01.2019

M9 Landwirtschaft und Dumpingpreise: Bauern unter Preisdruck

Es ist ein bisschen wie bei David gegen Goliath – nur, dass in diesem Fall unklar ist, ob David am Ende gewinnt. Bei der Zusammenarbeit zwischen Landwirten und Supermärkten müssen sich Landwirte in vielen Fällen den Bedingungen unterordnen, die der Lebensmitteleinzelhandel diktiert – so ihre Kritik. Die vier großen Ketten in Deutschland – also Edeka, Aldi, Rewe und Lidl – beherrschen nach Angaben des bayerischen Bauernverbandes rund 85 Prozent des Lebensmittelmarktes. Glaubt man dem Verband, nutzen die Riesen dabei ihre Marktmacht aus. „Die Folge sind ein gnadenloser Preiskampf auf dem Rücken der Bauern und rücksichtslose Rabattaktionen", sagt Bauernverband-Sprecher Markus Drexler.

Die Familie Bauer hält auf ihrem Betrieb in Giglberg bei Gammelsdorf Schweine, deren Fleisch unter anderen in den Kühltheken von Edeka landet. Die Bauers verkaufen die Tiere dabei nicht direkt an den Supermarkt, sondern an einen Schlachthof in Landshut – mit

SWR Marktcheck: Warum immer mehr Landwirte aufgeben

71103-244

dem führen sie auch die Preisverhandlungen. „Mitspracherecht haben wir als Erzeuger überhaupt keins", berichtet Rosmarie Bauer. Derzeit sei der Preis in Ordnung – das sei aber vor rund neun Monaten noch anders gewesen. Denn, erklärt Rosmarie Bauers Sohn Martin: In China gehe derzeit die Afrikanische Schweinepest um, das Land exportiere deshalb weniger Schweinefleisch und importiere gleichzeitig mehr aus Deutschland. Bei hoher Nachfrage bekommt die Familie Bauer mehr Geld für ihre Tiere – ist das Angebot an Schweinefleisch groß, muss der Betrieb mit weniger Geld zurechtkommen. Auch der einzelne Einkäufer im Supermarkt bestimme spürbar über Angebot und Nachfrage, sagt Bauer: In der Grillsaison kaufen die Leute zum Beispiel deutlich mehr davon. Ein Beispiel dafür, wie wenig die Erzeuger bei der Preisgestaltung ihrer Produkte teilweise mitreden können, kennt Martin Forster. Er ist Vorsitzender der Milcherzeugergemeinschaft Weihenstephan: In der tun sich Milchbauern zusammen, um mit den Molkereien zu verhandeln. Anfang Februar, berichtet Forster, seien die Butterpreise um 20 Cent pro Kilo gedrückt wurden – ohne Not, ist er überzeugt. Denn der EU-weit notierte Preis lag darüber. „Das ist ein krasses Beispiel, wie Supermärkte ihre Marktmacht durchgedrückt haben", findet Forster. Normalerweise laufen die Verhandlungen ihm zufolge zwar einigermaßen einvernehmlich ab. Aber solche Aktionen könnten Familienbetriebe einfach nicht mehr verstehen – und er wisse nicht, wie lange sie das noch mitmachen, sagt Forster, der selbst einen Milchbetrieb führt.

Tausche, Nadja: Bauern unter Preisdruck. In www.sueddeutsche.de, 28.02.2020

Entwicklung des Milchpreises: Auszahlungsbetrag an den Landwirt
(Stand: 2022)

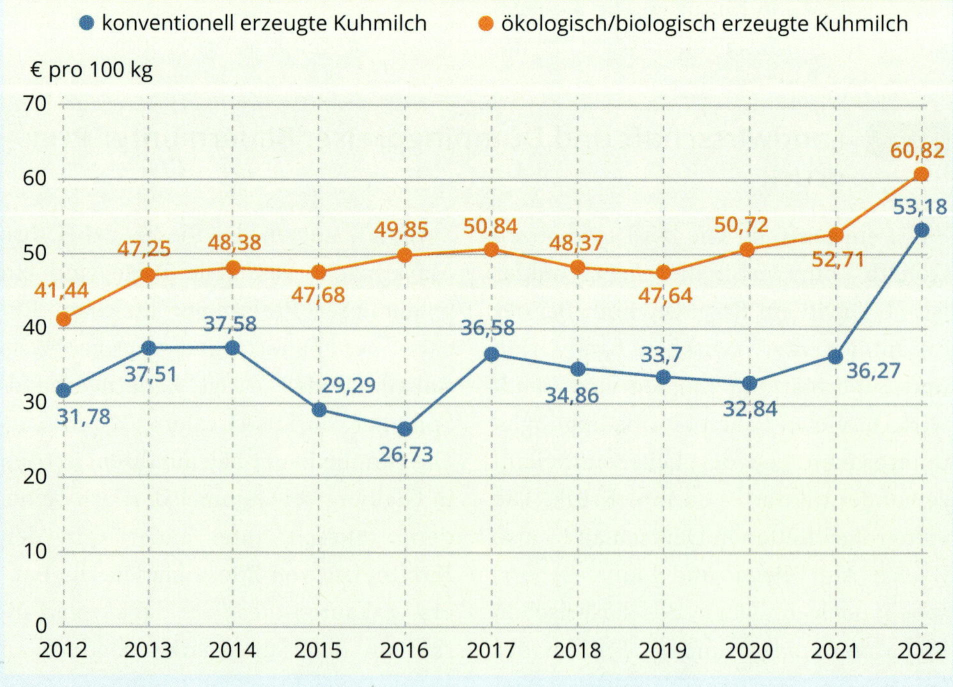

© C.C. Buchner Verlag, Daten nach: Bundesanstalt für Landwirtschaft und Ernährung

11.2 Möglichkeitserörterung: Was ist möglich?

11.2.1 Tierwohllabel

M1 Özdemir will staatliche Haltungskennzeichnung für Lebensmittel

„Wir führen ab 2022 eine verbindliche Tierhaltungskennzeichnung ein, die auch Transport und Schlachtung umfasst", das haben SPD, Grüne und FDP in ihren Koalitionsvertrag geschrieben. Bundesagrarminister Cem Özdemir (Grüne) hält das Ziel angesichts steigender Rohstoffpreise und drohender Versorgungsengpässe durch den Krieg in der Ukraine für wichtiger denn je: „Der Umbau der Ställe passt gerade jetzt in die Zeit", sagt der Minister. Die Tierbestände müssten sinken, mehr Tierschutz bedeute auch mehr Klimaschutz.

Eine Milliarde Euro sind in Özdemirs Etat für die ersten vier Jahre als Anschubfinanzierung für Bauern vorgesehen, die ihre Ställe tiergerechter umbauen wollen. Auch einen ersten Entwurf für die Haltungskriterien gibt es bereits. „Wir starten mit einer fünfstufigen Haltungskennzeichnung", sagte die Agrarexpertin der Grünen-Bundestagsfraktion, Renate Künast [...]. Das ähnelt nicht nur der Eierkennzeichung, sondern auch der Skala, die man jetzt schon im Handel auf abgepacktem Fleisch sieht.

Von der niedrigsten Stufe „Stall" über „Stall + Platz" und „Frischlaufstall" sowie „Auslauf/Freiland" soll es bis zur Premiumstufe „Bio" gehen. Noch im Sommer soll die gesetzliche Grundlage vorgestellt werden. „Nächstes Jahr werden gekennzeichnete Produkte in den Geschäften zu finden sein", verspricht eine Sprecherin des Agrarministeriums.

Begonnen wird mit Schweinefleisch, egal ob frisch, abgepackt oder tiefgefroren, im Lebensmitteleinzelhandel. „Aber wir müssen das System ausbauen", betont Künast. Es müssten nicht nur alle tierischen Produkte einbezogen werden, sondern auch die Gastronomie. „Auch Restaurant- und Kantinenbesucher haben ein Recht darauf zu erfahren, was sie aufgetischt bekommen".

Doch ganz so einfach wie es im Koalitionsvertrag steht, ist die Sache nicht. Es hakt gleich an zwei Punkten. So sollen nämlich Schlachtung und Transport zunächst nicht Teil der Haltungskennzeichung sein. Das sei kompliziert und zum Start noch nicht möglich, meint Künast.

Der Koalitionspartner SPD sieht das anders: „Alle Themen gehören zusammen: die Kriterien für die Haltung und die weitere Finanzierung", betont Susanne Mittag, Sprecherin für Ernährung und Landwirtschaft der SPD-Bundestagsfraktion. „Für mich ist klar, dass ein Tierwohlkonzept nicht an der Stalltür enden kann. Die Frage, wie Nutztiere transportiert und geschlachtet werden, gehören zwingend dazu."

Noch heikler ist die Frage, was nach der staatlichen Anschubfinanzierung kommt. Wer zahlt die höheren Kosten, die dauerhaft mit einer besseren Haltung verbunden sind? Vorschläge dazu liegen bereits auf dem Tisch: von einer höheren Mehrwertsteuer für Fleisch, Wurst, Eier, Milch und Käse, über eine produktbezogene

Podcast der Bundeszentrale für politische Bildung zum Thema „Fleisch"

71103-245

Cem Özdemir (Bündnis 90/Die Grünen), Bundesminister für Ernährung und Landwirtschaft, spricht auf einer Pressekonferenz im Juni 2022 über die Eckpunkte für eine gesetzliche Tierhaltungskennzeichnung.

Tierwohlabgabe bis hin zu einem Tierwohl-Soli. 40 Cent Aufschlag pro Kilo Fleisch, 15 Cent mehr für Käse und Butter würden reichen, um den Landwirten per Abgabe genug Geld für die höheren Standards zu verschaffen, hatte eine Expertenkommission unter Leitung von Ex-Bundesagrarminister Jochen Borchert (CDU) schon in der vergangenen Legislaturperiode ausgerechnet.

Künast hält das für ein gutes Modell. „Eine Abgabe auf Produkte, um bessere Haltungsbedingungen zu finanzieren, wäre die praktikabelste Lösung", meint die einstige Landwirtschaftsministerin. Die Preisaufschläge dürften sich ihrer Meinung nach in dem Bereich bewegen, den die Borchert-Kommission vorgeschlagen hat. „Wir sprechen über verschiedene Modelle, nicht nur über eine Tierwohlabgabe", betont dagegen Susanne Mittag.

Auf Drängen der FDP steht im Koalitionsvertrag, dass „ein durch Marktteilnehmer getragenes System" die laufenden Kosten der Landwirte für die bessere Tierhaltung decken soll. Die Liberalen pochen darauf. Der Finanzminister habe die Grundlage einer Finanzierung zugesagt und über vier Jahre sichergestellt, sagte der landwirtschaftspolitische Sprecher der Fraktion, Gero Hocker, dem Tagesspiegel. „Darüber hinaus gehende finanzielle Mittel müssen wie im Koalitionsvertrag formuliert von den Marktteilnehmern erbracht werden", betont der FDP-Politiker. „Hierauf hat man sich vor einem halben Jahr verständigt und hieran fühlen sich die Freien Demokraten auch immer noch gebunden."

Mit der FDP sei eine Erhöhung der Mehrwertsteuer für Fleisch und andere tierische Erzeugnisse nicht zu machen, räsonierte Özdemir kürzlich vor Journalisten. Dass Bauern stattdessen einzelne Verträge mit dem Lebensmittelhandel schließen, um ihre Kosten ersetzt zu bekommen, hält der Landwirtschaftsminister nicht für praktikabel. Bliebe noch die Tierwohlabgabe. Ob sie kommt, ist unklar. Nur eines ist gewiss: „Wir haben den Auftrag, dieses Jahr ein Modell vorzulegen", betont Özdemir. Jede Koalitionspartei müsse sich bewegen, um den Bauern eine Perspektive zu bieten, mahnt seine Parteifreundin Künast. „Wir sind in der Koalition zum Gelingen verpflichtet."

Jahberg, Heike: Özdemir will Haltungskennzeichnung für Lebensmittel: Erste Produkte sind nächstes Jahr im Laden. In: www.tagesspiegel.de, 08.04.2022

M2 Initiativen der Wirtschaft: das Beispiel der Haltungskennzeichnung des Handels (Auszug aus den Kriterien der Schweinehaltung)

Für die geplante staatliche Haltungskennzeichnung (M1) gibt es bereits Vorbilder im Handel. Die in M2 dargestellte Haltungskennzeichnung wurde von der Gesellschaft zur Förderung des Tierwohls in der Nutztierhaltung mbH und Vertretern aus dem Lebensmitteleinzelhandel (Aldi Nord, Aldi Süd, EDEKA, Kaufland, LIDL und REWE) entwickelt. Die Eigenmarken-Produkte der Lebensmittelketten Aldi Nord/Süd, Edeka, Netto, Kaufland, Lidl, Rewe, Penny werden seit April 2019 mit der vierstufigen Kennzeichnung versehen.

Haltungsform-Stufe	Kriterien
Haltungsform 1 Stallhaltung haltungsform.de	▪ Platzvorgabe: Mindestfläche 0,75 m²/Tier ▪ Haltung: Stallhaltung ▪ Beschäftigung: veränderbares Beschäftigungsmaterial, mind. bewegliche Kette kombiniert mit z. B. Holzstück
Haltungsform 2 StallhaltungPlus haltungsform.de	▪ Platzvorgabe: Mindestfläche 0,825 m²/Tier, mind. 10 % mehr als gesetzlich in Deutschland vorgeschrieben ▪ Haltung: Stallhaltung ▪ Beschäftigungsmaterial: zusätzliches organisches Beschäftigungsmaterial aus natürlichen Materialien
Haltungsform 3 Außenklima haltungsform.de	▪ Platzvorgabe: Mindestfläche 1,05 m²/Tier, mind. 40% mehr als gesetzlich in Deutschland vorgeschrieben ▪ Haltung: Stallhaltung mit Außenklimareizen, mindestens Offenfrontstall ▪ Beschäftigung: organisches Beschäftigungsmaterial, zusätzlich Stroh
Haltungsform 4 Premium haltungsform.de	▪ Platzvorgabe: Mindestfläche 1,5 m²/Tier, 100 % mehr Platz als gesetzlich vorgeschrieben ▪ Haltung: Stallhaltung mit ständigem Zugang zu Auslauf oder Freilandhaltung ▪ Beschäftigung: Organisches Beschäftigungsmaterial: Stroh oder vergleichbare Substrate müssen immer verfügbar sein

Nach: Gesellschaft zur Förderung des Tierwohls in der Nutztierhaltung mbH: Die vier Haltungsform-Stufen. In: https://haltungsform.de, Abruf am 09.05.2023

Die vollständige Kriterien und Anforderungen sind hier einsehbar.

71103-246

Haltungskennzeichnung und Tierwohl

Die Haltungskennzeichnung des Handels ist ein guter Ansatz für mehr Transparenz im Fleischangebot. Sie garantiert aber nicht, dass es den Tieren wirklich gut gegangen ist. Denn mehr Platz und Beschäftigungsmaterial im Stall bedeuten nicht automatisch mehr Tierwohl.

Verbraucherzentrale: Haltungsform-Kennzeichnung im Handel: Die Auswahl bleibt mangelhaft. In: www.verbraucherzentrale.de, 13.01.2022

11.2.2 Preise als Lösungsansatz?

M3 Ramschpreise verbieten?

Bezahlen die Deutschen im Supermarkt für ihre Lebensmittel Ramschpreise? Kaum ein anderes Thema sorgt derzeit für vergleichbar hitzige politische Debatten. Es geht darum, was wir essen und wie viel wir dafür bezahlen. Es geht um Landwirte, die sich übermächtigen Lebensmittelkonzernen gegenübersehen. Und nicht zuletzt um Tierwohl. Der grüne Landwirtschaftsminister Cem Özdemir nennt es im Bundestag eine „Sauerei", dass von jedem Euro, den Verbraucher für Fleisch ausgeben, nur 21 Cent bei den Bauern ankommen. „Ich bin nicht bereit, so ein ausbeuterisches System weiter hinzunehmen."

Was will die Ampel gegen Dumpingpreise unternehmen?

Die politische Debatte zeigt bisher Probleme auf, aber kaum Lösungen. Das hat damit zu tun, dass sich die drei Ampel-Parteien in einem entscheidenden Punkt nicht einig sind: Sollte die Politik Dumpingpreise verbieten und damit den Bauern einen Mindestpreis zusichern? Konkret: Ist es eine „unlautere Handelspraktik", wenn Bauern ihre Waren unter dem Produktionspreis verkaufen (müssen)? Die SPD findet: Ja. „Unser Ziel war und ist es, dass der Verkauf von Lebensmitteln grundsätzlich nicht unter dem Herstellungspreis stattfindet", sagt SPD-Fraktionsvize Matthias Miersch im Gespräch. Allerdings sei diese Maßnahme nur eine „wichtige Stellschraube" im Kampf gegen Ramschpreise, da sie nicht garantiere, dass das Geld auch bei den Landwirten ankomme. „Das System als solches ist im Bereich der gesamten Wertschöpfungskette krank."

Die Grünen forderten bereits im Sommer, dass ein Verbot von Dumpingpreisen von der Bundesregierung rechtlich geprüft werden soll. Dieser Formelkompromiss hat es dann auch in den Koalitionsvertrag geschafft. Ex-Agrarministerin Renate Künast fordert, dass diese Prüfung „dringend" erfolgen soll. [Die] FDP muss erst noch von der Sinnhaftigkeit des Verbots von Dumpingpreisen überzeugt werden. Der Grund liegt in der Definition des Herstellungspreises, unter dem nicht verkauft werden dürfte. Praktikabel wäre ein Verbot nur, wenn eine zentrale Preisbeobachtungsstelle die durchschnittlichen Kosten der Bauern berechnet, nach klaren Kriterien, welche die Landwirte dann anwenden müssten. Gero Hocker (FDP) sagt: „Staatlich festgelegte Preise können das Problem mangelnder Zahlungsbereitschaft des Verbrauchers nicht dauerhaft lösen – vor allem nicht rechtssicher."

Was ist denn die rechtliche Lage?

Ein Verbot von Dumpingpreisen wäre wahrscheinlich möglich. Darauf lässt zumindest ein Gutachten des Fachanwalts Kim Manuel Künstner im Auftrag des Landwirtschaftsministeriums Nordrhein-Westfalen schließen. Europarechtliche Hürden sind unwahrscheinlich, da es ein solches Gesetz in Spanien bereits gibt, das nicht beanstandet wurde.

Könnte Spanien ein Vorbild für Deutschland sein?

In Spanien ist der Verkauf von Lebensmitteln unter den effektiven Produktionskosten entlang der gesamten Wertschöpfungskette verboten, das schließt auch die verarbeitenden Hersteller zwi-

Wertschöpfungskette
die Abfolge von Herstellungs- und Vermarktungsstufen eines Produkts. Dabei werden Werte geschaffen und Ressourcen verbraucht. Jede Stufe in der Abfolge schafft einen zusätzlichen ökonomischen Wert.

schen Landwirt und Lebensmitteleinzelhandel ein. SPD-Fraktionsvize Miersch hält das für „eine gute Initiative". Für Marita Wiggerthale, Agrarexpertin der Entwicklungshilfeorganisation Oxfam, ist entscheidend, dass die gesamte Wertschöpfungskette miteinbezogen wird. Derzeit gebe es in Deutschland eine Preisbildung von oben nach unten. „Die Supermarktketten setzen den Regalpreis und geben ihre Marge vor. Die Lieferanten werden im Preis gedrückt und der Landwirt kann schauen, was übrigbleibt." Richtig sei der umgekehrte Weg. Auf den kostendeckenden Preisen der Landwirte müsse der Preis aufgebaut werden. Allerdings ist der spanische Weg nicht unumstritten. Peter Feindt, Professor für Agrarpolitik an der HU Berlin, sieht in dem Gesetz vor allem eine symbolische Bedeutung. Es gebe viel Spielraum, wie die Kosten berechnet werden. „Die Problemursache – die Konzentration von Marktmacht – wird damit nicht vermindert." Albert Stegemann (CDU) sagt, dass sich spanische Obst- und Gemüseerzeuger „aus gutem Grund" gegen solche staatlichen Preiseingriffe ausgesprochen hätten.

Was wollen die Bauern?

Ob ein Verbot des Verkaufes unter Herstellungskosten tatsächlich umsetzbar ist, bezweifelt der Deutsche Bauernverband (DBV). Es würde auch kaum sicherstellen können, dass den Landwirten stets kostendeckende Preise bezahlt werden.

Wie will der Lebensmitteleinzelhandel den Landwirten helfen?

Wenig überraschend nicht durch ein Verbot von Dumpingpreisen. Der Bundesverband des Deutschen Lebensmittelhandels (BVLH) betont, dass jeder Landwirt von seiner Arbeit leben können, dafür aber die gesamte Wertschöpfungskette in den Blick genommen werden muss. Schließlich hätten die Bauern noch viele andere Kunden, auch im Ausland.

Wie sind die Lebensmittelpreise in Deutschland im internationalen Vergleich?

Die Preise lagen 2020 2,7 Prozent über dem EU-Durchschnitt. Allerdings geben die Deutschen 2,8 Prozent weniger als der EU-Schnitt von ihrem Einkommen für Lebensmittel aus (12 Prozent).

Wie hoch wären die Lebensmittelpreise, wenn man die ökologischen Kosten miteinrechnet?

Das hat die Studie „How much is the dish" der Uni Greifswald untersucht. Selbst die beteiligten Wissenschaftler waren von den Ergebnissen überrascht. „Ein Fleischpreis von über 11,50 Euro das Kilo mehr als derzeit, das ist schon ein Knaller", sagt Forscherin Amelie Michalke. Konventionelles Fleisch müsste im Schnitt über 173 Prozent teurer sein, Milch 122 Prozent. Für ihre Berechnung haben die Wissenschaftler Treibhausgas- und Stickstoffemissionen sowie den Energieverbrauch mit eingerechnet. Am besten schneiden Obst und Gemüse ab. Michalke will ihre Forschung aber nicht so verstanden wissen, dass diese Mehrkosten an den Verbrauchern oder den Landwirten hängen bleiben sollten. „Es wäre sehr wichtig, dass wir unser Subventionssystem umschichten, hin zu einer Landwirtschaft, die ökologisch und sozial sinnvoll ist – und nicht an der Fläche orientiert."

Guggemos, Dominik: Ramschpreise verbieten? So könnte die Ampelregierung den Bauern helfen: In: www.swp.de, 21.01.2022

Versteckte Kosten der konventionellen Landwirtschaft – Beispiel Milcherzeugung

71103-247

11.2.3 Förderung des Ökolandbaus

M4 Was ist ökologischer Landbau?

Als ökologischer Landbau oder kurz: Ökolandbau wird eine besonders umweltverträgliche Arbeitsweise in der Landwirtschaft verwendet. Oft wird auch der Begriff biologischer Landbau verwendet, kurz: Bio-Landbau. Die Bezeichnungen „Öko" und „Bio" sind in Deutschland gesetzlich geschützt. Als ökologischer beziehungsweise biologischer Landbau darf Landwirtschaft nur bezeichnet werden, wenn sie den gesetzlichen Vorschriften dafür entspricht. Wichtigstes Prinzip im ökologischen Landbau ist, dass Pflanzenbau und Tierhaltung miteinander verbunden sind. Ein Teil der Pflanzen dient als Viehfutter, und der Dung aus der Viehhaltung dient als Nährstoff für die Pflanzen. Es werden nur so viele Tiere gehalten, dass dieser Kreislauf im Gleichgewicht bleibt. Beim Anbau von Pflanzen wird auf chemisch-synthetische Pflanzenschutzmittel verzichtet. Auch sogenannter Kunstdünger wird nicht verwendet. Stattdessen wird zum Beispiel Dung verwendet. Oder es werden Pflanzen wie Klee angebaut. Sie helfen dem Boden, Stickstoff anzusammeln. Außerdem ist vorgeschrieben, dass Tiere artgerecht gehalten werden. Sie müssen Platz, Licht und frische Luft sowie ausreichend Auslauf im Freien bekommen. Das Futter soll so weit wie möglich ökologisch produziert werden.

ÖkoLeo: Lexikon – Ökolandbau. In: www.oekoleo.de, Abruf am 31.03.2023

Das System des natürlichen Nährstoffkreislaufs

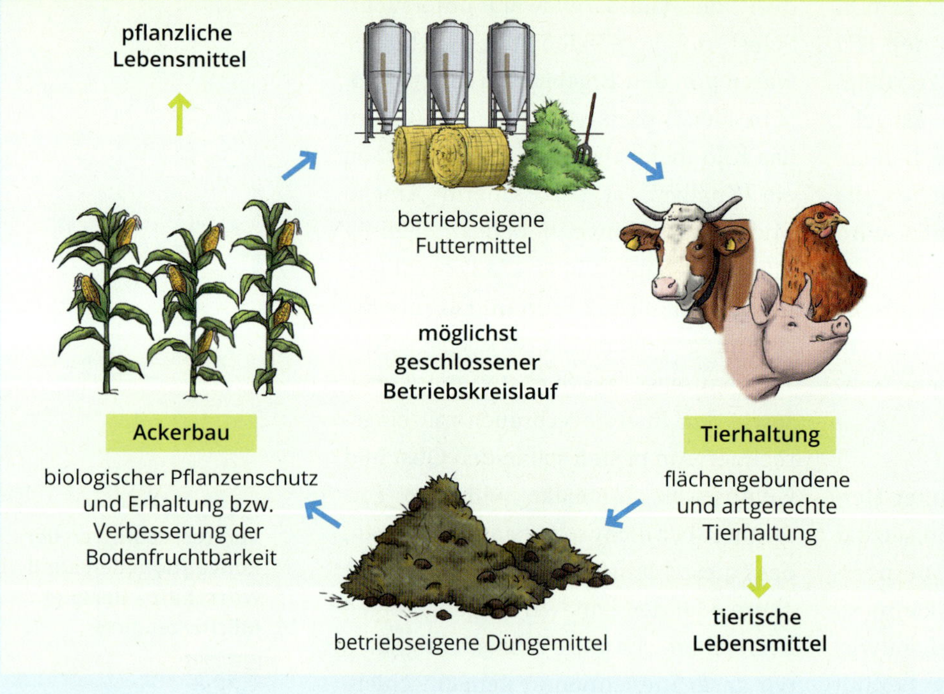

Bearbeitergrafik

M5 Welchen Anteil hat die ökologische Landwirtschaft?

Vom Frühstücksei am Morgen bis zum Wurst- oder Käsebrot am Abend: Die deutsche Landwirtschaft hat mit Tieren und tierischer Erzeugung eine hohe Bedeutung für die Versorgung der Bevölkerung. Gleichzeitig steigt das gesellschaftliche und politische Interesse an Tierhaltung und Tierwohl.

Der Tierbestand an Nutztieren in Deutschland geht seit Jahren zurück. Beispielsweise sank die Zahl der Schweine von 2010 bis 2020 um rund 5 %. Da

gleichzeitig die Anzahl der Betriebe mit Schweinehaltung um 47 % abnahm, erhöhte sich der durchschnittliche Schweinebestand je Betrieb deutlich.
Die Frage, ob Nutztiere in konventioneller Tierhaltung leben oder in ökologischer Wirtschaftsweise gehalten werden, unterscheidet sich stark nach den Tierarten: Bei Ziegen wurden 2020 über 33 Prozent ökologisch gehalten, bei Schafen über 13 Prozent und bei Schweinen nur knapp 1 Prozent.

Statistisches Bundesamt (Destatis): Tiere und tierische Erzeugung.
In: www.destatis.de, Abruf am 31.03.2023

Viehbestand in Betrieben mit konventionellem und ökologischem Landbau
Stand: 2023

Tiere	Insgesamt		Darunter mit ökologischer Wirtschaftsweise in der Viehhaltung		Anteil ökologische Tiere
	Betriebe	Tiere	Betriebe	Viehbestand	%
	Anzahl				
Rinder	108.032	11.274.534	13.003	861.272	7,6
Schweine	31.852	26.299.994	1.566	212.455	0,8
Schafe	19.870	1.809.264	2.744	243.836	13,5
Ziegen	10.459	154.906	1.853	51.358	33,2
Hühner	49.388	159.118.147	5.373	8.296.945	5,2
Gänsen, Enten, Truthühner	8.300	14.030.019	764	265.131	1,9
Einhufer (z. B. Pferde)	41.423	453.662	4.973	41.862	9,2

Nach: Statistisches Bundesamt (Destatis), 2023

Erklärfilm Bienensterben
71103-248

M6 Wie wird der ökologische Landbau gefördert?

Die besonders umweltverträgliche und ressourcenschonende Produktion ökologischer Erzeugnisse erfordert einen höheren Bewirtschaftungsaufwand und eine höhere Arbeitsintensität bei der Verarbeitung. Aufgrund der geringeren Erträge und des höheren Aufwands sind Bio-Produkte in der Regel teurer als konventionelle Lebensmittel und Konsumgüter. Ökobetriebe stehen dennoch wirtschaftlich häufig besser da, als vergleichbare konventionelle Betriebe. Die ökologischen Umweltleistungen werden im Rahmen der europäischen Agrarpolitik und der Länder als Agrarumweltmaßnahme gefördert und honoriert. Insbesondere die Umstellung auf eine ökologische Wirtschaftsweise erfordert in den ersten zwei bis drei Jahren, in denen die Produkte noch nicht als Öko-Ware mit entsprechend höheren Preisen verkauft werden dürfen, eine gezielte Unterstützung. Die Umstellung auf und die Beibehaltung des ökologischen Landbaus wird in Deutschland als ein Bestandteil der Agrarumweltprogram-

Subsidiaritätsprinzip
Eine übergeordnete bzw. größere Organisationseinheit (hier: die EU) soll nur dann tätig werden, wenn sie eine Aufgabe besser bewältigen kann als die kleineren Organisationseinheiten (hier: Mitgliedstaaten oder deren Regionen).

me nach der Verordnung (EU) Nr. 1698/2005 des Rates über die Förderung der Entwicklung des ländlichen Raums durch den Landwirtschaftsfonds für die Entwicklung des ländlichen Raums (ELER) unterstützt. Der Bund beteiligt sich über die Bund-Länder-Gemeinschaftsaufgabe zur Verbesserung der Agrarstruktur und des Küstenschutzes" (GAK) an der Förderung des Ökologischen Landbaus. Die Finanzierung der Förderprogramme teilen sich die Europäische Union sowie der Bund (60 Prozent) und die Länder (40 Prozent). Die EU-Gelder müssen von den Bundesländern kofinanziert werden. Das heißt, dass sie nur abgerufen und eingesetzt werden können, wenn die Bundesländer aus ihrem Haushalt selbst Finanzmittel aufbringen. Entsprechend dem Subsidiaritätsprinzip haben die Bundesländer bei der Umsetzung der Agrar-Förderprogramme Gestaltungsspielräume, um die Programme länderspezifisch auszurichten. Die Förderprämien für die Umstellung und Beibehaltung des ökologischen Landbaus sind daher in den Bundesländern unterschiedlich hoch.

Umweltbundesamt: Ökolandbau. In: www.umweltbundesamt.de, 22.07.2022

M7 Kann „Bio" die Welt ernähren?

„Die Welt kann sich auch bei wachsender Bevölkerung mit biologischen Anbaumethoden ernähren", sagt Benedikt Haerlin von der Zukunftsstiftung Landwirtschaft. [...] Die entscheidende Frage jedoch ist, wie viel Fleisch die Menschheit in Zukunft verzehren wird. Die Produktion von Fleisch verschlingt rund siebenmal so viel Energie wie die Produktion der gleichen Kalorienmenge pflanzlicher Nahrung. „Sogar das aktuelle Weltniveau von 37 Kilo Fleisch pro Jahr kann biologisch erzeugt werden", sagt Haerlin. Wenn die Menschen aber – wie der Durchschnittsdeutsche – doppelt so viel Fleisch äßen, brauchten sie auch weiterhin Kunstdünger und Pestizide.

Auf intensiv bewirtschafteten Ackerflächen wie in Europa und den USA bringt die ökologische Landwirtschaft weniger Erträge, sie benötigt deshalb mehr Fläche für den gleichen Ertrag. Auf den ertragsschwachen Standorten, vor allem in armen Regionen auf der Südhalbkugel, kann Bioanbau die Ernten sogar steigern und vor allem die Bodenfruchtbarkeit dauerhaft erhalten: Bioanbau lässt sich leichter mit den traditionellen Anbaumethoden der Kleinbauern verbinden. Eine kluge Kombination von verschiedenen Pflanzen beugt Schädlingen vor und macht die Bauern unabhängiger von Missernten bei einzelnen Früchten.

Die Kleinbauern im Regenwald des Amazonas zum Beispiel bewirtschaften ihre kleinen Felder so, dass der Regenwald als Ganzes nicht gefährdet wird. Wenn hier gerodet wird, um Sojafelder für Tierfutter anzubauen, mag der Mengenertrag höher sein, doch der ökologische Schaden ist groß – und der Boden ist nach wenigen Jahren so ausgelaugt, dass er nur noch durch große Mengen Kunstdünger Erträge bringt. Der wird aber teuer und knapp, wenn das Öl zur Neige geht.

Busse, Tanja: Die Wahrheit über Bio. In: www.zeit.de, 14.10.2009

11.2.4 Veggie-day an den Schulen

M8 Veggie ist nicht gleich Veggie

Der Vegetarierbund (VEBU, heute „pro-veg international") geht von 10 % Vegetariern und 1,6 % Veganern in der deutschen Bevölkerung aus (Stand 2018). [...] Vegetarische Ernährung ist mehr als der Verzicht auf Fleisch und Fisch, oft werden weitere tierische Produkte ausgeschlossen. Es gibt unterschiedliche Ausprägungen [...] der vegetarischen Ernährung.

- Ovo-Lakto-Vegetarier (ca. 50% der Vegetarier) verzichten auf Fleisch und Fisch, nehmen jedoch Milch(produkte) und Eier zu sich.
- Lakto-Vegetarier (ca. 30 %) verzehren Milch(produkte), aber keine Eier.
- Veganer bzw. strenge Vegetarier (ca. 20%) lehnen den Verzehr aller Lebensmittel ab, die vom Tier stammen, also auch Honig.

Isabel Lück: Veggie – von flexi bis vegan. In: https://landeszentrum-bw.de, Abruf am 31.03.2023

M9 (Wie) Kann der Fleischkonsum in Deutschland nachhaltig sein?

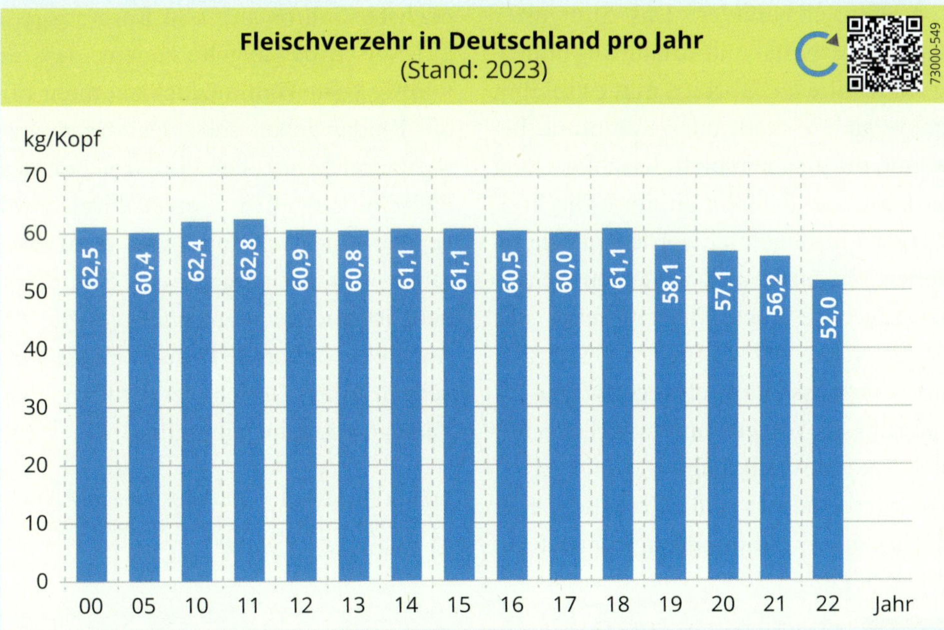

© C.C. Buchner Verlag, Daten nach: Bundesanstalt für Landwirtschaft und Ernährung (BLE), Statistisches Bundesamt, Thünen-Institut, Deutscher Jagdverband

Nachhaltiger Fleischkonsum
Um einen nachhaltigen Fleischkonsum zu erreichen, müsste der Fleischverzehr pro Kopf auf 15 Kilogramm im Jahr reduziert werden (gemäß der EAT-Lancet-Kommission, ein Team aus internationalen Wissenschaftlern, die zum Thema gesunde und nachhaltige Ernährung forschen).

M10 Kitas und Grundschulen in Freiburg stellen auf fleischloses Essen um

Kinder bekommen in städtischen Kitas und Grundschulen in Freiburg vom kommenden Schuljahr an nur noch vegetarisches Essen. Das beschloss der Gemeinderat der südbadischen Großstadt mehrheitlich am Dienstagabend.

Zudem werden die Preise für Schulessen vom Schuljahr 2023/24 an schrittweise erhöht. Der Vorschlag hatte teils heftige Kritik geerntet, unter anderem von Elternbeiräten. Er wurde mit 27 Stimmen angenommen, es gab 14 Gegenstimmen.

Bisher gibt es zwei Essensvarianten, wobei auch Fleisch und Fisch auf die Teller kommen. Die Stadt schränkt die Auswahl beim warmen Mittagessen vor allem aus Kostengründen ein. Auf längere Sicht sei es möglich, die Regelung mit dem Einheitsmenü auch auf weiterführende Schulen anzuwenden. Der Anteil von Bio-Produkten bei der Schul- und Kita-Verpflegung soll auf 30 Prozent steigen – bisher sind es 20 Prozent.

Der Freiburger Vorstoß hat im Südwesten Beispielcharakter: Das Stuttgarter Landwirtschafts- und Ernährungsministerium teilte auf Anfrage mit, es sei ihm keine andere Stadt oder Kommune bekannt, die eine komplett fleischlose Kost in Kitas und Schulen anbiete. Die Freiburger Entscheidung werde kritisch gesehen. Zu einer ausgewogenen Ernährung gehöre auch Fleisch, teilte das Ministerium auf Anfrage in Stuttgart mit. Eine ausschließlich vegetarische Ernährung als Vorgabe unterstütze das Ministerium deshalb nicht. […]

Im Gemeinderat hat Grün-Rot eine Mehrheit. Bildungsbürgermeisterin Christine Buchheit (Grüne) verteidigte den Vorschlag: „Wir wollen die Kostensteigerungen im Rahmen halten", sagte sie. Gutes Fleisch sei ein Preistreiber.

Auch der Landeselternbeirat Baden-Württemberg formulierte deutliche Einwände. Eltern müssten bereits für die Beförderung der Kinder zur Schule zahlen, sagte der Vorsitzende Michael Mittelstaedt […]. Neue Kosten für Eltern dürfe es nicht geben. „Mit welcher Rechtfertigung soll denn vegetarisches Essen mehr kosten als fleischhaltiges Essen? Bio-Siegel? Lachhaft", sagte Mittelstaedt. […] Der Vizevorsitzende des Freiburger Gesamtelternbeirats, Sebastian Kölsch, kritisierte, der Elternbeitrag für ein Schul-Mittagessen von derzeit von 3,90 Euro solle bis September übernächsten Jahres auf 4,80 Euro steigen. […] Kölsch bemängelte zudem, dass es künftig keine Wahlmöglichkeit mehr für die Kinder geben solle. Der Gesamtelternbeirat könne sich ein Streichen des Fleischs vorstellen – etwa durch zwei vegetarische Gerichte. „Die Wahl zwischen Gemüselasagne und Dampfnudeln ist auch eine Auswahl", sagte er. Auch eine optionale Fleischbeilage zum vegetarischen Gericht sei denkbar, zum Beispiel einmal wöchentlich.

Südwest Presse/lsw/stw: Nur noch vegetarisches Essen in Kitas und Schulen – Kritik an Entscheidung. In: www.swp.de, 19.10.2022

M11 Tierhaltung: kleiner und artgerechter

Unter der Leitung von Johan Rockström hat eine Gruppe von Wissenschaftlern 2009 das Konzept der „Planetary Boundaries" entwickelt, das die ökologischen Belastungsgrenzen der Erde bemisst. Der Schwede provoziert gern mit Vorschlägen, wie die Landwirtschaft auf die Klimakrise reagieren soll. Der gesamte Sektor der Lebensmittelproduktion, rechnet Rockström vor, könne auf einen Schlag klimaneutral werden: wenn wir aufhören würden, Tiere zu essen.

Dass Rockström in der Praxis so weit nicht gehen würde, wird in seinem

Kochbuch deutlich, das im Februar 2019 auf Deutsch erschien: Eat Good: Das Kochbuch, das die Welt verändert. Hier empfiehlt er – auch mit Verweis auf die Ernährungsforschung –, den Fleischkonsum deutlich zu reduzieren. Darin ist er sich mit den meisten Agrarforschern einig: Die Erfolgsgeschichte der deutschen Fleischindustrie hat einen zu hohen Preis – für die Landwirte, für Umwelt und Klima und nicht zuletzt für die Gesundheit der Konsumenten. Die Bauern haben in größere Ställe und größere Bestände investiert und sind damit in größere wirtschaftliche Abhängigkeiten geraten. Das Wachstum der Fleischproduktion sprengt die natürlichen Kreisläufe. Fehlende Futtermittel-Eiweiße werden heute aus Nord- und Südamerika importiert. Überschüssige Gülle bedroht Boden und Trinkwasser in Deutschland. Die ständige Verfügbarkeit billigen Fleisches hat den Konsum massiv befördert.

[...] Um diese Fehlentwicklung zu stoppen, sieht die Mehrheit der Experten vor allem einen Weg: eine Diät für Konsumenten und Produzenten. Deutlich weniger Fleisch auf dem Teller für die einen, deutlich kleinere Bestände im Stall für die anderen.

Sentker, Andreas: Mehr Zukunft auf den Acker. In: www.zeit.de, 17.01.2020

Johan Rockström ist Direktor des Potsdam-Instituts für Klimafolgenforschung und Professor für Erdsystemforschung an der Universität Potsdam.

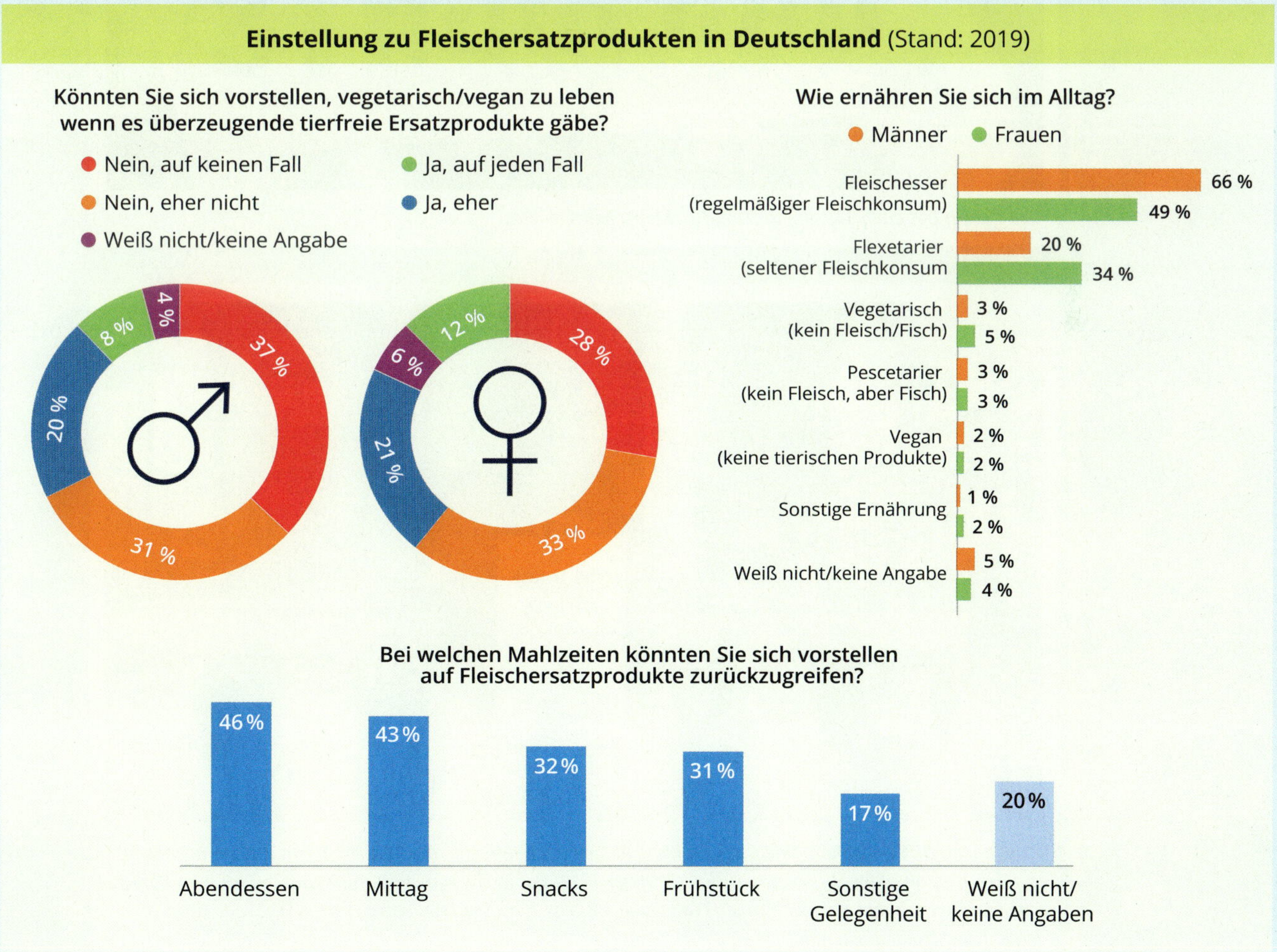

Nach: Statista, 2019, Datenquelle: YouGov

Ein Plakat auf einer Demonstration für Menschenrechte

Kunstinstallation auf dem Odeonsplatz in München des Papiertheaters Nürnberg in Zusammenarbeit mit den Katholischen Hilfswerken: Eine 3 Meter hohe Papiertüte umstellt mit rund 250 kleinen Papiertüten – alle bedruckt mit der Frage „Was trage ich bei? Für eine friedliche Welt". (Webseite des Projekts: www.frieden-leben.de)

12 Frieden und Menschenrechte

Frieden und Menschenrechte sind eng miteinander verbunden. Verstöße gegen die Menschenrechte können sowohl Folge als auch Ursache von gewaltsamen Konflikten sein. Aus diesem Grund ist die Gewährleistung der Menschenrechte zur Vorbeugung, Beilegung und Nachsorge gewaltsamer Konflikte ebenso wichtig, wie die Wandlung der gewaltsamen Konfliktaustragung hin zu einer gewaltfreien Konfliktbearbeitung.
Frieden ist also etwas, was man schaffen kann, doch welchen Preis sind wir bereit, dafür zu zahlen?

Am Ende des Kapitels könnt ihr Antworten auf folgende Fragen finden:

- Auf welche Weise kann Frieden geschaffen und gesichert werden? (**Interesse und Gemeinwohl**)
- Welche Regeln bestimmen die internationale Politik und wo sind diese verankert? (**Regeln und Recht**)
- Wie treffen die Vereinten Nationen Entscheidungen? (**Macht und Entscheidung**)
- Wie können Menschenrechte überall auf der Welt geschützt werden? (**Interessen und Gemeinwohl, Regeln und Recht**)

WAS WISST UND KÖNNT IHR SCHON?

71103-250

1. a) Auf den Bildern auf der linken Seite werden Menschenrechte und Frieden auf der Welt thematisiert. Sammelt in Kleingruppen (3–4 Personen) ausgehend von diesen Bildimpulsen, welche (Menschen)Rechte **1** ihr kennt und was ihr für eine friedliche Welt **2** beitragt.
   b) Stellt eure Ergebnisse in der Klasse vor.
2. Erläutert, inwiefern Menschenrechte und Frieden zusammenhängen.
3. Was tragt ihr zum Frieden bei?
   a) Notiert eure Gedanken.
   b) Vergleicht eure Gedanken innerhalb eurer Klasse. Achtet dabei besonders auf die Gemeinsamkeiten und Unterschiede
   c) Reicht das? Was muss (noch) getan werden, damit Frieden herrscht? Tauscht untereinander eure Erwartungen aus.

12.1 Der Wert der Menschenrechte

12.1.1 Welche Rolle spielen Menschenrechte in meinem Alltag?

Zum Thema: Wenn alle Menschen frei und gleich sind, ist das doch eine klare Sache – oder etwa nicht? In diesem Kapitel erfahrt ihr, was genau Menschenrechte eigentlich bedeuten und was passiert, wenn sie nicht vorhanden sind.

M1 Was hat mein Alltag mit Menschenrechten zu tun?

Jeder hat das Recht, sich innerhalb eines Staates FREI zu bewegen und seinen Aufenthaltsort FREI zu wählen.
(Art. 19 (1) der Allgemeinen Erklärung der Menschenrechte)

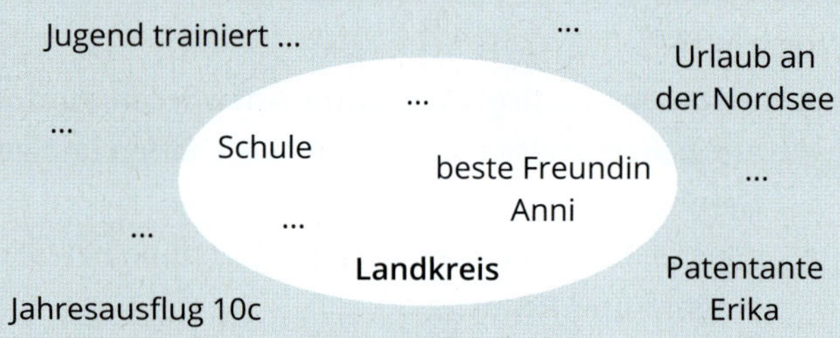

EINSTIEGSAUFGABE 71103-251

Übertragt die Skizze in euer Heft und geht wie folgt vor:

a) Nennt innerhalb des Kreises alle Aktivitäten und Kontakte, die ihr innerhalb/außerhalb eures Landkreises unternehmen könnt.
b) Beschreibt, wie euer Leben sich verändern würde, wenn ihr euren Landkreis nicht verlassen dürftet.
c) Erklärt in der Klasse, warum das Recht zur Freizügigkeit innerhalb eines Staates als Menschenrecht bezeichnet wird.

M2 Was sind Menschenrechte?

a) Definition von Menschenrechten

Menschenrechte zeichnen sich durch spezifische Merkmale aus, so sind sie unter anderem:

1. **Angeboren** und **unveräußerlich**: Menschenrechte können weder erworben, noch verdient oder verliehen werden: Sie stehen jedem Menschen rein aufgrund seines Menschseins zu, daher kann sie kein Mensch je verlieren.

2. **Individuell:** Der Mensch wird als Individuum betrachtet: Die Menschenrechte des Einzelnen dürfen keiner Gemeinschaft untergeordnet oder geopfert werden.
3. **Egalitär** und **nichtdiskriminierend**: Die Menschenrechte stehen allen Menschen gleichermaßen zu, unabhängig von Hautfarbe, Geschlecht, Herkunft, Religion, Sprache, usw. Die Menschenrechte eines Menschen finden ausschließlich in den Menschenrechten der anderen Menschen ihre Grenze.
4. **Universell:** Die Menschenrechte basieren darauf, dass jenseits aller kultur- und traditionsbedingten Unterschiede ein für alle Menschen gleicher – universeller – Kern von Rechten besteht, den es zu schützen gilt.
5. **Unteilbar** und **verflochten**: Bürgerliche, politische, wirtschaftliche, soziale und kulturelle Menschenrechte sind nur als Einheit sinnvoll, denn sie bedingen sich gegenseitig: Der Schutz oder die Verletzung eines Menschenrechts beeinflusst die anderen Menschenrechte.

Trautweiler, Stéfanie: Menschenrechte. In: www.europawatchdog.info, Abruf am 10.04.2023

Die UN-Vollversammlung verabschiedet am 10.12.1948 im Palais de Chaillot in Paris die Allgemeine Erklärung der Menschenrechte.

b) Die „Allgemeine Erklärung der Menschenrechte“

Mit der Allgemeinen Erklärung der Menschenrechte einigten sich am 10. Dezember 1948 die damals 56 Mitgliedstaaten der Vereinten Nationen erstmals auf einen gemeinsamen Katalog von Grundrechten basierend auf Gleichheit, Gerechtigkeit und Rechtsstaatlichkeit. Damit wurde ein Wertesystem geschaffen, das für alle Menschen gelten sollte – unabhängig von Herkunft, Geschlecht, Religion, Alter, sozialem Status oder politischer Überzeugung. Durch die Erfahrungen aus dem Zweiten Weltkrieg und der Verbrechen der nationalsozialistischen Diktatur in Deutschland geprägt, formulierte die Generalversammlung der UNO in 30 Artikeln bürgerliche, politische, soziale und wirtschaftliche Rechte, darunter das Recht auf Leben, Eigentum, Gesundheit, Gleichheit vor dem Gesetz, freie Meinungsäußerung und Staatsangehörigkeit.

Bearbeiterin

Menschenrechte im Grundgesetz
Die Bundesrepublik Deutschland hat den Katalog von Grundrechten der Allgemeinen Erklärung der Menschenrechte in ihrem Grundgesetz von 1949 verankert.

Unterschied zwischen Menschen-, Bürger- und Grundrechten
Menschenrechte gelten für alle Menschen, Bürgerrechte für alle Bürgerinnen und Bürger eines Landes.
Grundrechte hingegen ist der Oberbegriff für Menschen- und Bürgerrechte, über die die Menschen in einem Staat verfügen.

M3 Auszüge aus der Allgemeinen Erklärung der Menschenrechte

Art. 19: Jeder hat das Recht auf Meinungsfreiheit und freie Meinungsäußerung.

Art. 14: Jeder hat das Recht, in anderen Ländern vor Verfolgung Asyl zu suchen.

Art. 11: Jeder Mensch gilt als unschuldig, bis seine Schuld bewiesen ist.

Art. 18: Jeder hat das Recht auf Gedanken, Gewissens- und Religionsfreiheit.

Art.3: Jeder hat das Recht auf Leben, Freiheit und Sicherheit der Person.

Art. 25: Jeder hat ein Recht auf Wohnung.

Art. 7: Alle Menschen sind vor dem Gesetz gleich.

Art. 20: Alle haben das Recht, sich friedlich zu versammeln.

Art. 5: Niemand darf der Folter oder grausamer, unmenschlicher oder erniedrigender Behandlung oder Strafe unterworfen werden.

Art. 26: Jeder hat das Recht auf Bildung.

Art. 23: Jeder hat das Recht auf Arbeit, auf freie Berufswahl, auf gerechte und befriedigende Arbeitsbedingungen sowie auf Schutz vor Arbeitslosigkeit.

AUFGABEN

71103-252

1. Vervollständigt den Satz: „Menschenrechte bedeuten für mich ...“ und begründet euer Ergebnis. **(M2a–b)**.
2. Ordnet die in **M3** genannten Menschenrechte den Merkmalen von Menschenrechten in **M2a** zu.
3. Analysiert in Kleingruppen (3–4 Personen), welche Menschenrechte aus **M3** für euch besonders wichtig sind.
   a) Jeder wählt für sich die wichtigsten Rechte aus.
   b) Einigt euch in der Gruppe auf fünf Rechte, die für euch wichtig sind.
   c) Vergleicht eure Ergebnisse in der Klasse.
4. Bewertet mithilfe geeigneter Beispiele, inwiefern die Allgemeinen Menschenrechte „Grundlage unseres Lebens“ sind (**M1–M3**).

12.1.2 Welche Menschenrechte werden wo verletzt?

Zum Thema: Staaten können Menschenrechte zwar anerkennen, gleichzeitig diese aber bedrohen. Menschenrechte werden weltweit von Staaten verletzt. Diese Situation hat sich in der Covid-19-Krise für Millionen von Menschen unmittelbar oder mittelbar verschlechtert.

M4 Menschenrechte – eine unüberwindbare Kluft?

Karikatur: Julian Pena, 2011

EINSTIEGSAUFGABEN 71103-253

1. Analysiert die Karikatur. Auf welches Problem macht der Karikaturist aufmerksam?
2. Nennt Gründe, weshalb die Rechte von den Menschen getrennt sein könnten.
3. Entwickelt zu zweit Möglichkeiten, wie die Kluft überwunden werden könnte.

M5 Stehen Menschenrechte im Widerspruch zum Selbstbestimmungsrecht der Völker?

Am 10. Dezember 1948 nahm die UN-Generalversammlung in Paris mit 48 Ja-Stimmen bei acht Enthaltungen (der kommunistischen Staaten sowie Saudi-Arabiens und Südafrikas) die Allgemeine Erklärung der Menschenrechte an. Die Anerkennung der menschlichen Würde und der gleichen und unveräußerlichen Rechte eines jeden bilde die Grundlage der Freiheit, der Gerechtigkeit und des Friedens in der Welt, heißt es am Anfang der Erklärung [...]. Ungeachtet der förmlichen Bindung fast aller Staaten der Erde an die wichtigsten universalen Menschenrechtsverträge und wiederholter Bekenntnisse der Regierungen zur Universalität, Unteilbarkeit und Interdependenz aller Menschenrechte ist das Spannungsverhältnis zwischen universalen Menschenrechten und der Autonomie nationaler, regionaler oder religiös bestimmter (Rechts-)Kulturen bis heute ungelöst.

Von Zeit zu Zeit wird erklärt, die Menschenrechte seien eine kulturell und geschichtlich bedingte westliche Idee, die sich nicht auf andere Regionen übertragen lasse und die auch keineswegs „zeitlos" gültig sei. Im positiven Völkerrecht findet diese Distanzierung ihren Niederschlag in zahlreichen Vorbehalten zu den Menschenrechtsverträgen, die sich insbesondere auf die Religions- und Glaubensfreiheit sowie die Gleichberechtigung von Mann und Frau beziehen. So konnten sich die asiatischen und die islamisch-arabischen Staaten bis heute nicht entschließen, den universell verbürgten Menschenrechten durch regionale Verträge zu einer größeren Wirksamkeit zu verhelfen und diese damit auch politisch nachdrücklicher anzuerkennen, als es mit der Hinterlegung einer Ratifikationsurkunde im fernen New York oder Genf der Fall ist. Dennoch ist weltweit unumstritten, dass es einen schützenswerten, universalen menschenrechtlichen Kernbereich (wie das Recht auf Leben, auf körperliche Unversehrtheit, auf Freiheit von willkürlicher Inhaftierung) gibt.

Je mehr aber die abwehrrechtliche Grundlage der Menschenrechte verlassen und ihnen eine objektive, gesellschaftsgestaltende Funktion beigemessen wird, desto größer wird das Potential eines Widerspruchs zu dem ebenfalls völkerrechtlich verbürgten Selbstbestimmungsrecht der Völker. „Alle Völker haben das Recht auf Selbstbestimmung", heißt es in dem gemeinsamen Art. 1 Abs. 1 der beiden UN-Menschenrechtspakte. „Kraft dieses Rechts entscheiden sie frei über ihren politischen Status und gestalten in Freiheit ihre wirtschaftliche, soziale und kulturelle Entwicklung." Das Selbstbestimmungsrecht wurde einer Forderung der „Dritten Welt" gemäß in die Pakte aufgenommen, die damit den Anspruch der Völker unter kolonialer Herrschaft auf Unabhängigkeit verankern wollte. Es war nicht daran gedacht, das Selbstbestimmungsrecht als ein Gegengewicht zu den Menschenrechten aufzubauen.

Fassbender, Bardo: Idee und Anspruch der Menschenrechte im Völkerrecht. In: Aus Politik und Zeitgeschichte (APuZ), Heft 46/2008, S. 3 f.

M6 Welche Menschenrechte werden am häufigsten verletzt?

Der „Amnesty International Report" (AIR) gibt Auskunft über die Situation der Menschenrechte in 149 Staaten und ist eine internationale Grundlage für alle, die sich für die Menschenrechte interessieren und sie durch politische Entscheidungen oder freiwilliges Engagement verändern wollen. Zugleich fordert der jährliche Bericht von Regierungen ein, die Menschenrechte zu respektieren und für sie einzustehen.

Amnesty International Deutschland e. V.: Amnesty Report 2020: Weltweite Menschenrechtslage hat sich in Corona-Krise massiv verschlechtert. In: www.amnesty.de, 07.04.2021

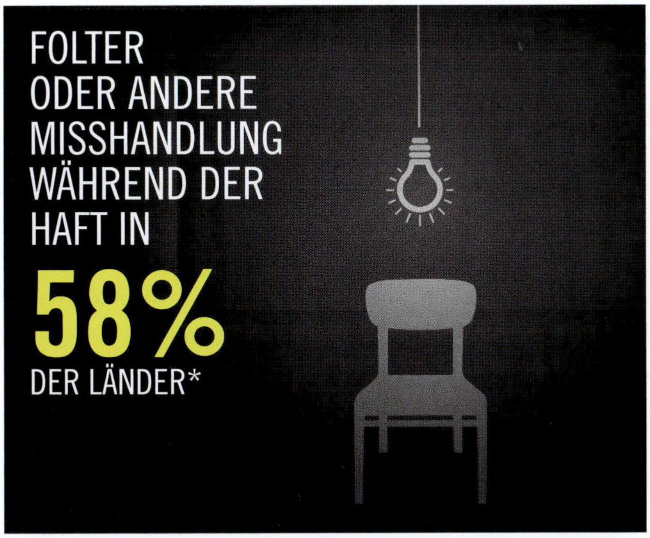

Amnesty dokumentierte im Jahr 2020 in mindestens 87 von 149 Ländern, die der Amnesty Report 2020/21 erfasst, Berichte über Folter und andere Misshandlungen.

Amnesty dokumentierte im Jahr 2020 in mindestens 46 der 149 Länder, die der Amnesty Report 2020/21 erfasst, Berichte über außergerichtliche Hinrichtungen.

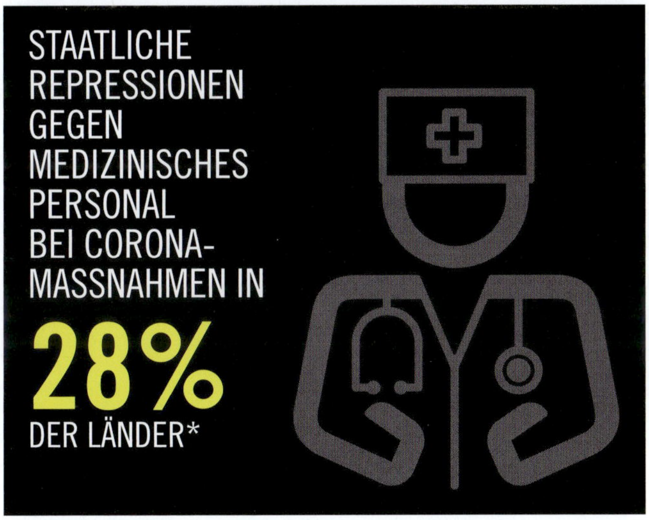

Amnesty dokumentierte im Jahr 2020 in mindestens 42 der 149 Länder, die der Amnesty Report 2020/21 erfasst, Berichte über Schikanen und Einschüchterungen gegenüber medizinischem Personal im Kontext der Pandemie.

Weiteres Plakat von Amnesty International

71103-254

M7 Menschenrechte in der Diskussion ...

Sind die Menschenrechte weniger wichtig als das Selbstbestimmungsrecht der einzelnen Staaten und Kulturen? Oder sollten fremde Kulturen nicht doch lieber in Ruhe gelassen werden? Ein Gespräch mit der in China lehrenden Politologin Anja Mihr.

Frau Mihr, haben Menschenrechte und Coca-Cola etwas gemeinsam?

Auf den ersten Blick natürlich nicht. Aber beides wird ähnlich wahrgenommen. Das erlebe ich häufig, wenn ich mit Studenten aus nicht europäischen Ländern spreche. Die Menschenrechte werden als westliches Produkt angesehen, das ähnlich wie Coca Cola für einen westlichen Lebensstil steht und an alle Orte der Welt exportiert wird. Einen Satz höre ich immer wieder: Es ist schön, dass es die Menschenrechte gibt, aber bei uns würden sie nicht funktionieren.

Sind Menschenrechte demnach eine Erfindung des Westens?
Das ist ein Mythos. Die Geschichte der Menschenrechte fängt vor mehr als sechstausend Jahren in Mesopotamien und Indien an. Allerdings ist das gegenwärtige Menschenrechtssystem eindeutig westlich dominiert. Was wir heute unter Menschenrechten verstehen, ist seit 1945 und mit der Gründung der Vereinten Nationen unter Interpretationshoheit des Westens entstanden. Das schürt diesen Mythos. [...]

Warum tun sich Länder wie China so schwer mit [der Universalität der Menschenrechte]?
Die Universalität der Menschenrechte ist seit 2004 in der chinesischen Verfassung verankert. Dennoch werden in China täglich Menschen und Freiheitsrechte verletzt. Die allgemeine Argumentation hier ist: Menschenrechte sind zwar wichtig, aber Sicherheit und Wohlergehen des Staates sind wichtiger und stehen an erster Stelle. Kurz gesagt: Das Individuum steht hinter dem Kollektiv zurück.

Kritiker weisen immer wieder auf kulturelle Besonderheiten hin. Ihre Argumentation lautet: Kulturen sind unvergleichlich. Sie entziehen sich Hierarchien und lassen sich nicht am Universellen messen. Muss der Westen auch bei den Menschenrechten mehr Rücksicht auf kulturelle Unterschiede nehmen?
Die Unveräußerlichkeit der Menschenrechte liegt genau darin begründet, dass sie vor allen kulturellen Eigenarten stehen. Die Annahme dahinter lautet: In allen Kulturen gibt es ein universelles und vorkulturelles Verständnis für Recht und Unrecht. Keine Kultur belohnt Diebstahl, Mord oder Lüge – alle verurteilen das. Wenn der Einzelne zum Wohle der Gesamtheit diskriminiert, misshandelt oder mundtot gemacht wird, widerspricht das der Universalität der Menschenrechte. Dieser Annahme haben inzwischen alle 192 UN-Mitgliedstaaten zugestimmt.

Braun, Andreas: Als hätten wir sie mit der Muttermilch aufgesogen. Interview mit Anja Mihr. In: fluter, Nr. 29/2008, S. 44

AUFGABEN

71103-255

1. Erläutert das Problem der Universalität von Menschenrechten (**M5**).
2. Welche Menschenrechte werden verletzt?
   a) Arbeitet heraus, welche Menschenrechte in den betroffenen Ländern verletzt werden (**M6**).
   b) Recherchiert im Internet die Hintergründe zu den Menschenrechtsverletzungen und gestaltet ein Plakat.
3. Können Menschenrechte von allen eingefordert werden? Stellt die unterschiedlichen Auffassungen dar (**M7**).
4. Begründet, wie umfassend eurer Meinung nach Menschenrechte gelten sollen.

H zu Aufgabe 2a
→ S. 395

12.1.3 Können Rechte die Menschenrechte schützen?

Zum Thema: Nach wie vor werden Menschen durch Eingriffe in ihre elementaren Lebensrechte bedroht. Was können wir dagegen unternehmen? Was können Staaten tun, und was passiert, wenn der Staat nicht in der Lage ist, etwas zu unternehmen?

M8 Schützen Menschenrechte der Menschen Rechte?

EINSTIEGSAUFGABE

71103-256

Wer oder was schützt Menschenrechte? Beschreibt die Zeichnung und ergänzt eigene Ideen.

M9 Wie werden Menschenrechte in Deutschland umgesetzt?

Mit der Verkündung von Menschenrechten wird nicht automatisch geltendes Recht geschaffen. Damit Menschenrechte ihre Geltung erhalten, müssen sie in nationales Recht umgesetzt werden.
In der Bundesrepublik Deutschland wurde dies mit dem Grundgesetz verwirklicht. Hierin wurden einerseits in den Artikeln 1–19 die Grundrechte an den Anfang der Verfassung gerückt und andererseits wurde den Grundrechten mit Artikel 79 Absatz 3 ein „ewiger" Wert zugeschrieben, der auch durch eine Verfassungsänderung nicht aufgehoben werden kann. Damit haben die Mütter und Väter des Grundgesetzes den Schutz der Grundrechte in unserer Verfassung verankert und mit Artikel 1 den Zusammenhang zwischen Grundrechten und den „unverletzlichen und unveräußerlichen Menschenrechten als Grundlage jeder menschlichen Gemeinschaft" herausgestellt.

Bearbeiterin

Art. 1 – 19 GG
→ S. 168, M2

Art. 79 GG
(3) Eine Änderung dieses Grundgesetzes, […] durch die in den Artikeln 1–20 niedergelegten Grundsätze berührt werden, ist unzulässig.

M10 Internationale Organisationen im Einsatz für Menschenrechte

a) Der UN-Menschenrechtsrat

Für das ARD-Studio in Brüssel führte Cornelia Kolden im Juli 2022 mit dem Vorsitzenden der UN-Untersuchungskommission Erik Møse ein Interview zu Kriegsverbrechen in der Ukraine.

Der UN-Menschenrechtsrat: Zusammensetzung und Auftrag

71103-257

Eine ganze Reihe von Organisationen und Institutionen sucht nach Beweisen für Kriegsverbrechen in der Ukraine. Was ist Ihre Rolle in alledem?
Unsere unabhängige Kommission wurde vom UN-Menschenrechtsrat durch eine Resolution im März dieses Jahres eingesetzt. Wir sind also ein Gremium der Vereinten Nationen und haben ein sehr breites Mandat, das sich aus der Resolution ergibt. Es umfasst alle mutmaßlichen Menschenrechtsverletzungen, alle mutmaßlichen Verstöße gegen das humanitäre Völkerrecht und damit zusammenhängende Verbrechen. Wir sollen untersuchen, ob es Verstöße gegen diese Rechtsnormen gibt. Wir werden auch gebeten, die Täter, Personen oder Einrichtungen zu identifizieren, die solche Verstöße begangen haben könnten, und Vorschläge zur Rechenschaftspflicht zu machen. […]

Wie viele Personenarbeiten für Sie vor Ort in der Ukraine?
Zunächst einmal verfügen wir über das Sekretariat der Kommission, das jetzt eingerichtet worden ist und aus etwa 20 Personen besteht. Es hat seinen Sitz in Wien und unterstützt die drei Kommissare, die vom Menschenrechtsrat ernannt wurden. Wir greifen aber auch auf das Fachwissen der Mission des Hochkommissariats in der Ukraine zurück, die seit 2014 vor Ort ist. Sie haben natürlich eine Fülle von Material zur Verfügung gestellt, und wir prüfen dieses Material. Und das ist eine der Quellen, die eine Art Ausgangspunkt für unsere Ermittlungen sind.

Abschlussbericht der UN-Untersuchungskommission zu Kriegsverbrechen in der Ukraine

71103-258

Sie haben das Mandat der Vereinten Nationen. Russland hat dieser UN-Mission nicht zugestimmt. Ist es Ihnen als Organisation bislang gelungen, mit der russischen Seite in Kontakt zu treten?
Wir haben uns mit den russischen Behörden in Verbindung gesetzt und unser Interesse bekundet, mit ihnen in Kontakt zu treten. Bisher ist uns das noch nicht gelungen, aber wir setzen unsere Bemühungen fort, und für uns als unabhängige und unparteiische Organisation wäre es natürlich von Vorteil, wenn wir die Version aller Konfliktparteien kennen würden. […]

Ihr Auftrag ist zeitlich begrenzt. Wann entscheiden Sie, dass Sie genug Beweise gesammelt haben? Und was machen Sie danach mit diesen Beweisen?
Diese Kommission muss ihren Abschlussbericht im März 2023 dem Menschenrechtsrat vorlegen. […] Wenn wir uns also diesem Bericht nähern, müssen wir die weiteren Untersuchungen einstellen und den Bericht fertigstellen.
Und diese Beweise, die wir gesammelt haben, werden für die Zukunft aufbewahrt, denn, wie ich bereits sagte, ist die Rechenschaftspflicht eines der Ziele der Mission. Es ist dann Sache des Men-

schenrechtsrates, über das weitere Vorgehen zu entscheiden. So wird sich der Menschenrechtsrat auf der Grundlage der Empfehlungen in unserem Bericht mit verschiedenen Arten der Rechenschaftspflicht befassen müssen.

Ihre Kommission hat nichts mit einem Strafgerichtshof zu tun. Heißt das: Der Internationale Strafgerichtshof hat nichts mit Ihrer Kommission zu tun?

Unsere Kommission ist eine Tatsachenermittlungskommission. Sie ist kein Gericht. Wir untersuchen die Situation, geben Empfehlungen ab – und dann ist es Sache des UN-Menschenrechtsrates, über das weitere Vorgehen hinsichtlich der Rechenschaftspflicht zu entscheiden.

Kolden, Cornelia: „Unsere Kommission ist kein Gericht". In: www.tagesschau.de, 14.07.2022

b) Beispiele für Organisationen im Einsatz für die Menschenrechte

1 TERRE DES FEMMES

Terre des Femmes setzt sich für ein gleichberechtigtes und selbstbestimmtes Leben von Mädchen und Frauen weltweit ein.

2 HUMAN RIGHTS WATCH

Human Rights Watch tritt für die Wahrung der Menschenrechte weltweit ein.

3 RSF REPORTER OHNE GRENZEN

Reporter ohne Grenzen setzt sich weltweit für die Pressefreiheit ein.

AUFGABEN

71103-259

1. Beschreibt, wie Menschenrechte in Deutschland umgesetzt und geschützt werden können (**M9**).
2. Erläutert die Möglichkeiten des UN-Menschenrechtsrats, Menschenrechte zu schützen (**M10a–b**).
3. Neben staatlichen Institutionen sind es auch die nichtstaatlichen Akteure, die sich um die Einhaltung der Menschenrechte kümmern. Wählt euch eine der Organisationen aus **M10b** oder eine eigene aus und erstellt mithilfe der nachfolgenden Methode einen politischen Steckbrief.

METHODE

Einen politischen Steckbrief erstellen

I. Worum geht es?

Ein politischer Steckbrief ist eine Methode, um die wichtigsten Daten, Merkmale und Charakteristika einer politischen Person / Organisation oder eines politischen Themas listenartig darzustellen und den Lesenden damit eine Zusammenfassung über das Wesentliche zu geben.

II. Geht dabei so vor:

1. Schritt: Auswahl des Untersuchungsobjekts

Ihr bestimmt in Kleingruppen mithilfe von **M10b** oder einer Recherche im Internet eine Organisation zum „Schutz von Menschenrechten“, die ihr im Steckbrief vorstellen wollt.

↓ ↓ ↓

2. Schritt: Anfertigung des Steckbriefes

Übertragt die Form des Steckbriefes auf ein Papier.

- Name der Organisation
- Welches Ziel verfolgt die Organisation?
- Stehen bestimmte Menschenrechte im Vordergrund?
- Mit welchen Mitteln/Maßnahmen/Aktionen etc. werden Menschenrechte geschützt?
- Welchen Problemen/Schwierigkeiten sieht sich die Organisation gegenübergestellt?
- Wie wirksam wird die Organisation im Kampf für die Menschenrechte eingeschätzt?
  Ausschlaggebendes Kriterium:
- Würdest du die Organisation unterstützen? (mit Begründung)
  Ausschlaggebendes Kriterium:

LOGO

↓ ↓ ↓

3. Schritt: Recherche und Präsentation

1. Recherchiert im Internet über die von euch ausgewählte Organisation zum „Schutz von Menschenrechten“ und füllt euren Steckbrief aus.
2. Stellt eure Steckbriefe der Klasse vor.

Bearbeiterin

12.2 Frieden und Kriege im 21. Jahrhundert

12.2.1 Definition von „Frieden“: Ab wann sollte von „Frieden“ gesprochen werden?

Zum Thema: Frieden wünschen sich Menschen auf der ganzen Welt. Aber wo Frieden anfängt oder wo er aufhört, darüber herrscht Uneinigkeit. Frieden kann man zwar machen, aber wie?

M1 Was bedeutet Frieden?

Si vis pacem para bellum
Die Aussage des Bildes bezieht sich auf das lateinische Sprichwort: Si vis pacem para bellum (Wenn du Frieden willst, bereite den Krieg vor).

EINSTIEGSAUFGABEN

71103-260

1. Wer den Frieden will … – Vervollständigt den Satz und begründet euer Ergebnis.
2. Charakterisiert zu zweit, was eurer Meinung nach alles zum „Frieden“ dazugehört? Geht dabei wie folgt vor:
   a) Sammelt Aspekte, die für euch zum Frieden gehören.
   b) Tragt in der Klasse eure Aspekte zusammen, findet Rubriken und ordnet eure gesammelten Aspekte zu.
3. a) Gestaltet in Kleingruppen (3–4 Personen) ein eigenes Plakat über den Begriff „Frieden“.
   b) Stellt eure Ergebnisse in der Klasse vor.

M2 „Wenn kein Krieg herrscht, dann ist Frieden"!

Das Konzept des so genannten **negativen Friedens** geht auf den norwegischen Friedensforscher Johan Galtung zurück. Für ihn ist Frieden ein Zustand innerhalb eines Systems größerer Gruppen von Menschen, besonders von Nationen, bei dem keine organisierte kollektive Anwendung oder Androhung von Gewalt stattfindet.

Der negative Frieden beschreibt demnach den Frieden unter Abwesenheit von physischer Gewalt und Krieg. Da keine Aussage über eine (positive) Ausgestaltung von Frieden und Fragen von Gerechtigkeit getroffen werden, kann es beim Zustand des negativen Friedens zu struktureller Gewalt, also etwa zu Ungleichheit oder Armut kommen. Gebiete, in denen Waffenruhe herrscht, fallen unter den negativen Frieden ebenso wie die Blöcke zur Zeit des Kalten Krieges.

Bearbeiterin

Was bedeutet der Begriff „Gewalt"?

Der Friedensforscher Johann Galtung beschreibt drei Formen von Gewalt:

- Direkte Gewalt wird von einem Akteur/einer Akteurin unmittelbar ausgeübt. Diese Gewalt ist sichtbar und von physischer oder psychischer Natur. Es gibt Täter und Opfer.
- Strukturelle Gewalt ist unsichtbar, da sie Strukturen der sozialen Ungerechtigkeit fördern und die Befriedigung grundlegender Bedürfnisse verhidern. Sie äußert sich meist indirekt und hat keine unmittelbar sichtbaren Verursacher.
- Kulturelle oder symbolische Gewalt beinhaltet Aspekte einer Gesellschaftskultur, die die Verwendung von direkter oder struktureller Gewalt legitimiert. Sie zeigen sich häufig in Einstellungen/Vorurteilen (Rassismus, Sexismus, Islamophobie, ...).

Bearbeiterin

M3 „Frieden bedeutet, die Ursachen zu beseitigen, die zu Krieg führen können!"

Positiver Frieden bedeutet zwar auch die Abwesenheit von physischer Gewalt und Krieg, allerdings herrschen beim positiven Frieden soziale Gerechtigkeit und Gleichheit, also ein Minimum an Gewalt. Demnach ist der positive Friede ein Zustand, der geprägt ist von wirtschaftlicher und sozialer Entwicklung, Gerechtigkeit und Freiheit. Die Verwirklichung von Menschenrechten ist eine Voraussetzung für positiven Frieden. Positiver Frieden, beispielsweise am Ende eines Krieges, ist also laut Johan Galtung erst dann gegeben, wenn die Infrastruktur wiederhergestellt ist und die Menschen unter guten, sozialen Bedingungen in einer Gesellschaft leben können.

Bearbeiterin

AUFGABEN

71103-261

1. Vergleicht die Konzepte des negativen und positiven Friedens (**M2**, **M3**).
2. Überprüft eure gesammelten Aspekte zum Frieden (**M1**) und ordnet diese den beiden Friedenskonzepten zu (**M2**, **M3**).
3. Welchem Friedenskonzept stimmt ihr zu? Begründet eure Entscheidung.

12.2.2 Analyse eines kriegerischen Konflikts: Der Krieg in der Ukraine – gibt es eine Friedensperspektive?

Zum Thema: Am 24. Februar 2022 beginnt Russland mit dem Einmarsch von Truppen in das ukrainische Staatsgebiet und Luftangriffen einen großangelegten Angriffskrieg gegen die Ukraine. Aber wie kam es dazu? Und was hat die EU damit zu tun? Diese Fragen sind Gegenstand dieses Kapitels.

M4 Von der Krim-Annexion zum Angriffskrieg

Massenproteste im Winter 2013/2014 auf dem Maidanplatz in der ukrainischen Hauptstadt Kiew, gegen Korruption und gegen die Entscheidung des damaligen Präsidenten, ein Assoziierungsabkommen mit der EU nicht zu unterzeichnen. Die zunächst friedlichen Proteste mündeten 2014 in gewaltsame Auseinandersetzungen, bei denen rund 100 Menschen starben.

Im März 2014 annektierte Russland die ukrainische Halbinsel Krim nach einer bewaffneten Intervention durch russische Streitkräfte. Die Annexion gilt als direkte Reaktion Russlands auf die Maidanproteste und ermöglichte die separatistische Mobilisierung im Osten der Ukraine, die rasch von Russland unterstützt wurde.

2014 hatten pro-russische Separatisten in den Gebieten Donezk und Luhansk „unabhängige Volksrepubliken" ausgerufen. In dem folgenden bewaffneten Konflikt sterben mehr als 13.000 Menschen. Unterstützer:innen demonstrieren mit russischen Flaggen in Luhansk, Mai 2019.

Ein durch Angriffe der russischen Armee vollkommen zerstörtes Gebäude in Mariupol, 26.03.2022. Menschenrechtsorganisationen sprechen von Kriegsverbrechen.

Millionen von Ukrainer:innen fliehen vor dem Krieg, 04.03.2022 nahe der polnisch-ukrainischen Grenze bei Przemysl. Nach rund vier Wochen Krieg waren bis Ende März 2022 bereits knapp vier Millionen Ukrainer:innen aus ihrem Heimatland geflohen, vor allem Frauen und Kinder.

Annexion
einseitig erzwungene Eingliederung eines Territoriums

EINSTIEGSAUFGABEN 71103-262

1. Stellt mit Hilfe der Bilder und ihrer Beschreibungen Vermutungen darüber an, worum es im Krieg in der Ukraine geht (**M4**).
2. Tragt euer Vorwissen zu diesem Krieg in der Klasse zusammen. Sammelt Fragen.

M5 Hintergrund: der Krieg in der Ukraine

Assoziierungsabkommen
Hier: ein Vertrag zwischen einem Staat (Ukraine) und einer Gemeinschaft von Staaten (EU) zur besseren Zusammenarbeit auf unterschiedlichen Ebenen

Korrupt
Bestechlich

Donbas/Donbass
Die russische und ukrainische Schreibweise für das Donezbecken unterscheiden sich: Donbas (= ukrainisch), Donbass (= russisch).

Völkerrecht
Rechtsordnung für alle Staaten der Welt, vor der jeder Staat gleichrangig ist; regelt die Beziehungen zwischen den Staaten. Dem Völkerrecht liegt die Charta der Vereinten Nationen als Basis zugrunde (→ S. 329, **M3**).

1 Nach der Gründung der Sowjetunion (1922) wird die Ukraine Teil der UdSSR (g Textkasten). Die Ukrainische Sowjetrepublik umfasste die Territorien mit einer ukrainischen Bevölkerungsmehrheit. Das Territorium der Ukrainischen Sowjetrepublik wurde mehrfach verändert, die Krim gehörte ab 1954 dazu. Die heutige Westgrenze der Ukraine wurde nach dem Ende des Zweiten Weltkriegs gezogen. Die Kompetenzen der Sowjetrepublik waren beschränkt, sie musste sich der Herrschaft der kommunistischen Partei unterordnen.

2 Nach dem Fall der Sowjetunion wird die Ukraine 1991 zum ersten Mal in ihren heutigen Grenzen ein unabhängiger Staat. Danach verortet sich das Land in der internationalen Politik zwischen Neutralität, (westlicher) Identitätsbildung und pragmatischen Beziehungen zu Russland.

3 Während der „Orangenen Revolution" im Jahr 2004 gehen Hunderttausende auf die Straßen gegen Wahlbetrug, korrupte Eliten und für Reformen. Im Wahlverhalten zeigt sich lange, dass in der West- und Nordwestukraine westlich orientierte Politiker:innen Zustimmung erhalten, die Bevölkerung im Südosten der Ukraine aber mehrheitlich politische Kräfte unterstützt, die soziale und wirtschaftliche Sorgen der Region spiegeln und engere Beziehungen nach Russland unterhalten.

4 Im Spätherbst 2013 verweigert der damalige ukrainische Präsident unter russischem Einfluss die Unterzeichnung eines Assoziierungsabkommens mit der EU. Dies führt zu monatelangen Demonstrationen für einen pro-europäischen Kurs auf dem Kiewer Unabhängigkeitsplatz, dem sogenannten Maidan. Meinungsumfragen aus dieser Zeit zeigen, dass die eigentliche Ursache für die Proteste in der großen Unzufriedenheit der Menschen mit dem korrupten Regime liegt, das demokratische Grundrechte verletzte.

5 Im Februar 2014 spitzen sich die Auseinandersetzungen gewaltsam zu. Russland besetzt als Folge die Halbinsel Krim und gliedert sie nach einem illegalen Referendum ins russische Staatsgebiet ein. Die Annexion der Krim bricht mit dem im Völkerrecht verankerten Prinzip der territorialen Integrität. Als Folge verhängen die EU und die USA Sanktionen gegen Russland. Im April 2014 demonstrieren im Osten und Süden

UdSSR
Die Sowjetunion, die auch UdSSR genannt wurde, war von 1922 bis 1991 ein Staat in Osteuropa und in Asien. Die Abkürzung UdSSR stand für „Union der Sozialistischen Sowjetrepubliken". Neben Russland gehörten Belarus und die Ukraine dazu sowie 12 weitere Staaten. [...] Die Sowjetunion entwickelte sich schnell zu einer Diktatur, in der die kommunistische Partei das Sagen hatte. [...] Nach dem Zweiten Weltkrieg stieg die Sowjetunion zur zweiten Supermacht neben den USA auf. [...] Unter Führung der Sowjetunion wurde 1955 der Warschauer Pakt gegründet. Mit dem militärischen Bündnis wollte die Sowjetunion ein Gegengewicht zur NATO bilden und ihre Macht in Osteuropa absichern. Die UdSSR hatte Jahrzehnte lang mit großen wirtschaftlichen Problemen zu kämpfen. [...] 1991 zerfiel [sie]. Zum Jahresbeginn 1992 entstanden auf dem Gebiet der ehemaligen Sowjetunion 15 neue unabhängige Staaten. Das heutige Russland [und die Ukraine] gehör[en] zu den Nachfolgestaaten der UdSSR.

Toyka-Seid, Christiane: Sowjetunion. In: www.hanisauland.de, Abruf am 28.03.2022

der Ukraine Zehntausende gegen die Übergangsregierung in Kiew sowie gegen die prowestlichen Proteste auf dem Maidanplatz, zum Teil auch für einen Anschluss an Russland. Im Osten der Ukraine, im sogenannten Donbas, werden die „Volksrepubliken" Donezk und Luhansk ausgerufen. Es kommt zu kriegerischen Auseinandersetzungen zwischen der ukrainischen Armee und den von Russland finanziell und militärisch unterstützten pro-russischen Separatisten.

6 Der Konflikt kommt nicht zur Ruhe. Verschiedene Vermittlungsversuche und Friedenspläne („Minsker Abkommen"), unter deutscher und französischer Vermittlung, haben keinen nachhaltigen Erfolg, der Waffenstillstand wird immer wieder gebrochen. Im September 2017 tritt das Assoziierungsabkommen mit der EU in Kraft. Das Abkommen stärkt die politischen und wirtschaftlichen Beziehungen zwischen der Ukraine und der EU. 2019 bringt eine erneute Einigung über eine Waffenruhe und Gefangenenaustausch u. a. mit dem neu gewählten ukrainischen Präsidenten Wolodymyr Selenskyj nur kurzzeitig Entspannung.

7 Im Verlauf des Jahres 2021 spitzt sich die Lage immer weiter zu, als Russland seine Truppen an der Grenze zur Ostukraine verstärkt. Der russische Präsident Wladimir Putin fordert Sicherheitsgarantien von der NATO (darunter den Verzicht auf eine NATO-Osterweiterung) und im Folgenden den Abzug von NATO-Truppen und -Infrastruktur aus Ostmitteleuropa.

8 Die diplomatischen Bemühungen gehen weiter: 2021/22 waren Verhandlungsversuche zwischen den USA und Russland bzw. NATO und Russland zentral. Am 21.02.2022 erkennt Putin die Unabhängigkeit und Souveränität der „Volksrepubliken" Donezk und Luhansk an und bricht damit die Vereinbarungen des Minsker Abkommens. Die EU-Staaten, die USA und weitere Länder bereiten umfassende Sanktionen vor. Das erste Sanktionspaket wird von der EU im März 2022 angenommen.

9 Am 24.02.2022 greift die russische Armee die Ukraine an. Die Ukrainer:innen leisten erbitterten Widerstand gegen die Angriffe sowohl aus der Luft als auch durch russische Bodentruppen. Dabei werden neben militärischen Zielen auch Wohnblocks, Schulen und Krankenhäuser bombardiert. Nach Angaben des UN-Flüchtlingswerkes sind bis Ende März 2022 knapp vier Millionen Ukrainer:innen aus ihrem Heimatland geflohen, rund 6,5 Millionen sind innerhalb der Ukraine auf der Flucht. Die westliche Welt reagiert geschlossen mit mehreren Sanktionspaketen bisher nicht bekannten Ausmaßes. Zudem unterstützt sie die Ukraine mit Waffen und humanitärer Hilfe.

Bearbeiterin

Ethnie
Volksgruppe, die sich aufgrund gemeinsamer Herkunft, Kultur, Sprache, Religion, Geschichte und/oder Wirtschaftsweise zusammengehörig fühlt und eine Gemeinschaft bildet.

(Mutter)Sprachen in der Ukraine
Die Ukraine ist durch verschiedene Imperien geprägt und ein diverses Land: es gibt neben ukrainisch-sprachigen Ukrainer:innen ethnische Russen, es gibt gemischte ethnische Hintergründe, es gibt russischsprachige Ukrainer:innen und solche, die Russisch und Ukrainisch sprechen. Häufig wird überschätzt, dass diese Hintergründe zu Konflikten führen würden, Zweisprachigkeit ist sehr ausgeprägt. „Muttersprachlichkeit" hat im Fall der Ukraine in erster Linie einen symbolischen Wert. Auch deswegen hat (v.a. seit 2014) eine Umorientierung zum Ukrainischen stattgefunden, auch im Süden/Osten des Landes.

M6 Zur Lage der Ukraine zwischen NATO und Russland

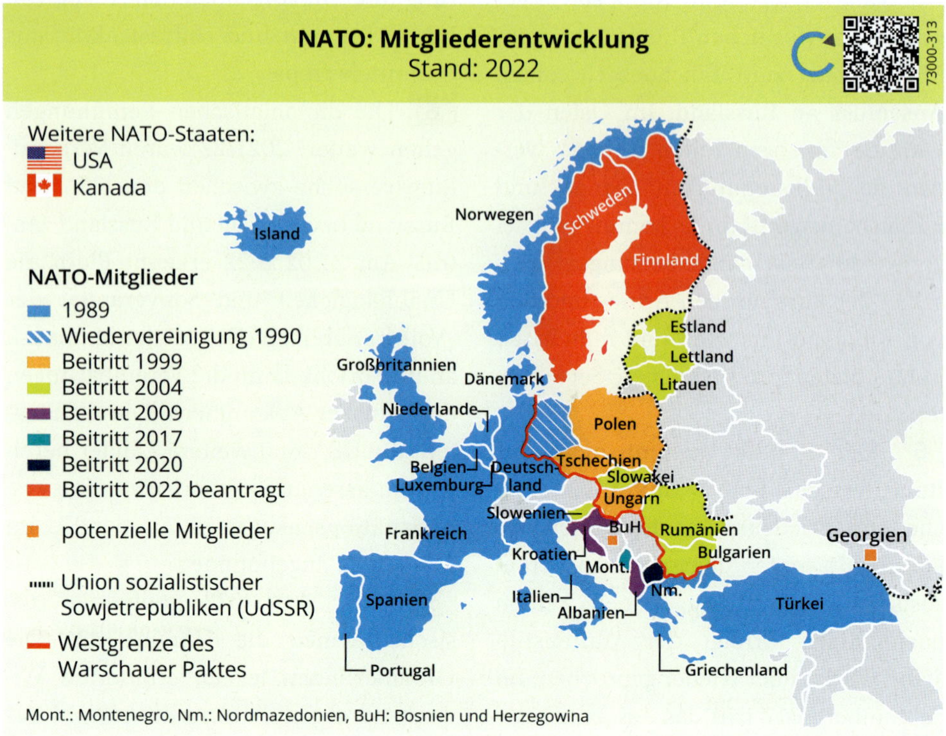

©C.C. Buchner Verlag, aktuelle Daten nach: NATO HQ, 2022

M7 Wer sind die Konfliktparteien innerhalb der Ukraine?

1 Ukrainische Regierung

Die Regierung unter Präsident Wolodymyr Selenskyj (seit 2019) bemühte sich um eine Annäherung an den Westen, hielt aber gleichzeitig an Friedensgesprächen mit Russland fest. Gegen den russischen Angriff (Februar 2022) leistet sie erbitterten Widerstand.

Kurz nach Kriegsbeginn unterzeichnet Selenskyj den offiziellen Antrag zur Aufnahme in die EU. 2008 wurde der Ukraine ein Beitritt zur NATO in Aussicht gestellt, ohne jedoch das Verfahren zur Aufnahme einzuleiten. Vom Westen fordert Präsident Selenskyj – auch stärkere militärische – Unterstützung. In den ersten Kriegswochen rückt Selenskyj von der Forderung einer NATO-Mitgliedschaft ab und zeigt sich bereit, über einen neutralen Status der Ukraine und die Zukunft der Krim sowie der „Volksrepubliken" Donezk und Luhansk zu verhandeln. Im Gegenzug fordert er Sicherheitsgarantien von Russland und dem Westen. Seit dem Bekanntwerden russischer Kriegsverbrechen lehnt die ukrainische Regierung Verhandlungen mit Russland ab.

Bearbeiterin

2 Pro-Russische Separatisten in Donezk und Luhansk

Im Donbas sowie in anderen Regionen im Süden und Osten der Ukraine gibt es mehr persönliche und wirtschaftliche Kontakte nach Russland. Nach der Annexion der Krim kämpfen einige in Teilen des Donbas für mehr Unabhängigkeit. Im Mai 2014 rufen sie nach einer umstrittenen Volksabstimmung die unabhängigen „Volksrepubliken" Donezk und Luhansk aus, die von der ukrainischen Regierung in Kiew und international nicht anerkannt, von Russland dagegen maßgeblich unterstützt werden.

M8 Was sind die internationalen Interessen im Ukraine-Konflikt?

Russland Russlands Präsident Putin betont immer wieder die enge Verbindung zwischen Russland und der Ukraine. Die Orientierung der Ukraine in Richtung EU und NATO gilt aus russischer Sicht als erheblicher Machtverlust. Die Unterstützung der Ukraine durch den Westen ordnet er als westlichen Angriff auf Russlands Souveränität ein und sieht seine globale Bedeutung als Weltmacht bedroht. In einer Rede an die Nation (21.02.2022) stellt er die Staatlichkeit der Ukraine in Frage und bringt seinen Unmut über den westlichen Einfluss zum Ausdruck. Putin sieht die Massenproteste von 2004 und 2013/14 als westliche Machenschaften. Die teilweise abtrünnigen Regionen Donezk und Luhansk waren bereits zuvor stark unterstützt worden. Für den Fall einer direkten Einmischung der NATO zur Unterstützung der Ukraine droht Moskau mit dem Einsatz von Nuklearwaffen. Kritische Medienberichte im Land werden (u.a. durch ein neues Gesetz) unterbunden, z.B. darf nicht von einem „Krieg", sondern nur von einer „militärischen Spezialoperation" berichtet werden. Russland stoppte Gaslieferungen in einige Länder der EU, Ende September ordnete Präsident Putin eine Teilmobilmachung der russischen Streitkräfte an.

Europäische Union Seit Mitte der 1990er Jahre gibt es enge Verbindungen zwischen der EU und der Ukraine. Durch das Assoziierungsabkommen (seit 2017 in Kraft), werden engere politische und wirtschaftliche Bindungen sowie die Achtung gemeinsamer europäischer Werte gefördert. Einen schnellen Beitritt der Ukraine lehnt die EU jedoch ab.

Nach Kriegsbeginn leistet die EU umfangreiche Unterstützung für die Ukraine (einige EU-Staaten auch in Form von Waffenlieferungen) und verhängt massive Sanktionen gegen Russland. Deutschland gibt – auf Druck vieler Staaten – das umstrittene deutsch-russische Projekt der Gaspipeline Nord Stream 2 nach langem Zögern auf. Im Laufe der ersten Kriegsmonate einigen sich die EU-Staaten auf ein Ölembargo mit Ausnahmen.

Die Zusammenarbeit mit russischen Wissenschafts- und Kultureinrichtungen wird gestoppt. Die EU-Länder nehmen Millionen Geflüchtete auf, vor allem die Anrainerstaaten. Die EU fordert Russland auf, sich aus der Ukraine zurückzuziehen und die Gewalt sofort einzustellen, doch der Raum für diplomatische Vermittlung ist gering.

Nord Stream 2
Nord Stream 2 ist eine Gaspipeline, die direkte Gaslieferungen von Russland nach Deutschland ermöglichen soll, genau wie die bereits 2011 in Betrieb genommene Pipeline Nord Stream 1. Die Ukraine, die bisher als Transitland von Gaslieferungen durch Einnahmen profitierte, wird dabei umgangen. Kritisiert wurde Deutschland, v. a. von Nachbarländern wie Polen, dass die sicherheitspolitischen Risiken der Energieabhängigkeit von Russland in Kauf genommen bzw. unterschätzt wurden. Ende September 2022 wurden die Nord Stream-Pipelines durch (bisher ungeklärte) Anschläge zerstört.

NATO Nach der Besetzung der Krim (Ukraine) durch Russland 2014 hatte die NATO die zivile und militärische Zusammenarbeit mit Russland gestoppt und lediglich den politischen Dialog im NATO-Russland-Rat offen gehalten. In Polen und den baltischen Staaten Estland, Lettland und Litauen waren Battlegroups zeitweise stationiert worden. 2022 reagiert die NATO auf die russische Aggression in der Ukraine mit einer Ausweitung der NATO-Truppen an der Ostflanke und einer erhöhten Alarmbereitschaft. Nach Beginn des Angriffskrieges im Februar 2022 wird der Aufbau vier weiterer multinationaler Battlegroups beschlossen und damit die Truppenpräsenz auf die an die Ukraine angrenzenden Staaten Slowakei, Rumänien und Ungarn sowie auf Bulgarien ausgedehnt. Viele osteuropäische Mitgliedstaaten haben Sorge, dass Russland auch sie in Konflikte verwickelt und sich der Krieg auf ihr Territorium und somit auf NATO-Territorium ausweitet.

Die NATO will verhindern, dass Russland seinen Einfluss in Richtung Westen ausbreitet. Der Ukraine war 2008 ein Beitritt im Prinzip in Aussicht gestellt worden. Angesichts der offenen Drohungen Russlands, einen NATO-Beitritt der Ukraine mit allen Mitteln zu bekämpfen, und der Tatsache, dass seit 2014 Krieg im Land herrscht, reagiert die NATO zurückhaltender auf die Beitrittsambitionen der Ukraine. Generalsekretär Stoltenberg bekräftigt die Unterstützung der Ukraine durch Waffenlieferungen durch NATO-Mitgliedstaaten, schließt aber ein direktes militärisches Eingreifen aus.

China China und Russland sind in den vergangenen Jahren zunehmend als enge Partner aufgetreten. Zu Russlands Angriffskrieg in der Ukraine ist Chinas Position uneindeutig. Zwar distanziert sich die Führung in Peking ein wenig von Russland, insbesondere bei der Drohung, Atomwaffen einzusetzen. Eine eindeutige Verurteilung Russlands als Aggressor in der Ukraine findet durch China aber nicht statt. China ist darum bemüht, die eigenen wirtschaftlichen Beziehungen zum Westen nicht durch eine eindeutige Parteinahme für Russland zu belasten, gleichzeitig aber auch den Weg für enge wirtschaftliche Beziehungen mit Russland offenzuhalten. Aus diesen Gründen ruft die Führung in Peking alle Seiten des Konflikts dazu auf, Eskalationen zu vermeiden. Mit Blick auf Taiwan dürfte Peking die internationale Reaktion auf Russlands Einmarsch in der Ukraine besonders aufmerksam verfolgen: Peking betrachtet Taiwan als abtrünnige Provinz, seit Jahren droht Peking damit, das demokratisch regierte Taiwan zu annektieren.

USA Bereits im Vorfeld des russischen Einmarsches hatten die USA unter dem demokratischen Präsidenten Biden über viele Wochen vehement und konkret vor einer russischen Invasion in die Ukraine gewarnt. Auch im Anschluss verurteilen sie das Vorgehen Russlands aufs Schärfste und erwirken maßgeblich eine geschlossene Haltung des Westens. Sie beschließen umfassende Sanktionen gegen Russland und Militärhilfen in Höhe von mehreren Milliarden US-Dollar innerhalb eines Jahres. Als Reaktion auf Putins Angriff stoppen die USA die Einfuhr von russischem Öl.

Ein militärisches Eingreifen durch USTruppen schließt Präsident Biden jedoch aus, um einen direkten Krieg mit Russland zu verhindern.

Bearbeiterin

AUFGABEN

71103-264

1. Analysiert in Kleingruppen die Entwicklungen in der Ukraine (**M5–M8**).
   a) Verschafft euch mit Hilfe von **M5** einen Überblick über den Hintergrund des russischen Angriffskriegs gegen die Ukraine, indem ihr eine Zeitleiste erstellt.
   b) Recherchiert die aktuelle Situation in der Ukraine. Ergänzt eure Zeitleiste.
   c) Analysiert die Akteure hinsichtlich ihrer Interessen und ordnet sie nach Unterstützenden und Gegner:innen der ukrainischen Regierung (**M7/M8**).
   d) Stellt den Krieg in der Ukraine mit Hilfe der nachfolgenden Methodenkarte dar.
2. Entwickelt Ideen, welche Perspektive es für Frieden in der Ukraine geben kann und was die Auswirkungen dieser verschiedenen Möglichkeiten wären (z. B. Aufnahme in die EU, neutraler Staat zwischen der EU und Russland ...).

H zu Aufgabe 1b
Mögliche Internetseiten für eure Recherche findet ihr hinter dem QR- und Mediencode.

71103-263

Konflikte in einer „Konfliktkarte" visualisieren

I. Worum geht es?

Die Methode „Konfliktkarte" visualisiert Konflikte. Sie stellt eine Möglichkeit dar, Beteiligte und ihre Beziehungen zueinander sichtbar werden zu lassen. Dabei werden Akteure mithilfe von Objekten (z. B. Kreisen) dargestellt und ihre Beziehungen zu- und untereinander mithilfe verschiedener Linien und Pfeile abgebildet.

II. Geht dabei so vor:

1. Schritt: Vorbereitung

- Gebt jeder Konfliktpartei / jedem Akteur eine Form und eine Farbe, z. B. ein blaues Rechteck für die EU und einen gelben Kreis für die Ukraine. Die Größe der Formen kann die Stärke der Konfliktpartei symbolisieren oder auch die Anzahl der Personen.
- Überlegt euch, mit welchen Pfeilen und Linien ihr die unterschiedlichen Beziehungen darstellen wollt. Beispiele findet ihr hier:

enge Beziehung
lose Beziehung
Allianz
gestörte Beziehung
abgebrochene Beziehung
Richtung der Weisungsbefugnis

- Ihr könnt auch noch Symbole für die Konfliktart gestalten, z. B.

- Haltet alle gestalterischen Elemente in einer Legende fest.

2. Schritt: Durchführung

- Ordnet die Formen entsprechend ihrer Beziehungen zueinander an.
- Stellt die Beziehungen zwischen den Konfliktparteien/ Akteuren mit unterschiedlichen Pfeilen und Verbindungen her. Nehmt dabei – wenn nötig – durch Beschriftungen weitere Informationen auf.
- Gestaltet nun eure Konfliktkarte auf Papier oder digital (z. B. mit Taskcards). Ihr könnt euch dabei an folgendem Beispiel orientieren:

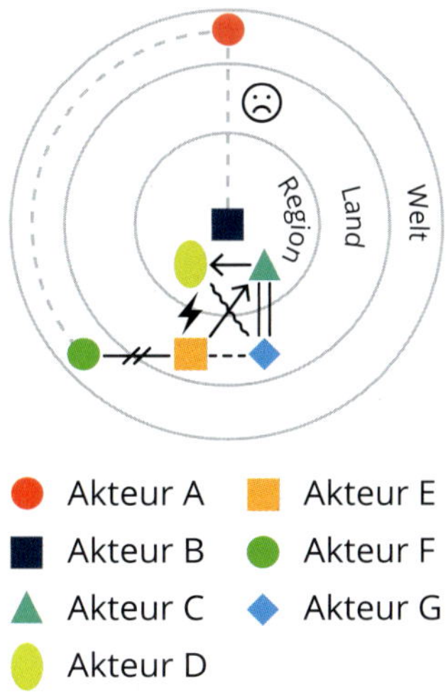

Legende: Geopolitische Räume
Die Außenkreise bezeichnen die unterschiedlichen geografischen oder politischen Räume.

Bearbeiterin

12.3 Können die Vereinten Nationen (auch in der Ukraine) für Frieden sorgen?

12.3.1 Vereinte Nationen: Sind ihre Werte und Ziele (noch) realistisch?

UN, UNO, VN
Synonym verwendete Abkürzungen für „United Nations", „United Nations Organization", „Vereinte Nationen"

Zum Thema: Jedes Jahr – am 24. Oktober – anlässlich des Tages der Vereinten Nationen hält der Generalsekretar der UNO eine Rede, in der er einerseits der Weltgemeinschaft aufzeigt, wozu die UNO imstande sein kann und vor welchen Problemen die Weltgemeinschaft steht. Doch was ist die UNO überhaupt und wie geht sie all die Probleme an?

M1 Soll sich die Staatengemeinschaft bei Menschenrechtsverstößen einmischen?

„Ich finde die Vorstellung, dass sich die internationale Staatengemeinschaft bei massiven Menschenrechtsverstößen in die innere Angelegenheiten anderer Staaten einmischt …"

völlig richtig		
+3	+2	+1

völlig falsch		
–1	–2	–3

EINSTIEGSAUFGABEN 71103-265

1. Positioniert euch auf der Skala zwischen +3 (völlig richtig) und –3 (völlig falsch).
2. Stellt in der Klasse dar, wann eurer Meinung nach eine Einmischung gerechtfertigt wäre. Legt euch dafür Karten in zwei verschiedenen Farben bereit.
   a) Notiert auf einer Kartenfarbe Bedingungen, die erfüllt sein müssen, damit eine Einmischung gerechtfertigt ist.
   b) Notiert auf einer anderen Kartenfarbe Maßnahmen, welche Staaten ergreifen sollen.

M2 Erklärung Tag der Vereinten Nationen

Jedes Jahr – am 24. Oktober – anlässlich des Tages der Vereinten Nationen hält der Generalsekretar eine Rede, in der er einerseits der Weltgemeinschaft aufzeigt, wozu die UNO imstand sein kann und vor welchen Problemen die Weltgemeinschaft steht. Andererseits ermahnt er die Welt, für die Ziele und Grundsätze der Vereinten Nationen einzutreten. Im Jahr 2011 hielt der damalige UN-Generalsekretär Ban Ki-moon die nachfolgende Rede.
Bearbeiterin

Die Welt hat seit der Gründung der Vereinten Nationen vor 66 Jahren einen bemerkenswerten Fortschritt gemacht. Wir leben länger. Viel mehr Kinder überleben. Immer mehr von uns leben in Frieden in rechtsstaatlichen Demokratien. [...] Und trotzdem ist all dieser Fortschritt bedroht. Von der Wirtschaftskrise. Steigender Arbeitslosigkeit und Ungleichheit. Vom Klimawandel. Zu viele Menschen leben rund um die Welt in Angst. Zu viele Menschen glauben, dass ihre Regierungen und die Weltwirtschaft sie nicht mehr länger versorgen können.

In diesen turbulenten Zeiten gibt es nur eine Antwort: Einigkeit. Globale Probleme brauchen globale Lösungen. Sie zwingen alle Staaten, gemeinsam für eine Agenda für die Menschen dieser Welt zu handeln. Der Auftrag der Vereinten Nationen lautet:

- Eine bessere Welt zu schaffen.
- Niemanden zurückzulassen.
- Sich für die Ärmsten und Schwächsten im Namen eines weltweiten Friedens und sozialer Gerechtigkeit einzusetzen.

An diesem besonderen Tag wollen wir klarstellen: Die Vereinten Nationen wurden niemals zuvor so sehr gebraucht wie heute.

Vereinte Nationen Informationsdienst Wien: Pressemitteilung UNIS/SGSM/300. In: https://unis.unvienna.org, 21.10.2011

M3 Ziele und Grundsätze der Vereinten Nationen: Auszüge aus der UN-Charta

Artikel 1

Die Vereinten Nationen setzen sich folgende Ziele:

1. den Weltfrieden und die internationale Sicherheit zu wahren und zu diesem Zweck wirksame Kollektivmaßnahmen zu treffen, um Bedrohungen des Friedens zu verhüten und zu beseitigen, Angriffshandlungen und andere Friedensbrüche zu unterdrücken und internationale Streitigkeiten oder Situationen, die zu einem Friedensbruch führen könnten, durch friedliche Mittel nach den Grundsätzen der Gerechtigkeit und des Völkerrechts zu bereinigen oder beizulegen;
2. freundschaftliche, auf der Achtung vor dem Grundsatz der Gleichberechtigung und Selbstbestimmung der Völker beruhende Beziehungen zwischen den Nationen zu entwickeln und andere geeignete Maßnahmen zur Festigung des Weltfriedens zu treffen;
3. eine internationale Zusammenarbeit herbeizuführen, um internationale Probleme wirtschaftlicher, sozialer, kultureller und humanitärer Art zu lösen und die Achtung vor den Menschenrechten und Grundfreiheiten für alle ohne Unterschied der Rasse, des Geschlechts, der Sprache oder der Religion zu fördern und zu festigen;
4. ein Mittelpunkt zu sein, in dem die Bemühungen der Nationen zur Verwirklichung dieser gemeinsamen Ziele aufeinander abgestimmt werden.

UN-Charta

Die Charta der Vereinten Nationen (UN-Charta) ist der Gründungsvertrag der Vereinten Nationen (United Nations). Ihre universellen Ziele und Grundsätze bilden die Verfassung der Staatengemeinschaft, zu der sich alle inzwischen 193 Mitgliedstaaten bekennen.
Sie wurde am 26. Juni 1945 in San Francisco am Ende der Konferenz der Vereinten Nationen für internationale Organisation unterzeichnet und trat am 24. Oktober 1945 in Kraft. Das Statut des Internationalen Gerichtshofs ist ein wesentlicher Bestandteil der Charta.

© Vereinte Nationen: Die Charta der Vereinten Nationen. In: www.unric.org, Abruf am 11.04.2022

Artikel 2 UN-Charta:
Die Organisation und ihre Mitglieder handeln im Verfolg der in Artikel 1 dargelegten Ziele nach folgenden Grundsätzen:

1. Die Organisation beruht auf dem Grundsatz der souveränen Gleichheit aller ihrer Mitglieder.
2. Alle Mitglieder erfüllen, um ihnen allen die aus der Mitgliedschaft erwachsenden Rechte und Vorteile zu sichern, nach Treu und Glauben die Verpflichtungen, die sie mit dieser Charta übernehmen.
3. Alle Mitglieder legen ihre internationalen Streitigkeiten durch friedliche Mittel so bei, daß der Weltfriede, die internationale Sicherheit und die Gerechtigkeit nicht gefährdet werden.
4. Alle Mitglieder unterlassen in ihren internationalen Beziehungen jede gegen die territoriale Unversehrtheit oder die politische Unabhängigkeit eines Staates gerichtete oder sonst mit den Zielen der Vereinten Nationen unvereinbare Androhung oder Anwendung von Gewalt.
5. Alle Mitglieder leisten den Vereinten Nationen jeglichen Beistand bei jeder Maßnahme, welche die Organisation im Einklang mit dieser Charta ergreift; sie leisten einem Staat, gegen den die Organisation Vorbeugungs- oder Zwangsmaßnahmen ergreift, keinen Beistand.
6. Die Organisation trägt dafür Sorge, daß Staaten, die nicht Mitglieder der Vereinten Nationen sind, insoweit nach diesen Grundsätzen handeln, als dies zur Wahrung des Weltfriedens und der internationalen Sicherheit erforderlich ist.
7. Aus dieser Charta kann eine Befugnis der Vereinten Nationen zum Eingreifen in Angelegenheiten, die ihrem Wesen nach zur inneren Zuständigkeit eines Staates gehören, oder eine Verpflichtung der Mitglieder, solche Angelegenheiten einer Regelung auf Grund dieser Charta zu unterwerfen, nicht abgeleitet werden; die Anwendung von Zwangsmaßnahmen nach Kapitel VII wird durch diesen Grundsatz nicht berührt.

© Vereinte Nationen 2023: Die Charta der Vereinten Nationen. In: https://unric.org, Abruf am 10.04.2023

AUFGABEN

71103-266

1. Beschreibt Fortschritte und Probleme der Vereinten Nationen im Jahr 2011 (**M2**).
2. Stellt die Ziele und Grundsätze der Vereinten Nationen dar (**M2**, **M3**).
3. Überprüft, wie sich Fortschritte und Probleme bis heute entwickelt haben.
4. Wie müsste die Rede zum Tag der Vereinten Nationen am diesjährigen 24. Oktober lauten? Gestaltet eine solche Rede.
5. Vergleicht eure Rede mit **M2**. Achtet vor allem auf Gemeinsamkeiten und Unterschiede.

12.3.2 Aufbau der Vereinten Nationen: eine geeignete Struktur, um Frieden zu gewährleisten?

Zum Thema: Für die Bewältigung innerstaatlicher Konflikte liegt die Zuständigkeit zuerst bei den nationalen Regierungen. Für Fälle, in denen Regierungen diese nicht lösen können oder nicht wollen, steht der UNO ein Instrumentarium zur Verfügung, um die Prävention und Bearbeitung innerstaatlicher Konflikte zu fördern und die Anbahnung von Konfliktlösungen zu unterstützen.

M4 Eingebaute Blockade?

Karikatur: Heiko Sakurai, 05.10.2016

EINSTIEGSAUFGABEN 71103-267

1. Analysiert die Karikatur.
2. Benennt das Problem.
3. Formuliert Hypothesen, wofür die rote Notbremse stehen könnte und vergleicht eure Ergebnisse in der Klasse.

M5 Die Generalversammlung der Vereinten Nationen

Das zentrale Beratungsorgan der UN ist die Generalversammlung. Sie genehmigt den Haushalt, ernennt den UN-Generalsekretär und entscheidet über die Besetzung von zentralen Ämtern. Zur ordentlichen Jahrestagung der Generalversammlung kommen jährlich von September bis Dezember Delegierte der UN-Mitgliedsstaaten zusammen und debattieren weltpolitische Fragestellungen. Nach Ablauf dieser Zeit wird nach Bedarf weiter getagt. […] Jeder Mitgliedsstaat hat eine Stimme in der Generalversammlung, unabhängig von seiner Einwohnerzahl, Wirtschaftskraft oder der militärischen Stärke. Um die Arbeit zu strukturieren, hat die Generalversammlung zahlreiche Unterorgane. […]
Für Entscheidungen wird laut UN-Charta je nach Tragweite eine einfache oder sogar eine Zwei-Drittel-Mehrheit benötigt. Sehr häufig wird im Konsens, also

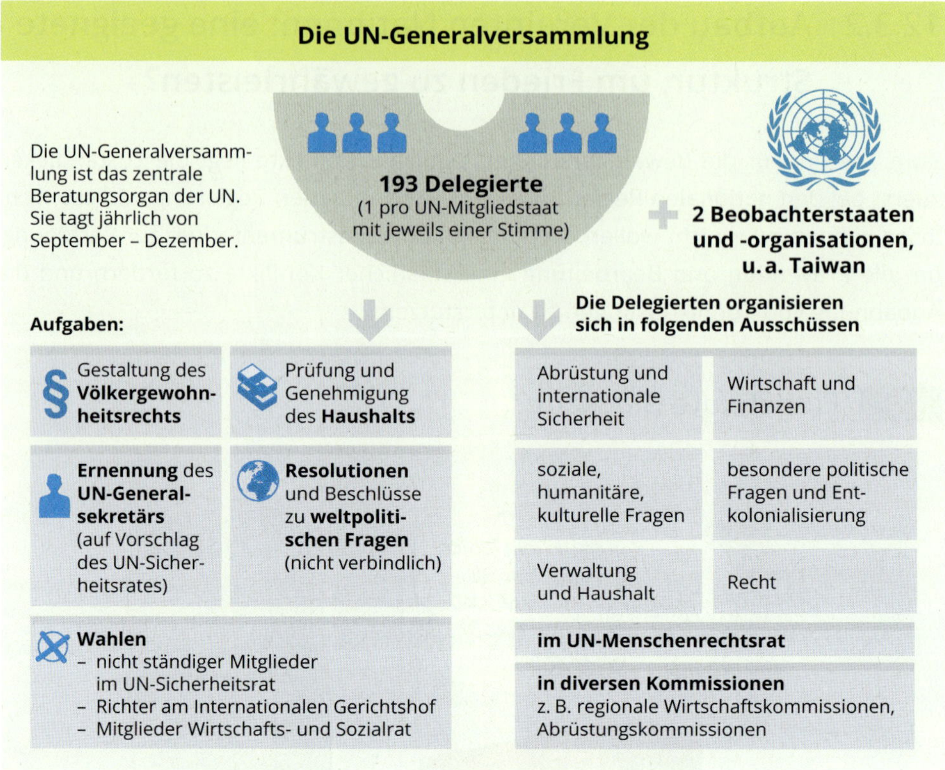

Nach: dpa, Globus-Grafik 10953, von Bearbeiterin angepasst

einstimmig, entschieden. Die Resolutionen und Beschlüsse der Generalversammlung sind – anders als beim Sicherheitsrat – völkerrechtlich nicht bindend für die UN-Mitgliedsstaaten. Weil aber die Mehrheit aller Staaten hinter den Entscheidungen steht, haben sie ein politisches Gewicht.

Bundeszentrale für politische Bildung: Generalsekretär der Vereinten Nationen. In: www.bpb.de, 02.02.2011

M6 Der Generalsekretär der Vereinten Nationen

António Guterres ist seit dem 01.01.2017 Generalsekretär der Vereinten Nationen.

Als Chef des UN-Sekretariates [...] koordiniert der Generalsekretär die tägliche Arbeit der Vereinten Nationen, stellt den Haushaltsplan auf, nimmt an Sitzungen der UN-Hauptorgane teil (mit Ausnahme des internationalen Gerichtshofs), erstattet diesen Bericht über die Arbeit der UN und unterstützt die Hauptorgane bei ihrer Arbeit – z. B. durch Studien oder Erledigung anderer ihm zugewiesener Aufgaben. [Der Generalsekretär hat auch politischen Einfluss:] Nach Artikel 99 der UN-Charta kann der Generalsekretär den Sicherheitsrat auf friedensgefährdende Angelegenheiten aufmerksam machen und so die Tagesordnung der Vereinten Nationen maßgeblich mitbestimmen. Als diplomatischer Vermittler in Konflikten kann der Generalsekretär auch Friedenspläne aufstellen oder vor Ort versuchen, die Konfliktparteien zu einer Einigung zu bewegen.

Bundeszentrale für politische Bildung: Generalsekretär der Vereinten Nationen. In: www.bpb.de, 02.02.2011

Nach: Bundeszentrale für politische Bildung, 2010, www.bpb.de; Lizenz: cc by-nc-nd/3.0/de

M7 Der UN-Sicherheitsrat der Vereinten Nationen

Der Sicherheitsrat der Vereinten Nationen besteht aus 15 Mitgliedern, darunter fünf ständige und zehn nicht ständige Mitglieder.

Die ständigen Mitglieder gehören dem Gremium dauerhaft an und haben als Siegermächte des Zweiten Weltkrieges (bzw. deren Nachfolger) mit dem so genannten Vetorecht besondere Befugnisse: Jeder dieser Staaten kann allein Beschlüsse des Sicherheitsrates verhindern. Laut UN-Charta benötigen Beschlüsse des Sicherheitsrates zu Verfahrensfragen eine Mehrheit von neun Stimmen, wobei sich die ständigen Mitglieder auch enthalten dürfen.

Als Verfahrensfragen gelten u. a. Beschlüsse zur Tagesordnung und Sitzungsablauf oder die Einladung zur Sitzungsteilnahme. Beschlüsse zu allen sonstigen Fragen benötigen ebenfalls eine Mehrheit von neun Stimmen, darunter allerdings auch die Stimmen aller ständigen Mitglieder. [...] Die nicht ständigen Mitglieder werden von der Generalversammlung der Vereinten Nationen für je zwei Jahre nach einem informellen regionalen Schlüssel aus dem Kreis der UN-Mitgliedstaaten gewählt [→ Schaubild auf der nächste Seite]. [...] Mit Beitritt zu den Vereinten Nationen verpflichten sich die Staaten, Beschlüsse des Sicherheitsrates umzusetzen. In der Praxis ist der Sicherheitsrat jedoch auch auf ein hohes Maß an freiwilliger Unterstützung angewiesen. So verfügt er, anders als ursprünglich in der UN-Charta vorgesehen, beispielsweise nicht über eigene Soldaten. Diese müssen von den Mitgliedstaaten zur Verfügung gestellt werden.

Bundeszentrale für politische Bildung: Sicherheitsrat der Vereinten Nationen. In: www.bpb.de, 02.02.2011

Rolle des Generalsekretärs im UN-Sicherheitsrat

Der Generalsekretär der Vereinten Nationen nimmt an den Sitzungen des Sicherheitsrates teil, hat jedoch kein Stimmrecht. Der Sicherheitsrat wiederum schlägt auch Kandidaten für das Amt des Generalsekretärs vor, der dann von der Generalversammlung ernannt wird.

Bundeszentrale für politische Bildung: Sicherheitsrat der Vereinten Nationen. In: www.bpb.de, 02.02.2011

Der UN-Sicherheitsrat
Stand: 2023

73000-433

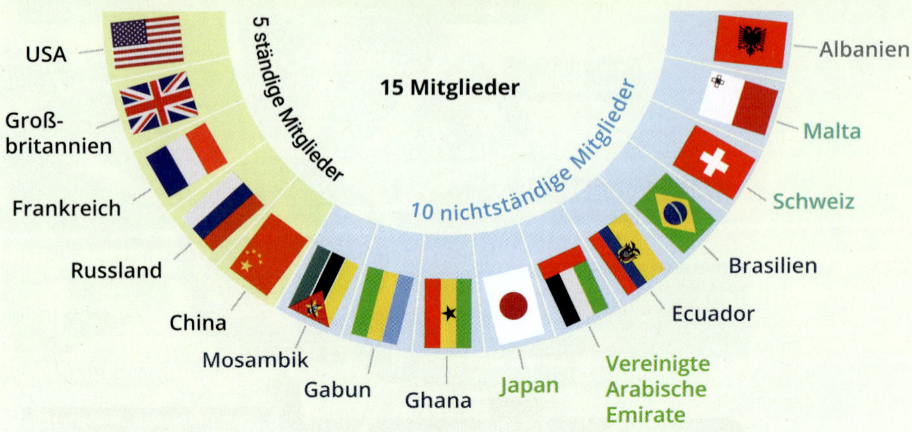

5 ständige Mitglieder:
- besitzen jeweils ein Vetorecht

10 nichtständige Mitglieder:
- werden jeweils für 2 Jahre von der UN-Generalversammlung gewählt

Voraussetzungen für die Beschlussfassung:
- 9 von 15 Stimmen
- kein Veto

Die 10 nichtständigen Sitze sind wie folgt auf die Regionalen Gruppen der UN verteilt:

3 Afrikanische Staaten
2 Asiatische Staaten
2 Lateinamerikanische und karibische Staaten
2 Westeuropäische und andere Staaten
1 Osteuropäischer Staat

©C.C. Buchner Verlag, aktuelle Daten nach: United Nations (Datenerhebung: 2023, Grafikerstellung: 2023)

Legitimation
Eine Legitimation bedeutet, eine Berechtigung zu haben, etwas Bestimmtes tun zu dürfen. So besitzt beispielsweise die Bundesregierung eine demokratische Legitimation, die Staatsgewalt auszuüben, weil sie indirekt vom Volk gewählt sind.

AUFGABEN

71103-268

1. Beschreibt die Organe der UNO hinsichtlich ihrer Legitimation und Aufgaben (**M5–M7**). Legt dafür eine Tabelle an:

	Legitimation	Aufgaben
Generalversammlung		
Generalsekretär		
Sicherheitsrat		

2. Begründet, welches der drei Organe eurer Meinung nach am besten geeignet ist, für den Frieden einzutreten. Nennt euer wichtigstes Argument.
3. Wie mächtig ist der Sicherheitsrat (**M7**)?
   a) Stellt die Zusammensetzung und Entscheidungsfindung des Sicherheitsrates dar.
   b) Überprüft, inwiefern der Sicherheitsrat die Hauptverantwortung für Frieden und internationale Sicherheit trägt.
   c) Analysiert die Karikatur in **M4** und positioniert euch zur Aussage des Karikaturisten.

12.3.3 Welche Mittel soll die UNO nutzen, um für Frieden in der Ukraine zu sorgen?

Zum Thema: Ob bei der Bekämpfung der Covid-19-Pandemie, des weltweiten Hungers, der großen Migrationsbewegungen oder Friedensmissionen auf der ganzen Welt, die Vereinten Nationen sind als die weltweit größte multilaterale Organisation fast immer dabei. Kann sie auch für Frieden in der Ukraine sorgen?

M8 75 Jahre UNO

Karikatur: Waldemar Mandzel, 22.09.2020

EINSTIEGSAUFGABEN 71103-269

1. Analysiert die Karikatur. Wie gut gelingt es der UNO, nach Meinung des Karikaturisten, für Frieden zu sorgen?
2. Was macht die UNO zu einer Schnecke? Formuliert Hypothesen auf Grundlage des bisher Erarbeiteten und vergleicht eure Ergebnisse in der Klasse.

M9 Über welche Maßnahmen zur Friedenssicherung verfügt die UNO?

a) Der Sicherheitsrat

Zu Beginn der UN-Charta haben sich die Staaten in Kapitel I dazu verpflichtet, ihre Streitigkeiten friedlich beizulegen. Diese Verpflichtung wird in Kapitel VI und VII der UN-Charta weiter ausgestaltet und präzisiert, wobei die Möglichkeiten der Konfliktregelung von einer Konfliktprävention bis hin zur Konfliktintervention reichen. Demnach müssen sich Konfliktparteien zunächst bemühen, ihre Unstimmigkeiten durch Verhandlung, Untersuchung, Vermittlung, Vergleich, Schiedsspruch oder Gerichtsentscheidung oder durch andere friedliche Mittel eigener Wahl beizulegen (Art. 33).

Der Sicherheitsrat kann sich bereits an dieser Stelle um Streitigkeiten kümmern, indem er von seinem Untersuchungsrecht Gebrauch macht oder Empfehlung zur Konfliktbeilegung ausspricht, er hat jedoch kein Weisungs-

recht und einen Vermittlungsvorschlag kann er nur dann vorlegen, wenn er dazu von allen Konfliktparteien aufgefordert wurde. Kommt es trotz der Bemühungen um friedliche Streitbeilegung zu einer fortdauernden Friedensstörung, kann der Sicherheitsrat nach Kapitel VII Zwangsmaßnahmen bis hin zur Anwendung militärischer Gewalt gegen den staatlichen Aggressor oder gegen die für die Friedensstörung verantwortlichen Staaten verhängen.
Dafür muss der Sicherheitsrat feststellen, ob eine Bedrohung, ein Bruch des Friedens oder eine Angriffshandlung vorliegt (Art. 39). Dauert die Friedensbedrohung fort, kann der Sicherheitsrat nun auch gegen den Willen der betroffenen Konfliktpartei(en) und ohne Zustimmung der anderen VN-Mitglieder Zwangsmaßnahmen verhängen. Bei der Anwendung von Zwang ist zwischen gewaltfreien Sanktionen (Art. 41) und militärischen Maßnahmen (Art. 42) zu unterscheiden. Artikel 41 zählt mögliche Sanktionsmaßnahmen auf. Sie reichen von der Unterbrechung von Wirtschaftsbeziehungen oder Kommunikations- und Verkehrsverbindungen bis zum Abbruch diplomatischer Beziehungen. Dazu können noch Sanktionen wie der Einzug von Vermögen oder Reiseverbote gegen Einzelpersonen und Angehörige von Gruppen verhängt werden, die wegen Terrorismus oder schwerer internationaler Verbrechen beschuldigt werden.
Um Konflikten militärisch zu begegnen, kann der Sicherheitsrat entscheiden, ob er selbst einen Einsatz durchführt oder regionale Bündnisse in Anspruch nimmt. In der Praxis hat der Sicherheitsrat bisher keine einzige militärische Aktion selber durchgeführt, weil sich die Staaten bisher geweigert haben, dafür Truppen bereitzustellen.

Bearbeiterin

b) Die Generalversammlung

Artikel 11

(1) Die Generalversammlung kann sich mit den allgemeinen Grundsätzen der Zusammenarbeit zur Wahrung des Weltfriedens und der internationalen Sicherheit einschließlich der Grundsätze für die Abrüstung und Rüstungsregelung befassen und in Bezug auf diese Grundsätze Empfehlungen an die Mitglieder oder den Sicherheitsrat oder an beide richten.
(2) Die Generalversammlung kann alle die Wahrung des Weltfriedens und der internationalen Sicherheit betreffenden Fragen erörtern, die ihr ein Mitglied der Vereinten Nationen oder der Sicherheitsrat oder nach Artikel 35 Absatz 2 ein Nichtmitgliedstaat der Vereinten Nationen vorlegt; vorbehaltlich des Artikels 12 kann sie zu diesen Fragen Empfehlungen an den oder die betreffenden Staaten oder den Sicherheitsrat oder an beide richten. Macht eine derartige Frage Maßnahmen erforderlich, so wird sie von der Generalversammlung vor oder nach der Erörterung an den Sicherheitsrat überwiesen.
[...]

Artikel 12

(1) Solange der Sicherheitsrat in einer Streitigkeit oder einer Situation, die ihm in dieser Charta zugewiesenen Aufgaben wahrnimmt, darf die Generalversammlung zu dieser Streitigkeit oder Situation keine Empfehlung abgeben, es sei denn auf Ersuchen des Sicherheitsrats.

M10 Was hat der UN-Sicherheitsrat bis jetzt unternommen?

a) Erste Reaktion am 26.02.2022: Entwurf einer Resolution unter Federführung der USA

Eine gegen Russlands Einmarsch in die Ukraine gerichtete Resolution ist im UN-Sicherheitsrat gescheitert. Moskau legte bei der Abstimmung im mächtigsten Gremium der Vereinten Nationen in New York wie erwartet ein Veto gegen den Text ein - China jedoch enthielt sich zusammen mit zwei weiteren Ländern.

Elf Staaten des 15-köpfigen Rates stimmten für den Text. Westliche Diplomaten werteten dies als Erfolg bei ihrem Versuch, Russland diplomatisch zu isolieren und einen Keil zwischen Moskau und Peking zu treiben. Der Entwurf der Resolution [...] verurteilt Russlands Aggression „aufs Schärfste" und bekräftigt die Souveränität und territoriale Integrität sowie die Unabhängigkeit und Einheit der Ukraine. Von Russland wird darin der sofortige Rückzug sowie die Rückkehr zum Minsker Abkommen verlangt. In dem Text - der unter Federführung der USA entstand - heißt es unter anderem, der Sicherheitsrat möge beschließen, „dass die Russische Föderation ihre Streitkräfte unverzüglich, vollständig und bedingungslos aus dem Hoheitsgebiet der Ukraine innerhalb ihrer international anerkannten Grenzen abzieht".

© ARD-aktuell / tagesschau.de: Resolution gegen Russland scheitert. In: www.tagesschau.de, 26.02.2022

b) 23.03.2022: Von Russland initiierte Resolution

[Einen Monat später, am 23.03.2022 scheitert die von Russland initiierte Resolution im Sicherheitsrat]. [...] Moskau bekam für seine Beschlussvorlage nicht die benötigten neun Ja-Stimmen des 15-köpfigen UN-Gremiums. Nur China stimmte mit Russland im mächtigsten Rat der Vereinten Nationen für den Text, die übrigen 13 Länder enthielten sich. Da Russland der Aggressor in dem Konflikt ist, hatten vor allem westliche Staaten das Einbringen einer humanitären Resolution durch das Land als „zynisch" oder als „Beleidigung" bezeichnet. In dem Dokument wurde Russlands Rolle in dem Konflikt nicht erwähnt.

ARD-aktuell / tagesschau.de: Russland scheitert mit Resolution. In: www.tagesschau.de, 23.03.2022

c) 07.05.2022: UN-Sicherheitsrat verabschiedet Erklärung

Nach mehr als zwei Monaten, am 07.05.2022, ringt sich der UN-Sicherheitsrat zu einer Erklärung durch und mahnt zum ersten Mal eine friedliche Lösung des russischen Angriffskrieges in der Ukraine an. Alle UN-Mitgliedsstaaten müssten ihre Dispute mit friedlichen Mitteln beilegen, heißt es in der Erklärung.

Bearbeiterin

M11 Wenn der Sicherheitsrat (fast) nichts unternimmt ...

A Das Uniting for Peace-Verfahren

Wenn sich der UN-Sicherheitsrat nicht einigen kann, besteht die Möglichkeit, dass sich die Generalversammlung unverzüglich der Angelegenheit annimmt, selbst wenn keine reguläre Sitzung stattfinden sollte. Eine solche Sitzung kann durch die Mehrheit der UN-Mitglieder anberaumt werden oder durch den Sicherheitsrat selbst mit sieben einfachen Stimmen,

was bedeutet, dass nicht unbedingt alle ständigen Mitglieder zustimmen müssen und das Vetorecht somit nicht greift. Demnach ist die Generalversammlung befugt, Maßnahmen zur Wiederherstellung von Frieden und Sicherheit zu empfehlen, darunter auch den Einsatz von UN-Truppen, um dem Recht auf individuelle und kollektive Selbstverteidigung nach Artikel 51 der UN-Charta nachzukommen.
Nach dem Scheitern der ersten Resolution im Sicherheitsrat wurde dieses Verfahren aktiviert und die Generalversammlung beriet drei Tage lang einen Entwurf, der sich inhaltlich stark an dem gescheiterten ersten Resolutionsentwurf des Sicherheitsrates (→M10a) orientierte. Demnach wurde das Prinzip des Gewaltverbots und das der territorialen Integrität der Mitglieder bekräftigt und der Angriff verurteilt. Russland wird aufgefordert, unverzüglich seine Kampfhandlungen einzustellen und die Soldaten vollständig und ohne Bedingungen aus der Ukraine abziehen.
Mit dieser Resolution wird der Bruch des internationalen Friedens festgestellt. Allerdings fehlen in dieser Resolution alle Maßnahmen, die nur der Sicherheitsrat verhängen kann. 140 der 193 Länder stimmen für die Resolution, lediglich 38 Länder enthalten sich und nur fünf Länder stimmen dagegen.

Bearbeiterin

B **Resolution mit humanitärem Fokus**

[Im] Rahmen ihrer Notstandssitzung [verabschiedete die Generalversammlung] eine zweite Resolution, nun mit einem humanitären Schwerpunkt [...]: Diese rückt die untragbare Situation der Zivilbevölkerung, insbesondere in den belagerten Städten, in den Mittelpunkt. Die Verantwortung dafür schreibt sie [...] Russland zu. Russland wird darin erneut aufgefordert, seine Offensive bedingungslos einzustellen und seine Streitkräfte hinter die „international anerkannten Grenzen" der Ukraine zurückzuziehen. Außerdem verurteilt die Generalversammlung Verletzungen des humanitären Völkerrechts und der Menschenrechte bei der Kriegsführung und ruft alle Parteien auf, das Unterscheidungs- und das Vorsorgegebot einzuhalten sowie die Rechte von Flüchtlingen und Binnenvertriebenen zu respektieren und zu schützen.

Rosert, Elvira: Die Möglichkeiten der UN im Ukraine-Krieg. In: https://dgvn.de, 31.03.2022

C **Die UN-Generalversammlung stimmt für den Ausschluss Russlands aus dem Menschenrechtsrat**

Aufgrund der von Berichten über Menschenrechtsverletzungen im ukrainischen Ort Butscha, in dem hunderte Leichen von Zivilisten auf den Straßen sowie Massengräber gefunden werden, verabschiedet die Generalversammlung am 08.04.2022 eine Resolution und stimmt mit einer Zweidrittel-Mehrheit für einen Ausschluss Russlands aus dem UN-Menschenrechtsrat.

Bearbeiterin

AUFGABEN

71103-270

1. Erläutert Maßnahmen der UNO zur Konfliktbewältigung (**M9a–b**).
2. Stellt das Vorgehen von Sicherheitsrat und Generalversammlung (grafisch) dar (**M10**). Hinweis: Ihr könnt dazu einen Zeitstrahl verwenden.
3. Bewertet Maßnahmen der UNO zur Bewahrung, Schaffung und Sicherung von Frieden in der Ukraine (**M9–M11**) mithilfe der nachfolgenden Methode.

Maßnahmen der UNO bewerten, in der Ukraine für Frieden und Sicherheit zu sorgen

I. Worum geht es?

Bei strittigen politischen Fragen urteilt man häufig spontan aus dem Bauch heraus. Ein gründliches politisches Urteil setzt jedoch einen Urteilsbildungs- und Analyseprozess voraus, ist stark abhängig Perspektiven und Wechselwirkungen und es müssen Kriterien offengelegt sowie ihre Auswahl begründet werden.
Ihr beginnt nicht einfach und legt sofort los mit den Argumenten, sondern könnt eure Bewertung in vier Blöcke unterteilen.

II. Geht dabei so vor:

1. Schritt: Einleitung und Problemstellung deutlich machen

Hier geht es darum, zu klären, worin das Problem, das bewertet werden soll, besteht. In diesem Training sollen Maßnahmen der UNO bewertet werden, in der Ukraine für Frieden und Sicherheit zu sorgen. Dafür gebt ihr einen kurzen Überblick über den Krieg in der Ukraine. Achtet dabei darauf, euch nicht allzu sehr mit chronologischen Details zu verzetteln, sondern formuliert das Wesentliche für die Aufgabenstellung. Ihr könnt hier bereits die möglichen Maßnahmen, die ihr bewerten wollt, beschreiben, oder aber im nächsten Schritt.

↓ ↓ ↓

2. Schritt: Problemanalyse/Perspektiven anwenden und Wechselwirkungen bestimmen

1. Um mögliche Maßnahmen differenziert bewerten zu können, müsst ihr diese aus unterschiedlichen Perspektiven betrachten. Eine Perspektive bezeichnet hier den Blickwinkel auf das Problem aufgrund der unterschiedlichen Interessen der betroffenen Menschen.
2. In der **individuellen Perspektive** berücksichtigt ihr eure eigenen Interessen und die Interessen eures Umfeldes.
3. Die **öffentliche Perspektive** berücksichtigt die Interessen und Werte anderer Akteure. Ihr zeigt damit, dass ihr bei der Analyse und Bewertung von Problemen und Streitfragen dazu in der Lage seid, über eure eigenen Interessen hinauszublicken, indem ihr die Perspektive wechselt.
4. In der **systemischen Perspektive** rücken sozialwissenschaftliche Theorien und Modelle in den Mittelpunkt eurer Analyse und Bewertung. Hier zieht ihr generalisierende Schlüsse, fragt nach Auswirkungen für das gesamte System und untersucht auf der Metaebene politische Probleme oder Streitfragen. Das funktioniert nur, wenn ihr dafür bereits entsprechende Theorien und Modelle im Unterricht behandelt habt.
5. Selbstverständlich kann die Frage nach der Maßnahmenbewertung nicht isoliert betrachtet werden, da diese Auswirkungen auf die jeweils anderen Bereiche (Politik, Wirtschaft, Gesellschaft) haben. Deshalb ist es wichtig zu betrachten, ob die ausgewählten Maßnahmen (negative) Auswirkungen auf die anderen Bereiche hat. Manchmal bietet es sich auch an, Perspektiven und Wechselwirkungen nicht separat, sondern verknüpft zu formulieren.

↓ ↓ ↓

3. Schritt: Kriteriengestütztes Urteilen – Teil 1 (Teilurteile)

Hier formuliert ihr einzelne Teilurteile, indem ihr zunächst die Kriterien auswählt, kurz beschreibt, wie ihr das Kriterium versteht und dann auf die Maßnahmen anwendet. Da ihr mittlerweile keine Neulinge mehr seid, hakt ihr nicht mehr alle euch bekannten Kriterien nacheinander ab, sondern ihr achtet bereits im Vorfeld darauf, welche Kriterien besonders bedeutend für die Maßnahmen sind und konzentriert euch dementsprechend auf diese. Hier könnt ihr entweder Kriterien auswählen (→ Hilfe zur Urteilsbildung vorne im Schulbuch) oder auch die Maßnahmen mithilfe von Kategorienpaaren einordnen und auf abstrakter Ebene unterscheiden, z. B.: Legitimität vs. Effizienz; Interesse vs. Gemeinwohl; Macht vs. Recht usw.

↓ ↓ ↓

4. Schritt: Kriteriengestütztes Urteilen – Teil 2 (Offenlegung der eigenen Wertmaßstäbe)

Ein politisches Urteil zu fällen heißt, sich zu entscheiden und sich zu positionieren. Ein Urteil ist immer subjektiv und spiegelt den politischen Willen des Einzelnen wider und somit auch dessen Werte und Wertvorstellungen.
Eure Ergebnisse der Teilurteile fallen unterschiedlich aus. Nun müsst ihr euch entscheiden und eure Position auch vertreten und eure Wertvorstellungen offenlegen. Dabei helfen euch die folgenden drei Fragen:

- Wie bewertet ihr die Maßnahmen der UNO, für Sicherheit und Frieden zu sorgen?
- Wie begründet ihr eure Bewertung unter Berücksichtigung eurer bisherigen Teilergebnisse?
- Welcher Wert/welche Wertvorstellungen sind euch besonders wichtig und warum?

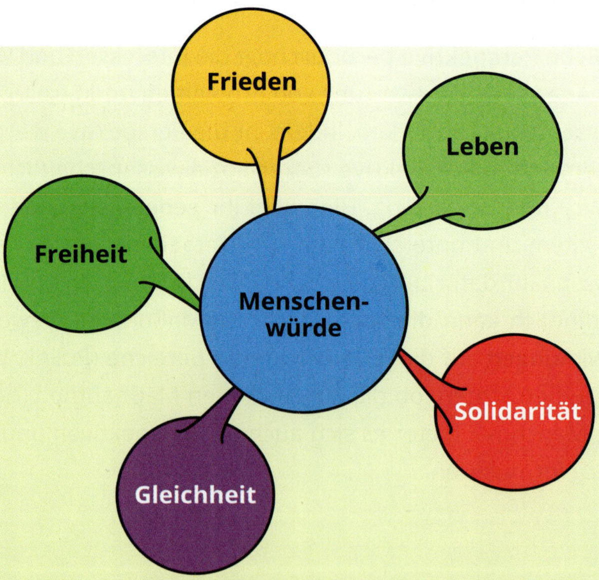

Bearbeiterin

Maßnahmen der UNO bewerten, in der Ukraine für Frieden und Sicherheit zu sorgen

I. Worum geht es?

Ein gründliches politisches Urteil setzt einen Urteilsbildungs- und Analyseprozess voraus.

Ihr beginnt nicht einfach und legt sofort los mit den Argumenten, sondern könnt eure Bewertung in vier Blöcke unterteilen.

II. Geht dabei so vor:

1. Schritt: Ein Problem auswählen, das es zu lösen gilt und Fragen stellen

- Überlegt euch ein Thema/Problem, zu dem ihr ein Szenario für die Ukraine erstellen wollt.
- Legt einen Zeitraum fest, indem euer Szenario stattfinden soll (in 3, 5, 10 oder ... Jahren).
- Überlegt euch, welche (Lebens)Bereiche in eurem Szenario betrachtet werden sollen, und formuliert Leitfragen: Ihr könnt dafür Krieg und Frieden, zukünftige Beziehungen, Wohnsituationen, ... wählen.

↓ ↓ ↓

2. Schritt: Analyse der Einflussbereiche

- Wenn ihr euch für eine Fragstellung eines Bereiches entschieden habt, ermittelt die jeweiligen Einflussfaktoren: Habt ihr euch z. B. für Krieg und Frieden entschieden, benötigt ihr die entsprechenden Faktoren.
- Achtet auf Wechselwirkungen und Vernetzungen.
- Ihr könnt eure Ergebnisse mithilfe von Präsentationsfolien, Plakaten, etc. darstellen.

↓ ↓ ↓

3. Schritt: Entwickeln von Szenarien

- Erstellt drei Zukunftsbilder auf Grundlage eurer ermittelten Einflussfaktoren. Beschreibt dabei, wie es in den ausgewählten Bereichen aussehen kann:
  - das bestmögliche Zukunftsbild (=Best-Case-Szenario)
  - die Fortschreibung der heutigen Situation (=Trend-Szenario)
  - das schlechtmögliche Zukunftsbild (=Worst-Case-Szenario)
- Präsentiert eure Ergebnisse in geeigneter Form.

↓ ↓ ↓

4. Schritt: Entwickeln von Strategien und Maßnahmen

- Sammelt mögliche Konsequenzen, die sich aus euren Szenarien ergeben.
- Gestaltet Vorschläge zur Unterstützung zukunftsorientierter Maßnahmen.
- Welche Beiträge müssen von wem geleistet werden, dass das bestmögliche Szenario eintreten kann?

Bearbeiterin

Wenn man auf Reisen ist, kann man in vielen Ländern der Europäischen Union die gleiche Architektur sehen: Kirchen im gotischen Stil oder romanische Klöster. Europa war immer schon ein besonderer Kontinent und die Menschen sehr miteinander durch Handel und Kultur verbunden.

?

?

?

?

13 Die Europäische Union

Die Europäische Union (EU), eine Union von derzeit 27 Staaten, bestimmt unser tägliches Leben in fast allen Bereichen. Als Bürgerin oder Bürger der EU dürfen wir überall in der Union reisen, leben, studieren und arbeiten. Schulabschlüsse und der Abschluss eines Hochschulstudiums sind in allen EU-Staaten anerkannt. Der Binnenmarkt ermöglicht den freien Handel.
Diese Errungenschaften der EU sind aber nicht selbstverständlich. Angesichts der großen Herausforderungen von Migration, dem Erstarken europafeindlicher Kräfte und Krieg in Europa stellen sich Fragen der politischen Handlungsfähigkeit der EU und letztlich des gegenwärtigen und zukünftigen Zusammenhalts der EU-Staaten.

Am Ende des Kapitels könnt ihr Antworten auf folgende Fragen finden:

- Wie wirken sich Entscheidungen der EU auf das Leben der Bürger aus? (**Interessen und Gemeinwohl**)
- Welche Möglichkeiten haben die Bürger, ihre Interessen in den politischen Entscheidungsprozess der EU einzubringen? (**Macht und Entscheidung**)
- Wie ist die Macht zwischen den Organen der EU verteilt? (**Macht und Entscheidung**)
- Wie wirken die einzelnen Institutionen innerhalb der EU zusammen? (**Ordnung und Struktur**)
- Soll die EU weitere Mitglieder aufnehmen und erweitert werden? (**Interessen und Gemeinwohl**)

WAS WISST UND KÖNNT IHR SCHON?

71103-271

1. Was ist euer Bild von Europa? Gestaltet in Kleingruppen (3–4 Personen) eine Collage, die verdeutlicht, wie ihr Europa wahrnehmt. Was verbindet uns und was trennt uns in Europa?
2. Sammelt zuerst Bilder aus Zeitschriften oder dem Internet und fügt diese dann zusammen. Präsentiert eure Collagen in einer Ausstellung. Bewahrt sie gut auf, denn am Ende des Unterrichts zur Europäischen Union werdet ihr sie nochmals brauchen …

13.1 Was bedeutet es, Bürgerin oder Bürger der EU zu sein?

13.1.1 Europa im Alltag: Wie stark soll die EU in unser Leben eingreifen?

Zum Thema: Oftmals genießt die EU einen zweifelhaften Ruf. Sie verabschiedet eine Staubsaugerleistungsrichtlinie und eine Traktorensitzregelung und schafft dadurch scheinbar unnötig viel Bürokratie. So der Vorwurf. Doch wie beeinflusst die EU unser Leben wirklich?

M1 Fallbeispiel: Für Mia (19) wird das heute ein wichtiger Tag in ihrem Leben ...

Heute reist Mia mit dem Zug nach Paris. Dort beginnt kommende Woche im Rahmen von Erasmus+ ihr Studium an der Universität. Einen Reisepass hat sie nicht dabei, nur ihren Personalausweis und ein Visum hat sie auch nicht beantragt. Sie ist so aufgeregt, dass sie fast die ganze Zeit im Zug mit Freunden telefoniert. Wenn Sie Ihren Abschluss in Frankreich schafft, dann wird dieser in der gesamten EU anerkannt.

Kommende Woche muss Mia auch ein paar Sachen für ihre kleine Wohnung besorgen. An erster Stelle steht für sie eine Waschmaschine, die v. a. wenig Energie verbrauchen soll. Ihr Blick geht aber schon weiter und zwar in den Spätsommer. Dann, wenn alle Prüfungen bestanden sind, möchte sie mit ihrer Freundin Charlotte nach Nordspanien reisen. Die beiden freuen sich jetzt schon aufs Baden in den klaren Seen dort. Viel vorbereiten muss man für diese Reise nicht und Mia hat in ihrem Leben außer in der Schweiz noch nie Geld gewechselt.

Bearbeiter

EINSTIEGSAUFGABEN

71103-272

1. Schildert in eigenen Worten ähnliche Erfahrungen, die ihr beim Reisen ins EU-Ausland gemacht habt.
2. Was denkt ihr: Wie stark wird Mias Leben von Entscheidungen der EU beeinflusst?

M2 Wie die EU unseren Alltag regelt

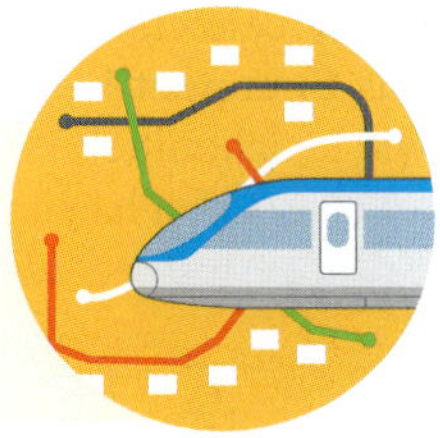

1 Sie können in jedes EU-Land reisen, dort studieren, arbeiten und leben. Jeder kann selbst entscheiden, wo er leben oder arbeiten möchte. Der EU-Binnenmarkt ermöglicht den **freien Personenverkehr**.

2 Die EU hat die Schranken für den **freien Handel** zwischen Ihren Mitgliedern abgebaut. Das bedeutet, dass jeder/jede selbst entscheiden kann, wo in Europa er/sie Waren produziert, kauft und verkauft. Das bedeutet auch einen **größere Auswahl** an Produkten und niedrigere Preise für den Verbraucher.

3 Reisen in Europa ist heute sehr einfach. Durch das Schengener Übereinkommen wurden die **Grenzkontrollen** zwischen den meisten europäichen Ländern **abgeschafft**. Sie können jetzt die meisten Grenzen innerhalb der EU überqueren, ohne Ihren Pass vorzuzeigen.

4 Es kann passieren, dass Sie auf der Reise in einem anderen EU-Land krank werden oder einen Unfall haben. Als EU-Bürger haben Sie Anspruch auf die medizinische Versorgung, die nicht bis zu Ihrer Heimreise warten kann. Mit der europäischen Krankenversicherungskarte haben Sie Zugang zur **staatlichen Gesundheitsversorgung im EU-Ausland** und zahlen deselben Gebühren wie die einheimische Bevölkerung.

5 Die Preise für die Nutzung von Mobiltelefonen und intelligenten Geräten im Ausland sind in den letzten Jahren deutlich gesunken. Dank EU-Vorschriften, mit denen Preisobergrenzen festgelegt wurden, konnten die Koste deutlich (um mehr als 90 % seite 2007) gesenkt werden. **Roaminggebühren** wurden im Jahr 2017 abgeschafft, sodass Sie für die Benutzung Ihres Mobiltelefons im Ausland dasselbe bezahlen wie zu Hause.

6 Die **Gewährleistungsfrist für Konsumgüter** wie z. B. elektronische Geräte beträgt jetzt **mindestens** zwei Jahre. Das bedeutet beispielsweise, dass Ihr Mobiltelefon, sollte es nach einem Jahr kaputtgehen, kostenlos repariert oder ersetzt werden kann. Dabei ist es zudem gleichgültig, in welchem EU-Land Sie das Produkt gekauft haben.

7 Auch wenn Sie Waren nicht in einem Ladengeschäft bestellen oder kaufen, sind Sie durch EU-Recht geschützt. Sie haben z. B. auch dann die Möglichkeit, es sich ander zu überlegen, wenn Sie ein Abbonnement oder einen Vertrag auf der Straße abschließen oder im Internet einkaufen. Sie haben das **Recht**, innerhalb von 14 Tagen **die Bestellung zu stornieren oder die Ware zurückzuschicken.**

8 Als Verbraucher haben Sie vielleicht ein Interesse daran, möglichst umweltfreundliche Produkte zu kaufen; das **Energieetikett der EU** hilft Ihnen dabei, die richtige Wahl zu treffen. Zahlreiche Produkte wie Leuchtmittel, Waschmaschinen, Kühlchränke und Fernsehgeräte tragen das Energieetikett der EU. So lässt sich leichter feststellen, welche Produkte die höchste Energieeffizienz aufweisen und als A^{+++} eingestuft werden.

9 Die EU zeichnet sich durch **sauberes Trinkwasser und saubere Badegewässer** aus. Umweltverschmutzung kennt keine Grenzen, und saubere Luft sowie sauberes Wasser haben natürlich einen sehr hohen Stellenwert. Die EU hat verbindliche europaweite Grenzwerte für die Luft- und Wasserverschmutzung eingeführt, und die EU-Staaten sind verpflichtet, für die Einhaltung dieser Werte zu sorgen.

10 **Euro**

In zwölf EU-Ländern wurden im Jahr 2002 Euro-Banknoten und -Münzen eingeführt; inzwischen haben 19 Länder ihre nationale Währung durch den Euro ersetzt. Mehr als 340 Millionen EU-Bürgerinnen und -Bürger, also 75 % aller EU-Bürger, verwenden den Euro in ihrem Alltag.

Bearbeiter

Erklärfilm Euro

71103-273

11 **Erasmus +**

Studierende erhalten finanzielle und organisatorische Unterstützung für einen Auslandsaufenthalt an einer europäischen Partnerhochschule. Durch ein europäisches Punktesystem ist sichergestellt, dass die im Ausland erbrachten Studienleistungen nach der Rückkehr auf das Studium im eigenen Land angerechnet werden.

Bearbeiter

12 **Was tut die EU für mich ...?**

Bearbeiter

Link: Das tut die EU für mich ...

71103-309

AUFGABEN

71103-274

1. Für Mia ist vieles, was sie unternimmt, selbstverständlich geworden. Erläutert, wie die Entscheidungen der EU Einfluss auf Mias Leben haben (**M1**, **M2**).
2. Die Politik der EU beeinflusst auch euer Leben. Begründet, was euch davon am Wichtigsten erscheint (**M2**, **M3**).
3. Scannt den QR-Code in **M2**, Kasten 12 und recherchiert drei weitere Beispiele, wie die EU euren Alltag beeinflusst. Präsentiert eure Ergebnisse in der Klasse.

13.1.2 Sollte das EU-Motto „In Vielfalt geeint" angepasst werden?

Zum Thema: Braucht die EU eigentlich ein Motto? Ja, damit Entscheidungen sich an einem gemeinsamen Ziel orientieren können, sagen die einen. Andererseits ist die EU auch eine Organisation, die in der Realität mit vielen verschiedenen Interessen konfrontiert ist und manchmal pragmatisch entscheiden muss, um handlungsfähig zu bleiben, so argumentieren andere. Um diese Auseinandersetzung geht es in diesem Kapitel.

M3 Symbole und Motto der EU – noch passend?

1 Die Hymne der EU

Die Melodie der Hymne der EU stammt aus der Neunten Symphonie, die Ludwig van Beethoven im Jahr 1823 als Vertonung der von Friedrich Schiller 1785 verfassten „Ode an die Freude" komponierte. [...] Mit seiner „Ode an die Freude" brachte Schiller seine idealistische Vision zum Ausdruck, dass alle Menschen zu Brüdern werden – eine Vision, die Beethoven teilte. [...] 1985 wurde sie von den EU-Staats- und Regierungschefs als offizielle Hymne der Europäischen Union angenommen. Ohne Worte, nur in der universellen Sprache der Musik, bringt sie die europäischen Werte Freiheit, Frieden und Solidarität zum Ausdruck.

Die Hymne der EU zum Anhören

71103-275

Europäische Kommission: Die Europäische Hymne. In: www. european-union.europa.eu, Abruf am 30.06.2023

2 Flagge der EU

Die 12 Sterne sind ein Symbol für die Vollkommenheit und versinnbildlichen vor blauem Hintergrund die Vereinigung, Solidarität und Harmonie zwischen den europäischen Völkern, die die Lehre aus einer europäischen Geschichte der Kriege gegeneinander zueinander gefunden haben im gemeinsamen Streben nach Frieden.

Info-Point Europa: Die Symbole der Europäischen Union. In: www.infopoint-europa.de, Abruf am 30.06.2023

3 Das Motto der EU

Der Lissabon Vertrag enthält erstmals einen offiziellen Leitspruch bzw. ein offizielles Motto für die Europäische Union: „In Vielfalt geeint".

Bearbeiterin

4 Baden-Württemberg feiert den Europatag

Der Europatag wird alljährlich am 9. Mai für Frieden und Einheit in Europa begangen. Er markiert den Jahrestag der Schuman-Erklärung, in der Robert Schuman seine Idee für eine neue Form der politischen Zusammenarbeit in Europa vorstellte, die einen Krieg zwischen den Nationen Europas undenkbar machen sollte. Robert Schumans Vorschlag gilt als Geburtsstunde [der] Europäisch[en] Union.

Europäische Kommission: Europatag. In: www. european-union.europa.eu, Abruf am 30.06.2023

EINSTIEGSAUFGABE 71103-276

Entscheidet spontan, welches Symbol/Motto ihr für besonders geeignet haltet. Begründet eure Wahl kurz.

M4 Was sind die Ziele der Europäischen Union?

Die Ziele der Europäischen Union sind:

- Förderung des Friedens, der europäischen Werte und des Wohlergehens ihrer Bürgerinnen und Bürger,
- Freiheit, Sicherheit und Rechtsstaatlichkeit ohne Binnengrenzen,
- nachhaltige Entwicklung auf der Grundlage von ausgeglichenem Wirtschaftswachstum und Preisstabilität, einer wettbewerbsfähigen Marktwirtschaft bei Vollbeschäftigung, sozialem Fortschritt und Schutz der Umwelt,
- Eindämmung sozialer Ungerechtigkeit und Diskriminierung,
- Förderung des wissenschaftlichen und technologischen Fortschritts,
- Stärkung des wirtschaftlichen, sozialen und territorialen Zusammenhalts und Solidarität zwischen den Mitgliedsländern,
- Achtung ihrer reichen kulturellen und sprachlichen Vielfalt,
- Gründung einer Wirtschafts- und Währungsunion, deren Währung der Euro ist.

Europäische Kommission: Ziele und Werte. In: www. european-union.europa.eu, Abruf am 30.06.2023

M5 Was sind die Prinzipien der EU?

Degressive Proportionalität
Um allen Staaten im Europäischen Parlament ein Stimmrecht und Gewicht zu geben, erhalten kleinere Staaten im Vergleich zu größeren Staaten proportional mehr Sitze.

Eine Gemeinschaft, die aus 27 Mitgliedstaaten besteht – die sich wiederum in Geschichte, Kultur und Wirtschaft stark unterscheiden – braucht klare Regeln. Das Fundament dieser Regeln bilden die sogenannten Prinzipien der Europäischen Union. Diese regeln die Zuständigkeiten der EU. So ist klar festgesetzt, wann die EU eine Zuständigkeit von den Mitgliedstaaten übernimmt und wie Entscheidungen zustande kommen. Durch diese Prinzipien wird sichergestellt, dass die EU handlungsfähig ist und bleibt, aber nicht zu einer zentralistischen Supermacht ausartet, die nationale Identitäten missachtet.

Landeszentrale für politische Bildung Baden-Württemberg: Prinzipien der Europäischen Union. In: www.europaimunterricht.de, Abruf am 30.06.2023

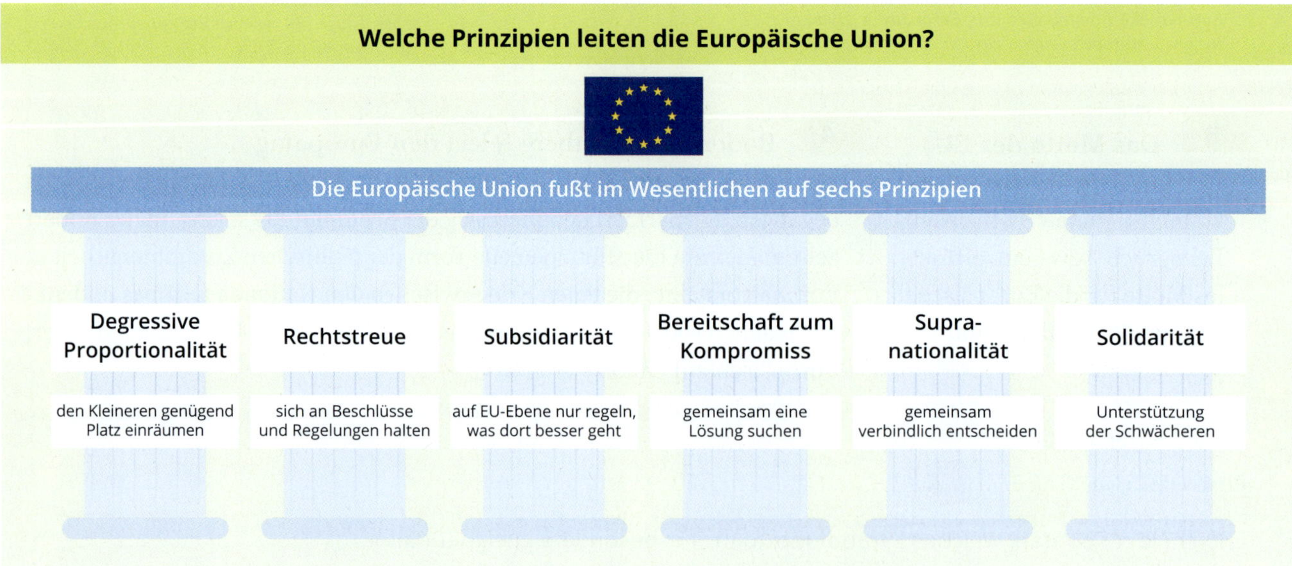

©C.C.Buchner Verlag, Daten nach: Europäische Kommission, 2022

M6 Ziele und Prinzipien auf dem Papier – und in der Realität?

A Jahresbericht zur Rechtsstaatlichkeit: EU-Standards in Ungarn und Polen gefährdet

In ihrem Jahresbericht zur Einhaltung von Rechtsstaatlichkeit hat die EU-Kommission eine Erosion demokratischer Standards in mehreren EU-Staaten konstatiert. Dies gelte besonders für Ungarn und Polen. Dort sei die Unabhängigkeit der Justiz bedroht [...] Genannt wurde wegen Angriffen auf die Medien des Landes auch Slowenien [...]. In dem Jahresbericht wurden mit Blick auf Polen Mängel in den wichtigsten vier überprüften Bereichen festgestellt: nationale Justizsysteme, Rahmenbedingungen zur Bekämpfung von Korruption, Medienfreiheit und Gewaltenteilung. Reformen im Justizsystem in den vergangenen sechs Jahren hätten den Einfluss der Regierung verstärkt, hieß es. Zudem bestehe das Risiko unzulässigen Einflusses auf Korruptionsstrafverfahren zu politischen Zwecken, und die Arbeitsbedingungen für Journalisten hätten sich verschlechtert. Ungarn wurde wegen inadäquater Antikorruptionsmaßnahmen kritisiert. Die Medienvielfalt in dem Land bleibe gefährdet. Auch für Slowenien zeichnete der Bericht ein düsteres Bild der Lage der Medien. Journalisten würden online schikaniert und bedroht.

ahar/dpa: EU sieht demokratische Standards in Ungarn und Polen gefährdet. In: www.rp-online.de, 20.07.2021

B Solidarität in der Coronakrise

Von außen betrachtet war es zu Beginn der Pandemie [...] nicht weit her mit der europäischen Solidarität. Quasi im Alleingang verboten oder beschränkten unter anderem Frankreich, Deutschland [...] den Export von medizinischer Schutzausrüstung. [...]

Inzwischen gibt es für die EU auch gemeinsame Ausschreibungen für die Beschaffung von Schutzmaterial und Impfstoffen. Dass die EU hier geschlossen mit der Industrie verhandelt, ist [...] wichtig – auch mit Blick auf künftige Probleme. Nicht zuletzt einigten sich die Staats-und Regierungschefs im Juli nach langen Diskussionen auf den historischen 750 Milliarden Euro schweren Aufbaufonds.

Diese Gelder können Mitgliedstaaten nutzen, um die wirtschaftlichen Schäden, welche durch die Corona-Pandemie angerichtet werden, zu bekämpfen.

Steinwehr, Uta: Corona: Wie steht's mit Europas Solidarität? In: www.dw.com, 14.09.2020

AUFGABEN

71103-277

1. Analysiert, inwiefern sich die Ziele und Prinzipien (**M4**, **M5**) der EU in den Symbolen der EU (**M3**) widerspiegeln.
2. Arbeitet aus **M6** **A** und **B** zu zweit arbeitsteilig heraus, inwiefern in der aktuellen Politik der EU Ziele und Prinzipien umgesetzt werden. Stellt euch gegenseitig eure Ergebnisse vor.
3. Die EU gestaltet derzeit ein großes Bürger:innenbeteiligungsprojekt unter dem Motto „Konferenz zur Zukunft Europas“. Gestaltet in Gruppen einen Beitrag zu dieser Konferenz, der sich mit der Frage auseinandersetzt, ob das Motto der EU „In Vielfalt geeint“ noch Gültigkeit haben soll oder ob dieses Motto durch ein anderes ersetzt werden sollte. Macht dazu Vorschläge.

13.1.3 Wie können wir die Politik der EU beeinflussen?

Zum Thema: Die Europäische Union ist ein Staatenverbund aus 27 europäischen Staaten. Sie hat insgesamt etwa 450 Millionen Einwohner. Wie kann ein so großes politisches Gebilde demokratisch gestaltet werden?

M7 Demokratie in der EU bedeutet für mich …

EINSTIEGSAUFGABE 71103-311

Diskutiert, was eine Demokratie ausmacht. Ergänzt dazu den Demokratie-Stern.

M8 Welche demokratischen Entscheidungsprozesse kennt die EU?

Das demokratische Prinzip, wonach alle staatliche Macht vom Volke ausgeht, gilt auch für die Europäische Union. Alle wichtigen Entscheidungsorgane der EU sind in ihrem Handeln in unterschiedlicher Weise demokratisch legitimiert.

Das Europäische Parlament wird seit 1979 alle fünf Jahre von den Bürgerinnen und Bürgern in den EU-Staaten direkt gewählt. Der Präsident der Europäischen Kommission wird auf Vorschlag der EU-Staats- und Regierungschefs vom Europäischen Parlament gewählt, und auch das Kommissionskollegium muss sich einem Parlamentsvotum stellen. Die Mitglieder des Rates der EU und des Europäischen Rates verfügen als nationale Regierungsmitglieder über eine nationale Legitimation durch die einzelstaatlichen Parlamente. Deswegen spricht man häufig von der doppelten Legitimation der EU – direkt durch die Unionsbürger und -bürgerinnen sowie indirekt durch die Mitgliedstaaten.

Die Bedeutung von Europawahlen wurde dadurch deutlich gesteigert, dass die Parteien bei der Wahl 2014 erstmals Spitzenkandidaten für das Amt des Kommissionspräsidenten bzw. der -präsidentin präsentierten. Die Wählerinnen und Wähler bekamen damit die Chance, über das höchste Regierungsamt in der EU mitzuentscheiden. Die Erfahrungen mit dieser Neuerung wurden durchweg als positiv bewertet. Vielfach wird zudem gefordert, dass die bisher stark einzelstaatlich ausgerichteten Parteien künftig auf der europäischen Ebene noch stärker zusammenarbeiten sollen und sich möglicherweise sogar europäische Parteien bilden. Ein anderer Vorschlag zielt darauf ab, bei künftigen Europawahlen transnationale Listen zuzulassen.

Seit dem Inkrafttreten des Lissabon-Vertrags werden die Bürger und die Organisationen der Zivilgesellschaft verstärkt in den Entscheidungsprozess der EU eingebunden. Artikel 11, Absatz 1 des Ver-

Erklärfilm Europawahl

71103-278

Petitionen

Gemäß Artikel 227 des Vertrags über die Arbeitsweise der Europäischen Union kann jeder Bürger jederzeit allein oder zusammen mit anderen Personen sein Petitionsrecht ausüben, also eine Petition an das Europäische Parlament richten.

Europäischer Bürgerbeauftrage

Der Europäische Bürgerbeauftragte untersucht Beschwerden über Missstände in der Verwaltungstätigkeit ihrer Organe, Einrichtungen und sonstigen Stellen.

trags über die Europäische Union enthält hierzu folgende Aussage: „Die [EU-] Organe geben den Bürgerinnen und Bürgern und den repräsentativen Verbänden in geeigneter Weise die Möglichkeit, ihre Ansichten in allen Bereichen des Handelns der Union öffentlich bekannt zu geben und auszutauschen." Kommission, Rat und die anderen Institutionen der EU haben somit die Verpflichtung, einen offenen, transparenten und regelmäßigen Dialog mit den repräsentativen Verbänden und der Zivilgesellschaft zu pflegen.
Zur Bildung eines europäischen Bürgerbewusstseins bedarf es darüber hinaus europaweit ausgetragener Debatten und einer europäisch orientierten Medienlandschaft, die jedoch erst in Ansätzen vorhanden ist.

Schmuck, Otto/Unser, Günther: Die Europäische Union: Aufgaben, Strukturen, Chancen. Bonn: Bundeszentrale für politische Bildung 2018, S. 140

M9 Fallbeispiel für direkte Demokratie in der EU

A Die europäische Bürgerinitiative

Innovativ ist auch die Bestimmung des Lissabon-Vertrags zur europäischen Bürgerinitiative: Unionsbürgerinnen und -bürger, deren Anzahl mindestens eine Million betragen und bei denen es sich um Staatsangehörige einer erheblichen Anzahl von Mitgliedstaaten handeln muss, können im Rahmen einer Initiative die Europäische Kommission auffordern, geeignete Vorschläge zu Themen zu unterbreiten, zu denen es nach Ansicht dieser Bürgerinnen und Bürger eines Rechtsakts der Union bedarf, um die Verträge umzusetzen. Seit 2012 können Stimmen zur Unterstützung einer Europäischen Bürgerinitiative gesammelt werden. Bis Mitte 2018 waren vier Bürgerinitiativen erfolgreich: Die Initiative „Right2water – Wasser und sanitäre Grundversorgung sind ein Menschenrecht! Wasser ist ein öffentliches Gut und keine Handelsware!" erhielt 1.659.543 Unterschriften; „Einer von uns" zum rechtlichen Schutz der Würde, des Rechts auf Leben und der Unversehrtheit jeder menschlichen Person vom Zeitpunkt der Empfängnis an fand 1.721.626 Unterstützer.

Schmuck, Otto/Unser, Günther: Die Europäische Union: Aufgaben, Strukturen, Chancen. Bonn: Bundeszentrale für politische Bildung 2018, S. 141 f.

B Ein Erfolg für die Demokratie?

Für Grüne und Sozialdemokraten ist die endgültige Verabschiedung der neuen Trinkwasser-Richtlinie durch das Europäische Parlament gleich ein doppelter Erfolg: Sie verbessert den Zugang der Europäer zu sauberem Wasser und gilt zugleich als Resultat der ersten Europäischen Bürgerinitiative „Right2Water" (Recht auf Wasser). [...] Die EU-Kommission stieß am Mittwoch ins gleiche Horn. „Die heutige Zustimmung des Europäischen Parlaments zu der Richtlinie ist ein starkes Signal für die Entschlossenheit, alle Menschen in Europa mit sichererem Trinkwasser zu versorgen", sagte der zuständige Kommissar Virginijus Sinkevičius und verwies auf „Right2Water".

Kafsack, Hendrik: Recht auf Wasserspender. In: www.faz.net, 20.12.2020

M10 Demokratie muss streiten: Gibt es eine europäische Öffentlichkeit?

Wie sollen die Menschen, die in die EU geflohen sind, verteilt werden?

Ist die Atomkraft eine grüne Energie?

Wir erleben [...] zum ersten Mal das Entstehen einer europäischen Öffentlichkeit. Das äußert sich darin, dass Konflikte da sind, die als gemeinsame Konflikte wahrgenommen werden. [...] Öffentlichkeit ist nicht etwas, was darüber entsteht, dass alle die gleiche Zeitung lesen. [...] Sie entsteht vielmehr darüber, dass um essenzielle Sachen grenzüberschreitend gestritten wird. Nichts vereinigt mehr als der Streit. Dieser muss dazu führen, dass die Alternativen auf den Tisch kommen. Der Streit kann natürlich auch endgültig entzweien. [...] Dieses Risiko muss man aber eingehen, um die Demokratie vor dem endgültigen Verschwinden in Technokratie zu bewahren.

Schwan, Gesine/Menasse, Robert/Brunkhorst, Hauke: Weil Europa sich ändern muss, Wiesbaden: Springer VS 2015, S. 117

AUFGABEN

71103-279

1. a) Erläutert, wie die Bürgerinnen und Bürger die Politik der EU mitbestimmen können. Erstellt dazu ein Schaubild (**M8**, **M9**).
   b) Erläutert, was unter dem System der „doppelten Legitimation" verstanden wird (**M8**).
2. Die Bürgerinitiative Right2water wird als „großer Erfolg der Zivilgesellschaft" gefeiert. Überprüft diese Aussage (**M9 A** und **B**).
3. Beschreibt, welche Themen europaweit diskutiert werden (**M10**).
4. Überprüft, mithilfe eurer Demokratiemerkmale aus der Einstiegsaufgabe, ob es sich bei der EU um eine Demokratie handelt (**M7**).

13.2 Der Entscheidungsprozess in der EU

13.2.1 Die EU-Richtlinie zum Plastikverbot: Soll Einwegplastik verboten werden?

Zum Thema: Tiere, die qualvoll in weggeworfenen Plastiktüten verenden, vermüllte Strände, Straßen, überquellende Mülleimer – diese Bilder und Tatsachen kennen wir und wissen auch, dass wir zu viel Müll erzeugen. Kann die EU die Mitgliedstaaten zwingen, dieses Problem anzugehen?

M1 Überall Plastikmüll ...

1

Plastik am Strand. Es dauert hunderte Jahre bis eine Plastikflasche verrottet.

2

Vögel verenden, wenn sie Plastik mit Futter verwechseln.

3

Ein Abfalleimer voller Plastikmüll

4

Jugendliche sammeln Plastikmüll im öffentlichen Park.

Politikzyklus: Phase 1

EINSTIEGSAUFGABEN 71103-280

1. Betrachtet die Bilder 1–4. Nennt Beispiele, was ihr selbst über das Plastikproblem erlebt habt und wisst.
2. Erläutert, wo euch in eurem Alltag Plastikverpackungen begegnen und wann sie zu einem Problem für den Menschen und die Umwelt werden.

M2 Kontrovers diskutiert: Soll Einwegplastik verboten werden?

Im Zeitschriftenmagazin Fluter diskutierten Kristina Antonia Schäfer und Alina Schadwinkel über die Vor- und Nachteile eines Verbots von Einwegplastik. Frau Schäfer (Text A) ist Chefin vom Dienst bei der Wirtschaftszeitschrift Wirtschaftswoche. Frau Schadwinkel (Text B) ist Wissenschaftsjournalistin und Vize-Ressortleitung Wissenschaft beim Nachrichtenmagazin „Der Spiegel".

Politikzyklus: Phase 2

A Sinnlose Symbolpolitik! Es gibt viel bessere Lösungen als Verbote.

Das Plastikverbot will Kleinigkeiten wie Strohhalme oder Wattestäbchen aus Kunststoff verbannen. Als der Plan voriges Jahr bekannt wurde, gab es kaum fundamentale Kritik. Selbst einige Plastikhersteller zeigten Verständnis für den Vorstoß, der ihnen eigentlich den Angstschweiß auf die Stirn hätte treiben sollen. Genau das tat und tut er eben nicht. Der Plan ist: nichts weiter als Symbolpolitik.

Die Europäer erzeugen jedes Jahr 25 Millionen Tonnen Kunststoffabfälle. Doch selbst wenn das neue Verbot streng umgesetzt würde, könnte das kaum etwas ändern, denn Strohhalme und Co. machen nicht einmal ein Prozent des europäischen Plastiks aus! Es sind Verpackungen, die für einen Großteil des Müllproblems sorgen, und das immer stärker, je mehr Fertiggerichte oder Mitnehmprodukte die Supermärkte überfluten. 2018 wurden in der EU allein für Essen und Getränke mehr als eine Billion Verpackungen genutzt. Wollte die Politik wirklich etwas gegen die Plastikflut tun, müsste sie also bei der Verpackungsbranche anfangen.

Die ganz Radikalen könnten jetzt fordern: Macht es so wie andere Länder! Wer in Ruanda Plastiktüten produziert, handelt oder auch nur nutzt, dem drohen seit rund zehn Jahren hohe Geld- oder Gefängnisstrafen. Es ist aber gar nicht ausgemacht, dass Verbote unser Plastikproblem – oder genauer gesagt: unser Umweltproblem – lösen können. Viele der Materialien, die Kunststoffe ersetzen sollen, stehen selbst in der Kritik – weil ihre Herstellung die Umwelt stark belastet oder weil sie sogar noch schlechter entsorgt werden können. Plastik kann, zumindest theoretisch, leicht wiederverwertet werden. Für vermeintlich ökologische Alternativen wie etwa die beliebten Bambusmischstoffe gilt das nicht.

Was also ist die Lösung? Es geht nicht darum, Plastik komplett zu verbannen. Es sollte vielmehr darum gehen, es effizient zu nutzen, um einen echten Recyclingkreislauf aufzubauen. Aktuell werden nämlich in der EU weniger als ein Drittel der Kunststoffabfälle überhaupt für das Recycling gesammelt. Die Recyclingquoten variieren dann von Land zu Land.

Was wir brauchen, ist eine Recycle-Revolution! Der Umstieg wäre nicht einfach, so viel ist klar. Er würde ganze Industrien dazu zwingen, ihre Produktionen zu überdenken [...] Es wäre der wegweisende Schritt, den wir jetzt brauchen.

Schäfer, Kristina Antonia/Schadwinkel, Alina: Plastikverbot in der EU: Pro und Contra. In: www.fluter.de, 09.01.2020

B **Einwegplastik verbieten: Das ist nur der Anfang!**

Jeder Strohhalm, den wir in die Caipirinha stecken, und jeder Plastikteller beim Grillen im Park sollte uns erinnern - an den Müllberg aus Plastik, den wir produzieren, und an die rund zehn Millionen Tonnen Plastik, die jedes Jahr rund um den Globus in den Ozeanen landen.

Das ist nicht nur widerlich, weil es die Umwelt verschmutzt. Plastikteile und Mikroplastik gefährden zudem Tiere und Menschen. Machen wir uns nichts vor: Winzige Kunststoffpartikel enden auch in unseren Lungen und auf unseren Tellern. Welche Auswirkungen das auf die Gesundheit hat, ist bisher unbekannt.

Wie grandios, dass einige Wegwerfprodukte aus Plastik ab 2021 in Europa verboten sind. Europaweit steht damit offiziell fest: Wir haben ein Müllproblem, das außer Kontrolle ist. Ein unbekümmerter Umgang mit Plastik ist nicht länger zu dulden. Wenn in 30 Jahren nicht mehr Plastikteile als Fische in den Meeren schwimmen sollen, muss sich etwas ändern - und zwar so schnell wie möglich. Ein Wegwerfplastik-Verbot ist ein guter Anfang, weil es nicht nur die Flut eindämmen, sondern die Quelle des Übels angehen soll: unser Verhalten. Die Menschheit produziert mehr Plastik, als gut für den Planeten ist, und anstatt die Menge zu reduzieren, kommen jedes Jahr rund 350 Millionen Tonnen Kunststoffe hinzu. Die Skeptiker:innen mögen nun nörgeln und sagen, dass der EU-Beschluss auf unzähligen Kompromissen basiert und deshalb wirkungslos ist. Doch im Gegenteil: Es gilt, die Richtlinie als historisches Signal und Chance zum Wandel anzuerkennen. Sie liefert die europaweite Basis für künftig zusätzliche, noch strengere Regeln, die die Chance bieten, unser Verhalten grundsätzlich zu ändern. Ein Beispiel: Bis Ende dieses Jahrzehnts müssen 90 Prozent der Kunststoffflaschen getrennt gesammelt werden und 30 Prozent von ihnen aus Recyclingkunststoff bestehen. Das sind Mindestvereinbarungen der EU. Deutschland sollte die EU-Richtlinie viel strenger umsetzen: mit kürzeren Fristen, höheren Recyclingquoten oder noch mehr Verboten. Zum Beispiel, dass deutscher Müll nicht mehr nach Südostasien verschifft werden darf.

Es ist zu erwarten, dass große Teile der Bevölkerung solche Eingriffe in ihren Alltag sogar unterstützen werden. Viele Deutsche machen sich Sorgen um die Umwelt, wollen sie schützen und sind bereit, etwas zu ändern.

Schäfer, Kristina Antonia/Schadwinkel, Alina: Plastikverbot in der EU: Pro und Contra. In: www.fluter.de, 09.01.2020

AUFGABEN

71103-281

1. Stellt die Argumente von Kristina Antonia Schäfer **M2 A** und Alina Schadwinkel **M2 B** in einer Tabelle dar.
2. Arbeitet aus den Positionen in **M2 A** und **M2 B** die jeweils überzeugendsten Argumente heraus und begründet eure Entscheidung.

M3 Welche Rechtsakte gelten in der Europäischen Union?

1 Verordnungen

Verordnungen sind ab dem Zeitpunkt ihrer Verabschiedung auf Gemeinschaftsebene für alle verbindlich; sie gelten unmittelbar in jedem Mitgliedstaat und müssen nicht erst in nationales Recht umgesetzt werden.

2 Richtlinien

Richtlinien legen Ziele fest, wobei es Aufgabe der Mitgliedstaaten ist, diese auf nationaler Ebene anzuwenden; sie geben den Mitgliedstaaten Ergebnisse verbindlich vor, stellen ihnen jedoch frei, wie sie diese erreichen.

3 Beschlüsse

Beschlüsse beziehen sich auf ganz bestimmte Themen; sie sind in allen ihren Teilen für diejenigen verbindlich, an die sie gerichtet sind. Eine Entscheidung kann an alle Mitgliedstaaten, einen Mitgliedstaat, ein Unternehmen oder eine Einzelperson gerichtet sein.

4 Empfehlungen/Stellungnahmen

Empfehlungen und Stellungnahmen sind nicht rechtsverbindlich; sie geben lediglich den Standpunkt der Organe zu einer bestimmten Frage wieder.

Nach: Euro-Informationen: Gesetzgebung. In: www.eu-info.de, Abruf am 20.08.2021

M4 Der Weg der Plastikrichtlinie ...

1 Mai 2018: Vorschlag der EU-Kommission für eine Richtlinie gegen Einwegplastik

Kern der neuen Richtlinie, [...] ist [...] eine Schwarze Liste mit Wegwerfartikeln, auf die man problemlos verzichten könnte [...], zum Beispiel Plastikgeschirr und Plastikbesteck [...]. „In der Praxis bedeutet das: Sie werden im Supermarktregal keine Wattestäbchen mehr aus Plastik finden", erklärt [EU-Kommissar Frans] Timmermans. „Wohl aber solche aus einem umweltfreundlicheren Material. Dasselbe gilt für Strohhalme, Kaffeerührer, Ballonhalter und Teller." Darüber hinaus nehmen die Kontrolleure eine Reihe von Wegwerfartikeln ins Visier, die zwar nicht verboten, wohl aber massiv zurückgedrängt werden sollen. Darunter Verpackungen für Fastfood oder Getränke, Plastikdeckel oder Luftballons. Der Entwurf der Kommission nimmt dabei die Hersteller solcher Produkte verstärkt in die Pflicht. Für sie soll es finanzielle Anreize geben, weniger der praktischen, aber umweltschädlichen Helferlein zu produzieren. Neben der Kunststoffindustrie will man aber auch die Mitgliedstaaten an den Kosten beteiligen, etwa für die Säuberung der Natur oder für Aufklärungskampagnen. Auf lange Sicht [...] spare die EU nicht nur geschätzte 6,5 Milliarden Euro, sie tue auch etwas für ihr gutes Gewissen und verschaffe sich international einen Wettbewerbsvorteil.

Bearbeiter, nach: Romann, Holger: Ein Problem in eine Chance verwandeln. In: www.tagesschau.de, 28.05.2018

2 Oktober 2018: EU-Parlament stimmt für Einwegplastikverbot

Das Europaparlament hat für ein Verbot von Wegwerf-Artikeln aus Kunststoff gestimmt [und] will eine ganze Reihe von Einwegprodukten aus dem Verkehr ziehen. Die Ex-und-Hopp-Mentalität sei eine Gefahr für die Umwelt, vor allem für die Meere, meinen die Abgeordneten. [...] Längst geht es dabei nicht mehr allein um die Umwelt, sondern auch um die Gesundheit. Denn viele Kunststoffe verrotten nicht, auch nicht nach Jahrzehnten, sondern zerfallen in immer kleinere Teilchen, die dann als Mikroplastik in der Nahrungskette landen. [...] Es gibt aber auch ein wirtschaftliches Argument: Einwegverpackungen aus Plastik werden zum Großteil nämlich nicht recycelt. Eine Verschwendung von Geld und von Rohstoffen, meinen die Parlamentarier. Deshalb sollen nun feste Recyclingquoten kommen, zum Beispiel für Lebensmittelverpackungen aus Kunststoff. Oder für Zigarettenfilter, in denen Plastik steckt. Denn ein einziger Stummel kann tausend Liter Wasser verschmutzen. [...] Umweltschutzorganisationen wie Greenpeace gehen die Pläne nicht weit genug. Sie kritisieren vor allem, dass die Definition von Einwegplastik viel zu eng gefasst werde. Die Plastikproduzenten dagegen halten die Regeln für zu scharf. Sie befürchten erhebliche Verluste. Als nächstes werden sich jetzt die europäischen Umweltminister mit den Plastikverboten befassen. Wenn sie sich dann mit der EU-Kommission und dem Europaparlament verständigen, können die Verbote wie geplant 2021 in Kraft treten.

Bearbeiter, nach: Romann, Holger: Ein Problem in eine Chance verwandeln. In: www.tagesschau.de, 28.05.2018

3 Dezember 2018: EU-Staaten einigen sich mit EU-Parlament und Europäischer Kommission

Im Dezember 2018 einigte sich das EU-Parlament und die EU-Kommission mit den Botschafterinnen und Botschaftern der Mitgliedstaaten über die Ausgestaltung der EU-Plastikrichtlinie. Die Zustimmung des Rates der Europäischen Union, in dem die Umweltminister:innen der Mitgliedstaaten zusammenkommen, gilt nun nur noch als Formsache. Im sogenannten Trilogverfahren konnte man sich auf die folgenden Kompromisse einigen. *Bearbeiter*

Grafik: Trilogverhandlungen zur Richtlinie gegen Einwegplastik

71103-282

4 Mai 2019: Der Ministerrat nimmt die neue Plastikrichtlinie an

Der Rat hat heute eine neue Richtlinie verabschiedet, mit der die Herstellung und Benutzung von Einwegartikeln aus Plastik eingeschränkt wird. Mit der heutigen förmlichen Annahme der neuen Vorschriften durch den Rat ist das Gesetzgebungsverfahren abgeschlossen.

© Rat der EU: Pressemitteilung. In: www.consilium.europa.eu, 21.05.2019

Politikzyklus: Phase 3

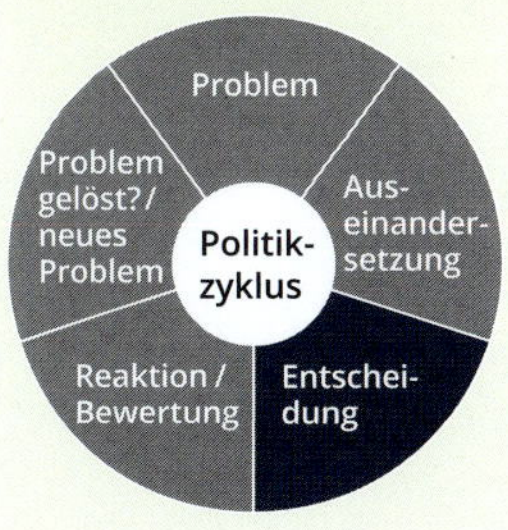

5 Sommer/Herbst 2020: Umsetzung der EU-Richtlinie in nationales Recht

Trinkhalme, Rührstäbchen für den Kaffee, Einweg-Geschirr aus konventionellem Plastik und aus „Bioplastik" sowie To-go-Becher und Einweg-Behälter aus Styropor sollen verboten werden. Das hat das Bundeskabinett beschlossen. Nach dem Bundestag hat am 6. November auch der Bundesrat zugestimmt. [Die neue Verordnung] soll am 3. Juli 2021 in Kraft treten.

© 2021 Presse- und Informationsamt der Bundesregierung: Teller, Besteck, To-go-Becher, Einweg-Plastik wird verboten. In: www.bundesregierung.de, 17.05.2021

M5 Subsidiarität: Wann wird die EU tätig?

EG-Vertrag
Der EG-Vertrag von 1992 ist der „Vertrag zur Gründung der Europäischen Gemeinschaft" und war ein Vorläufer des EU-Vertrags (Vertrag von Lissabon).

In Artikel 5 des EG-Vertrages heißt es: „In den Bereichen, die nicht in ihre ausschließliche Zuständigkeit fallen, wird die Gemeinschaft nach dem Subsidiaritätsprinzip nur tätig, sofern und soweit die Ziele der in Betracht gezogenen Maßnahmen auf der Ebene der Mitgliedstaaten nicht ausreichend erreicht werden können und daher wegen ihres Umfangs oder ihrer Wirkungen besser auf Gemeinschaftsebene erreicht werden können." Die Europäische Kommission muss bei jeder Gesetzesinitiative nachweisen, dass sie die jeweilige Aufgabe besser lösen kann als die Regionen oder die Mitgliedstaaten.

Bearbeiterin

M6 Plastik vermeiden – nicht alle Alternativen sind gut

Politikzyklus: Phase 4

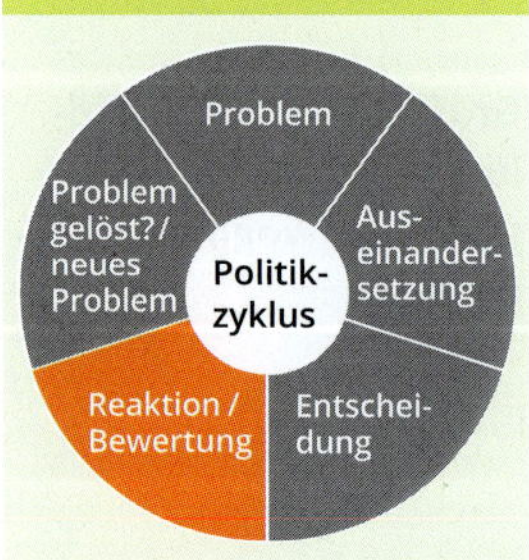

Alternativen aus Bio-Kunststoffen sind zwar nicht aus Erdöl hergestellt, dafür aber schlecht kompostierbar. Papier erhöht den Druck auf die Abholzung der Wälder. Aluminium verbraucht viel Energie. Und plastikfreies Einweggeschirr aus Pappe, Palmenblättern und Zuckerrohr kann oft gesundheitsgefährdende Stoffe enthalten, warnt der Verbraucherzentrale Bundesverband (vzbv). Katharina Istel [vom Naturschutzbund Deutschland (Nabu)] empfiehlt, grundsätzlich auf Einwegartikel zu verzichten und ausschließlich Mehrwegbehälter zu benutzen, beispielsweise aus Polypropylen (PP), Glas oder Edelstahl.

Wächter, Andree: EU-Plastikverbot tritt in Kraft: „Nicht von Greenwashing blenden lassen". In: www.kreiszeitung.de, 04.07.2021

AUFGABEN

71103-283

1. Stellt die in **M3** erläuterten Rechtsakte der EU in einer Mindmap dar.
2. Analysiert den Entscheidungsprozess zur EU-Richtlinie zum Plastikverbot mithilfe des Politikzyklus (**M1–M6, → Methode Politikzyklus, Kap. 4.3.1, S. 94**).
3. Arbeitet heraus, welche(s) Prinzip(ien) der EU (**M5, Kap. 13.1.2, M5**) im Fall der Einwegplastik-Richtline zum Tragen gekommen ist/sind.
4. Bewertet die Entscheidung, Einwegplastik aus dem Alltag zu verbannen.

13.2.2 Wie wirken die Institutionen beim Entscheidungsprozess zusammen?

Zum Thema: Die EU besteht aus 27 Ländern, die unterschiedliche Interessen haben. Die EU trifft aber Entscheidungen, die alle Länder und die darin lebenden 450 Millionen Menschen gleichermaßen betreffen. Wie kann der Entscheidungsprozess in einem so vielfältigen Gebilde wie der EU gerecht und effizient gestaltet werden?

M7 So verschieden sind die Länder der EU

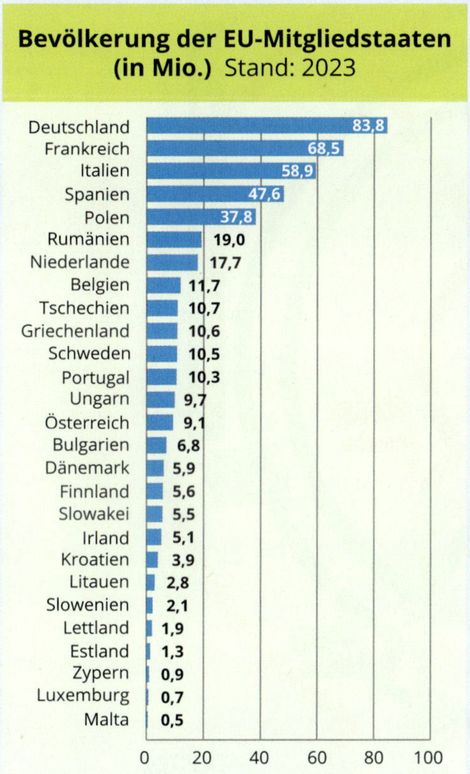

© C.C.Buchner Verlag, Daten nach: Eurostat, 2023

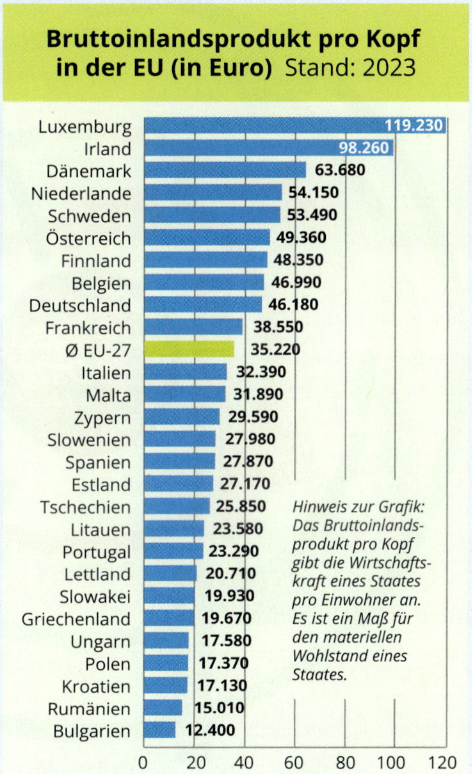

© C.C.Buchner Verlag, Daten nach: Eurostat, 2023

Weitere Grafiken:
- **Landwirtschaftliche Produktion in den EU-Mitgliedstaaten**
- **Von Armut oder sozialer Ausgrenzung bedrohte Personen in der EU**

71103-285

EINSTIEGSAUFGABEN

71103-284

1. Analysiert die Materialien aus **M7** und dem **QR-Code in der Randspalte**.
2. Diskutiert auf der Grundlage eurer Analyse folgende Frage in kleinen Gruppen:
   - Wie muss der Entscheidungsprozess nach eurer Auffassung in einem so vielfältigen Gebilde wie der EU gestaltet sein, damit er gerecht und gleichzeitig effizient ist?

   Entwerft dazu Kriterien oder Fragen, mit denen der Entscheidungsprozess überprüft werden kann.

M8 Wie entsteht ein Gesetz in der EU?

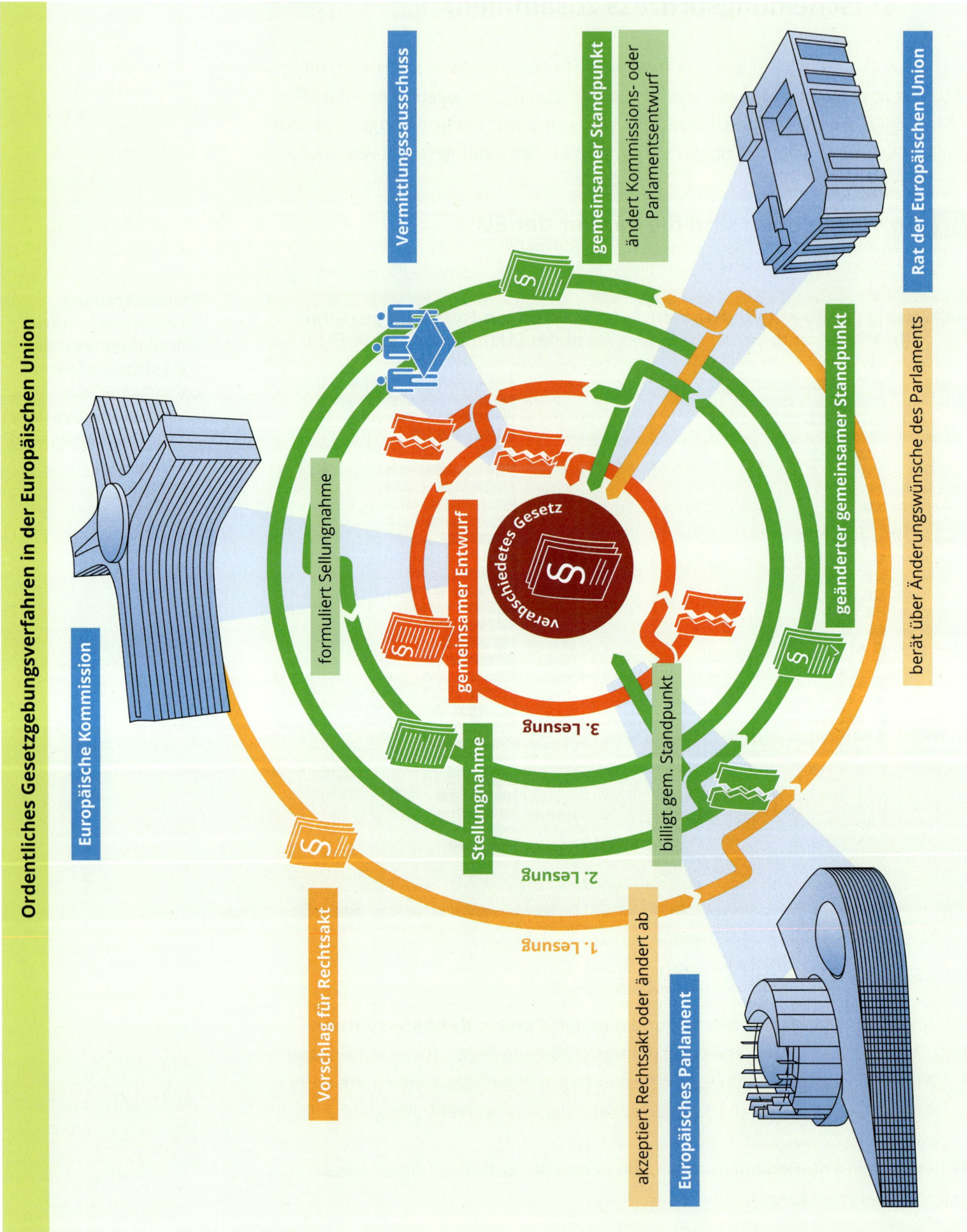

M9 Institutionen der EU

a) Europäische Kommission

Die Kommission ist von den nationalen Regierungen unabhängig. Sie vertritt und wahrt die Interessen der gesamten EU. Die Kommission erarbeitet Vorschläge für neue europäische Rechtsvorschriften, die sie dem Parlament und dem Rat vorlegt. Sie ist auch die Exekutive der EU, d.h. sie ist für die Umsetzung der Beschlüsse des Parlaments und des Rates verantwortlich. Dies bedeutet, dass sie das Tagesgeschäft der EU führt: Umsetzung der politischen Maßnahmen, Durchführung der Programme und Verwaltung der Mittel. Die Kommission besteht aus 27 Personen. Jeder EU-Mitgliedstaat stellt ein Kommissionsmitglied. Die Neubesetzung der Kommission erfolgt alle fünf Jahre innerhalb von sechs Monaten nach der Wahl des Europäischen Parlaments. Das Parlament bestätigt die Kommission. Die Kommission ist dem Parlament gegenüber politisch rechenschaftspflichtig. Es kann der Kommission als Ganzes das Misstrauen aussprechen und sie so zum Rücktritt zwingen. Die EU-Kommission hat im Wesentlichen vier Aufgaben: Sie macht dem Parlament und dem Rat Vorschläge für neue Rechtsvorschriften. Sie setzt die EU-Politik um und verwaltet den Haushalt. Sie sorgt (gemeinsam mit dem Gerichtshof) für die Einhaltung des europäischen Rechts. Sie vertritt die EU auf internationaler Ebene, zum Beispiel durch Aushandeln von Übereinkommen zwischen der EU und anderen Ländern.

Bearbeiter

Das Gebäude der EU-Kommission in Brüssel

b) Europäisches Parlament

Die Wahlen des Europäischen Parlaments finden alle fünf Jahre statt. Alle EU-Bürger:innen haben das aktive und passive Wahlrecht. Das Parlament vertritt somit den demokratischen Willen der Bürger:innen der Union und macht ihre Interessen gegenüber den anderen EU-Organen geltend. Das Parlament hat drei wesentliche Aufgaben: Es teilt sich die gesetzgebende Gewalt mit dem Rat in vielen Politikbereichen. Durch die direkte Wahl des Parlaments wird die demokratische Legitimierung des europäischen Rechts gewährleistet. Es übt eine demokratische Kontrolle über alle Organe der EU und insbesondere über die Kommission aus. Es stimmt der Benennung der Kommissionsmitglieder zu oder lehnt sie ab und kann einen Misstrauensantrag gegen die gesamte Kommission einbringen. Es teilt sich die Haushaltsbefugnis mit dem Rat und kann daher Einfluss auf die Ausgaben der EU ausüben. In letzter Instanz nimmt es den Gesamthaushalt an oder lehnt ihn ab.

Bearbeiter

Das EU-Parlament in Straßburg/Frankreich

c) Europäischer Rat

Im Europäischen Rat treffen sich die Staats- und Regierungschef:innen der EU-Mitgliedstaaten, die Präsident:innen des Europäischen Rates und der Europäischen Kommission sowie der oder die Vertreter:in der Gemeinsamen Außen- und Sicherheitspolitik (GASP). Der Europäische Rat ist die höchste Repräsentanz der Europäischen Union. Bei den Gipfeltreffen werden die Leitlinien der EU-Politik festgelegt und Fragen, die auf unterer Ebene (d. h. von den Minister:innen bei einer normalen Ministerratstagung) nicht geregelt werden konnten, gelöst.

Bearbeiter

Der Europäische Rat im Jahr 2019 in Brüssel

Die Haupttürme des Europäischen Gerichtshofes in Luxemburg

Sitz des EU-Ministerrates: Justus-Lipsius-Gebäude in Brüssel

d) Der Europäische Gerichtshof (EuGH)

Der EuGH ist das höchste europäische Gericht im Gerichtssystem der EU und hat u. a. die Aufgabe, auf Antrag zu prüfen, ob die Rechtsakte der EU rechtmäßig sind (Nichtigkeitsklagen) und die Mitgliedstaaten ihren Verpflichtungen aus den Verträgen nachkommen (Vertragsverletzungsverfahren). Jedes EU-Mitgliedsland entsendet eine Richterin bzw. einen Richter auf sechs Jahre mit der Möglichkeit der Verlängerung der Amtszeit. Der Präsident bzw. die Präsidentin des EuGH wird von den EuGH-Richter:innen ebenfalls auf sechs Jahre gewählt. Er bzw. sie kann uneingeschränkt wiedergewählt werden.

Bearbeiter

e) Ministerrat

Der Rat ist zusammen mit dem EU-Parlament das wichtigste Entscheidungsgremium der EU. Er vertritt die Mitgliedstaaten, und an seinen Tagungen nehmen die Fachminister:innen aus den nationalen Regierungen der EU-Staaten teil. Die Zusammensetzung der Ratstagungen hängt vom zu behandelnden Sachgebiet ab. Stehen zum Beispiel Wirtschaftsfragen auf der Tagesordnung, so kommen die Wirtschafts- und Finanzminister:innen der einzelnen Länder zusammen. Alle im Rat vertretenen Minister:innen sind befugt, für ihre Regierungen verbindlich zu handeln. Außerdem sind die im Rat tagenden Minister:innen ihrem nationalen Parlament sowie den von ihm vertretenen Bürger:innen gegenüber politisch verantwortlich. Dies gewährleistet die demokratische Legitimierung der Ratsbeschlüsse. Je nachdem, in welchen Politikbereich die Vorlagen fallen, über die der Rat entscheidet, sieht der Vertrag von Lissabon verschiedene Abstimmungsverfahren vor. Der Rat der EU entscheidet entweder einstimmig, mit einfacher oder qualifizierter Mehrheit. Grundsätzlich gilt seit 1.11.2014, dass eine qualifizierte Mehrheit erreicht ist, wenn drei Bedingungen erfüllt sind: Zustimmen müssen mindestens 55 Prozent der Mitglieder im Rat, die mindestens 15 Staaten repräsentieren und gemeinsam mindestens 65 Prozent der EU-Bevölkerung abbilden. Vier Staaten können eine Sperrminorität bilden.

Bearbeiter

So könnt ihr die Ergebnisse in Aufgabe 3 auswerten
Bestimmt, welche Institution beginnt. Diese bekommt einen Ball und erklärt, warum sie startet und was sie zum Verbot von Einwegplastik entschieden hat. Werft dann den Ball der Institution zu, die als nächste im Gesetzgebungsprozess aktiv wird. Spielt so lange weiter, bis das Gesetz verabschiedet ist.

AUFGABEN

71103-286

1. Erläutert, wofür die unterschiedlichen Institutionen der EU zuständig sind und wie sie legitimiert werden (**M9**). Arbeitet dafür in Gruppen.
2. Untersucht den Ablauf der Gesetzgebung in der EU (**M8**) und erklärt, an welcher Stelle eure Institution aktiv werden kann.
3. Überprüft eure Ergebnisse, indem ihr die Etappen der Entscheidungsfindung zum Verbot von Einwegplastik (**M4**, S. 356–358) dem Schaubild (**M8**) zuordnet.
4. Bewertet den Entscheidungsprozess in der EU, indem ihr eure Kriterien und Fragen aus der Einstiegsaufgabe auf den Entscheidungsprozess anwendet.

Erklären

I. Was ist zu tun?

Im Schulalltag müssen bestimmte Sachverhalte, Themen bzw. Probleme, die gerade im Unterricht behandelt werden, schlüssig und begründet in einen Zusammenhang (z. B. einer Theorie) gestellt werden. Erklären fordert also mehr als erläutern, denn hier müsst ihr nur einen Sachverhalt mit Beispielen und Belegen veranschaulichen.

II. Hilfen zur Strukturierung und Formulierung

Bezug zum Sachverhalt herstellen

In einem ersten Schritt müsst ihr klären, worum es bei dem zu behandelnden Sachverhalt, Thema oder Problem inhaltlich geht.

„Es geht um folgendes Problem ..."

„Der Konflikt besteht im Wesentlichen aus dem Gegensatz ..."

Bezug zum Modell/der Theorie herstellen

Anschließend müsst ihr euch überlegen, welche Theorie, welches Modell oder welche Regel zu diesem Sachverhalt, Thema oder Problem passt.

„Der Sachverhalt kann am besten mit folgender Theorie/folgendem Modell erklärt werden ..."

Das Modell/die Theorie auf den Sachverhalt anwenden

Abschließend wendet ihr z.B. das Modell auf den Sachverhalt an und formulierst ein Ergebnis.

„Abschließend lässt sich sagen, dass ..."

„Das Modell/Die Theorie hilft uns insofern, das Problem besser zu verstehen, weil ..."

III. Formulierungsbeispiele

Für die Bearbeitung der Aufgabe 2 auf S. 362 findet ihr im nebenstehenden QR- bzw. Mediencode Formulierungsbeispiele. Ihr könnt sie als „Starthilfe" eurer Diskussion nutzen, verändern, weiter ausbauen und mit eurer eigenen Lösung vergleichen.

Formulierungsbeispiele

71103-310

Bearbeiter

13.2.3 Muss die Europäische Union demokratischer werden?

Zum Thema: Ein Staat, der Mitglied der EU werden will, muss demokratisch sein. Die spannende Frage ist nun, wie ein Zusammenschluss aus 27 Staaten selbst demokratisch sein kann – geht das überhaupt?

M10 Wo ist die europäische Demokratie?

Erklärfilm: Wie demokratisch ist die EU?

71103-287

EINSTIEGSAUFGABE

Analysiert die Karikatur.

Karikatur: Harm Bengen, 22.06.2014

M11 Hat die EU ein Demokratiedefizit?

Demokratiedefizit
Von einem Demokratiedefizit spricht man, wenn die Beteiligungsmöglichkeiten der Bürgerinnen und Bürger und damit ihr Einfluss auf die Politik zu gering sind.

[D]er Wille der Wähler kommt in den Entscheidungen der EU auf zwei Arten zum Tragen. Erstens wählen sie alle fünf Jahre das Europäische Parlament. In den letzten Jahrzehnten konnte das Parlament seinen Einfluss ständig steigern: Inzwischen muss es bei der überwiegenden Mehrzahl der Entscheidungen in der EU zustimmen. Das zweite Entscheidungsgremium der EU ist der Rat der Europäischen Union, der, je nach Thema, aus den jeweils zuständigen nationalen Ministern gebildet wird [...] Diese sind von den nationalen Parlamenten demokratisch gewählt. Die Parlamente können ihre Regierungen also durchaus zwingen, in der EU auf eine bestimmte Art und Weise abzustimmen. Darüber hinaus wird in der EU erst nach ausführlichen Beratungsprozessen entschieden, an denen sich Bürger und Interessengruppen, zum Beispiel Arbeitgeber, Gewerkschaften oder Umweltschützer, beteiligen können. Das Ziel dieses oft langwierigen Verfahrens: Die Entscheidungen sollen alle relevanten Argumente einbeziehen.

Viele Kritiker [...] halten das demokratische Niveau in der EU aber für nicht ausreichend. So ist das Europäische Parlament eben kein komplett gleichberechtigtes Parlament und kann nicht alle Entscheidungen treffen, zum Beispiel in der Wettbewerbspolitik, der Handelspolitik und der gemeinsamen Außen- und Sicherheitspolitik. Den Kommissionspräsidenten kann es nur auf Vorschlag der europäischen Staats- und Regierungschefs wählen. Und nicht jeder EU-Bürger zählt gleich viel bei den Wahlen zum Parlament. Kleine Staaten werden bevorteilt: Ein EU-Abgeordneter aus Malta 15 vertritt zum Beispiel rund 67.000 Bürger, ein Abgeordneter aus Deutschland aber etwa 860.000 Bürger. Auch die demokratische Legitimation des Rats der EU ist zweifelhaft. Wie im Parlament sind die Stimmrechte hier nicht nach der Bevölkerungszahl gewichtet: Deutschland hat 29 Stimmen, das 160-mal kleinere Luxemburg aber vier. Eine Möglichkeit wäre, die Verträge zu reformieren, um zum Beispiel das Europäische Parlament zu einem vollwertigen Parlament aufzuwerten, das über alle Gesetze abstimmen kann, die Kommission eigenständig wählt und selbst von allen Bürgern im gleichen Verhältnis gewählt wird. Der Rat der Europäischen Union mit den Vertretern der nationalen Regierungen könnte dann die Rolle einer Länderkammer übernehmen, wie sie in Deutschland der Bundesrat ausführt. [...] Die Frage ist aber, ob solche Reformen ausreichen, um die EU tiefgreifend zu demokratisieren. Denn wenn Entscheidungen in Zukunft von einem mächtigen Europäischen Parlament getroffen würden, wäre es durchaus denkbar, dass diese Entscheidungen der öffentlichen Meinung in einzelnen Staaten widersprechen. Die Staaten könnten aber kein Veto mehr einlegen – so wie heute in Deutschland Entscheidungen auch gegen den Widerstand einzelner Bundesländer möglich sind. Anders als in Deutschland fehlen in Europa aber eine gemeinsame Öffentlichkeit, gemeinsame Medien und in der Folge eine gesamteuropäische Debatte: Oft wird nur diskutiert, was eine Entscheidung etwa für Deutschland und die Deutschen (oder Griechenland und die Griechen) bedeuten würde. [...] Gerade kontroverse Debatten [...] könnten aber dazu führen, dass die Europäer mehr über die Lebensbedingungen in anderen europäischen Staaten erfahren und anfangen, miteinander zu diskutieren, statt nur übereinander.

Sauer, Tobias: Die EU ist undemokratisch. Oder doch nicht? In: www.treffpunkteuropa.de, Abruf am 06.07.2023

AUFGABEN

71103-288

1. Hat die EU ein Demokratiedefizit? Arbeitet Pro- und Kontra-Argumente heraus und stellt sie in einer Tabelle gegenüber (**M11**).
2. Vergleicht die Legitimation der Organe der EU mit den Organen Deutschlands (**M9, Kapitel 10.2, 10.3.2**).
3. Ist der Vergleich zwischen einem Nationalstaat und der EU stimmig? Diskutiert die Frage, ob die EU an den Maßstäben eines demokratischen Nationalstaats gemessen werden kann.
4. Bewertet die Legitimation der EU.

13.2.4 Entscheidungen in der EU: Soll das Vetorecht abgeschafft werden?

Zum Thema: Die Entscheidungsfindung im Europäischen Rat wirkt für Laien oft befremdlich. Es scheint so, als ob die Staats- und Regierungschefs aus den 27 EU-Mitgliedsstaaten zusammenkommen, um ihre nationalen Interessen durchzusetzen und die Wählerinnen und Wähler im eigenen Land zufriedenzustellen. So werden immer wieder wichtige zukunftsweisende Entscheidungen mit dem Veto blockiert. Ist es in Ordnung, wenn einzelne Länder die gesamte Union in Geiselhaft nehmen?

M12 EU will härtere Sanktion wegen Krieg gegen die Ukraine

Ungarn verlangt weitere Änderungen am neuen EU-Sanktionspaket gegen Russland und blockiert damit erneut dessen Inkrafttreten. Konkret fordert das Land, auf die geplanten Strafmaßnahmen gegen das russisch-orthodoxe Kirchenoberhaupt Patriarch Kyrill zu verzichten [...]

© ARD-aktuell/tagesschau.de: Ungarn blockiert erneut EU-Sanktionen. In: www.tagesschau.de, 01.06.2022

Kyrill I. ist Patriarch der Russisch-Orthodoxen Kirche. Kyrill I. äußerte mehrmals seine Unterstützung des russischen Angriffskriegs gegen die Ukraine und übernahm auch die Position der politischen Führung Russlands, der Ukraine das Existenzrecht abzusprechen. Gegner Russland bezeichnete Kyrill I. als „Kräfte des Bösen".

EINSTIEGSAUFGABEN 71103-289

Der ungarische Regierungschef Victor Orban blockiert eine Einigung im Europäischen Rat.

1. Wie findet ihr das Verhalten des ungarischen Regierungschefs?
2. Diskutiert, welche Folgen das Veto-Recht grundsätzlich für die Politik in der EU haben kann.

M13 Wie werden im Europäischen Rat Beschlüsse gefasst?

Im Europäischen Rat erfolgt die Beschlussfassung in der Regel einstimmig und im Konsens. Jeder Mitgliedstaat besitzt eine Stimme. Wenn ein Mitgliedstaat mit einer Entscheidung nicht einverstanden ist, kann er von seinem Vetorecht Gebrauch machen und das Vorhaben damit blockieren. Es ist in der

Tat nicht einfach, alle 27 Staats- und Regierungschefs auf einen gemeinsamen Nenner zu bringen. In der Vergangenheit sind so schon viele Pläne gescheitert. Deshalb hat sich im Europäischen Rat folgendes Prinzip etabliert: Bei den Treffen des Europäischen Rates werden sogenannte „Verhandlungspakete" geschnürt, bei denen Forderungen und Angebote aus verschiedenen Politikbereichen gegeneinander verrechnet werden. Das Motto lautet: Eine Hand wäscht die andere. Es gilt schließlich, die unterschiedlichen Wünsche und Auffassungen der Mitgliedstaaten durch Kompromisse auf einen europäischen Kurs zu bringen.

EU-Info.Deutschland: Europäischer Rat. In: www.eu-info.de, Abruf am 17.04.2023

M14 Keine EU-Sanktionen gegen Patriarch Kyrill

Die EU verzichtet wegen des Widerstands von Ungarn vorerst auf Sanktionen gegen das russisch-orthodoxe Kirchenoberhaupt Patriarch Kyrill. Das sechste EU-Sanktionspaket, in dem auch ein weitgehendes Öl-Embargo enthalten ist, wurde von Vertretern der EU-Staaten ohne die eigentlich geplante Strafmaßnahme gegen Kyrill gebilligt, wie mehrere Diplomaten bestätigen. […] Diplomaten in Brüssel verwiesen darauf, dass Orbans Blockadepolitik für dessen Land schwerwiegende Folgen haben könnte. So werde es nicht für ausgeschlossen gehalten, dass frühere Verbündete wie Polen aus Verärgerung ihren bisherigen Widerstand gegen ein Vorantreiben des sogenannten Artikel-7-Verfahrens aufgeben. Dieses wurde bereits vor einigen Jahren wegen Rechtsstaatlichkeitsbedenken von der EU eingeleitet und könnte sogar zum Entzug der ungarischen Stimmrechte bei EU-Entscheidungen führen. Das Land könnte dann EU-Sanktionen gegen Russland nicht mehr blockieren. Aus Teilnehmerkreisen hieß es, Ungarn habe durch sein Verhalten „letzte Sympathien bei seinen ehemaligen Freunden in Osteuropa verspielt". Das Land habe die Einigkeit der EU im Umgang mit Russland infrage gestellt. Orbans Blockade überschatte, dass eigentlich ein sehr wirkungsvolles Sanktionspaket auf den Weg gebracht worden sei.

© ARD-aktuell/tagesschau.de: Keine EU-Sanktionen gegen Patriarch Kyrill. In: www.tagesschau.de, 02.06.2022

AUFGABEN

71103-290

1. Entscheidungen im Europäischen Rat laufen oft nach dem Motto „Eine Hand wäscht die andere" ab (**M13**, Z. 20–21). Überprüft, ob dies auf den vorliegenden Fall zutrifft (**M14**).
2. Die EU ist ein politisches Gebilde, das sehr unterschiedliche Staaten und Regionen Europas verbindet. Erläutert, welche politische Funktion das Veto-Prinzip erfüllt. Achtet dabei auf die Frage, welche Folgen es hätte, wenn beispielsweise kleine Staaten permanent überstimmt werden würden.
3. Bewertet die Frage, ob das Veto-Prinzip abgeschafft werden soll.

13.2.5 Wahlen in der EU: Soll es europäische Spitzenkandidat:innen geben?

Zum Thema: Im Vertrag von Lissabon ist festgelegt, dass das Ergebnis der Wahl zum Europäischen Parlament zu berücksichtigen ist, wenn der Europäische Rat dem Parlament den Kandidaten für das Amt des Präsidenten der Kommission vorschlägt. Doch wie sieht es in der Realität aus?

M15 Was nicht passt, wird passend gemacht?!

Bei der Europawahl 2019 trat der CSU-Politiker Manfred Weber als Spitzenkandidat der konservativen EVP an. Obwohl die EVP zur größten Fraktion gewählt wurde, konnte Manfred Weber sich am Ende nicht durchsetzen. Und auch die anderen bei der Wahl angetretenen Kandidaten für den Posten des Kommissionspräsidenten scheiterten. Am Ende fand der Europäische Rat mit Ursula von der Leyen eine Kandidatin, die auch das Parlament akzeptieren konnte.

Bearbeiter

DONNERSTAG, 4. JULI 2019

Bild

UNABHÄNGIG · ÜBERPARTEILICH

EUROPAWAHL

ER hat gewonnen, SIE soll es werden

Kanzlerin, so können Sie mit Wählerstimmen NICHT umgehen!

Schlagerwelt trauert

Costa Cordalis (75) Tod auf Mallorca

REWE DEIN MARKT

SENSATIONSPREIS

HARIBO

Aufmacher der Bildzeitung am 04.07.2019

EINSTIEGSAUFGABE 71103-291

Die BILD-Zeitung titelt voller Empörung in Richtung der damaligen Kanzlerin Angela Merkel: „Kanzlerin, so können Sie mit Wählerstimmen NICHT umgehen!"
Erläutert, warum die Entscheidung, Frau von der Leyen zur Kommissionspräsidentin zu machen, für solche Empörung sorgte.

M16 Was ist das Spitzenkandidaten-Prinzip?

Im Machtpoker um die Nachfolge von EU-Kommissionschef Jean-Claude Juncker spielt das sogenannte Spitzenkandidaten-Prinzip eine große Rolle. Es bedeutet: Nur einer der von Parteien im EU-Parlament offiziell benannten Spitzenkandidaten zur Europawahl kann Präsident der Europäischen Kommission werden. Das wurde 2014 erstmals angewandt. Juncker hatte für die Europäische Volkspartei kandidiert, die stärkste Fraktion wurde. Im EU-Vertrag ist das so aber nicht vorgesehen. Dort heißt es in Artikel 17, Absatz 7: „Der Europäische Rat schlägt dem Europäischen Parlament nach entsprechenden Konsultationen mit qualifizierter Mehrheit einen Kandidaten für das Amt des Präsidenten der Kommission vor; dabei berücksichtigt er das Ergebnis der Wahlen zum Europäischen Parlament. Das Europäische Parlament wählt diesen Kandidaten mit der Mehrheit seiner Mitglieder."

Kern des Streits ist also: Wer darf den Kandidaten für das mächtige Amt aussuchen? Das Parlament argumentiert, wenn Kandidaten sich schon im Wahlkampf präsentieren, sei dies demokratischer, als wenn die Staats- und Regierungschefs „im Hinterzimmer" entscheiden. Kritiker halten dagegen: Nicht die Auswahl der Parteien sei maßgeblich, sondern die Suche nach der besten Person für den Posten.

news aktuell: EU-Postenstreit: Was ist das Spitzenkandidaten-Prinzip? In: www.presseportal.de, 31.05.2019

M17 Sitzverteilung im Europaparlament – vor und nach dem Brexit

Die Wahl zum Europäischen Parlament im Erklärfilm (4:13 Min.)

71103-292

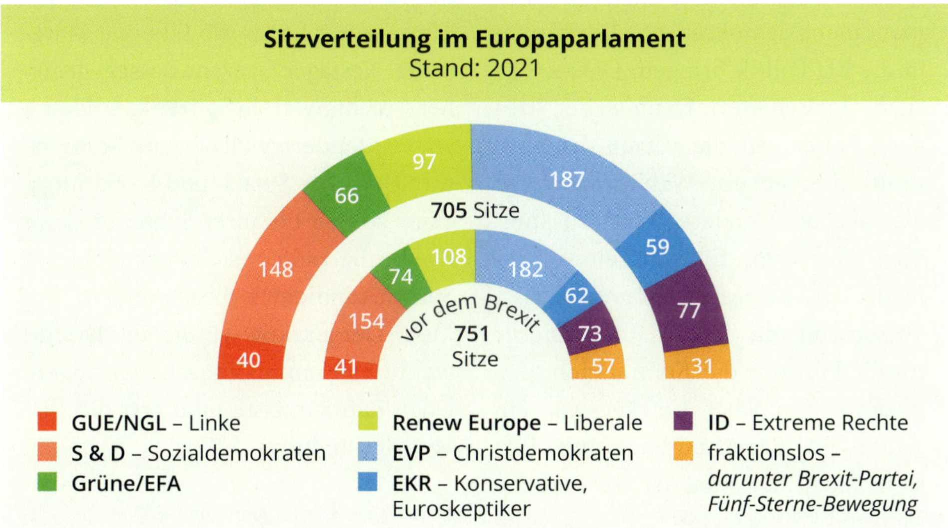

Bearbeiter, basierend auf: Europaparlament, 2021

M18 Kontrovers diskutiert: Soll die EU am Spitzenkandidatenprinzip festhalten?

a) **Pro: Raus aus dem Hinterzimmer**

Wer jetzt gegen das „Modell Spitzenkandidaten" ist, der macht sich für das bisherige „Modell Hinterzimerpolitik" der nationalen Regierungschefs stark. Daran besteht gerade nach diesem Wahlsonntag kein Zweifel. Die Wahlbeteiligung war so stark wie nie, seit die Union 2004 sprunghaft auf eine halbe Milliarde Menschen anwuchs.

Und diese Wähler haben auf eine erfrischende Weise gezeigt, wie gut neue Ideen einer Wahlbewegung tun. Es gibt eine unübersehbare Demokratisierung. Die „ewige" Dominanz von Schwarz-Rot ist gebrochen. Die konstruktiven politischen Lager von Liberalen und Grünen wurden politisch gestärkt. Die Spitzenkandidaten der Parteienfamilien bzw. das liberale Spitzenteam haben dazu viel beigetragen. Sie kämpften quer durch Europa um Stimmen, stellten sich den Bürgern. Die Themen und Wahlprogramme der nationalen Parteien wurden zusammengeschaltet. Europa bewegt sich. Natürlich ist das Wahlsystem (noch) nicht perfekt. Es muss die erste Tat der neuen Kommission sein, dem neuen EU-Parlament ein echtes EU-Wahlrecht vorzuschlagen – inklusive transnationaler Wahllisten für gemeinsame Spitzenkandidaten. Die uralten intransparenten Deals von Macron, Merkel & Co braucht niemand mehr.

Mayer, Thomas/Frey, Eric: Pro und Kontra: Spitzenkandidat als EU-Kommissionschef. In: www.derstandard.de, 29.05.2019

b) **Kontra: Keiner hat ein Mandat**

Mit dem Prinzip der Spitzenkandidaten für die Europawahl, die bei einem Sieg ihrer Fraktion Kommissionspräsident werden, wollte das EU-Parlament mehr demokratische Legitimität in die EU-Politik bringen. Dieser Versuch ist gescheitert. Denn weder 2014 noch heuer war die Person des Spitzenkandidaten ein Wählermotiv, für die eine oder andere Partei zu stimmen. Auch vor fünf Jahren war es nicht der Erfolg der Europäischen Volkspartei, die Jean-Claude Juncker für die Führung der Kommission qualifizierte. [...] Aber Juncker war ein erfahrener Regierungschef mit Persönlichkeit. Diesmal ist das anders. Manfred Weber ist ein farbloser Parlamentarier ohne Regierungserfahrung. Dass die EVP trotz Verlusten die stärkste Fraktion im neuen Parlament bleibt, gibt ihm kein demokratisches Mandat. Der Sozialdemokrat Frans Timmermans oder die Liberale Margrethe Vestager wären besser geeignet – nicht, weil sie Spitzenkandidaten waren, sondern weil sie gute Kommissare sind. Die Staats- und Regierungschefs sollten bei ihrer Suche beide in Erwägung ziehen, sich aber nicht auf Spitzenkandidaten beschränken. [...] Mehr Demokratie würde eine Direktwahl des Kommissionschefs bringen. Doch dafür müsste man erst die EU-Verträge ändern.

Mayer, Thomas/Frey, Eric: Pro und Kontra: Spitzenkandidat als EU-Kommissionschef. In: www.derstandard.de, 29.05.2019

AUFGABEN

71103-293

1. Beschreibt, was unter dem Spitzenkandidatenprinzip verstanden wird (**M16**).
2. Soll die EU am Spitzenkandidatenprinzip festhalten? Arbeitet Pro- und Kontra-Argumente heraus und stellt sie in einer Tabelle gegenüber (**M18**).
3. Bewertet die Frage, ob die es europäische Spitzenkandidaten weiterhin geben soll.

13.3 Soll die Europäische Union noch größer werden?

13.3.1 Wie kann man Mitglied der EU werden?

Zum Thema: Mit der Einführung der gemeinsamen Währung ist Kroatien in der Mitte der Europäischen Union angekommen. Doch leicht wird es den Mitgliedskandidaten nicht gemacht, denn die EU erwartet einiges von neuen Mitgliedern.

M1 Kroatien führt den Euro ein ...

Kroatien ist seit 1. Januar 2023 Mitglied im Euroraum. Damit löst der Euro die kroatische Landeswährung Kuna ab.

EINSTIEGSAUFGABE

Staaten, die der EU beitreten wollen, müssen sehr umfangreiche Reformen durchführen. Warum wollen Staaten überhaupt der EU beitreten? Formuliert dazu verschiedene Hypothesen und stellt eure Ergebnisse in der Klasse dar.

Hypothese
von Widersprüchen freie, aber zunächst unbewiesene Aussage oder Behauptung

M2 Wer kann EU-Mitglied werden?

A Bestimmungen des Vertrages über die Europäische Union (EUV)

Art. 2

Die Werte, auf die sich die Union gründet, sind die Achtung der Menschenwürde, Freiheit, Demokratie, Gleichheit, Rechtsstaatlichkeit und die Wahrung der Menschenrechte einschließlich der Rechte der Personen, die Minderheiten angehören. Diese Werte sind allen Mitgliedstaaten in einer Gesellschaft gemeinsam, die sich durch Pluralismus, Nichtdiskriminierung, Toleranz, Gerechtigkeit, Solidarität und die Gleichheit von Frauen und Männern auszeichnet. […]

Art. 49

Jeder europäische Staat, der die in Artikel 2 genannten Werte achtet und sich für ihre Förderung einsetzt, kann beantragen, Mitglied der Union zu werden. Das Europäische Parlament und die nationalen Parlamente werden über diesen Antrag unterrichtet. Der antragstellende Staat richtet seinen Antrag an den Rat; dieser beschließt einstimmig nach Anhörung der Kommission und nach Zustimmung des Europäischen Parlaments, das mit der Mehrheit seiner Mitglieder beschließt. Die vom Europäischen Rat vereinbarten Kriterien werden berücksichtigt. […] Das Abkommen bedarf der Ratifikation durch alle Vertragsstaaten gemäß ihren verfassungsrechtlichen Vorschriften.

Vertrag über die Europäische Union, Konsolidierte Fassung bekanntgemacht im ABl. EG Nr. C 115 vom 09.05.2008, S. 17, 43

B **Kopenhagener Kriterien**

Als Bedingungen für einen Beitritt hat 1993 der Europäische Rat der Staats- und Regierungschefs in Kopenhagen drei Voraussetzungen formuliert, die sogenannten „Kopenhagener Kriterien", die alle Staaten erfüllen müssen, die der EU beitreten wollen:

- Das **„politische Kriterium"**: Institutionelle Stabilität, demokratische und rechtsstaatliche Ordnung, Wahrung der Menschenrechte sowie Achtung und Schutz von Minderheiten.
- Das **„wirtschaftliche Kriterium"**: Eine funktionsfähige Marktwirtschaft und die Fähigkeit, dem Wettbewerbsdruck innerhalb des EU-Binnenmarktes standzuhalten.
- Das **„Acquis-Kriterium"**: Die Fähigkeit, sich die aus einer EU-Mitgliedschaft erwachsenden Verpflichtungen und Ziele zu eigen zu machen, das heißt: Übernahme des gemeinschaftlichen Rechtssystems, des „gemeinschaftlichen Besitzstandes" (Acquis communautaire).

© 2023 Presse- und Informationsamt der Bundesregierung: Bedingungen für den Beitritt zur Europäischen Union. In: www.bundesregierung.de, Abruf am 17.04.2023

M3 Was macht die EU so attraktiv für die Menschen?

1 **Der Wunsch nach Freiheit und Mobilität**

Die Europäische Union ist ein Raum der Freiheit. Der Binnenmarkt sichert den Menschen, aber auch den Unternehmen viele Freiheitsrechte zu. So können die Menschen innerhalb der EU frei reisen, Studierende können innerhalb der EU die Universität wechseln und die Abschlüsse werden europaweit anerkannt.

Unternehmen können ihre Produkte überall in der EU anbieten, wenn sie in einem EU-Land eine Zulassung für ihr Produkt erhalten haben. Das spart viel Bürokratie ein und sichert den Unternehmen einen breiten Zugang zu einem riesigen Markt. Auch die Konsumenten profitieren von einem großen und breiten Angebot an Waren und Dienstleistungen.

Der EU-Binnenmarkt und seine Grundfreiheiten

Freier Personenverkehr
- keine Grenzkontrollen
- Angleichung Einreise-, Asyl-, Waffen-, Drogengesetze
- Niederlassungs- und Beschäftigungsfreiheit für EU-Bürger:innen
- intensive Außenkontrollen

Freier Verkehr von Waren
- Liberalisierung der Finanzdienste
- Angleichung der Banken und Versicherungsaufsicht
- Öffnung der Transport- und Telekommunikationsmärkte

Freier Verkehr von Dienstleistungen
- Wegfall der Grenzkontrollen
- Angleichung oder gegenseitige Anerkennung von Normen und Vorschriften
- Angleichung bestimmter Steuersätze

Freier Kapitalverkehr
- mehr Freizügigkeit für Geld- und Kapitalbewegungen
- Wege zu einem gemeinsamen Markt für Finanzleistungen
- Liberalisierung des Wertpapierverkehrs

©C.C. Buchner Verlag, Daten nach: Bundesregierung: Binnenmarkt. In: www.bundesregierung.de, 2022

2 Der Wunsch nach Frieden und Sicherheit

Nach dem Zweiten Weltkrieg lag Europa in Trümmern. Im Kalten Krieg konnte kein europäisches Land alleine im Konzert der Großmächte USA und Sowjetunion mitspielen. Die Europäer erkannten, dass sie gemeinsam eine starke Stimme in der internationalen Politik sein können. Demnach war die EU von Anfang an ein Projekt des Friedens. Und dieses Versprechen hat die EU auch erfüllt, denn kriegerische Konflikte zwischen Ländern der EU gab es nie. Der Krieg in Europa war aber noch nicht gebannt. Der Zerfall Jugoslawiens führte zu blutigen Auseinandersetzungen und viele Balkanstaaten erhofften sich auch durch den Beitritt in die EU der Geißel des Krieges zu entkommen.

Im Jahr 2022 ist der Krieg nach Europa zurückgekehrt. Russlands Krieg gegen die Ukraine markiert eine Zeitenwende und viele Menschen sehen in einem Beitritt der Ukraine zur EU einen ersten Schritt hin zu einer stabilen Friedensordnung in Europa.

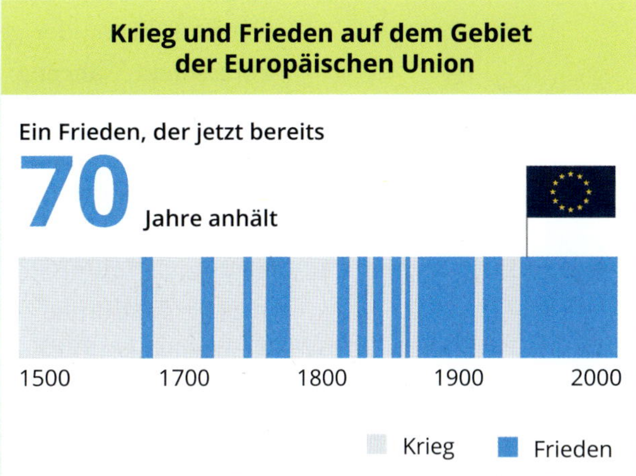

Nach: Europäische Union: Ziele und Werte der EU. In: www.europa.eu, Abruf am 12.07.2021

3 Die Hoffnung auf wirtschaftlichen Wohlstand

Neben dem Streben nach Freiheit und Sicherheit war die Hoffnung auf wirtschaftlichen Wohlstand immer ein zentrales Versprechen der Europäischen Union. Ein Meilenstein dieser Entwicklung war die Schaffung des gemeinsamen Binnenmarktes. Der Abbau von Handelshemmnissen führte zu einem beispiellosen Wirtschaftswachstum innerhalb der EU. Allerdings profitieren nicht alle Mitgliedsländer im gleichen Umfang. Starke Volkswirtschaften wie Deutschland profitieren mehr als Staaten des ehemaligen Ostblocks oder schwächere Volkswirtschaften. Um diese Differenzen abzubauen, hat die EU ein Umverteilungsprogramm geschaffen. Nettozahler erhalten weniger Mittel aus dem EU-Haushalt als Nettoempfänger, die weniger einzahlen als sie erhalten. Dieses Prinzip soll dazu beitragen, das Wohlstandversprechen der EU konkret einzulösen.

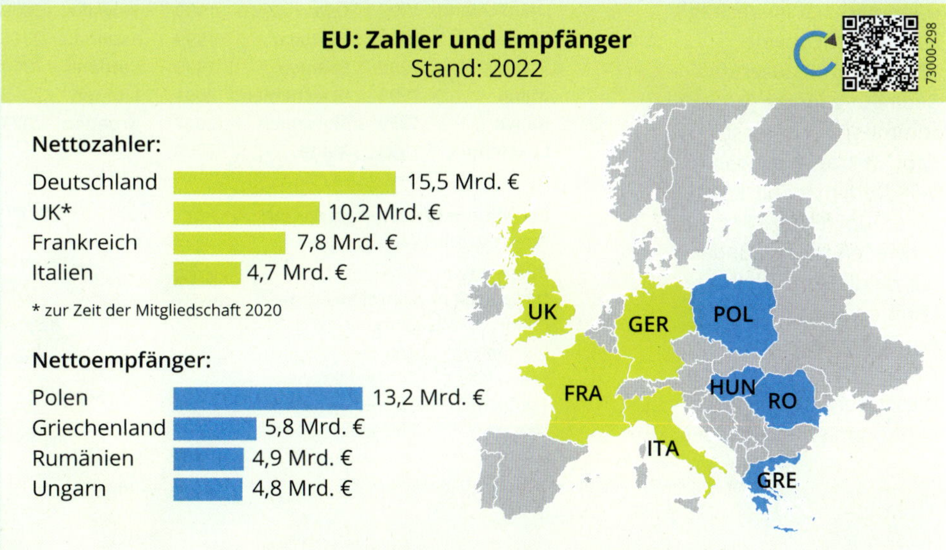

©C.C. Buchner Verlag, aktuelle Daten nach: EU Kommission, 2020

Stabilitäts- und Wachstumspakt und Konvergenzkriterien
Abgesehen von dem Kriterium der Preisstabilität ist der Stabilitäts- und Wachstumspakt mit den Maastrichter Konvergenzkriterien identisch.

Euro in Dänemark und Schweden
Dänemark hat im Vertrag von Maastricht eine „Optingout"-Klausel als Bedingung für die Zustimmung zum Maastricht-Vertrag ausgehandelt. Dänemark darf dem Euroraum fernbleiben. Schweden gilt als Sonderfall, da die Konvergenzkriterien absichtlich nicht erfüllt werden, um den Euro nicht einzuführen. Dieser Vorgang wird von der Kommission geduldet.

4 Eine gemeinsame Währung

Ein weiterer historischer Moment war die Einführung der gemeinsamen europäischen Währung, dem Euro. Zum ersten Mal in der Geschichte Europas haben die Staaten ihre Hoheitsrechte über die eigene Währung an eine supranationale Organisation abgegeben. Nun kontrolliert eine europäische Institution – die Europäische Zentralbank (EZB) – die Geldpolitik aller Euro-Länder. Damit gibt es keine Wechselkursschwankungen zwischen den Euro-Ländern mehr, was den Handel erleichtert, und kleinere Staaten profitieren sehr von einer stabilen Währung. Allerdings bedeutet dies auch, dass die Euro-Staaten sehr stark aneinandergebunden sind. Eine Krise kann sehr schnell alle Euro-Länder betreffen.

Hintergrund zur Euro-Einführung: An der Europäischen Wirtschafts- und Währungsunion (EWWU) müssen alle Staaten der EU teilnehmen. Allerdings müssen sie erst die im **Vertrag von Maastricht** festgelegten Kriterien erfüllen, die sogenannten Konvergenzkriterien:

- Neuverschuldung bis zu 3 % des Bruttoinlandsprodukts (BIP),
- Staatsverschuldung bis zu 60 % des BIP,
- Inflationsrate darf nicht mehr als 1,5 Prozentpunkte über derjenigen der drei preisstabilsten Mitgliedstaaten liegen.

Außerdem wurde der Stabilitäts- und Wachstumspakt (kurz: Euro-Stabilitätspakt) im Vertrag von Amsterdam 1997 verankert.

Die Euroländer
Stand: 2023

73000-88

EU-Mitglieder und das Jahr ihrer Euro-Einführung:

Belgien	1999	**Niederlande**	1999	**Zypern**	2008
Deutschland	1999	**Österreich**	1999	**Slowakei**	2009
Finnland	1999	**Portugal**	1999	**Estland**	2011
Frankreich	1999	**Spanien**	1999	**Lettland**	2014
Irland	1999	**Griechenland**	2001	**Litauen**	2015
Italien	1999	**Slowenien**	2007	**Kroatien**	2023
Luxemburg	1999	**Malta**	2008		

EU-Mitglieder ohne Euro und ihre aktuelle Währung:

Bulgarien	Lew
Dänemark	Dänische Krone
Polen	Złoty
Rumänien	Leu
Schweden	Schwed. Krone
Tschechien	Tschech. Krone
Ungarn	Forint

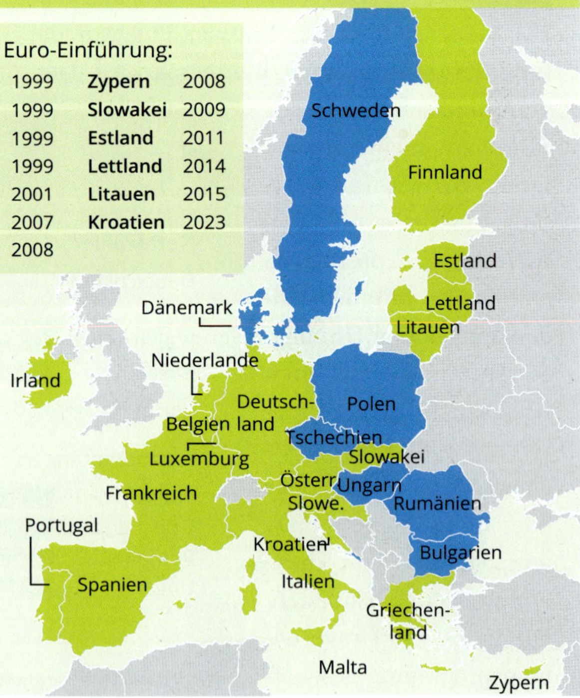

©C.C. Buchner Verlag, aktuelle Daten nach: Europäische Kommission, 2022

M4 3.298 Tage bis zur Mitgliedschaft – der lange Weg in die EU

Nach der Separation von Jugoslawien durch ein Referendum über die Unabhängigkeit Kroatiens, das mit 93,2 Prozent der Stimmen pro Unabhängigkeit endete, kam das Balkanland nicht zur Ruhe. Zwar erklärte sich Kroatien auf Basis der Abstimmung im Juni 1991 für unabhängig, dennoch versuchte das von Serbien kontrollierte kroatische Militär die Unabhängigkeitsbestrebungen mit Gewalt zu unterdrücken. Erst nach vier Jahren blutiger Kämpfe konnten sich die Anhänger der Unabhängigkeitsbewegung durchsetzen und von nun an in einem friedlichen, unabhängigen Kroatien leben. Die Jahre nach dem Unabhängigkeitskrieg waren geprägt von einer Annäherung an die Europäische Union. Gegen Ende des Jahres 2001 unterzeichnete Kroatien ein Assoziierungs- und Stabilisierungsabkommen mit der EU. Darin wurde Kroatien der freie Zugang zum EU-Binnenmarkt zugesichert, wenn das Land Europas umfangreiche Wirtschafts- und Sozialreformen durchführt. Nach der Umstellung des Wirtschaftssystems in eine soziale Marktwirtschaft rückte Kroatiens EU Beitritt in greifbare Nähe: Am 18. Juli 2004 wurde Kroatien offiziell Kandidat für einen EU-Beitritt.

Bevor das Balkanland vollwertiger EU-Partner werden konnte, mussten weitere Reformen durchgeführt werden. Vor allem in den Bereichen Justiz und Soziales waren Änderungen zwingend notwendig, da Kroatien mit einer sehr hohen Korruptionsrate zu kämpfen hatte. Doch auch die Kriegsverbrecher-Thematik stand Kroatiens EU-Beitritt noch im Weg: Weil Kroatien aus Sicht der EU-Kommission nur mangelhaft mit dem Haager Kriegsverbrechertribunal zusammengearbeitet hatte, waren beispielsweise die Verhandlungen zu Kroatiens EU Beitritt nicht schon 2004, sondern erst gegen Ende des Jahres 2005 aufgenommen worden.

Erst im Juni 2011 erklärte der für Erweiterung zuständige EU-Kommissar die Beitrittsverhandlungen von Kroatien als „erfolgreich beendet". Am 9. Dezember unterzeichneten die Regierungschefs der EU-Staaten und Kroatiens den Beitrittsvertrag, der am 1. Juli 2013 in Kraft trat.

© 2016 Europa News: Kroatiens EU Beitritt – Fakten und Hintergründe. In: www.leseuronautes.eu, Abruf am 17.04.2023

Neue Staaten nach dem Ende Jugoslawiens
Auf dem Gebiet des ehemaligen Jugoslawien, das etwas kleiner war als die alte Bundesrepublik Deutschland, haben sich seit 1991 sieben Staaten formiert: Slowenien, Kroatien, Bosnien-Herzegowina, Serbien, Montenegro, Kosovo und Mazedonien.

Internationaler Strafgerichtshof für das ehemalige Jugoslawien
umgangssprachlich auch Haager Kriegsverbrechertribunal, war für die Verfolgung schwerer Verbrechen zuständig, die seit 1991 in den Jugoslawienkriegen begangen wurden.

AUFGABEN

71103-294

1. Beschreibt, was sich die Menschen von einer Mitgliedschaft in der EU erhoffen (**M3**).
2. Stellt dar, welche Bedingungen ein Land erfüllen muss, um Mitglied der EU zu werden (**M2**).
3. Erläutert, welche Anstrengungen Kroatien unternehmen musste, um Mitglied der EU zu werden (**M4**).
4. Bewertet das Verfahren, mit denen die EU den Beitritt neuer Mitglieder regelt.

13.3.2 Sollen die Westbalkanstaaten der Europäischen Union beitreten?

Zum Thema: Noch zögert die EU, weitere Länder aufzunehmen. Zu groß sind die Sorgen, dass die Handlungsfähigkeit der EU darunter leiden könnte. Allerdings versuchen China und Russland seit langem, im Westbalkan an Einfluss zu gewinnen. Soll die EU darauf reagieren und die Länder aufnehmen?

M5 Wer gehört zur EU? Der Stand der Erweiterungsdebatte ...

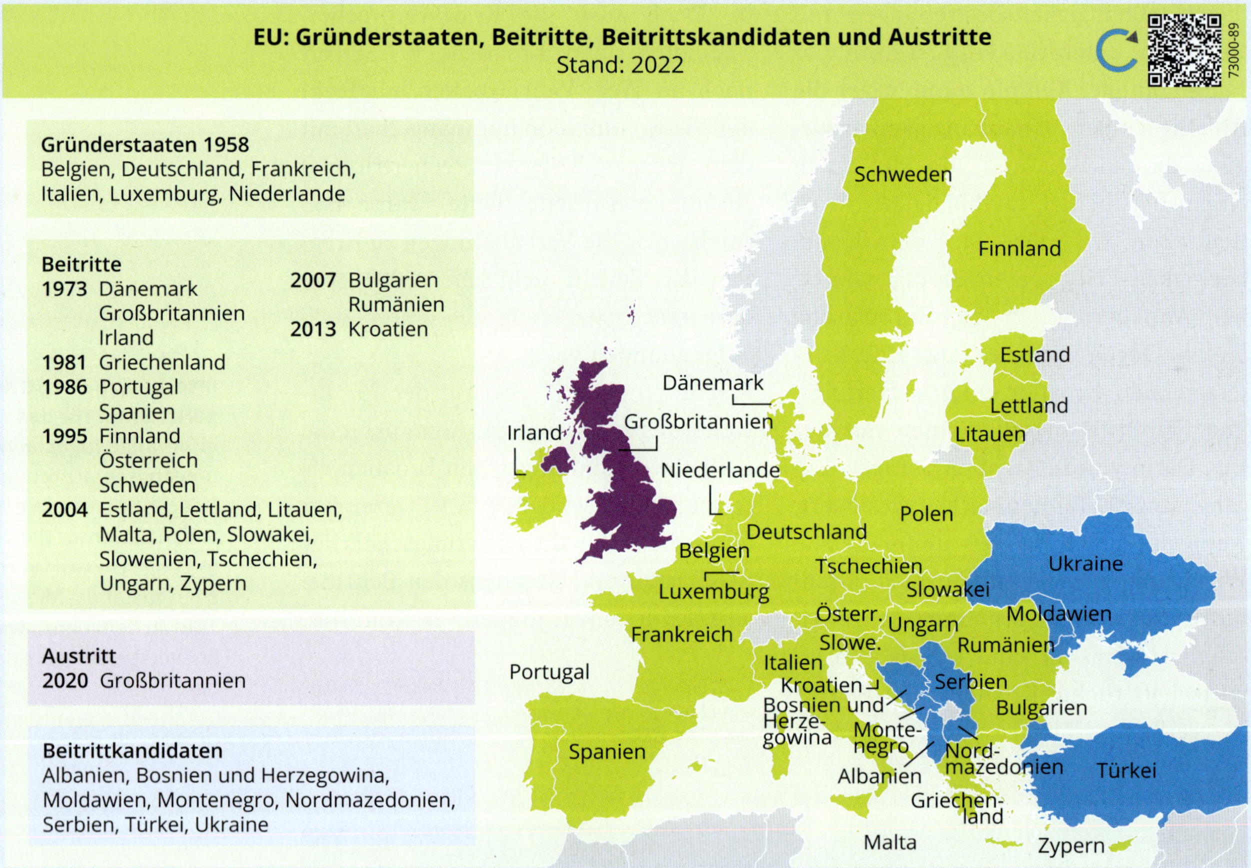

©C.C.Buchner Verlag, aktuelle Daten nach: EU-Kommission.

EINSTIEGSAUFGABEN 71103-295

1. Beschreibt die Karte.
2. Diskutiert in Kleingruppen: Sollte jeder Staat in Europa Mitglied der EU werden dürfen?

M6 Das ist der Stand der Verhandlungen

1 **Montenegro**, welches am 12. Juni 2006 von der EU offiziell als Staat anerkannt wurde, ist seit Dezember 2010 EU-Beitrittskandidat. Am 29. Juni 2012 hat der Europäische Rat den Beschluss des Rates über die Aufnahme der Beitrittsverhandlungen gebilligt. Seit 2012 fanden bislang vierzehn Tagungen der Beitrittskonferenz auf Ministerebene mit Montenegro statt. Mittlerweile sind alle der 35 Verhandlungskapitel eröffnet.

Verhandlungskapitel
Die Verhandlungen werden in einzelnen Bereichen geführt, z. B. Justiz oder Umwelt.

2 **Serbien** stellte am 22. Dezember 2009 den offiziellen Antrag auf Mitgliedschaft in der EU. Vorangegangen war 2008 die seitens der EU bereits 2005 zu einer Verhandlungsbedingung gemachte Auslieferung von mutmaßlichen Kriegsverbrechern an das internationale Tribunal in Den Haag. Serbien hat erst seit März 2012 den Status eines Beitrittskandidaten, bereits im Juni 2013 beschloss ein EU-Gipfel die Aufnahme von Beitrittsverhandlungen mit Serbien ab Januar 2014. Seitdem fanden in Brüssel dreizehn Tagungen der Beitrittskonferenz auf Ministerebene statt und insgesamt 18 der 35 Kapitel sind eröffnet.

3 **Nordmazedonien** hat von der Europäischen Kommission bereits 2005 den Status eines Beitrittslandes verliehen bekommen. Die Kommission hat erstmals im Oktober 2009 empfohlen, Beitrittsverhandlungen mit der Republik Nordmazedonien aufzunehmen. Der Beginn der Beitrittsverhandlungen wurde von den Fortschritten bei der Durchführung der dringenden Reformen abhängig gemacht. Eine politische Einigung über die Aufnahme von Beitrittsverhandlungen mit Nordmazedonien wurde schließlich im März 2020 erzielt. [...] Im Juli 2022 wurden die Beitrittsverhandlungen eröffnet.

Stand der Verhandlungen bei den Beitrittskandidaten Albanien, Bosnien und Herzegowina, Moldawien, Türkei und Ukraine

71103-296

Landeszentrale für politische Bildung Baden-Württemberg: Die Beitrittskandidaten der EU. In: www.europaimunterricht.de, Abruf am 17.04.2023

M7 Kontrovers diskutiert: Pro und Kontra EU-Beitritt der Westbalkanstaaten: ein Argumentepool

1 Die Staaten auf dem Westbalkan haben allesamt gemeinsame Grenzen mit anderen Mitgliedsländern der Europäischen Union. Einerseits können so Sicherheitsprobleme dieser Länder auf die EU übertragen werden. Problematisch ist der Westbalkan auch, weil autokratische Regierungen in China, Russland und der Türkei versuchen, hier ihre Einflusssphäre auszuweiten. Andererseits könnte gerade eine fehlende Beitrittsperspektive zur EU Krisen und Unsicherheiten innerhalb der Westbalkanstaaten verstärken. Ohne eine Beitrittsperspektive für diese Staaten würde die EU zudem Einfluss in der Region verlieren.

2 Die Westbalkanstaaten spielen mit ihren derzeit rund 18 Millionen Einwohnerinnen und Einwohnern als Absatzmarkt aufgrund ihrer vergleichsweise geringen Kaufkraft keine große Rolle. Dennoch wäre es natürlich wünschenswert, wenn die vielen Milliarden Euro an wirtschaftlicher Aufbauhilfe durch die EU auch dazu führen, dass europäische - und nicht russische oder chinesische - Unternehmen profitieren.

3 Die Einstimmigkeit in Bereichen wie der Außen- und Steuerpolitik hat dazu geführt, dass die Europäische Union schon jetzt als schwerfälliges Gebilde wahrgenommen wird. Deswegen forderte der französische Präsident Emmanuel Macron, dass die EU vor ihrer nächsten Erweiterungsrunde erst einmal so reformiert werden müsse, dass die EU handlungsfähiger werde.

4 Aus Sicht der EU erfüllt bislang keines der Länder auf dem Westbalkan die Kriterien für einen Beitritt. So gibt es insbesondere in den Bereichen der organisierten Kriminalität, der Korruption, bei der Rechtsstaatlichkeit und der Medienfreiheit noch große Defizite. Aus diesem Grund zeigt die Europäische Kommission den Bewerbern in sehr konkreten Anforderungskatalogen auf, dass ein Beitritt nur dann in Frage kommt, wenn restlos alle Kopenhagener Kriterien erfüllt sind.

5 Insbesondere in den wirtschaftlich erfolgreicheren Mitgliedstaaten (Frankreich und Deutschland) befürchten viele einen Zustrom von Niedriglohnarbeiter:innen. Einige sorgen sich, dass die Kriminalitätsrate ansteigen könnte, andere befürchten neue EU-Mitglieder, die dann, wie vor einigen Jahren Griechenland, mit Milliardenkrediten vor einem Staatsbankrott gerettet werden müssen.

6 Auch auf dem Balkan sehnt sich nicht jeder nach einem EU-Beitritt. So stehen beispielsweise in Serbien viele Menschen dem Westen nach wie vor kritisch gegenüber oder fühlen sich eher zu Russland hingezogen als zur Europäischen Union.

Bearbeiter

AUFGABEN

71103-297

1. Beschreibt den Stand der Verhandlungen mit den Staaten des Westbalkans (**M6**).
2. Ordnet die Argumente den Bereichen Geopolitik, Wirtschaft sowie Kultur und Politik zu (**M7**).
3. Erörtert die Frage, ob die Westbalkanstaaten der EU beitreten sollen. Führt anschließend eine Diskussion durch.

Geopolitik
Hier: Außen- und Sicherheitspolitik

Sollen die EU-Beitrittsverhandlungen mit der Türkei abgebrochen werden?

M1 Beitrittsverhandlungen mit der Türkei: Das ist der aktuelle Stand

Die Beitrittsverhandlungen mit der Türkei wurden am 3. Oktober 2005 eröffnet. Der Rat der EU hat in seinen Schlussfolgerungen die Aufnahme von Beitrittsverhandlungen gebilligt. Insgesamt wurden von den 35 Kapiteln bislang jedoch nur 16 Kapitel eröffnet. Nur ein Kapitel konnte bislang geschlossen werden. Das letzte Kapitel wurde 2016 eröffnet, seither sind die Verhandlungen aufgrund der Entwicklungen in der Türkei eingefroren.

Putschversuch 2016 und Verschlechterung der Rechtsstaatlichkeit

Eine [...] Zäsur war der Putschversuch in der Türkei im Jahr 2016. Die seitdem eingetretenen Entwicklungen in der Türkei werden von Europäischen Union mit großer Sorge betrachtet. Die Entwicklung der Rechtsstaatlichkeit sowie Achtung der Grundfreiheiten in der Türkei bieten fortwährend Anlass zu Sorge. Angesichts nachhaltig gravierender Rückschritte in Schlüsselbereichen wie Achtung der Grund- und Menschenrechte oder Rechtsstaatlichkeit liegen die Beitrittsverhandlungen derzeit faktisch auf Eis.

Spannungen im östlichen Mittelmeerraum

Auch die Lage im östlichen Mittelmeer trug weiterhin zu Spannungen bei. Die Türkei steht dort im Konflikt mit den EU-Mitgliedern Griechenland und Zypern um die Ausbeutung großer Gasvorkommen. Nach den umstrittenen Erdgas-Bohrungen vor Zypern 2019, hatte die EU daraufhin Sanktionen gegen die Türkei beschlossen. Zu den Strafmaßnahmen zählten die Kürzung von EU-Geldern und die vorläufige Beendigung von Spitzengesprächen über Handelsthemen.

Politische Affronts – Konfrontationen mit der EU

In der Vergangenheit war Präsident Erdogan schon mehrfach mit politischen Affronts und Brüskierungen aufgefallen, die ihn auf Konfrontationskurs mit der EU brachten. Der Fall um Osman Kavala, Kunstmäzen und Menschenrechtsaktivist, rückte jüngst wieder in die Schlagzeilen. Kavala befindet sich seit vier Jahren in Haft, da er die Gezi-Park-Proteste 2013 in Istanbul mit initiiert und die Regierung habe stürzen wollen. 2019 hatte der Europäische Gerichtshof für Menschenrechte seine Freilassung gefordert. 2020 hatte der Europarat der Türkei mit Disziplinarmaßnahmen gedroht. Nachdem jüngst zehn Botschafter – darunter auch Deutschland, Frankreich und der USA – nun ebenfalls die Freilassung Kavalas forderten, erklärte Erdogan sie zu „unerwünschten Personen" und drohte mit einer Ausweisung. Der Fall Osman Kavala ist nach Einschätzung des Politikwissenschaftlers Roy Karadag wichtig, um zu zeigen, dass Demokratie für die EU ein bedeutender Faktor sei. Die deutsche und die europäische Seite sollten demonstrieren, ob ihnen etwas an der türkischen Demokratie und auch am EU-Beitrittsverfahren der Türkei liege oder ob sie hier sowieso keine Zukunft mehr sehen und deshalb nicht groß etwas unternehmen würden, auch aus realpolitischen Gründen, um die Partnerschaft nicht zu gefährden. Solange die Türkei sich der Umsetzung eines Europaratsurteils widersetze, habe

Stand der Beitrittsverhandlungen EU-Türkei

Beitrittsverhandlungen 2005 gestartet – gesamt 35 Kapitel

16 eröffnet 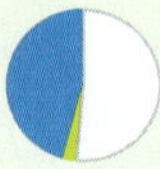 **18** noch nicht eröffnet

1 abgeschlossen

1. Freier Warenverkehr
2. Freizügigkeit für Arbeitnehmer
3. Niederlassungsrecht, freier Dienstleistungsverkehr
4. Freier Kapitalverkehr
5. Öffentliches Auftragswesen
6. Gesellschaft
7. Rechte am geistigen Eigentum
8. Wettbewerb
9. Finanzdienstleistungen
10. Informationsgesellschaft und Medien
11. Landwirtschaft und ländliche Entwicklung
12. Lebensmittelsicherheit, Tier- und Pflanzenschutzpolitik
13. Fischerei
14. Verkehr
15. Energie
16. Steuern
17. Wirtschafts- und Währungspolitik
18. Statistik
19. Beschäftigung und Soziales
20. Unternehmen und Industrie
21. Transeuropäische Netze
22. Regionalpolitik/Koordinierung struktureller Instrumente
23. Judikative und Grundrechte
24. Justiz, Freiheit und Sicherheit
25. ✓ Wissenschaft und Forschung
26. Bildung und Kultur
27. Umwelt
28. Verbraucher- und Gesundheitsschutz
29. Zollunion
30. Außenbeziehungen
31. Außen-, Sicherheits- und Verteidigungspolititk
32. Finanzkontrolle
33. Finanz- und Haushaltsvorschriften
34. Institutionen
35. Sonstiges

Nach: APA; Quelle APA.

Filmbeitrag Arte: Wann tritt die Türkei der EU bei?

71103-298

sie keine Zukunft in der EU, Perspektiven gebe es nur in einer engen Anbindung an die freie westliche Welt, so damals CDU-Außenpolitiker Jürgen Hardt. Anfang Dezember 2021 griff der Europarat zu einem selten genutzten Mittel und leitete ein Vertragsverletzungsverfahren gegen die Türkei ein, da Kavala noch immer nicht freigelassen wurde. Als Mitgliedsland des Europarats ist die Türkei verpflichtet, sich an Urteile des Gerichts zu halten. Der Europarat, dem aktuell 46 europäische Länder angehören (Russland ist jüngst ausgeschieden), wacht unter anderem über die Einhaltung der Menschenrechte und ist keine EU-Institution.

Am 25. April 2022 wurde Osman Kavala wegen eines angeblichen Umsturzversuches von einem Istanbuler Gericht zu lebenslanger Haft verurteilt. International löste das Urteil Entsetzen und scharfe Kritik aus. Konsequenzen für die Mitgliedschaft der Türkei im Europarat werden erwartet.

Auch im Fall des Journalisten Deniz Yücel hatte der Europäische Gerichtshof für Menschenrechte im Januar 2022 eine Strafe an die Türkei erlassen. Knapp vier Jahre nach seiner Freilassung muss die Türkei nun wegen seiner Inhaftierung eine Geldstrafe zahlen.

Weitere Rückschritte

Auch der im Oktober 2021 veröffentlichte Türkei-Bericht 2021 der Europäischen Kommission bescheinigt dem Land weitere Rückschritte in vielen Bereichen. Kritisiert wird das Präsidialsystem, das dem Präsidenten zu viel Macht verleihe, die Gewaltenteilung sei nicht mehr gewährleistet, und die Sonderrechte, die staatliche Behörden, Polizei und Justiz seit dem Putschversuch 2016 haben, würden die Demokratie und Grundrechte einschränken. Präsident Erdogan reagierte erzürnt, keiner der in diesem Bericht aufgeführten Aspekte sei aus ihrer Sicht ernst zu nehmen, sagte er. Die Türkei sei als ein souveränes Land bereit, mit der EU auf gleicher Augenhöhe zu verhandeln, könne und werde es aber nicht zulassen, dass sich die Union in die inneren Angelegenheiten des Landes einmische. Der Bericht übersehe auch die Pflichten und Verantwortungen – Stichwort Zollunion, Visa-Freiheit – die die EU gegenüber der Türkei habe, so Erdogan, und dies in einer Zeit, in der sich die Türkei bemühe, mit der Europäischen Union eine positive politische Agenda zu erschaffen.

Landeszentrale für politische Bildung Baden-Württemberg: EU-Beitritt Türkei Entwicklung im Beitrittsprozess – aktueller Stand. In: https://osteuropa.lpb-bw.de, Abruf am 17.04.2023

AUFGABEN

71103-301

1. Fällt zunächst ein Spontanurteil. Was denkt ihr: Sollen die Verhandlungen mit der Türkei abgebrochen werden?
2. Erläutert, welche Schwierigkeiten sich bei den Verhandlungen ergeben haben (**M1**).
3. Bewertet abschließend die Frage, ob die Verhandlungen mit der Türkei abgebrochen werden sollen.

Zusatzmaterial: Arbeitsblatt zu Aufgabe 1

71103-299

H Aufgabe 3
Übung: Pro- und Kontra-Argumente zum Zuordnen.

71103-300

13.4 Kann die Europäische Union die gegenwärtigen Probleme lösen?

13.4.1 Vor welchen Herausforderungen steht die EU?

Zum Thema: Die EU hat schon viele Probleme gemeistert: Sie hat viele neue Mitglieder integriert und Krisen bewältigt. Doch welche Herausforderungen werden die Arbeit der EU in den kommenden Jahren prägen?

M1 Von Krise zu Krise?

Karikatur: Jürgen Janson, 22.09.2015

EINSTIEGSAUFGABEN 71103-302

1. Analysiert die Karikatur.
2. Diskutiert, welche Probleme die EU eurer Auffassung nach in den kommenden Jahren meistern muss.

M2 Vor welchen Herausforderungen steht die EU?

1 Herausforderung zunehmende Heterogenität der Mitgliedstaaten

Durch die [...] EU-Erweiterungsrunden hat die Heterogenität der [...] Gemeinschaft erkennbar zugenommen. Diese Erweiterungen wurden nicht von den notwendigen institutionellen Reformen begleitet. Nach wie vor müssen Weiterentwicklungen der Verträge, aber auch wesentliche Entscheidungen in der Steuer- und Sozialpolitik oder in außenpolitischen Fragen mit Einstimmigkeit getroffen werden. Im Kreis der [27] Mitglieder ist ein Konsens zunehmend schwerer zu erreichen. Häufig verfolgen die süd-, die mittelost- und die nordeuropäischen EU-Staaten aus unterschiedlichen Gründen divergierende Interessen. Bei der Suche nach notwendigen Kompromissen für zentrale Fragen sorgt die erforderliche Einstimmigkeit für ein erhebliches Erpressungspotenzial. Hinzu kommt, dass die wirtschaftliche Entwicklung in den Mitgliedstaaten der EU zunehmend auseinanderdriftet. [...] In Spanien, Portugal, Griechenland und auch in Italien gibt es nach wie vor eine hohe Arbeitslosigkeit. Dabei sind vor allem Jugendliche und junge Arbeitnehmerinnen und Arbeitnehmer betroffen.

2 Herausforderung Asyl und Zuwanderung

Ein besonderes Problem stellt die anhaltende Zuwanderung von Flüchtlingen dar. [...] Der vorläufige Höhepunkt der Migration nach Europa und vor allem nach Deutschland wurde im Jahr 2015 erreicht, als mehr als eine Million Menschen in die EU flüchteten. Damals wurde deutlich, dass die Regelungen der sogenannten Dublin-Vereinbarungen den vorhandenen Problemen nicht gerecht werden. Die Frage, was danach zu geschehen hat, insbesondere, ob und in welcher Weise eine Verteilung der Flüchtlinge innerhalb der EU erfolgen soll, wurde [noch nicht endgültig] geklärt. Dies hat zur Folge, dass sich vor allem die im Süden Europas gelegenen EU-Staaten mit einer EU-Außengrenze im Stich gelassen fühlen. [...] Die Alternative eines nationalen Vorgehens hätte die erneute Errichtung von Grenzen zwischen den EU-Staaten und damit die Zerstörung der Schengen- Regelungen zur Folge.

3 Herausforderung Separatismus

Konfliktpotenzial ergibt sich auch aus separatistischen Bestrebungen innerhalb mehrerer EU-Staaten. Im Baskenland [...] und in Südtirol konnten diese bestehenden Konflikte durch die Vorteile der EU-Mitgliedschaft, die vor allem die Regionalpolitik und die Öffnung von Grenzen betrafen, weitgehend überwunden werden. [...] Demgegenüber erwies sich der Versuch der Loslösung Kataloniens von Spanien als ungleich dramatischer. [...]

4 Herausforderung veränderte Weltordnung

Seit der Jahrtausendwende hat sich die internationale Ordnung in vielerlei Hinsicht tiefgreifend verändert. China ist zu einer politischen und wirtschaftlichen Weltmacht aufgestiegen, in der Türkei werden die Grundrechte zunehmend missachtet, Russland hat mit der Annexion der Krim [und dem Angriffskrieg gegen die Ukraine] das Völkerrecht gebrochen [...]. Die EU muss außenpolitisch mehr Verantwortung übernehmen (und sich wohl auch in militärischer Hinsicht weltweit stärker engagieren), sonst wird sie zum Spielball der Weltpolitik und kann ihre Interessen nicht wirksam vertreten. [...]

5 Herausforderung Erstarken der europakritischen Kräfte

In nahezu allen EU-Staaten hatten und haben europaskeptische und europafeindliche Parteien Zulauf. Im Europäischen Parlament sind diesem Lager zehn bis 15 Prozent aller Abgeordneten zuzurechnen. [...] Ein besonderes Problem besteht darin, dass auch traditionell europafreundliche Parteien Gefahr laufen, ihre konstruktive Europahaltung zu ändern, um keine Wählerstimmen zu verlieren. [...] Zu diesem Bild passt es auch, dass die Zustimmung zur „immer tieferen" europäischen Integration in den Bevölkerungen schwindet. Untersuchungen haben deutlich gemacht, dass die EU-Mitgliedschaft des eigenen Landes keineswegs mehr unumstritten ist: In Schweden, den Niederlanden, Frankreich, Italien und der Tschechischen Republik sahen Teilnehmerinnen und Teilnehmer in einer repräsentativen Umfrage vom Mai/Juni 2017 mehr Nach- als Vorteile der EU-Mitgliedschaft, während in Deutschland 64 Prozent der Befragten die Vorteile deutlich höher bewerteten.

Schmuck, Otto/Unser, Günther: Die Europäische Union: Aufgaben, Strukturen, Chancen. Bonn: Bundeszentrale für politische Bildung 2018, S. 147ff.

AUFGABEN

71103-303

Gestaltet in Kleingruppen (4–6 Personen) Plakate zu den Herausforderungen, denen sich die EU stellen muss. Geht dabei wie folgt vor:

a) Beschreibt, vor welchen Herausforderungen die EU steht (**M2**).
b) Vergleicht die Ergebnisse mit euren eigenen Ergebnissen aus der Einstiegsaufgabe (**M1**).
c) Entwickelt Lösungsvorschläge, wie die EU auf die Herausforderungen reagieren könnte.
d) Stellt eure Ergebnisse im Klassenraum oder in der Schule aus.
e) Vergleicht die Ergebnisse in der Klasse. Welche Gemeinsamkeiten, Unterschiede und Ähnlichkeiten treten hervor?

13.4.2 Rechtsstaatlichkeit: Kann die Europäische Union ihre demokratischen Werte schützen?

Zum Thema: Die EU kennt klare Regeln, die Staaten erfüllen müssen, wenn sie der EU beitreten wollen. Was aber passiert, wenn ein Staat, der bereits Mitglied der EU ist, gegen die Werte und Regeln der EU verstößt?

M3 Justizreform in Polen: eine Gefahr für die Demokratie?

A Strafen für kritische Richter in Polen

Trotz Protesten in und außerhalb Polens hat das Parlament einer umstrittenen Justizreform zugestimmt. Sie ermöglicht es der nationalkonservativen Regierung, kritische Richter zu maßregeln, gar zu entlassen. Das polnische Parlament hat ein umstrittenes Gesetz verabschiedet, das die Disziplinierung kritischer Richter ermöglicht. Die nationalkonservative Regierungspartei PiS stützte sich dabei auf ihre absolute Mehrheit im Sejm, der ersten Kammer des Parlaments. Auch international gab es Widerspruch: Die EU-Kommission appellierte an Warschau, das Vorhaben zu stoppen. Das UN-Menschenrechtsbüro äußerte ebenfalls schwere Bedenken. Die bereits angeschlagene Unabhängigkeit der Gerichte werde damit womöglich weiter untergraben, hieß es.

© ARD-aktuell/tagesschau.de: Drastische Strafen für kritische Richter. In: www.tagesschau.de, 20.12.2019

B Das Gewaltenteilungsprinzip

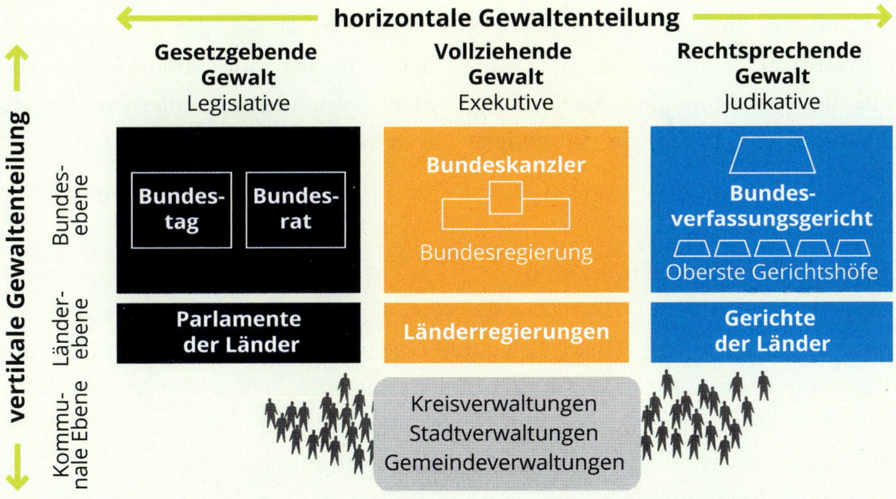

Nach: Bergmoser + Höller Verlag AG, Zahlenbilder 61110

EINSTIEGSAUFGABEN

71103-304

Erklärt mithilfe des Gewaltenteilungsprinzips (**M3 B**), warum die Justizreform in Polen (**M3 A**) an den Kern der Demokratie geht.

M4 Welche Möglichkeiten hat die EU, Demokratie und Rechtsstaat zu schützen?

Was ist der EU-Rechtsstaatsmechanismus?

Der Rechtsstaatsmechanismus ist ein 2014 geschaffenes Instrument zur Wahrung der in der Europäischen Union geltenden Werte. [...] Als eine Art Frühwarnmechanismus soll der konstruktive Dialog mit jenen Regierungen gesucht werden, bei denen zumindest der Verdacht eines Eingriffs in die Funktion des Rechtsstaats besteht. Anfang 2021 trat ein neuer Rechtsstaatsmechanismus in Kraft. Mit ihm soll ein Verstoß gegen bestimmte Werte der EU von nun an auch finanziell geahndet werden können. Der Europäische Gerichtshof bestätigte im Februar 2022: Der Rechtsstaatsmechanismus ist rechtens.

Was ist das Artikel-7-Verfahren?

Das Verfahren nach Artikel 7 zum Schutz der Grundwerte der EU wurde mit dem Vertrag von Amsterdam (1997) eingeführt. Mit ihm wird festgestellt, ob die Gefahr einer Verletzung der EU-Werte besteht oder bereits eine schwerwiegende Verletzung erfolgt ist. Als schwerste Sanktion sieht dieses eine Aussetzung der Stimmrechte des Mitgliedstaates vor.

Landeszentrale für politische Bildung Baden-Württemberg: EU-Rechtsstaatsmechanismus und Artikel-7-Verfahren. In: https://osteuropa.lpb-bw.de, Abruf am 17.04.2023

M5 Das Rechtsstaatsverfahren gegen Polen

Demokratie und Rechtsstaatlichkeit sind in Polen in den letzten Jahren immer stärker in den Fokus der Öffentlichkeit gerückt. Die Regierung versucht, Presse und Justiz unter ihre direkte Kontrolle zu bringen und ihre Unabhängigkeit auszuhöhlen. Damit wird die Gewaltenteilung und das Gleichgewicht der Kräfte im Staat bedroht. [...] Aufgrund der zunehmenden Gefährdung rechtsstaatlicher Prinzipien in einigen EU-Staaten hat die EU in den vergangenen Jahren ihren Maßnahmenkatalog zur Überprüfung und Ahndung von Verstößen ausgebaut. Laut EU-Verträgen stehen die Mitgliedstaaten in der Pflicht, für die Unabhängigkeit der Justiz und eine freie Presse in ihren Ländern zu sorgen. Ebenso misst sich der Rechtsstaat auch am Umgang mit Minderheiten sowie dem Vorhandensein einer funktionsfähigen politischen Opposition. [...]

1 März 2021: Druck auf Polen und Ungarn erhöht sich

Da die Klagen der EU gegen Polen und Ungarn bislang [...] kaum Konsequenzen nach sich zogen, verstärkte das Europäische Parlament im März 2021 noch den Druck auf die Europäische Kommission und stellte ihr ein Ultimatum: Bis im Sommer müsse die Europäische Kommission auf die Rechtsstaatlichkeitsverletzungen reagieren und Konsequenzen ziehen. Polen und Ungarn hatten eine vorherige Prüfung des neuen Rechtsstaatsmechanismus vor dem Europäischen Gerichtshof verlangt und eine Untätigkeitsklage gegen die EU-Kommission eingeleitet.

2 **Juni 2021: Untätigkeitsklage gegen die EU-Kommission**

Im Juni 2021 hat das Europäische Parlament ein Verfahren für eine Untätigkeitsklage gegen die EU-Kommission eingeleitet. Mit dem Schritt will es die Brüsseler Behörde dazu bringen, Verstöße gegen die Rechtsstaatlichkeit unverzüglich zu ahnden. [...]

↓

3 **November 2021: Neuer Rechtsstaatsmechanismus kommt zum Einsatz**

Aufgrund der fortwährenden Verstöße Polens und Ungarns gegen die Rechtsstaatlichkeit hat die EU-Kommission im November 2021 nun Vorbereitungen getroffen, den neuen Rechtsstaatsmechanismus erstmalig einzusetzen. Ein entsprechender Brief ging an die beiden Länder, der sämtliche Missstände und Mängel bei Rechtsstaatlichkeit, Budgetkontrolle und Korruptionsbekämpfung aufzählt. Der Rechtsstaatsmechanismus erlaubt Brüssel, Fördergelder für Polen dann auch tatsächlich zu kürzen.

↓

4 **Januar 2022: Polen soll Strafe zahlen**

So verlangte die EU-Kommission im Januar 2022 eine Zahlung von 69 Millionen Euro Strafe, die Strafe war auf 1 Million täglich angesetzt worden, da Polen im Streit um die Disziplinarkammer nicht einlenkte. Nach Ablauf einer Frist von 60 Tagen wird die Kommission die Gelder dann einbehalten. Bereits seit Monaten hält die EU ferner milliardenschwere Auszahlungen aus dem Corona-Hilfspaket zurück.

↓

5 **Februar 2022: Urteil des Europäischen Gerichtshofs**

Im Februar 2022 erging nun das Urteil des Europäischen Gerichtshofs: Der Rechtsstaatsmechanismus ist rechtens, die von Polen und Ungarn eingereichte Klage wurde abgewiesen. Mit dem Urteil des EuGH ist nun klar: Die EU-Kommission kann den Rechtsstaatsmechanismus einsetzen und gegen Rechtsstaatsverletzungen von EU-Mitgliedern vorgehen, indem sie ihnen Gelder kürzt.

Landeszentrale für politische Bildung Baden-Württemberg: Demokratie und Rechtsstaatlichkeit in Polen. In: https://osteuropa.lpb-bw.de, Abruf am 17.04.2023

↓

6 **Mai 2022: Polen beschließt Auflösung der Disziplinarkammer am Obersten Gericht**

Das polnische Parlament hat die Abschaffung der umstrittenen Disziplinarkammer am Obersten Gerichtshof beschlossen. Die Kammer, die Richter bestrafen und entlassen konnte, steht im Zentrum des seit Jahren andauernden Konflikts um die Justizreformen der nationalkonservativen polnischen Regierung.

Tagesspiegel/AFP: Wegen Justizstreit mit EU: Polen beschließt Auflösung der Disziplinarkammer am Obersten Gericht. In: www.tagesspiegel.de, 26.05.2022

↓

7 Juni 2022: EU-Kommission genehmigt Corona-Hilfen

Polen kann sich nun doch Hoffnung auf milliardenschwere Unterstützung aus dem Corona-Fonds der EU machen. Die EU-Kommission bewilligt die Auszahlung, da Polen im andauernden Justizstreit offenbar Entgegenkommen zeigt. Seit über einem Jahr blockiert die EU-Kommission die Auszahlung von Corona-Hilfen an Polen – nun sollen die Milliardenbeträge fließen. Das teilte EU-Wirtschaftskommissar Paolo Gentiloni mit.

© ARD-aktuell/tagesschau.de: EU-Kommission genehmigt Corona-Hilfen. In: www.tagesschau.de, 01.06.2022

8 Juni 2022: Kritik an Kommissionpräsidentin Ursula von der Leyen

In Brüssel wird Kritik an Ursula von der Leyen laut: Sie habe zu schnell den Weg für Milliardenhilfen an Polen frei gemacht. [...] Es ist der Umgang mit den beiden Problemstaaten der EU, Ungarn und Polen, der Ursula von der Leyen in Bedrängnis bringt. [...] Der Corona-Wiederaufbauplan ist seit Mittwochabend im Grundsatz genehmigt. Damit hat die Kommission ihr stärkstes Faustpfand im Streit um die Unabhängigkeit der Justiz in Polen aus der Hand gegeben. Heftige Kritik kam, wie erwartet, aus dem Europaparlament. Auf erheblichen Widerstand traf von der Leyen aber auch in ihrem eigenen Kollegium. Zwei stellvertretende Vorsitzende stellten sich quer: der Niederländer Frans Timmermans und die Dänin Margrethe Vestager. Weitere Kommissare äußerten Bedenken, die Freigabe des Plans könne als Signal empfunden werden, Polen habe mit dem Gesetz zur Abschaffung der Disziplinarkammer, die Richterinnen und Richter aus politischen Motiven maßregelt, seinen Rechtsstaat bereits in Ordnung gebracht.

Großmann, Viktoria/Kelnberger, Josef: Der Druck ist weg. In: www.sueddeutsche.de, 02.06.2022

AUFGABEN

71103-305

1. Erläutert, welche Möglichkeiten die EU hat, Demokratie und Rechtsstaat zu schützen (**M4**).
2. Stellt die wichtigsten Etappen des Rechtsstaatsmechanismus gegen Polen dar (**M5**).
   a) Welche Institutionen der EU waren beteiligt?
   b) Welche Ziele verfolgt die EU, welche Polen?
3. Bewertet die Entscheidung der EU-Kommissionspräsidentin, den Corona-Wiederaufbauplan für Polen freizugeben (**M5**).
4. Diskutiert, inwieweit die EU in der Lage ist, Probleme zu lösen. Führt dazu eine Plenumsdebatte durch.

Helmut Schmidt: Strategisches Interesse an der europäischen Integration

Jede einzelne der europäischen Nationen wird 2050 nur noch einen Bruchteil von einem Prozent der Weltbevölkerung ausmachen. Das heißt: Wenn wir die Hoffnung haben wollen, dass wir Europäer eine Bedeutung für die Welt haben, dann können wir das nur gemeinsam. Denn als einzelne Staaten - ob Frankreich, Italien, Deutschland oder ob Polen, Holland oder Dänemark oder Griechenland - kann man uns am Ende nicht mehr in Prozentzahlen, sondern nur noch in Promillezahlen messen.

Daraus ergibt sich das langfristige strategische Interesse der europäischen Nationalstaaten an ihrem integrierenden Zusammenschluss. Dieses strategische Interesse an der europäischen Integration wird zunehmend an Bedeutung gewinnen. Es ist bisher den Nationen weitestgehend noch nicht bewusst. Es wird ihnen durch ihre Regierungen auch nicht bewusst gemacht.

Falls jedoch die Europäische Union im Laufe der kommenden Jahrzehnte nicht zu einer - wenn auch begrenzten - gemeinsamen Handlungsfähigkeit gelangen sollte, so ist eine selbstverursachte Marginalisierung der einzelnen europäischen Staaten und der europäischen Zivilisation nicht auszuschließen. Ebenso wenig kann in solchem Falle das Wiederaufleben von Konkurrenz- und Prestigekämpfen zwischen den Staaten Europas ausgeschlossen werden.

Helmut Schmidt (1918–2015) war von 1974 bis 1982 Bundeskanzler.

Schmidt, Helmut: Deutschland in und mit Europa. In: www.spd.de, 11.11.2015

AUFGABEN

71103-306

1. Erläutert die Position, die der ehemalige Bundeskanzler Helmut Schmidt zur europäischen Integration einnimmt.
2. Wie entwickelt sich die EU? Erstellt dazu ein Positivszenario und ein Negativszenario.
3. Bewertet auf der Basis eurer Szenarien die Forderung von Helmut Schmidt.
4. Betrachtet eure Collage, die ihr zu Beginn des Kapitels gestaltet habt (→ S. 343). Überlegt euch, wie ihr die Collage nun gestalten würdet. Hat sich das Bild von der EU gewandelt?
5. Tauscht euch dazu aus und präsentiert einen Punkt im Plenum, der in eurem Bild von Europa neu ist.

Hilfen H zu den Aufgaben

Kapitel 1

Seite 29

Hilfe zu der Aufgabe 1b

Ordnet zunächst die in der Grafik dargestellten Lebensformen den Bezeichnungen a) – l) zu.

Stellt nun die im Text genannten Lebensformen

- Regenbogenfamilie
- unverheiratetes Paar mit Kind
- Paar mit Pflegekind

in ähnlicher Weise graphisch dar.

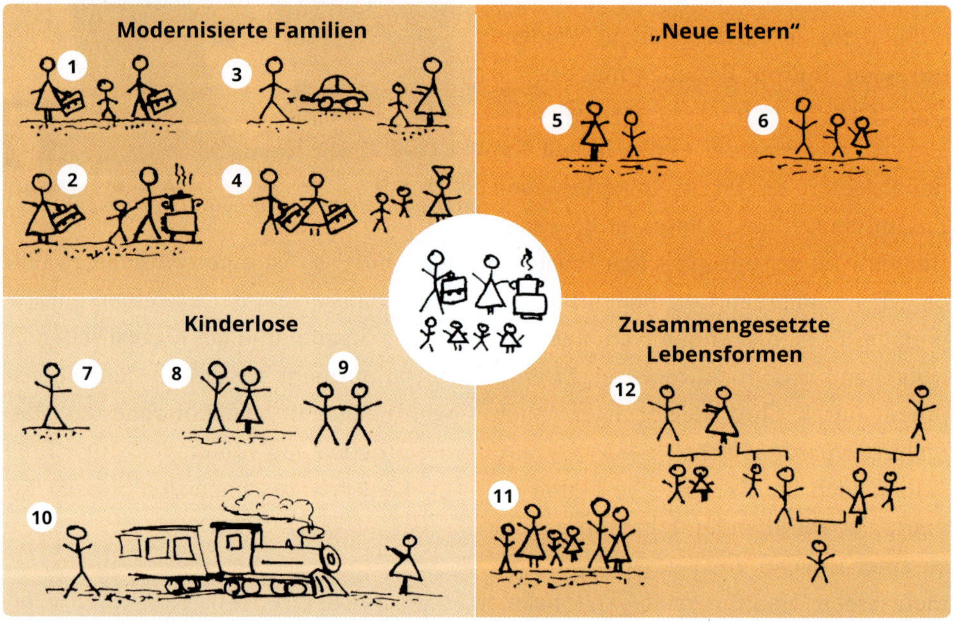

Grafik: Jutta Kleinert

Lebensformen aus der Grafik

a) Doppelverdiener Familie
b) Alleinerziehende Mütter
c) Familie mit Hausmann
d) Singles
e) Kinderlose Ehe oder Partnerschaft
f) Gleichgeschlechtliche Partnerschaften / Ehen
g) Stief- oder Fortsetzungsfamilien
h) Alleinerziehende Väter
i) Familie mit Tagesmutter
j) Freie Wohn- und Lebensgemeinschaften
k) Wochenendbeziehung
l) Wochenendfamilie

Hilfe zu der Aufgabe 3 **Seite 32**

Geht bei der Entwicklung der Maßnahmen folgendermaßen vor:

- Überlegt euch zunächst was ihr als Kinder benötigt und was der Staat dazu beitragen kann.
- Versetzt euch in eure Eltern. Wie können diese vom Staat unterstützt werden, sodass sie eure Bedürfnisse beachten, aber auch ihre eigenen Bedürfnisse erfüllen können.
- Zuletzt könnt ihr darüber nachdenken, ob es Möglichkeiten gibt öffentliche Orte familienfreundlicher zu gestalten.

Hilfe zu der Aufgabe 2 **Seite 40**

Arbeitet zunächst heraus, mit welchen Erwartungen die Personen konfrontiert sind und erklärt, woher diese stammen. Begründet dann, warum es so schwer ist aus Rollenklischees auszubrechen.

Kapitel 3

Hilfe zu der Aufgabe 4 **Seite 55**

Ansatzpunkte für Strategien und Möglichkeiten können sein:

1. Akteure: Welche Akteure müssen beteiligt werden?
2. Interessen: Welche Interessen und Positionen haben sie?
3. Macht: Wie können sie Einfluss auf die Entscheidung nehmen?

Hilfe zu den Aufgabe 2a und b **Seite 67**

Aufgabe 2a:

Wesentliche Inhalte sind vor allem: Mitwirkungs- und Mitentscheidungsrechte, Aufgaben und Organe der SMV.

Aufgabe 2b:

Möglichkeiten zur Präsentation sind z. B. Erstellung einer Power-Point oder eines Videos Gestaltung eines Plakats oder eine Wandzeitung, Durchführung eines Rollenspiels.

Kapitel 4

Hilfe zu der Aufgabe 3 **Seite 72**

Kriterien für den Steckbrief einer Gemeinde:

- Einwohnerzahl
- Name des Bürgermeisters/im Amt seit wann
- Sitzverteilung im Gemeinderat
- Form(en) der Jugendbeteiligung
- Weitere Form(en) der Bürgerbeteiligung
- Aktueller Haushalt (Einnahmen und Ausgaben)

Seite 88

Hilfe zu der Aufgabe 2

Strukturiert euren Vortrag nach den Phasen des Entscheidungsprozesses (Initiative-Entscheidung-Ausführung) und zeige auch die Möglichkeiten der Beeinflussung des Entscheidungsprozesses durch die Bürger in den jeweiligen Phasen auf.

Seite 93

Hilfe zu der Aufgabe 2

Ein Fließschema ist eine Visualisierungsform, mit der die Abfolge einzelner Schritte eines Prozesses verdeutlicht werden können. Ein Fließschema könnte wie folgt aussehen:

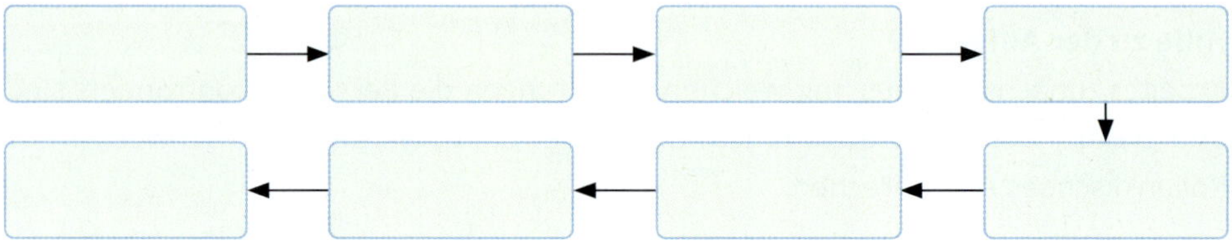

Seite 96

Hilfe zu der Aufgabe 2

Kriterien für den Vergleich von Demokratiemodellen können u. a. sein:

- Formen der Entscheidungsfindung
- Bedeutung des Parlaments
- Legitimation politischer Entscheidungen

Den Vergleich könnt ihr in Form einer Tabelle durchführen:

	Direkte Demokratie	Indirekte Demokratie
Formen der Entscheidungsfindung		
Bedeutung des Parlaments		
Legitimation politischer Entscheidungen		

Kapitel 5

Seite 102

Hilfe zu der Aufgabe 3b

Folgende Fragen könnten euch bei der Formulierung von Pro- und Kontra-Argumenten helfen:

- Benutzt ihr den Begriff „Mensch mit Migrationshintergrund“ im Alltag? Warum (nicht)?
- Wenn du selbst ein „Mensch mit Migrationshintergrund“ bist: Findest du diesen Begriff für dich und die Geschichte deiner Familie passend? Warum (nicht)?
- Welchen Zusammenhang gibt es zwischen dem Begriff und den amtlichen Statistiken (wie z. B. **M5**)?
- Kann der Begriff Diskriminierung sichtbar machen? Warum (nicht)?
- Welche Begriffe rund um das Thema Zuwanderung gibt es noch? Gibt es einen Begriff, der schlechter/besser passt?

Als Zusatzmaterial im untenstehenden QR-Code sind Kritikpunkte am Begriff „Migrationshintergrund" formuliert. Der QR-Code verlinkt auf einen Artikel von Deutschlandfunk Nova.

71103-307

Hilfe zu der Aufgabe 2

Seite 110

Orientiert euch bei der Gestaltung des Podcast an den Ergebnissen aus Aufgabe 1 und ergänzt vor allem die individuelle Perspektive. Folgende Fragen können euch dabei helfen:

individuelle Perspektive
- Wie viele Menschen mit Migrationshintergrund gibt es in deiner Gemeinde/Stadt?
- Wie gestaltet sich das Zusammenleben in deiner Gemeinde/Stadt? Was funktioniert gut, was sollte verbessert werden?
- Was sind für die Vorteile der Zuwanderung in deinem Alltag?
- Welche Herausforderungen bringt die Zuwanderung für deinen Alltag mit sich?

öffentliche Perspektive
- Welche Einstellungen zur Zuwanderung gibt es in unserer Gesellschaft? (vgl. **M11d**)
- Wie nehmen die Zuwander:innen ihre Situation selbst wahr?

systemische Perspektive
- Wie wirkt sich die Zuwanderung auf die Politik, Wirtschaft und Gesellschaft aus? (vgl. **M11a**, **M11b**, **M11c**)

Hilfe zu der Aufgabe 3

Seite 121

Folgende Möglichkeiten, auf die diskriminierende Aussage des Geschäftsführers zu reagieren, sind denkbar:
- Boykott der Supermarkt-Filiale,
- Beschwerde-Mail an EDEKA,
- Leserbrief in der Lokalpresse,
- direkte verbale Reaktion,
- dem Mädchen Hilfe anbieten (z. B. durch Hinweis auf Antidiskriminierungsstelle des Bundes).

Hilfe zu der Aufgabe 4

Unter Rassismus versteht man „eine Art von Diskriminierung. Durch Rassismus werden Menschen zum Beispiel wegen ihrer Herkunft, ihrer Hautfarbe, ihrer Haare, ihres Namens oder ihrer Sprache diskriminiert, ausgegrenzt und abgewertet."

Meyer, D./Schüller-Ruhl, T. u. a.: einfach POLITIK: Lexikon. Bundeszentrale für politische Bildung, Bonn 2022.

Als Vorarbeit für den Videodreh bietet sich folgendes Vorgehen an:

1. Arbeitet zunächst aus dem Video „Rassismus in der Schule" (QR-Code in der Randspalte auf S. 121) heraus, welche Formen von Rassismus es in der Schule gibt und welche Folgen der Rassismus für die Betroffenen hat.

2. Nennt mindestens drei konkrete Maßnahmen, mit denen die Schulgemeinschaft (also Schüler:innen, Lehrer:innen, ggf. Eltern) etwas für Offenheit und Toleranz an eurer Schule tun kann.

3. Erstellt ein Skript für den Videoclip: Welche Informationen (aus dem Video „Rassismus in der Schule" und den Aufgaben 1–3) sind für das Verständnis wichtig? Wie sollen diese Informationen angeordnet werden? Welche Gestaltungsmittel sollen genutzt werden (z. B. ein szenisches Spiel, Einsatz von Überschriften, Texten und Grafiken, Sprecher:in im Video oder aus dem Off, Hintergrundmusik, ...)?

Vor dem eigentlichen Videodreh empfehlen sich außerdem mehrere Probeläufe ohne Kamera auf der Basis des Skripts. Danach kann das Video (mit dem Handy, einem Tablet) gedreht werden – am besten in einem Take. Die Länge des Videos sollte maximal fünf Minuten betragen.

Seite 129

Hilfe zu den Aufgaben 1a–b

So könnt ihr eure Mindmap strukturieren:

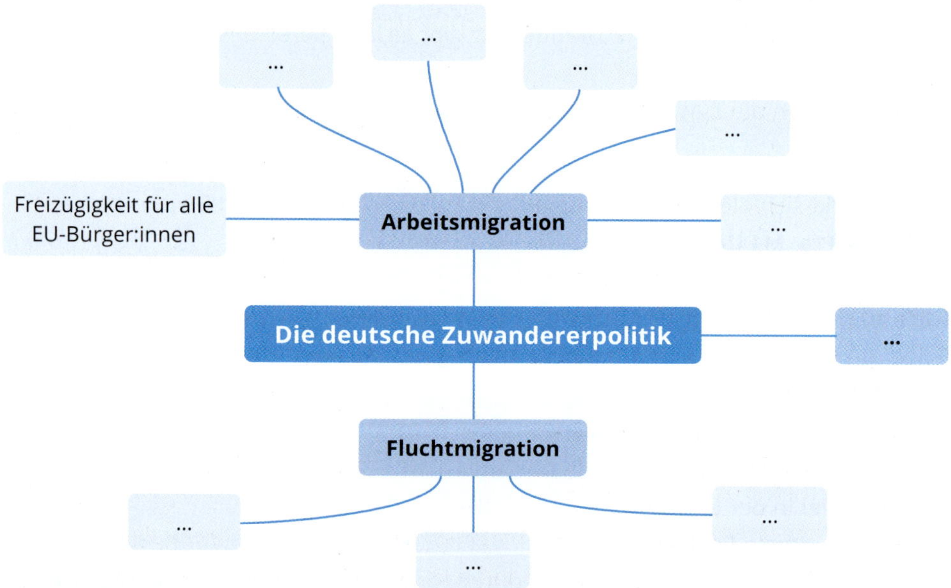

Seite 134

Hilfe zu der Aufgabe 2

Berücksichtigt bei der Bearbeitung der Aufgabe folgende Fragen:

- Mit welcher Regelung lässt sich die hohe Zahl von Asylanträgen in Frankreich und Spanien erklären?
- Wie lässt sich dagegen die hohe Zahl der Asylanträge in Deutschland erklären?

Kapitel 6

Seite 163

Hilfe zu der Aufgabe 5

Beziehe deine Kenntnisse zu Ursachen von Jugendkriminalität, jugendtypischen Delikten sowie zu den Strafzwecken in deine Überlegungen ein.

Kapitel 8

Hilfe zur Urteilsbildung

Seite 205

Die folgenden Leitfragen helfen euch, die Aktienrente Kriterien gestützt zu bewerten:

Effektivität:

- Wird das angestrebte Ziel – die Finanzierung der gesetzlichen Rente bei steigender Zahl der Rentenbezieher:innen und gleichzeitig sinkender Zahl der Erwerbstätigen – mit der Aktienrente verwirklicht?
- Wie trägt die Aktienrente zur Finanzierung der gesetzlichen Rente bei? Welche Vorteile bietet sie gegenüber der bisherigen gesetzlichen Rentenversicherung? Welche Risiken birgt sie?

Nachhaltigkeit:

a) Soziale Nachhaltigkeit: Hilft die Aktienrente die Versorgung der Rentenempfänger:innen nachhaltig zu verbessern?

b) Soziale und ökologische Nachhaltigkeit: Inwiefern kann die Investition von Kapital aus der Rentenkasse die Arbeitsbedingungen von Arbeitnehmer:innen in den Unternehmen, in die investiert wird, beeinflussen? Inwiefern kann die Investition von Kapital in Unternehmen Klimaschutzmaßnahmen fördern?

Kapitel 9

Hilfe zu der Aufgabe 2b

Seite 238

Ihr könnt eine Wortwolke aus diesen Begriffen erstellen: Personalisierte Verhältniswahl, Erststimme, Zweitstimme, Direktmandat, Sperrklausel, Mehrheitswahl, Verhältniswahl, Wahlkreis, Abgeordnete.

Hilfe zu der Aufgabe 3

Mögliche Kriterien für die Bewertung sind:

- Legitimität: Welche Bedeutung haben die Maßnahmen für eine Demokratie?
- Effektivität: Wie hoch ist die Wahrscheinlichkeit, dass durch sich durch die Maßnahmen etwas verändert? Können die Maßnahmen zu einem Politikwechsel führen?

Kapitel 10

Hilfe zu der Einstiegsaufgabe 3

Seite 254

Legt die Vergleichskriterien fest und sammelt die Gemeinsamkeiten und Unterschiede.

Kapitel 12

Hilfe zu der Aufgabe 2a

Seite 314

Berücksichtigt dabei entweder M3 (→ S. 310) oder die Menschenrechtskonvention der Vereinten Nationen (nachfolgender QR-Code).

Menschenrechtskonvention der Vereinten Nationen

71103-308

Eine Concept Map erstellen

I. Worum geht es?

Mit einer Concept Map könnt ihr Ideen und Aspekte zu einem Thema gut gegliedert und übersichtlich in einem Netzwerk darstellen. Einzelne Begriffe, die zum Thema gehören, werden durch Linien oder Pfeile verbunden. Auf die Linien und Pfeile werden Kommentare und Hinweise geschrieben, die anzeigen, wie die Begriffe zusammengehören.

II. Geht dabei so vor:

1. Schritt: Text oder Material bearbeiten und das Thema bestimmen

1. Lest den Text-(teil) oder das Material, zu dem ihr eine Concept Map erstellen wollt.
2. Notiert die wichtigsten Begriffe.
3. Formuliert das Thema oder die zentrale Frage: Was soll die Concept Map beantworten?

2. Schritt: Die Concept Map erstellen

1. Schreibt das Thema in den oberen Teil eines Blattes Papier.
2. Verteilt die Begriffe auf dem Papier.
3. Stellt euch die Frage, wie die Begriffe zusammenhängen und verbindet sie mit Pfeilen und/ oder Linien.
4. Beschriftet die Pfeile/Linien.

Eine Concept Map könnte wie folgt aussehen:

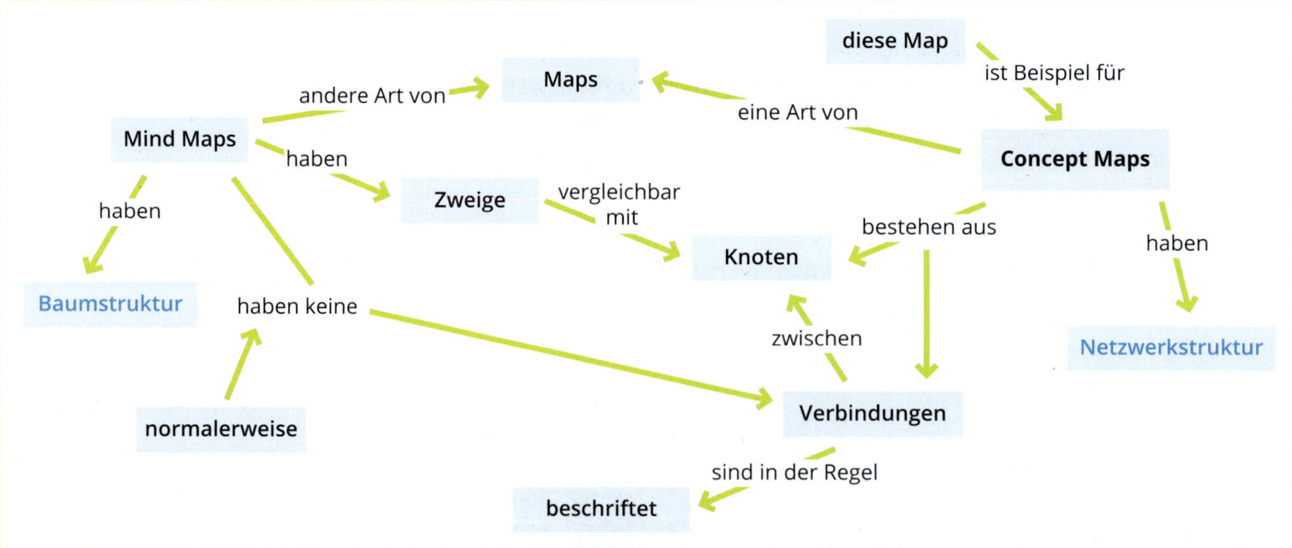

Bearbeiterin

Einen Flyer erstellen

I. Worum geht es?

Flyer (auch „Handzettel", „Flugblätter") dienen in der Regel der Werbung bzw. der Öffentlichkeitsarbeit von Firmen, Organisationen und Institutionen. Sie werden kostenlos verteilt oder liegen zur Mitnahme aus. Obwohl sie nur aus einem, meist gefalteten Blatt Papier bestehen, zählen sie zu den Printmedien. Die Aufgabe, im Unterricht einen Flyer herzustellen, fordert dazu heraus, das Gelernte knapp, präzise, adressatenbezogen und werbewirksam zu formulieren. Sie ist daher auch sinnvoll, wenn Handzettel nicht „in echt" hergestellt werden sollen, wie z. B. bei dem Auftrag, einen Flyer zum Thema „Scientology" für Jugendliche zu entwerfen.

II. Geht dabei so vor:

1. Schritt: Vorbereitung

Konzentriert euch auf wenige Kernaussagen und formuliert diese präzise und knapp. Um das Kommunikationsziel zu erreichen, sollten die Assoziationen, die zentrale Begriffe des Textes wecken (können), genau bedacht werden. Auch auf die emotionale Wirkung kommt es an. Nicht legitim ist es allerdings, bei der Kritik an anderen Meinungen, Personen und Gruppen den sachlichen Grundton zu verlassen. Im Hinblick auf das Layout empfiehlt sich im Allgemeinen die Konzentration auf ein zentrales Symbol anstelle von vielen kleinen Grafikelementen [...].

2. Schritt: Durchführung

- Bei der Entscheidung für oder gegen einen farbigen Druck (2- bzw. 4-Farben-Druck) sind neben der Wirkung auch die Kosten zu bedenken. Auch ein Schwarz-Weiß-Druck kann sehr wirkungsvoll sein. In diesem Fall empfehlen Grafik-Experten in der Regel ein Layout in klaren Kontrasten.
- Bei der Erstellung und Verbreitung von Flyern sind auch rechtliche Fragen zu bedenken, z. B. muss bei der Verwendung von Bildern und Grafikelementen darauf geachtet werden, dass diese auch (kostenlos) veröffentlicht werden dürfen (Urheberrechte, Persönlichkeitsrechte ...).
- Beim Verteilen von Flyern sowohl in der Öffentlichkeit als auch auf Privatgelände ist eine Genehmigung einzuholen und zu klären, ob ein Impressum notwendig ist.

Grundlayout für DIN A4-Papier

Einklappseite	Rückseite	Titel

Inhaltsseiten	Inhaltsseiten	Inhaltsseiten

Nach: Gojny, Tanja u. a.: Ortswechsel 8. München: Claudius 2010, S. 128.

Ein Gruppenpuzzle durchführen

I. Worum geht es?

Diese Unterrichtsmethode ist eine Form der Gruppenarbeit. Sie arbeitet mit zwei Gruppenformen, der Stamm- und der Expertengruppe.
Beim Gruppenpuzzle werden die Mitglieder einer Klasse in Gruppen eingeteilt. Jede Gruppe bearbeitet das Gesamtthema, jedoch jedes Mitglied in Einzelarbeit einen anderen Teil.

II. Geht dabei so vor:

1. Schritt: Bildet Stammgruppen

1. Teilt die Klasse in Stammgruppen von drei bis sechs Personen auf.
2. Teilt jedem Mitglied einer Stammgruppe eine Teilaufgabe zu. Jedes Gruppenmitglied wird somit zum „Experten" eines Themas.
3. Gebt euch ausreichend Zeit, damit ihr euch in euer Gebiet einarbeiten könnt.

Stammgruppen

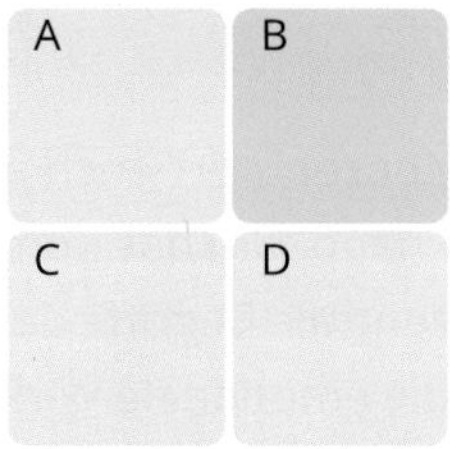

2. Schritt: Bildet Expertengruppen

1. Bildet nun „Expertengruppen", indem sich Mitglieder des gleichen Themengebiets treffen und ihre Ergebnisse vergleichen.
2. Besprecht in euren „Expertengruppen" eure Teilaufgabe als Experten. Löst zusammen die Teilaufgabe und formuliert ein Ergebnis mit dem sich jeder „Experte" einverstanden erklärt.

Expertengruppen

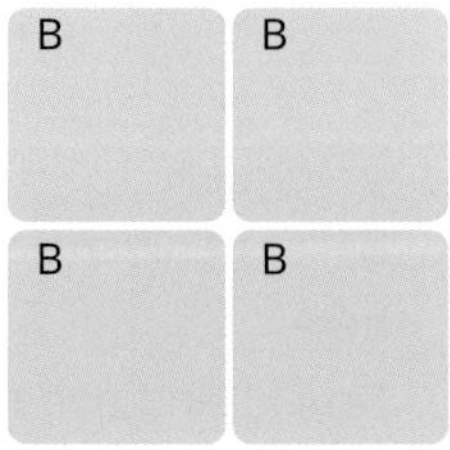

3. Schritt: Rückkehr in die Stammgruppen

1. Kehrt als „Experten" anschließend in eure ursprünglichen Gruppen zurück.
2. Vermittelt als „Experten" euren anderen Gruppenmitgliedern, was ihr über euer Themengebiet erarbeitet habt.
3. Hört den anderen Experten zu und stellt ihnen gegebenenfalls Verständnisfragen.

Stammgruppen

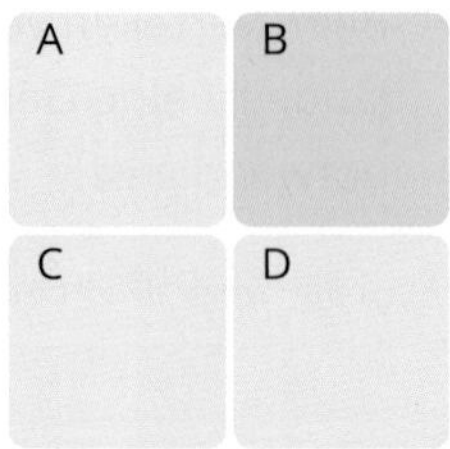

Bearbeiter

Eine Karikatur analysieren

I. Worum geht es?

Karikaturen sind zeichnerische Kommentare zu aktuellen gesellschaftlich-politischen Problemen. In Karikaturen werden Situationen und Personen „überzeichnet", Merkmale übertrieben und verzerrt dargestellt, sodass Schwachstellen durch Humor und Witz entlarvt werden. Ziel von Karikaturen ist es, zum Beispiel an politischen Programmen, Personen und Entscheidungen, Kritik zu üben. Sie sind ein Mittel der politischen Auseinandersetzung. Karikaturen sind meistens nur dann verständlich, wenn der Hintergrund des kommentierten politischen Geschehens bekannt ist. Dennoch bleiben Karikaturen häufig mehrdeutig.

II. Geht dabei so vor:

1. Schritt: Einordnen

- Wann wurde die Karikatur veröffentlicht?
- Wer hat die Karikatur gezeichnet?
- Welchen Titel hat die Karikatur?

→

2. Schritt: Ersten Eindruck schildern und beschreiben was dargestellt ist

- Welche spontanen Eindrücke und Gefühle werden durch die Karikatur erzeugt?
- Wen oder was zeigt die Karikatur? (Situation, (prominente) Personen, Gegenstände ...)
- Wie ist die Karikatur aufgebaut? (Bild-, Textelemente, Vordergrund, Hintergrund)
- Gibt es Sprechblasen?
- Welche Informationen bietet die Über- oder Unterschrift?
- Welche Darstellungsmittel werden gewählt? (Zeichenstil, Ausdruck, Symbolik, Farben ...)

←

3. Schritt: Deuten

- Auf welches (aktuelle) Problem nimmt die Karikatur Bezug?
- Was genau wird übertrieben dargestellt?
- Was genau wird kritisiert?
- Mit welchen Eigenschaften werden dargestellte Personen verknüpft?
- Für welche Position bzw. für wen wird Partei ergriffen?
- Wer sind die Adressierten?
- Welchen Standpunkt nimmt der/die Karikaturist:in ein?

↓

4. Schritt: Bewerten

- Worin ist der/dem Karikaturist:in zuzustimmen?
- Was ist der/dem Karikaturist:in entgegen zu halten?
- Was könnte umstritten sein?
- Gibt es sachliche Fehler in der Karikatur?
- Stimmst du/stimmt ihr der Aussage der Karikatur zu?

Bearbeiterin

Einen Kurzvortrag vorbereiten und halten

I. Worum geht es?

Kurzvorträge (auch kurze Referate genannt) dienen dazu ein Thema oder einen thematischen Aspekt für andere gut nachvollziehbar aufzubereiten. Die Vortragszeit sollte 5 – 10 Minuten nicht überschreiten. Der so beigesteuerte Input soll allen dabei helfen, den größeren thematischen Zusammenhang weiter zu erschließen.

II. Geht dabei so vor:

1. Schritt: Das Thema klären und Informationen recherchieren

1. Klärt, in welchem Zusammenhang das Thema eures Kurzvortrags steht.
2. Formuliert euer Thema als Frage, die ihr in dem Kurzvortrag beantworten wollt.
3. Recherchiert Informationen in zuverlässigen Quellen und macht euch Notizen (z. B. in Form einer Mindmap).

→

2. Schritt: Den Kurzvortrag strukturieren und proben

1. Gliedert euren Vortrag in Einleitung, Hauptteil und Schluss:

   Einleitung
   - Thema/Frage vorstellen
   - Aufmerksamkeit und Interesse wecken (z. B. durch eine Provokation, eine spannende Frage, einen Bildimpuls, eine persönliche Geschichte ...)
   - Gliederung (euren „Fahrplan") vorstellen (z. B. auf einem Flipchart, an der Tafel oder als PowerPoint-Folie)

   Hauptteil
   - Informationen zum Thema gemäß eurer Gliederung geben
   - Übergänge planen
   - ggf. weitere Visualisierungen (Bilder, Grafiken etc. zuordnen)

   Schluss
   - Wichtiges zusammenfassen
   - Frage beantworten
   - eigene Stellungnahme
   - offene Fragen formulieren
   - Nachfragen und Diskussion eröffnen

2. Bereitet eine schriftliche Vorlage vor, mit deren Hilfe ihr den Kurzvortrag frei halten könnt (z. B. eure überarbeitete Mindmap aus Schritt 1 oder Karteikarten mit Stichpunkten).
3. Veranschaulicht euren Vortrag mit Bildern, Statistiken, Grafiken etc. und plant, wie ihr sie präsentieren wollt (z. B. eingebunden in eine PowerPoint-Präsentation).
4. Probt euren Vortrag (alleine oder mit anderen aus der Klasse) und stellt sicher, dass ihr die Zeitvorgabe einhaltet.

←

3. Schritt: Den Kurzvortrag halten

- Tragt den Kurzvortrag so frei wie möglich vor.
- Steht locker und unterstreicht eure Aussagen auch ab und zu mit Gesten.
- Macht zwischen den Sätzen und Gliederungspunkten kurze Pausen. So können die Zuhörenden den Inhalt besser verarbeiten.
- Nehmt während des Vortrags Blickkontakt zum Publikum auf.

Bearbeiterin

Eine Mindmap erstellen

I. Worum geht es?

Mithilfe einer Mindmap kannst du ein Thema entfalten, strukturiert und inhaltlich mit deinem bestehenden Vorwissen vernetzen. Die Strukturierung erfolgt dabei wesentlich gezielter und differenzierter als z. B. beim Schreiben von Stichwortlisten – daher kannst du dir die Inhalte besser einprägen. Man kann die Mindmap in Einzelarbeit oder auch in der Gruppe erstellen.

II. Geht dabei so vor:

1. Schritt:

Verwende ein unliniertes Blatt DIN A4 (oder größer) und lege es quer. Beginne in der Mitte des Blattes und schreibe hier das Thema deiner Arbeit auf.

2. Schritt:

Schreibe nun Oberbegriffe in Großbuchstaben auf die Hauptäste, die direkt vom Kern abgehen. Mit diesen Oberbegriffen strukturierst du das Thema grundlegend, überlege hier also genau, welche Begriffe du wählst.

3. Schritt:

Ergänze nun Nebenarme mit einer zweiten (und evtl. dritten) Gedankenebene.

4. Schritt:

Nun erweitere deine Mindmap: Du kannst an jedem Arm Begriffe und Ideen ergänzen, gerade wo dir etwas einfällt.

Hier siehst du ein Beispiel einer Mindmap, das zum Thema „Ich" angefertigt wurde.

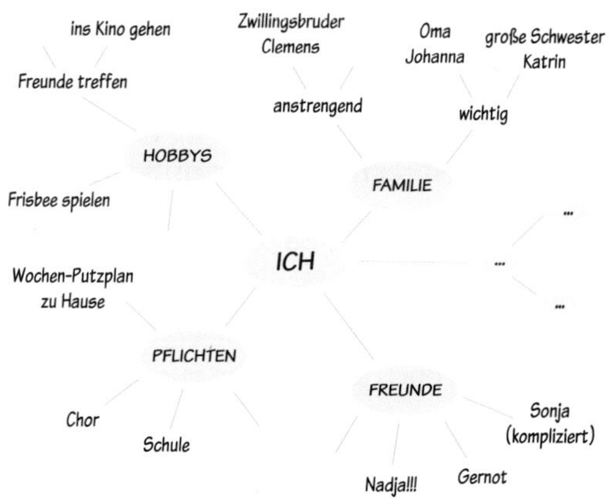

Bearbeiter

Parteien-Steckbriefe erstellen

I. Worum geht es?

Steckbriefe von Parteien zu erstellen, bedeutet zunächst, Inhalte zu recherchieren. Hierbei helfen Suchmaschinen im Internet. Sie bieten aber viele Tausend verschiedene Homepages an, um z. B. über Parteien zu recherchieren. Die Recherche im Internet muss daher zunächst strukturiert angegangen werden, um dann im Anschluss wesentliche Informationen für einen Steckbrief zu erhalten.

II. Geht dabei so vor:

1. Schritt: Homepages von Parteien im Internet aufrufen

SPD: www.spd.de

Bündnis 90/Die Grünen: www.gruene.de

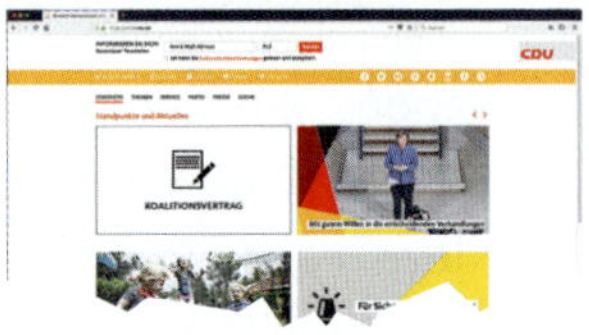

CDU: www.cdu.de

Die LINKE: www.die-linke.de

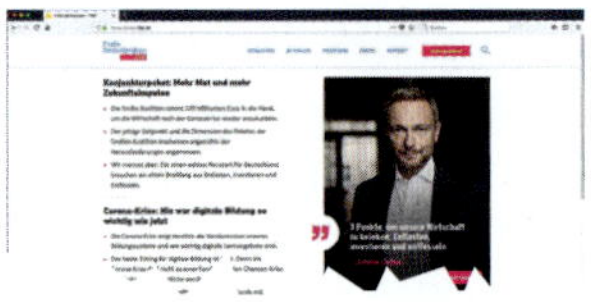

FDP: www.fdp.de

AfD: www.afd.de

2. Schritt: Steckbrief erstellen und Suche eingrenzen

Erstellt zu jeder Partei einen Steckbrief, indem ihr euch auf folgende Fragen konzentriert:

a) Wann wurde die Partei gegründet?
b) Welche prominenten Mitglieder hat sie?
c) Wann und wo war/ist die Partei an der Regierung beteiligt?
d) Hat die Partei eine Jugendorganisation?
e) Ihr könnt die Internetauftritte der Parteien auch nach verschiedenen Kriterien (z. B. Gestaltung, Navigation etc.) bewerten.

3. Schritt: Parteipositionen recherchieren und analysieren

- Einigt euch auf ein aktuelles politisches Streitthema und recherchiert, welche Position die Partei dazu vertritt (z. B. zur Bildungspolitik).
- Analysiert die Positionen der Parteien zum jeweiligen politischen Streitthema. Entscheidet euch abschließend, welches Programm euch am meisten zusagt bzw. am wenigsten einleuchtet. Begründet eure Entscheidungen.

Bearbeiter

Ein Placemat bearbeiten

I. Worum geht es?

Mit Hilfe eines Placemats („Platzdeckchen") könnt ihr in Kleingruppen eure Ideen, Meinungen und Lösungsvorschläge zu einem Thema mit grafischer Unterstützung zusammenführen. Das Placemat-Verfahren hilft dabei, zunächst eigene Ideen und Ergebnisse zu einem Gruppenergebnis zusammenzuführen.

II. Geht dabei so vor:

1. Schritt: Gruppen bilden und Placemat vorbereiten

1. Bildet Vierergruppen und versammelt euch an einem Gruppentisch.
2. Nehmt ein weißes Blatt Papier und zeichnet nebenstehende Grafik nach.
3. Legt die Grafik mitten auf den Gruppentisch.

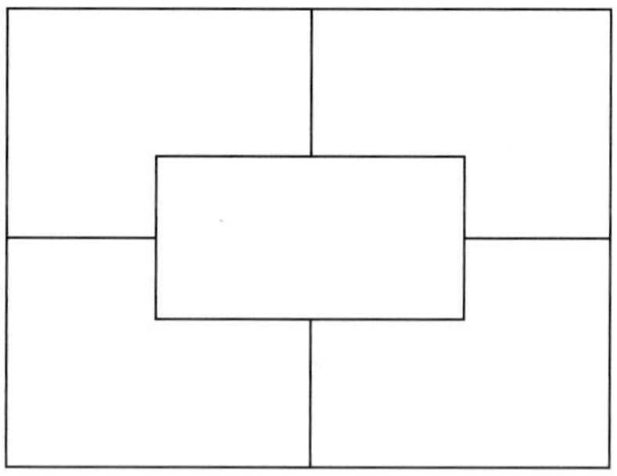

2. Schritt: Durchführung des Placemat-Verfahrens

1. Jede Schülerin und jeder Schüler hat einen Außenbereich in der Grafik für sich. In diesen Bereich könnt ihr eure Ideen zu einem bestimmten Thema stichpunktartig eintragen.
2. Wenn alle ihre Felder ausgefüllt haben, tauscht euch über eure Einträge aus. Dreht hierfür das Placemat einfach immer ein Stück weiter. So erfahrt ihr die Ideen der anderen.
3. Ihr könnt die Ideen der anderen auch mit eigenen Ideen ergänzen.
4. Wenn das Placemat wieder in der Ausgangsposition liegt, könnt ihr lesen, was eure Mitschülerinnen und Mitschüler in eure Felder hinzugefügt haben.
5. Nun werden die Einträge in der Gruppe diskutiert. Einigt euch auf 3 Ideen/ Punkte, die im leeren Feld in der Mitte notiert werden.

3. Schritt: Vorstellung

1. Stellt eure Ergebnisse in der Klasse vor.
2. Vergleicht eure Ergebnisse mit den Ergebnissen der anderen Gruppen. Gibt es Gemeinsamkeiten oder Unterschiede?

Bearbeiterin

Einen Podcast produzieren

I. Worum geht es?

Ein Podcast – *Pod* von *iPod* (MP3-Player von Apple) und *cast* von *broadcast* – ist eine Hörsendung im Internet, die als Serie produziert wird. Die einzelnen Folgen (Episoden genannt) werden nach und nach ohne feste Sendezeit produziert und veröffentlicht. Ein gängiges Format ist ein Talk, also ein Gespräch zwischen zwei Personen, die sich über Themen austauschen, sich gegenseitig und die Zuhörenden informieren und mitunter auch streiten. Solche Differenzen werden in der Regel wertschätzend ausgetragen und dienen häufig auch dazu, unterschiedliche Facetten und Blickwinkel eines Themas zu verdeutlichen.

II. Geht dabei so vor:

1. Schritt: Vorbereitung

1. Bildet Zweierteams.
2. Hört euch einen Beispiel-Podcast im Talk-Format daraufhin an, welche Elemente er enthält (Intro, Jingle, Hauptteil). Achtet darauf, wie die beiden ihr Gespräch gestalten.
3. Informiert euch über das „Mini-Tonstudio“ Audacity mit Hilfe des QR-Codes und findet heraus, wie ihr damit einen Podcast erstellen könnt.

2. Schritt: Thema für eine Episode festlegen und Hintergründe recherchieren

1. Legt im Team das Thema für eure Episode fest, die ihr produzieren wollt.
2. Recherchiert Hintergrundinformationen zu eurem Thema. Hierzu könnt ihr das Internet, eurer Schulbuch oder andere Bücher (z.B. aus der Bücherei) nutzen.

3. Schritt: Podcast-Titel und Inhalt für die Podcast-Episode erstellen

1. Legt in der Klasse einen gemeinsamen Titel für euren Podcast fest und wählt einen Jingle.
2. Entwerft in den Gruppen den jeweiligen Inhalt eurer Episoden in Stichworten auf Notizpapier,Tablet o. Ä.
3. Erstellt ein Skript, d. h. formuliert das, was ihr aufnehmen wollt, aus. Bereitet euch dabei jeweils besonders auf euren eigenen Gesprächsteil vor.
4. Nehmt euren Podcast auf und schneidet ihn.
5. Stellt eure Podcast-Episoden den anderen Gruppen vor.

Bearbeiterin

Eine Positionslinie bilden

I. Worum geht es?

Mit Hilfe einer Positionslinie können sowohl Spontanurteile als auch differenzierte Urteile zu einer Problemstellung, Frage oder einem Sachverhalt zum Ausdruck gebracht werden. Dies geschieht durch körperliche Positionierung auf einer Linie und kann in jedem größeren Raum (z. B. Klassenraum) durchgeführt werden.

II. Geht dabei so vor:

1. Schritt: Vorbereitung

Auf einer gedachten oder durch einen Klebestreifen auf dem Boden markierten Linie positionieren sich die Schüler zu einer Frage oder zu einem Problem.
Die Enden dieser Linie stellen alternative Pole (ja/nein; stimmt/stimmt nicht), der Abstand zwischen diesen Punkten entsprechend abgestufte Positionen dar.

2. Schritt: Durchführung

Die Schüler werden dann aufgefordert, ihre Positionen zu begründen und sich auch argumentativ aufeinander zu beziehen.

Lothar Scholz, Spielerisch Politik lernen. Methoden des Kompetenzerwerbs im Politik- und Sozialkundeunterricht, Schmalbach/Ts, 2003, S. 114

Präsentation in einem Galeriespaziergang

I. Worum geht es?

So könnt ihr aus eurer Schule eine Galerie machen: Einzelne von euch oder Gruppen stellen Ergebnisse aus, die sie zuvor in einer Arbeitsphase erarbeitet haben. Die anderen haben die Möglichkeit, einen „Galeriespaziergang" zu unternehmen. Dabei könnt ihr an den ausgestellten Ergebnissen vorbeispazieren, die Ergebnisse betrachten und vielleicht auch Fragen dazu stellen.

II. Geht dabei so vor:

1. Schritt: Bilder nummerieren

Nummeriert eure Bilder, damit ihr sie in der Auswertungsphase gut auseinanderhalten könnt.

2. Schritt: Gruppensprecher:in wählen

Bestimmt eine Gruppensprecherin oder einen -sprecher, der in der Nähe von eurem Bild steht und bei Bedarf Fragen beantworten kann. Wechselt euch ab, damit jeder auch die anderen Ergebnisse anschauen kann.

3. Schritt: Zeit verabreden

Verabredet eine Zeit, z. B. 20 Minuten, die ihr für euren Galeriespaziergang nutzen wollt. Haltet diese verabredete Zeit unbedingt ein, damit ihr anschließend gemeinsam ein Auswertungsgespräch führen könnt.

4. Schritt: Eindrücke notieren

Damit ihr im Anschluss an euren Galeriespaziergang nicht alles vergesst, macht euch Notizen (siehe Tabelle unten). Ihr könnt weitere Kriterien ergänzen.

5. Schritt: Bilder ausstellen

Hängt nun eure Bilder im Klassenzimmer oder im Flur eurer Schule aus. Ihr solltet den Platz so wählen, dass er frei zugänglich ist, d. h. jeder sollte sich problemlos davorstellen und die Bilder betrachten können.

6. Schritt: Bilder beurteilen

Nun könnt ihr auf der Basis der eigenen Notizen entscheiden, welche Bilder/Poster in Bezug auf die Aufgabenstellung besonders gut gelungen sind. Begründet euer Urteil sachlich.

	Bild 1	Bild 2	Bild 3	...
Layout				
Idee/Originalität				
Aussage				
...				

Ins Heft

Ins Heft

Eine Pro-Kontra-Diskussion führen

I. Worum geht es?

Bei einer Pro-Kontra-Diskussion handelt es sich um eine „zugespitze“ Form einer Diskussion, die formal nach genau festgelegten Regeln abläuft. Die Pro- und Kontra-Gruppen stehen oder sitzen sich gegenüber. Sie diskutieren mit dem Ziel, die Mehrheitsverhältnisse jeweils zu ihren Gunsten zu verändern. Am Anfang und am Ende einer Pro-Kontra-Diskussion steht jeweils eine Abstimmung. Das Ziel der Pro-Kontra-Debatte ist es, möglichst viele Begründungsmöglichkeiten zu einer Frage kennen zu lernen und so die eigene Urteilsgrundlage zu erweitern.

II. Geht dabei so vor:

1. Schritt: Stimmungsbild erheben und Vorbereitung

1. Führt zur Entscheidungsfrage eine erste Abstimmung zur Erhebung des Stimmungsbildes durch. Haltet das Ergebnis an der Tafel, auf einer Folie o. Ä. fest.
2. Teilt die Klasse in zwei etwa gleich große Gruppen ein. Eine Gruppe übernimmt die Pro-, die andere die Kontra-Position.
3. Beide Gruppen bereiten sich mit Hilfe der Materialien des Kapitels (ggf. auch mittels weiterer Recherchen) auf die Diskussion vor.
4. Wählt eine Abordnung (ca. 4–5 Personen) beider Gruppen, die an der Diskussion teilnehmen wird.
5. Wählt eine Moderation, die kurz in die Thematik einführen, die Redeliste führen und für einen ordnungsgemäßen Ablauf sorgen wird.

2. Schritt: Durchführung

1. Beide Gruppen sitzen sich (ähnlich wie im britischen Unterhaus) gegenüber.
2. Die Moderation eröffnet die Diskussion und fordert pro Gruppe eine Person auf, ihre Position kurz zu verdeutlichen.
3. Im weiteren Verlauf wechseln sich die Redenden der beiden Gruppen nach jedem Redebeitrag ab. Die Moderation führt eine Redeliste, auf der Meldungen der Reihe nach notiert werden und ruft auf.

3. Schritt: Zweite Abstimmung und Auswertung

1. Am Ende der Diskussion (nach ca. 15 Minuten) erfolgt eine zweite Abstimmung, bei der alle ihre eigene (nun vielleicht veränderte) Position zur Streitfrage vertreten können.
2. Danach wird das Abstimmungsverhalten ausgewertet. (Was hat euren Meinungswandel verursacht? Welche Argumente haben euch besonders überzeugt? Warum seid ihr (nicht) bei eurer Position geblieben? Welche Urteilskriterien waren entscheidend?)
3. Die Teilnehmenden erhalten abschließend eine Rückmeldung zu ihrer Argumentationsleistung von den Beobachtenden.

Bearbeiterin

METHODENGLOSSAR

Statistiken, Diagramme und Schaubilder auswerten

I. Worum geht es?

Statistiken, Diagramme und Schaubilder liefern Informationen in Form von Zahlen. Es gibt kaum einen Lebensbereich, der nicht statistisch erfasst wird. Dabei werden die Zahlen entweder in Tabellen ausgewertet oder in Form von Diagrammen und Schaubildern optisch aufbereitet. Diese sehen oft auf den ersten Blick gut nachvollziehbar aus, erfordern aber ein genaueres Hinsehen.

a)

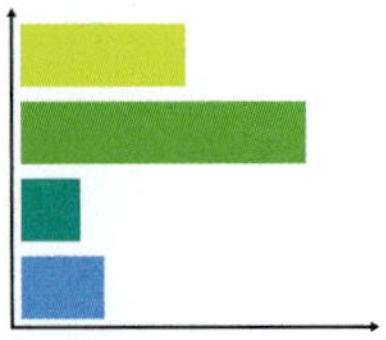

Balkendiagramm

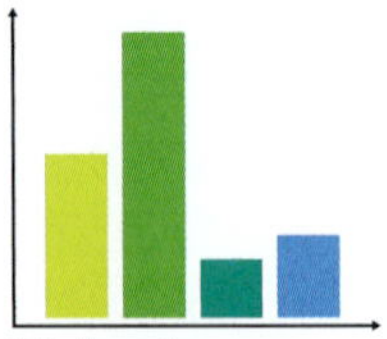

Säulendiagramm

b)

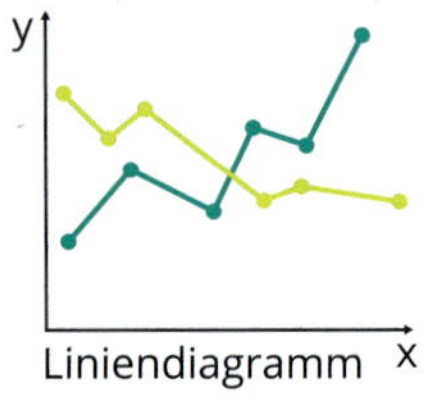

Liniendiagramm

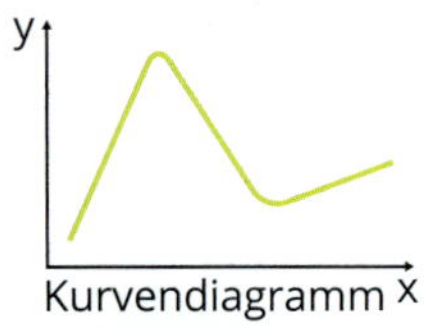

Kurvendiagramm

c)

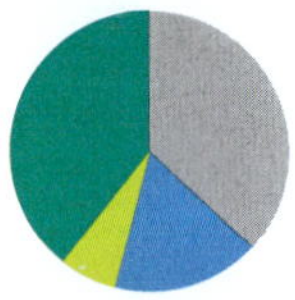

Kreis-/Kuchen-/
Tortendiagramm

II. Geht dabei so vor:

1. Schritt: Thema und Quelle benennen

- Wie lautet (anhand der Überschrift) das Thema der Statistik?
- Woher stammt sie? Wer hat sie veröffentlicht? Wann wurde sie veröffentlicht?

2. Schritt: Darstellungsform bestimmen

Es gibt verschiedene Arten von Diagrammen und Schaubildern:

a) in Balken- und Säulendiagrammen lassen sich verschiedene Zahlenwerte gut miteinander vergleichen,
b) durch Linien- und Kurvendiagramme können zeitliche Entwicklungen gut dargestellt werden,
c) Kreis-/Kuchen-/Tortendiagramme lassen die jeweiligen Anteile an der Gesamtmenge gut erkennen.

3. Schritt: Das Wesentliche der Statistik beschreiben

Meistens wird anhand von Spaltenüberschriften, Säulen- oder Zeilenbezeichnungen angegeben, worauf sich die Angaben beziehen: *z. B. Es wird jeweils angegeben, welche Personengruppen ... (in Prozent, in absoluten Zahlen, ...). Das Diagramm zeigt, zu welchem Zeitpunkt jeweils welche Personengruppe...*

4. Schritt: Die Statistik genauer analysieren

Eine Statistik genauer zu analysieren bedeutet Details, Auffälligkeiten, Ausnahmen etc. zu erläutern: *z. B. Einen besonders hohen/niedrigen Wert haben ... Im zeitlichen Verlauf ergibt sich eine Tendenz ...*

5. Schritt: Beurteilung und Einordnung der Statistik in das Thema

Zum Schluss wird eine Statistik kritisch betrachtet und gefragt, wie ihre Aussage in das Thema einzuordnen ist, *z. B.: Es gibt keine Angaben zu ... Würden weitere Personengruppen hinzugezogen ... Das Material bezieht sich auf folgende Definition von ... Folgt man den Aussagen, der Statistik, dann sollte ...*

Bearbeiterin

Eine Ampelabfrage durchführen

I. Worum geht es?

Mit einer Ampelabfrage lässt sich schnell ein Meinungsspektrum oder Stimmungsbild in der Lerngruppe sichtbar machen. Jede Schülerin und jeder Schüler kann durch eine von drei Farbkarten (rot, gelb, grün) zu erkennen geben, ob sie/er spontan einer bestimmten Aussage oder Frage zustimmt, unentschlossen ist oder sie ablehnt.
Die Farbentscheidungen können im Anschluss begründet werden und nach einer vertieften Auseinandersetzung mit dem Thema nochmals reflektiert werden.

II. Geht dabei so vor:

1. Schritt: Vorbereitung der Karten und Präsentation der Frage oder Aussage

1. Alle Schülerinnen und Schüler erhalten einen dreiteiligen Satz mit Karten oder Zetteln in den Farben rot, grün und gelb.
2. Eine oder mehrere zugespitzte Fragen bzw. Aussagen werden präsentiert. „Zugespitzt" bedeutet, dass mit „ja/nein" oder „stimme zu/stimme nicht zu" geantwortet werden kann.

Abfrage digital organisieren
Wenn ihr eine schnelle Abfrage digital durchführen wollt, könnt ihr z. B. „mentimeter.com" nutzen.

2. Schritt: Durchführung der Abfrage

Die Teilnehmenden signalisieren nach jeder vorgetragenen Frage oder Aussage ihre Standpunkte:
- grün = Zustimmung,
- gelb = Enthaltung,
- rot = Ablehnung.

3. Schritt: Auswertung und Reflexion

1. Die Teilnehmenden begründen ihre Farbwahl und formulieren auf diese Weise ihr spontanes Urteil.
2. Es kann auch thematisiert werden, bei welcher Aussage das Positionieren leicht bzw. schwer fiel.
3. Wenn nur ein Stimmungsbild sichtbar gemacht werden soll, entfällt der 3. Schritt.

Bearbeiterin

Kleines Politiklexikon

A

Abgeordnete
Die gewählten Mitglieder eines Parlaments.

Arbeitslosengeld
Unterstützungsleistung für arbeitslose Arbeitssuchende. Zu unterscheiden ist zwischen Versicherungsleistungen aus der Arbeitslosenversicherung (das ist in Deutschland das Arbeitslosengeld I, das in der Regel für ein Jahr gezahlt wird) und aus Steuergeldern finanzierten Mindestsicherungssystemen (dazu gehört das Arbeitslosengeld II, Hartz IV).

Armut
Von absoluter Armut spricht man, wenn einer Person weniger als 1,25 US-Dollar (ca. 1 Euro) pro Tag zur Verfügung steht. Von relativer Armut spricht man, wenn das Einkommen weniger als 60 % des Durchschnittseinkommens in einem Land (Staat) beträgt.

B

Beruf
Tätigkeit, die ein Mensch in der Regel gegen Entgelt erbringt bzw. für die er ausgebildet, erzogen oder berufen ist. Im Allgemeinen dient die Ausübung eines Berufes der Sicherung des Lebensunterhaltes.

Binnenmarkt
Ein Wirtschaftsraum, in dem einheitliche Bedingungen für den Verkehr von Waren, Dienstleistungen und Kapital herrschen. Bürger können ihren Wohn- und Arbeitsort frei wählen. Der Binnenmarkt in der EU wurde zum 1. Januar 1993 verwirklicht.

Bruttoinlandsprodukt (BIP)
Messgröße, mit der die wirtschaftliche Leistungskraft eines Landes dargestellt wird. Das BIP umfasst den Geldwert aller in einem Jahr innerhalb der Landesgrenzen für den Endverbrauch produzierten Waren und Dienstleistungen (von Inländern und Ausländern). Um das BIP pro Kopf zu erhalten, teilt man das BIP eines Landes durch die Zahl der Einwohner.

Bund (Bundesstaat)
Der Zusammenschluss mehrerer Staaten zu einem Gesamtstaat, zum Beispiel die Bundesrepublik Deutschland mit allen Bundesländern.

Bundeskanzler/Bundeskanzlerin
Der Chef der Bundesregierung. Er bestimmt die Richtlinien der Politik und trägt die Verantwortung dafür.

Bundespräsidentin/Bundespräsident
Das Staatsoberhaupt der Bundesrepublik. Sie bzw. er repräsentiert Deutschland nach außen. Außerdem gehören zu ihren/seinen Aufgaben die Ernennung und Entlassung der höchsten Staatsbeamten und die Unterzeichnung der vom Bundestag verabschiedeten Gesetze.

Bundesrat
Der Bundesrat ist ein Teil der Legislative. Über ihn wirken die Länder an der Gesetzgebung des Bundes mit. Der Bundesrat muss bei Gesetzen, die Länderinteressen berühren oder die Verfassung ändern, zustimmen, damit diese in Kraft treten können. Bei anderen Gesetzen kann er Einspruch erheben, der aber vom Bundestag überstimmt werden kann.

Bundestag
Name des deutschen Parlaments

Bundesverfassungsgericht
Höchstes deutsches Gericht mit Sitz in Karlsruhe. Das Bundesverfassungsgericht wacht darüber, dass Parlamente, Regierungen und Gerichte in Deutschland das Grundgesetz einhalten. Jeder Bürger kann eine Verfassungsbeschwerde beim Bundesverfassungsgericht einreichen.

D

Demografischer Wandel
So werden die Veränderungen in der Bevölkerungszusammensetzung hinsichtlich ihrer Größe und Struktur (z. B. Alterszusammensetzung) bezeichnet.

Demokratie
Das Wort stammt aus dem Griechischen und bedeutet Herrschaft des Volkes. Die Beteiligung aller Bürgerinnen und Bürger an allen Abstimmungen kann nur in sehr kleinen Staatsgesellschaften verwirklicht werden (direkte Demokratie). Wo dies nicht möglich ist, wählt das Volk Vertreter (Repräsentanten), die für das Volk handeln (repräsentative Demokratie).

E

Einkommen
Allgemein meint man damit das Arbeitseinkommen für Erwerbstätigkeit (Lohn, Gehalt, Gewinn). Darüber hinaus gibt es auch Einkommen als Entgelt für die Bodennutzung (Miete, Pacht) oder als Entgelt für die Nutzung von Kapital (Sparzinsen, Kreditzinsen). Einkommen, die der Staat ohne Gegenleistung bezahlt, nennt man Transfereinkommen.

Europäische Union
Die Gemeinschaft von europäischen Staaten wurde 1957 als Wirtschaftsbündnis gegründet. Neben der gemeinsamen Politik in allen wirtschaftlichen Bereichen wurde im Vertrag von Maastricht (1992) auch eine Zusammenarbeit in der Außen- und Sicherheitspolitik sowie der Justiz- und Innenpolitik beschlossen.

EU-Organe
Zu den wichtigsten Organen der Europäischen Union – vergleichbar mit den Verfassungsorganen in der Bundesrepublik Deutschland – gehören der Ministerrat, die Europäische Kommission, das Europäische Parlament, der Europäische Gerichtshof und der Europäische Rechnungshof. Der Europäische Rat hat eine große Bedeutung für die Entwicklung der Europäischen Union.

Europäische Zentralbank (EZB)
Die EZB wurde am 1.6.1998 gegründet und bildet zusammen mit den nationalen Notenbanken das Europäische System der Zentralbanken. Die EZB ist von politischen Weisungen unabhängig und seit der Einführung des Euro am 1.1.1999 für die Geldpolitik im Euro-Raum zuständig. Ihre Hauptaufgabe ist es, die Preisstabilität zu garantieren. Darüber hinaus unterstützt sie auch die allgemeine Wirtschaftspolitik.

Exekutive
Die ausführende Gewalt, d. h. Regierung und Verwaltung.

F

Fraktion
Vereinigung im Parlament, die aus den Abgeordneten einer Partei besteht. Auch Mitglieder verschiedener Parteien, die gleichgerichtete politische Ziele verfolgen, können sich zu einer Fraktion zusammenschließen.

Fünf-Prozent-Klausel
Vorschrift, dass alle Parteien bei einer Wahl mindestens fünf Prozent der gültigen Zweitstimmen erhalten müssen, um ins Parlament zu kommen, bzw. um an der Sitzverteilung teilnehmen zu können.

G

Generationenvertrag
Bezeichnung für das Grundprinzip der gesetzlichen Rentenversicherung, nach dem der heute arbeitende Teil der Gesellschaft für die Rentenzahlungen an den nicht mehr arbeitenden Teil aufkommt.

Gerechtigkeit
Einstellung, Prinzip, Zustand, bei dem jede Person das erhält, was ihr zusteht. Wie dieser Zustand zu erreichen ist, ist umstritten. So unterscheidet man Chancengerechtigkeit, Leistungsgerechtigkeit, Bedarfsgerechtigkeit und Teilhabegerechtigkeit.

Gesellschaft
Eine Gesellschaft bezeichnet einen relativ dauerhaften Verbund von Gemeinschaften/Gruppen, die innerhalb einer politischen und wirtschaftlichen Ordnung leben und gemeinsame Normen und Werte teilen.

Gewaltenteilung
Verteilung der drei Gewalten Gesetzgebung (Legislative), Verwaltung (Exekutive) und Gerichtsbarkeit (Judikative) auf verschiedene, voneinander unabhängige Staatsorgane. In der Regel sind dies Parlament, Regierung und Verwaltung und eine unabhängige Richterschaft. In der Bundesrepublik Deutschland ist die klassische Gewaltenteilung teilweise durchbrochen (Gewaltenverschränkung).

Gewerkschaft
Freiwilliger Zusammenschluss von Arbeitnehmern, um gemeinsame wirtschaftliche, soziale und berufliche Interessen besser durchsetzen zu können.

Globalisierung
Die wachsende Verflechtung der Weltwirtschaft, ermöglicht u. a. durch die Ausweitung der Kommunikationsmedien und enger Verkehrsverbindungen. Die G. bewirkt auch in einigen Bereichen eine Vereinheitlichung der Lebensstile.

Grundgesetz
Die Verfassung der Bundesrepublik; sie regelt den Aufbau, die Aufgaben und das Zusammenspiel der Staatsorgane. Im Grundgesetz werden auch die Grundrechte garantiert.

Grundrechte
In der Verfassung garantierte Rechte, die für jeden Einzelnen gewährleistet werden, wie zum Beispiel die Meinungsfreiheit, die Versammlungsfreiheit und die Menschenwürde.

Güter
Güter sind ganz allgemein Mittel (z. B. Waren, Dienstleistungen, Rechte), mit denen Bedürfnisse befriedigt werden können. Sie haben einen Preis und sind in der Regel nicht unbegrenzt verfügbar. Nur wenige Güter auf der Erde (z. B. Luft, Sand in der Wüste) sind freie Güter, d. h. unbegrenzt vorhanden.

H

Haushaltsplan
Die genaue Aufstellung der geplanten Einnahmen und Ausgaben für einen bestimmten Zeitraum (meist das kommende Jahr). Die Einnahmen werden nach den Quellen unterschieden, die Ausgaben nach dem Zweck der Verwendung.

I

Inflation
Prozess anhaltender Preisniveausteigerungen bzw. anhaltender Geldentwertung.

Integration
Im allgemeinen Sprachgebrauch versteht man darunter die Eingliederung oder Einbindung eines (fremden) Einzelnen oder einer Minderheit in eine größere Gruppe.

Interessenverband
Organisatorisch fester Zusammenschluss von Personen in einen bestimmten Lebensbereich, die ihre gemeinsamen Interessen in der Öffentlichkeit durchsetzen wollen. Dazu versuchen sie u. a. auf die Gesetzgebung Einfluss zu nehmen. Im Gegensatz zu Parteien nicht wählbar.

J

Judikative
Die rechtsprechende Gewalt; sämtliche Gerichte der Bundesrepublik Deutschland.

K

Kabinett
Der Kanzler, die Minister und politischen Beamten (Staatssekretäre).

Klimawandel
Mit dem Begriff Klimawandel bezeichnen wir heute meist die von natürlichen Schwankungen unabhängige Erderwärmung. Sie hat schwerwiegende Folgen für Menschen, Tiere und Pflanzen: Teile der Erde werden zu Wüsten, die Gefahr von Hurrikanen und Sturmfluten steigt, Tierarten werden aussterben.

Koalition
Zusammenschluss zweier oder mehrerer Parteien, die gemeinsam eine Regierung bilden und Gesetzentwürfe ausarbeiten.

Kredit
Ein Gläubiger überlässt einem Schuldner Geld unter der Voraussetzung der Rückzahlung.

L

Legislative
Die gesetzgebende Gewalt; sie wird in der Bundesrepublik Deutschland von Bundestag und Bundesrat ausgeübt (auf Landesebene von den Länderparlamenten).

M

Mandat
Auftrag; der Wähler beauftragt durch die Wahl einen Politiker, seine Interessen zu vertreten.

Markt
Der reale oder virtuelle Ort, an dem Angebot und Nachfrage nach Gütern und Leistungen aufeinandertreffen und Preise gebildet werden (z. B. Automarkt, Börse). Das Grundprinzip des Marktes ist der Tausch.

Marktwirtschaft
In der Marktwirtschaft steuern Angebot und Nachfrage, Wettbewerb und freie Preisbildung den Wirtschaftsprozess. Das Privateigentum an den Produktionsmitteln wird garantiert.

Mehrheitswahlrecht
Danach ist gewählt, wer in seinem Wahlkreis die Mehrheit der Stimmen erhalten hat, die Minderheiten werden nicht berücksichtigt. Relative Mehrheit: Gewählt ist, wer die meisten Stimmen hat. Absolute Mehrheit: Gewählt ist, wer mehr als die Hälfte der Stimmen erzielt. Qualifizierte Mehrheit: Eine vereinbarte Mehrheit, z. B. 2/3 der Stimmen, muss erreicht werden.

Menschenrechte
Das sind die persönlichen Rechte, die jedem Menschen von Geburt an zustehen, z. B. das Recht auf Meinungsfreiheit.

Migration
Im Laufe der Geschichte haben sich immer wieder kleinere oder größere Gruppen von Menschen oder ganze Völker auf Wanderungen begeben. Dies hatte ganz unterschiedliche Gründe: So wurden die Menschen aus religiösen oder politischen Motiven verfolgt, andere waren arm und sahen für sich und ihre Kinder keine Zukunft mehr in ihrer Heimat. Alle diese Wanderungen (lat. migrare = wandern) nennt man Migration.

N

Nachhaltigkeit
Der Begriff bedeutet, dass man nicht mehr von einem Rohstoff (der Natur) verbrauchen soll, als nachwachsen kann. In Bezug auf die Umwelt heißt das, dass man den Ausgangszustand für die folgenden Generationen bewahren soll und die Umwelt nicht durch Abgase und Müll irreparabel schädigen darf.

NATO
(engl. North Atlantic Treaty Organization, Nordatlantikpakt)
Das Verteidigungsbündnis zwischen den USA, Kanada und den westeuropäischen Staaten wurde am 4.4.1949 gegründet. Die Mitglieder verpflichten sich im Falle eines Angriffs auf einen Mitgliedstaat zum gegenseitigen Beistand. Wichtigstes Gründungsmotiv war die Abwehr der Expansionsabsichten des Kommunismus, insbesondere die Verteidigung gegenüber der Sowjetunion und seinen Verbündeten. Heute hat die NATO zum Ziel, Frieden und Freiheit weltweit zu verteidigen, z. B. auch im Auftrag der Vereinten Nationen.

O

Ökologie
So bezeichnet man die Wissenschaft von den Wechselbeziehungen zwischen den Lebewesen und ihrer Umwelt.

Ökonomisches Prinzip
Das ökonomische Prinzip besagt, dass die vorhandenen Mittel (Geld, Zeit) optimal eingesetzt werden sollen, um ein bestimmtes Ergebnis zu erreichen. Bei vorgegebenen Mitteln soll ein möglichst hoher Ertrag erzielt werden (Maximalprinzip). Bei einem vorgegebenen Ertrag sollen möglichst geringe Mittel eingesetzt werden (Minimalprinzip).

Opposition
Alle Personen und Gruppen, die der Regierung im Parlament gegenüberstehen und sie kritisieren.

P

Parlament
Die Versammlung der vom Volk gewählten Abgeordneten. Das Parlament regt Gesetze an, bewilligt sie und kontrolliert die Regierung. In einer parlamentarischen Demokratie nimmt vor allem die Opposition die Kontrollfunktion wahr, da die Mehrheit im Parlament die Regierung trägt.

Parteien
Politische Gruppen, die über einen längeren Zeitraum Einfluss auf die politische Willensbildung nehmen. Sie sind bereit, in Parlamenten und Regierungen Verantwortung zu übernehmen.

Politik
Politik bedeutet die allgemeinverbindliche oder auf Allgemeinverbindlichkeit zielende Problemlösung oder Gestaltung des Gemeinwesens. Unterschieden werden drei Dimensionen der Politik: policy (Inhalte), polity (Rahmen), politics (Konflikte).

Pressefreiheit
Garantie für die freie Berichterstattung und Veröffentlichung von Informationen und Meinungen. Sie ist im deutschen Grundgesetz festgeschrieben (Art. 5 GG) und gilt als Grundlage der Demokratie, da sich die Bürger nur mit Hilfe der Informationen an politischen Entscheidungen beteiligen können.

R

Rechtsstaat
Ein Rechtsstaat ist ein Staat, in dem die öffentliche Gewalt an eine objektive Rechtsordnung gebunden ist. In einem Rechtsstaat ist die Macht des Staates begrenzt, um die Bürger vor gesetzloser Willkür zu schützen.

S

Soziale Marktwirtschaft
Die Soziale Marktwirtschaft ist eine Wirtschaftsordnung, die den Grundsatz der Freiheit auf dem Markt mit dem des sozialen Ausgleichs verbindet.

Sozialstaat
Bezeichnung für einen Staat, der seinen Bürgern ein Existenzminimum sichert, wenn sie in Not geraten sind, und für einen gerechten Ausgleich zwischen Reichen und Bedürftigen sorgt. In Deutschland geschieht dies z. B. durch die Sozialversicherungspflicht und durch staatliche Unterstützung, wie Sozialhilfe, Kindergeld oder Ausbildungs- und Arbeitsförderung.

Sozialversicherungssystem
Bezeichnung für die Gesamtheit gesetzlicher Pflichtversicherungen in Deutschland (Arbeitslosen-, Renten-, Kranken-, Pflege- und Unfallversicherung). Die Sozialversicherung versichert den Einzelnen gegen Risiken für seine Existenz. Sie ist organisiert nach dem Solidarprinzip. Sozialversicherungspflichtig sind alle abhängig Beschäftigten. Die Versicherungs-

beiträge teilen sich Arbeitgeber und Arbeitnehmer.

Steuern
Steuern sind Zwangsabgaben, die der Staat von seinen Bürgern und Unternehmen ohne eine spezielle Gegenleistung erhebt. Sie sind die Haupteinnahmequelle des Staates.

Strukturwandel
Veränderungen der wertmäßigen Beiträge der einzelnen Wirtschaftssektoren (Land- und Forstwirtschaft, verarbeitendes Gewerbe und Dienstleistungen) zur Wirtschaftsleistung eines Landes. Der Anteil des Dienstleistungsbereichs nimmt dabei in Deutschland ständig zu. Beschleunigt und verstärkt wird der Strukturwandel durch neue Technologien sowie den zunehmenden internationalen Wettbewerb.

Subsidiaritätsprinzip
Prinzip, nach dem ein Problem auf der Ebene gelöst werden soll, auf der es entsteht. „Was der Einzelne tun kann, sollen nicht andere für ihn tun." Erst wenn auf dieser Ebene keine Abhilfe möglich ist, soll die nächst höhere Ebene sich des Problems annehmen (Familie, Gemeinde, Land, Bund, EU)

T

Tarifvertragsparteien
Dazu zählen Gewerkschaften (vertreten die Arbeitnehmer) und Arbeitgeberverbände (vertreten die Arbeitgeber). Im Rahmen der Tarifautonomie handeln diese beiden Interessengruppen in eigener Verantwortung Tarifverträge aus, die Löhne, Arbeitszeiten und sonstige Arbeitsbedingungen regeln sollen. Der Staat darf sich nicht einmischen.

U

Unternehmen
Dauerhafte organisatorische Einheit zur Produktion bzw. zur Erbringung von Dienstleistungen, die mehrere Betriebe umfassen kann. Je nach Träger werden private, öffentliche oder gemeinwirtschaftliche Unternehmen unterschieden, je nach Rechtsform Einzel-, Personen- und Kapitalgesellschaften.

V

Verbände
Organisierte Gruppen, die auf die Politik Einfluss nehmen möchten, ohne politische Verantwortung zu übernehmen. Zur Verfolgung gemeinsamer Interessen werden Zusammenschlüsse gebildet, z. B. Berufsverbände.

Verbraucherschutz
Maßnahmen zum Schutz der Gesundheit der Verbraucher und zur Stärkung ihrer Rechte als Konsumenten. Mit bestimmten Gesetzen (z. B. zur Kennzeichnung von Lebensmitteln oder zur Gewährleistung), aber auch durch eine verbesserte Information und Aufklärung (z. B. durch Produktsiegel und Warentests) soll die Position der Verbraucher gegenüber den Anbietern verbessert werden.

Vereinte Nationen
(engl. United Nations Organization)
Nach dem Zweiten Weltkrieg gegründete kollektive Sicherheitsorganisation zur Wahrung des Weltfriedens und der Menschenrechte. Fast alle Staaten sind Mitglieder der UNO.

Verhältniswahlrecht
Jede Partei bekommt so viele Sitze im Parlament, wie sie prozentual Stimmen von den Wählern erhalten hat. Auch Minderheiten werden berücksichtigt.

Vier Freiheiten
Wirtschaftliche Freiheiten des europäischen Binnenmarktes: Freiheit des Warenverkehrs, Personenfreizügigkeit, Dienstleistungsfreiheit, freier Kapital- und Zahlungsverkehr.

Volkspartei
Partei, die aufgrund ihres Programms für Wähler und Mitglieder aller gesellschaftlichen Schichten unterschiedlicher Weltanschauungen offen ist.

W

Währungsunion
Zusammenschluss souveräner Staaten mit vorher unterschiedlichen, aber ähnlich starken Währungen zu einem einheitlichen Währungsgebiet. Im Gegensatz zu einer Währungsreform bleibt der Geldwert beim Übergang zu einer Währungsunion erhalten.

Wahlen
Verfahren der Berufung von Personen in bestimmte Ämter durch Stimmabgabe einer Wählerschaft. In Demokratien werden die wichtigsten Staatsämter durch Wahlen besetzt. Freie Wahlen müssen die Bedingungen allgemein, frei, gleich und geheim erfüllen. Das genaue Wahlverfahren (Verhältniswahl, Mehrheitswahl) ist meist in Wahlgesetzen geregelt.

Werbung
Im wirtschaftlichen Sinne die Bekanntmachung von Gütern oder Dienstleistungen mit der Absicht, bei den Konsumenten eine Kaufhandlung auszulösen. Wird dies versteckt gemacht, spricht man von Schleichwerbung.

Wertschöpfung
Die erbrachte wirtschaftliche Leistung in einzelnen Wirtschaftsbereichen. Die Bruttowertschöpfung ist die Differenz der Werte der Gesamtleistung (Output) und der Vorleistung (Input) bei der Produktion von Waren oder Dienstleistungen.

Wirtschaftskreislauf
Modell, in dem die Tauschvorgänge zwischen den Wirtschaftssubjekten (private Haushalte, Unternehmen, Staat, Banken; erweiterte Darstellung umfasst auch das Ausland) dargestellt werden.

Wirtschaftsordnung
Setzt sich zusammen aus den Regeln und Institutionen, die die Rahmenbedingungen wirtschaftlichen Handelns abstecken. Klassisch werden v. a. Fragen der Eigentumsrechte, der Preisbildung und der Steuerung von Wirtschaftsprozessen entschieden.

Register

Bildnachweis

AdobeStock / REUTERS, Arnd Wiegmann – S. 95; Alamy Stock Photo / Dino Fracchia – S. 98; - / GK Images – S. 317; - / imageBROKER, m3 – S. 24; - / Peter Probst – S. 235; Alternative für Deutschland (AfD) – S. 235; © Amnesty International Deutschland / Amnesty Report 2020 – S. 313 (3); APA Grafik / picturedesk.com – S. 380; © Axel Springer SE – S. 368; Baaske Cartoons / Ulrich Kieser – S. 64; - / Gerhard Mester – S. 174, 270; - / Burkhard Mohr – S. 251; Bergmoser + Höller Verlag, Aachen – S. 146, 147, 160, 262, 275, 385; Screenshot der Beteiligungsplattform des Landes Baden-Württemberg. Grafik: LpB BW via Canva – S. 208; Per Jacob Blut – S. 233; Bundeszentrale für politische Bildung, 2010, www.bpb.de; Lizenz: cc by-nc-nd/3.0/de – S. 333, 360; - / bpb, Themenblätter im Unterricht 128 (2021), CC BY-SA 4.0 – S. 248; BÜNDNIS 90 / DIE GRÜNEN / www.gruene.de – S. 91, 234; CDU Bundesgeschäftsstelle, Berlin – S. 235; Deutscher Bundestag / Achim Melde – S. 246; - / photothek.net, Thomas Köhler – S. 208; - / Stella von Saldern – S. 195; DIE LINKE, Bundesgeschäftsstelle Berlin – S. 235; © EAF Berlin / Helene Weber Kolleg, CC BY ND – S. 42; Facebook / Screenshot am 29. Juni: CORRECTIV.Faktencheck – S. 224; - / Screenshot und Schwärzung: CORRECTIV.Faktencheck, Stand 21. April 10:50 Uhr – S. 224; © FDP – S. 235; Fotolia / AK-DigiArt – S. 68; - / animaflora – S. 68; - / Henner Damke – S. 342; Freiburg Lebenswert e. V. – S. 91; © Fridays For Future Deutschland – Cover; Getty Images Plus / DigitalVision, Image Source – S. 166; - / iStock Editorial, Jchambers – S. 246; - / iStock Editorial, Alexandros Michailidis – S. 361; - / iStockphoto, Anagramm – S. 257; - / iStockphoto, AnnaNahabed – S. 17, 21; - / iStockphoto, archideaphoto – S. 46; - / iStockphoto, blackandbrightph – S. 100; - / iStockphoto, DGLimages – S. 170; - / iStockphoto, JackF – S. 70; - / iStockphoto, josefkuebers – S. 166; - / iStockphoto, kadmy – S. 68; - / iStockphoto, LamiadLamai – S. 280; - / iStockphoto, Ljupco – S. 280; - / iStockphoto, Madllen – S. 193; - / iStockphoto, masterSergeant – S. 371; - / iStockphoto, monkeybusinessimages – S. 166; - / iStockphoto, MriyaWildlife – S. 100; - / iStockphoto, roibu – S. 284; - / iStockphoto, SpaceManKris – S. 352; - / iStockphoto, Srdjanns74 – S. 166; - / iStockphoto, Stadtratte – S. 229; - / iStockphoto, sureshsharma – S. 347, 348; - / iStockphoto, traviswolfe – S. 353; - / iStockphoto, TTStock – S. 353; - / iStockphoto, User2547783c_812 – S. 280; - / iStockphoto, Jacob Wackerhausen – S. 60; - / iStockphoto, Wavebreakmedia – S. 170; - / iStockphoto, ZouZou1 – S. 170; - / Prostock-Studio – S. 166; Gymnasium der Mariannhiller Missionare / Jorrit Clemens, Henri Kotulla, Philipp Looks – S. 319; haltungsform.de – S. 297 (4); Michael Hüter, Bochum / Quelle: Stiftung Jugend und Bildung – S. 46, 53; imago images / Future Image – S. 14; - / Arnulf Hettrich – S. 16; - / IPON, Stefan Boness – S. 106; - / Italy Photo Press – S. 216; - / masterpress, Markus Prosswitz – S. 95; iStockphoto / AlenaPaulus – S. 17, 21; - / anyaberkut – S. 68; - / blaneyphoto – S. 60; - / bwb-studio – S. 100; - / DLMcK – S. 361; - / falcatraz – S. 60; - / fotografixx – S. 100; - / jaroon – S. 60; - / jozefmicic – S. 45; - / Larina Marina – S. 353; - / Leonsbox – S. 246; - / monkeybusinessimages – S. 24; - / Nikada – Cover; - / nilimage – S. 17, 21; - / Portra – S. 17, 21; - / South_agency – S. 353; - / tobi – S. 246; Jürgen Janson, Landau – S. 382; © Tobias Koch, Berlin – S. 194; Kostas Koufogiorgos, Stuttgart – S. 130; Severin Löhnig – S. 45; Mauritius Images / Alamy Stock Photo, BNA Photographic – S. 98; - / Alamy Stock Photo, Mint Images Limited – S. 24; - / Alamy Stock Photo, Pacific Press Agency – S. 332; - / Alamy Stock Photo, Joshua Rainey – S. 24; - / Alamy Stock Photo, Aigars Reinholds – S. 68; - / Alamy Stock Photo, Maurice Savage – S. 362; Mehr Demokratie e.V. / Fotograf: Clemens Wronski – S. 208; Petra Mostbacher-Dix – S. 228; picture-alliance / AA, Stringer – S. 321; - / abaca, AA – S. 352; - / AP Photo, Ivan Sekretarev – S. 321; - / dieKLEINERT.de, Kostas Koufogiorgos – S. 103, 126, 221; - / dpa, Werner Baum – S. 177; - / dpa, Dominique Boutin – S. 366; - / dpa, Uli Deck – S. 246; - / dpa, dpa-infografik – S. 199, 289, 332; - / dpa, dpa-infografik GmbH – S. 291; - / dpa, epa AFP archiv – S. 309; - / dpa, Horst Galuschka – S. 106; - / dpa, Friso Gentsch – S. 280; - / dpa, Hannibal Hanschke – S. 389; - / dpa, Wolfgang Kumm – S. 246; - / dpa, Karl Mittenzwei – S. 98; - / dpa, Frank Molter – S. 280; - / dpa, Marijan Murat – S. 207; - / dpa, Roberto Pfeil – S. 257; - / dpa, Annette Riedl – S. 46; - / dpa, Boris Roessler – S. 178; - / dpa, Christoph Schmidt – S. 239; - / dpa, Christoph Soeder – S. 263; - / dpa, Fabian Sommer – S. 296; - / dpa, Angelika Warmuth – S. 257; - / dpa, Bernd Weißbrod – S. 117, 195; - / dpa, Paul Zinken – S. 98, 246; - / Christophe Gateau – S. 124; - / Geisler-Fotopress, Thomas Bartilla – S. 196; - / Geisler-Fotopress, gbrci – S. 195; - / Geisler-Fotopress, Hein Hartmann – S. 195; - / Geisler-Fotopress, Jean MW – S. 124; - / Rolf Haid – S. 19; - / Helga Lade Fotoagentur GmbH, Kreationen – S. 170; - / Sven Hoppe – S. 98; - / JOKER, Konstantin Chernichkin/est&ost/J – S. 321; - / Henning Kaiser – S. 211; - / Daniel Kalker – Cover; - / Michael Kappeler – S. 246; - / Daniel Kubirski – S. 229; - / Wolfgang Kumm – S. 14, 125; - / NurPhoto, Maciej Luczniewski – S. 321; - / Klaus Ohlenschläger – S. 267, 268; - / Ossinger – S. 98; - / Panama Pictures, Christoph Hardt – S. 208; - / Carsten Rehder – S. 155; - / Winfried Rothermel – S. 14, 208; - / Frank Rumpenhorst – S. 125; - / SZ Photo, Jürgen Heinrich – S. 172; - / SZ Photo, Metodi Popow – S. 305; - / TASS, Alexander Reka – S. 321; - / Westend61, Frank Blum – S. 46; - / ZB, Bernd Wüstneck – S. 155; - / Zoonar, Stephan Herlitze – S. 46; © G. Reichenbach – S. 260; Foto Edgar Rodtmann – S. 232; © RSF – S. 317; Heiko Sakurai, Köln – S. 331; © Roger Schmidt, www.karikatur-cartoon.de – S. 222; Oliver Schopf, Wien – S. 222; Shutterstock / andrekoehn – S. 280; - / AndriiKoval – S. 306; - / ciwoa – S. 362; - / Alexandros Michailidis – S. 361; - / photocosmos1 – S. 195; SPD-Parteivorstand, Berlin – S. 234; Frank Speth / norddt. Bildhauer und Maler, Quickborn, www.kunstsam.de – S. 201; Stadt Münsingen – S. 19; Statista GmbH, Hamburg – S. 36, 113, 220, 285, 305; © Patrick Steinle – S. 229; Klaus Stuttmann, Berlin – S. 221, 267, 276; © SWR / Markus Beschorner – S. 229; © TERRE DES FEMMES - Menschenrechte für die Frau e.V. – S. 317; Jürgen Tomicek, Werl-Westönnen – S. 230; toonpool.com / Harm Bengen – S. 364; - / Erl – S. 265; - / Waldemar Mandzel – S. 335; - / Julian Pena – S. 311; - / Pfohlmann – S. 274; - / Schwarwel – S. 214; Universität Trier – S. 65; Raphael Walz, Gundelfingen – S. 76; Wildner + Designer, Fürth – S. 136; Wirtschaftswundermuseum – S. 33; www.frieden-leben.de / www.dasPapiertheater.de – S. 306.

Mediencodes

© Amnesty International Deutschland / Amnesty Report 2020 – S. 313; Statista GmbH, Hamburg – S. 217; © Tollwood / HoMaBiLe, weitere Informationen zum Projekt unter www.homabile.de – S. 299.

Operatoren in den Aufgaben

Operatoren für das Fach Gemeinschaftskunde (2016)

Hinweis: Die Anforderungsbereiche sind wechselseitig abhängig. Demzufolge schließt der Anforderungsbereich III die Anforderungsbereiche I und II, der Anforderungsbereich II den Anforderungsbereich I ein.

Operatoren im Anforderungsbereich I (Reproduktion)

Operator	Beschreibung der erwarteten Leistung
analysieren	Sachverhalte schlüssig wiedergeben
bezeichnen	Sachverhalte (insbesondere bei nichtlinearen Texten wie zum Beispiel Tabellen, Schaubildern, Diagrammen oder Karten) begrifflich präzise formulieren.
nennen	Sachverhalte in knapper Form anführen

Operatoren im Anforderungsbereich II (Reorganisation und Transfer)

Operator	Beschreibung der erwarteten Leistung
analysieren	Materialien oder Sachverhalte systematisch untersuchen und auswerten
begründen	Aussagen (zum Beispiel eine Behauptung, eine Position) durch Argumente stützen, die durch Beispiele oder andere Belege untermauert werden
charakterisieren	Sachverhalte mit ihren typischen Merkmalen und in ihren Grundzügen bestimmen
darstellen	Sachverhalte strukturiert und zusammenhängend verdeutlichen
ein-, zuordnen	Sachverhalte schlüssig in einen vorgegebenen Zusammenhang stellen
erklären	Sachverhalte schlüssig aus Kenntnissen in einen Zusammenhang stellen (zum Beispiel Theorie, Modell, Gesetz, Regel, Funktions-, Entwicklungs- und/oder Kausalzusammenhang)
erläutern	Sachverhalte mit Beispielen oder Belegen veranschaulichen
erstellen	Sachverhalte (insbesondere in grafischer Form) unter Verwendung fachsprachlicher Begriffe strukturiert aufzeigen
herausarbeiten	Sachverhalte unter bestimmten Gesichtspunkten aus vorgegebenem Material entnehmen, wiedergeben und/oder gegebenenfalls berechnen
vergleichen	Vergleichskriterien festlegen, Gemeinsamkeiten und Unterschiede gewichtend einander gegenüberstellen sowie ein Ergebnis formulieren